ORAISONS

L'Intégrale

Samantha Bailly

ORAISONS

L'Intégrale

ÉDITIONS FRANCE LOISIRS

Retrouvez plus d'informations sur le site de l'auteur :
www.samantha-bailly.com

Édition du Club France Loisirs,
avec l'autorisation de Bragelonne.

Éditions France Loisirs,
123, boulevard de Grenelle, Paris
www.franceloisirs.com

Carte : Kat
Illustrations intérieures : Miya

ISBN : 978-2-298-10747-0

À Aurélia, pour son investissement.
À Hélène, pour ses précieux conseils.
À Stéphane, pour sa conviction.

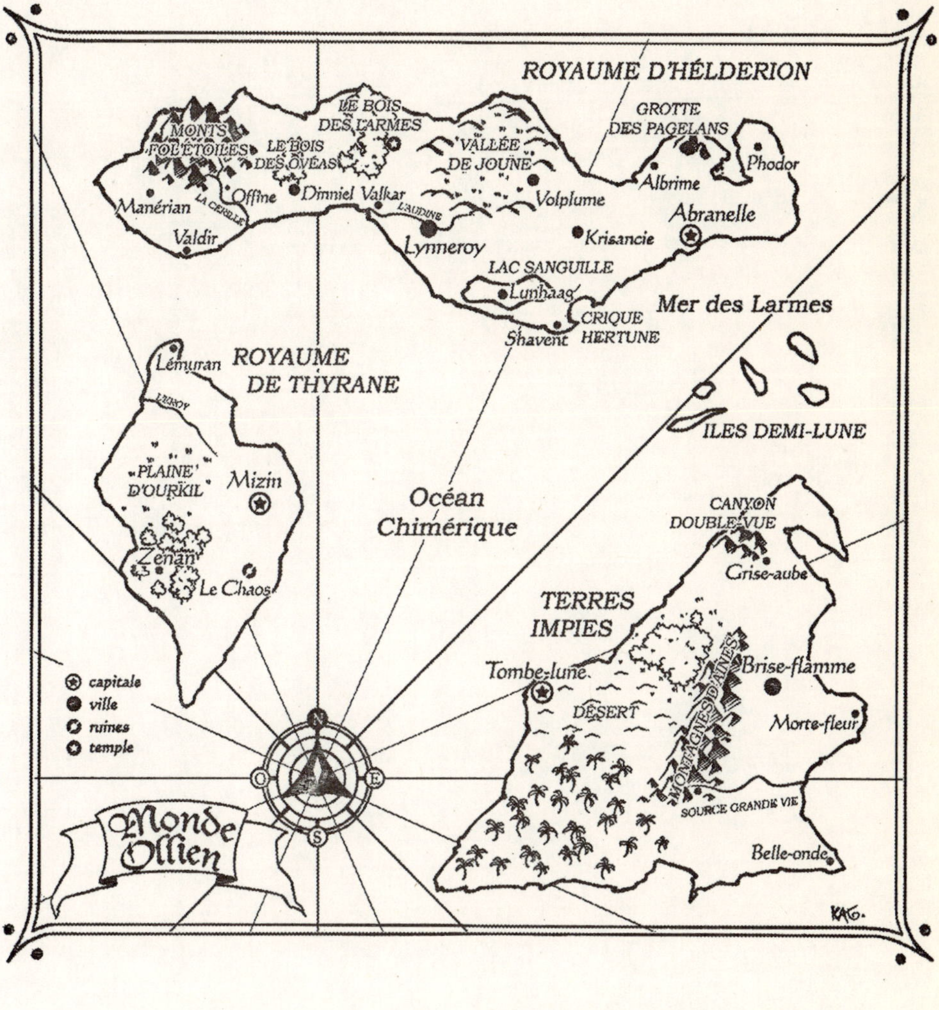
ROYAUME D'HÉLDERION
GROTTE DES PAGELANS
Phodor
Albrime
Abranelle
MONTS FOLÉTOILES
LE BOIS DES LARMES
LE BOIS DES OVÉAS
VALLÉE DE JOUNE
Manérian
Offine
Dinniel
Valkar
Volplume
Valdir
Lynneroy
Krisancie
LAC SANGUILLE
Lunhaag
CRIQUE HERTUNE
Shavent
Mer des Larmes
Lémuran
ROYAUME DE THYRANE
ILES DEMI-LUNE
PLAINE D'OURKIL
Mizin
Océan Chimérique
Zenan
Le Chaos
CANYON DOUBLE-VUE
Grise-aube
TERRES IMPIES
Tombe-lune
Brise-flamme
MONTAGNES D'AINES
DÉSERT
Morte-fleur
SOURCE GRANDE VIE
Belle-onde
capitale
ville
ruines
temple
N
O
E
S
Monde Ollien
KAG.

La Langue du silence

Oraisons – 1

Partie I

Le temps des larmes

– Royaume d'Hélderion, Abranelle, premier temple, 897 –

Les portes du palais s'ouvrirent, déversant un flot de soldats sur la place centrale d'Abranelle. Ils s'élancèrent, l'épée au clair, pour porter secours à la population dont les cris d'horreur déchiraient l'air. Dans les rues habituellement désertes à cette heure de la nuit gisaient des cadavres. Les rigoles longeant le pavement des routes débordaient de sang. Alors que les uniformes or et blanc défilaient à toute allure pour foncer à la rencontre des envahisseurs, un groupe d'une dizaine de personnes restait dans l'ombre des colonnes du palais.

Les résistants.

Tous étaient en attente, les muscles tendus. Quand la place fut déserte, leur dirigeante, une vieille femme, ordonna :

— Par ici ! Dépêchez-vous !

— Chef, vous êtes sûre ?

— C'est maintenant ou jamais !

Les Lames Nocturnes longèrent le mur en souplesse, avant de gravir l'escalier jusqu'aux portes. Leur supérieure fermait la marche en serrant le manche de son poignard à s'en faire blanchir les phalanges. Pour le moment, les choses se déroulaient comme elle l'avait prévu. Ces imbéciles n'avaient pu se résoudre à laisser les civils se faire massacrer sans réagir. Leur groupe bénéficiait d'un effet de surprise.

Des hurlements de rage et des cliquetis d'acier résonnèrent tout à coup. Des habitants déboulèrent sur la place, poursuivis par plusieurs hommes. Les dernières sentinelles se précipitèrent à la rescousse. C'était la diversion dont ils avaient besoin, les Lames Nocturnes se faufilèrent dans le palais.

— Dispersion ! cria la chef.

Certains résistants eurent le temps d'obéir, d'autres pas. Un essaim de gardes courut dans leur direction. Le visage fermé, la vieille femme les accueillit avec rage. Sa lame faucha des vies, redoutable, s'enfonçant dans la chair de ses ennemis. Ce sang versé sur le marbre du palais d'Abranelle, elle en rêvait depuis si longtemps ! Les minutes s'écoulèrent et les soldats se firent rares. La majorité se trouvait en ville, à tenter de sauver les habitants.

Un des résistants ayant réussi à s'avancer dans le palais rejoignit les siens, le souffle court.

— Repli ! cria-t-il. Les quartiers de l'Astracan sont trop bien protégés, c'est un massacre ! Ils ont eu Guarid.

La chef jura en donnant un coup de pied dans le cadavre d'un Hélderionnois. C'est alors qu'apparut l'un de ses hommes, couvert de sang. Il se précipita vers elle, sourire aux lèvres, rendant le tableau d'autant plus effrayant. Entre ses bras se trouvait un bébé enveloppé dans une couverture.

— J'ai l'Ioden, chef ! C'est l'Ioden !

La vieillarde écarquilla les yeux, n'osant y croire.

— On s'en va. Vite !

Elle réfléchit à toute allure. Il fallait brouiller les pistes.

— Enlevez tous les enfants, puis repliez-vous ! Faites circuler !

Les Lames Nocturnes dévalèrent les marches du palais puis se fondirent dans les ténèbres de la capitale. Beaucoup n'en reviendraient pas, mais ils feraient tout pour mener leur nouvel objectif à bien. La chef cria à Morio :

— Toi, cours !

L'enfant dans ses bras, il s'élança dans les entrailles de la ville. Il n'y croyait toujours pas : cela avait été si simple d'enfoncer la lame de sa dague dans la poitrine de cette domestique et de plonger les mains dans le berceau décoré d'étoiles. Il n'y avait plus qu'à quitter la capitale d'Hélderion avec son otage et tout allait changer. L'Astracan serait prêt à tout pour récupérer son fils ; leur dirigeante saurait en tirer profit. Cela renverserait enfin la situation.

Alors qu'il s'engouffrait dans une ruelle, il tomba nez à nez avec un Hélderionnois armé d'un gourdin.

— Pourriture thyranienne ! Vous avez tué ma femme !

Morio s'immobilisa. Ses réflexes furent gênés par son fardeau. Il sentit soudain une vive douleur lui vriller le dos. Il tomba à genoux, le bambin toujours serré contre lui, et vit son agresseur. Une jeune fille tenait un couteau de cuisine poisseux.

— Papa ! cria-t-elle. Tu vas bien ?

Morio s'étala de tout son long, sans lâcher le bébé. Le trophée de sa vie. Sa vie qui s'enfuyait.

1

Fugue

– Royaume de Thyrane, pension Sybilène, 912 –

Liona Sybilène (423-475) : Herboriste célèbre pour avoir découvert l'antidote de la fièvre des eaux, maladie mortelle qui faisait des ravages sous le règne de Tsahel Ier. Presque quatre siècles après sa mort, on donna son nom à l'une des pensions installées en Thyrane, dont le programme fut basé sur l'étude de la botanique.

Extrait de *Comprendre un nouveau royaume* – par Adrastée Sandiane, historienne de la Corporation Volplume depuis l'année 901.

—Mylianne, à présent, j'exige des réponses !

Le poing frappa le vaste bureau d'acajou, faisant tressauter livres et encriers. Peu importait. La jeune fille avait promis de garder le silence, alors, par mesure de précaution, elle n'affronta pas le regard gris acier du Maître.

C'était la première fois qu'elle le voyait dans un tel état de nervosité. Ce qu'elle avait fait était-il si grave ? Elle sentait déjà le doute s'insinuer dans son esprit.

Non.

Elle l'aimait trop, il lui faisait confiance. Se taire était impératif, ou bien ses espoirs de le rejoindre seraient perdus. Elle devait se concentrer sur une chose : rendez-vous à minuit, près de l'ancienne manufacture textile.

—Mylianne, répéta le Maître en détachant chaque syllabe, tu dois absolument me dire où il se trouve. Tu sais que ses parents l'aiment beaucoup et…

—C'est un mensonge, dit-elle soudain.

Les mots avaient franchi le seuil de sa bouche avant même qu'elle n'en prenne conscience. Elle se mordit la lèvre. Trop tard, le Maître allait saisir l'occasion, il questionnerait chacune de ses paroles jusqu'à en extirper des renseignements, faisant honneur à sa réputation. D'après les rumeurs, même les enfants les plus turbulents sortaient assagis de son bureau. À cette idée, elle resserra nerveusement ses bras autour de son ventre.

Le Maître s'éclaircit la voix, prit une feuille de papier et se mit à écrire avec frénésie. Mylianne l'observa en silence, sentant l'angoisse lui nouer la gorge. Il glissa la lettre dans une grande enveloppe.

—Regarde bien ceci, dit-il sur un ton menaçant. Il s'agit d'un ordre de renvoi. Si tu ne me dis pas où est Glenn, tes parents le recevront dans les jours qui viennent.

Le renvoi. La pire des sanctions envisageables. Un sourire sournois aux lèvres, le Maître rangea la lettre dans un des nombreux tiroirs de son bureau.

—Je te laisse la nuit pour réfléchir. Dès l'aube, tu seras convoquée dans mon bureau. Pense à Glenn, à ce qui l'attend dehors. Tu sais à quel point les clans sont mauvais avec les privilégiés de la société...

La jeune fille ne prit pas la peine de lui dire au revoir. Elle avait raté l'heure du dîner à attendre devant le bureau du Maître alors que celui-ci rappelait un autre pensionnaire à l'ordre. Ses entrailles se tordaient douloureusement et elle ne savait si c'était de faim ou de peur. Elle descendit les grands escaliers de pierre et arriva enfin aux cuisines. Cet endroit lui mit du baume au cœur : elle y retrouva les habituels tonneaux alignés contre le mur et les quartiers de viande fumée pendus aux poutres. Ces odeurs de nourriture et de feu de bois lui rappelaient son enfance, et les journées de repos qu'elle avait passées à jouer avec les apprentis. Les autres pensionnaires ne prenaient pas la peine de sympathiser avec les domestiques, contrairement à Mylianne. Même si elle avait conscience des différents échelons sociaux, cela ne l'avait jamais empêchée de fraterniser aussi bien avec les membres de son milieu qu'avec le personnel.

Debout au milieu de la salle se tenait une fillette, une assiette brisée à ses pieds. Sheny, une vieille cuisinière au visage boursouflé et à la voix grave, leva les bras au ciel.

—Ça suffit maintenant ! Va m'chercher d'quoi préparer l'pain. Et pis quoi, encore ? T'veux vraiment t'faire mettre à la porte ?

Mylianne grimaça en voyant l'enfant les yeux baignés de larmes.

—N'prends pas cet air-là avec moi !

—Sheny ? appela l'élève d'une petite voix.

La cuisinière fit volte-face. Son visage contracté par la colère s'illumina à la vue de sa pensionnaire favorite.

—Ah ! C'est toi ma p'tite Mylianne. Qu'est-ce qu'tu fais là à une heure pareille ?

—S'il te plaît Sheny, je n'ai rien pu manger. Après je monte tout de suite à l'internat.

La femme fouilla dans ses placards et en sortit une miche de pain frais et des fruits qu'elle posa sur la table.

— Désolée, soupira-t-elle, j'ai plus grand-chose.

— Ce n'est pas grave.

Mylianne s'empara du repas frugal et se dirigea vers la porte tout en jetant un regard attristé à la jeune apprentie de Sheny.

— Tu t'en vas déjà ? s'étonna la cuisinière en plantant ses poings sur ses hanches.

— Oui. Je vais me coucher.

Elle s'immobilisa un instant.

— Dis, tu sais où est l'ancienne fabrique de vêtements ?

— Mouais, je vois à peu près. C'est vers le chantier du nouveau temple d'oraison. Pourquoi ?

— Pour rien. À demain, Sheny.

Elle engloutit son repas dans les couloirs et rejoignit l'internat en une dizaine de minutes. Comme toujours, la montée des grands escaliers fut fatigante. Le corridor traversant tout l'étage, éclairé par des lampes de cristal suspendues au plafond, desservait une multitude de pièces : chambres, bibliothèques, ou encore salles d'études.

Elle entra, épuisée, dans sa chambre.

— Mylianne ! Mais où étais-tu ?

Sa sœur, Aileen, avança dans sa direction, frêle dans sa nuisette blanche. Ses longs cheveux noirs étaient retenus par un bandeau, mettant en valeur la finesse de son visage à la peau de lune.

— Comment ça s'est passé ? Qu'est-ce que le Maître te voulait ?

Mylianne devinait aisément quelles autres questions brûlaient les lèvres de son aînée. L'inquiétude d'Aileen lui fit réaliser à quel point elle avait pu se montrer distante ces derniers temps. Être avec Glenn l'avait coupée des autres, et même de sa propre sœur. Ce constat fit soudain regretter à Mylianne de ne pas lui avoir davantage parlé de toute cette histoire d'évasion.

— C'est à propos de Glenn, n'est-ce pas ?

La jeune fille n'osa pas répondre. Aileen devait bien s'en douter, de toute façon. Selon elle, il ne lui attirait que des problèmes.

— Tout l'internat dit que Glenn s'est enfui de la pension cet après-midi, continua-t-elle. Il n'a pas pu réussir cet exploit seul. Il paraît même que ses parents sont déjà au courant.

Face au silence obstiné de sa petite sœur, elle continua d'une voix douce :

— Je te connais trop, je sais ce que tu as fait. Tu n'aurais jamais dû l'aider. Tu sais bien que ce garçon a toujours des ennuis. S'il est incapable de se tenir tranquille jusqu'à obtenir son indépendance, c'est son problème, pas le tien.

— Je devais l'aider, il en avait assez de ses parents, de cette vie… Tout comme moi.

— Voyons, nous sommes tous dans cette situation.

Effectivement, la pension Sybilène accueillait les enfants de membres importants des corporations. Par définition, ils avaient tous été considérés comme une gêne par leurs parents.

— Comment peux-tu supporter ça ? souffla Mylianne.

Les lèvres charnues d'Aileen s'étirèrent en un large sourire plein d'indulgence.

— Je fais comme tout le monde, j'attends d'être adulte pour pouvoir m'émanciper.

— Moi, je voudrais briser mes chaînes maintenant ! clama Mylianne. Tu ne vois pas à quel point on nous manipule ? Certains prétendent que si on nous envoie ici, c'est pour que l'Astracan puisse maintenir sa pression sur les corporations !

— Ne change pas de sujet. Tu voulais partir avec lui, n'est-ce pas ? Et il t'a laissée tomber ?

— Oui.

Même si ce n'était pas l'exacte vérité, elle ne pouvait pas en dévoiler davantage à sa sœur, car elle chercherait à la protéger, à l'empêcher d'exécuter son plan. Mylianne poursuivit d'elle-même :

— J'ai été convoquée chez le Maître. Il veut que je lui dise où est parti Glenn, ou bien il me renverra de la pension dès demain.

— Tu ne l'as pas fait, déduisit-elle en soupirant.

Aileen secoua la tête comme si elle ne pouvait y croire.

— Je l'aime beaucoup, je ne peux pas le trahir…

— Je t'en prie, tu n'es pas aussi stupide, tout de même ! Il se sert de toi ! Il a eu ce qu'il voulait et s'est évaporé, c'est tout. Et tant mieux. Tu t'imagines, le suivre ? Quitter la pension ? Aller dehors ? C'est de la folie.

Mylianne s'empara d'un sac et commença à y jeter des vêtements.

— L'amour rend aveugle, je veux bien, mais à ce point !

— Je pars, et tu ne m'en empêcheras pas. Je vais le rejoindre. Je sais qu'il se fait du souci pour moi. Regarde !

Mylianne lui tendit le billet froissé qu'elle avait tant relu. Quelques phrases d'une écriture ronde s'y étalaient.

« Si tu veux me suivre, rendez-vous à minuit,
près de l'ancienne fabrique de vêtements.

Je t'aime.
Glenn. »

Alors Aileen comprit que ce n'était pas un simple caprice. Elle se leva et la saisit rudement par les épaules.

— C'est hors de question, tu m'entends ! C'est dangereux, dehors !

Mylianne se débattit comme une furie, griffa Aileen et s'éloigna à l'autre bout de la chambre, la respiration sifflante.

—Arrête de tout vouloir diriger ! C'est ma décision, pas la tienne ! Je suis amoureuse de lui, tu ne comprends pas ? Ah, j'oubliais, tu ne sais pas ce que c'est de partager ça avec quelqu'un…

Aileen encaissa la réplique sans rien dire, sentant son emportement retomber. Sa sœur avait raison. De quel droit s'immisçait-elle toujours dans sa vie ? Ce n'était pas parce qu'elle n'avait aucune foi en l'amour que cela devait être le cas pour Mylianne. Aileen l'aimait trop pour ne pas la laisser y croire.

—Je te demande de ne rien dire à personne. Promets-le.

—Est-ce vraiment ce que… ?

—Promets-le.

—Je te le promets, Mylianne, je te le promets.

La lune surplombait les immeubles en ruine, mais Mylianne n'y prêtait aucune attention. Elle serrait le papier dans sa main. Glenn lui avait montré le passage secret la veille. Tout se déroulait comme prévu.

Elle s'éloigna à pas feutrés de la pension, grand manoir aux balcons cintrés et à la toiture d'un violet sombre. Une bâtisse élégante et froide qui contrastait avec la misère alentour. Au matin, le Maître se rendrait compte de sa disparition et ferait fouiller tous les bâtiments à sa recherche, sans soupçonner qu'elle était déjà hors des murs de l'établissement.

Cela faisait bien des années qu'elle n'était pas sortie ailleurs que dans le jardin de la pension et elle redécouvrit un paysage marqué par la guerre. Ses enseignants avaient toujours défini l'affrontement comme lointain, et elle avait devant elle de criantes séquelles. Immeubles écroulés, maisons aux murs noircis, routes aux pavés branlants. La jeune fille trouvait à ce panorama des airs d'apocalypse qui la firent frissonner. Dans cette vie si protégée, elle avait fini par oublier dans quel royaume elle vivait.

À la recherche de panneaux indicateurs, Mylianne erra dans les rues, tentant de maîtriser la peur qui la tenaillait. S'orienter s'avérait beaucoup plus difficile que prévu, elle essayait de filer plein sud. Glenn ne lui avait pas dit grand-chose de plus, si ce n'était qu'il comptait trouver du travail et faire sa vie avec elle.

—Hé, ma mignonne ! Viens un peu par là !

Elle fit volte-face. Un homme se tenait debout à l'angle d'une ruelle, emmitouflé dans un long manteau brun.

—N'aie pas peur ! insista-t-il en souriant. Tu es une pensionnaire, n'est-ce pas ?

Mylianne confirma d'un hochement de tête. Pensant à ce qu'on lui avait raconté au sujet des criminels qui rôdaient dans les rues de Mizin, son sang se glaça.

— C'est bien ce que je pensais, on vous reconnaît facilement, vous vous ressemblez tous.

L'homme était tout près d'elle à présent, elle pouvait voir la grande cicatrice qui couturait sa joue gauche.

— Tu as peur, n'est-ce pas ? demanda-t-il de sa voix rauque.

Elle voulut s'enfuir, mais ses jambes refusaient de lui obéir. Il éclata de rire, laissant apparaître des dents jaunes et inégales.

— Tu sais, ce n'est pas prudent pour une jeune fille de parcourir la ville seule. Il y a des tas de dangers… On ne t'a pas parlé des clans, dans ta pension ? Tu appartiens à laquelle ?

— La pension Sybilène.

L'homme lui saisit le bras. Mylianne poussa un cri strident et se débattit, mais il lui assena un coup de poing au creux du ventre. Elle s'effondra à ses pieds, impuissante.

— Comme c'est amusant, n'est-ce pas ? Peut-être que ce sont des gens de ta famille, ces pourritures d'Hélderionnois, qui ont envahi cette ville ! Tu ne crois pas ?

— Je ne sais pas…

— La ville, c'est dangereux, continua-t-il en lui soufflant son haleine fétide au visage. C'est ça de se promener en princesse ici… Et tu risques de payer maintenant. Il faut toujours payer. Chaque chose a un prix dans la vie, tu sais ?

Mylianne ne s'était jamais sentie aussi vulnérable de toute son existence. Où était Glenn ? Pourquoi ne venait-il pas la sauver, s'il l'aimait autant qu'il l'avait toujours prétendu ?

— Quel âge as-tu ?

— Trei… treize ans…

— C'est triste, le cadavre d'une fille de treize ans.

Interlude

— J'ai horreur de ce royaume. Vivement que la mission soit achevée.

— Elle n'est pas près de l'être, si tu veux mon avis.

— Regarde ces constructions… tout est si propre, si bien aménagé ! C'est une atteinte à la nature. Et je n'ai pas vu un seul animal non domestiqué !

— C'est leur civilisation, nous sommes venus ici pour l'étudier. Alors, s'il te plaît, observe.

— Je n'aime pas cette ville, tout le monde nous dévisage…

— C'est Valdir, le port. S'ils nous dévisagent, c'est parce que nous sommes des étrangers.

— C'est irrespectueux !

— Nous n'avons pas les mêmes mœurs, il faudra nous y faire et nous y adapter. Je te rappelle que notre objectif est de nous intégrer.

— Oui…

— Ah non ! Ne commence pas à bouder !

— Je ne boude pas…

— Je t'en prie, on se connaît depuis neuf ans. Je sais si tu fais la tête ou non.

— Mais je déteste cet endroit ! Regarde, une petite fille vient tout juste de me montrer du doigt.

— C'est parce qu'elle te trouve impressionnant. Tu devrais être flatté.

— Je suis outré, oui !

— Pitié, arrête de te plaindre. Je n'arrive pas à me concentrer.

— Oh… je veux rentrer… Les canyons et le sable me manquent !

— Ça, il fallait s'y attendre.

— S'il te plaît, prenons le prochain bateau et rentrons.

— Non.

— Non ?

— J'ai dit non.

2

Manérian, la cité des oraisons

– Royaume d'Hélderion, Manérian, 912 –

Oraison : Cérémonie consistant à envoyer les morts sur la planète attribuée à leur naissance par un procédé de réincarnation. Elle est considérée comme un art puissant et sacré, et seules les personnes appartenant à la Corporation des marchands d'étoiles, résidant dans la cité de Manérian, peuvent accéder à ce savoir. La cérémonie se déroule en deux temps : d'abord un discours d'éloge funèbre, puis un rituel lié à l'Astrascisme. L'Astrascisme, la religion maîtresse du royaume d'Hélderion, est incarné par une autorité suprême : l'Astracan. Ce dernier cumule les fonctions de dirigeant politique et religieux.

Extraits de l'*Encyclopédie de l'histoire d'Ollien* – par Aceson Madias, membre de la Corporation Volplume de 613 à 647.

Sur la place, devant le temple, Soliane dansait. À chacun de ses mouvements, ses bracelets tintaient joyeusement et sa robe formait une corolle autour de ses jambes, tandis que ses talons claquaient contre les dalles de pierre. Les habitants s'arrêtaient pour apprécier le spectacle de cette femme solitaire. Sa haute taille était typique de son village natal, au nord du royaume.

Assise à l'écart, sur les marches d'une auberge, Noony l'admirait. De sa mère, elle avait hérité la sensibilité des femmes du Nord, ainsi que de grands yeux dorés, ourlés de longs cils noirs. De son père, elle tenait son amour pour les mots, la passion d'écrire les histoires des vies écoulées. En revanche, elle n'avait pas comme lui ce caractère de feu, ces colères effroyables qui avaient fait de lui le dirigeant de la Corporation des marchands d'étoiles.

—Noony !

La jeune fille se retourna à l'appel de son nom et aperçut son père. Il s'approcha d'elle et referma sa main sèche et noueuse sur la sienne, l'incitant à se lever.

— Il est très tard, lui dit-il sur un ton brusque, tu dois profiter de ce moment de repos dans la cité pour prendre des forces. Tu n'auras pas le même rythme de vie lorsque tu seras partie !

Noony se tourna de nouveau vers la place, où sa mère dansait encore.

— Soliane danse pour toi, comme toujours.

Elle était la grâce incarnée et Noony souhaitait souvent être aussi belle qu'elle.

— Allez… rentre à la maison, lui intima son père.

Un chemin de gravier se déroulait sur la colline du haut de laquelle la demeure des Manérian surplombait toute la ville. Une bâtisse de deux étages, dont les murs d'un blanc éclatant étaient percés de fenêtres ovales aux encadrements sculptés. Des motifs d'étoiles parcouraient la façade, tandis qu'un serpent de fumée s'échappait de la cheminée. Noony pénétra dans le vestibule. La boiserie des murs formait des cadres dans lesquels se nichaient des peintures en une frise cohérente. Elles présentaient, en plusieurs tableaux, le rythme des prières quotidiennes, de l'aube à la Complainte nocturne. Elle écarta un rideau et pénétra dans le salon dont la fenêtre donnait sur une courette. Sur la gauche se trouvaient une longue table de bois et des sièges recouverts de tissu matelassé. Dans un angle, un amoncellement de coussins multicolores invitaient à la détente. Noony y revit quelques instants ses deux sœurs aux visages malicieux, à l'époque où elles vivaient encore ensemble.

Noony se laissa choir sur l'un des fauteuils moelleux. La danse de sa mère lui permettait de trouver un certain apaisement, car elle savait que le jour où elle devrait quitter Manérian, sa cité bien-aimée, approchait à grands pas. Elle avait obtenu, quelques lunes plus tôt, son Étoile de base, certifiant qu'elle avait acquis les fondements de l'oraison. Cet art si particulier était la spécificité de la cité Manérian, la ville de ses ancêtres. Si Noony voulait devenir une oraisonnière digne de ses aïeux, elle avait intérêt à s'exercer et à se préparer à quitter la cité pour user de ses talents là où l'on aurait besoin d'elle. En dépit de son sens du devoir, cette perspective lui brisait le cœur. Manérian était son domaine, sa ville, sa maison. Et plus que cela encore, elle était sa vie.

Sur cette dernière réflexion, elle grimpa les marches qui menaient à sa chambre. Comme il était de coutume, chaque soir avant de trouver le sommeil, les croyants adressaient une prière à leur astre d'attribution. On appelait cela la Complainte nocturne, une manière de rappeler son existence à son étoile, de faire preuve d'un grand intérêt pour sa réincarnation future et d'aspirer à un sommeil paisible. Les astres avaient besoin qu'on leur montre son âme pour qu'ils puissent la juger.

L'oraisonnière porta la main à son médaillon d'argent. Sur l'ovale du bijou était gravée une étoile à cinq branches en relief, le symbole de sa corporation. Après les quelques phrases rituelles qu'elle connaissait depuis sa plus tendre enfance, elle confia à son astre ses angoisses, ses espoirs, et demanda sa protection.

Ceci achevé, elle s'étala de tout son long sur le grand lit à baldaquin qui l'attendait.

ꝏ

Une senteur fruitée vint chatouiller les narines de Noony. C'était le parfum de sa mère, un effluve qui rappelait les belles journées ensoleillées dans le jardin, un arôme propre à l'innocence et l'espièglerie de l'enfance. La main de Soliane parcourut le front de sa fille. Elle tapota deux fois du bout d'un doigt au niveau de sa tempe. Cela signifiait : « Réveille-toi. »

Noony entrouvrit un œil vitreux. Comme chaque fois, elle fut attristée de voir la bouche de sa mère dont les lèvres n'étaient plus qu'une cicatrice qui lui barrait le visage. Malgré son mutisme, Soliane et elle avaient trouvé bien d'autres moyens pour communiquer, comme la danse. Le plus difficile était de ne plus la voir sourire.

— Quelle heure est-il ? demanda-t-elle d'une voix ensommeillée, étouffant un bâillement à l'aide de sa main.

Sa mère lui indiqua la fenêtre du doigt.

— Déjà !

La matinée était bien entamée. Son père serait furieux s'il apprenait qu'elle avait passé la journée à dormir plutôt qu'à étudier la langue des astres. Voyant la panique de sa fille, Soliane s'empressa de lui tendre sa robe. Noony prit l'étoffe bordeaux et l'enfila sans grand enthousiasme. Lorsqu'elle se tourna, Soliane la dévisageait, attendrie.

— Maman ?

Soliane l'entraîna jusqu'au grand miroir sans cadre qui occupait un pan entier du mur de la chambre. La jeune fille affronta alors son reflet. Son visage ovale au nez droit dégageait une grande douceur. La teinte de sa robe allait à ravir avec sa peau pâle et mettait en valeur ses courbes avantageuses. Son père ne cessait de lui dire qu'elle était jolie dans sa simplicité, qu'elle possédait la beauté naturelle des femmes de la famille Manérian.

— Tu crois que Mylianne et Aileen vont bien ? demanda-t-elle à sa mère par-dessus son épaule.

Soliane parut songeuse.

— Elles te manquent, n'est-ce pas ?

Les deux sœurs de Noony avaient été envoyées en pension, dans le royaume de Thyrane, il y avait de cela six ans pour Mylianne, neuf pour Aileen. Même si elles donnaient des nouvelles à un rythme régulier et séjournaient à Manérian une semaine par an, leur absence restait pesante pour tous. L'accès aux pensions de Thyrane était un privilège réservé aux enfants des membres importants des corporations. On y recevait une éducation basée sur l'Astrascisme, ainsi que des cours sur de multiples matières passionnantes. Noony, elle, était restée à Manérian sur ordre de son père afin de s'accomplir dans l'art de l'oraison.

La porte de la chambre s'ouvrit à la volée. Son père apparut dans l'encadrement, sa grande cape couleur ocre remontée sur ses larges épaules. Son teint hâlé contrastait avec ses cheveux d'un blanc neigeux noués en catogan, et son menton volontaire ajoutait à la sévérité de ses traits. En dépit de sa vision très cadrée de la vie, elle l'aimait. Il incarnait l'assurance et la réussite, tout ce qu'elle aspirait à devenir.

— Noony ! dit-il d'un ton enflammé, que fais-tu donc encore ici à cette heure ? Ne devrais-tu pas aller étudier ? Trois corps sont arrivés, ce matin même, en provenance directe de Valdir !

Soliane se détourna. Les conversations au sujet des oraisons ne la concernaient plus depuis qu'elle était privée de parole.

— Trois corps, répéta-t-il. Encore une attaque surprise des clans. Ces sales Thyraniens ont une nouvelle fois réussi à franchir la surveillance du port. L'une des victimes t'attend au temple.

Noony se dirigea vers les étagères qui occupaient un angle de la pièce. Derrière quelques globes de cristal décoratifs, elle prit une bourse de velours mauve. Elle y avait déposé son Étoile de base, un fragment d'argent orné de filigranes qui, en entrant en contact avec son médaillon, lui permettait d'effectuer l'oraison.

ꟼ

Manérian était l'une des villes les plus riches du royaume d'Hélderion. Elle s'étendait sur un plateau au pied des monts Fol'étoiles. Ces derniers se dressaient fièrement, coiffés de quelques nuages parsemant le ciel. Lors de l'éclipse annuelle, Gide emmenait ses filles en haut des montagnes afin d'admirer les changements de la nature.

De l'entrée de la demeure familiale, on apercevait le temple aux neuf dômes nacrés situé au cœur de la cité. Les maisons, hautes de plusieurs étages, se blottissaient les unes contre les autres. Il n'y avait pas, comme dans les villes du royaume de Thyrane, des mendiants à chaque coin de rue, des établissements insalubres où les gens noyaient leur misère dans l'alcool. À Manérian, le commerce était florissant grâce à l'accueil des gens endeuillés venant des quatre coins d'Hélderion. Les auberges étaient légion, arborant des enseignes en forme d'étoile ou de lune. De petits marchés proposaient sur leurs étals des bijoux sertis de pierres précieuses, des statuettes de temple, des urnes décorées de liserés. Les passants s'arrêtaient, marchandaient, le tout dans la bonne humeur. Manérian cachait bien les nombreuses peines qu'elle recueillait chaque jour lors des cérémonies d'oraison.

La cité était construite en couronne autour du temple, aussi toutes les routes menaient-elles à la grande place sur laquelle il avait été bâti. Noony connaissait le chemin le plus court. Elle remonta la rue des Aurores d'un pas rapide, au milieu de la foule dense qui se massait devant les commerces dans une joyeuse rumeur. Le temple dominait la petite silhouette de l'oraisonnière de toute sa majesté, dépassant de loin les plus hautes maisons. Le soleil faisait naître des nuances de rose et de bleu sur les dômes de nacre. La jeune fille s'engagea sur le plan incliné translucide qui y donnait accès, la main agrippée à la longue rampe cuivrée pour tromper sa peur du vide. Une vague de soulagement l'envahit quand elle franchit la haute porte.

À l'intérieur, tout était calme, ce qui contrastait avec le brouhaha de la ville. Noony leva la tête pour admirer un instant la voûte décorée de mosaïques représentant une carte du ciel sur laquelle de petites lampes de cristal figuraient les constellations. Un escalier en colimaçon autour d'une colonne de marbre donnait sur un grand plancher de verre permettant d'admirer les dômes depuis le rez-de-chaussée. Les salles d'oraison couraient sur le tour du temple au premier étage, tandis que des cuves de stockage occupaient la base de l'édifice. Les bassins contenaient un liquide d'un noir miroitant qui léchait les rebords des murs en un clapotis discret.

Il s'agissait des résidus d'âme, extraits et téléportés dans les cuves durant la cérémonie d'oraison. Une fois par mois environ, des hommes de la Grande Corporation, autrement dit les envoyés de l'Astracan, venaient recueillir cette substance appelée résuadine.

La jeune fille était fascinée par les petites étincelles qui en jaillissaient de temps à autre.

—Ah ! Noony ! s'exclama une voix derrière elle.

Se détournant de sa contemplation, Noony fit face à l'oraisonnier Merion et lui adressa son plus beau sourire. C'était un homme grand, brun, les yeux d'un noir brillant d'intelligence. Il arborait une barbe de trois jours et un air amusé. Il joignit les mains et s'inclina respectueusement.

—Je t'attendais, dit-il. Le corps que Gide t'a réservé constituera un excellent apprentissage. J'en suis presque jaloux. Il s'agissait d'un homme important, Noony, très important…

—Je ferai de mon mieux.

L'oraisonnier Merion portait son élégante tenue de cérémonie pourpre cousue du symbole de l'Astrascisme : deux disques mêlés. Cela faisait à la fois référence à l'éclipse annuelle et à la fusion des deux royaumes d'Hélderion et de Thyrane. Noony n'avait pas encore le droit de porter un tel emblème ; elle n'avait ni les titres ni l'expérience suffisante pour cela.

—Je l'espère bien, affirma Merion aimablement, la Grande Corporation ne devrait pas tarder à venir. Il faut faire un hommage à toutes ces pauvres victimes des rebelles de Thyrane…

—Comment peut-il y avoir encore des gens aussi brutaux ?

Une expression de grande satisfaction naquit sur le visage de l'homme.

— Ça, seuls les astres pourraient nous le dire ! Mais je suis bien heureux de voir que tu partages l'aversion générale pour ces mécréants. Le gouvernement devait ouvrir une nouvelle chasse aux clans, mais notre beau royaume est bien économe lorsqu'il s'agit de financer de telles expéditions, en ce moment…

Il était vrai que la Corporation des guerriers de l'aurore, la partie militaire du gouvernement, se faisait discrète ces derniers temps.

— Vous croyez qu'il se prépare quelque chose ?

L'homme lui fit signe de baisser le ton.

— Nous en reparlerons une autre fois, Noony. Mais penses-y jusqu'à notre prochaine rencontre. J'ai ma petite idée là-dessus.

Il éleva à nouveau la voix :

— Allons dans la salle des cérémonies, si tu veux bien.

Noony se rendit dans un petit vestiaire. Elle repensait à cette conversation. L'exaltation de Merion la mettait mal à l'aise, car après tout, si les clans étaient cruels et hérétiques, ce n'était pas le cas de tous les Thyraniens. D'ailleurs, beaucoup s'étaient convertis à l'Astrascisme.

Elle revêtit une ample robe blanche brodée d'une étoile argentée à cinq branches sur la poitrine. Lorsqu'elle fut prête, elle monta une volée de marches avant de pénétrer dans une vaste pièce logée dans l'un des huit dômes secondaires.

Cette coupole-ci était parcourue de plantes grimpantes qui semblaient dévorer les murs, transformant la salle en un cocon végétal. L'oraison devait se dérouler au plus proche de la nature. De somptueuses fleurs s'ouvraient, exhalant un délicieux parfum qui dissimulait les odeurs parfois désagréables des cadavres. De temps à autre, un pétale se décrochait et venait virevolter jusqu'à se poser sur les larges carreaux de marbre. Le corps se trouvait au milieu de la salle, allongé sur l'autel. Il avait été battu à mort, mais le maquillage mortuaire dissimulait les ecchymoses. En cercle autour de lui, la plupart de ses proches pleuraient sans retenue. Noony avait l'habitude de ce genre d'atmosphère oppressante. Pourtant, chaque fois, leur douleur l'émouvait. Le fait qu'elle témoigne énormément d'empathie pour les proches de la victime faisait d'elle une oraisonnière appréciée.

Merion lui adressa quelques mots d'encouragement puis la laissa seule face à la dépouille et son auditoire. Les proches lui confièrent quelques documents qui relataient la vie du défunt. Elle les parcourut et en retint les éléments les plus importants.

— Nous pouvons commencer la cérémonie.

Les sanglots s'atténuèrent, et tous attendirent les premiers mots de l'oraison.

— Bonsoir. Nous sommes aujourd'hui réunis pour apaiser les cœurs, et surtout l'âme de Verga. Rien ne pourra faire oublier ni le sang ni la douleur.

J'espère pourtant, comme nous tous, que les astres auront raison de ce qui sème tant de souffrance dans notre beau royaume. La mort est mon métier. Mon rôle est de sécher vos pleurs, de vous aider à faire votre deuil.

Le discours de Noony fut ponctué par des hochements de tête et des reniflements. Elle poursuivit la cérémonie, se tenant aussi droite et humble qu'on le lui avait appris. Elle relata alors la vie de Verga. L'oraisonnière embellissait des détails, ajoutait sa touche personnelle, le tout avec un ton dramatique, particulièrement convaincant, dont elle seule détenait le secret. À la fin du discours, les proches quittèrent la salle d'un pas lourd. Ils savaient qu'à présent, c'était à Noony d'exercer son savoir-faire, seule.

Elle détestait ce moment dans la cérémonie d'oraison. Elle se plaisait à faire l'hommage du défunt, mais elle appréciait beaucoup moins de manipuler une force mystérieuse. Elle s'agenouilla près du corps, mal à l'aise. Pour se rassurer, elle parlait comme si elle avait encore affaire à une personne vivante :

— Bon… je vais donc… hum… vous permettre de rejoindre votre astre natal, où vous pourrez vous réincarner et vivre une vie sans doute plus heureuse.

Noony tira de sa robe le médaillon d'argent, puis la bourse de velours qui contenait son Étoile de base. Lorsqu'elle la posa sur le pendentif, celui-ci s'ouvrit dans un craquement métallique, laissant surgir une grande pique acérée.

Noony tenait le médaillon entre ses paumes, le dard pointé vers le sol. Elle attendit quelques instants, puis le posa délicatement sur la poitrine de l'homme, avant de l'enfoncer d'un coup sec, pour traverser la chair. Le pendentif irradia alors une lueur vive qui hypnotisa la jeune oraisonnière, puis un éclair blanc éclata sous ses paupières. Alors que, comme chaque fois lors de ce moment du rituel, elle pensait être devenue aveugle à jamais, la salle apparut de nouveau.

Interlude

—Nos deux royaumes n'ont rien d'autre en commun que le jour et la nuit…

—Regarde toutes ces étoiles!

—Ce sont les mêmes que chez nous.

—Presque. Le ciel est un peu différent.

—J'aurais tout de même préféré m'épargner leur spectacle…

—Nous en avons déjà parlé. Je ne peux pas me permettre de payer une chambre d'auberge tous les soirs. Nous avons intérêt à penser à nous nourrir plutôt qu'au confort.

—Je sais bien.

—J'ai vu une affiche aujourd'hui en me promenant dans les quartiers Ouest et…

—Ah oui? Follement intéressant…

—Ne sois pas si sarcastique. Il s'agit d'une petite annonce. Attends, je l'ai prise, je vais te la lire.

—Nous avons de l'argent à y gagner?

—Oui, ainsi que des informations précieuses, je pense.

—Là, ça devient alléchant.

—Alors: « Recherche oraisonnier capable de se défendre pour un voyage risqué aux côtés d'une jeune apprentie. Joindre Gide Manérian à Manérian, la cité des oraisons. Travail bien payé. »

—On y va!

—Je crois aussi que ce sera un bon moyen d'approcher l'Astrascisme.

—Tu as étudié l'oraison, n'est-ce pas?

—Oui, je connais tout ce que ça implique, j'ai lu la totalité des livres théoriques disponibles à la bibliothèque de Tombe-lune à ce sujet. Il faut un matériel spécifique et me créer une identité.

—Je pourrais voler le matériel sans aucun problème.

—Encore faut-il savoir où le trouver.

—Nous chercherons demain matin.

—Tu as raison, mieux vaut dormir!

— Regarde ! Une étoile filante, fais un vœu, vite !
— Te mettrais-tu à croire en l'Astrascisme ?
— Pas du tout… Mais, on ne sait jamais, n'est-ce pas ?
— Tu as raison : alors je souhaite la paix pour Rouge-Terre.

3

Terrible nouvelle

– Royaume de Thyrane, Mizin, 912 –

Veilleurs : Membres actifs de la Corporation des guerriers de l'aurore, ils sont chargés de faire régner un maximum de cohésion dans le royaume de Thyrane, envahi par Hélderion en 852. Les veilleurs sont pour la plupart en poste à Mizin, l'ancienne capitale. Ils y ont leur quartier général et se voient attribuer toutes les affaires liées aux clans.

Extrait de *Comprendre un nouveau royaume* – par Adrastée Sandiane, historienne de la Corporation Volplume depuis l'année 901.

Le chef-veilleur Orius fut dépêché sur les lieux du crime. Le corps d'une jeune fille reposait à terre. Ses cheveux châtains, baignés de rouge, tombaient en étoile autour de son visage pâle strié de plaies. Un filet vermeil, désormais coagulé, avait coulé de sa bouche.

Le visage de l'enfant l'hypnotisait. Encore une existence fauchée par les clans. Un guérisseur s'approcha pour faire son rapport.

— Son agresseur ne s'est pas privé de la faire souffrir : il lui a entaillé le visage avec un objet pointu et elle a été très violemment frappée à la tête, sans doute contre le mur, là-bas… Nous avons retrouvé des traînées de sang jusqu'ici. Nous pensons aussi qu'elle a été violée.

Deux veilleurs, jeunes recrues nouvellement arrivées en Thyrane, les rejoignirent. Ils n'avaient encore jamais vu de cadavre et manifestaient une vive émotion.

— Toujours aucune idée sur son identité ?

— Nous vérifions les avis de recherche les plus récents.

Orius laissa échapper un long soupir. Il traînait derrière lui douze années de bons et loyaux services pour Mizin, la ville sans loi, comme se plaisaient à la nommer ses amis qui vivaient tous dans les cités d'Hélderion où le mot « pauvreté » n'évoquait pas grand-chose.

Il savait qu'il était un très bon veilleur, comme on en trouve peu. Il avait de l'expérience et un réel talent dans son métier. Néanmoins, ce n'était pas pour cela qu'on lui confiait toujours les affaires les plus horribles. On le chargeait surtout des cas tragiques parce qu'il avait du cran, et ça, ce n'était pas répandu à Mizin.

— Bon, déclara-t-il d'un ton ferme, je veux qu'on m'épluche le secteur, qu'on interroge les passants. On ne tue pas une gamine dans les rues sans être vu !

Orius se tourna vers le corps inerte. Il plongea sa main dans sa poche et serra le miroir qui s'y trouvait. Comme toujours, il fallait trouver la vérité…

— Embarquez-la, ordonna-t-il.

Aileen levait sa fourchette lorsqu'elle fut interrompue par un domestique.

— Aileen, c'est pour toi.

Ses camarades se penchèrent pour lire le billet avec elle :

« À Aileen,

Convocation dans le bureau du Maître,
Immédiatement. »

Elle l'empocha et se leva d'un bond.

— Tu n'as même pas terminé ton déjeuner…, protesta Yamilia, son ancienne camarade de chambre.

Aileen ne l'entendit pas. Elle quitta le réfectoire et son vacarme oppressant pour s'engouffrer dans les couloirs de la pension. Aileen n'avait rien d'une jeune fille à problèmes, elle avait toujours été considérée comme une élève appliquée. Elle allait devoir user de cette image pour éviter les ennuis.

Après quelques minutes, elle s'arrêta devant l'accueil : un comptoir en bois surplombé par une grosse femme à l'air peu aimable.

— Tu es ?

— Aileen Manérian.

La femme lui fit signe de patienter. Sur les murs, un treillage où poussaient des fleurs jaunes conférait à l'endroit une ambiance naturelle qui contrastait avec le reste de la pension. Une table de verre où reposaient divers ouvrages trônait au centre, entourée de fauteuils. Aileen hésita à prendre un livre. Puis cela lui sembla futile. Comment pourrait-elle vraiment se changer les idées ? Elle s'installa sur une chaise. Durant son attente, toutes sortes de pensées traversèrent son esprit paniqué. Elle ignorait qu'elle se trouvait dans le même état que sa sœur une journée auparavant.

La grande porte du bureau s'ouvrit et le Maître apparut dans son encadrement, vêtu d'un costume couleur grenat. Aileen se leva et s'inclina avec respect.

— Entre.

L'ordre avait été émis d'une voix glaciale. Elle se hâta de franchir le seuil de la porte.

— Bonjour, lança-t-elle d'une petite voix.

— Assieds-toi.

Ses jambes lui semblaient si cotonneuses qu'elle avait l'impression d'être sur le point de s'effondrer. Le regard du Maître lui fit l'effet d'une lame affûtée.

— Voilà, Aileen, déclara-t-il sur un ton très calme, j'aimerais que nous parlions de Mylianne.

Il posa ses mains à plat sur le bureau.

— Tu n'es pas sans savoir que Glenn s'est enfui de la pension hier après-midi.

— Oui, tous les pensionnaires en parlent.

— Et tu as dû te demander pourquoi ta sœur n'était pas dans son lit ce matin, n'est-ce pas ?

— Je ne l'ai pas vue rentrer hier soir, ni au réfectoire.

Elle n'avait pas pu s'empêcher de mentir pour la couvrir. Le Maître se dirigea vers une commode sur laquelle étaient posés une carafe et un verre. Il versa délicatement un liquide dans la coupe et y trempa le bout des lèvres. Aileen faisait son possible pour ne rien laisser paraître de sa gêne.

— Comme c'est curieux, fit-il d'une voix suave.

Il brandit le verre en direction de l'éclairage et fit tourner la boisson couleur rubis pour en évaluer la qualité.

— J'ai interrogé les cuisinières ce matin. L'une d'elles, qui la connaît bien, affirme avoir vu Mylianne après qu'elle fut sortie de mon bureau, hier. Elle lui a demandé à manger et lui a dit qu'elle remontait à l'internat. Tu n'es pas sans savoir que ta sœur avait d'excellents rapports avec les membres du personnel. La cuisinière en question affirme que Mylianne avait un comportement très étrange et qu'elle lui a même demandé où se situait une vieille usine.

Il but une gorgée avant de reposer le verre sur la commode.

— Je connais bien les domestiques. J'ai jugé chacun d'entre eux avant de les embaucher. Et Sheny n'est pas une menteuse. Je suis donc certain que Mylianne avait un rendez-vous. Il est de notoriété publique que vous êtes très proches, si elle avait un projet de fugue, il est certain que tu serais au courant…

— Je suis désolée, dit tranquillement Aileen, si elle est rentrée dans la chambre, j'étais sans doute endormie. Quand je suis allée me coucher, dès le couvre-feu, il n'y avait que moi.

On toqua.

— Oui ! Entrez !

La porte s'ouvrit devant la grosse femme de l'accueil. Celle-ci remonta vivement ses lunettes sur son nez busqué, mais semblait tout à coup beaucoup moins sévère. Ce changement d'humeur inquiéta Aileen.

— Maître, puis-je m'entretenir avec vous un instant ?

— Vous voyez bien que je suis occupé, Meldrave ! Cela ne peut-il pas attendre ?

— Non, répondit-elle d'une voix bouleversée. Il y a des veilleurs à l'entrée de la pension. C'est à propos de Mylianne...

— Ah ! s'extasia le Maître. Parfait ! Donnez-leur quelques pièces et amenez-moi la fillette. Nous allons voir si les deux versions concordent.

Il dévisagea Aileen, un sourire triomphant aux lèvres. Celle-ci garda une expression neutre en dépit du feu qui venait d'éclater dans ses entrailles.

— S'il vous plaît, Maître Joscard, nous devons parler de cela en privé.

Il observa son employée avec plus d'attention, et vit qu'elle tremblait sous le coup de l'émotion.

— Très bien. Aileen, ne bouge pas.

Il quitta la pièce avec un geste d'avertissement envers la pensionnaire. Celle-ci hésita, puis s'avança jusqu'à la porte. Que faire ? Satisfaire sa curiosité ou non ? L'angoisse enflant dans sa poitrine, elle colla son oreille contre la cloison de bois pour écouter, mais ne perçut aucun son. Après quelques interminables minutes, le Maître revint, livide.

— Aileen, je suis désolé. Je ne sais pas comment t'annoncer cela. Mylianne a été assassinée par les clans. Je te présente mes condoléances.

La larme roula lentement le long de la joue pour s'échouer au coin des lèvres.

Aileen se tenait à sa fenêtre, une main crispée sur le rideau. D'habitude, regarder le ciel nocturne apaisait ses maux, mais cette fois-ci, cela n'y pouvait rien changer.

Le visage de Mylianne lui souriait. Mylianne et ses yeux bleus rieurs. Mylianne et sa voix enfantine. Mylianne qui se recroquevillait dans ses bras. Mylianne parlant de Glenn jusqu'à pas d'heure. Autant d'images qui s'imposaient à son esprit, déclenchant chaque fois une vague de douleur qui la rongeait un peu plus.

— C'est... impossible, murmura-t-elle.

Le mot « mort » trottait dans sa tête, sans qu'elle parvienne à en saisir toutes les implications. Hier encore, Mylianne était ici, dans cette chambre. Aileen se remémorait chaque geste, chaque réplique durant leur dispute. Elle aurait dû l'empêcher de partir, en étant plus forte, en restant campée sur ses positions. Si seulement elle avait su la convaincre, Mylianne ne serait pas morte.

Ce constat l'écrasa d'une culpabilité immense. Un puissant sanglot lui déchira la poitrine. L'image du corps inerte de sa sœur surgit dans sa tête. L'innocence brisée, brutalisée par les membres des clans. Insupportable. Ces criminels sans scrupules avaient arraché la vie à une jeune fille qui avait tout l'avenir devant elle. Son sentiment de responsabilité rencontra la réalité : ce n'était pas sa propre impuissance qui avait tué Mylianne, mais les coups portés par les résistants.

Brusquement, les larmes se tarirent, comme happées par cette révélation. Un nouveau feu brûla au fond d'elle. La colère devenait l'écrin de la tristesse. Ce sentiment enflait, rampait sous sa peau comme un monstre qui ne demandait qu'à sortir.

C'était injuste. Absence. Douleur. Était-il possible que cela s'efface un jour ? Que cela s'oublie ? Ses émotions étaient si fortes, cuisantes, qu'elle n'arrivait pas à concevoir qu'elles puissent s'apaiser.

Seule une chose l'obsédait : venger sa sœur.

Le Maître tint ses mains derrière son dos et bomba le torse pour affirmer son autorité. Il en avait bien besoin : cette nouvelle allait avoir de graves répercussions sur la réputation de la pension.

— Tout le monde est ici ? demanda-t-il.

Ses interlocuteurs avaient pris place dans son bureau. Il avait convoqué les trois professeurs en qui il avait véritablement confiance : Dame Irane, enseignante de bonne tenue, monsieur Sesir, professeur d'entretien physique, ainsi que monsieur Erborado, enseignant d'introduction au commerce. Bien entendu, sa secrétaire Meldrave se tenait à ses côtés.

— La situation est critique, déclara-t-il. Les veilleurs de Mizin ont retrouvé le cadavre de Mylianne. Je viens de procéder à l'identification du corps, il n'y a aucun doute possible. Elle aurait été assassinée par les clans.

— Après la fugue de Glenn, intervint monsieur Sesir, cela fait beaucoup… Sans compter qu'il s'agit de la fille d'un chef de corporation.

— Je sais ! C'est pour cela que je vous ai tous convoqués. Nous n'avons pas besoin de nous mettre les parents des élèves à dos, loin de là. Nous savons que les membres des corporations attendent le premier prétexte pour se plaindre des pensions de Thyrane.

— Il faut étouffer l'affaire ! s'exclama Dame Irane.

— J'ai consulté ma chère Meldrave ici présente, poursuivit le Maître. La meilleure solution me semble être de renforcer le contrôle des courriers pour éviter tout mouvement de panique ou risque de fuite d'informations.

Les enseignants approuvèrent cette idée avec enthousiasme.

— En ce qui concerne Aileen Manérian, il faudra bien qu'elle quitte exceptionnellement la pension pour l'oraison de sa sœur. Le mieux est de l'y envoyer en même temps que le corps de Mylianne, lorsque les veilleurs auront terminé les examens nécessaires.

— Aileen n'est pas un problème, assura Dame Irane. Cette enfant est plutôt introvertie. Notre gros souci est : comment gérer les parents ?

— Je compte rédiger une lettre officielle pour expliquer que Mylianne Manérian, jeune fille intègre, a été entraînée par Glenn, un pensionnaire turbulent. Vous connaissez la suite. J'écrirai également aux Manérian, afin de leur présenter nos condoléances et de leur donner notre version des faits.

— Vous avez conscience des répercussions que cela aura sur la famille du petit Glenn, qui est déjà révoltée par sa fugue ? demanda monsieur Erborado.

— Il faut qu'il y ait un responsable pour ne pas impliquer la pension. Ce responsable, ce sera Glenn. La haine des autres parents se tournera vers lui.

« Diviser pour mieux régner. » Le Maître savait appliquer la maxime.

Interlude

—Allez, un effort, nous y sommes presque.

—Es-tu sûr de toi ?

—Évidemment : à l'horizon, ce sont les monts Fol'étoiles. Manérian n'est plus très loin.

— Que ces montagnes sont belles ! J'aimerais bien m'y promener…

—Ne me fais pas ce regard suppliant. Bon, de quoi ai-je l'air ?

—D'un oraisonnier, je pense. Enfin je l'espère. En tout cas, tu étais mieux avec des cheveux rouges.

—Je sais, mais nous devons passer inaperçus.

—Je me demande comment se comportent les oraisonniers.

—J'espère surtout que ce sont des gens accueillants et qui parlent facilement. Ce sera beaucoup plus simple pour pénétrer leurs défenses. En fait, il faudrait trouver une fille…

— Ce que tu peux être calculateur !

—Mais c'est ma mission ! Ou plutôt : notre mission.

— Oui, je sais bien. S'il y avait des animaux dans cette ville, ce serait plus aisé.

— C'est certain, mais j'en doute. En Hélderion, on ne semble pas vraiment les apprécier.

—Si, pour tirer d'immenses convois bondés de voyageurs !

—Oui, vu comme ça…

—Je crois que tu avais raison, cette ville blanche dont je sens l'odeur de propreté d'ici, cela doit être Manérian.

—Ça y ressemble, en effet.

—Alors, on y va ?

4

L'empreinte du passé

– Royaume d'Hélderion, Manérian, 912 –

Les poudres mystiques : Il existe de nombreuses poudres mystiques, la plupart étant des alliages puissants créés par des génies en matière de botanique. Elles sont rares et interdites à la vente, car leurs effets spectaculaires, défiant le temps et l'esprit, sont souvent source de dépendance pour leurs utilisateurs. Une personne trouvée en leur possession doit être jugée par le département des Dépôts spéciaux d'Abranelle. Les peines sont variables mais toujours lourdes de conséquences.

Extrait du *Manuel des lois sur les produits spéciaux* – par Yldiane Merconny, membre de la Corporation des souffleurs de maux de 412 à 447.

La salle à manger des Manérian avait des airs de fête. Gide, en bout de table, dominait l'assistance. Sa femme, à sa droite, montrait un visage triste, car cette célébration impliquait également le départ de sa fille. Autour de Noony, une foule de dignitaires, en majorité des collègues d'oraison, affichaient des expressions hautaines dans leurs tenues de cérémonie. Soliane avait passé la journée à décorer le lieu pour les festivités : des guirlandes ornaient les murs et, pour créer une atmosphère chaleureuse, un immense feu se consumait dans la vaste cheminée.

Le chef de la Corporation des marchands d'étoiles fit tinter la clochette posée devant son assiette afin de calmer le brouhaha des conversations.

— Votre attention, s'il vous plaît !

Sa voix tonitruante plus que le tintement engendra un silence parfait.

— Ma fille, Noony, a obtenu son Étoile de base, il y a quelques jours. Aujourd'hui, elle a encore accompli une excellente oraison qui a grandement soulagé la peine de ses clients. C'est en son honneur, mesdames et messieurs, et afin de l'encourager dans le monde auquel elle vient d'accéder, que nous allons boire et manger ce soir !

Cette déclaration fut accueillie par un tonnerre d'applaudissements. Les compliments fusaient de toutes parts, et Noony avait du mal à faire s'estomper le rouge qui empourprait ses joues. On s'émerveillait de son jeune âge et de sa beauté, mais aussi de sa charmante personnalité. On la questionnait sur ses projets, les villes où elle souhaitait exercer, les préparatifs de son voyage. Mais Noony restait très vague. Elle n'avait pas encore décidé de son itinéraire, encore trop attachée à la cité de Manérian qu'elle devrait pourtant quitter sous peu.

— Et dites-moi, mademoiselle, nous parlons de votre future brillante carrière, mais vous devez également avoir une situation enviable dans un domaine, disons, plus privé ?

La femme qui avait posé cette question était une oraisonnière d'un certain âge, et un sourire malicieux flottait sur ses lèvres. Noony lui jeta un regard interrogateur.

— Vous avez dû vous trouver un fiancé, n'est-ce pas ?

Quelques oreilles se tendirent et certains convives se tournèrent en direction de Noony. La jeune fille se racla la gorge et chercha à capter le regard de son père, mais celui-ci était absorbé par une discussion houleuse au sujet de la politique de l'Astracan Soleil. Elle répondit alors avec un calme feint :

— Ce n'est pas à l'ordre du jour, madame.

— C'est une préoccupation à prendre en compte tôt ou tard, mademoiselle Manérian ! Il se trouve que mon fils a votre âge ; c'est un oraisonnier débutant, mais...

— Cela ne m'intéresse pas, l'interrompit Noony avec une rudesse qu'il était rare d'entendre dans sa voix.

La femme se rejeta dans son siège, vexée. Elle échangea quelques commentaires venimeux avec ses voisins de table. Noony dut lutter une bonne minute pour masquer à quel point était douloureux ce que cette question avait réveillé en elle.

En dépit de cet incident, le repas se déroula dans une ambiance détendue et bon enfant. Les oraisonniers présents relatèrent leurs expériences de jeunesse, les cérémonies, leurs propres pèlerinages. Noony les écoutait, fascinée, en espérant vivre des aventures aussi palpitantes. Puis, la conversation roula sur l'aspect commercial, que la jeune Manérian ne pouvait concevoir. On parla notamment de la résuadine, dont la demande ne cessait d'augmenter. L'occasion pour elle de poser une question cruciale, à laquelle on lui avait refusé la réponse jusqu'alors :

— À présent que j'ai obtenu mon Étoile de base, puis-je savoir à quoi sert exactement la résuadine ?

Il y eut une certaine gêne dans l'assistance.

— On ne sait pas grand-chose, admit Gide, si ce n'est que cela aide l'Astracan dans le domaine de la recherche. En tant qu'oraisonniers, nous n'avons pas à nous poser ce genre de questions : nous devons fournir la substance par le biais de nos cérémonies, grâce à nos médaillons, voilà tout.

Noony n'insista pas, mais ne fut pas pour autant satisfaite de cette réponse évasive. En dépit de cette interrogation troublante, la conversation reprit bon train et on débattit sur des sujets variés.

Lorsque la soirée s'acheva, les invités rentrèrent chez eux en adressant leurs derniers encouragements à Noony. Gide Manérian, comme tous les soirs, s'isola dans son bureau. La jeune fille se retrouva donc seule avec sa mère, et toutes deux débarrassèrent la table. Noony ramassa avec une certaine tristesse l'assiette pleine de Soliane. Gide Manérian lui mettait toujours de la nourriture, même si cela ne servait à rien, sans doute par attachement pour la femme qu'il aimait. Depuis qu'on avait cousu les lèvres de Soliane, celle-ci était condamnée à se nourrir par un système d'injections, matin et soir. Noony avait parfois assisté aux séances et, si l'aiguille pénétrait la peau sans que Soliane manifeste le moindre signe de douleur, sa fille n'avait jamais pu s'empêcher de grimacer.

— Ce dîner était agréable, n'est-ce pas ? dit-elle sur un ton décontracté.

Sa mère esquissa un signe d'acquiescement qu'elles avaient inventé. Noony baissa pudiquement la tête, ses cheveux châtains dissimulant les larmes qui roulaient le long de ses joues pâles. Soliane la prit dans ses bras.

— J'ai peur de quitter la cité, je n'ai connu que cette ville.

Soliane s'écarta de sa fille. Sans doute aurait-elle aimé lui sourire afin de pouvoir l'apaiser. Elle l'entraîna à l'étage, prise d'un enthousiasme que Noony ne lui avait pas connu depuis des années.

Les degrés de l'escalier étaient couverts d'un long tapis d'un jaune pâle, indiquant qu'il s'agissait de l'accès à la chambre des époux. Soliane souleva le rideau noir qui en masquait l'entrée et invita Noony à passer d'un simple signe du menton.

— Ici ? s'étonna-t-elle.

Soliane approuva.

— Es-tu bien sûre ?

Soliane Manérian eut un geste d'impatience. Noony n'avait que rarement eu l'occasion d'entrer dans la chambre de ses parents, car il s'agissait de leur intimité. Les murs étaient peints de fresques représentant diverses scènes romantiques, des corps nus enlacés et des visages rayonnants. Un lit trônait au centre, recouvert d'une profusion de coussins, au-dessus duquel s'ouvrait un puits de lumière qui permettait au couple d'admirer les astres durant la nuit.

Soliane fouilla dans un tiroir et brandit une bourse de velours attachée par un long ruban rose.

— De la poudre-à-temps ?

Soliane lui confia le petit paquet. Noony avait longtemps étudié les différentes sortes de poudres lors de sa formation d'oraisonnière. Chaque couleur de ruban correspondait à une substance particulière. Elle savait que la poudre-à-temps permettait de faire s'animer des souvenirs dans le monde réel. Les lieux gardaient toujours les marques des émotions, des passages, du vécu. Si l'on jetait la poudre-à-temps dans un endroit spécifique en pensant à l'événement que l'on souhaitait retrouver, il y avait de grandes chances pour que l'on puisse en voir l'empreinte.

Noony s'inclina et embrassa la main de sa mère.

— Merci !

Soliane indiqua le rideau noir du doigt et Noony sortit de la pièce.

ꝏ

Les ténèbres engloutissaient la cité Manérian. La lumière des étoiles se mêlait à celles des habitations. Noony avait interdiction de se promener dans la cité la nuit, mais c'était l'occasion ou jamais de profiter des lieux avant son départ. Elle avait été initiée à une hygiène de vie très stricte. Cela ne l'avait pas empêchée de faire souvent des entorses aux règles établies, entre autres pour regarder sa mère danser. Et il y avait bien eu une fois où, lors de son premier béguin, elle s'était enfuie de chez elle la nuit pour rejoindre un jeune homme répondant au nom d'Heptiel. Cette aventure sentimentale avait alors très mal tourné : les parents d'Heptiel ayant surpris les deux jeunes amoureux s'embrasser, ils avaient tout de suite prévenu Gide Manérian. Noony avait été rudement punie ; son père ne tolérait pas le fait qu'elle puisse avoir une liaison avant l'obtention de son Étoile de base. Il lui avait interdit de reprendre contact avec le jeune homme. Au souvenir de la colère de Gide, du poing cognant la table, Noony se sentit envahie de détresse.

Heptiel avait été banni de la cité Manérian sur ordre de Gide. Il voulait que cette affaire soit réglée. Les parents du jeune homme, des oraisonniers certes peu talentueux, mais d'une grande bonté, avaient décidé de suivre leur fils.

Elle s'assit dans l'herbe, dominant la ville du haut de la colline du domaine. Un vent léger s'était levé, berçant sa méditation. L'oraison la passionnait. Pourtant, dans des instants de peur et d'angoisse, elle avait déjà songé à abandonner cet art. Peut-être aimait-elle plus la ville que son métier ? Elle repoussa ces pensées parasites. Douter n'était plus envisageable à présent. Elle accomplirait son devoir envers sa corporation, même si où aller demeurait une question qui la tourmentait.

Elle descendit vers la cité et s'arrêta devant l'un des parcs. Elle y avait passé une bonne partie de son enfance à y jouer avec ses deux sœurs et ne s'y rendait plus guère depuis leur départ. Des lanternes accrochées aux branches des arbres éclairaient le grand jardin fleuri et les bancs de bois vides.

Elle emprunta une allée bordée de fleurs odorantes. Noony s'installa sur l'un des bancs, les genoux ramenés contre sa poitrine, et observa la voûte céleste. La plus petite des trois lunes, l'Amante, trônait dans le ciel. De temps à autre, une étoile laissait un sillage de vive clarté.

— J'envoie les morts là-bas, songea-t-elle avec émerveillement, et ils peuvent ainsi se réincarner et passer à un niveau de conscience supérieure… C'est un don. Je ne peux pas abandonner.

Sur cette pensée, elle tira la bourse contenant la poudre-à-temps de la poche de son long manteau. Après avoir vérifié qu'elle était bien seule, elle mit un peu de poudre au creux de sa main et pensa très fort à son enfance avant de souffler. La poussière étincelante s'envola puis resta accrochée dans les airs, formant une image. Noony avança la tête, intriguée par le phénomène dont elle avait lu la description dans de nombreux livres de théologie. Les trois sœurs apparurent, représentées par les points coruscants. Son double de poudre était encore une enfant aux cheveux courts et aux petits bras potelés. Elle entendit la voix de sa mère, qui n'était qu'un grésillement difficilement audible :

— Les filles… arrêtez !

Aileen et Mylianne cessèrent de se chamailler. La plus jeune croisa les bras et se mit à renifler. Noony se remémorait les après-midi qu'elles passaient toutes les quatre dans ce parc. Elles jouaient à la poupée, ramassaient des fleurs pour décorer la maison ou lisaient à l'ombre des arbres. Elles étaient si proches à l'époque !

Jusqu'au jour où ses sœurs avaient dû partir… Après l'invasion de Thyrane, les pensions avaient été créées et tous les membres importants des corporations devaient y envoyer leurs enfants. Au fond d'elle-même, Noony maudit le jour où les troupes de son royaume avaient foulé le sol du continent voisin.

Je dois accepter, pensa-t-elle en serrant les poings, *une autre vie m'attend…*

Elle chassa l'image en agitant la main. La poussière tomba et étincela un instant sur l'herbe avant de se fondre dans la pénombre. Noony se dirigea vers la sortie du parc, laissant là le passé, et remonta la colline jusqu'au domaine Manérian.

Au matin, Noony sortit dans la cour intérieure. De petites allées pavées convergeaient en étoile vers un puits. Elle s'en approcha et posa ses mains à plat sur les vieilles pierres dévorées de lierre. Prise d'une envie irrépressible, elle sortit une nouvelle fois la poudre-à-temps et en jeta devant elle. Aussitôt, une silhouette se forma juste devant le puits. En un geste rageur, l'hologramme de poudre lança un caillou qui ricocha sur les parois.

Noony n'était plus cette jeune fille, mal dans sa peau et perdue au milieu des livres et des oraisons.

— C'est une nouvelle ère pour moi. Je vais changer, parcourir le monde pour découvrir des paysages magnifiques, des gens différents et des mœurs dont je n'aurais jamais soupçonné l'existence. Bien sûr, je reviendrai à Manérian.

Sur ce, elle avança de quelques pas, son visage se fondant dans celui de son double. Les grains tombèrent, telles les perles d'un collier brisé.

— Suis-je bien chez les Manérian ? Chez Gide Manérian ?

Noony sursauta. Un jeune homme se tenait debout à quelques mètres, les bras croisés. Sous une longue cape d'un bleu nuit, il portait les vêtements traditionnels de l'oraison et des bottes aux boucles dorées. Son sourire révélait une fossette charmante au creux de sa joue, ses traits fins et son nez droit lui donnaient un profil qui avait quelque chose d'insolent. Noony fut frappée par la couleur ou plutôt les couleurs de ses yeux : l'un rouge et l'autre marron.

— Vous êtes ? L'épouse de Gide Manérian, peut-être ?

— Non, je suis Noony Manérian, sa fille. Qui êtes-vous ?

— Je me nomme Alexian, déclara-t-il, navré si je vous ai fait peur. Je suis venu ici pour rencontrer votre père.

Sans s'étaler en formalités, Noony désigna l'entrée de la maison d'un geste de la main.

Interlude

—Alors ? Comment ça s'est passé ?

—Très bien, je crois. Ce Gide Manérian ne semble pas facile, mais je lui ai fait bonne impression.

—Il n'a pas posé de question sur tes yeux vairons ?

—Non, pas du tout. Tu sais, cela m'étonnerait qu'il puisse faire le rapprochement avec Rouge-Terre sans un signe caractéristique plus visible. Je l'ai baratiné sur le sens du devoir, l'importance de la mémoire des défunts. Je crois que c'est ce qu'il voulait entendre.

—Espérons. En tout cas, pendant que tu essaies d'intégrer cette famille, je m'ennuie à attendre en dehors de la ville…

—Je sais Lorion, je sais. Mais ce serait trop flagrant si tu venais avec moi.

—J'aimerais pouvoir t'aider !

—Tu surveilles mes arrières. C'est déjà beaucoup.

—J'ai rôdé autour de la maison tout à l'heure…

—Lorion ! Tu veux nous faire prendre ?

—Il fallait que je prenne mes marques. Il y avait une fille. C'est peut-être la proie idéale…

—Elle est aussi sauvage que toi lorsque tu étais petit.

—Quand même pas à ce point…

—Oh si ! Il faudrait que je me focalise sur quelqu'un de plus accessible. Et puis, c'est la fille de mon éventuel futur employeur. Mieux vaut éviter les bévues.

—Elle doit avoir plein de renseignements sur le gouvernement.

—Cela dépend. Je la soupçonne d'être oraisonnière. J'ai lu dans un livre que les fils et filles de gens importants étaient systématiquement placés dans des pensions jusqu'à dix-neuf ans avant d'intégrer une formation. Elle semble plus jeune. Certains se spécialisent très tôt, c'est sans doute son cas.

—Peut-être que des bras aimants à son service lui feraient dire beaucoup de choses…

—J'y réfléchirai. Chose difficile à faire tranquillement, puisque tu es toujours dans ma tête. Allez, j'y retourne !

5

La menace des clans

– Royaume de Thyrane, Mizin, 912 –

La naissance des clans : En l'an 552, Hélderion découvrit l'existence d'un continent voisin, le royaume de Thyrane. Les deux royaumes établirent des relations amicales durant plusieurs siècles. Néanmoins, le royaume d'Hélderion avait d'autres projets pour le peuple de Thyrane : convertir les habitants à l'Astrascisme. En 852, l'opposition fut si virulente qu'une guerre éclata entre les deux alliés. Après ce que l'on soupçonne avoir été plusieurs dizaines d'années de complots, le royaume d'Hélderion prit le pouvoir dans le royaume voisin et y fit exécuter une grande majorité des résistants. Une région de Thyrane nommée Le Chaos, vestige d'une ancienne ville prospère détruite par les batailles, devint le lieu de refuge des derniers d'entre eux. Ainsi, même si Hélderion a réussi à y instaurer son propre gouvernement, il n'en est pas moins vrai que des Thyraniens luttent encore pour reconquérir leurs terres. On les nomme les clans, car ceux-ci se répartissent par groupes dans toutes les villes, cherchant à semer la discorde et la violence par de nombreux meurtres et autres actes barbares.

Extrait de *Comprendre un nouveau royaume* – par Adrastée Sandiane, historienne de la Corporation Volplume depuis l'année 901.

Le quartier des veilleurs avait été installé à la périphérie de la ville, dans un ancien entrepôt. Il y avait juste le nécessaire pour travailler : quelques bureaux, des étagères et une salle de repos aménagée à l'écart. On se contentait de l'éclairage des lampes de cristal.

— Encore ici, chef-veilleur ? lança un de ses subordonnés en entrant.

Orius ferma un énième dossier, qu'il rangea sur la pile.

—Je dois remplir quelques paperasses et envoyer la déclaration de décès à la famille de la gamine de la pension Sybilène. On s'habitue à ce genre de corvées comme on s'habitue à tout, répondit-il devant la mine sombre de son collègue.

—Un homme qui était au coin de la rue m'a demandé de vous donner cette lettre, il avait l'air louche. Si vous voulez mon avis, c'est encore le doigt d'une victime ou quelque chose dans le genre…

Orius la jeta dans un tiroir avec dégoût et termina de rédiger la lettre adressée aux parents de Mylianne. Elle serait envoyée le lendemain à la première heure par le service des oiseaux voyageurs. Oui, on s'habituait à tout, mais le visage de la fillette le hantait. Une fois ceci réglé, il reporta son attention sur l'enveloppe déposée par son collègue. Malgré sa légèreté, il n'osa pas y plonger sa main de peur de rencontrer un cadeau morbide et vida donc son contenu sur le bureau. Ce n'était qu'une simple feuille de papier. Soulagé, il la déplia et lut une phrase griffonnée d'une écriture grossière :

« On a ta petite amie. »

Il eut un vertige. Il vérifia l'enveloppe : aucune indication sur l'identité de l'expéditeur. Ce genre de message n'était pas à prendre à la légère. Il devait à tout prix rentrer chez lui, et vite. Lorsqu'il déboucha dans la rue, le soleil jaillissait au-dessus des maisons en ruine. Il était peut-être encore temps : les clans agissaient toujours à l'aube. Courir. Aussi vite que ses jambes ankylosées par une nuit de travail le lui permettaient. Courir. Sans se retourner. Droit devant soi.

Il mit à peine quelques minutes pour arriver face à la maison délabrée dont il occupait le premier étage. Il se précipita dans la cour fleurie. Phel, le concierge, reprenait connaissance. Il se releva avec difficulté, compressant son nez depuis lequel coulait un filet de sang.

—Monsieur ! clama-t-il en se jetant sur Orius.

—Que se passe-t-il, Phel ?

—Un… Un clan !

Orius empoigna la dague qu'il portait à la ceinture. Cela faisait un certain temps qu'il n'avait pas eu à s'en servir.

—Ils… Ils sont partis ! Ils sont montés au premier étage… Madame a crié et…

Le veilleur se dégagea de Phel d'un mouvement brusque et grimpa les marches quatre à quatre, le cœur battant à tout rompre.

—Shala ! s'époumona-t-il.

Aucune réponse ne lui parvint. Il évita un trou dans une marche, et se jeta dans le couloir du premier étage.

—Shala ?

Un gémissement plaintif se fit entendre. Orius poussa le reste de porte de leur appartement.

—Shala!

Il se précipita vers le corps qui remuait sur le matelas blanc éclaboussé de sang.

—Shala…

Il lui retira son bâillon puis défit les liens qu'elle avait aux mains et aux pieds avant de l'aider à s'asseoir sur le rebord du lit. Des sillons ensanglantés marquaient son visage. Habitué à ce genre de situation, il chercha de quoi la soigner. Il attrapa un flacon de désinfectant et imbiba un tissu de produit, puis tapota les blessures de Shala avec délicatesse. Elle ne grimaça même pas, le regard dans le vide. Orius tentait d'appliquer la procédure habituelle dans le cas d'un témoin en état de choc, résistant à l'envie de la serrer dans ses bras. Il fallait se montrer calme et rassurant.

—Je suis là maintenant.

—Orius…

Elle s'agrippa au manteau de son fiancé et ce dernier l'enlaça.

—Calme-toi, Shala. Prends ton temps. Tu ne risques plus rien.

—Des hommes…

—Ils ne reviendront plus.

—Ils ont défoncé la porte, continua-t-elle d'une voix entrecoupée par les pleurs, ils…

Elle porta une main tremblante à son visage.

—Continue. Essaie de me raconter.

—J'ai cru que j'allais mourir…

Orius était habitué à entendre cette phrase, cette fameuse phrase. Il n'aurait jamais imaginé qu'un jour sa compagne la prononcerait.

—Qu'est-ce qu'ils t'ont fait?

—Les clans. Avec un couteau…

Elle retint un puissant sanglot.

—Est-ce qu'il y avait un message? Shala, je dois savoir.

Elle approuva d'un hochement de tête. Hésita. Puis prononça:

—Mylianne…

Le chef-veilleur accusa le coup.

—Tu n'es plus en sécurité ici.

—Aileen?

—Mylianne, laisse-moi dormir encore un peu, marmonna-t-elle sans réellement en avoir conscience.

—C'est moi, Yamilia, reprit la voix. Tu as beaucoup trop dormi. Les autres ont déjà terminé leur petit déjeuner. Aileen, répéta sa camarade, lève-toi, je t'en prie. Tu ne peux pas rester ainsi toute la journée. Je comprends ton chagrin, mais la vie continue.

Encore un jour à vivre, à subir même. Aileen avait pensé un instant que le monde s'arrêterait de tourner avec le décès de Mylianne, mais ce n'était pas le cas. Alors qu'Aileen commençait à se préparer, Yamilia s'était précipitée devant le miroir ovale accroché au mur de la chambre. Elle se recoiffait et inspectait sa peau avec un vif intérêt.

—Tu as de la chance que je t'aie réveillée, dit-elle en replaçant une barrette, sinon, tu aurais raté des cours.

Aileen la remercia d'une voix cassée, tout en enfilant une robe d'un vert sombre, dont la taille était soulignée par un ruban de soie. Elle se nettoya rapidement le visage. Yamilia se détourna enfin du miroir et s'avança jusqu'à sa camarade, souriante.

—Es-tu prête ? Le cours de bonne tenue va commencer. Il paraît même que l'on va nous parler de notre avenir. Comme c'est excitant ! Tu sais déjà dans quel domaine tu vas te spécialiser l'année prochaine ?

—Je ne sais pas.

—Je pensais m'orienter vers la botanique coquette, mais je n'en suis pas encore sûre... Dame Irane m'a dit que j'avais le profil. À ton avis ?

—Je n'en sais rien !

Elles poussèrent enfin la porte de la salle de bonne tenue. La pension Sybilène enseignait aux élèves la conduite à avoir selon leur condition : la galanterie pour les jeunes hommes et l'attitude docile dont devait faire preuve une épouse modèle pour les jeunes filles.

—Ah ! Voici les retardataires ! s'exclama sèchement Dame Irane.

La femme arborait son sempiternel air sévère et tenait à la main sa longue cravache de cuir. Ses cheveux d'un châtain terne étaient relevés en une queue-de-cheval, alors qu'une frange stricte barrait son visage chevalin.

Yamilia s'arrêta au milieu de l'immense salle pour effectuer une élégante révérence. L'enseignante se radoucit. Aileen se hâta de rejoindre les autres pensionnaires en ligne afin de se fondre dans la masse.

—Oh ! Bonjour, Yamilia, fit l'enseignante. Prenez exemple sur elle, elle est l'incarnation même de ce que doit être une élève de la pension Sybilène : gracieuse et polie. Et c'est aussi valable pour les garçons !

L'intéressée posa sa main contre sa joue, comme si elle était soudain prise d'un grand embarras.

—Et modeste ! ajouta l'enseignante.

Trois jeunes filles se mirent à applaudir avec enthousiasme, échangeant des compliments au sujet de Yamilia. Les autres pensionnaires les imitèrent mollement avec un temps de retard. Dame Irane se plaça au centre de la salle. Derrière ses lunettes épaisses, son regard scrutait le moindre mouvement et détectait le moindre signe de ce qu'elle nommait les « impairs à la beauté ».

— Arelun ! aboya-t-elle, avez-vous vu dans quel état est votre pèlerine ? C'est un manque de respect envers la pension !

Le visage du jeune homme s'empourpra de gêne. Aileen ne pouvait s'empêcher de trouver tout ceci futile. Elle détestait la voix nasillarde du professeur qui lui vrillait les tympans à chaque cours.

— Je dois vous annoncer qu'aujourd'hui, vous n'aurez pas un cours de bonne tenue ordinaire.

Un murmure d'excitation parcourut l'assistance.

— Allons, du calme !

Le silence retomba aussitôt.

— Bien, reprit l'enseignante, avant de commencer, un petit rappel : comme vous le savez, dès que vous atteignez l'âge de seize ans, vous devez vous spécialiser. Le domaine que vous choisirez sera lié au métier que vous envisagez. Il ne s'agit pas, évidemment, de décider tout de suite du poste que vous souhaitez occuper plus tard, mais au moins de choisir une corporation. Je vous préviens dès à présent afin que vous preniez le temps de méditer sur la question. Bien sûr, ajouta-t-elle d'une voix mielleuse en se tournant vers Yamilia, certains d'entre vous ont des prédispositions incontestables. Je suppose que la question sera tranchée plus facilement que…

Elle eut un rictus de dédain en dévisageant le dénommé Arelun :

— … ceux qui ont, disons, certaines difficultés. Je ferai circuler la liste des spécialisations proposées. Bien, maintenant, passons au sujet qui nous intéresse.

L'enseignante s'approcha du mur et y épingla des portraits avantageux de jeunes gens lançant des regards de braise, ou offrant des sourires de diamants. Contrairement aux autres filles, Aileen ne se précipita pas vers l'affichage.

— Mes chers enfants, dit le professeur d'une voix douce que nul ne lui avait jamais entendue, j'ai le bonheur de vous informer qu'aura lieu très prochainement le Gala des rencontres.

Les trois acolytes de Yamilia gloussèrent. Dame Irane fronça les sourcils et son ton redevint dur :

— Allons, mesdemoiselles, un peu de tenue ! Pour ceux qui ne le savent pas encore, le Gala des rencontres est une soirée destinée à faire se rencontrer des jeunes filles et des jeunes hommes de différentes pensions afin de créer des couples prometteurs. C'est l'occasion de montrer que la pension Sybilène a fait de vous de véritables modèles de réussite ! Les élèves dont j'ai affiché le portrait sont issus de familles prestigieuses. Leur avenir s'annonce formidable.

L'enseignante braqua sa cravache sur l'une des illustrations. Un jeune homme au visage dur et agressif encadré par d'élégantes boucles auburn.

— Voici Karnas Meldroque, le fils de l'actuel dirigeant de la Corporation des guerriers de l'aurore. C'est un jeune homme à l'humour acide et au charme provocant.

Aileen se sentit exaspérée au plus haut point face à l'enthousiasme que pouvait générer ce gala. Ce n'était que l'une des nombreuses tentatives de la pension Sybilène pour leur trouver un conjoint sur mesure. Elle repensa alors à sa chère petite sœur si amoureuse de Glenn. Où pouvait-il bien être ? Pour quelles raisons s'était-il enfui ? Elle se mit à fulminer intérieurement : c'était sa faute, après tout. S'il n'était pas parti, Mylianne ne serait pas morte.

— Mademoiselle Manérian, clama la voix stridente de Dame Irane, pourquoi restez-vous donc en arrière ?

Elle désignait la jeune fille de sa cravache accusatrice. Aileen, que la rancune nouvelle envers l'ancien petit ami de sa sœur avait rendue cramoisie, s'avança de quelques pas.

— Bien, revenons-en aux autres. Alors, il y a Sidie Gueroy, la nièce d'une historienne de la Corporation Volplume…

Aileen n'écoutait que d'une oreille. L'existence lui paraissait dorénavant si fade.

— Enfin, voici Heptiel Marchevent, le jeune homme le plus en vue.

Aileen releva immédiatement la tête, ses yeux d'émeraude écarquillés par la surprise. Avait-elle bien entendu ? L'une des pensionnaires leva la main en demandant :

— Madame, pourquoi l'Ioden n'a pas un nom impérial ?

L'enseignante raconta alors son histoire. Le jeune garçon avait été séparé de ses parents seize ans auparavant, lorsque les clans avaient réussi à s'infiltrer jusqu'à Abranelle. Heptiel avait été sauvé de ces barbares par un couple d'oraisonniers qui l'avait élevé sous son nom actuel, nom qu'il avait désiré garder. C'est en se rendant à la capitale pour exercer son art qu'il avait découvert son merveilleux destin. Il était en réalité Ernos troisième du nom, descendant direct de l'Astracan.

Aileen était littéralement envoûtée par le dessin représentant Heptiel : ses yeux bleu marine, surmontés de sourcils bien dessinés, ses traits harmonieux… Elle connaissait ce jeune homme, ou plutôt, elle l'avait connu à l'époque où il vivait encore à Manérian, pendant son enfance puis, après son entrée en pension, lors de sa semaine annuelle de vacances. Il venait souvent prier au temple et aider ses parents pour les oraisons. Heptiel avait toujours secrètement plu à Aileen, car même s'il s'agissait d'un jeune homme issu d'une famille au talent déclinant, sa beauté avait quelque chose d'ensorcelant. Elle se souvenait du jour où elle avait reçu une lettre de sa sœur, lui expliquant que Gide était furieux contre elle à cause d'une liaison. Elle avait appris par la suite qu'Heptiel était impliqué.

— Comme vous avez seize ans, il s'agit de votre premier gala, mais pas pour Heptiel, qu'aucune jeune fille n'a réussi à séduire jusqu'à présent. J'espère bien que cette année, une élève de la pension Sybilène parviendra à attirer son attention !

Ainsi s'acheva le cours de bonne tenue.

Pour une fois, le Maître n'avait pas donné rendez-vous à Aileen dans son bureau. Il avait préféré la rencontrer dans un cadre moins austère, et lui avait donc proposé de le rejoindre dans les jardins après son cours de bonne tenue.

Dehors, quelques nuages cotonneux s'effilochaient dans le ciel d'un bleu éclatant. Le jardin s'étendait jusqu'à l'imposante grille marquant l'entrée de la pension Sybilène. Des arbres fruitiers se dressaient au milieu de l'herbe rousse de chaque côté de l'allée principale. Le Maître attendait paisiblement, assis sur un banc. Il invita Aileen à s'asseoir à ses côtés. Elle trouvait la situation un brin gênante.

— J'ai eu des nouvelles du veilleur qui s'occupe de l'affaire de ta sœur, déclara-t-il. Une lettre a été envoyée à ta famille. Tu vas quitter la pension Sybilène pour assister à l'oraison de Mylianne. Avec le voyage, cela reviendra à environ deux semaines d'absence.

Le cœur d'Aileen fit un bond dans sa poitrine. Rentrer ? À Manérian ?

— Quand ? demanda-t-elle avec impatience.

— Prépare tes affaires, tu partiras avec le bateau qui rapatriera le corps de ta sœur. Mais avant cela, tu seras interrogée par le veilleur qui se charge de l'affaire.

Aileen se leva, persuadée que l'entretien touchait à sa fin, mais le Maître ajouta d'une voix douce :

— Ne laisse pas la colère prendre le dessus, Aileen.

Cette fois-ci, l'entretien était clos.

Interlude

— Il faut que je te dise quelque chose !

— Quoi donc ?

— J'adore cette nouvelle vie, j'adore ce royaume !

— Tiens, cela change de tes plaintes habituelles, tu te sens bien ?

— Mais parfaitement ! Toi, tu es logé comme un roi ici, et moi, je peux chasser dans la forêt !

— C'est sûr que c'est différent des nuits à la belle étoile. Mais ne nous reposons pas sur nos hyrisiers. J'ai impressionné Gide Manérian une fois, il va à présent falloir le convaincre de m'embaucher réellement.

— Il te fait confiance !

— Détrompe-toi. C'est un homme méfiant, je dois lui prouver la valeur de mes compétences.

— Et s'il te demandait... tu sais... de faire ce que les oraisonniers font ?

— Une cérémonie ? Eh bien, j'improviserais. Je connais la partie théorique, ce ne sera qu'une application.

— Tu crois que tu y arriveras ?

— Bien sûr. Je te rappelle que si l'on m'a envoyé ici, c'est parce que je suis brillant.

— Quelle confiance en toi...

— Il faut bien, ce n'est pas toi qui me rassurerais sur ce point.

— Alors, que va-t-on faire avec la fille de Gide ?

— Mais pourquoi t'intéresse-t-elle autant, à la fin ?

— Elle sent bon.

— Ah.

— J'aime bien l'observer quand je tourne autour de la maison.

— Tu as recommencé ? Elle t'obsède ! Lorion, arrête, c'est une humaine.

— Et alors ?

— Pas toi.

— J'ai un œil humain, je te rappelle.

— Je me vois mal annoncer à cette sauvageonne que tu es amoureux d'elle.

— C'est purement animal.

— Je vois. Enfin non, je préfère ne pas voir.

6

Le relief de la mort

– Royaume d'Hélderion, Manérian, 912 –

Question XI : Comment affronter la mort ?

La disparition d'un être cher a pour nous deux facettes : c'est un événement social et relationnel qui bouleverse la vie de chacun, mais aussi un état de fait qui entraîne des réactions émotionnelles fortes. Cela fait partie du travail de l'oraisonnier de comprendre le fonctionnement de la douleur psychologique de l'être humain. Son rôle est de confronter le client d'oraison à la réalité de la mort. En tant qu'oraisonniers, nous divisons le deuil en plusieurs phases afin de mieux comprendre les étapes qui mènent à l'acceptation. Toutefois, n'oublions pas qu'il y a autant de réactions face à la mort qu'il y a d'individus.

Extrait de *Secrets d'oraison* – par Gide Manérian, dirigeant de la Corporation des marchands d'étoiles depuis 882.

Tout était calme ; le jour n'était pas encore levé. Noony se dirigea d'un pas rapide jusqu'à la cuisine aux murs en pierres apparentes. Une marmite chauffait dans la cheminée. Elle s'avança, en souleva le couvercle et huma la soupe de légumes. Après avoir pris un bol dans une étagère, elle touilla la mixture veloutée et se servit.

— Vous pouvez m'en donner un peu aussi, s'il vous plaît ?

Noony sursauta. Cela faisait plusieurs jours que le nouvel oraisonnier habitait avec les Manérian, mais elle ne s'habituait pas à sa présence. Il lui décochait sans cesse des sourires charmeurs, ce qui la mettait mal à l'aise. Néanmoins, elle lui tendit le bol qu'elle s'était servi avant de s'esquiver dans le salon.

Elle ouvrit en grand les fenêtres afin de dissiper son trouble. L'horizon s'ourlait d'un liseré rose annonçant le lever du soleil. La routine dans laquelle elle se plaisait à se cantonner était mise à mal. Son départ de Manérian impliquait le fait de laisser ce jeune homme effronté derrière elle, et cette idée la réconfortait. Peut-être Gide avait-il embauché Alexian comme remplaçant à son absence future ?

Son attention fut attirée par un trois-larmes, les oiseaux de proie constituant le principal réseau d'information. Le volatile se retrouva sur l'épaule de Noony en quelques battements d'ailes. Il portait une enveloppe pourpre, la couleur de mise lors de l'annonce d'un décès. Elle détacha la lettre avec précaution, ouvrit l'enveloppe, déplia un parchemin de qualité douteuse puis lut :

« Monsieur et madame Manérian, »

Cette lettre ne la concernait pas. Noony la replia, honteuse d'avoir déchiré si sauvagement l'enveloppe. Puis, elle se dit que s'il s'agissait d'un décès, toute la famille avait le droit d'être au courant.

« C'est avec une profonde tristesse que je dois vous annoncer que Mylianne Manérian, votre fille, a été retrouvée assassinée dans les rues de Mizin. Son corps a été identifié par Maître Joscard, de la pension Sybilène.
Nos équipes de veilleurs se chargent actuellement de l'enquête. Nous vous ferons part des moindres avancées. Sur la décision de Maître Joscard, nous ferons rapatrier le corps de votre fille dès la fin de la semaine pour que vous puissiez procéder à la cérémonie d'oraison.

En vous présentant mes sincères condoléances,

Orius,
chef-veilleur de Mizin. »

Sur la mer calme de l'existence de Noony se profila soudain une vague géante, dont elle voyait la crête s'abattre sur elle pour l'engloutir sous une puissance dévastatrice.

Sa sœur était morte.

Ses certitudes se brisèrent avec violence. Noony était habituée à la mort, elle l'avait assimilée : elle vivait avec, voyait des cadavres, elle en parlait aux gens, et là, tout à coup, ce mot venait de prendre une tout autre dimension. Ce n'était plus seulement M-O-R-T, épelé, écrit, souligné dans les livres théoriques de l'oraison. Noony ne s'en était même pas aperçue, mais des larmes roulaient le long de ses joues que la détresse rendait brûlantes.

— Que se passe-t-il ?

Alexian venait de surgir de la cuisine. La jeune fille ne pouvait pas rester ici, à ne rien faire. Ses jambes tremblaient sous le poids de son corps. Elle arriva pourtant à marcher jusqu'à la porte d'entrée en s'appuyant au mur à l'aide de ses mains. Alexian la regarda se déplacer de la sorte sans comprendre, avant de se précipiter vers elle pour la soutenir. Mais elle plaqua la lettre contre son torse avant de se sauver.

La jeune fille dévala la colline. Elle se rendait instinctivement au temple, un endroit qu'elle avait longtemps considéré comme sa seconde maison. Elle ne savait pas ce qu'elle cherchait... Ni même si le temple pourrait le lui donner. Elle se retrouva agenouillée sur le parvis. Ses sanglots hystériques résonnèrent, attirant une foule de curieux.

— Laissez-moi passer, s'il vous plaît, poussez-vous...

Noony sentit la pression d'une main sur son épaule.

— Relève-toi, ne reste pas là.

— Or... Oraisonnier Merion ?

— Viens, nous serons mieux à l'intérieur.

Le temple avait un tout autre visage ces jours-ci, décoré en l'honneur du départ des jeunes oraisonniers pour leur voyage d'initiation. Trois jeunes femmes se tenaient sur un vaste balcon orné d'une profusion de fleurs, chantant une mélopée religieuse dans la langue des astres. Merion entraîna son apprentie jusqu'à une pièce coquette. Des fauteuils aux teintes sombres étaient disposés autour d'une table basse, devant une cheminée où rougeoyaient encore des braises. L'oraisonnier s'approcha du feu, qu'il tisonna.

— Assieds-toi, dit Merion.

La jeune fille détourna pudiquement son visage ravagé par les larmes. Ses yeux semblables à des lacs mordorés étaient bouffis par la souffrance. Elle avait honte de ne pas se contrôler.

— Que se passe-t-il ? demanda-t-il enfin.

— Ma plus jeune sœur, Mylianne, a été assassinée...

— Quoi ? s'exclama-t-il, bouleversé.

— Par les clans.

Noony regardait la lueur des flammes danser sur le beau visage de celui qui lui avait enseigné l'art de la mort, se remémorant la première fois qu'elle l'avait vu. Elle se demanda pourquoi il lui faisait aussi peur, à l'époque. Certes, il avait été strict avec elle, exigeant et avare de compliments. Elle se souvenait de rudes années d'apprentissage, à réciter par cœur des alphabets d'anciens langages ou à énumérer les règles d'oraison. Très rapidement, leur relation d'apprentie à maître avait évolué : ils étaient devenus bons amis.

À présent, il semblait tout faire pour s'astreindre au calme, pour la rassurer.

— J'ai moi aussi perdu un être cher. Mon père. Je crois n'avoir jamais été aussi malheureux de ma vie. J'étais alors apprenti oraisonnier, mais je ne comprenais pas la mort, ni ce qu'elle signifiait. Quand je l'ai trouvé, ce matin-là, il semblait juste… endormi. Mais c'était pire que ça. J'ai compris qu'il ne parlerait plus, qu'il s'en était allé.

Merion s'approcha de Noony.

— J'ai eu la chance d'avoir autour de moi les membres de la Corporation des marchands d'étoiles. J'ai appris une chose : la vie entière n'est qu'une question de point de vue. Les astres veillent sur nous, ils ne jugent ni nos actions ni nos choix, ils ne sont que les témoins de nos éphémères existences. Nous avons tous le droit à de nouvelles chances. C'est le principe de l'oraison : la réincarnation. Ceux qui ont disparu, parce qu'on ne sent plus leur présence, parce que leur mort a laissé un long silence, ne sont jamais bien loin. Ils ont un nouveau corps, une nouvelle vie. La mort n'est pas un point final, ni une finalité en soi. Alors, Noony, je comprends que tu sois bouleversée, mais sais-tu pourquoi tu l'es ?

Elle médita sur ces paroles.

— Je suppose que c'est l'idée que Mylianne ait souffert, admit-elle, et puis celle de ne pas la revoir, parce qu'elle était très importante pour moi.

— Tu as tout à fait raison. Maintenant, prends les événements sous un autre angle : Mylianne est décédée, c'est un fait, elle ne respire plus, elle ne vit plus. Cependant, tu peux lui offrir un ultime cadeau, je crois, la plus belle preuve d'amour au monde…

— Je peux faire son oraison, comprit-elle. Je peux lui offrir une autre vie, dans un autre monde, avec moins de souffrance.

Merion était fier de sa disciple.

— Oui, Noony. On ne devient un véritable oraisonnier que lorsqu'on a soi-même vécu ce que vivent les clients, et qu'on a, comme eux, vaincu la douleur, accepté le silence. En ce jour, Noony Manérian, tu es plus faiseuse d'oraison que jamais.

— Mylianne n'aimerait pas nous voir si abattus, elle qui… Non ! Ça ne va pas !

Soliane, assise sur le lit de sa fille cadette, écoutait les déclarations enflammées de Noony à travers la cloison. Elle avait quitté sa chambre malgré l'interdiction du guérisseur.

— Mylianne n'était pas de celles qui se laissent abattre pour rien ! Elle était pleine de vie ; ses sourires éclairaient ceux qu'elle connaissait comme autant de soleils… Oh non ! C'est trop lyrique.

Noony préparait son discours d'oraison avec toute la conviction du monde. Sa voix berçait Soliane, chant de lumière dans la marée de ténèbres qui l'engloutissait depuis la tragique nouvelle. Elle songeait que son aînée n'était pas assez forte pour la mission qu'elle allait lui confier. Jamais elle n'y arriverait seule, en tout cas, pas dans cet état d'esprit. Elle ne pouvait pas lui livrer la vérité sur leur famille. Noony devrait la chercher.

Il lui faudrait tout de même laisser quelques explications à ses filles.

Interlude

— Lorion, j'ai monté un plan.

— Quel genre de plan ?

— J'ai repéré une armoire, dans le bureau. Elle est toujours fermée à clef et j'ai vu Gide y ranger des papiers portant le sceau de l'Astracan.

— Tu veux voler ces papiers ?

— Juste y jeter un coup d'œil. Toute la famille Manérian est bouleversée par l'annonce de la mort de leur plus jeune fille.

— C'est triste.

— Oui, mais cela ne nous concerne pas. Je vais profiter de la confusion pour consulter et copier quelques documents. Je crois que nous sommes sur la bonne voie.

— La pauvre…

— Qui donc ?

— Noony. D'après ce que tu m'as raconté, elle était anéantie.

— Lorion, ce n'est qu'une fille.

— Oui, mais elle sent bon.

— Tu es exaspérant. Tu aurais mieux fait de célébrer une union avec elle !

— Je suis très bien avec toi, même si tu es grognon.

7

Interrogatoire

– Royaume de Thyrane, Mizin, 912 –

Te dire adieu

Je détruirai les apparences,
J'oublierai tous tes vœux,
Car le règne de la distance
Nous a vaincu tous les deux.

Je laisserai s'éterniser le silence,
Je rirai de mes larmes aux yeux,
Je devrai me faire violence
Pour effacer les moments précieux.

Je me méfierai de l'inconscience,
Des serments amoureux,
Je gommerai la souffrance
De tes puissants aveux.

Je ne céderai plus à l'obéissance,
Du destin des envieux,
Au revoir à l'impuissance,
Je te dis adieu.

Extrait de *Maux d'amour* – Recueil de poèmes de Shala Volplume, auteure active de la Corporation Volplume depuis l'an 909.

Orius admirait le visage endormi qui, en dépit des marques ensanglantées, n'avait pas perdu de son éclat. Il craignait pour Shala : en la gardant près de lui, il finirait par lui arriver malheur. Il ne voulait pas courir le risque d'une prochaine fois. Il avait beau réfléchir, il ne voyait aucune solution. Il était impossible de la faire protéger. Le concierge était ivre la moitié du temps et l'occupante du dernier étage n'était qu'une vieille folle. Ses collègues veilleurs étaient déjà débordés de travail, et de quoi aurait-il l'air en demandant une escouade pour sa fiancée ? Non, décidément, la garder près de lui s'avérait impossible.

— Bonjour, dit-elle en tournant la tête vers le veilleur.

Leurs lèvres se joignirent, faisant regretter à Orius la pensée de l'abandonner. Il l'aimait trop, jamais il ne pourrait se passer d'elle. Alors que leur bouche se séparait, il se morigéna. Il se comportait comme un adolescent transi d'amour.

— Alors ? demanda-t-elle, que faisons-nous aujourd'hui ? C'est ton jour de repos, nous pourrions sortir de la ville et nous promener un peu.

— Désolé, refusa Orius en se levant, mais je dois aller travailler. J'ai sur les bras cette affaire de gamine assassinée, la fille du dirigeant de la Corporation des marchands d'étoiles. Il veut un coupable.

— Et si tu démissionnais ?

Ah ! Combien de fois lui avait-elle demandé cela ? Orius ne les comptait plus. Mais cette fois-ci, c'était différent, cette question signifiait : « Laisse ton travail, oublie l'affaire Mylianne, ne m'abandonne pas. »

— Shala, tu sais bien que je ne peux pas laisser tomber ! Beaucoup de gens comptent sur moi.

Sans mot dire, elle se leva et passa derrière le paravent, pour cacher autant sa nudité que sa déception. Bruit de l'eau. Bruissements de tissus. Il l'écouta pensivement se préparer. C'était le moment. Il devait se montrer déterminé, mettre de côté son égoïsme pour la protéger.

— Je pense que nous devons prendre nos distances, lança-t-il.

À peine eut-il prononcé ces mots qu'il les regretta.

— Quoi ?

Elle repoussa le paravent pour dévisager Orius. Oui, elle risquait sa vie, mais lorsque les hommes avaient surgi, une pensée lui avait traversé l'esprit : c'était mieux que de perdre celui qu'elle aimait.

— Tu es en danger, expliqua-t-il.

— Orius, arrête ! C'est une épreuve que nous venons de traverser ensemble !

Une évidence frappa le veilleur. Il ne parviendrait jamais à se séparer d'elle en restant dans la demi-mesure. Trop d'amour, de compréhension. Elle s'accrocherait, et lui ne résisterait pas.

Il allait à nouveau l'exposer, et à quel prix cette fois ?

— Tu dois rentrer en Hélderion.

Il fouilla dans l'un des tiroirs de sa commode, et tendit à sa fiancée une bourse gonflée de pièces.

— Mes économies, ajouta-t-il. Tu pourras facilement te payer le voyage.

Elle repoussa la somme d'argent avec dégoût.

— Je te l'ai dit, je veux rester ici, avec toi.

Il serra les poings et prit une profonde inspiration.

— Mais pour moi, Shala, la priorité reste l'enquête. Pas nous deux.

La jeune femme redressa très légèrement la tête, blessée. Vite. Orius devait rester campé sur ses positions, ne pas se laisser le temps de changer d'avis.

— Je vais travailler, tu devrais te préparer pour la traversée.

Orius enfonça la tête dans l'encolure de son long manteau. Il marchait d'un bon pas en direction du quartier des veilleurs, le cœur lourd. À cette heure-ci, Shala devait être en train de préparer ses affaires. Ce matin-là, elle avait évoqué au veilleur un animal blessé ; cependant, il était conscient d'avoir fait ce qu'il y avait de mieux.

Il mit ses déboires sentimentaux de côté, pour se concentrer sur les interrogatoires des élèves de la pension. Malgré la menace du clan, il ne lâcherait pas l'affaire Mylianne.

Le soleil était déjà haut dans le ciel, disque pâle surplombant les immeubles en ruine de Mizin. Dans ce quartier, le pavement des rues escarpées et tortueuses était branlant et se déchaussait sous le poids des caravanes. Le vent cinglait le visage du veilleur, qui se frayait un chemin entre les étals de nourriture, les marchands dont les voix fortes vantaient leurs produits et la foule compacte des badauds. Autour de lui, les gens étaient pour la plupart vêtus au mieux d'une pelisse de fourrure, au pire de haillons. Dans la crasse et la misère, les enfants eux-mêmes paraissaient hargneux. Il y avait là une majorité de Thyraniens, ceux qui avaient abdiqué face à l'invasion d'Hélderion et qui s'étaient convertis à l'Astrascisme. Le temple d'oraison à la périphérie de la ville semblait décalé dans ce paysage aux airs de fin du monde.

Sur les marchés, il surprenait parfois des bribes de paroles en thyranien, ce qui aurait dû provoquer une arrestation. Depuis une cinquantaine d'années, la seule langue autorisée était l'hélderionnois. Cela étant, les prisons déjà pleines ne permettaient pas d'incarcérer chaque personne qu'il entendait parler thyranien. Il avait des affaires bien plus graves à traiter.

Orius s'engagea dans une ruelle menant au quartier des veilleurs. L'endroit était d'autant plus vide que l'équipe de bureau ne travaillait pas aujourd'hui. Orius tria quelques rapports et se munit d'une plume. Il consulta la liste des témoins potentiels fournie par Maître Joscard. Mylianne Manérian se serait enfuie pour rejoindre son petit ami, un certain Glenn. Les premières pistes étaient ébauchées. Il rassembla ses dossiers et se rendit à la pension. Une fois franchies les hautes grilles de fer, il eut l'impression de pénétrer dans un autre monde, teinté d'élégance et de froideur. Un domestique le guida jusqu'à l'aile ouest, devant laquelle un groupe patientait déjà. Un enseignant guida Orius et les élèves jusqu'à la salle des archives.

—Vous avez une pièce, au fond, comme vous l'avez demandé, glissa le professeur. Nous attendrons ici.

—Je vous remercie. Bonjour à tous, je suis le chef-veilleur de Mizin, et j'ai quelques questions à vous poser. Je vous appellerai un par un.

Orius s'installa. Il avait réclamé une salle isolée pour éviter que les témoignages ne se télescopent à cause de bribes entendues çà et là. Quand tout fut en ordre, il appela Aileen Manérian, sœur de la victime et probable témoin clef. Une jeune fille à la pèlerine froissée et au teint gris de fatigue se présenta.

—Asseyez-vous.

Elle s'exécuta, les bras croisés, sur la défensive.

Orius feuilleta ses dossiers à la recherche des notes fournies par Maître Joscard. Elle était âgée de seize ans et avait une sœur aînée. Sa scolarité n'avait rien d'extraordinaire, ses appréciations étaient moyennes, sauf en botanique, où elle était qualifiée d'élève « brillante au potentiel incroyable ».

—Alors, Aileen, débuta-t-il, vous êtes la sœur de Mylianne, n'est-ce pas ?

—J'étais, rectifia-t-elle.

Orius se racla la gorge. Il avait pourtant l'habitude de ce genre d'affaire, de ces témoignages la plupart du temps inutiles.

—A-t-elle souffert ?

Le veilleur examina Aileen.

—Eh bien, je n'ai pas le droit de divulguer de telles informations, mademoiselle Manérian.

—Il s'agit de ma sœur, je veux savoir si elle a souffert avant de mourir.

Devant le désarroi du veilleur, elle reprit, affolée.

—Que lui ont-ils fait ? Répondez !

—Elle... Elle a été violée, puis frappée, lâcha-t-il à regret.

Le regard de la pensionnaire devint fuyant. Orius devinait aisément les mille émotions qui se bousculaient en elle. Il décelait malgré tout un courage certain. D'habitude, il prenait en note les différentes caractéristiques des témoins auxquels il avait affaire ; cela lui permettait de n'omettre aucun détail, mais cette fois-ci, même s'il avait des dizaines d'adjectifs qui lui venaient en tête, il n'avait rien envie d'écrire.

—Je vois, dit-elle lorsqu'elle put parler. Avez-vous une idée du coupable ?

Orius tripotait à présent sa plume avec contrariété.

—Non, pas encore, admit-il. Mais il s'agit d'un clan, cela ne fait aucun doute. S'en prendre aux enfants est pour ainsi dire leur signature. De là à avoir un nom...

— Et vous savez quel clan ?

— Ils sont nombreux à semer la terreur, mais elle a peut-être été prise dans un affrontement : il y a des rivalités entre les différentes sphères de la résistance thyranienne.

La déception se lisait sur le visage de la pensionnaire. Orius ne laissa pas un silence embarrassant s'installer, et poursuivit l'interrogatoire :

— Que pensez-vous de Glenn ?

— Glenn ? Vous voulez dire, par rapport à ma sœur ?

— Non, quelle est votre opinion personnelle de lui ?

Elle parut réfléchir, pesant sans doute ses mots, puis déclara d'un ton prudent :

— En fait, je ne l'apprécie pas tant que ça. Enfin, je ne sais plus trop si cela s'applique au présent. Il était sympathique, c'est certain, mais Mylianne était l'une de ces personnes heureuses par nature. Les événements tragiques glissaient sur elle sans laisser de traces. Son arrivée à la pension, par exemple, lorsqu'elle a été séparée de nos parents et de notre sœur, a été une épreuve. Mais elle ne s'est pas plainte, elle a pleuré un grand coup, puis elle a accepté. C'était valable pour tout. Pour Glenn, j'avais l'impression que la vie était une interminable succession de malheurs. Je l'ai entendu plusieurs fois reprocher à Mylianne sa désinvolture.

Orius l'écoutait, très attentif à sa façon de parler si distinguée, et s'obstinait toujours à ne pas prendre de notes. Aileen poursuivit, plus confiante face à l'attention que manifestait le veilleur :

— Mylianne a changé quand elle a commencé à fréquenter Glenn. Je trouve qu'il avait une mauvaise influence sur elle. Je crois qu'il lui confiait beaucoup de ses problèmes, je ne sais pas trop lesquels. Mylianne est devenue moins souriante, plus préoccupée.

Le veilleur demanda sans détour :

— Vous pensez que Glenn n'était pas clair ?

— Oui, et je crois qu'il a mêlé ma sœur à ses affaires. Je ne pourrais pas vous l'affirmer avec certitude, mais j'avais la sensation qu'il devait avoir des raisons importantes de fuir la pension Sybilène. Et Mylianne l'a suivi. En parlant de Glenn, vous l'avez retrouvé ?

— Non, une de mes équipes le cherche mais il n'y a encore aucun résultat.

Aileen resta silencieuse. Le veilleur lui permit de partir. Elle se leva pour rejoindre les rangs de ses camarades qui s'impatientaient.

Orius écouta ensuite six autres témoignages, qui ne lui apportèrent que peu d'informations. Mylianne semblait être une jeune fille simple et appréciée. Il appela la pensionnaire suivante d'une voix forte.

— Yamilia Ilouary.

Il leva les yeux de sa liste pour découvrir une adolescente portant une robe d'un rose tapageur sous sa pèlerine réglementaire.

—Asseyez-vous, mademoiselle Ilouary, dit-il en désignant le fauteuil en face du sien. Pouvez-vous me dire pourquoi, selon vous, Mylianne Manérian a fugué de la pension Sybilène ?

—Eh bien, sachez que je ne la connaissais pas à proprement parler, mais je me suis portée volontaire afin de venir témoigner aujourd'hui, car voyez-vous, je suis dotée d'un sens de l'observation très développé, et j'ai repéré des choses étranges concernant Mylianne avant sa disparition…

Orius commença à griffonner sur son carnet de notes : « Avide de scandales, sans doute très au courant des bruits de couloir. »

—Continuez.

Yamilia semblait ravie de l'attention dont elle faisait l'objet. Elle tentait de lire ce que le chef-veilleur écrivait, mais celui-ci ramena à lui le carnet.

—Une fois, je l'ai vue pleurer dans un des couloirs de la pension, elle se disputait avec Glenn.

—D'après mes informations, il a lui-même disparu quelques heures avant la fugue de Mylianne. Vous confirmez ?

Yamilia approuva, en y ajoutant cependant sa nuance personnelle :

—Oui, en effet, et c'était son petit ami. Sauf que leur histoire n'allait pas au mieux ; ils se sont séparés trois fois dans l'année, puis se sont remis ensemble. En fait, selon l'une de mes amies proches, Glenn aurait eu des vues sur une autre fille, enfin rien n'est prouvé, mais elle les a vus rire une fois…

—Avez-vous une idée précise sur les raisons de sa fuite ?

—Je crois avoir entendu dire qu'il avait des problèmes avec ses parents.

Orius allait poser une nouvelle question, mais l'un des enseignants entra dans la pièce :

—Excusez-moi, chef-veilleur, mais les entretiens s'éternisent. Les élèves ont cours en début d'après-midi et j'ai promis à Maître Joscard qu'ils ne sauteraient pas le repas.

—Très bien, très bien. De toute façon, j'ai assez d'informations pour le moment.

ஐ

À l'heure du déjeuner, au lieu de s'installer à la table habituelle où elle prenait ses repas avec Yamilia et ses camarades, Aileen se détourna pour s'asseoir plus loin, seule.

Elle se voyait confrontée à un aspect de l'âme humaine qu'elle ne connaissait pas encore sous cet angle : la curiosité malsaine. Elle aussi, quelques mois auparavant, se délectait d'entendre les rumeurs sur tel ou tel élève à qui il était arrivé quelque chose sortant de l'ordinaire. À présent, elle était de l'autre côté de la barrière. Tout en mangeant sans faim sa salade de fruits quotidienne, elle sentait les regards incisifs braqués sur elle.

—Bonjour, Aileen, fit une voix douce, je peux me mettre ici ?

Yamilia se tenait devant elle.

— Tu ne déjeunes pas avec les autres ?

— Voyons ! clama l'élève d'un ton outré, tu ne croyais tout de même pas que j'allais te laisser manger seule en de pareilles circonstances ?

Yamilia continua, une note de compassion dans la voix :

— Le chef-veilleur m'a interrogée aussi. C'est terrible ce qui est arrivé.

Aileen sentit ses yeux la brûler de manière irrésistible. Elle détourna brusquement la tête et plongea le nez dans son assiette. Yamilia tendit sa main et la posa sur la sienne, affichant un mince sourire.

— Je sais à quel point c'est difficile, j'ai perdu ma mère quand j'avais trois ans…

Aileen se rappelait leurs confidences, l'année où elles avaient partagé leur chambre, avant l'arrivée de Mylianne. Yamilia était la fille illégitime d'un membre haut placé de la Corporation des souffleurs de maux qui tenaient le rôle de guérisseurs au sein du royaume d'Hélderion. Lorsque la maîtresse de cet homme mourut, la Grande Corporation trancha : l'enfant fut reconnue, et Yamilia reçut une bourse dont le montant couvrait exactement les frais de l'éducation dans une pension comme Sybilène. La demoiselle au teint mat et au nez en trompette s'était révélée brillante dans ses études.

— Je peux comprendre ta douleur, c'est difficile de combler un tel manque…

Aileen sentit la main de Yamilia serrer davantage la sienne.

— Si tu ressens le besoin d'en parler, insista-t-elle, tu le peux. Je t'écouterai. Je sais à quel point cela fait du bien de dire ce qu'on a sur le cœur.

Bien sûr, elle avait envie de parler, de pouvoir déverser le flot de pensées lugubres qui la harcelaient depuis la veille, mais elle avait appris à prendre sur elle, pour Mylianne. Depuis toujours, elle s'efforçait de compenser la nature impulsive et passionnée de sa petite sœur. Elle avait dû s'efforcer de se tempérer dans le but de savoir être de bon conseil. Toute sa personnalité s'était construite autour de leur lien, et à présent, elle n'était plus vraiment certaine des réactions à avoir.

— Mylianne s'est enfuie de la pension et en est morte !

Aileen étouffa un sanglot de sa main.

— Est-ce l'œuvre des clans ?

Aileen confirma ses dires d'un hochement de tête, prit une inspiration douloureuse et parla d'une voix vacillante :

— Et elle a aussi été violée.

Passé le choc d'avoir dit à voix haute ce qu'elle ressassait depuis qu'elle était sortie de l'interrogatoire, elle trouva la force de poursuivre :

— Ma sœur me manque… J'aimerais tant qu'elle soit encore là. J'ai toujours pensé que Mylianne avait besoin de moi. Je me rends compte maintenant que c'était sans doute moi qui avais le plus besoin d'elle…

— Tu crois que tes parents sont au courant ?

— Non.

Aileen repoussa son petit déjeuner avec dégoût. Yamilia fit le tour de la table pour la serrer dans ses bras. Aileen était reconnaissante à son amie de chasser la solitude, même de manière éphémère. Quand les deux jeunes filles furent seules, Aileen lui demanda sur un ton suppliant :

— Tu ne diras rien, n'est-ce pas ? Je ne veux pas que cette histoire s'ébruite et être encore plus soumise à la curiosité morbide des autres.

— Ne t'en fais pas.

— Selon Yamilia, elle a aussi été violée ! Sa sœur l'aurait poussée à s'enfuir et se sentirait très coupable…

Les deux jeunes hommes interrompirent leur discussion en apercevant Aileen arriver dans le couloir.

— La voilà, murmura l'un d'eux, c'est elle !

Depuis le début de la journée, les rumeurs allaient bon train, attisant le dégoût de la jeune fille. Yamilia s'était empressée de répandre l'information et de la déformer à sa guise, aussi Aileen se trouvait-elle confrontée aux regards de plus en plus insistants des pensionnaires. Ils ne se gênaient pas pour discuter ouvertement du sujet et cela ne faisait qu'accroître son malaise.

Le ciel se teintait d'une surprenante couleur violine. La domestique qui allumait une à une les lampes de cristal des couloirs était loin de se douter que, derrière le mur devant lequel elle se tenait, une élève s'acharnait à ses travaux de botanique. Aileen préparait un devoir à rendre avant son départ. Devant elle, sur la table en métal, était ouvert un large manuel qu'elle feuilletait de temps à autre afin de s'assurer de ne pas faire d'erreur. Une multitude d'instruments la cernaient : alambics, mortiers et récipients divers. Elle s'affairait à broyer des étamines de mortechance.

Elle peinait à se concentrer, jetant de temps en temps un coup d'œil à la feuille de papier recouverte d'une élégante écriture manuscrite déposée sur un coin de la table. Un message du Maître qu'elle avait reçu dans l'après-midi :

« Aileen,

Tu pars ce soir, un convoi passera devant la pension un peu après minuit. Sois à la grille en avance. »

Ses bagages contenaient le strict minimum, car de toute manière, elle rentrerait tôt ou tard à la pension Sybilène. Revoir ses parents la remplissait de joie, joie hélas teintée d'amertume. À plusieurs reprises, elle s'était demandé si elle reverrait sa mère un jour : dans certaines lettres, Gide laissait entendre que son état de santé était instable. Il lui avait raconté que Soliane dansait parfois des nuits durant sans signe de fatigue, tandis qu'il lui arrivait de rester des journées entières à se reposer, oubliant même ses injections quotidiennes. Aileen se demanda si Noony avait beaucoup changé en presque un an. À une période, elles avaient entretenu une correspondance quasi quotidienne, puis le temps avait fait son œuvre : elles ne s'écrivaient plus qu'une fois par mois environ, chacune oubliant les lettres de l'autre, n'y retrouvant plus la personne qu'elle avait connue. La vie de Noony semblait se résumer à l'oraison, et Aileen, qui n'avait jamais trouvé séduisante l'idée de côtoyer la mort de si près, ne comprenait toujours pas pourquoi sa sœur s'était engagée dans cette voie. Sans doute pour suivre les traces de leur père. Noony l'admirait tellement. Quoi qu'il en soit, chaque fois qu'Aileen rentrait à Manérian, elle sentait un décalage entre sa sœur et elle.

Elle ajouta de l'eau tiède puis quelques racines de tégelan dans le bol. Le tout donnait à présent une substance verdâtre peu alléchante. La jeune fille avait terminé son devoir de botanique. Elle emballa le pot dans de grandes feuilles, rangea le matériel et laissa sa préparation en évidence sur le bureau.

Enfin, elle quitta la salle et récupéra sa valise avant d'aller à la grille de la pension Sybilène.

Interlude

— On pourrait rentrer, tout simplement ?

— Impossible Lorion, impossible. Nous devons trouver une autre solution.

— Et si nous utilisions leurs oiseaux messagers ?

— C'est trop risqué : ils sont dressés pour une destination précise et pourraient être interceptés. Non. Nous devons trouver quelque chose de plus ingénieux.

— Je ne vois qu'une seule solution pour les prévenir, alors.

— Je sais…

— Tu dois utiliser les Signes.

— Je ne sais pas bien les maîtriser, ils pourraient mal interpréter mon message, c'est beaucoup trop risqué.

— Ce que nous avons découvert est grave ! Nous devons essayer.

— Je sais bien… Mais j'ignore comment faire. Ils le savaient très bien en me choisissant.

— C'est toi le génie, ils ne t'ont pas envoyé ici pour rien !

— Tu parles !

— Garde confiance en toi, ou tout est perdu. Je t'aiderai.

— Je ne sais pas…

— Pourquoi hésites-tu autant ?

— Les Signes sont mon point faible depuis toujours, rappelle-toi Tombe-lune !

— Oui, mais tu as progressé depuis.

— À faible distance, c'est vrai. Mais c'est tout un océan qui nous sépare de Rouge-Terre.

— Nous n'avons pas le choix. Nous ne pouvons pas les laisser nous prendre par surprise !

— Attendons de voir comment les choses vont évoluer. Souviens-toi de ce qu'on m'a appris : toujours observer avant d'agir.

8

Retrouvailles et séparations

– Royaume d'Hélderion, Manérian, 912 –

Les Terres Impies : C'est en l'an 900 que le royaume d'Hélderion eut ses premiers contacts avec les Terres Impies. Un navigateur téméraire répondant au nom d'Opalon Tricen, responsable d'une expédition visant à explorer les îles Demi-Lune, fut confronté à une violente tempête. Il se retrouva au large d'un continent au sable rouge. Il sympathisa avec le peuple, des personnes qu'il qualifia comme étant « d'une gentillesse remarquable, capables de prouesses techniques, mais dont la religion animiste reste un mystère ». Dès la découverte de ce nouveau royaume, qui marqua le début de l'ère des Trois-Royaumes, l'Astracan Soleil III signa un pacte de paix entre les deux peuples, promettant de respecter leurs territoires respectifs.

Extrait de *Comprendre un nouveau royaume* – par Adrastée Sandiane, historienne de la Corporation Volplume depuis l'année 901.

Noony avait fait de la colline du domaine un poste d'observation privilégié. Elle embrassa du regard la plaine drapée dans la brume matinale, sa main en visière. L'ombre d'un convoi se profilait sur la route sinueuse conduisant à Manérian.

— Elle arrive ! Elle arrive !

L'aînée des sœurs Manérian descendit en courant et entra telle une tornade dans la maison. Son père, installé à la table de la salle à manger, étudiait de nombreux feuillets dont il ne se détourna pas.

— Elle arrive ! s'exclama Noony. Aileen arrive !

Gide daigna relever la tête, le visage encore ensommeillé. Sur son front ridé apparut un pli inquiétant. Le sourire de Noony s'estompa.

— Noony ! cria-t-il. Comment peux-tu manifester une telle euphorie en un pareil instant ? Il n'y a pas qu'Aileen qui soit de retour à la cité, le cadavre de Mylianne arrive ce matin, lui aussi !

La jeune oraisonnière serra son médaillon avec force, les joues rougies par la honte. Mais son père n'en avait pas terminé. Il fallait qu'il explose, c'était chose habituelle chez lui.

— Tu as demandé à t'occuper de l'oraison de Mylianne, et j'ai accepté ! Je pensais que tu aurais un comportement exemplaire !

Noony recula d'un pas.

— J'attends de toi beaucoup plus de retenue ! Ta sœur est morte, Noony ! Morte ! Et ta mère en est très affectée !

Son père venait de lui faucher le seul instant de réconfort que la vie lui donnait depuis la mort de Mylianne. La colère la gagna. Les blessures, il savait les rouvrir. Pensait-il vraiment qu'elle n'était pas bouleversée par le décès de Mylianne ? Certes, il ne l'avait pas vue recevoir la lettre, mais elle avait la conviction qu'Alexian le lui avait raconté. Ne comprenait-il pas qu'elle luttait contre le chagrin ? Noony savait qu'il ne servait à rien de s'énerver contre son père, mieux valait s'incliner sans mot dire.

— Maintenant, va au chevet de ta mère, ordonna-t-il. Dis-lui qu'Aileen arrive.

Soliane reposait sur son lit, la couverture remontée jusqu'au cou. Ses paupières closes et son visage pâle barré de la fine cicatrice qu'elle avait à la place de la bouche évoquaient à Noony une poupée de chiffon. D'après ce qu'elle en savait, le châtiment de mutisme consistait à vider la bouche de tous ses composants, dents et langue, puis à suturer les lèvres ensemble. Un frisson la parcourut en imaginant ce que sa mère avait pu subir. À plusieurs reprises, elle avait cherché à connaître les raisons d'une telle punition mais, sur ce sujet, les lèvres de Gide étaient aussi scellées que celles de sa femme.

— Maman, murmura Noony d'une voix douce, Aileen arrive, j'ai aperçu le convoi du haut de la colline.

Soliane ouvrit les yeux et pressa la main de sa fille, heureuse. Noony lui sourit avec tout l'amour du monde.

— Tu as subi un grand choc émotionnel. Le guérisseur a dit que tu devais rester couchée et te reposer. Je dirai à Aileen de monter te voir, entendu ?

Soliane approuva. Affaiblie, elle ressemblait à la flamme d'une bougie vacillant sous un coup de vent.

⁂

Noony cherchait sa sœur parmi les voyageurs qui descendaient de l'élégant chariot tiré par quatre chawins. Les robustes équidés faisaient au moins deux mètres au garrot, et leur museau aplati leur donnait un air stupide. Leurs crinières rousses tombaient le long de leurs flancs aux écailles ambrées, pour arriver à leurs genoux. Aileen lui fit un grand signe de la main, portant dans l'autre une petite valise. Elles se précipitèrent l'une vers l'autre en se frayant un passage entre les visiteurs. Noony fut surprise de constater que sa petite sœur la dépassait à présent d'au moins cinq centimètres. Son visage aussi avait changé : son nez s'était allongé, accentuant son profil fier, et sa malice de petite fille avait disparu. Aileen s'étonna de la taille si fine de Noony : elle qui, lors de leur séparation, avait quelques rondeurs !

Comme à chacune de leurs retrouvailles, elles prirent conscience du vide qui venait d'être comblé.

— J'aurais tant aimé que nous nous retrouvions comme l'année dernière, toutes les trois, lâcha-t-elle.

— Moi aussi…

Elles traversèrent la cité Manérian. Aileen s'étonna de plusieurs nouveaux bâtiments construits durant son absence, ainsi que des allées dont les pavés avaient été changés. Les jardins, eux, étaient restés tels quels. Les mêmes arbres majestueux trônaient au milieu des fleurs aux couleurs vives. Les sœurs remontèrent sans se presser la colline sur laquelle était perchée la demeure familiale. Lorsqu'elles étaient enfants, Noony, Aileen et Mylianne gravissaient cet endroit ensemble. Spontanément, leurs mains se lièrent. Elles n'avaient plus grand-chose en commun à part leur passé.

— Nous y voilà, souffla Aileen. La maison…

Les deux jeunes filles interrompirent Gide et Alexian en grande discussion. Gide posa ses mains sur les épaules d'Aileen et déclara d'un ton solennel :

— Je suis heureux que tu sois là malgré les circonstances tragiques qui t'amènent à regagner la cité. Je te présente Alexian, un jeune oraisonnier prometteur. Il est notre invité depuis deux semaines.

Les deux jeunes gens se saluèrent.

— Vous êtes son nouvel assistant ? demanda Aileen, un peu surprise.

Noony, à l'évocation de cette hypothèse, jeta un regard plein de questions à son père. Alexian répondit :

— Non, mademoiselle Manérian. Ceci est bien sûr le rôle de votre sœur.

— Je l'ai embauché pour une autre tâche, intervint Gide, et ce garçon a fait ses preuves.

— Quel genre de tâche ? demanda Noony.

— Tu le sauras bientôt, puisque cela te concerne. Nous en parlerons après la cérémonie d'oraison. D'ailleurs, tu devrais aller te préparer au temple pendant que j'aide ta sœur à s'installer.

Il s'adressait à présent à Aileen :

— Va saluer ta mère pendant que je monte tes affaires.

ꟻ

Noony faisait passer son médaillon d'argent d'une main à l'autre pour tromper sa nervosité. Elle réalisait qu'elle serait confrontée au cadavre de sa sœur d'ici quelques minutes. Assise sur l'un des nombreux bancs des vestiaires, sous les dizaines d'uniformes suspendus aux murs, elle s'y sentait comme dans un cocon de tissu. Merion pénétra dans la petite salle. Il était rare de le voir sans sa tenue d'oraisonnier : il venait assister à la cérémonie de Mylianne.

— Noony, tout va bien ?

— Oui, je veux le meilleur hommage possible pour ma sœur.

La grande cloche sonna le commencement d'une nouvelle oraison.

— C'est l'heure, murmura Merion. Surtout, sois toi-même, et n'oublie pas : ne te rends pas malheureuse pour des événements contre lesquels tu ne peux rien.

Merion s'empara du bijou, fit jouer le fermoir, et passa le médaillon autour du cou de sa disciple.

— Bonne chance.

ꟻ

Tous les proches s'étaient déplacés, et Alexian, qui pourtant ne connaissait pas la fillette, était venu se recueillir auprès de la famille. Seule Soliane manquait, car elle ne devait quitter son lit sous aucun prétexte.

Le cadavre de Mylianne reposait sur l'autel de marbre cerné de fleurs. Il venait d'être sorti de la glace, ce qui expliquait les gouttes d'eau sur la peau. Le visage avait été soigneusement poudré afin de masquer ses blessures, mais une expression de douleur s'y peignait encore. La réalité de sa mort était à présent indéniable. Noony prit sur elle et entama l'oraison.

— Bonjour à tous. Avant de commencer cette cérémonie, je me dois de vous expliquer pourquoi j'ai pris la décision d'effectuer moi-même ce rituel. La vocation des oraisonniers est d'aider des inconnus à faire leur deuil. La mort peut surgir à tout moment, et même en exerçant notre profession, nous n'y sommes jamais réellement préparés, car nous ne connaissons pas les défunts qui défilent sur cette dalle. Durant ma formation, j'ai appris une chose importante : l'oraison, c'est essayer de mettre des mots sur des sentiments, sur une douleur. Sur de l'abstrait. Nous devons donner un sens à tout cela. Mais l'oraison n'est pas qu'une consolation. L'oraison n'est pas que des mots. C'est aussi un passage vers une autre vie, le plus beau cadeau que l'on puisse offrir. Aujourd'hui, j'ai choisi d'envoyer l'âme de ma sœur dans un endroit meilleur, à l'abri des actes barbares. Plus que tous les discours que je pourrais faire, c'est cela qui a une signification. Je ne sais pas si ce crime restera ou non impuni, mais dans cette existence ou une autre, celui qui a ôté la vie de Mylianne Manérian se retrouvera confronté à ses responsabilités.

Entendant cela, Aileen releva la tête.

—Une seule chose est certaine, poursuivit son aînée. L'amour que nous portons à Mylianne l'accompagnera au-delà de l'oraison. Elle n'avait que treize ans, et son existence n'était encore qu'une promesse à accomplir…

Elle fit face à son auditoire ému et remarqua que son père arborait une attitude de recueillement sans verser une larme.

—À présent, je vais procéder à la cérémonie d'oraison, je vous demande donc de quitter cette salle, s'il vous plaît.

Avant de sortir, Gide Manérian s'arrêta devant le corps de sa fille. Il déposa un long baiser sur son front livide.

—Mylianne, ma chérie, je te promets que tout se passera bien.

Noony se retrouva seule avec la dépouille si familière. Incertaine, elle posa délicatement la Vive sur la poitrine de Mylianne. Après un long moment d'hésitation, elle trouva la force d'enfoncer le dard dans la poitrine du cadavre en se répétant qu'elle permettait à sa sœur d'avoir une vie meilleure.

Noony se retira de la salle, laissant sa sœur aux soins des assistants d'oraison qui prépareraient l'incinération. Elle prenait son temps pour rassembler ses esprits et ranger ses affaires. L'oraisonnier Merion entra en trombe dans le vestiaire. Jamais elle ne l'avait vu dans un tel état d'agitation.

—Noony ! L'Astracan veut déclarer la guerre !

—La guerre ? Mais voyons Merion, la guerre contre qui ?

—Les Terres Impies…

Elle était de la génération des Trois-Royaumes, elle avait vécu ce jour où l'on avait découvert un nouveau continent, au-delà des îles Demi-Lune, et prononcé le pacte de paix qui unissait les deux cultures. Se pouvait-il qu'Hélderion, son royaume, répète l'erreur commise avec Thyrane ?

—Nous venons d'apprendre la nouvelle à l'instant. Gide organise une réunion d'urgence. Il faut que tu viennes…

La demeure Manérian grouillait de monde.

—Vous avez entendu la nouvelle ? demanda Aileen aux deux arrivants.

—Oui, mais je ne comprends rien…

—Une lettre de l'Astracan vient d'arriver, demandant à la corporation d'entrer en guerre, dit-elle sur le ton de la confidence.

—Pourquoi cette guerre ?

La question de Noony eut pour seule réponse le regard condescendant de Merion. Il lui semblait évident qu'il fallait sauver les âmes de ces hérétiques par tous les moyens.

Au son d'une clochette, la rumeur de l'assistance se tarit, jusqu'à s'éteindre. Gide prit la parole.

— Mes chers amis, commença-t-il avec emphase, un trois-larmes vient de me remettre une lettre de la plus haute importance, rédigée par notre Astracan. Tous les oraisonniers de la cité Manérian sont impliqués, y compris les apprentis. Il s'agit là d'une mobilisation sans précédent, bien plus forte encore que pour la guerre en Thyrane. Je crois qu'il vaut mieux que je vous lise le courrier.

Les personnes présentes retinrent leur souffle, suspendues aux lèvres de leur chef.

« À Gide Manérian,
Le soixante-dix-huitième jour de la saison de l'Amante, an 912, à Abranelle.

Cher dirigeant de la Corporation des marchands d'étoiles, imaginez l'amertume qui m'étreint alors que je rédige cette lettre annonciatrice d'une très mauvaise nouvelle. Je me dois de vous prévenir en personne : la paix qui maintenait les bonnes relations entre Hélderion et Rouge-Terre vient de se briser.
En effet, il y a de cela trois jours, le gouvernement des Terres Impies a rompu le pacte de paix qui stipulait le respect des territoires. Des hérétiques se sont rendus sur l'une des îles de l'archipel Demi-lune afin d'y célébrer un rite païen. Les ruines sacrées ont été saccagées. J'ai exigé une punition exemplaire des profanateurs, mais le gouvernement rouge-terrien n'a pas entendu ma demande, engageant ainsi sa responsabilité et celle de son peuple. Il y aura des représailles pour cette violation du pacte à condition que la totalité des corporations donne son accord, afin d'éviter un second Thyrane. Dans ce cas, Hélderion sera en guerre contre les Terres Impies.

Je vous saurais gré de m'adresser votre réponse dans les jours à venir.

Que les astres vous protègent,
Astracan Soleil, troisième du nom. »

Un silence de mort accueillit cette lecture. Gide Manérian avait le visage dur et impressionnant d'impassibilité. Noony jeta un coup d'œil autour d'elle pour observer les réactions. Tous paraissaient approuver cette guerre à l'exception d'Alexian. Le dos appuyé contre le mur et les bras croisés, pas l'ombre d'un sourire ne flottait sur les lèvres de l'oraisonnier aux yeux vairons.

—Je suis favorable à cette guerre, déclara Gide sans détour. Comme vous le savez tous, poursuivit-il, nos revenus sont satisfaisants, mais la Grande Corporation ne cesse de demander plus de résuadine, et les morts ne sont pas assez nombreux pour couvrir cette demande.

—C'est vrai ! approuva un homme d'un certain âge, il faudrait arriver à augmenter la production, le temple se vide de plus en plus rapidement !

—Alors, ce n'est qu'une histoire d'argent, n'est-ce pas ?

Noony se retrouva au centre de l'attention.

—Calme-toi, lui chuchota Aileen.

—Voyons, Noony, fit Gide avec froideur, comment peux-tu parler ainsi ?

La langue de sa fille sembla se délier d'un seul coup :

—C'est d'une guerre dont nous parlons ! Est-ce que nous allons compter les morts de notre camp en taux de résuadine ? Est-ce que nous nous réjouirons lorsque l'un des nôtres tombera, tout cela parce que nous serons plus riches ?

—Noony, je t'en prie ! répliqua-t-il. Ne sois pas ridicule ! Un oraisonnier fait le commerce de la mort. C'est bien triste à dire, mais une guerre est une pluie d'or pour nous.

Les oraisonniers, en particulier Alexian, observaient la joute verbale avec intérêt. Noony explosa :

—Nous ne pouvons pas faire cela ! Si la guerre contre Thyrane n'avait pas été déclarée, jamais le peuple occupé ne se serait ainsi révolté, jamais les clans ne se seraient formés, jamais Mylianne… Jamais elle ne serait morte ! Elle est aussi victime que ceux qui sont morts sur le champ de bataille, il y a un demi-siècle ! Vous ne pensez donc qu'au pouvoir ? Qu'à l'argent ?

Gide Manérian, devenu blême, se reprit :

—Nous n'avons pas le choix. Cette lettre est une illusion de décision à prendre. Nous savons tous que les autres corporations répondront à l'appel. C'est juste un ordre implicite du gouvernement. Si nous n'obéissons pas, les conséquences pour nous seront peut-être pires qu'une guerre. Ne rendez pas les choses plus difficiles qu'elles ne le sont. Voir ma fille aînée partir sur le front est bien la dernière chose que je souhaite, mais nous devons faire face.

—N'y a-t-il pas une alternative ? supplia Noony.

Gide secoua la tête en signe de négation.

Noony regrettait de ne pas avoir pu profiter davantage de sa sœur à cause des trop nombreux événements de la journée. Elles n'avaient pas reparlé de la réunion quand Noony l'avait raccompagnée au convoi.

L'oraisonnière s'était réfugiée auprès de sa mère. Elles se consolèrent l'une l'autre du départ d'Aileen et de la terrible perspective de la guerre.

—Oh, maman, pourquoi papa ne fait-il rien pour arrêter ça ?

Soliane se dirigea vers sa table de chevet et en sortit du papier et une plume. Noony se demanda qui avait mis ces objets à sa disposition puisqu'il était interdit aux personnes condamnées au mutisme de communiquer par écrit.

« Ma chérie, ceci est ma dernière volonté. Arrête cette guerre. »

La jeune fille eut un hoquet de surprise.
— Maman, c'est insensé ! Comment veux-tu que je fasse ?

« Tu es une oraisonnière. »

Noony se demanda si sa mère n'avait pas perdu la raison, pourtant, la lueur ardente dans ses yeux tranchait avec sa léthargie habituelle.
— Mais pourquoi ?

« Va sur le front, vois et comprends. »

Interlude

—Hé!

—Hum... Quoi?

—Tu dors?

—Lorion, comment veux-tu que je dorme après ce qui s'est passé? Vel-Plê avait raison...

—Je ne sais pas. Moi, je n'arrive pas à trouver le sommeil, je sens toute la tension dans l'air, toute l'angoisse des gens. L'ambiance de cet endroit a changé du tout au tout. Je déteste ce royaume.

—C'est normal.

—Normal? Tu trouves ça normal? Ton esprit se ferme, que t'arrive-t-il? Tu es si sombre, ce soir...

—Que veux-tu que nous fassions? J'ai passé la matinée à essayer de maîtriser les Signes; je n'y arrive pas. Nous ne préviendrons jamais Rouge-Terre à temps.

—Je crois qu'il y a une solution...

—Ah oui?

—Oui. Nous n'avons qu'à partir.

—Partir?

—Avec les armées.

—Tu veux dire, en tant qu'oraisonnier?

—Oui. Ton contrat avec Gide tient toujours, non?

—Je présume.

—Le tout est que sa fille parte sur le front, n'est-ce pas?

—En effet.

—Alors? C'est une oraisonnière, c'est sa mission! Nous n'aurons qu'à l'accompagner, elle couvrira ton identité sans le savoir.

—On ignore si elle partira ou non. Elle est contre la guerre.

—D'après ce que tu m'avais dit et ce que j'ai vu, j'étais sûr que cette fille-là était intéressante.

—Face à un homme comme ce Gide, j'appelle ça de l'inconscience!

—Elle est courageuse.

—Elle est trop sentimentale, on dirait qu'elle porte son cœur en bandoulière. Ce qui est fait pour être à l'intérieur, elle le montre à l'extérieur.

—Il n'empêche qu'elle est contre la guerre. Tu sais bien ce que notre continent risque si Hélderion attaque.

—Oui, je sais tout ça. Nous devrions dormir. Demain sera une rude journée, on ne sait pas ce qui nous attend.

—S'il te plaît, ne t'endors pas avant moi…

—Lorion, tu n'es plus un bébé.

—S'il te plaît!

—Bon, bon.

Partie II

Le jeu des Quatre Vents

– Royaume d'Hélderion, Abranelle, premier temple, 912 –

L'Astracan était assis en bout de table et se préparait à écouter le rapport de ses conseillers.

— La Corporation des guerriers de l'aurore a répondu positivement à votre missive, Votre Excellence.

— Parfait. Qu'en est-il de la Corporation des marchands d'étoiles ?

— Leur réponse ne devrait pas tarder.

Soleil n'avait aucune inquiétude quant à la décision de Gide Manérian. Avec les petits secrets que Soleil connaissait, le marchand d'étoiles ne pouvait négocier aucun ordre.

Ils expédièrent les affaires courantes et attendirent que l'Astracan les autorise à partir.

— Il reste une affaire à aborder, annonça-t-il. Qu'en est-il de la chuchoteuse ?

Les conseillers se mirent tous à consulter frénétiquement leurs notes.

— J'attends.

— À vrai dire, nous avons envoyé une troupe à sa recherche et…

— Vous ne savez pas, donc ?

Les subordonnés gardèrent le silence.

— Vous êtes tous de pauvres incapables ! cria-t-il. Cela fait deux saisons que vous êtes sur cette affaire ! Disparaissez !

Pas un ne se fit prier.

Partie II

Le jeu des Quatre Vents

9

Traversée

– Royaume de Thyrane, Mizin, 912 –

Faiblesses

La pourpre de la lune éclabousse
Mon visage blême, triste, épuisé
De larmes, de sanglots, ces secousses
Qui les tréfonds de l'âme font vibrer.

Sur cette vieille tombe de souvenirs
Où j'ai aimé un homme, rejeté le passé
Je creuse pour chercher quoi écrire
Où est le confident de mes pensées ?

Et le noir de la nuit constelle d'étoiles
Mes joues, sillonnées de plaies, blessées
De l'encre de ma plume qui dévoile
Pour toi, mes plus intimes secrets.

Sur cette vieille tombe de douleur
Où j'ai aimé le roi de la tristesse
Je gomme les plaies de mon cœur
En mettant à nu mes faiblesses.

Extrait de *Maux d'amour* – Recueil de poèmes de Shala Volplume, auteure active de la Corporation Volplume depuis l'an 909.

Orius déambula jusqu'à ce que le soleil se meure derrière les immeubles en ruine. À ce moment de la journée, entre chien et loup, les rues étaient désertes, tant et si bien qu'on avait la drôle d'impression de parcourir une ville fantôme. Il déboucha sur une place et s'installa sur un vieux banc à la peinture écaillée. Une femme passa en entrouvrant son manteau pour lui proposer une délicieuse nuit. Orius considéra quelques instants la proposition, puis la rejeta dans son esprit. La neige tombait de nouveau, comme un voile de dentelle.

—J'étais certaine de te trouver ici.

Orius se tourna et découvrit Shala, le visage couvert de pansements.

—Ne m'abandonne pas.

—Shala, s'il te plaît.

En prononçant ces mots, il eut la sensation qu'un étau venait de se refermer sur son cœur. C'était pour la protéger. De lui. De son métier de veilleur.

—J'ai besoin de toi !

La jeune femme tenta d'aimanter son regard et de faire tomber la barrière qu'il avait érigée entre eux. En vain. Elle fouilla alors dans son sac et en tira une feuille noircie d'écriture. C'était le brouillon de *Faiblesses*, son dernier poème.

—Regarde, dit-elle d'un ton faussement enjoué, depuis que je suis ici, j'ai tellement d'idées… Orius, être avec toi est une source d'inspiration intarissable !

—Dans cette ville, l'écriture est un luxe. Les gens comme toi n'ont rien à faire ici.

Ses mots étaient autant de dards empoisonnés frappant l'amour-propre de la poétesse. Il avait raison. Un abîme se creusait entre eux. La beauté des mots paraissait bien futile en comparaison de l'horreur des meurtres.

—Ne m'abandonne pas, répéta-t-elle.

Il ne répondit rien et observa la danse des flocons. Comment pouvait-il être aussi indifférent ? La protéger n'était donc qu'un prétexte ? Elle décida de faire comme lui, d'attaquer à coups de reproches.

—Je suis défigurée par ta faute et maintenant tu veux que je parte ? J'ai toujours été là pour toi, lâcha-t-elle d'un ton mordant, et toi, tu m'abandonnes au moment où j'ai le plus besoin de toi, après ce que je viens de vivre !

La phrase de Shala le frappa en plein cœur comme une flèche ajustée. Le veilleur se sentait perdre pied, étonné que Shala n'ait pas fondu en larmes ou fui.

—Ne dis pas n'importe quoi, Shala, tu sais bien que cela n'a rien à voir.

—Alors quoi ? Ton père ? Tu lui en veux de ne pas avoir été là pour toi ! De ne pas être ce modèle dont tu rêvais ! Arrête de te voiler la face : tu ne sacrifies pas notre amour pour cette ville ni pour la justice, Orius, mais pour continuer à vivre dans son ombre. Au fond, tu lui ressembles.

— Je t'interdis ! Jamais je ne finirai comme lui. Jamais je n'oublierai tout ce en quoi je crois ! Je dois protéger cette ville. Je savais que tu serais incapable de comprendre ça. Maintenant, va-t'en.

Shala se dirigea vers la ruelle la plus proche pour disparaître dans les ténèbres. Orius ramassa le poème et le déplia avant de se laisser enfin aller à son chagrin.

Construit sur pilotis, le port de Valdir gagnait du terrain sur la mer. Les habitations de bois étaient aussi richement décorées que les belles demeures du centre-ville. L'air iodé mêlé aux odeurs des fumoirs à poissons frappa les narines d'Aileen. Revenir à Valdir ravivait le douloureux souvenir du jour où elle avait été séparée de sa famille. Tout ce monde, toute cette animation, cela la grisait. Des hommes vigoureux travaillaient dur, transportant des marchandises ou occupés à caréner les coques des navires, observés par des oiseaux blancs perchés sur les bittes d'amarrage.

Aileen évoluait dans les rues tortueuses du port bruyant, accompagnée de l'employé des convois chargé des mineurs. Malgré ce, l'adolescente se sentait libre, loin de la pension et de la cité Manérian où la tension était à son comble.

— Embarquement immédiat pour Lémuran ! Embarquement pour le royaume de Thyrane !

Les bateaux s'alignaient le long des quais, de toutes tailles, des plus majestueux aux plus humbles. Celui d'Aileen était un navire de taille respectable vers lequel elle se dirigea d'un pas assuré. Long, élancé, ses flancs étaient décorés de spirales d'un vert de jade et sa proue était un buste de femme en bois d'arika qui avait le nez au vent.

Après de brefs adieux à son protecteur, Aileen présenta son billet au marin chargé de l'accueil des passagers.

— C'est parfait, mademoiselle, dit-il après avoir vérifié la validité de son ticket. Bienvenue à bord de *La Millième Perle*.

Galant, le marin lui prit sa valise et la guida jusqu'à sa cabine.

— Voilà, mademoiselle, si vous avez besoin de quoi que ce soit, n'hésitez pas à solliciter l'un des employés. Nous arriverons en Thyrane d'ici cinq jours. Bon voyage !

Le jeune homme se retira avec une petite révérence pompeuse. Aileen glissa ses affaires dans le tiroir situé sous sa couche. Étroite, la cabine sentait l'encaustique à plein nez.

Tout en étant consciente de son égoïsme, elle était contente de regagner Thyrane : ce continent serait bien moins touché par la guerre contre les Terres Impies. Elle craignait en revanche pour sa sœur. Était-il réellement possible que Noony parte sur le front ?

Elle avait besoin de se changer les idées. Elle décida donc de prendre l'air et se rendit sur le pont. Elle s'accouda au bastingage et admira le port qui s'éloignait.

— Que les astres tombent ! Vous êtes charmante ! Ah ! J'adore les femmes... J'aurais dû naître femme !

L'inconnu s'était approché comme un félin avance jusqu'à sa proie.

— Je me présente, Sonax Jaspe, propriétaire de ce bateau. J'aimerais beaucoup vous avoir à ma table pour le dîner ; je n'ai guère de compagnie aussi agréable.

L'inquiétude marquait le visage d'Aileen. Elle n'avait pas l'habitude de se faire aborder, encore moins à la nuit tombante et par un personnage aussi surprenant que ce Jaspe. Il portait une tunique brune qui était réservée aux commerçants de la cité de Lyneroy, à laquelle il avait ajouté des fanfreluches sur les manches et le col. Son visage avait une finesse toute féminine et ses yeux noirs contrastaient avec la poudre rosée qui nacrait ses paupières. La tache de naissance lie-de-vin qui colorait sa joue gauche semblait étrangement assortie à la masse ébouriffée de ses cheveux.

S'il y avait bien une chose qu'elle avait apprise à la pension Sybilène, c'était de refuser l'invitation d'un homme – aussi féminin puisse-t-il avoir l'air – lorsque l'on était une jeune fille de bonne famille et que l'on voyageait seule.

— Vous n'avez rien à craindre avec moi, princesse ! Je suis quelqu'un de tout à fait respectable !

— Je ne...

— L'affaire est entendue ! Quel est votre nom ?

— Aileen, répondit-elle sans préciser à quelle famille elle appartenait.

Une expression de rêverie se peignit sur les traits fins et délicats de Sonax.

— C'est un très joli nom, celui de ma troisième étoile préférée, à vrai dire. Sais-tu où elle se trouve dans le ciel, ma chérie ? En espérant que tu n'aies rien contre le tutoiement !

Aileen se contenta de désigner du doigt une lueur orangée dans la constellation de la Reine.

— Exact, confirma Sonax. J'aime beaucoup sa couleur. En fait, j'aime les couleurs de manière générale, surtout si elles sont vives et criardes !

Aileen songea qu'il était difficile de ne pas s'en rendre compte.

— L'étoile Sonax est d'un blanc très fade. Quel dommage ! Coïncidence troublante, elle est dans la même constellation que la tienne. Cette constellation ne comprend que douze étoiles, quelles étaient les chances que je rencontre quelqu'un portant le nom de l'une d'entre elles ?

— Très faibles, en effet.

Un domestique les interrompit pour leur annoncer que le dîner était servi. Face à l'insistance de son interlocuteur, Aileen se laissa conduire à une table sur le pont. Une fois assis, Sonax demanda un verre de seraul.

— Je suis un riche marchand de Lyneroy, vois-tu ?

— Ah.

Sonax avait visiblement un désir très pressant de raconter sa vie.

— Oui, oui, les gens me reconnaissent souvent dans la rue, précisa-t-il d'un ton badin. Cela s'avère parfois assez désagréable. Les petites gens semblent croire que nous sommes des êtres hors du commun, nous qui avons réussi. En ce qui me concerne, ils n'ont pas tort !

Aileen manqua de s'étouffer avec une gorgée de nectar. Ce Sonax ne semblait pas avoir suivi de cours de bonne tenue. Il éclata de rire et poursuivit :

— Je vends toutes sortes d'articles, des objets pour la plupart fabuleux, des choses incroyables que tu n'as jamais vues !

Il scruta sa réaction en portant son verre à ses lèvres pour boire la liqueur couleur absinthe. Une légère brise fit frissonner Aileen.

— Je peux même te montrer, si tu le souhaites.

Toute note d'amusement avait disparu dans la voix du marchand. Il la dévisageait avec insistance, attendant une réponse.

— Je n'ai pas d'argent sur moi, répondit-elle.

— Je ne te parle pas d'acheter ! Je te propose juste de pouvoir admirer à loisir de vraies petites merveilles.

Aileen se demanda alors très sérieusement ce qu'elle faisait ici à converser avec cet homme aux allures androgynes. Sonax dut deviner son trouble, car il déclara d'une voix égale :

— Mais si cela t'embête, tu peux refuser, je ne m'en offusquerai pas. Je pensais que tu serais ravie d'avoir la chance de voir de tes propres yeux des objets qui en ont fasciné plus d'un. Rien de plus.

Deux serveurs déposèrent sur la table plusieurs assiettes sur lesquelles étaient disposées des pâtisseries saupoudrées de sucre brillant.

— Sers-toi, voyons.

Aileen piocha avec joie dans les assiettes et dégusta les mises en bouche. À la pension Sybilène, les confiseries étaient choses rares, aussi profita-t-elle au maximum de ce repas, même si on lui avait inculqué que se montrer trop vorace était synonyme d'impolitesse.

— Succulent, n'est-ce pas ?

Les plats étaient si abondants que tous deux furent vite repus.

— Est-ce que le dîner t'a plu ? demanda Sonax.

— Oui, c'était délicieux. Je ne vous importunerai pas plus longtemps, il se fait tard, je vais me coucher.

Le marchand de Lyneroy arrêta Aileen dans son élan pour se lever de table.

— Ne veux-tu pas voir un objet extraordinaire ? souffla-t-il. Je te promets que tu ne le regretteras pas…

Aileen, en proie à un dilemme, était partagée entre l'envie de le suivre – après tout, il avait été si gentil avec elle ! – et celle de prendre ses jambes à son cou. Décelant une fois encore une hésitation chez son invitée, Sonax assura :

— Cela ne prendra que quelques minutes. Le jeu des Quatre Vents est un objet merveilleux, ajouta-t-il si bas que seule Aileen put entendre.

Elle n'en avait jamais entendu parler, mais sa curiosité fut piquée au vif et son envie l'emporta sur la raison.

La cabine de Sonax exhalait un mélange de senteurs suffocant. L'homme saisit un des flacons de parfum couvrant chaque meuble et s'en aspergea abondamment. Sous une montagne de coussins, on devinait un large lit, à côté d'une imposante malle en bois.

— Entre, très chère !

Sonax extirpa de sa poche une clef et ouvrit la malle.

— J'ai acheté ce navire il y a deux ans, raconta-t-il. Il s'agit là d'un excellent investissement ! Tu n'imagines pas l'argent que le transport de marchandises et de voyageurs rapporte. Mais bien sûr, le gouvernement se régale de taxes. Et après, ce cher Soleil s'étonne de l'existence des marchés noirs en Hélderion !

Sonax partit d'un grand rire. Aileen se força à sourire, espérant ne pas le froisser.

— Bien, fit Sonax, qui avait repris son sérieux. Voici la merveille...

L'homme montra à Aileen un petit coffret ouvragé, en bois de cymeurt, ce qui le rendait précieux. Cet arbre à l'écorce d'un bleu pastel poussait uniquement au bord du lac Sanguille.

— Regarde...

Un simple jeu de cartes gisait au fond de la boîte. Il semblait assez ancien. Sonax s'empara des lames puis les disposa en éventail entre ses mains. Aileen observa les symboles qui illustraient chacune d'entre elles : il s'agissait de dessins sommaires, de représentations d'éléments naturels ou bien d'allégories. Elle pointa du doigt la carte d'un marron pâle placée au centre.

— Pourquoi celle-ci est-elle vierge ?

— Elle est vierge tant que tu ne l'as pas interrogée !

Il rassembla les cartes et les mélangea, son regard de velours noir pétillant de malice. Il invita Aileen à s'asseoir sur le lit, ce qu'elle fit avec une certaine réticence, car elle avait la conviction que se jouait là quelque chose d'interdit.

Sonax disposa les cartes retournées. Sur leur verso, les initiales « N.L. » s'étalaient en rouge vif.

— Bien, ma chérie ! Je te présente le jeu des Quatre Vents ! Une création extraordinaire que tu n'aurais jamais imaginée, même dans tes rêves les plus fous !

— Pourquoi me montrer cela ? demanda Aileen, soupçonneuse.

— Je souhaitais te remercier pour ta charmante compagnie.

Il ramena son attention à la cinquantaine de cartes disposées en spirale. De plus en plus intriguée, Aileen risqua une question :

— Quel genre de pouvoir possède ce jeu ?

Elle vit le marchand se frotter les mains avec une satisfaction évidente. Face à cette réaction, Aileen aurait voulu ravaler ce qu'elle venait de dire.

— Le jeu des Quatre Vents, ma belle, a le pouvoir de répondre à toutes tes interrogations ! Il suffit de mélanger les cartes, de les étaler devant toi et d'énoncer ta question à voix haute. Ensuite, les quatre cartes que tu piocheras te révéleront la réponse. Mais attention ! Le jeu des Quatre Vents ne donne que des pistes d'interprétations.

Aileen était très sceptique quant aux prétendus pouvoirs du jeu. À la pension, elle n'avait pas encore eu le cours sur les phénomènes surnaturels en lien avec les astres, aussi ne pouvait-elle pas s'assurer de la véracité des dires de Sonax.

— Demande-moi quelque chose, proposa Sonax d'une voix douce.

La jeune fille réfléchit à la façon de mettre le marchand au pied du mur. Elle devait s'assurer d'être la seule à connaître la réponse.

— Pour quelles raisons me suis-je rendue en Hélderion ?

Sonax hocha pensivement la tête. Il pria Aileen de piocher quatre cartes. La première représentait une femme sans visage à l'immense chevelure brune tenant une sphère noire autour de laquelle tournaient des étoiles. Sur la deuxième, Aileen découvrit un petit garçon souriant, un bouquet de fleurs dans les mains. Sur la troisième étaient dessinées deux mystérieuses runes qui s'entrecroisaient. Enfin, sur la dernière figurait une flèche noire dirigée vers le bas et décorée de symboles. Sonax tapota du bout du doigt la première carte.

— Tu viens de subir la mort d'un proche, une personne pure et innocence. Tu la chérissais plus que tout.

Aileen en resta bouche bée. Si ce jeu était réellement capable de donner des réponses aussi précises, elle pourrait savoir tant de choses…

— Impressionnant, non ?

— Désolée de vous demander cela de cette façon, mais ce ne serait pas un jeu interdit ?

Sonax ignora la question et poursuivit :

— Il y a autre chose. La mort de cette personne te poursuit, tu es rongée par la soif de vengeance. Cette mort n'était pas naturelle, n'est-ce pas ?

— C'est exact.

Le commerçant eut l'air très attristé.

— Tu n'auras pas l'âme en paix tant que tu ne sauras pas qui l'a tuée. Cela se comprend, ma chérie. Lorsque les astres sont sourds à nos prières, il vient un moment où l'on a besoin de réponses.

—Je n'arrête pas d'y penser, dit-elle en essayant de garder un ton impassible sans parvenir pourtant à masquer sa peine. Je me suis promis de la venger, mais on m'a dit qu'il était presque impossible de retrouver l'assassin… Pouvez-vous m'aider ?

—Je ne le peux pas moi-même, ma chérie. Cependant, je peux t'en donner les moyens.

Il entreprit de ranger les cartes puis de remettre le jeu dans son magnifique coffret. À la grande surprise d'Aileen, il le lui tendit.

—Je te l'offre.

—C'est un objet d'une valeur inestimable ! Et je ne sais pas comment m'en servir. Non, vraiment, je ne peux pas accepter un tel cadeau.

—Nous avons le temps de la traversée pour que je t'apprenne à lire les cartes.

Interlude

— Ne vous inquiétez pas monsieur Bellor, la décision officielle de l'Astracan Soleil n'est pas encore prise. Cependant, il serait plus prudent de cesser tout échange avec les Terres Impies par mesure de précaution, comprenez-vous ?

— Vous allez détruire mon projet ! clama le professeur. Non, non et non ! Cela fait six mois que j'ai d'excellents contacts avec ce peuple. Nous ne pouvons pas arrêter maintenant.

Installé confortablement derrière son bureau, le Maître soupira. Les ordres étaient les ordres : il fallait couper toute communication avec Rouge-Terre, et cela, l'enseignant ne semblait pas prêt à s'y faire. Il se gratta le menton en cherchant une solution afin d'éviter que Bellor ne fasse un scandale qui pourrait nuire à la réputation de Sybilène.

— Écoutez-moi, dit-il, diplomate. Je vous propose un compromis : laissez le projet pendant un mois ou deux, le temps que les choses s'éclaircissent. D'ici là, la décision de guerre sera sans doute abandonnée.

Ni lui, ni Bellor n'en croyaient un traître mot. Le professeur se résigna.

— Je vous demanderai de faire preuve de discrétion, insista le Maître. Nous sommes tous confrontés à la difficulté de la situation, sachez vous contenir.

— Bien, Maître, s'inclina l'enseignant avec amertume.

10

Au revoir, Manérian

– Royaume d'Hélderion, Manérian, 912 –

Que sont, finalement, les étoiles ? Ce sont d'autres mondes. D'autres planètes similaires à la nôtre. L'univers est immense, régi par le soleil, l'étoile suprême sur laquelle nul humain ne peut se rendre. Notre âme effectue un parcours dans cet univers. Notre nom, attribué à la naissance, domine notre existence : toutes nos actions sont tournées vers notre astre, car il s'agit de notre prochaine étape. Les questions qui reviennent souvent sont : qu'y a-t-il après ? Ça, seul notre prophète le sait. Nous devons donc accepter l'inconnu.

Traité sur l'Astrascisme, collectif des astronomes, 347.

— *Tout le monde la cherche, nous avons fouillé toute la ville, et toujours aucune trace d'elle.*

Alexian leva la tête vers les étoiles qui semblaient le narguer et poussa un juron. Qui pouvait être assez stupide pour croire que ces cailloux glacés étaient capables d'entendre des prières ? Les habitants d'Hélderion devaient êtres bien naïfs. Et ces imbéciles possédaient le pouvoir de mettre son continent à feu et à sang ! Lorsque l'instructeur avait expliqué sa mission à Alexian, elle lui avait semblé limpide, tandis qu'en Hélderion, elle paraissait démesurée. Il devait collecter des informations sur l'Astrascisme et se retrouvait à présent à devoir arrêter une guerre. Accomplir sa tâche devenait irréalisable.

— *Ne t'énerve pas*, intervint mentalement Lorion. *Tu ne dois pas perdre ton sang-froid, trop de choses dépendent de nous.*

— *Tu as raison, il ne faut pas se laisser abattre. Mais cette écervelée est notre seule chance, Lorion. Sans la fille de Gide, nous n'arriverons jamais au front.*

—Ne la traite pas d'écervelée. Et arrête de t'attarder sur les problèmes. Il va falloir la retrouver, puis la convaincre de partir au front, c'est tout. Courage.

— Toi qui me réconfortes, c'est le monde à l'envers ! Ce royaume va nous rendre fous.

Des images réconfortantes s'imposèrent à son esprit : un canyon de sable rouge, le visage de sa mère, son uni endormi contre lui... Il devait sauver sa terre natale. Il ne baisserait pas les bras. L'espoir pointait, plus fort que tout, dans l'enchevêtrement de ses sombres pensées.

—Alors, qu'attends-tu ? Va faire ton rapport à Gide Manérian, puis nous aviserons. Je ne serai pas loin.

Alexian quitta le recoin du jardin où il avait pris l'habitude de méditer et où il pouvait retrouver son uni en toute discrétion. Gide Manérian se tenait au salon, à l'une des fenêtres. Une toilette et des vêtements propres n'avaient pas fait disparaître le pli soucieux de son front ni les cernes qui marquaient son visage, lui donnant l'air malade. Alexian se risqua à parler :

— J'ai inspecté toute la cité et je n'ai rien trouvé.

La colère de Gide se déversa sur lui.

— Mais à quoi me sert donc cette légion d'hommes, s'ils ne sont pas capables de retrouver une jeune fille ? Réponds-moi, Alexian ! À quoi me sert mon pouvoir, si je ne peux même pas protéger ma famille du malheur ? À rien ! Rien du tout ! Je ne contrôle rien !

— Cet homme est une plaie à vif. Attention à ce que tu pourrais dire, chacune de tes paroles ouvrira un peu plus sa blessure...

Le jeune homme garda un silence prudent. Un rictus lugubre tordit la bouche de Gide.

— Sans Noony, tout ce que j'ai construit est vain. Elle est la seule digne de me succéder. Et voilà que ce sont mes convictions qui me l'arrachent...

Le dirigeant de la Corporation des marchands d'étoiles s'appuya, les bras tendus, contre la fenêtre. Il recouvra son calme avant de s'adresser au jeune homme.

—Alexian, s'il te plaît, va t'occuper de mon épouse. Tous les autres oraisonniers sont en train de passer la cité au peigne fin et je n'ai personne pour prendre soin d'elle. Si elle me voyait dans cet état, cela la paniquerait.

— Entendu, si cela peut vous rendre service...

Il grimpa sans bruit l'escalier conduisant à la chambre. Il ne voulait pas risquer de la réveiller, sachant qu'elle était au plus mal depuis l'annonce de la mort de Mylianne. Il souleva légèrement le rideau masquant l'entrée. Soliane se tenait debout, dos à l'entrée, enchaînant les signes d'un langage connu seulement de sa fille et d'elle.

Noony ! Comment était-ce possible ? Il avait lui-même inspecté toute la maison, la chambre de Soliane y comprise... Celle-ci s'était reculée pour montrer quelque chose à sa fille.

— Que fais-tu, maman ?

Soliane déboutonna sa robe, laissant apparaître l'immense cicatrice qui courait le long de son abdomen. Le renflement de chair saillait sur sa peau au grain délicat. Noony étouffa une exclamation de stupeur.

— Par les astres !

Tout se passa très vite, comme si la vue de la cicatrice avait été un déclic. Noony rassembla quelques affaires dans un sac qu'elle mit sur son épaule puis rabattit sa capuche. C'était le moment d'intervenir.

— Dire que l'on vous fait chercher partout depuis déjà deux jours. Votre père se fait un sang d'encre à votre sujet.

L'oraisonnière fit volte-face, surprise.

— Ce ne sont pas vos affaires, s'exclama-t-elle avec fierté. Retournez d'où vous venez ! Depuis votre arrivée dans cette maison, le malheur s'abat sur nous !

— Vous voulez partir ? Mais où donc ?

— Sur le front, pour trouver un moyen d'empêcher tout cela.

— Vous aurez besoin de moi. Une fille seule qui court les chemins, ce n'est pas trop recommandé.

Soliane effleura la joue d'Alexian du dos de la main avant de désigner un buste sculpté.

— Maman ! protesta Noony. Il n'en est pas question !

— Qu'essaie-t-elle de dire ?

La jeune fille considéra Alexian, les lèvres pincées, puis déclara à contrecœur :

— Ma mère veut que vous veniez avec moi.

Alexian décida de jouer la carte de la sincérité pour mieux l'amadouer.

— Je vais être franc avec vous. Gide m'a embauché pour vous protéger lors de votre voyage initiatique. Mais vu la tournure des événements…

Noony avait viré au cramoisi.

— Mon père a tort de me croire incapable de me débrouiller ! Et je refuse de voyager avec l'un de ses sous-fifres !

Soliane lui fit signe de baisser d'un ton.

— Vous souhaitez empêcher la guerre, reprit-il en pesant chaque mot, vous l'avez dit vous-même à la réunion. Je peux vous aider. Je suis comme vous, je suis prêt à tout pour éviter ce gâchis de vies humaines. Alors, nous sommes d'accord ? Je vous aide à vous enfuir et nous partons ensemble sur le front ?

Noony échangea un regard avec sa mère, qui approuva. L'oraisonnière poussa un soupir résigné et serra la main tendue d'Alexian.

— Je vais faire mon sac, je n'en ai pas pour longtemps. N'essayez pas de me fausser compagnie.

Soliane et sa fille profitèrent de cet instant pour s'enlacer avec tendresse. Lorsque Alexian revint, Noony expliqua :

— Le buste ouvre un passage secret. L'un des tunnels nous mènera près des entrepôts, à la sortie de la ville.

Soliane tendit la longue anse d'une lampe de cristal à Noony. Cette dernière souffla sur la sphère ovale, qui diffusa une lumière douce. Elle la posa sur le piédestal de la statue puis appuya sur une petite irrégularité dans la pierre, ouvrant une trappe à ses pieds.

—Nous y sommes.

Mère et fille échangèrent un dernier signe de la main. Noony posa son pied sur les premiers échelons menant dans le tunnel.

—Prenez la lampe, dit-elle. On ne voit rien en bas.

Alexian la suivit. Après quelques secondes, la trappe se referma sur eux, les coupant de la maison. La fraîcheur, la pénombre et le silence les enveloppèrent. Alexian leva la lampe devant lui pour profiter de sa lueur rassurante. Ils se trouvaient dans une petite salle creusée à même la pierre, où s'entassaient des malles, des coffres et des manuscrits.

—Comment connaissez-vous ce passage ?

—Ma mère me l'a montré. J'ai aménagé une cache dans l'un des souterrains pour pouvoir fuir de temps en temps la pression de mon père. C'est notre secret.

Alexian songea que cela ne devait pas être le seul secret de Soliane Manérian. Ceci étant, même s'il trouvait l'aînée de la famille insupportable d'idéalisme naïf, le fait d'avoir une compagnie différente de Lorion était agréable.

—*Que se passe-t-il ?* demanda la voix dans son esprit.

—*Retrouve-moi aux entrepôts*, répondit Alexian par télépathie. *Nous partons avec Noony. Tu assureras nos arrières. Elle ne doit pas te voir, pas encore.*

Ils marchaient depuis une bonne demi-heure lorsqu'ils arrivèrent à un embranchement. Par réflexe, le jeune homme tentait de retenir le chemin. Noony s'engouffra sans hésiter dans la voie de gauche. Ils continuèrent ainsi encore quelques minutes et débouchèrent dans un cul-de-sac. Alexian allait faire une remarque désobligeante quand Noony le devança.

—Nous y sommes.

Elle fit glisser un pan de mur, découvrant des caisses pleines à craquer de nourriture. Le hangar était pourvu de grandes fenêtres déversant la clarté de l'Amante, déjà haute dans le ciel.

—Nous devons faire attention, souffla-t-elle en se dissimulant derrière une pile de marchandises. Il y a parfois des aubergistes qui viennent s'approvisionner ici, mais c'est assez rare la nuit. Nous sommes juste à l'entrée du parc, il nous suffira de sortir par la porte qui mène côté jardin, là-bas.

Alexian approuva, plutôt impressionné par le calme et l'assurance de sa nouvelle compagne de voyage, si différente de la jeune fille inquiète dans la demeure Manérian. Il était plutôt soulagé qu'il n'y ait personne à cette heure-ci. Il n'y aurait pas de témoin à éliminer.

—*Faudra-t-il tuer ?* demanda Lorion.

—*Si nous sommes menacés, oui.*

Le jeune homme jeta un coup d'œil autour de lui et s'adressa à Noony à voix basse :

—Nous devrions prendre des vivres pour le voyage.

Elle approuva et se hâta de piocher dans les réserves de Manérian. Une fois leurs sacs remplis, Noony ouvrit la porte dans un grincement sinistre.

—Maudite gamine ! jura l'oraisonnier Raven entre ses dents.

Il faisait une ronde autour du parc de Manérian. S'il n'aspirait qu'à retrouver son lit et son épouse, les récents événements ne lui accordaient pas un instant de répit.

—Excusez-moi ! fit une voix masculine depuis un recoin sombre.

—Qui va là ? demanda Raven en affermissant sa prise sur une arme de fortune.

Un homme de haute taille sortit de la pénombre, un large fourreau pendant à sa ceinture. Il portait un uniforme noir inconnu de l'oraisonnier.

—Qui êtes-vous ? demanda Raven.

—Peu importe mon nom. Je suis venu chercher des informations.

—Veuillez décliner votre...

Il n'eut pas le temps de finir sa phrase. L'homme venait de disparaître. Raven sortit son épée d'un geste fluide.

—N'essaie pas de te servir de cette arme, elle ne te sera d'aucune utilité contre moi. Reste calme, je veux simplement lire dans ta tête.

L'étranger se matérialisa à nouveau, juste devant Raven. Ce dernier était paralysé. Ses membres refusaient de bouger. Il tenta d'ouvrir la bouche pour crier, mais celle-ci resta figée dans un atroce rictus. L'intrus posa une main sur le front de sa victime terrifiée, qui eut alors l'impression de sentir des milliers d'insectes s'engouffrer dans ses narines, lui dévorer l'intérieur du cerveau avec un appétit féroce. Des images s'imposèrent à lui, étonnantes de réalisme : une jeune fille aux yeux d'arc-en-ciel, si particulière, le remerciait de l'avoir hébergée, lui disait au revoir avant de quitter Manérian, s'excusant de ne pas lui dire d'où elle venait...

L'étranger rompit le contact. L'oraisonnier s'effondra sur le sol, épuisé. Autour de lui, les magnifiques fleurs colorées qui peuplaient le parc s'étaient flétries et noircies. On eût dit qu'une vague de ténèbres venait d'engloutir la flore. La silhouette de l'agresseur disparut dans l'ombre. Raven resta seul au cœur de la nuit. Son corps entier criait de douleur. Un bruit tira l'oraisonnier de sa torpeur. C'était la voix de Noony Manérian ! Il dut se faire violence pour parvenir à contenir la souffrance. Raven se releva tant bien que mal et aperçut deux silhouettes au milieu des parterres de fleurs.

—Halte ! cria-t-il d'une voix rauque.

Les ombres se figèrent.

Il eut juste le temps de saisir un mouvement dans sa direction, puis vit briller des crocs.

Un goût métallique emplit sa bouche.

La terre était déjà gorgée de sang lorsque Noony trouva le corps au milieu de fleurs en putréfaction. Elle hurla, jusqu'à ce qu'Alexian lui couvre la bouche et la maintienne pour la calmer. Il reçut tout à coup une goutte sur le dos de sa main, puis le paysage fut strié d'un rideau de pluie fine.

— Que s'est-il passé ? demanda-t-il.

— C'est l'oraisonnier Raven, un ami de mon père…

Lorion s'avança avec grâce jusqu'à Alexian.

— *J'ai éliminé une menace*, se justifia-t-il.

Un lynx, au pelage blanc constellé de rouge, venait de tuer un homme et se tenait tout proche d'eux. Noony saisit un bâton pour le tenir en respect. Lorion la contempla en inclinant la tête.

— *Que lui arrive-t-il ? Il y a un orage de chagrin dans son cœur…*

Alexian posa une main compatissante sur l'épaule de la jeune fille.

— N'aie pas peur. C'est Lorion, un lynx apprivoisé. Il a voulu nous défendre afin de nous permettre de nous enfuir. C'était un accident. Je suis désolé, sincèrement.

Alexian lui releva le menton et comprit que sa détermination venait d'être ébranlée.

— Allons-y, dépêchons-nous, dit-il en se tournant vers les montagnes.

Interlude

« Toc toc toc. »

Le Maître releva le nez du document qu'il était en train d'étudier. Il avait horreur d'être dérangé en plein travail.

— Entrez ! ordonna-t-il, énervé.

— Bonjour, Maître, fit Dame Irane. Je suis venue vous parler des préparatifs du Gala des rencontres.

L'homme se rejeta en arrière dans son siège, les mains jointes. Dame Irane eut un sourire embarrassé.

— J'ai bien peur que le Gala des rencontres nous coûte un peu plus cher que les années précédentes, avança-t-elle.

— Combien ? intervint le Maître sans s'embarrasser de convenances.

— Huit mille filantes.

L'homme faillit s'étouffer de surprise. Il secoua la tête puis émit un grognement en se redressant.

— Huit mille filantes, répéta-t-il. En voilà une sacrée somme, pour une petite fête !

— Ce n'est pas une petite fête, Maître ! C'est l'occasion de redorer un peu le blason de la pension !

— Soit. Vous n'avez pas tort. En outre, ce sera un excellent moyen de dissiper l'atmosphère de tension qui règne ici depuis la mort de la jeune Mylianne Manérian.

Dame Irane déposa la liste des préparatifs sur le bureau du Maître, s'inclina avec respect puis pivota sur ses talons.

— Ah… Encore une chose, ajouta-t-elle en ouvrant la porte. Avez-vous des nouvelles d'Aileen Manérian ? Cela fait maintenant deux semaines qu'elle est partie !

— Elle devrait arriver au port de Lémuran demain.

11

Arrestation et murmures

– Royaume de Thyrane, Mizin, quartier des veilleurs, 912 –

Introduction :
On ne sait pas grand-chose des objets tabous, car très peu de gens ont eu la chance – ou le malheur – de se trouver un jour en possession de l'un d'entre eux. Ce sont des objets d'une grande puissance, tout comme les Poudres mystiques. Leur possession et leur vente sont interdites. Le département des Dépôts spéciaux d'Abranelle est chargé de trouver et de conserver ces objets. Un objet tabou est identifiable grâce à son aura magique.
[…]
Le jeu des Quatre Vents

Chapitre X: Les différentes catégories
Le jeu des Quatre Vents est gravé de symboles, qui se divisent en neuf catégories. La première, l'Énergie : carte vide qui change d'apparence à volonté. La seconde, les Bases : les allégories de Vie et de Mort. La troisième, les Forces : avec le Positif, le Neutre et le Négatif. La quatrième, les Vents : le Nord, le Sud, l'Ouest et L'Est. La cinquième, les Dimensions : les Étoiles, le Rêve, l'Espace, le Temps et la Réalité. La sixième, les Éléments : le Vent, l'Eau, la Terre, le Feu, le Bois et la Foudre. La septième, les Sentiments : l'Amour, la Haine, la Tentation, le Désespoir, la Joie, la Colère et la Sérénité. La huitième, les Notions : l'Espoir, la Volonté, la Créativité, la Puissance, le Courage, l'Ombre, la Lumière et la Liberté. Et enfin, la neuvième, les Personnages : le Roi, la Reine, le Héros, le Bouffon, la Princesse, l'Enfant, l'Assassin, l'Esprit et le Sage.

Extrait des notes de Sonax, intitulées *Liste des objets tabous.*

Quelques accords sur une guitare couleur vieux miel, au bois usé par les années, résonnaient dans le quartier des veilleurs. Installé devant le bureau, un vieil albinos aux traits grossiers fixait Orius du regard.

— Vous avez bien fait de m'accorder quelques minutes, chef-veilleur. Ce que j'ai à vous dire est important.

— Votre nom.

— Jyn. Jyn Sanpou.

Orius griffonna sur son carnet. L'homme avait tambouriné à la porte du quartier des veilleurs le matin même, prétendant avoir des informations au sujet d'une enfant tuée.

— Bien. Qu'avez-vous donc à nous apprendre ?

Les mains du guitariste cessèrent de courir sur les cordes. Il articula avec émotion :

— Il y a quelques semaines, j'étais dans le quartier des pensions pour voir si par hasard les cuisines n'auraient pas des restes à me donner... Au coin d'une rue, il y avait une gamine, je n'ai pas bien vu son visage, mais elle portait la cape des pensionnaires. Il y avait un homme bizarre avec une grande cicatrice sur le visage.

Orius sentait l'excitation croître en lui.

— Et... Et je l'ai vu l'attraper. La petite fille a crié et moi... Et moi...

Il baissa la tête, honteux :

— Je n'ai rien fait. J'ai été lâche. Je me suis sauvé.

Orius demanda le plus de précisions possible sur l'assassin de Mylianne. Cela ne pouvait pas être une coïncidence : elle était la seule pensionnaire agressée depuis des années. Hélas, les indications restaient vagues. La seule valable était la cicatrice.

Jyn joua une mélodie triste sur sa guitare.

— Je joue en sa mémoire, expliqua-t-il. Pour que la petite me pardonne.

Le vieillard, rongé par la culpabilité, paraissait un peu apaisé.

— J'espère que vous attraperez celui qui a fait ça, oh oui !

Orius regarda le vieil homme s'éloigner. Il prit son manteau et partit à son tour. Depuis le départ de Shala, le chef des veilleurs vivait dans le quartier et s'assommait de travail, en vain. Il n'avait même pas prévenu le concierge de son déménagement. En frappant à sa porte, il eut un pincement au cœur. Ce jardinet, ces murs couverts de lierre recélaient ses plus beaux souvenirs.

— Oui ?

Le concierge risqua un œil à l'extérieur.

— Ah, c'est vous, chef-veilleur. Où étiez-vous donc passé ? s'écria-t-il en ouvrant.

— J'ai déménagé pour votre sécurité et la mienne. Je viens simplement récupérer quelques affaires. Vous pourrez faire ce que bon vous semble du reste.

Le concierge retint Orius.

— Attendez un peu ! Vous devriez aller voir madame Cataline.

Orius s'abstint de répliquer : « La folle du dernier étage ? »

— Elle n'arrête pas de me harceler. Elle a peur que les clans reviennent pour vous faire la peau. Vous pourriez aller la rassurer ?

— Je m'en occupe, Phel. Merci.

Orius grimpa jusqu'au dernier étage. Madame Cataline était la voisine la plus exécrable que l'on puisse avoir. Orius se remémora les nombreuses fois où elle était venue se plaindre du bruit auprès de Shala. Il étouffa un rire et toqua. C'était une vieille femme mais ses yeux avaient gardé la vivacité de la jeunesse, contrastant avec sa peau ridée et son chignon blanc. Assise dans un fauteuil, elle nourrissait les oiseaux perchés sur le rebord de sa fenêtre. La horde de volatiles aurait pu rivaliser avec la volière centrale de Mizin.

— Bonjour, madame Cataline. Je suis Orius Hendir, votre voisin du dessous.

— Je ne suis pas sénile. Si votre courrier s'est égaré, vous frappez à la mauvaise porte.

Orius se serait volontiers laissé aller à un sourire, mais devant l'air autoritaire de Cataline, il préféra la détromper :

— À vrai dire, je suis venu m'excuser pour ce qui s'est passé avec les clans il y a peu. N'ayez crainte, ils ne reviendront pas, et moi non plus.

— Vous êtes donc traqué par des clans…

— Oui, admit Orius. Mais ils n'ont plus aucune raison de venir ici.

— Les clans sont des organisations très dangereuses. Vous devriez prendre garde.

— Sans vouloir vous offenser, je sais déjà tout cela. La lutte contre les clans est au cœur de mon métier.

— Pourquoi vous poursuivent-ils ?

Le veilleur fut embarrassé par la question. Après une hésitation, il décida de jouer franc-jeu :

— À cause d'une affaire que je ne lâche pas.

— Dans ce cas, vous devriez abandonner, répondit vivement Cataline. Il ne faut jamais contrarier les clans.

— Merci du conseil.

La vieillarde clama de sa voix éraillée :

— Prenez garde ! Votre entêtement pourrait vous coûter cher !

Lorsque Orius fut parti après l'avoir remerciée de son conseil, la vieille marmotta :

— Il est aussi têtu que son père.

Pendant la traversée de l'océan Chimérique, Aileen fut très souvent en compagnie de Sonax. Grâce à lui, elle mangeait à volonté, était servie comme une reine, et le capitaine lui avait même montré quelques manœuvres. Ravie, Aileen n'aurait pu assez remercier son éphémère protecteur. Ce dernier était certes étrange mais, comme promis, la jeune fille avait beaucoup appris sur le jeu.

Peu avant son arrivée à Lémuran, Aileen se décida enfin à interroger les cartes pour son propre compte.

—Qui a tué Mylianne ?

Elle sentit l'énergie couler dans ses veines comme du feu liquide. Aileen savait que plus on en piochait, plus la réponse à la question serait précise. En revanche, trop de pistes d'interprétation pourraient donner un véritable casse-tête.

La première carte était une Notion, le Rêve, puis la seconde, une base : la Mort. Les deux suivantes appartenaient à la catégorie des Personnages, l'Assassin et l'Enfant. Enfin, la dernière était la carte vierge, l'Énergie. Aileen observa avec fascination un symbole se dessiner sur celle-ci, comme si un peintre invisible s'était mis à crayonner avec ferveur. Un croissant de lune fendu en son milieu apparut.

Débuta alors pour Aileen un long et fastidieux travail d'interprétation. N'arrivant à aucun résultat, elle se contenta de noter les différents symboles, afin d'y réfléchir à tête reposée. Elle ne parvenait pas à faire le rapprochement entre le croissant de lune et les autres symboles. Il était peut-être trop tôt pour savoir.

On frappa à la porte de sa cabine. Aileen cacha le coffret avant d'ouvrir.

—Eh bien, tu en as mis du temps ! s'exclama Sonax.

Aileen salua son ami d'une bise et l'invita à entrer.

—L'heure n'est plus aux amusements, ma chérie ! Nous arrivons à Lémuran.

Face à son air déconfit, Sonax éclata de rire.

—Voyons, ma belle ! Ne sois pas si triste !

—Je n'ai pas envie de retourner dans ma pension.

—Il y a un temps pour tout, dit Sonax. Je suis certain que c'est très enrichissant.

—Pour qui aime les mondanités, peut-être ! murmura Aileen.

Le marchand lui passa un bras affectueux autour de la taille.

—Allons, viens donc sur le pont !

En fin d'après-midi, le port de Lémuran apparut à l'horizon. La ville, autrefois prospère et magnifique, avait été la première conquise par le royaume d'Hélderion. Le sang avait entaché sa splendeur : Aileen avait lu que la ville avait essayé de résister. Cette tentative avait coûté la vie de la quasi-totalité de ses habitants, étranglés ou brûlés vifs. Depuis, la légende voulait que Lémuran soit hantée d'esprits frappeurs, les civils massacrés. Elle se cachait aujourd'hui entre des remparts écroulés et un dôme de fumée crachée par l'immense cheminée de la résidence de la Corporation des constructeurs de génie – les fabricants d'armes et les architectes. Aileen n'appréciait guère cette cité de Thyrane, peu accueillante. Elle avait entendu dire que Lémuran était devenu un lieu d'expérimentations pour le compte de l'Astracan.

— J'ai horreur de cet endroit. Toute cette pollution, c'est très mauvais pour mon teint, se plaignit Sonax en se tapotant les joues. Je ne sais pas si tu as déjà observé le grain de peau des habitants, mais c'est une catastrophe !

— Vous descendez ici ? Vous ne repartez pas avec votre navire ?

— Hélas non ! Je ne me promène pas pour le plaisir. Je suis ici pour affaires.

Sonax lui adressa un clin d'œil complice.

— À très bientôt, ma belle !

Elle n'eut pas le temps de répondre que le marchand s'était déjà éclipsé dans les entrailles du bateau. En descendant, elle remarqua qu'un envoyé du Maître l'attendait à quelques pas de deux veilleurs et d'une dresseuse. Dans les bras de celle-ci se blottissait un animal aux poils bruns et aux oreilles pointues. Comme ses collègues, elle était vêtue d'une combinaison de cuir. Le galbe de sa poitrine et un bijou discret étaient les seules marques visibles de sa féminité.

— Par ici s'il vous plaît ! clama l'un des veilleurs. Nous allons procéder à un contrôle !

L'animal reniflait les bagages de chacun des passagers. Aileen tendit son sac au petit animal dont la queue touffue se mit à frétiller.

— Il y a quelque chose ici !

Les veilleurs se hâtèrent de fouiller le bagage et en sortirent le coffret de cymeurt. La dresseuse s'en empara et grommela des paroles inaudibles, ajoutant au malaise d'Aileen.

— Qu'est-ce que c'est, Zitiane ? demanda l'un des veilleurs.

Elle ôta le bijou serti d'une pierre noire et le posa sur le jeu de cartes. Celui-ci se mit aussitôt à luire de manière intense.

— Nous sommes en présence d'un cas d'alerte cinquante-deux, dit la dresseuse en se relevant. Possession d'objet tabou.

La dresseuse s'adressa à Aileen d'une voix menaçante :

— Où avez-vous trouvé cet artefact ?

— Je ne l'ai pas trouvé, se justifia la jeune fille. On me l'a offert.

— Il va falloir vous montrer plus coopérative, mademoiselle. La possession d'objets tabous est interdite par Abranelle et est considérée comme un délit d'une extrême gravité.

— Ce n'est qu'un jeu de cartes ! Un marchand de Lyneroy me l'a donné après s'être lié d'amitié avec moi. Vous pouvez vérifier ce que je vous dis : c'est le propriétaire de ce navire, monsieur Sonax Jaspe.

— Nom d'un sang-de-lune, s'exclama la dresseuse d'une voix vibrante de colère. Si je retrouve ce fils de mécréant, je lui trancherai moi-même la gorge ! Vous deux, prévenez le quartier de Lémuran que Sonax est dans les parages. Envoyez l'autre dresseur et son sithor'vif sur ses traces.

Les deux hommes s'inclinèrent et partirent en courant dans le dédale des rues de la ville sombre. Aileen craignait le pire. Elle fut soulagée de voir un sourire se dessiner sur les lèvres de la femme.

— Je me présente : Zitiane, dresseuse de la cité d'Albrime.

— Je m'appelle Aileen.

— Bien. Aileen, Sonax n'est pas le propriétaire de ce navire, c'est un homme dangereux et recherché dans les deux royaumes. Il est très malin. Comme c'est un polymorphe et qu'il s'est débarrassé de l'objet tabou en te le donnant, il a encore réussi à filer.

La jeune fille accusa difficilement le coup. Certes, le comportement du marchand était singulier, mais de là à imaginer un tel passif...

— Mais comment se fait-il que l'équipage lui ait obéi ?

— La population n'ose pas se mettre en travers de son chemin. De toute façon, il a un don pour corrompre tous ceux qu'il croise ! Je ne serais pas étonnée qu'il ait vendu un quelconque filtre d'amour ou une autre excentricité du genre au capitaine.

L'envoyé du Maître, sentant que la situation s'était apaisée sans qu'il ait eu besoin d'intervenir, s'approcha.

— Bonjour, je suis envoyé par Maître Joscard. Il m'a chargé de ramener cette jeune fille à la pension Sybilène.

— C'est impossible pour le moment, nous avons besoin de sa déposition. Elle doit venir avec moi. Prévenez votre maître que cette personne restera ici jusqu'à l'arrivée d'un représentant des Dépôts spéciaux.

Aileen tressaillit.

— Mais je n'ai rien fait, se défendit-elle alors que l'homme repartait pour la pension sans elle.

En sortant du port, Aileen fut parcourue d'un frisson : des attroupements les dévisageaient d'un air mauvais. Elles passèrent devant une succession de forges aux enseignes à demi effacées.

— Pourquoi y a-t-il autant de fabriques d'armes ? s'étonna Aileen. Avec tout ça, vous pourriez attaquer le Chaos sans problème...

— Son Excellence l'Astracan a jugé cette ville parfaite pour y implanter la Corporation des constructeurs. Il y a très peu d'habitants, seuls quelques

Lémuraniens survivants. Quant à attaquer le Chaos, ils ont un tel réseau d'informations ici qu'ils seraient au courant tout de suite.

La dresseuse guidait Aileen à travers la ville.

— Où allons-nous ?

— Au manoir des murmures, répondit Zitiane. Notre quartier général. Regarde, nous arrivons.

La dresseuse désigna des aiguilles noires pointant vers le ciel. Le manoir des murmures, érigé à flanc de colline, donnait l'impression d'être sur le point de s'écrouler.

— Charmant, n'est-ce pas ?

La grande porte du manoir était surplombée de niches abritant des statues aux visages torturés. Elles pénétrèrent dans un vestibule gigantesque éclairé faiblement par des flambeaux.

— Le représentant des Dépôts spéciaux devrait arriver demain ; il va falloir que tu dormes ici. Il vient régulièrement pour les vagues de contrôles. Nous lui remettrons l'objet. Tu sais, ces choses entraînent une grande dépendance et j'ai vu des gens devenir fous en leur possession. Prends-le comme une libération, non comme une punition.

Aileen ne pouvait s'empêcher de regretter de ne pas avoir davantage interrogé le jeu. Elle se félicita néanmoins d'avoir noté les symboles concernant le meurtrier de sa sœur.

Après un dîner rapide, Zitiane lui attribua une chambre, lui souhaita bonne nuit et la laissa dans une pièce obscure dont la seule source de luminosité provenait d'une bougie à demi consumée. La chambre était simple, meublée d'un lit, d'une table basse, d'une double porte donnant sur une armoire dans le mur et d'un miroir suspendu au-dessus d'une cheminée. Aileen jeta son sac par terre et se faufila sous les épaisses couvertures grises du lit à baldaquin dont les rideaux n'étaient plus que lambeaux. Épuisée par les émotions de la journée, elle sombra dans le sommeil.

— *Oh ! Ma sœur !*

Aileen battit des paupières et se redressa sur son séant. Une voix. D'où pouvait-elle provenir ? Une étrange sensation de malaise monta en elle. Pendant une seconde, elle eut envie de s'enfuir, de courir loin de cette pièce gelée et inquiétante. Elle capta un mouvement sur sa droite. À présent, la peur lui tenaillait les entrailles et elle cherchait une solution à toute allure : appeler la dresseuse ? S'envelopper dans ses couvertures ?

— *Ma sœur...*

La voix résonna dans la pièce. Aileen demanda d'un ton mal assuré :

— Qui est là ?

À sa grande surprise, un sanglot lui parvint. Un sanglot d'enfant. Après une hésitation, Aileen se leva pour se poster devant le miroir. Il ne fit que refléter son image jusqu'à ce qu'elle perçoive un autre mouvement, dans la glace. La jeune fille étouffa un cri de stupéfaction lorsqu'elle vit se former des volutes bleutées dans les airs. Il en émergea une forme indistincte, qui se précisa. Deux jambes. Un tronc. Deux bras. Un visage. Un visage d'enfant. L'entité posa ses pieds de fumée bleue à quelques centimètres du sol. Tout son corps irradiait d'une lueur surnaturelle.

Aileen voulut hurler, mais le cri resta coincé au fond de sa gorge. Des larmes roulaient le long des joues immatérielles de l'enfant. Il s'approcha d'elle et voulut agripper sa robe, mais ses mains passèrent au travers. La jeune fille sentit un contact glacial. La douleur la foudroya et elle se laissa tomber à genoux, le souffle coupé. Le petit garçon recula de quelques pas. Chacun de ses gestes laissait derrière lui une traînée de brume bleue. Aileen dut attendre quelques secondes pour respirer à nouveau librement, mais une souffrance sourde la lançait à l'endroit où il avait tenté d'attraper le tissu.

—Qui es-tu ?

—*Je me souviens pas.*

Aileen se releva avec difficulté. La peur la saisit : Lémuran était bien hanté !

—*Tu es ma sœur ? On a été séparés il y a longtemps.*

—Non, je ne suis pas ta sœur.

—*Alors où est-elle ? Où est ma sœur ?*

Aileen fut émue de la détresse du fantôme. Il avait l'air si vulnérable.

—Que t'est-il arrivé ?

—*Je sais pas trop. Je me souviens de méchants soldats qui me faisaient mal. Très mal. Il y avait beaucoup de rouge autour de moi, et j'entendais ma sœur crier. Ils la touchaient bizarrement. J'ai voulu la sauver, mais j'ai pas réussi. Tout est devenu noir et quand je me suis réveillé, le monde avait changé. Même moi, j'étais différent.*

Il ajouta, sur le ton d'une confidence :

—*Ça va te paraître fou mais… Je crois bien que je suis mort.*

Le garçon se remit à pleurer et Aileen regretta de ne pas pouvoir l'attirer contre elle pour le consoler.

—*J'aimerais tellement la retrouver*, hoqueta-t-il. *Je me demande si elle est vivante.*

Le cours de monsieur Bellor appris par cœur jaillit dans son esprit. 852. Début des hostilités contre Thyrane, invasion de Lémuran. Elle fit rapidement le calcul. Cela faisait pile soixante ans.

—C'est peu probable, avoua Aileen. Tu es mort depuis plus d'un demi-siècle !

Le fantôme disparut dans un tourbillon de volutes bleutées.

Le lendemain matin, Zitiane vint réveiller Aileen. La jeune fille hésita à lui parler de sa rencontre nocturne, puis décida de passer l'événement sous silence. Dans la matinée, Zitiane et l'envoyé des Dépôts spéciaux recueillirent le témoignage d'Aileen. Elle omit de raconter ses expériences avec le jeu de cartes, prétextant que Sonax ne lui avait pas expliqué comment s'en servir.

Après l'entretien, elle disposa de la journée pour faire ce que bon lui semblait, puisque l'employé de la pension ne viendrait pas la chercher avant le lendemain. Elle décida donc d'en profiter pour visiter l'étrange manoir. En réalité, la jeune fille était à la recherche d'un éventuel indice pour se convaincre que l'apparition de la veille était bien un rêve. Les meubles étaient recouverts de draps blancs et poussiéreux, et la plupart ne contenaient plus rien. Elle redescendit bredouille au rez-de-chaussée, seule partie utilisée par les veilleurs.

Zitiane rentra au manoir en fin d'après-midi.

— La journée a été bonne ? demanda un collègue.

— Nous n'avons pas retrouvé la trace de Sonax. Passons à table, je meurs de faim.

Aileen et Zitiane s'installèrent dans les cuisines, où un repas avait été servi. La jeune fille profita de ce moment privilégié pour en savoir plus sur l'histoire du manoir.

— J'ai appris à la pension qu'après le massacre, des habitants avaient vu des esprits frappeurs. Est-ce que Lémuran est vraiment hanté ?

— Je ne sais pas. En tout cas, Lémuran, et ce manoir en particulier ont fait couler beaucoup d'encre chez les poètes de Volplume. Ils n'ont rien d'autre à faire que d'alimenter les affabulations des gens !

Il y eut des murmures d'approbation à la table.

— Cette ville ne porte pas son nom pour rien : une légende thyranienne veut qu'elle ait été baptisée ainsi à cause d'une légende parlant des lémures.

— Les lémures ?

— Selon la culture thyranienne, les âmes des morts viennent hanter les vivants de leurs propres inquiétudes. Leurs interventions ne peuvent être conjurées qu'en les aidant à retrouver la paix.

Aileen se souvint de la voix enfantine appelant sa sœur…

— Toujours selon la légende, seule une personne capable de comprendre et d'aider un lémure peut en voir un. Et lorsque celui-ci parvient enfin à entrer en contact avec un vivant, il le suivra partout jusqu'à ce que l'élu réussisse à régler son problème.

— À croire qu'aucun de nous ne peut les aider ! lança un veilleur, déclenchant des rires.

Tout le monde semblait s'amuser de cette légende, ce qui ne rassurait pas la jeune fille. Elle, elle en avait vu un.

— Mais tout ceci reste à prouver, Aileen. Ne t'angoisse pas pour ces histoires de bonne femme !

Sur ce, un homme entra en trombe dans la salle à manger.

— Un trois-larmes vient d'arriver en provenance de Mizin.

L'animal voleta jusqu'à Zitiane. Elle détacha avec soin le message de sa patte et en prit connaissance rapidement. Lorsqu'elle eut fini de lire, elle arracha une plume de l'oiseau d'un geste vif, puis posa le volatile sur la table, n'oubliant pas de le gratifier d'une caresse au passage. La plume repoussa instantanément. Des larmes rouge sang coulèrent le long de son bec et s'écrasèrent sur la table. Zitiane y trempa la pointe de la plume puis griffonna un message au dos du morceau de papier avant de le rattacher à la patte du volatile. Un veilleur se chargea d'ouvrir en grand une fenêtre, et le trois-larmes s'envola presque aussitôt.

La dresseuse se tourna vers Aileen et annonça :

— Ton Maître arrive à Lémuran. Il vient te chercher en personne.

Interlude

Tout était calme et silencieux. La pension dormait paisiblement, troublée parfois par le cri d'un oiseau nocturne ou le bruit du vent dans les frondaisons. Penché sur un livre, le Maître réfléchissait sans voir les mots devant lui. La jeune Aileen était victime d'une véritable malédiction : on n'avait pas idée de se retrouver mêlée à de telles situations ! D'après le message de la dresseuse, la jeune pensionnaire avait été trouvée en possession du jeu des Quatre Vents. Il ébaucha un sourire victorieux. Dès demain, il serait en route vers Lémuran et récupérerait le fameux artefact.

On toqua à la porte du bureau, brisant le silence de la nuit. Le Maître sursauta. Qui pouvait bien vouloir s'entretenir avec lui à une heure pareille ?

— Faites-moi entrer !

L'homme se figea en reconnaissant la voix et marmonna un juron. Il n'avait d'autre choix que de recevoir son visiteur, et alla ouvrir. De taille moyenne, son visage était en partie caché par la cape sombre dont il était enveloppé. Il s'agissait d'un ancien pensionnaire. Il regardait autour de lui avec un vif intérêt teinté de nostalgie.

— Maître Joscard, je suis venu faire mon rapport.

— Je t'avais dit de ne pas revenir ici, rappela-t-il avec sévérité en le faisant entrer. Enfin, ce n'est pas grave, car j'ai une nouvelle à t'annoncer. Une mauvaise nouvelle.

Le directeur de la pension servit un verre de liqueur au jeune homme et l'invita à s'asseoir. Ce dernier le dévisageait d'un air soupçonneux.

— Mais avant toute chose, j'attends ton rapport.

Une gorgée de la boisson suffit à réchauffer le jeune garçon.

— Les Lames Nocturnes sont un clan extrêmement bien implanté et dont le cœur se situe dans le Chaos. Ils recrutent n'importe qui dans l'urgence mais cela a un inconvénient : les nouveaux sont tenus à l'écart des informations importantes. En tout cas, j'ai réussi à intégrer leurs rangs hier.

Il releva sa manche, dévoilant un tatouage : un croissant de lune fendu en son milieu.

— Il y a des personnes très différentes dans ce clan, poursuivit-il. Ils embauchent des gens de tous horizons, toujours victimes du gouvernement et révolutionnaires potentiels. Les Lames Nocturnes sont sans conteste le clan le plus important et le plus influent du continent. Ils doivent m'emmener dans le Chaos prochainement.

— Tu vas te rendre dans le Chaos ? s'étonna le Maître. Attention, si tôt, c'est peut-être un piège…

— Je suis prêt à m'y risquer. Ils me voient comme un rebelle qui veut changer le monde. Je ne sais pas quand je reviendrai, mais une chose est sûre : si j'arrive à faire mes preuves, les informations dont je disposerai seront très précieuses pour notre grand Astracan.

— C'est de l'excellent travail ! Je ne regrette pas de t'avoir choisi, même si cela a été pour toi au prix de certains sacrifices. Comme prévu, tes parents n'ont pas réclamé que l'on continue les recherches pour te retrouver !

— Je m'en doutais, répondit le jeune homme avec déception.

— En revanche, prends garde aux veilleurs. Eux te cherchent encore. C'est pourquoi je ne voulais pas te voir à la pension avant un bon mois, le temps que ça se tasse.

— Je ne commettrai plus d'imprudence ! Alors, la mauvaise nouvelle ?

Le Maître hésita. À présent que le jeune homme était si bien engagé dans son infiltration du réseau des clans, il ne fallait pas que ses sentiments interfèrent.

— Rien d'important, Glenn. Nous en reparlerons une autre fois. Va-t'en avant que le jour ne se lève.

12

Les Visions

– Royaume d'Hélderion, Offine, 912 –

Devin : Une légende veut que certaines personnes naissent avec le don de voir le futur. Selon des témoignages, l'avenir leur apparaîtrait en successions d'images, ou parfois même dans des rêves. Il n'a jamais été prouvé que de tels individus existent.

Extrait de l'*Encyclopédie de l'histoire d'Ollien* – par Aceson Madias, membre de la Corporation Volplume de 613 à 647.

Il fut, l'espace de quelques secondes, pris d'une violente quinte de toux qui le plia en deux. C'était comme si des lames acérées tentaient par tous les moyens de grimper le long de sa gorge. Quand il fut calmé, le vieil homme fit jouer les verrous, puis tira un à un les rideaux d'un coup sec, plongeant la pièce dans la pénombre. Cela ne rassura pas pour autant Deras. La silhouette féminine était plaquée contre le mur de pierres. Seule une lueur rosée, pulsant au rythme de battements de cœur, perçait l'obscurité.

— Pourquoi es-tu revenue ?

— J'ai besoin d'aide.

Deras s'exhorta au calme malgré la fièvre.

— Tu es toujours la bienvenue ici, là n'est pas la question. Je ne peux plus te garder au village, je suis trop malade.

— Quelqu'un dans les environs peut m'aider. J'en suis certaine. Il n'est pas d'ici. Ses intentions sont similaires aux miennes.

— En es-tu sûre ?

— C'est ce que je sens, oui. Enfin un écho à toutes ces années d'errance, un écho à mes projets.

—Que tu restes au même endroit plus d'une journée est trop dangereux!

—Je vais partir pour le bois des Larmes. Là-bas, je pourrai me cacher, même si je prends le risque d'être isolée. Promets-moi que tu l'enverras me voir, par tous les moyens possibles.

La voix de la jeune femme avait cette intensité douloureuse, une sincérité désarmante.

—Dis-moi de qui il s'agit, et je ferai ce qu'il faut.

Les légumes étaient si lourds et si mûrs qu'ils faisaient pencher les tuteurs. Kiriane plaqua ses mains contre son dos douloureux, puis essuya la sueur de son front. Le soleil cognait fort ce jour-là, mais il fallait redoubler d'effort pour faire des réserves avant la saison du Bouclier. Si le village vendait plus que l'an passé, peut-être pourraient-ils rénover le moulin. Sur cette pensée encourageante, elle se baissa à nouveau entre les plants pour remplir son panier d'osier.

—Kiriane!

La tête de la paysanne émergea une nouvelle fois au-dessus des plantations. Son petit frère, dans le champ d'en face, fonçait dans sa direction, les épis d'or fouettant ses jambes.

—Tu viens nous aider?

—Des oraisonniers viennent d'arriver au village! Et en plus, ils sont trempés! À croire qu'ils sont tombés dans la Cerille!

—Des oraisonniers? Tu en es sûr? Si c'est une plaisanterie...

—Sûr et certain! Il y a une fille et un garçon.

Le visage de la jeune femme s'illumina. Elle abandonna le panier pour courir en direction du village, remontant ses jupes sans se soucier des plantes qui griffaient ses mollets. Ces derniers temps, les oraisonniers se faisaient rares dans la région. Et avec la récente déclaration de guerre, les choses n'iraient pas en s'arrangeant. Compte tenu de l'état de son père, ces étrangers étaient une véritable bénédiction.

Il existait encore de petits villages en Hélderion. À l'inverse des cités, ils n'abritaient aucune corporation et vivaient de l'agriculture. C'était le cas d'Offîne, bourgade pittoresque située à trois jours de marche au nord de Manérian, sur l'autre rive de la Cerille, un cours d'eau étroit et très calme en cette saison. Le pont était susceptible d'être surveillé alors, pour ne prendre aucun risque, les trois fugueurs avaient traversé à la nage. Offîne leur était apparu comme un havre de paix. Ce village isolé n'avait pas encore eu vent des recherches de Gide.

Noony avait tenté d'en savoir plus sur son étrange compagnon et son lynx. Elle se demandait s'il avait été dresseur avant de devenir oraisonnier. C'était tellement bizarre. Alexian, lui, jouait les mystérieux pour se donner le temps de trouver une réponse plausible, qu'il lui servirait au moment voulu. Faire semblant de lui accorder sa confiance pourrait être la naissance d'une amitié aux yeux de Noony, qu'il comptait apprivoiser de cette manière. En attendant, ils entretenaient des rapports distants.

ꟹ

Le souffle de Noony s'apaisa. Elle se méfiait du lynx et ne dormait que très peu lorsqu'il était à proximité. Lorion reposait donc le plus loin possible d'elle, ses oreilles frémissant au moindre son. Alexian, lui, était incapable de trouver le sommeil. Allongé sur le dos, il gardait les yeux rivés au plafond de l'auberge à la peinture écaillée. Il avait le mal du pays. Tout ici lui était étranger : l'architecture des maisons, la natte dure sur laquelle il se trouvait, l'humidité ambiante…

Il se leva et se posta à la fenêtre. La nuit froide avait formé de la condensation sur les carreaux, ce qui rendait flou le paysage. Il essuya la buée d'un revers de manche. Un léger vent agitait les branches. Un mouvement dans un fourré, un long ululement auquel répondaient de petits piaillements effrayés, autant de manifestations discrètes d'un univers grouillant pendant que les hommes se laissaient happer par le sommeil. Alexian se concentra dans l'espoir de ressentir un fourmillement au niveau des tempes, mais il ne parvenait toujours pas à « basculer », comme disait Lorion. Il portait des œillères invisibles qu'il n'arrivait pas à arracher. Pourtant, les Signes étaient partout, il le savait. Un rictus amer déforma sa bouche. Comment les Cinq avaient-ils pu prendre au sérieux un espion sourd et aveugle ? Seul Vel-Plê était assez fou pour croire en lui.

Il s'arracha à contrecœur à sa contemplation. Il valait mieux dormir. Demain serait une longue journée. Le jeune homme repoussa l'image du corps dans le jardin de Manérian. Lorion avait obéi et c'était ce qu'il fallait, même si Alexian était à présent rongé par le remords. Le ciel s'éclaircissait déjà quand il se coucha. Ce furent les bruits que fit Noony en quittant la chambre qui le tirèrent de sa somnolence.

— *Que faisons-nous, à présent ?*

— *Va surveiller les environs, au cas où on nous aurait suivis jusque-là.*

— *Entendu !*

Alexian se hâta de faire sa toilette, s'habilla et descendit les escaliers aux marches inégales. Il régnait dans l'auberge l'atmosphère lourde des jours d'orage. Le patron astiquait son comptoir sans relâche, comme s'il avait la conviction de pouvoir effacer les fentes du bois. Une vieille femme aux ongles noirs de terre commanda un énième karan pour aligner un verre vide de plus.

À côté d'elle, un enfant buvait une bière de Pagelan comme il l'aurait fait avec un innocent jus de fruits. Il portait une chemise rapiécée à tous les endroits possibles, dans une matière pelucheuse qui exhalait une odeur désagréable. Alexian se retint de faire une remarque à l'aubergiste quant au fait de servir de l'alcool à un gamin. Il prit place sur un grand tabouret et commanda un jus de mandriane. Le garçonnet n'y tint plus.

— Tu es un oraisonnier ! Ta copine est sortie avant toi. Elle parle avec ma sœur. Être oraisonnier, ça doit être bien ! Tu dois voyager !

— Oui, c'est un beau métier, se força à dire Alexian.

— Mon oncle dit que quand je serai grand, je pourrai me battre aussi bien que les guerriers de l'aurore ! Il dit qu'oraisonnier, c'est trop difficile pour moi parce que j'ai rien dans la tête. Moi je pense qu'il voulait être oraisonnier, comme vous ! Mais quand je lui demande pourquoi il n'a pas quitté le village, il dit que les astres en ont voulu autrement. Il est quand même devenu très fort ! Avec sa faux, il peut couper quelqu'un !

Alexian éclata de rire, manquant s'étouffer. L'idée du garçon encourageant son oncle à user de sa faux pour tuer avait quelque chose d'absurde. Ce dernier le regardait sans comprendre, souriant de ses dents mal alignées. Un instant, Alexian fut partagé entre la pitié et la joie face à cette insouciance. L'enfance se révélait à lui sous un jour plus heureux, où les questions de vie et de mort étaient des jeux. Sa jeunesse à lui avait été faite de théories et d'entraînements.

— Je m'appelle Tilor, et toi ?

— Alexian. Eh bien, Tilor, tu sembles t'y connaître en matière d'armes.

— C'est la guerre ! Si les impies nous envahissent, on pourra tous utiliser nos faux pour défendre le village !

Le sourire d'Alexian s'effaça aussitôt. Le jus sucré avait soudain un arrière-goût amer.

— Mince ! J'ai oublié que je devais aller dans les champs ce matin ! Kiriane va me gronder !

Le garçon se leva d'un bond et quitta l'auberge en courant comme s'il avait une horde de monstres à ses trousses. Alexian fut étonné de le voir tenir sur ses jambes malgré l'alcool. Il termina son verre, puis sortit sur la place du village. Noony discutait avec Kiriane, qu'il avait rencontrée la veille.

— Alors, vous acceptez ? demanda la paysanne.

— Bien entendu.

Noony se tourna vers Alexian pour le mettre au courant en deux mots.

— Kiriane est la responsable du village depuis que son oncle est tombé malade, expliqua-t-elle. Il y a un corps qui attend depuis un mois.

— Un mois ? s'étonna-t-il.

Il n'osait pas imaginer l'état de la dépouille.

— Les oraisonniers s'arrêtent rarement dans les villages, intervint Kiriane. Nous n'avons pas toujours de quoi les payer, et cela les rebute.

Du coup, lorsqu'il y a un décès, nous faisons notre possible pour conserver le corps à l'aide de plantes, mais cela n'est jamais efficace assez longtemps.

Alexian fut choqué par le comportement des oraisonniers. Avec des représentants de la religion aussi vénaux, décidément, cette société le dégoûtait.

Kiriane poursuivit :

—Cet homme était mon père. De ma famille, il ne reste que mon oncle, qui est très malade, et mon petit frère.

—Tilor ? dit Alexian.

—Vous avez déjà fait sa connaissance ?

—Oui, nous avons discuté à l'auberge…

—Il est encore allé boire ! J'ai beau lui dire d'arrêter de fréquenter cette taverne, il ne m'écoute pas. Il n'écoute plus personne depuis la mort de papa.

Noony ramena la conversation à ce qui l'intéressait.

—Dites-moi où est le corps de votre père et je vous promets qu'il aura un rituel digne de ce nom.

—Vous êtes une oraisonnière comme on en rencontre peu, mademoiselle. Vous n'êtes pas comme ces gens qui nous demandent si nous avons l'argent nécessaire pour une cérémonie !

Kiriane lui indiqua une cabane de bois en marge du village puis retourna travailler, laissant Noony et Alexian.

—Voulez-vous faire cette cérémonie ?

—Comme vous voulez, répondit-il en haussant les épaules. Mais à présent que nous avons un bout de chemin à faire ensemble, peut-être pourrions-nous nous tutoyer, non ?

—Je me méfie de vous, Alexian, fit-elle d'une voix sifflante. Je vous trouve bien étrange pour un oraisonnier. Peu de gens, même des régions éloignées, se promènent avec des animaux. Exceptés les dresseurs, mais vous ne semblez pas être membre de cette corporation.

—En effet.

—Puis-je voir votre Étoile de base ? finit-elle par demander.

Alexian dut admettre qu'elle était peut-être un peu moins naïve qu'il ne l'avait cru.

—Vous doutez du discernement de votre père quand il s'agit de choisir ses employés ?

—Qui me dit que vous n'êtes pas un imposteur ?

—C'est ridicule, mais admettons un instant que ce soit le cas. Que feriez-vous ? Vous appelleriez votre père à la rescousse ? Les autorités nous cherchent. Si vous voulez rentrer à Manérian, il est toujours temps.

—Je ne baisserai pas les bras, déclara-t-elle d'un ton glacial. Je compte trouver le moyen d'arrêter cette guerre. Il existe forcément une solution pacifique.

—Là-dessus, nous sommes d'accord.

—Seulement, ajouta la jeune fille, je ne supporte plus de voyager avec quelqu'un dont je ne sais rien. Nous avons décidé de fuir ensemble, ou plutôt, c'est ma mère qui m'a poussée à vous faire confiance, et maintenant ? N'ai-je pas le droit d'en savoir plus ?

Elle avait beau être méfiante, elle lui laissait la possibilité de lui en dire plus ou de se taire.

— Vous en saurez davantage en temps voulu.

— On vous a déjà dit que vous étiez insupportable ? soupira Noony.

— Assez souvent, oui.

L'espace d'un instant, il crut voir un sourire flotter sur les lèvres de sa collègue. Puis celle-ci se détourna en lançant qu'elle partait préparer la cérémonie du père de Kiriane. En la voyant s'éloigner à travers les champs, Alexian se demanda si voir un cadavre lui procurait encore une certaine émotion.

Kiriane ouvrit la porte, un rai de lumière balayant l'intérieur de la maison de son oncle. À la vue du corps inanimé gisant sur le plancher, elle se précipita.

— Oncle Deras ! Oncle Deras, est-ce que ça va ?

Elle l'aida à se redresser. Deras se frotta l'arrière du crâne en grimaçant. Il toussa avec une telle violence que des gouttes de sang vinrent consteller le sol.

— J'ai dû m'évanouir, murmura-t-il.

— Ne bouge surtout pas, tu pourrais avoir de nouveau un malaise.

— Ça ne risque pas. C'était une vision.

Kiriane aida son oncle à s'installer dans son fauteuil puis lui prépara une infusion.

— Merci, ma petite, cela va peut-être atténuer ma migraine.

— Tu n'avais pas eu de visions depuis longtemps, mon oncle.

— Tu ne me crois pas, c'est ça ?

— Mais si ! Je suis sans doute la seule à te croire.

— Kiriane, j'ai besoin de toi. J'ai vu des choses graves, très graves.

— Tu dois surtout te reposer. Pense à ta santé. Que ferons-nous, sans toi ?

— C'est pour ça que tu dois m'aider !

Elle s'apprêtait à se détourner à nouveau, quand son oncle lui saisit brutalement le poignet.

— Tu dois faire en sorte que les étrangers trouvent la chuchoteuse.

— La chuchoteuse ? répéta-t-elle, sceptique.

— Les chuchoteuses étaient très nombreuses à une époque. À présent, il n'en reste plus qu'une, car Soleil les a massacrées. Je sais où se cache la dernière, je l'ai vue tout à l'heure dans mes visions. Trouve le moyen de convaincre les étrangers de se rendre au bois des Larmes.

Kiriane fronça les sourcils, dubitative.

— Pourquoi crois-tu que ces personnes pourront faire quelque chose ? Ce ne sont que de simples oraisonniers…

— Fais-moi confiance comme je fais confiance à mes visions.

Deras essayait de ne pas trop culpabiliser de la manipuler ainsi.

ꕥ

Alexian détestait l'ambiance pesante de cette soirée, si loin de la tranquillité de la veille. Un bûcher avait été dressé à la hâte, hors du village, pour accueillir le corps en décomposition dont l'odeur était difficilement supportable. La population formait un grand cercle autour, dans une attitude de respect. Alexian faillit ne pas reconnaître Kiriane, qui s'avançait une torche à la main. Elle s'était vêtue avec soin, une robe blanche serrée à la taille soulignant ses formes généreuses, sa chevelure noire retombant sur ses épaules nues.

— Bonsoir à tous. Je ne m'attarderai pas en paroles inutiles, car je ne sais quoi vous dire. Je ne suis pas mon père. Lui savait trouver les mots justes, qui réconfortent et apaisent les cœurs. Avec sa disparition, c'est une partie du village que nous avons perdue. Il a apporté beaucoup à cet endroit. Il a dirigé les récoltes avec sévérité mais le résultat était toujours là. Il était souriant et de bonne humeur. Il a su faire les bons choix aux bons moments. Son absence sera très difficile pour nous tous.

Kiriane s'approcha du bûcher qui s'embrasa dans un craquement lugubre. Elle rejoignit le cercle et s'arrêta aux côtés d'Alexian. Son regard reflétant les flammes le troubla.

Alors que les étincelles s'envolaient haut dans le ciel, semblant vouloir accrocher les étoiles, les villageois s'éloignèrent.

— Nous allons laisser Kiriane se recueillir et rentrer au village, déclara Noony. Nous aiderons à dresser le banquet.

Alexian prit Noony à l'écart et lui confia :

— Je sais que c'est la tradition, mais de mon point de vue, ces fêtes après de si pénibles moments m'ont toujours paru difficiles à gérer. Pas toi ?

— J'avoue que je n'en ai pas beaucoup vécu. C'est surtout appliqué dans les petits villages. D'habitude, l'oraisonnier n'y est pas convié, mais je crois qu'ils fêteront davantage leur apaisement que celui de l'âme du père de Kiriane.

ꕥ

Des chants rythmés montaient de la place du village, où une dizaine de danseurs ponctuaient les refrains en battant des mains. Tous se pressaient, occupés à transporter des fagots de bois, des plats de nourriture ou des instruments de musique. Quelques Tiges circulaient déjà en cachette chez les adolescents. Une mère furieuse en écrasa une lorsqu'elle surprit sa fille en train d'en exhaler la fumée, ce qui fit beaucoup rire un groupe d'adultes.

Un divertisseur de passage profitait des brasiers allumés pour présenter un spectacle d'ombres où les enfants devaient faire parler les diverses créatures sorties de son imagination. Après les larmes, les villageois s'autorisaient une allégresse peu fréquente.

—Ils ont l'air heureux, commenta Noony à voix basse.

—C'est grâce à la cérémonie d'oraison.

—Vous... Enfin, tu ne trouves pas cela un peu triste ?

—Que des gens se réjouissent autant pour une chose aussi sinistre ? En effet. C'est même très triste.

De délicieuses odeurs chatouillèrent les narines d'Alexian et excitèrent son appétit. Dans leurs plus beaux atours, des femmes se hâtaient de monter les tables. Kiriane s'approcha.

—Noony, je ne vous remercierai jamais assez ! Mon père repose enfin en paix !

Elle se tourna vers Alexian. Le prenant par le bras, elle lui offrit un sourire ravageur.

—Merci également à vous, Alexian.

—Vous savez, je n'ai pas fait grand-chose, c'est surtout ma...

—Puis-je vous poser une question ? l'interrompit-elle.

—Bien sûr.

Kiriane sembla hésiter quelques instants, puis se lança :

—Est-ce que vos relations sont... disons, plus que professionnelles ?

Alexian eut un mouvement de recul, horrifié.

—Absolument pas !

Le repas fut très convivial. Les villageois étaient ravis de la présence d'invités aussi sympathiques et ouverts. Noony et Alexian eurent droit à une place d'honneur en milieu de table, et furent submergés de questions sur leur métier. Noony raconta son éducation d'oraisonnière.

Plus tard, Alexian s'installa à l'écart de la fête, sur un banc. Il vit frémir les hautes herbes. La tête du lynx apparut.

—*J'ai une bonne et une mauvaise nouvelle.*

—*Quelles sont-elles ?*

—*Les troupes de Gide ont concentré leurs efforts vers le sud. Si nous partons demain, ils ne nous trouveront pas. En revanche... Il y a un homme étrange. Je l'ai vu rôder autour des champs toute la journée.*

L'espion scruta l'obscurité autour de lui comme s'il s'attendait à voir surgir l'individu.

—*Il est dangereux. Je le sens. Il émane de lui une aura inquiétante. Nous devrions nous en aller le plus tôt possible.*

—*Nous partirons demain*, confirma le jeune homme.

Le félin s'approcha et il flatta son flanc.

—*Je vais monter la garde autour du village, au cas où.*

—*Tu ne veux pas te reposer un peu ?*

—Non, ça ira. Cela faisait un moment que je ne m'étais pas autant amusé! Il y a tout plein de rongeurs délicieux dans le coin!

Le jeune homme sourit en voyant son lynx disparaître à nouveau.

—Alexian?

—Oui?

—J'ai quelque chose à vous demander..., commença Kiriane, en s'asseyant.

—Je vous écoute.

La jeune femme, après un instant, demanda en rougissant:

—Je voulais savoir si vous comptiez dormir seul, ce soir...

Il garda un silence énigmatique. Kiriane se leva, persuadée d'avoir essuyé un refus.

—Je pars demain, lâcha-t-il.

—Ce n'est pas un problème.

—Où dormez-vous?

Le rire de Kiriane coula dans la nuit froide. Un rire sans joie.

Alexian avait vingt ans. Le moins que l'on puisse dire, c'est qu'il avait eu de nombreuses maîtresses en dépit de son jeune âge. Il n'était pas du genre coureur de jupons, mais son attitude railleuse et son aura mystérieuse attiraient les demoiselles.

Alexian avait vingt ans et n'avait jamais été amoureux. Cela lui était interdit. Il avait été formé pour être au service de son peuple, ses yeux et ses oreilles dans le royaume hostile d'Hélderion. Et cette fois ne ferait pas exception à la règle.

La chambre de Kiriane était sombre et petite. Allongé sur une grande natte, il l'observait. Elle s'était endormie, une couverture de laine grise ramenée contre sa poitrine. Alexian avait perdu la notion du temps, embrumé par cette nuit de caresses. Il déposa un baiser sur les lèvres de Kiriane pour la réveiller. Celle-ci poussa un soupir, ses paupières frémirent et elle s'étira de tout son long. Un instant, il admira les courbes de son corps, puis se leva pour se rhabiller.

—Il va falloir que je m'en aille.

—J'ai une faveur à te demander.

Elle désigna l'urne posée sur un petit meuble.

—C'est important. Je voudrais que tu te rendes au bois des Larmes afin de jeter les cendres de mon père dans l'eau. Je l'aurais bien fait moi-même, mais les récoltes ne m'attendront pas.

Alexian avait lu beaucoup de choses sur le bois des Larmes et savait que c'était un lieu sacré. C'était devenu une sorte de nécropole.

—Je ne sais pas si nous allons passer par là, avoua-t-il.

—Prends au moins la peine d'en discuter avec Noony. S'il te plaît.

ꟸ

— C'est une excellente idée !

Alexian regrettait déjà d'avoir fait part à Noony de la requête de Kiriane. Il aurait dû se douter que l'oraisonnière, altruiste à l'excès, apprécierait cette idée. Néanmoins, il était soulagé qu'elle n'ait pas fait allusion à son absence de cette nuit. Ils étaient installés à une table de l'auberge et mangeaient les restes de viande grillée de la fête.

— Je ne sais pas, dit Alexian. Ne devrions-nous pas nous contenter de nous diriger vers le port et de prendre un bateau ?

— Le bois des Larmes n'est pas loin d'ici ; cela nous fera faire un détour de deux jours tout au plus.

Alexian mâcha son repas sans grande conviction. Il hésitait à parler à Noony de l'intuition de Lorion. Mais elle poserait trop de questions sur l'origine de telles informations...

— Où est passé ton lynx ? demanda Noony, comme si elle avait lu dans ses pensées.

— Il surveille les environs, répondit-il évasivement.

Ils s'apprêtèrent à partir. Sur la place du village les attendait Kiriane. Elle tenait l'urne d'une main et ce qui ressemblait à une grosse pierre lisse de l'autre.

— Mademoiselle Noony, nous n'avons hélas pas les moyens de vous payer...

— Oh, ce n'est rien ! rétorqua celle-ci.

— Cependant, nous tenons à vous offrir quelque chose, insista Kiriane. Il s'agit d'un œuf de sang-de-lune, une créature très rare. Mon père les capturait pour les dresseurs. Il avait gardé cet œuf afin d'élever son propre animal.

La coquille était d'un rouge très surprenant et des taches orangées parsemaient sa surface.

— Voyons, je ne peux pas accepter un tel présent !

Kiriane plaça l'œuf entre les mains de l'oraisonnière. Celle-ci était très impressionnée. Alexian ignorait ce qu'était un sang-de-lune et espérait que Noony lui en apprendrait davantage.

— Je vous remercie, Kiriane. Nous ferons une halte au bois des Larmes afin que les cendres de votre père y reposent.

— C'est vraiment généreux de votre part. Que les astres vous protègent !

Alexian n'avait pas envie de partir. Il était bien ici, et il devait se l'avouer : pour la première fois depuis bien longtemps, il avait baissé sa garde. Offîne lui rappelait son village natal ; il retrouvait un peu la même ambiance calme et détendue, cet isolement vis-à-vis du monde extérieur, cette ignorance des vrais problèmes.

Il s'était un instant attendu à ce que Kiriane le rappelle, mais rien. Juste les cris des oiseaux dans les arbres. Il fallait se rendre à l'évidence, il n'aurait jamais d'attache nulle part. Il n'avait pas le choix : parcourir tout Hélderion à la recherche d'informations était son unique objectif. Noony, à ses côtés, paraissait sereine, l'œuf entre les mains. La boule de poils blanche qui jaillit des bosquets bordant le chemin la fit sursauter.

ꕤ

Kiriane souriait. Elle avait réussi. Quand elle arriva dans les champs, une affreuse surprise l'attendait. L'un d'eux était devenu noir. Les récoltes, rabougries, desséchées, jonchaient le sol. Où étaient les fiers épis de la veille ?

La jeune femme tomba à genoux, hagarde.

Interlude

Le Maître hésitait encore, tiraillé entre l'excitation et l'inquiétude. Il fouilla dans les tiroirs de son bureau et s'empara d'une petite clef dorée d'apparence banale. Puis il jeta un coup d'œil en direction du jeu des Quatre Vents qui reposait à présent sur l'une des étagères.

Corrompre le représentant des Dépôts spéciaux d'Abranelle avait été aisé. Ces personnes ne supportaient pas de travailler en Thyrane où le marché noir devenait incontrôlable. Une bourse garnie de filantes, promesse d'un retour festif en Hélderion, avait vite métamorphosé l'expression outrée de l'homme en un sourire plein de gratitude. Quand Joscard avait reçu la lettre indiquant qu'Aileen avait été prise en possession du jeu des Quatre Vents, il n'avait pu y croire. Il se félicitait d'avoir retrouvé l'objet après si longtemps.

Il s'approcha de la grande armoire qui occupait un angle de la pièce et en fit cliqueter le verrou. Apparut alors une innocente coupe d'argent, trônant seule au milieu de liasses de papiers. Le Maître s'empara du calice et se pencha sur le liquide noir qui y reposait.

— Nwinver ! murmura-t-il.

La résuadine se mit à frémir. Des étincelles s'en élevèrent, puis la substance déborda et vint couler le long du bureau. Le liquide s'éleva dans les airs, concentré et dense, afin de former une silhouette féminine impressionnante. Il y eut une explosion silencieuse. Une bouche voluptueuse mettait en valeur des dents aussi blanches que des perles. Une longue robe sanglante aux reflets cuivrés épousait chaque courbe d'un corps parfait, un diadème maintenait une somptueuse chevelure d'un bleu sombre et une larme d'or ornait la peau noire d'un front. Nwinver, la maîtresse du jeu.

— Que me veux-tu, Joscard ?

— J'ai trouvé quelque chose qui t'appartient, annonça-t-il en désignant la boîte en cymeurt.

— Où l'as-tu trouvé ? demanda-t-elle.

— Il a été offert à l'une de mes élèves. Aileen Manérian. Devine par qui.

Nwinver sourit.

— Sonax, évidemment ! répondit-elle en riant. Qui d'autre que ce satané voleur aurait pu mettre la main dessus ? C'est très amusant. Ça me fait penser à un proverbe thyranien : creuse tant que tu veux pour enfouir le passé, il remontera toujours à la surface.

Le Maître ne releva pas la menace indirecte. Il évitait de poser les yeux sur l'épouse de l'Astracan. Elle était trop belle. Trop désirable. Une beauté immortelle.

— C'est ton jeu, murmura-t-il. Tu l'as créé, reprends-le.

— Je n'en veux pas. Tu te doutes qu'une telle invention est dangereuse, Joscard. Soleil n'apprécie pas que je joue avec. Garde-le, il te servira peut-être ! suggéra-t-elle, narquoise.

— En parlant de Son Excellence, comment va-t-il ? Tout se déroule-t-il comme prévu ?

— La guerre avance, avec les soucis que cela comporte.

— La chuchoteuse ?

— En effet, impossible de mettre la main dessus. Mais le problème sera réglé d'ici peu. Tant que je suis là, tu dois savoir qu'il m'a demandé de t'investir d'une nouvelle mission.

— Glenn me prend déjà beaucoup de temps, déclara-t-il, sur la défensive.

— Soleil a besoin d'une élite. Une élite jeune, triée sur le volet.

Le Maître voyait très bien où elle voulait en venir. Il se résigna.

— Je m'en chargerai.

Nwinver inclina la tête. Elle saisit la coupe. Son image commença à se brouiller.

— Attends !

— Qu'y a-t-il ? s'impatienta la jadielle.

Joscard chercha quelques instants de quelle manière formuler sa demande, puis se lança :

— Que faisons-nous pour les… récents événements ?

— Certaines choses, aussi proches soient-elles, font déjà partie du passé.

Ses mains enveloppèrent de nouveau la coupe. Le Maître entendit sa voix une dernière fois avant qu'elle ne disparaisse :

— Prends soin de mon fils, Joscard ! Veille à ce que le gala soit très amusant pour lui !

Au vu du nombre colossal de filantes que cette fête lui avait coûté, Joscard l'espérait.

13

Le nouvel Ioden

– Royaume de Thyrane, Mizin, quartier des veilleurs, 912 –

Ioden : À l'origine, l'ioden était le mot désignant le principe divin. Il a été repris par l'Astracan le plus ancien répertorié dans les livres d'histoire, Oriel Premier, afin de nommer la cérémonie consistant à transmettre son titre d'Astracan à son héritier. Oriel Premier ayant établi le principe de succession du règne religieux par le sang, il attribua le nom de la cérémonie de passation du pouvoir à l'héritier. Aussi, quand on parle d'Ioden de nos jours, c'est davantage pour désigner le successeur de l'Astracan que la cérémonie elle-même.

Extrait de l'*Encyclopédie de l'histoire d'Ollien* – par Aceson Madias, membre de la Corporation Volplume de 613 à 647.

ꝏ

— Et l'équipe numéro cinq fera une patrouille dans le secteur sud-ouest. Est-ce clair ?

Orius jaugea ses hommes, tous prêts à défendre les habitants de Mizin.

— Que faites-vous encore là ? s'écria-t-il. Allez ! Les clans n'attendent pas, eux !

Les veilleurs se dispersèrent. Seul l'un d'entre eux resta immobile. Cryden était un homme imposant, au teint jaunâtre. Il avait une épaisse tignasse rousse nouée en tresses rejoignant une barbe bien fournie. Sa mine renfrognée et sa carrure témoignaient de son passé de redoutable combattant.

— Je peux te parler, Orius ? J'ai reçu une lettre de Shala. Elle est bien arrivée à Valdir. La traversée s'est bien passée.

— C'est une bonne nouvelle.

Cryden dévisagea son supérieur.

— Tout va bien ?

— Oui, répondit distraitement Orius. Il y a plus intéressant que mes états d'âme. Je sais à présent que l'assassin de la petite Mylianne est identifiable grâce à une cicatrice au visage. C'est une piste.

Monsieur Bellor faisait face à des pensionnaires studieux et concentrés. La classe numéro sept, composée d'élèves de seize ans, était sa favorite. Ces adolescents avaient la maturité pour comprendre le monde et n'étaient pas encore influencés par les cours d'histoire de la religion de son collègue, qui commençaient l'année suivante. Alors que chacun déballait ses affaires sur sa table, l'enseignant inscrivit « Volplume » sur le tableau noir.

— Bien ! débuta-t-il. Aujourd'hui, nous allons étudier la Corporation Volplume. Qui peut me dire en quoi elle consiste ?

Plusieurs mains se levèrent.

— La Corporation Volplume est faite pour les gens qui écrivent.

— C'est exact, confirma l'enseignant. Mais encore ? Aileen ?

— Les membres de cette corporation ont des activités très vastes. Certains s'occupent de rédiger l'histoire de notre monde, d'autres d'écrire des œuvres destinées au loisir…

— Tout à fait !

Yamilia secoua la main pour attirer l'attention du professeur.

— Monsieur, j'aimerais savoir si ce que l'on dit est vrai !

— Qu'est-ce que l'on dit, Yamilia ? demanda-t-il.

— D'après Dame Irane, la guerre contre les Terres Impies a été déclarée !

Monsieur Bellor resta quelques instants interdit.

— C'est plus qu'une rumeur, dit-il en prenant place derrière son bureau, en effet.

— Ces personnes ont ce qu'elles méritent, souffla-t-elle à sa voisine. Ils croient en de faux dieux.

Monsieur Bellor ne releva pas. Il savait qu'il devait faire preuve de discrétion quant à ses opinions. Il termina son cours sur la Corporation Volplume sur un ton détaché pour cacher son tourment. S'il ne faisait rien, Rouge-Terre serait détruite. Une culture fascinante et des gens merveilleux disparaîtraient. Il avait beau chercher une solution, l'ordre du Maître était impossible à contourner : cela faisait maintenant plusieurs semaines qu'il avait cessé toute correspondance avec ce peuple.

Aileen faisait face à sa valise. Elle n'avait pas encore trouvé la force de la défaire. Son retour à la pension avait été pénible. Le Maître l'avait sermonnée durant tout le voyage au sujet de son manque de prudence envers les étrangers. Elle soupira. Ce soir débutait le Gala des rencontres. Dame Irane avait été horrifiée d'apprendre que la jeune fille n'avait pas de robe de soirée. Elle lui avait donc ordonné de passer dans la salle de bonne tenue après les cours. Mais Aileen n'avait pas la force de s'y rendre. Elle se laissait glisser dans la rêverie.

Le petit garçon.

—Il n'est pas réel, dit Aileen à voix haute.

Sa voix sonnait faux dans la chambre vide. À supposer que les fantômes existent bel et bien, alors peut-être Mylianne...

Aileen se raisonna. Ce qu'elle avait vu au manoir était le produit de son imagination : elle avait vécu trop de chocs ces derniers temps.

Quelque chose l'effleura. Un contact froid sur son avant-bras. Un petit rire amer lui échappa à l'idée qu'elle commençait à avoir peur du silence. Les sens en alerte, elle attendit. Au bout de quelques minutes, elle avait toujours cette curieuse impression d'être épiée, entourée d'une présence dont elle n'arrivait à déterminer ni la nature, ni l'emplacement. Près de son oreille, elle eut tout à coup la sensation d'un souffle très léger, comme si un son tentait de se former.

—*Aide-moi à retrouver ma sœur!*

Son cœur se mit à battre la chamade. Ce n'était pas possible.

—*S'il te plaît, Aileen! Pourquoi m'ignores-tu?*

Bien que son corps soit translucide, immatériel, elle ne pouvait nier l'évidence : il flottait là, devant elle. Elle n'eut aucun mouvement de recul, contemplant l'ectoplasme sans un mot. Celui-ci s'approcha davantage mais se garda bien de la toucher. La pensionnaire, déboussolée, scruta la porte comme si elle avait peur que l'on entre sans prévenir. L'enfant poursuivit :

— *Tu es la seule à me voir! Je t'ai suivie, j'ai quitté le manoir pour la première fois. Toi seule peux m'aider à retrouver ma sœur.*

Aileen bondit hors de sa chambre en claquant la porte. D'abord la mort de Mylianne, son oraison, la déclaration de guerre, puis Sonax, le jeu des Quatre Vents, et cette fois un fantôme! La jeune fille s'enfuit en courant sous les regards méprisants des autres pensionnaires. Elle voulait mettre le plus de distance possible entre elle et le lémure.

La cloche sonna la fin des cours, libérant un flot d'adolescents surexcités. Toutes les discussions concernaient le gala. On racontait que cette année, le Maître avait dépensé une somme mirobolante. Aileen se dirigea d'un pas lent vers la salle de bonne tenue. Dans les couloirs de la pension, les domestiques s'affairaient à nettoyer les lampes de cristal et à lisser les rideaux. Yamilia attendait devant la salle de Dame Irane.

—Tu es enfin rentrée! s'exclama la jeune élève, affichant le sourire artificiel dont Aileen avait fait les frais.

Celle-ci ne répondit pas. Si son voyage en bateau lui avait appris une chose, c'était qu'elle avait tout à fait le droit de garder ses distances et d'être méfiante. Yamilia ne semblait pas satisfaite du silence obstiné de sa consœur.

— Ce soir sera merveilleux ! dit-elle d'une voix rêveuse. Il y aura des tas de gens importants, dont l'Ioden. Tu le connais, il me semble ?

Aileen sursauta. Heptiel. Elle avait presque oublié que le premier amour de Noony – l'Ioden d'Hélderion – serait là ce soir. Dame Irane les rejoignit, fouettant l'air à l'aide de sa grande cravache.

— Ah ! Vous voilà, mademoiselle Manérian. Ce n'est pas trop tôt. C'est honteux de votre part de laisser travailler les autres à votre robe !

— Mais madame…

Dame Irane eut un geste brusque pour la faire taire. Elles pénétrèrent dans la salle devenue méconnaissable. Là où, auparavant, il y avait un vaste espace afin d'apprendre à se déplacer, faire la révérence, danser, se tenaient à présent des centaines de mannequins de couture. Sur les bustes en bois vernis pendaient de magnifiques tenues de soirée. Les meubles et les coffres regorgeaient de parures et d'étoffes. Quelques élèves retardataires étaient encore affairés. La tradition du gala voulait que les pensionnaires créent eux-mêmes ce qu'ils porteraient. Aileen en eut le tournis. Toutes ces mièvreries l'écœuraient et elle se jura de quitter la pension le plus tôt possible.

— Vous avez de la chance, Yamilia s'est chargée de votre robe, dit Dame Irane en souriant. Elle est d'une dévotion extraordinaire !

Aileen se garda bien de tout commentaire, s'interrogeant sur la soudaine générosité de Yamilia.

— Aileen ! s'écria Dame Irane. Que faites-vous encore là les bras ballants ? Enfilez votre robe !

Résignée, Aileen se dirigea vers le mannequin que désignait l'enseignante et décrocha sa tenue de soirée. Elle se prépara alors sans enthousiasme. Sa seule consolation était qu'au moins, avec toutes ces personnes autour, elle se sentait en sécurité.

Dans le hall avait été montée une estrade sur laquelle le Maître s'était installé dans un grand fauteuil. Les convives, tous de jeunes adolescents, discutaient gaiement près des buffets disposés contre les murs. Aileen était en retard. Sa robe de soirée en satin vert la mettait mal à l'aise. Elle avait la sensation d'être déguisée, sans compter que son corsage la démangeait. Devant elle, tous descendaient les escaliers en tenue d'apparat, enthousiastes et décontractés. Son exact contraire.

Quand Aileen parut à son tour, un silence pesant gagna l'assistance. Les échos de la tragédie de Mylianne s'étaient largement répercutés, songea-t-elle. Jamais l'idée ne lui traversa l'esprit que sa beauté mystérieuse était à l'origine de cette admiration. Yamilia, entourée de ses amies, l'apostropha alors qu'elle piochait dans le buffet.

— Aileen, tu es superbe !

— C'est grâce à toi, Yamilia, ironisa Aileen.

— Ne me remercie pas ! s'exclama-t-elle sur un ton badin. C'était tout à fait normal, entre amies.

— Nous sommes amies ? s'étonna Aileen. Alors pourquoi ce que je t'ai révélé sur le décès de ma sœur a fait tout le tour de la pension ?

Le sourire de Yamilia fondit comme neige au soleil. Ses admiratrices prirent des expressions offensées.

— C'est bien ce que je pensais, dit Aileen d'un ton moqueur. Les reines de la pension Sybilène qui excellent dans l'art de l'hypocrisie !

— Pourquoi es-tu si agressive ? répliqua Yamilia.

— Je ne te fais plus confiance.

Aileen tourna les talons sans prêter attention aux insultes qui fusaient derrière elle. Elle vérifia dans la salle : aucune trace d'Heptiel. Elle soupira d'aise.

Le Maître se redressa, faisant tinter un couvert sur sa coupe pour réclamer le calme. Il s'éclaircit la voix.

— Bonsoir à toutes et à tous, chers pensionnaires ! Tout d'abord, je vous remercie d'être venus pour cette quatorzième édition du Gala des rencontres !

Il y eut un tonnerre d'applaudissements qui agaça Aileen au plus haut point. Tout ce zèle l'écœurait.

— Ce soir, je ne vais pas m'attarder en paroles inutiles. Chacun sait quelle est la situation de Thyrane et surtout, quelle nouvelle nous a annoncée notre Astracan. Les religions impies sont des fléaux terribles que nous devons nous efforcer de combattre. C'est pourquoi notre grand Astracan a décidé de prendre le contrôle du troisième continent pour le remettre dans le droit chemin…

Le Maître parla des Terres Impies et du danger que ce peuple représentait. Quand il termina enfin, ce fut au grand soulagement de tous. Il frappa dans ses mains et le petit orchestre près des escaliers entama une valse.

— M'accorderez-vous cette danse, mademoiselle Manérian ?

Elle commença à secouer la tête pour refuser avant de reconnaître Heptiel. Elle resta un instant bouche bée. Le jeune homme était à la fois semblable et fort différent de son souvenir. Il était de grande taille, et son visage avait conservé quelque chose de juvénile comparé à sa carrure, mise en valeur par un costume d'un bleu nuit. Il lui tendit la main. L'enfant turbulent avait laissé place à un jeune homme aux manières élégantes.

— Cela fait un moment, n'est-ce pas ? s'enquit-il en la guidant sur la piste.

— Oui, presque cinq ans.

— Comment va Noony ?

Aileen lui résuma ce qu'elle connaissait de la vie de sa sœur. Aux dernières nouvelles, elle était en conflit avec son père au sujet de la guerre.

— Pourtant, prendre les armes est devenu nécessaire, dit le jeune homme. Noony a toujours été trop rêveuse, trop idéaliste.

— C'est possible, admit Aileen.

— J'ai appris pour Mylianne, murmura Heptiel. Cela doit être difficile.

La pensionnaire ne répondit pas, tant la réponse était évidente. Bientôt, ils entamèrent des discussions plus gaies au sujet de ce qu'ils étaient devenus. Elle apprit qu'Heptiel ne supportait pas la pension dans laquelle il étudiait et fut ravie de ce point commun.

Ils tournoyèrent sur trois danses et ce fut pour Aileen un supplice. Non pas que la compagnie d'Heptiel soit déplaisante, loin de là, mais les regards assassins des autres filles pesaient sur eux. Elle se souvenait très bien du discours de Dame Irane au sujet des meilleurs partis présents à ce gala et Heptiel figurait en tête de la liste.

— Si on prenait l'air ? proposa-t-il, conscient de la convoitise dont il faisait l'objet.

Dans le grand jardin, des lampes de cristal avaient été installées un peu partout, posées sur des tables et suspendues dans les branches. À la grande surprise d'Aileen, ils allèrent s'installer dans un coin désert où la musique leur parvenait en un bruit étouffé. Heptiel s'assura que personne ne pouvait les entendre.

— Je suis content de te rencontrer ce soir. L'occasion était inespérée. Pour une fois que ces mondanités servent à quelque chose !

— Je ne te suis pas…

— Il y a une affaire dont je souhaite te parler, mais ce n'est pas un sujet à aborder en public ni le genre de soupçons que j'aurais pu te livrer dans une lettre, vois-tu. C'est à propos de certains événements qui se trament.

— Quel genre d'événements ?

Aileen sentait l'appréhension poindre en elle. Heptiel pesa ses mots, le visage empreint de gravité. Elle ne put masquer sa surprise lorsqu'il reprit :

— Certains faits me poussent à penser que ton père est le responsable du meurtre de Mylianne. Cela fait maintenant quelques années que je vis à Abranelle, avec mes… parents. Il se passe des choses vraiment étranges là-bas. Des secrets que je ne dois pas connaître. C'est pourquoi ils m'ont envoyé en pension en Thyrane : ils veulent m'éloigner.

Il essaya d'être moins abrupt.

— Je suis rentré il y a deux mois à Abranelle. Contrairement aux autres élèves, je peux retourner en Hélderion assez souvent. Quand j'étais là-bas, je suis tombé sur la correspondance entre ton père et le mien. Ils parlaient de ta petite sœur. Dans ces lettres, ton père évoquait son épouse et son traumatisme – j'ignore de quoi il s'agit – et Mylianne. Nos pères disaient qu'il fallait trouver le moyen de se débarrasser d'elle parce que ses souvenirs étaient trop importants pour prendre le risque qu'elle les raconte à quelqu'un…

Aileen sentit la colère monter en elle. Ce jeune homme osait prétendre que son père était responsable de ce crime! C'en était trop.

— Comment peux-tu dire une chose pareille! s'exclama-t-elle.

— J'ai vu ces lettres comme je te vois, Aileen!

— Je ne te crois pas.

Elle se leva, mais il fut plus rapide et l'empêcha de passer.

— J'ai raison, Aileen. La mort de Mylianne n'est pas juste l'œuvre d'un détraqué…

— Tu sais quoi, Heptiel Marchevent? Si tu dis toutes ces horreurs, c'est parce que tu n'as jamais pardonné à mon père de t'avoir séparé de Noony et d'avoir banni tes parents adoptifs de Manérian, déclara-t-elle froidement.

Aileen repoussa sans douceur le jeune homme.

— Ma petite sœur est morte assassinée par un clan. Ces gens sont cruels et n'hésitent pas à punir les originaires d'Hélderion, comme si nous étions tous responsables de ce qui est arrivé à ce royaume maudit! Mon père aimait ma sœur. Il n'a rien à voir là-dedans, lui jeta-t-elle avant de regagner la pension.

Dès qu'Heptiel reparut dans la salle, Yamilia fondit sur lui comme un oiseau sur sa proie.

ഇ

Aileen se débattait, allongée sur son lit, les poumons en feu. Des visages se penchaient sur elle pour disparaître les uns après les autres.

Mylianne.

Aileen sursauta et se réveilla avec un hoquet de surprise. L'espace d'un instant, elle fut désorientée et eut du mal à se souvenir de l'endroit où elle se trouvait. La lampe de cristal restée allumée sur le bureau repoussait les ombres dans les coins de la pièce. Elle était seule, dans sa chambre, à la pension Sybilène. Elle porta sa main à sa tête. Ce n'était qu'un cauchemar. Pour se rassurer, elle se leva et se planta devant le miroir accroché au mur. Une petite voix l'appela. La jeune fille se retourna, prenant le temps d'observer les volutes de fumée bleue qui dansaient autour du petit garçon.

— *Tu es triste,* déclara-t-il de sa voix lointaine. *Je n'aime pas te voir triste.*

— Pourquoi es-tu encore là?

Il se mit à tourner autour d'elle, l'enveloppant de brume bleue.

— *Tu sais ce que c'est que d'avoir une sœur, n'est-ce pas?*

— Oui, je le sais, souffla Aileen.

— *Alors tu dois connaître la souffrance de l'absence d'une sœur. Je veux revoir la mienne. Aide-moi.*

Aileen ferma douloureusement les paupières. Son existence avait pris une tournure trop étrange. Néanmoins, elle s'efforça de ne pas penser aux paroles d'Heptiel. Il mentait. Elle devait se concentrer sur le moyen de retrouver l'assassin de Mylianne, et ne pas prendre en compte ceux qui voulaient la désorienter.

— D'accord, accepta-t-elle en ouvrant les yeux. Je veux bien faire mon possible pour t'aider, mais cela prendra du temps. J'ai encore quelques années à passer dans cette pension et…

— *Merci !* s'écria le fantôme.

La jeune fille sourit sans savoir pourquoi. Elle n'avait plus aussi peur du lémure.

— Comment t'appelles-tu ?

— *Je sais pas. À toi de me le dire !*

— Et comment se fait-il que tu parles ma langue, alors que tu es Thyranien ? Tu as dû mourir pendant la guerre, et non avant que mon royaume envahisse le tien…

— *Je sais pas non plus. Il y a plein de choses que je ne sais pas. Je comprends ce que tu me dis, c'est tout.*

Aileen se recoucha, pensive et intriguée, mais beaucoup moins seule.

Interlude

La soirée avait été longue, mais le Maître avait l'habitude de ne plus compter ses heures. C'était le prix à payer pour être le favori de l'Astracan.

Il étala les cartes du jeu des Quatre Vents sur son bureau. Bien entendu, il connaissait la marche à suivre. Il caressait même les lames avec une certaine nostalgie.

— Quels élèves de la pension Sybilène ont le potentiel pour servir Sa Majesté ?

Les cartes parlèrent.

Lylonna. Le Maître sourit. Il connaissait bien cette jeune fille de dix-huit ans, brillante dans toutes les matières. Il tira une nouvelle carte. Un pli soucieux apparut sur son front alors qu'il interprétait les symboles. Arelun. Ce pensionnaire était d'une médiocrité incontestable. Réservé et au physique ingrat, il n'avait pas du tout le profil. Mais le jeu ne mentait jamais. Le Maître recommença donc son interprétation, réfléchissant aux ambivalences de chaque symbole et aboutit au même résultat. Il grimaça et tira la dernière lame.

— Ce n'est pas possible !

Aileen. Encore elle. Décidément, les Manérian ne cessaient de l'étonner…

14

Le secret de Noony

– Royaume d'Hélderion, bois des Ovéas, 912 –

Les divertisseurs : Cette corporation a été la dernière créée par le gouvernement, qui au départ s'opposait à la mise en place d'une telle association. Cependant, la capitale fut rapidement convaincue de l'utilité de ces amuseurs. Leur mission consiste à distraire les gens et à apporter bonne humeur et sérénité.

Extrait de l'*Encyclopédie de l'histoire d'Ollien* – par Aceson Madias, membre de la Corporation Volplume de 613 à 647.

Le soleil levant jetait une lumière d'or sur les arbres qui arboraient leur touffu feuillage parme en cette période de l'année. De temps à autre, une feuille se détachait d'une branche pour rejoindre le tapis violet du sentier qui serpentait à travers le bois des Ovéas. Alexian et Noony s'arrêtèrent sur le bord du chemin.

— Tu vas regarder cet œuf longtemps ? demanda le jeune homme, railleur.

— Les sang-de-lune sont des créatures très rares et…

— Oui, je sais ! la coupa abruptement Alexian. Ils sont grands, robustes, formidables…

Noony se renfrogna face à l'excellente imitation de son discours au sujet de la créature. Ce fut le moment que choisit Lorion pour surgir d'entre les arbres. Le félin s'étira et sortit ses griffes.

— *Nous ne sommes pas suivis. Je vais continuer à surveiller !*

Ils avaient mis une journée pour atteindre le bois où ils avaient bivouaqué. Au-delà se trouvait Dinniel, la cité des divertisseurs. Ils pourraient se fondre dans la foule en cette période de festivals.

Durant leur marche à travers la forêt, Noony, curieuse, essaya une nouvelle fois d'en savoir plus sur Alexian. Celui-ci donnait toujours des réponses évasives, ce qui énerva bien vite l'oraisonnière.

— Dis-moi au moins de quelle ville tu es originaire ! Abranelle ? Valdir ? Krisancie ?

— Non, répliqua Alexian, irrité.

Noony s'immobilisa sur le chemin.

— Qu'est-ce qu'il y a encore ?

— Tu n'es pas un Thyranien, au moins ? demanda-t-elle d'un ton grave.

— Non, je ne viens pas de Thyrane !

Noony laissa échapper un soupir de soulagement.

— Tu m'as fait peur. J'ai cru que tu étais un rebelle !

Elle éclata de rire. En son for intérieur, Alexian se dit que jamais elle ne devait apprendre la vérité sur l'endroit d'où il venait. Noony avait beau être contre la guerre, elle ne devait pas tenir en haute estime les habitants de Rouge-Terre. Ou plutôt des « Terres Impies ». C'est ainsi que l'on nommait son pays, ici. À l'instar de beaucoup d'Hélderionnois, elle devait considérer son peuple comme une tribu non civilisée. Il s'amusa de cette idée.

— Pourquoi tu refuses de me dire d'où tu viens ?

Noony, aussi crédule soit-elle, finirait par avoir de sérieux soupçons ; il était temps de se servir du mensonge prévu.

— La vérité... J'ai grandi dans un petit village peu connu, dans l'Est, Tremel. Toi qui es d'une ville importante, tu ne dois pas connaître cela, mais il est difficile pour un oraisonnier débutant formé dans un village sans corporation d'être estimé.

— Tu n'as pas à avoir honte !

— C'est facile à dire pour toi.

— Non, sérieusement, j'ai connu des apprentis de mon père venant de petits villages comme le tien et qui étaient très doués.

— Crois-moi, tout le monde ne partage pas ton avis.

Alexian avait parlé d'un ton gorgé de rancœur. Il fut fier de voir un air songeur se peindre sur les traits de Noony. L'oraisonnier frustré par ses ascendances qui se dissimulait derrière une attitude arrogante semblait la convaincre.

À peine étaient-ils sortis de la forêt que la cité leur apparut dans toute sa splendeur en contrebas : des chapiteaux aux couleurs vives crénelaient l'horizon, des fanions ondulaient sous la légère brise, et les premières lampes suspendues s'allumaient une à une. Les jeunes gens descendirent la colline avec enthousiasme. Des dizaines de petits orchestres s'amassaient pour jouer des refrains entraînants et réclamer quelques filantes, les plongeant déjà dans l'atmosphère de fête. La cité n'avait aucune porte ; les visiteurs arrivaient au milieu des somptueuses tentes de tailles hétéroclites. Ici, les gardiens semblaient être les marchands ambulants, qui accostaient les passants en vantant les mérites des babioles accrochées dans leurs capes.

Les trois arrivants avancèrent entre les chapiteaux sans se presser, admirant les représentations données par les divertisseurs. Certaines avaient lieu sur des estrades improvisées devant lesquelles on se régalait de quelques échanges comiques avant d'assister à une scène tragique à un autre endroit. Au milieu d'une allée, ils tombèrent soudain nez à nez avec un spectacle de danse où des femmes plantureuses venaient agiter les clochettes de leurs costumes. Toutes avaient des rubans accrochés à leurs chevilles, et leur chorégraphie donnait alors l'impression de voir se former un arc-en-ciel.

—*Elles sont très belles… Mais pas autant que Noony*, commenta mentalement Lorion.

Alexian ne releva pas.

Plus loin, des chapiteaux plus modestes faisaient office de boutiques. Noony et Alexian pénétrèrent dans l'une de ces petites tentes pour découvrir des bazars où s'entassaient des narguilés, des verres, des costumes, des écharpes, et toutes sortes d'objets difficiles à identifier. Ils durent prétendre ne plus avoir d'argent pour enfin se débarrasser du vendeur et préférèrent éviter ce genre d'échoppes à l'avenir. Ils continuèrent leur visite pour arriver au cœur de la ville, sous les crépitements et les bouquets multicolores d'un feu d'artifice. Les chapiteaux se firent alors plus rares, remplacés par de coquettes maisons.

—Que faisons-nous ? demanda Noony.

Elle se gardait d'approcher le lynx. Elle n'appréciait guère sa compagnie et ne pouvait s'empêcher de frissonner lorsqu'elle voyait luire un croc. C'était tellement flagrant qu'Alexian se demandait comment Lorion ne s'en était pas encore rendu compte.

—Nous devrions aller nous coucher, proposa le jeune homme. Il se fait tard et nous avons encore beaucoup de chemin à faire. Il doit bien y avoir une centaine d'auberges dans le coin, nous n'aurons pas de mal à trouver notre bonheur.

En effet, des dizaines d'établissements portaient des noms tels que *La voie dorée*, *Aux mille rires*, *À la tienne*… Ils choisirent cette dernière enseigne pour passer la nuit. Les clients attablés se retournèrent en entendant le carillon de la porte.

—Je peux vous aider ?

Alexian demanda une chambre pour la nuit et un repas chaud. Le patron à la mine joviale s'exécuta, non sans en profiter pour assouvir sa curiosité naturelle.

—D'où venez-vous ?

Il ne fallait pas hésiter une seule seconde, et Alexian allait proférer son second mensonge de la journée quand l'aubergiste le devança :

—Vous êtes oraisonniers ?

Noony blêmit. Était-elle déjà recherchée ici ? Alexian, lui, n'en doutait pas.

— En effet, déclara-t-il avec une décontraction extraordinaire. Nous faisons notre commerce dans tout le continent ! Les affaires marchent plutôt bien, en ce moment. Nous espérons regagner Manérian bientôt.

Noony tira une bourse de son sac et déposa une poignée de filantes sur le comptoir.

— Il me reste deux chambres, la 14 et la 18. Ce ne sont pas les plus luxueuses…

— Ça ira, confirma Alexian.

Ils s'installèrent à une table poisseuse et le gérant leur servit des assiettes copieusement remplies.

— Tu crois que mon père a donné l'alerte ? murmura-t-elle.

— J'en ai bien peur. Il faudra être prudents cette nuit, et s'enfermer.

Alexian piqua un morceau de viande à l'aide de sa fourchette. Ils attiraient bien trop l'attention à son goût. La jeune fille était atterrée par cette nouvelle. Elle se mit à remuer le contenu de son assiette sans y toucher.

— Nous devrions dormir dans la même chambre, ajouta Alexian d'un ton dégagé.

Noony releva la tête, les sourcils froncés. Quand elle s'adressa à lui, ce fut d'une voix glaciale :

— Je ne peux pas partager ma chambre avec toi.

— N'aie pas peur, tu n'es pas mon genre, se moqua-t-il.

— Tu es d'une immaturité déconcertante.

Elle se leva et quitta la table. Il laissa échapper un petit rire. Cette Noony était aussi prude que stupide.

— *Tu lui as fait beaucoup de mal !* le sermonna Lorion.

— *Tu ne vas pas me reprocher de ne pas vouloir d'elle ? Crois-moi, je mettrais en péril notre mission si j'avais une aventure avec elle !*

— *Ce que tu peux être prétentieux, parfois !*

Lorion l'abandonna à son tour. Alexian se retrouva seul face aux visages inhospitaliers des autres clients.

— Hé ! Le Fêlé !

L'appel du patron s'adressait à un homme crasseux qui se détacha d'un coin sombre de la taverne, une chope débordante de mousse à la main. Le colosse arborait un sourire d'ivrogne. Le gérant de l'auberge, pourtant grand, ne lui arrivait pas à l'épaule.

Alexian les observa parler à voix basse. Il savait qu'ils discutaient de Noony.

Il laissa son dîner et monta à son tour.

La chambre de Noony était au fond d'un long couloir mal éclairé, assez distante de la salle commune. Néanmoins, on y percevait la rumeur lointaine du cliquetis des couverts et des voix.

Petite et assez miteuse, la pièce n'avait qu'une seule fenêtre, qui laissait filtrer la lueur blafarde de la lune. Alexian fut surpris de découvrir Noony, assise au bord du lit, la tête de Lorion sur les genoux. Elle caressait distraitement le félin qui semblait tant l'effrayer quelques heures auparavant.

— Noony ? risqua-t-il.

Devant le visage mouillé de larmes qu'elle lui offrit, Alexian se sentit coupable.

— Je ne voulais pas te blesser.

— Tu ne sais rien de moi, lança-t-elle d'un ton tranchant. Alors cesse de me juger !

L'oraisonnière repoussa Lorion et se posta à la fenêtre. Le félin la suivit pour s'asseoir à ses côtés. Le jeune homme lança une pensée pleine de reproches à son compagnon.

— D'accord, soupira Alexian. Pourquoi ne peut-on pas partager la même chambre ?

— C'est indécent. Je ne dors pas avec un homme, surtout si j'ai le choix.

— C'est ridicule ! Nous avons déjà campé ensemble et dormi dans la même pièce !

La jeune fille fit volte-face.

— Nous avions chacun notre couche. Tu ne comprends rien ! Je me demande comment sont les gens du village d'où tu viens pour que tu sois aussi dépravé. Tu crois que je ne sais pas où tu as passé la nuit, le dernier soir à Offîne ? Ou plutôt, avec qui… ?

Alexian resta interdit.

— Tu peux sans doute jouer à ça, reprit-elle d'une voix tremblante, mais, contrairement à toi, je n'ai pas le droit d'aimer.

— Et pourquoi cela ?

Elle se tourna vers le ciel étoilé tout en serrant son pendentif. Chaque mot semblait lui coûter un effort surhumain.

— Il y a quelques années, je suis tombée amoureuse. Il s'appelait Heptiel. Cela a déplu à mon père, alors il l'a banni, lui et toute sa famille. Mon père m'a punie. Il ne voulait pas que ça se reproduise. Il m'a fait avaler une potion de cendres.

Alexian n'en croyait pas ses oreilles. Il connaissait bien ce breuvage pour l'avoir étudié en Rouge-Terre. La mixture avait été interdite dans son pays il y avait de cela plusieurs siècles. Le Conseil la trouvait beaucoup trop barbare. La potion de cendres servait autrefois à punir une attitude volage. La substance restait à jamais dans le corps et se transformait en poison foudroyant lors d'émotions très particulières. Le genre d'émotions que l'on ne pouvait ressentir qu'en se laissant aller aux plaisirs de la chair. En Rouge-Terre, de tels châtiments n'avaient plus lieu d'être puisque aucune union amoureuse n'était irrévocable.

—Ton père t'a fait boire ça ? s'écria-t-il, incrédule.

—Ne le blâme pas. Mon père est un homme juste, et il a fait cela pour mon bien. Pour lui, l'oraisonnier idéal est une personne qui se consacre entièrement aux astres. Il veut que je sois la patience, l'abnégation, l'humilité, le don de soi, le pardon. L'amour entre deux personnes est égoïste. C'est ce qu'il a voulu m'inculquer.

—Je n'ose pas imaginer ce qu'il compte te faire s'il te retrouve…

—Il ne me retrouvera pas.

Noony ne pourrait jamais aimer, ou alors de manière platonique, à supposer que ce sentiment puisse naître en elle.

—Prends le lit, déclara Alexian. Je vais dormir par terre, avec Lorion.

Alexian se réveilla, inquiet. Très vite, sa vue s'adapta à l'obscurité et il perçut les contours des meubles. Le grincement caractéristique d'une latte de bois retentit.

—*Il y a un danger*, lui souffla Lorion.

—Je sais. Je le sens.

—*Je ne pourrai pas nous défendre seul.*

Alexian s'approcha du lit où dormait Noony pour la réveiller. Il posa son doigt tout contre sa bouche.

—Il y a quelqu'un derrière la porte, murmura-t-il. Tu vas te lever et tu vas rester derrière moi. Compris ?

La porte de la chambre se fracassa. Alexian leva instinctivement ses bras. Quand il les rabaissa, il reconnut le Fêlé. L'homme tenait une dague à la lame incurvée. La montagne de muscles esquissa un sourire dément puis, sans un mot, passa à l'attaque. Le jeune homme esquiva l'assaut avec souplesse, réflexe salvateur dû à ses années d'entraînement. Noony poussa un cri strident et bondit hors du lit. Dans la panique, Alexian chercha un objet qui pourrait lui être utile et s'empara d'un tableau. Il le rabattit comme un bouclier mais la dague déchira la toile aussitôt. Il la jeta sur son adversaire pour se ruer vers la sortie. Le Fêlé s'interposa. Nez à nez à avec son ennemi, Alexian se retrouva pris au piège.

Il vit avec horreur le tueur avancer vers lui, déterminé à accomplir sa sinistre besogne. La peur paralysait Alexian. Un feulement sauvage retentit. Lorion, ses poils blancs hérissés, sauta sur le dos du malfrat. L'homme n'émit aucune plainte quand les griffes se plantèrent dans sa peau, traçant de longs filets vermeils à travers sa chemise. La rage du lynx galvanisa son uni. Alexian donna un coup de pied et désarma son adversaire, envoyant voltiger la dague. Indifférent à Lorion qui cherchait sa gorge, le Fêlé referma ses énormes bras sur l'espion. Même avec son lynx, celui-ci ne faisait pas le poids face à une telle brute.

Mais le colosse, gêné par l'animal, lâcha Alexian. Il arracha le lynx de son dos et le projeta violemment contre un mur. Le jeune homme, à moitié conscient, se sentit traversé par la même décharge de souffrance que Lorion. Une digue céda dans son esprit. Un torrent d'énergie se déversait, happant ses pensées. Il percevait les Signes. La nature était à son écoute. Elle l'aiderait.

Terrifiée, Noony tenta une sortie pour chercher de l'aide. Le Fêlé ramassa son arme et s'avança. La jeune oraisonnière recula jusqu'à la fenêtre. S'ébrouant, Lorion se remit sur ses pattes et vint se placer entre elle et le colosse, crocs découverts. Le tueur ne s'en émut pas un seul instant. Alexian dut se faire violence pour se dresser sur ses jambes et garder le contact avec la dimension qui s'ouvrait à lui. Son mouvement attira l'attention du Fêlé. L'espion eut à peine le temps de voir un poing se lever avant de ressentir un terrible choc au sommet de son crâne. Il s'écroula, haletant.

Le tueur leva son arme, prêt à assener le coup de grâce.

— Laissez-le ! hurla Noony d'une voix stridente.

Dans une tentative désespérée de faire diversion, elle s'était emparée d'une chaise et avait foncé sur l'homme deux fois plus grand qu'elle. Avant qu'elle n'ait le temps de rabattre son arme improvisée, le Fêlé la saisit par le bras, qu'il lui brisa. L'os déchira les chairs en un craquement sinistre.

Une boule de fourrure, griffes et crocs dehors, sauta au visage du géant. Le lynx et l'homme roulèrent sur le sol. Alexian se concentra. Les Signes ne devaient pas le lâcher, pas à cet instant. Il souffla délicatement sur sa main et une flamme gigantesque s'en éleva. Cela ne le brûlait pas ; le feu était à présent une partie de lui. Son allié.

— Lorion !

Au moment où la brute allait éventrer le lynx, Alexian se releva et jeta la boule de feu. L'homme s'embrasa d'un coup en poussant des cris atroces. Le jeune homme s'empara de leurs affaires et aida Noony à se mettre debout.

— Filons d'ici.

Ils se ruèrent hors de la chambre. Le Fêlé, fou de douleur, se jeta par la fenêtre. Une troupe de divertisseurs fut surprise qu'une torche humaine tombe en plein milieu de la place dans une pluie de verre. Ce n'était pas du tout prévu dans leur représentation. Les spectateurs, pensant à une prouesse technique, applaudirent.

Le panorama de la cité Dinniel était strié par un rideau de pluie battante.

— Il faut trouver un guérisseur, dit Alexian.

Ils avaient réussi à quitter l'auberge en passant par une porte dérobée. À présent, ils marchaient d'un pas rapide dans les rues éclairées de la cité des divertisseurs. La pluie les trempait, mais cela n'avait aucune importance. Alexian tenait Noony par son bras valide, la forçant à accélérer le pas. Celle-ci souffrait le martyr et se faisait violence pour ne pas hurler.

—Nous allons trouver quelqu'un pour te soigner, déclara-t-il sur un ton qui se voulait confiant. C'était très courageux de ta part de te confronter à un monstre pareil !

Noony s'immobilisa. Un avis de recherche sur lequel apparaissait son portrait était accroché au mur d'une maison. L'affiche stipulait :

« Recherchés :

Noony Manérian, jeune oraisonnière, accompagnée d'un jeune homme d'une vingtaine d'années aux yeux vairons. Dix mille filantes de récompense à qui les ramènera à Manérian, morts ou vifs.

Sur ordre de Gide Manérian, soutenu par l'Astracan Soleil. »

Alexian comprenait mieux l'intrusion nocturne du colosse. Une telle somme était susceptible de corrompre beaucoup de gens... Il crut un instant que Noony allait tomber.

—Morts ou vifs ? répéta-t-elle d'une petite voix.

—Il vaut mieux ne pas s'attarder ici, Noony.

Il dut la tirer pour l'arracher à sa contemplation.

—Comment mon père a-t-il pu autoriser cela ? s'étrangla-t-elle. Il préfère que je sois tuée plutôt qu'en fuite ?

—Tais-toi, ordonna Alexian.

Il se retourna à plusieurs reprises tout en menant Noony à travers des ruelles de plus en plus étroites, à présent persuadé d'être suivi.

— *Ou bien nous commençons à devenir paranoïaques.*

Alexian préféra en avoir le cœur net. À l'intersection suivante, il attira Noony contre lui en plaquant sa main sur sa bouche. Comme il le craignait, l'homme s'arrêta et se tourna vers eux.

—Ah, je vous trouve enfin ! Suivez-moi.

Lorion et Alexian étaient prêts, en position de combat.

—J'allais oublier ! Plê est boiteuse.

Noony recula, pensant qu'ils étaient tombés sur un fou. Alexian semblait éberlué.

—Comment ?

—Plê est boiteuse.

Enfin, la chance leur souriait.

Interlude

Le Maître tripotait avec nervosité la chevalière à son index. Ce soir, il espérait que Glenn lui donnerait des informations intéressantes. Il était grand temps d'obtenir des résultats.

— Alors, quand pars-tu pour le Chaos ? demanda-t-il d'un ton désinvolte.

— Demain matin. Je suis un peu inquiet. Les membres des clans ne plaisantent pas.

Le visage du Maître s'orna d'un sourire impossible à déchiffrer. Il compta mentalement à rebours, pressentant la question qui allait venir.

— Maître Joscard ?

C'était le moment.

— Oui, Glenn ?

— Je sais que ce que je vais vous demander risque d'être compliqué…

— Demande donc.

L'ancien pensionnaire se leva de sa chaise. Il y avait toujours en lui cette étincelle farouche, reflet de sa détermination.

— J'aimerais revoir Mylianne avant de partir.

Ce fut comme s'il se heurtait à un mur.

— Juste une nuit ! supplia-t-il. Je n'ai même pas eu le temps de lui dire au revoir…

— J'ai peur que ce ne soit impossible.

— Et pourquoi ? s'énerva le jeune homme.

— Glenn, mon garçon, je suis navré de t'apprendre cela de cette manière, mais Mylianne est morte depuis un mois.

Glenn secoua la tête, comme pour repousser la réalité. Aujourd'hui, il avait grimpé le long d'une gouttière et glissé une lettre pour Mylianne sur le rebord de sa fenêtre…

Il s'enfuit du bureau du Maître en courant. Ce dernier se doutait que l'ancien pensionnaire ne reviendrait jamais plus.

15

Les cours du Maître

– Royaume de Thyrane, prison de Mizin, 912 –

Les Lames Nocturnes : Ce clan est considéré comme le plus terrible de tous. Il est composé de résistants assoiffés de sang dont le but est de reconquérir le royaume de Thyrane. Ils ont à leur actif une liste de crimes effrayante. D'après les rumeurs, ils gouverneraient le Chaos.

Extrait du *Répertoire des clans* – par Melvas Trivan, membre de la Corporation des guerriers de l'aurore de l'an 906.

La prison de Mizin, un solide bâtiment en pierre noire, se dressait à bonne distance du centre-ville. En temps normal, Orius avait horreur d'aller interroger les gens qu'il avait mis derrière les barreaux. Mais aujourd'hui, son cœur était devenu une terre aride : Shala était partie.

— On entre ? demanda Cryden.

Les deux veilleurs montrèrent leurs autorisations aux gardes, qui les laissèrent passer sans se renseigner davantage sur leurs intentions. Ici, chacun réglait ses comptes.

— Il s'appelle comment, l'hurluberlu ? demanda Cryden en frottant sa barbe.

— Il se fait appeler le Poignard-Sanglant.

— Les membres des clans ont le chic pour trouver des surnoms !

Ils avancèrent le long d'un couloir où se succédaient de minuscules geôles. De fortes odeurs d'urine et de sueur leur montèrent au nez. Les prisonniers, agités, passaient leurs bras à travers les énormes barreaux. Les veilleurs se faisaient siffler, insulter, huer. Si Orius avait l'habitude et marchait d'un pas assuré, Cryden ne pouvait s'empêcher de tourner la tête vers les détenus. Sur les murs se détachaient de vieilles traces sombres suspectes. Des tas de paille moisie faisaient office de lit, et un seau était l'unique moyen de se soulager, pour ceux qui prenaient encore la peine de s'en servir.

— Cryden !

Le veilleur sursauta et comprit au ton de son supérieur qu'il devait faire comme lui : ignorer.

— C'est ici.

Ils s'immobilisèrent devant une cellule où se trouvait un seul prisonnier, assis dans un angle, les jambes allongées. Cryden fit craquer ses doigts.

— Tu es bien le Poignard-Sanglant ?

Comme l'homme ne répondait pas, Orius ordonna :

— Cryden, sors le Miroir de Vérité !

Les Miroirs de Vérité étaient rares et bien entendu interdits sur le marché. Quelques années auparavant, Orius avait découvert l'une des cachettes du célèbre Sonax. Il n'avait hélas pas eu l'occasion de capturer le plus recherché des marchands d'objets illicites, mais cette prise avait été un véritable coup d'éclat pour sa carrière. Il avait perquisitionné le butin et gardé quelques objets pour lui, puis peu après, avait été nommé chef-veilleur.

Cryden fouilla dans sa sacoche et en tira un miroir ovale d'apparence ordinaire. Lorsque le veilleur le présenta au prisonnier, celui-ci scruta son reflet sans ciller, comme hypnotisé, avant d'éclater de rire.

— Vous y avez cru, n'est-ce pas ?

Cryden se tourna vers son supérieur.

— Orius ! Comment ça se fait ?

— Ton petit copain n'en sait pas plus que toi ! railla le criminel. Ce genre d'objet ne fonctionne que sur les esprits faibles.

Le prisonnier se leva en prenant appui contre les parois, et s'avança jusqu'aux barreaux pour cracher aux pieds d'Orius. Ce dernier ne broncha pas.

— Tu crois que tu vas t'en tirer comme ça ? gronda Cryden. Tu viens de manquer de respect au chef-veilleur de Mizin !

— Il sait qui je suis, précisa Orius.

— Et lui, qui est-il ?

Ravi de donner une réponse aux interrogations de Cryden, l'homme écarta ses guenilles crasseuses, exhibant un tatouage de croissant de lune fendu.

— Tu es un Lame nocturne ?

L'homme se leva et se pencha en avant, dans une révérence grotesque.

— Et pas n'importe lequel, mon cher ami hélderionnois !

Alors que Cryden s'apprêtait à poser une autre question, Orius prit la parole :

— Entre tueurs d'enfants, vous devez vous connaître, non ? On a besoin d'informations, et tu vas nous les donner.

Se tournant vers Cryden, il expliqua :

— Tu n'es en Thyrane que depuis trois ans. C'est une histoire dont tu as dû entendre parler en Hélderion. Des clans ont attaqué un convoi de pensionnaires entre Lémuran et Mizin. C'est le Poignard-Sanglant qui avait orchestré ce guet-apens. Ils ont épargné le cocher et les accompagnateurs, mais ont massacré tous les enfants.

L'assassin frappa dans ses mains couvertes de cicatrices.

— C'est une touchante histoire, mon ami, j'en ai la larme à l'œil. Assez de compliments, voyons, je ne faisais que mon devoir, comme tous les Lames Nocturnes. Le véritable cerveau est notre chef vénérée. Quelle femme extraordinaire... Quel talent !

Cryden esquissa un mouvement vers les barreaux de la cellule, mais Orius le retint.

— Bien, bien ! Vous ne voulez pas sympathiser ! Dommage, si vous êtes là, c'est que vous voulez quelque chose que je sais.

— Tu as tout compris, déclara froidement Orius. Un meurtre de pensionnaire. Tu es le mieux placé pour avoir une information, malgré les barreaux.

— J'en ai. Entre tueurs d'enfants, on correspond, on s'envoie des petites astuces... Allez, chef-veilleur, vous avez l'habitude ! Donnant donnant.

Les deux veilleurs se méfiaient du prisonnier, un peu trop heureux de les aider à leur goût. Le prix à payer serait sans doute très lourd.

— Ne faites pas cette tête-là, les amis ! Je suis le meilleur des Lames Nocturnes après notre chef vénérée.

— C'est pour ça qu'on t'a attrapé, railla Cryden.

— Quand on est le meilleur, il faut prendre des risques. J'ai attiré l'attention sur moi et tous les veilleurs me sont tombés dessus. Cette histoire doit vous dire quelque chose monsieur le chef-veilleur, non ? Tous ces rebelles qui ont réussi à se tirer, vous deviez être en colère !

Orius ne releva pas, serrant les mâchoires pour ne pas compromettre la négociation.

— Je suis votre seule chance. Il vous suffit de me laisser vous conduire dans le Chaos...

— Tu nous crois assez stupides pour nous jeter dans ton piège ? s'esclaffa Cryden.

— Mon intérêt est avant tout de sortir d'ici.

— Tu ne crois pas que tu devrais avant tout payer pour tes crimes ?

Orius intima une nouvelle fois à Cryden de s'éloigner de la cellule.

— Comme tous les Hélderionnois, tu ne sais rien. Tu crois que ta présence ici est légitime. Nos terres nous ont été arrachées par la violence, nous les récupérerons par la violence ! Que sais-tu donc de l'histoire des Thyraniens ? Qui est le bon, qui est le méchant ? Est-ce celui qui a pris la terre d'un peuple pour le convertir à une religion imbécile, ou bien celui qui tente de reprendre ce qui lui appartient ?

— L'homme à la cicatrice. Que sais-tu de lui ? interrogea le chef-veilleur pour couper court au discours passionné du criminel.

Le prisonnier agrippa les barreaux et dévoila ses dents pourries dans un ersatz de sourire.

— Vous le saurez à condition que celui qui m'a mis en prison me fasse libérer. Ça devrait être dans vos cordes, chef-veilleur, non ?

*

— Aujourd'hui, nous allons parler des jadiels.

Monsieur Bellor fit crisser sa craie sur le tableau. Arelun venait de s'asseoir aux côtés d'Aileen. Il s'était encore trompé de salle et était arrivé en retard, sous les rires moqueurs de ses camarades.

— Excuse-moi, dit-il en ouvrant son livre. Mais il n'y a pas d'autres places…

Aileen haussa les épaules. Le jeune homme était la risée de la pension Sybilène et la cible préférée des sarcasmes de Dame Irane. Son physique ingrat n'arrangeait pas les choses. L'enseignant d'histoire s'était arrêté quelques instants pour l'observer avec une pitié évidente, avant de reprendre :

— Les jadiels sont des personnes exceptionnelles. Il est rarissime d'en rencontrer ! On peut les identifier grâce à leur peau noire comme l'ébène. Ce pigment particulier est assimilé à la bénédiction de l'oraison. Ces personnes auraient des capacités inouïes… On soupçonne les jadiels d'avoir un lien avec les objets tabous. Mais ceci n'est qu'une théorie d'un écrivain de Volplume.

Aileen releva la tête, frappée par la coïncidence entre ce qu'elle vivait et le cours. Elle se demanda ce qu'il était advenu du jeu des Quatre Vents. Monsieur Bellor expliqua brièvement ce qu'était un objet tabou et à quel point ces artefacts étaient recherchés, puis poursuivit son cours sur les activités de telle ou telle corporation.

— À ce propos, n'oubliez pas que le devoir sur la Corporation des guerriers de l'aurore est à rendre après-demain !

Elle sourit. Monsieur Bellor devait être devin ! Depuis quelque temps, elle songeait à s'orienter vers cette corporation. Elle voulait venger Mylianne, coûte que coûte. Et pour cela, son nouvel objectif était de devenir veilleur. Ainsi, elle pourrait traquer les clans, ces monstres qui lui avaient arraché sa petite sœur. Elle était lasse de s'apitoyer. Il était temps d'agir.

Monsieur Bellor frappa dans ses mains pour indiquer la fin du cours. Il appela Aileen et Arelun à son bureau tandis que les autres sortaient en chahutant.

— Mademoiselle ! clama monsieur Bellor à l'adresse de Yamilia, qui prenait volontairement son temps pour ranger ses livres. Dépêchez-vous, je vous prie.

La jeune fille quitta la salle de classe d'un pas traînant. Arelun se tenait en retrait, inquiet. Aileen, quant à elle, brûlait de curiosité.

— Le Maître demande que vous le rejoigniez dans ses appartements après le dîner. C'est à propos de votre orientation future.

— Vous êtes sûr que c'est valable pour moi ? demanda Arelun d'une voix aiguë.

Monsieur Bellor toisa l'adolescent chétif. Son visage fin au teint cadavérique, dévoré par une acné persistante, inspirait le dégoût.

— J'en suis sûr. Tâchez de ne pas être en retard.

ꟸ

Les appartements du Maître se trouvaient dans l'aile ouest de la pension Sybilène. Dès la fin du repas, Aileen s'y rendit d'un pas rapide. Il lui tardait de savoir ce que cette convocation signifiait. Elle s'arrêta sur les larges marches du perron. Des volutes de fumée s'envolaient vers le ciel, traces muettes des rejets des manufactures en périphérie de Mizin. Bon nombre de gens travaillaient là-bas, dans la crasse et la misère.

Elle longea la façade flanquée de fenêtres derrière lesquelles on distinguait les visages concentrés des pensionnaires penchés sur leurs livres. La fin de la saison de l'Amante approchait, le nouvel an aurait lieu dans une cinquantaine de jours. La jeune fille allait bientôt entrer dans un nouveau cycle. Elle songea que la treizième année de l'ère des Trois-Royaumes s'annonçait difficile.

— *Où vas-tu ?*

Le fantôme venait de se matérialiser aux côtés d'Aileen. Elle trouvait assez troublant de voir certains élèves le traverser en frissonnant, se plaignant d'une brise froide soudain levée. Elle craignait qu'on la surprenne à parler seule.

— J'ai été convoquée par le Maître, répondit-elle à voix basse.

— *Ah !* s'exclama-t-il. *Celui qui s'occupe de cet endroit. Je vois. Il veut quoi ?*

— Je ne sais pas encore.

— *Au fait, tu ne m'as toujours pas trouvé de nom !* rappela-t-il.

Aileen réfléchit quelques instants.

— Murmure. Comme ça, tu te souviendras toujours du manoir d'où tu viens.

L'enfant s'approcha d'elle et effleura ses joues de ses doigts translucides. Aileen frémit. Il avait l'air d'apprécier son idée.

— Maintenant, je dois rejoindre le Maître, dit-elle. Ne te montre pas s'il te plaît, cela risquerait de me perturber…

Sur le fronton de la porte de Joscard était gravée la devise de la pension : « Par les astres et les simples obtenons savoir et pouvoir. »

— Nous t'attendions, annonça le Maître.

Il s'effaça pour laisser entrer la jeune fille. C'était la première fois qu'elle voyait un endroit aussi raffiné en Thyrane. Les murs, recouverts d'un élégant papier peint aux motifs d'astres, réfléchissaient la lumière déclinante du soleil. Une vaste table trônait au centre, sur laquelle étaient mises à disposition d'innombrables corbeilles de fruits.

—Aileen, tu connais déjà Arelun Merch. Je te présente Lylonna Celis.

Arelun semblait écrasé dans ce somptueux décor, contrairement à Lylonna, qui rayonnait. Joues poudrées, lèvres gourmandes. Aileen ressentit une pointe de jalousie face à tant de beauté.

Le Maître s'installa à la table et invita les trois élèves à faire de même. En prenant place sur une chaise, Aileen se demanda ce qu'elle faisait ici. Elle ne voyait pas ce qu'elle avait en commun avec Arelun, le bouc émissaire de la pension, et Lylonna, qu'elle connaissait de réputation comme étant la plus brillante des élèves.

Le Maître était enfoncé dans un fauteuil, à la fois nonchalant et puissant. Aileen n'arrivait pas à lui faire confiance, et pourtant, son charisme suscitait chez elle une grande admiration.

—Bien, fit-il en joignant les mains sur la table. Je vous ai convoqués ici, tous trois, pour une raison très particulière.

—Quel genre de raison ? demanda Lylonna.

—Eh bien… Je vous ai choisis afin que vous bénéficiiez de cours très spéciaux.

—Moi aussi ? fit Arelun, à la fois étonné et dépité.

—Toi aussi, Arelun, confirma le Maître. Je vais vous dispenser une formation exceptionnelle. Cette mission m'a été confiée par l'Astracan en personne.

Cette dernière phrase eut l'effet escompté. Aileen, Arelun et Lylonna étaient impressionnés par une telle attention.

—Son Excellence m'a demandé de former quelques élèves. Je vais donc vous enseigner ce qu'apprennent les veilleurs dans leurs premières années d'instruction. Mais tout ceci devra rester secret.

—En quoi consiste cette formation ? questionna Lylonna.

—Pourquoi nous ? s'enquit Arelun, dont le corps entier exprimait sa panique.

—Que d'interrogations, mes enfants ! Pour l'instant, je vous demande de venir me voir chaque soir après le repas. Si on vous pose des questions, inventez un prétexte.

Aileen sentait qu'il y avait autre chose derrière cette proposition.

—Si je veux devenir veilleur, je n'ai qu'à supporter encore trois cycles à la pension avant d'intégrer la Corporation des guerriers de l'aurore ! Pourquoi m'engagerais-je à prendre des cours supplémentaires avec vous ? Je…

—Allons, Aileen, l'interrompit-il. Ce que je vous offre est une chance unique.

—Mais je ne comprends pas ! Pourquoi nous et pas d'autres ? insista Arelun.

— Pardonnez mon insolence, poursuivit Lylonna, mais je ne suis pas sûre que nos parents apprécieraient une telle initiative. Votre discours confirme certaines craintes des familles qui ont été qualifiées de paranoïaques. Des motivations se cacheraient derrière la décision d'installer des pensions en Thyrane, notamment celle de pouvoir manipuler comme vous l'entendez des esprits fragiles.

L'homme grimaça et ses mains osseuses agrippèrent l'accoudoir de son fauteuil.

— Vous ne comprenez pas. Ceci est un privilège. Vous avez été choisis parce que vous avez un énorme potentiel. Qu'il n'y ait aucun malentendu, ceci est un ordre.

Les trois pensionnaires ravalèrent leurs dernières questions.

— Ne trahissez pas ma confiance, conclut-il. On accorde bien plus de crédit à un maître de pension qu'à ses élèves.

En entrant dans sa chambre, Aileen eut besoin de respirer. Elle ouvrit donc la fenêtre en grand. Sur le rebord reposait une enveloppe blanche. Elle jeta un coup d'œil à l'extérieur : aucun signe de vie dans le parc hormis un domestique qui balayait les marches. Encore un mystère. La mort de Mylianne avait changé sa vie du tout au tout et entraîné des événements incontrôlables. L'espace d'une seconde, elle revit sa petite sœur faire ses affaires et partir. Elle n'aurait jamais dû la laisser s'enfuir.

Elle déchira l'enveloppe et en tira une lettre à l'écriture peu soignée.

« Ma Mylianne,
Je m'excuse d'avance d'être parti sans rien dire. J'espère que tu n'as pas eu trop de chagrin, mais je t'assure que c'était la seule solution. Je suis en vie et je ne me porte pas trop mal.
Sache que je ne peux pas t'en dire plus sur les raisons de mon départ. C'est une histoire très compliquée. Je ne reviendrai pas à Sybilène et l'idée que tu m'attendes tout ce temps me rassure, mais me fait aussi du mal. Je ne veux pas que tu gaspilles ta vie pour quelqu'un comme moi, alors, s'il te plaît, essaie de m'oublier. Le moment viendra peut-être où nous nous retrouverons, mais je ne peux pas en être certain, alors je préfère te savoir heureuse. Sans moi.

Avec tout mon amour,
Glenn. »

Aileen posa la lettre sur sa table de chevet, bouleversée. Glenn. Il ne savait même pas… Cela contredisait le message que Mylianne lui avait montré. Jouait-il la comédie ? Était-ce une plaisanterie de mauvais goût de ses camarades ? Ses mains tremblèrent de rage. À sa façon, ce garçon était le meurtrier de sa sœur. Jamais il n'aurait dû l'abandonner ainsi. On ne fait pas autant de mal à ceux que l'on aime.

Interlude

Le Maître avait toujours été fasciné par la peau sombre de Nwinver. Elle était d'une beauté troublante, interdite. Il le savait sans pouvoir juguler le désir qui le gagnait chaque fois. Ses cils étaient comme des flèches dans l'arc de ses sourcils, et toutes atteignaient leur cible. Son cœur.

— Alors, Joscard, fit-elle en s'asseyant sur son bureau, qu'en est-il de la requête de Soleil ?

— J'ai convoqué trois élèves potentiels aujourd'hui.

— Formidable ! Les futurs outils de l'Astrascisme… Les temps sont difficiles, même pour les étoiles.

— Je m'en doute, approuva le Maître. J'espère arriver à en tirer quelque chose.

Nwinver croisa ses jambes fuselées avec provocation.

— Tu y arriveras, Joscard. Je t'ai vu accomplir des choses formidables pour mon tendre mari. Celui-ci t'en est reconnaissant. Tu es devenu précieux et il commence à être convaincu de ton allégeance. Je peux même te dire qu'il songe très sérieusement à te libérer des pressions qui pèsent sur toi.

Entendre une telle phrase de la bouche de l'épouse de l'Astracan lui mit du baume au cœur. Elle ne mentait pas. Malgré les interdits, il osa alors poser la question qui le torturait depuis trois ans à présent.

— Comment va le petit ?

— Voyons, Joscard. Nous avons passé un accord. Aucune nouvelle de ton neveu. Pour lui, tu n'existes plus.

— Tu dois bien savoir ce qu'il devient !

— En effet. Je pourrai peut-être t'en dire plus quand tu auras mené tes missions à bien.

Il fallait que ce soit à cet instant, alors qu'il approchait du but, qu'il ait à annoncer à Nwinver une mauvaise nouvelle. Il se mit à tripoter la plume qu'il tenait entre ses mains.

— J'ai un autre problème. Le petit chargé de surveiller les clans…

— Glenn ?

— Oui. Il s'est enfui.

L'ombre de la colère passa sur le visage de Nwinver. Elle s'approcha du calice de résuadine.

— C'est à cause du meurtre de la petite Mylianne...

— Si tu éprouves des difficultés, mon ami, interroge le jeu des Quatre Vents. C'est un guide. Et puis, les objets tabous, ça te connaît, n'est-ce pas ?

Cette allusion directe à son passé jeta le Maître dans un profond désarroi.

16

La toile de larmes

– Royaume d'Hélderion, campagne de Dinniel, 912 –

Quinzième jour de la saison du Bouclier, an 880

Je ne sais plus quoi penser ! J'ai ajouté cinq litres de résuadine, comme me l'avait conseillé mon collègue. L'injection dans les embryons s'est plutôt bien déroulée, nous sommes sur la bonne voie. Je me demande combien de ces êtres en puissance survivront à une telle dose. Parfois, j'ai quelques scrupules, mais les ordres sont les ordres. Je me demande si ces manipulations sont bien sages, nous avons déjà subi quelques accidents en créant des jadiels. Cette version plus poussée sera sans nul doute différente, peut-être même beaucoup plus résistante ! Reste à savoir ce que Soleil III en fera.

Extrait du *Journal de bord* de l'expérimentateur Tephon Pikarnor, responsable de la section numéro 22.

La jeune fille regagna le temple, serrant contre elle un panier d'osier rempli de fleurs fraîchement cueillies.

Même à cette heure tardive, l'endroit, d'ordinaire lugubre, était en ébullition. Il y régnait une atmosphère fiévreuse, déjà festive. Elle s'avança jusqu'à une grande table où trois femmes décoraient des plantes à l'aide de rubans.

— En voici d'autres, dit-elle en posant le panier.

Le passage à la saison de l'Amant était une fête très importante dans l'Astrascisme. Le changement de lune était l'occasion de célébrer l'Attribution. Ce rite consistait à donner pour prénom à un nouveau-né celui d'une étoile.

Les oraisonniers, dont certains étaient aussi astrologues, consultaient de grandes cartes et faisaient de savants calculs avant de choisir un astre pour chaque enfant. Certains prénoms étaient plus convoités que d'autres, car des étoiles comme Ernos ou Toryx avaient de fortes connotations historiques et n'étaient attribuées qu'aux descendants de puissantes familles.

À l'aube, des parents viendraient par centaines au temple. Une immense fête se déroulerait en l'honneur des enfants nommés.

— J'adore la fin de la saison de l'Amante, dit l'une des brodeuses.

— Moi aussi. En plus, cette année, nous avons de splendides fleurs pour la décoration !

— C'est grâce à la nouvelle assistante, intervint la dernière. Elle s'occupe si bien des plantes ! C'est bien simple : depuis qu'elle est ici, elles resplendissent.

— Comment s'appelle-t-elle, déjà ?

— Laï-Mune.

L'une d'entre elles interrompit son ouvrage, pensive.

— C'est curieux, je n'ai jamais entendu ce nom auparavant. C'est joli. Le savant qui a nommé cette étoile devait être un original ! Leur besogne reprit dans la bonne humeur.

Des nuages découpaient des ombres inquiétantes dans le ciel. Assis sur le seuil d'une vieille chaumière, Alexian essayait de bannir l'inquiétude de son esprit. Impossible. Il était dans une impasse. La découverte de l'avis de recherche lancé par Gide Manérian avait décuplé ses angoisses. Le père de Noony ne semblait pas plaisanter en mettant en jeu une telle somme d'argent. Et cet inconnu...

— Tu ne devrais pas rester dehors, mon garçon.

— Est-ce qu'elle va mieux ? demanda l'espion.

— Entre, insista son hôte.

La maisonnette était divisée en deux pièces. La plus grande était à la fois la salle à manger et la cuisine, composée d'une table rectangulaire de bois brut encadrée de cinq chaises. L'homme s'approcha d'une petite cheminée et y alluma un feu. Depuis qu'il les avait trouvés à Dinniel, Alexian se demandait qui il était. Il connaissait le code. Venait-il de Rouge-Terre ? Alexian n'avait pas vu son uni, ce qui rendait la chose peu probable. Cela le rendait méfiant et nerveux. Sa mission secrète pour le compte de son pays était connue d'un tiers.

— *Nous n'avons rien à craindre de lui. J'en suis sûr.*

L'intervention télépathique de Lorion rassura un peu l'espion.

— Au fait, on ne s'est pas présentés. Je m'appelle Opalon. Opalon Tricen.

— Pourquoi nous aidez-vous ? demanda Alexian de but en blanc.

— Ma mission est de t'aider dans la tienne.

Alexian resta interdit.

— Très bien. Comment savez-vous qui je suis ?

— Le Conseil m'a prévenu de ta venue.

— Êtes-vous originaire de Rouge-Terre ?

L'homme fit « non » de la tête et proposa à Alexian de s'asseoir. Il obéit.

— Je faisais partie de l'équipe d'exploration qui a découvert Rouge-Terre il y a douze ans. J'en étais le capitaine.

Alexian se souvenait très bien de l'arrivée d'étrangers dans son pays, quand il était petit garçon : la rencontre avec les Hélderionnois avait été chaleureuse. Il y avait eu des fêtes dans toutes les villes.

— Je me suis lié d'amitié avec les membres de ton peuple, poursuivit Opalon. Des gens simples et sympathiques. Au premier abord, j'ai été quelque peu rebuté par votre religion animiste puis, peu à peu, j'ai commencé à en apprécier les charmes.

Il marqua une pause, nostalgique.

— Si toute l'équipe d'expédition n'est restée qu'un mois là-bas – le temps de signer divers pactes de paix – j'ai pour ma part fait le choix d'y vivre six ans. J'en garde de merveilleux souvenirs. J'ai découvert des choses extraordinaires aux côtés de ton peuple ; je me sentais presque comme l'un des vôtres ! Hélas, il m'a fallu rentrer. Le gouvernement voyait d'un mauvais œil mon adoption par ce continent. Alors, les Cinq de Rouge-Terre m'ont demandé d'être leurs oreilles en Hélderion. Durant ces années chez eux, ils m'ont enseigné l'art des Signes, et je les tiens ainsi au courant des nouvelles du royaume.

— Vous voulez dire qu'ils savent pour la déclaration de guerre ?

— Bien entendu, répliqua Opalon. C'est à ce moment qu'ils m'ont appris qu'ils avaient envoyé un espion ici afin d'étudier l'Astrascisme. L'un des Cinq m'a dit que tu étais un jeune homme plein d'avenir.

Alexian fut flatté que le Conseil ait parlé de lui en termes élogieux, et plus soulagé encore d'avoir trouvé un allié en terre hostile.

— Hier, les Cinq ont capté ton usage des Signes avec une intensité rare, continua Opalon. Tu les maîtrises mal, ton don est puissant mais désordonné. Aussitôt, ils m'ont prévenu que tu semblais avoir des ennuis et m'ont donné ta localisation d'après leur ressenti. C'est une chance que je me sois installé dans la campagne de Dinniel. Je vais commencer à croire au destin.

Alexian le remercia encore. Ils n'auraient pu fuir de la cité sans un guide.

— Qui est cette fille ? Un envoyé est censé voyager seul avec son uni.

Alexian ne savait pas par où commencer. Il opta donc pour une réponse simple :

— C'est Noony, la fille de Gide Manérian. Une oraisonnière.

— Mon garçon, je ne comprends pas pourquoi tu t'es encombré d'elle. Ta mission impose la discrétion. Une fille, c'était déjà embêtant, mais une fugitive !

— Ce n'était pas volontaire ! clama-t-il, piqué au vif. J'ai trouvé un travail chez Gide Manérian, je pensais en tirer des informations sur l'Astrascisme, mais le travail en question consistait à protéger sa fille. Elle s'est élevée contre son père et la guerre. Elle a fugué. Je me suis dit que ce serait pratique de voyager avec une vraie oraisonnière, pour m'engager sur le front. En intégrant l'armée du côté ennemi, j'aurais été plus utile…

Alexian soupira, dépité. Il avait fait des erreurs, cela n'aurait pas dû se produire. Hélderion était un royaume fort différent de ce à quoi il avait été préparé.

—Quand j'ai compris que cette fille m'apporterait plus de problèmes que de solutions, c'était trop tard. Je n'ai même pas pu envisager l'idée de l'éliminer à cause de mon uni, Lorion. Il s'est pris d'affection pour elle.

Opalon hocha la tête, compréhensif. Il prit des herbes séchées sur une étagère et les fit infuser.

—Je comprends mieux le problème. À présent, il va falloir faire un choix. Vous êtes recherchés et vos déplacements vont devenir de plus en plus risqués.

Opalon et Alexian pénétrèrent dans la chambre et réveillèrent Noony. Son front perlé de sueur et son teint livide témoignaient de son épuisement.

—Allons, buvez…

—Qu'est-ce que c'est ? demanda l'espion.

—Un breuvage qui accélérera le processus de guérison.

Noony regardait dans le vide, comme si la conversation des deux hommes ne la concernait en aucun cas. Opalon changea ses bandages, puis invita Alexian à marcher dehors.

—Que vas-tu faire à présent ?

L'absence de Lorion était le moment rêvé pour réfléchir en toute objectivité. Alexian s'assit sur une souche et se mit à gratter le sol avec son pied.

—Je ne sais pas. À présent, Noony ne m'est plus d'aucune utilité, mais elle est en position de faiblesse et j'ignore si elle s'en sortira. Son père se fiche qu'on la lui ramène morte ou vivante. Cet homme est beaucoup plus cruel que je ne le pensais et elle aurait tout à perdre à retourner chez lui.

Opalon s'assit à ses côtés, un sourire espiègle aux lèvres.

—En plus, Lorion ne me pardonnerait pas de l'abandonner, reprit Alexian.

—Il paraît que les unis sont sensibles aux sentiments humains, avança Opalon, prudent.

—Ce n'est pas de cela dont il s'agit. Cette fille est d'une sensiblerie pitoyable ! Elle s'est mis en tête qu'elle pouvait arrêter cette guerre, seule.

—Peu d'habitants d'Hélderion cherchent à stopper l'engrenage du conflit.

—Mais c'est juste son idéalisme qui parle ! Elle n'a aucun moyen d'arrêter tout cela. Et je ne parle pas de sa foi débordante. Elle a fait mine de me croire quand je disais venir de Tremel, mais si elle apprend qui je suis…

Pour se calmer, Alexian se mit à faire les cent pas.

—Ne pourrais-je pas vous la confier ?

— Je regrette, répondit Opalon. Je ne peux pas la cacher chez moi très longtemps. Si on la retrouve, je ne pourrai plus garder contact avec Rouge-Terre.

Alexian se trouvait dans une situation critique, et ne pouvait pas s'éterniser ici. Le visage de sa mère lui revint en mémoire. Il tenta d'imaginer ce qu'elle lui dirait dans de telles circonstances.

— *Garde espoir. Rien n'est perdu ! Tu ne dois pas te séparer de Noony, elle peut t'aider. Tu as bien vu, elle a fait preuve d'un courage que tu ne lui avais pas soupçonné...*

La surprise passée, Alexian se rendit compte que c'était Lorion qu'il avait entendu. Le félin observait son uni, la queue sagement enroulée autour de ses pattes.

— Noony, il faut que nous discutions de la tournure des événements.

Lorion pénétra dans la pièce et vint poser sa tête sur le rebord du lit de la blessée. Alexian reprit :

— Nous sommes recherchés et je doute que nous puissions prendre un bateau pour le front sans être identifiés ! Opalon ne peut pas en faire davantage pour nous, il prend un risque en nous dissimulant trop longtemps... Nous devons trouver une solution.

Il espérait que l'avis de recherche ne l'avait pas ébranlée au point de la rendre incontrôlable. Noony se leva avec précaution. Elle semblait à la fois exténuée et en colère.

— Et si avant toute chose, tu me parlais de ce qui s'est passé dans la chambre d'auberge ? Tu ne vas pas me faire croire que c'était naturel ?

— S'il te plaît, pas maintenant.

Ce refus creusait davantage le fossé entre eux, ils en avaient conscience.

— Tu t'es mis une seconde à ma place ? Je dois te faire confiance aveuglément alors que tu as... tu as mis le feu à un homme !

— Si je ne l'avais pas fait, nous ne serions pas là aujourd'hui pour en parler. Alors oui, je te demande de ne pas poser de questions. Si tu ne le supportes pas, tu es libre de partir.

Noony prit le temps de réfléchir. Son bras pansé et son visage marqué lui donnaient une allure très différente. Elle semblait beaucoup moins intouchable, et pourtant plus forte.

— Nous devons d'abord tenir la promesse que nous avons faite à Kiriane. Nous porterons les cendres de son père au bois des Larmes.

— Comment peux-tu penser à ça maintenant ? Nous n'avons plus le temps !

— Une promesse est une promesse.

— Nous devons trouver le moyen de nous intégrer aux troupes !

— Peut-être que la solution ne se trouve pas là où nous l'attendons, pensa-t-elle tout haut. Nous devrions suivre les indices que les astres sèment : un comportement droit et honnête est toujours récompensé d'une façon ou d'une autre. Les étoiles nous guideront.

Alexian vit là le fanatisme des personnes élevées dans l'Astrascisme. Plus il y réfléchissait, plus voyager avec cette oraisonnière lui semblait dénué de sens.

— Ça suffit, décida-t-il. Je m'en vais. Tu te débrouilleras avec tes convictions ! Pour ma part, j'ai d'autres affaires à régler ! Lorion, viens.

Le lynx ne bougea pas d'un poil.

— *Tu fais une grosse erreur.*

Alexian secoua la tête et chassa l'esprit de l'animal du sien. Lorion émit alors un grognement sourd, ses oreilles terminées de longs plumets se couchèrent. Le jeune homme sentit l'esprit du lynx s'introduire dans le sien contre sa volonté avec une telle violence qu'il sursauta.

— *Écoute-la. Écoute-moi. Cette fille a peut-être des défauts, mais elle peut comprendre où est la vraie justesse de ce monde. Laisse-lui le temps de se détacher de l'Astrascisme.*

Alexian tenta en vain de repousser l'assaut télépathique de Lorion. L'espace d'un instant, il se sentit mis à nu, ses émotions se mêlant à celles de son uni.

— Lorion, cesse de me désobéir ! hurla-t-il.

Le félin se plaça devant Noony, comme en signe de protection. C'était la première fois que l'envoyé était en désaccord avec son uni. Cela pouvait prendre des proportions qu'il ne préférait même pas imaginer. Il se sentit vulnérable. Pour lui, son lien avec le lynx était plus précieux que tout. Il céda à contrecœur :

— Entendu… Nous ferons comme bon vous semble.

ꟾ

Opalon rit de la déconfiture d'Alexian. Contrairement au jeune homme, l'ancien capitaine s'attendait à une telle issue. Il proposa de les escorter tous trois jusqu'au bois des Larmes, afin de leur éviter les routes fréquentées. Pour ce faire, ils montèrent dans une vieille carriole tirée par deux chawins, Opalon tenant les rênes tandis que les fugitifs se dissimulaient sous la toile. Noony, pour échapper à l'ennui, prit la décision de baptiser les deux braves bêtes : Laman et Carv.

Le paysage changeait à mesure de leur progression vers le nord-est, sous un ciel lourd de nuages. Déjà, des gouttes crépitaient sur le tissu. Noony et Alexian resserrèrent autour d'eux leurs manteaux : ils pénétraient dans une région humide.

— Pourquoi cet homme nous aide-t-il ? demanda la jeune fille. Qui nous dit qu'il ne va pas nous livrer pour la rançon ?

— C'est un ami de ma famille, répliqua-t-il. Je lui fais confiance.

Il croisa les bras avec la ferme intention de dormir.

— Nous devrions être plus méfiants, déclara-t-elle.

Comme prévu, ils arrivèrent au bois des Larmes au coucher du soleil. C'était un endroit magnifique. Il était bien difficile de le décrire avec de simples mots, tant l'ambiance qui s'en dégageait était envoûtante et singulière. Les arbres, immenses, l'âme même de la forêt, n'étaient rien d'autres que des pleurs. Leurs troncs larges, surplombés par des feuilles composées de larmes aussi scintillantes que des pierres précieuses, formaient une allée accueillante. Une douce mélopée flottait dans l'air. C'était comme si la forêt elle-même vivait et chantait, les larmes tintinnabulant au gré du souffle du vent. Un appel.

— Nous y sommes, annonça Opalon à voix basse, comme pour ne pas briser la magie de l'endroit. Il vaut mieux laisser le chariot ici.

Alexian se sentait attiré par la beauté du lieu. Même à l'orée du bois, il pouvait sentir la peine noircir son cœur.

— Bon, on évite de s'attarder, d'accord les enfants ? Vous nous attendez ici, vous deux ! ajouta l'ancien capitaine à l'attention des chawins.

Pour seule réponse, ils s'ébrouèrent. Les visiteurs émus entrèrent dans le bois.

— C'est beau, murmura Noony. Et tellement… mélancolique.

— Je ne trouve pas, contredit Alexian. Cela m'évoque plutôt un chant de guerre.

— Un chant de guerre ? murmura-t-elle. N'importe quoi ! On dirait une complainte.

— C'est beaucoup trop rythmé pour être une complainte, objecta son compagnon.

— Cessez vos enfantillages, les interrompit Opalon. Vous avez tous les deux raison. En réalité, il n'y a pas une chanson mais une infinité. Chacun entend une mélodie différente. Le bois des Larmes chante en fonction de nos personnalités, et il chante des millions de chansons en même temps. Simplement, nous ne sommes capables d'en entendre qu'une seule. Celle qui résonne dans notre cœur comme une évidence.

Il se tut et tourna son visage vers la route. Alexian médita sur ses paroles. Le bois des Larmes était un monde miniature, où chacun avait sa place et sa perception. Comme une grande toile où chaque personne était capable de faire vibrer un unique fil.

— Nous arrivons, annonça Opalon.

En effet, une petite mare d'eau claire apparut au milieu des arbres, formée par la source qui jaillissait un peu plus loin. Des bougies donnaient l'illusion de flammes flottantes. Alexian sortit l'urne de son sac avec délicatesse, puis la remit à Noony. Elle s'approcha du point d'eau et retira le couvercle avec un grand soin. Après une courte prière, elle pencha l'urne. Le vent charria les cendres, poussière grise qui vola quelques instants avant de mourir dans la mare.

La promesse faite à Kiriane était à présent honorée. Alexian se laissa glisser au pied d'un arbre. La mélodie se faisait de plus en plus persistante dans sa tête.

— *Ça va?*

Le jeune homme agrippa le pelage de Lorion. Quelque chose d'anormal se produisait.

— *Je vais bien. Tu ne trouves pas que cette forêt dégage une drôle d'ambiance?*

Alexian scruta son ami félin en attente d'une réponse, mais il vit des points noirs danser devant ses yeux. L'émotion l'avait terrassé, laissant ses joues humides. Opalon et Noony se précipitèrent à ses côtés alors qu'un phénomène étrange débutait. Chaque larme versée par Alexian s'envolait et venait s'accrocher à un arbre alentour. En quelques minutes, le bois des Larmes était devenu un ballet aérien de perles d'eau.

Alexian sentit un frisson courir le long de son échine. Il était happé par une force différente des Signes quoique similaire. La réalité ployait sous ses pieds. Alors que Noony voulut lui saisir l'épaule, sa main rencontra du vide.

Le jeune homme s'était volatilisé.

Noir.

Puis enfin, une lumière.

Alexian mit quelques secondes à réaliser qu'il était vivant. Au-dessus de lui, le ciel tournoya un instant avant de se stabiliser. Une douleur cuisante le lança à l'arrière de son crâne, le ramenant à la réalité.

— Alexian ! Alexian ! Réponds-moi ! Ça va ?

Il grimaça. Des pommettes hautes s'arrondissaient encore sous l'effet du sourire qui étirait la bouche ronde de ce visage inconnu. Son nez mutin accroissait l'aspect juvénile de cette femme qui devait avoir dans les vingt-cinq ans. Un menton volontaire et un front bombé encadraient des yeux en amande de couleur changeante, comme si un arc-en-ciel s'y était égaré. Sa chevelure blonde frôlait des épaules aux courbes attrayantes, prolongement d'une silhouette svelte et pourtant si féminine…

— Qui es-tu ?

— Je m'appelle Laï-Mune. C'est moi qui t'ai fait venir ici.

Alexian remarqua alors l'étrange tenue de son interlocutrice : une robe blanche, bouffante, chargée de perles et de volants. Une lueur sur sa poitrine pulsait au rythme d'un cœur. Laï-Mune semblait s'amuser de son trouble. Ils se trouvaient dans un champ fleuri près d'un point d'eau semblable à celui du bois des Larmes.

— Où suis-je ? Opalon ? Noony ?

— Ils ne sont pas ici.

Laï-Mune cessa de sourire et s'agenouilla afin d'être à la hauteur du jeune homme.

— Cet endroit n'est accessible à nul autre que moi et aux gens que je fais venir, expliqua-t-elle d'un ton posé. C'est un peu comme une vision, si tu veux...

Elle tendit une main amicale à Alexian et l'aida à se relever. Il se sentait perdu, et ne comprenait pas ce qui lui arrivait. Il tenta de contacter Lorion. Rien à faire. Aucune trace de la présence du lynx dans les environs.

— Tu dois te demander pourquoi je t'ai amené ici, dit Laï-Mune.

— En effet.

— C'est une histoire très compliquée. Je connais tes intentions vis-à-vis du conflit naissant.

Lui qui avait été formé pour être discret, il commençait à se poser des questions.

— Ne t'inquiète pas ! Je le sais grâce à mon lien très particulier avec le monde. Je cherche depuis longtemps la personne capable de m'aider et j'ai senti une telle volonté en toi... un merveilleux écho. J'attendais que tu me trouves.

— Tu viens de Rouge-Terre ?

Laï-Mune sursauta et se tourna vers la mare, comme si elle avait entendu un bruit. Elle scruta quelques instants le point d'eau, puis revint à son interlocuteur, l'air grave.

— Nous n'avons plus beaucoup de temps. Je dois t'expliquer qui je suis et ce que je suis capable de faire.

Elle invita le jeune homme à s'asseoir sur le sol.

— Je me nomme Laï-Mune, et je suis une chuchoteuse. Ou plutôt, la chuchoteuse. Je suis la dernière de mon espèce. Mes semblables ont toutes été massacrées il y a de cela dix ans, sur un ordre de l'Astracan Soleil III. Je suis la seule à avoir survécu, grâce aux sacrifices de mes amies, qui ont réussi à brouiller les pistes avant de mourir, ceci afin de faciliter ma fuite. À l'époque, j'avais treize ans.

Laï-Mune marqua une pause. Alexian n'avait jamais entendu parler d'une chuchoteuse et était très intrigué par le récit de celle-ci.

— Les chuchoteuses sont une création de Soleil III, une arme vivante. Nous avons des dons extraordinaires, mais aussi un caractère profondément pacifique : nous prônons l'harmonie. Lui cherche à bouleverser les lois fondamentales. Les Signes. C'est pourquoi mes semblables se sont retournées contre lui et qu'il les a fait tuer.

— Tu as été créée par Soleil III ?

— Oui. Je t'expliquerai les projets de l'Astracan plus tard, du moins ce que j'en sais. Là n'est pas notre priorité pour l'instant. Je suis sûre qu'il veut faire de Rouge-Terre un second Thyrane, une terre occupée et sous contrôle. Mais avant cela, son but premier est la guerre.

— Pourquoi ? s'étonna le jeune homme.

— La guerre fait des milliers de morts ; c'est une source de résuadine inouïe. Il va envoyer des hordes d'oraisonniers là-bas afin de faire l'oraison de tous ces pauvres gens…

La jeune fille serra les poings à s'en faire blanchir les jointures.

— Nous devons empêcher cet affrontement. Et j'ai la solution : cela s'appelle la plaie fleurie. Il s'agit de la création d'une déchirure dans la terre, une séparation qui scindera le monde en deux. D'un côté Hélderion, de l'autre Rouge-Terre. Les deux pays seront donc protégés l'un de l'autre.

Elle reprit son souffle.

— Je peux créer cette séparation.

Il y avait donc un moyen de sauver la terre natale d'Alexian, et la personne qui se trouvait en face de lui le détenait, ou du moins prétendait le détenir. Il fallait le tenter. En son for intérieur, il remercia Kiriane de les avoir poussés à venir ici.

— À présent, nous devrions rejoindre les autres, dit Laï-Mune en se relevant. Il faut leur expliquer notre nouveau but.

— Notre ? répéta Alexian.

— Je suis la seule à pouvoir éviter cette effusion de sang.

— Avant toute chose, il faut que tu saches que ces personnes ne savent pas tout de moi, ni d'où je viens…

— Fais-moi confiance.

La chuchoteuse tendit la main à l'espion de Rouge-Terre. Ce dernier hésita l'espace d'une seconde, puis la serra. Et tout devint lumière.

— Que faisons-nous ?

Cela faisait la quatrième fois que Noony posait cette question à Opalon. L'ancien capitaine n'avait cessé de faire les cent pas depuis la disparition d'Alexian et était d'autant plus inquiet que son uni, Lorion, avait au même instant perdu connaissance. Le félin gisait sur le sol, la gueule entrouverte. L'oraisonnière caressait avec tendresse son magnifique pelage blanc.

— Alors ? insista Noony. Comment expliquez-vous ce qui est arrivé ? Car il y a une explication, n'est-ce pas ?

— J'ignore où il est passé ! En théorie, la seule particularité de cette forêt est d'accueillir les cendres des corps après les oraisons.

Noony jeta des coups d'œil inquiets aux alentours, comme si elle s'attendait à ce qu'Alexian surgisse de derrière un arbre.

— Pourquoi Lorion est-il dans cet état ? demanda-t-elle.

Un pli soucieux apparut sur le front d'Opalon. Il ne pouvait pas lui dire ce qu'il savait des origines d'Alexian, ni de son lien avec le lynx. Alexian était Lorion. Lorion était Alexian. Durant ses années à Rouge-Terre, l'homme avait assisté à de nombreuses cérémonies d'union : l'être humain et l'animal échangeaient leurs yeux afin de symboliser leur lien éternel, leur mélange d'âmes. Donner son œil à l'autre, c'était offrir sa vision du monde, comprendre celle de l'autre.

— Je ne sais pas, mentit-il d'une voix égale. En tout cas, nous devons prendre une décision…

— Vous ne lui avez rien fait, au moins ?

— Voyons ! s'exclama Opalon. Par quelle magie l'aurais-je fait disparaître ?

Soudain, des gouttes d'eau se détachèrent des arbres et s'envolèrent jusqu'à l'endroit précis où s'était tenu Alexian. Elles formèrent une nuée de perles liquides en suspension, puis un violent éclat de lumière éblouit Noony et Opalon. Ils discernèrent Alexian, debout aux côtés d'une femme singulière. Lorion s'ébroua.

— Alexian ! s'exclama Noony.

— Qui êtes-vous ? demanda Opalon à la nouvelle venue.

— Je m'appelle Laï-Mune.

Cette dernière s'avança d'un pas conquérant vers Noony. Alexian eut un froncement de sourcil en remarquant qu'elle ne portait plus son étrange robe. Elle était à présent vêtue d'une simple tunique de voyage. Sans doute un effet de la vision, comme elle disait.

— Tu es une oraisonnière. Une Manérian, non ?

Le ton n'était pas agressif et pourtant, le visage de Noony s'empourpra.

— Comment le savez-vous ?

— Un air de famille.

Opalon trouvait cette femme fascinante, dotée d'une prestance et d'une beauté presque surnaturelles. Elle semblait mutine, peut-être même un brin emportée. Il prit les devants : il la questionna sur le phénomène et sur ses intentions. Laï-Mune se plia à l'interrogatoire de bonne grâce. Lorsqu'il voulut savoir d'où elle venait, elle sourit et répondit :

— Mes origines ne concernent que moi. En revanche, si vous avez des doutes quant à mes capacités…

Elle tendit sa main devant elle, comme si elle cherchait soudain quelque chose. Puis elle se mit à chuchoter. Elle parlait tout bas, presque en chantonnant, comme si elle voulait confier un bien étrange secret à une personne invisible. Presque instantanément, des fleurs germèrent au creux de sa paume, donnant naissance à une flûte en bois. Sur les visages naquirent des expressions émerveillées. Elle brandit l'instrument de musique.

— Ceci est une chantevie. Dès que j'en joue, je peux faire naître de la végétation. Grâce à une mélodie rituelle, je pourrai à la fois dialoguer avec les Signes et les contraindre à créer la plaie fleurie.

— Les Signes ? s'enquit Noony.

— Les Signes sont une appellation pour désigner les forces de la nature, expliqua Alexian.

L'oraisonnière parut surprise qu'il connaisse un tel terme.

— Il a raison, ce n'est pas plus compliqué ! J'ai un objectif, au nom de la nature : stopper la guerre. Vos intentions sont harmonieuses, elles vont dans le sens de l'équilibre, c'est pourquoi je vous attendais. Si nous voulons vaincre, il faudra nous allier. Chacun de notre côté, nous serons impuissants.

— Pour ma part, je ne ferai pas partie de l'aventure, déclara Opalon. Ma mission s'arrête ici, une autre m'attend chez moi.

L'homme adressa un clin d'œil complice à l'espion de Rouge-Terre. Celui-ci hocha la tête. Noony s'adressa à la chuchoteuse d'un ton calme :

— Notre situation est assez délicate, nous sommes recherchés par mon père…

— Ce n'est pas un problème, la rassura Laï-Mune. Nous pourrons éviter les gardes, le tout sera de se montrer très prudents. Je sais presque tout d'Hélderion, j'ai passé une bonne partie de ma vie à le parcourir. Nous trouverons refuge dans certaines corporations en marge du pouvoir.

— Lesquelles ?

— Volplume, annonça la chuchoteuse. Les érudits n'ont pas peur de s'élever contre l'Astracan…

— J'ai entendu dire que Volplume avait refusé de prendre part à la guerre, renchérit Opalon.

— Cette cité a pour principe de donner l'asile à ceux qui en ont besoin. Si l'on se présente devant la Première Citoyenne, elle pourra nous l'accorder. Et même en cas de refus, elle se gardera bien de nous livrer ! s'enthousiasma Laï-Mune.

Alexian calcula à toute vitesse. Ils n'avaient plus beaucoup de vivres et ne pouvaient pas prendre le risque de faire halte n'importe où. L'expérience de Dinniel avait été instructive. Volplume serait un havre de paix.

— Tout le monde est d'accord ? demanda Laï-Mune en souriant.

Elle tendit sa main libre. Alexian posa la sienne dessus. Noony parut hésiter quelques secondes avant de les imiter.

Opalon abandonna le trio à regret. En ce jour, au milieu des larmes, était né un espoir.

Interlude

Le bureau du Maître se situait au premier étage, au centre de la pension. Dans les vitrines accrochées aux murs se serraient de magnifiques ouvrages et des épées de bonne facture. Sur le vaste bureau d'acajou reposait le jeu des Quatre Vents. Un silence religieux régnait dans la pièce. Soudain une lumière blanche inonda le bureau, les cartes frémirent, comme parcourues d'un étrange frisson.

Cette nuit était providentielle. Les cartes se soulevèrent, tourbillonnèrent dans les airs, comme animées d'une énergie propre. Certaines tombèrent sur le sol, et seules cinq lévitèrent quelques instants encore.

Les cartes parlèrent. La Mort, l'Est, le Sud, les Étoiles, la Princesse. Des symboles qui chutèrent à leur tour, alors que d'autres s'envolaient à nouveau.

Les cartes parlèrent. Le Sud, la Haine, l'Enfant, l'Assassin et enfin l'Énergie sur laquelle se dessina un emblème bien connu des veilleurs. Un croissant de lune fendu en son milieu. Puis plus rien. Le silence revint, paisible.

Le jeu des Quatre Vents venait de donner les directions.

Partie III

Le chant de l'aube

– Royaume d'Hélderion, Abranelle, premier temple, 912 –

—Tu n'as toujours aucun résultat ! hurla l'Astracan.

Le jeune homme, agenouillé en signe de respect, releva courageusement la tête. Soleil s'écroula sur son trône, las.

—Si quelqu'un peut retrouver la chuchoteuse, c'est bien toi ! À moins que tu ne veuilles pas la retrouver…, insinua Soleil avec un sourire machiavélique.

—Votre Excellence ! s'écria le hurleur, outré. Je piste le groupe de voyageurs qu'elle recherche.

—Des voyageurs ? Qui donc ? Parle !

Ils furent interrompus par des bruits de pas. L'épouse de Soleil III s'avançait d'une démarche souple. Sa longue robe s'étalait derrière elle. Elle agitait un éventail de plumes au niveau de son visage avec grâce.

—Encore des histoires pour cette gamine ! se moqua-t-elle. Je me tue à dire qu'elle ne représente aucune menace !

Elle posa une main sur l'épaule de son mari.

—Comme tu es crispé ! Tu as trop de soucis…

—Nwinver ! s'énerva-t-il en se dégageant. Ce n'est pas le moment de plaisanter, j'écoute un rapport.

Elle poussa un long soupir et s'éloigna de quelques pas, sans oublier de gratifier le hurleur d'un sourire malicieux.

—Bien ! Reprenons, Aryador. Quels voyageurs ?

—Ceux que recherche Gide Manérian.

—Tu penses qu'ils te conduiront à elle ?

—J'en suis certain, Votre Excellence.

— Alors dépêche-toi de la retrouver. Il me la faut à tout prix avant que la guerre n'éclate. Qui sait ce que cette créature a dans la tête ! Tu peux disposer.

La silhouette d'Aryador se brouilla et il disparut tel un mirage. Nwinver s'installa sur les genoux de son mari et entortilla des mèches autour de son doigt.

— Ce hurleur est notre plus belle création ! s'exclama-t-elle. Il te sert avec beaucoup de fidélité et je suis convaincue que son âme ne se laissera pas troubler.

— Il serait plus simple de le tuer, ça tuerait la chuchoteuse par la même occasion.

— Tuer Aryador ? Cela n'a aucun intérêt. Tu en as besoin pour une autre mission. Crois-moi, il est bien plus utile en vie.

L'Astracan fut pris d'une violente quinte de toux.

— Tu devrais reprendre une dose, mon amour…

17

Avec l'aide d'un fantôme

– Royaume de Thyrane, Mizin, quartier des veilleurs, 912 –

Un Lame nocturne n'a qu'une seule parole, et cette parole doit être tenue même avec des ennemis. Alors, un Lame nocturne ne doit jamais en dire plus qu'on lui en demande.

Article soixante-trois du *Livre des Règles*, ouvrage de référence pour le clan des Lames Nocturnes.

La pluie ruisselait sur les arbres nus et menaçait de se métamorphoser en neige. Trois hommes attiraient les regards par leur allure singulière et leur promenade sous l'averse. Ils venaient de sortir du centre-ville de Mizin et longeaient un chemin bordé de petites plantations et de fermes.

— Orius… tu ne penses pas que nous avons fait une erreur ?

Le chef-veilleur n'était sûr de rien sauf d'une chose : le Miroir de Vérité n'ayant aucun effet sur le prisonnier, il fallait obtenir les informations par un autre moyen. Les gardiens de la prison de Mizin n'avaient aucun pouvoir face à la décision d'un veilleur. Orius avait prétexté un interrogatoire musclé du Poignard-Sanglant. Il avait signé un papier pour la formalité, et le tour avait été joué. Il n'aurait qu'à dire ensuite que le criminel les avait attaqués d'une façon ou d'une autre, puis s'était enfui. Cela dit, il doutait qu'on lui demande de rendre des comptes.

Le Poignard-Sanglant, emmitouflé dans un immense manteau à capuche afin de dissimuler son visage, indiqua une petite allée qui débouchait sur un terrain vague clôturé.

— Allons parler par ici.

Le chef-veilleur ne se sentait pas rassuré avec cet assassin à leurs côtés, mais il voulait trouver le cœur des clans et y porter le coup fatal. Ce qu'avait essayé de faire son père à une lointaine époque, en vain. Même si la situation lui paraissait des plus saugrenues, elle ne durerait pas. Aujourd'hui, il se servait de cet homme pour accéder au réseau des clans ; demain, il aurait démantelé ce système et le Poignard-Sanglant serait de nouveau derrière les barreaux ou mort.

Une fois passées les clôtures du terrain vague, le Poignard-Sanglant ôta son capuchon, découvrant son visage sale. Orius comme Cryden avaient une main à leur ceinture, caressant la garde de leurs couteaux respectifs.

— On a tous eu un passé difficile, déclara le Poignard-Sanglant en guise d'ouverture des négociations. Je vous le dis tout de suite, les amis : je ne vous aime pas, et je ne vous aimerai jamais. Mais je n'ai qu'une seule parole. Ma liberté contre des renseignements. Alors, que voulez-vous savoir ?

Orius s'était demandé quelques instants comment briser la glace, et il se réjouit que leur ennemi s'en soit chargé. Il avait craint que celui-ci ne tienne pas parole.

— Nous voulons en savoir plus sur le meurtre de Mylianne, et sur son assassin.

— La petite Mylianne ! s'exclama le Poignard-Sanglant. Ça, c'est une longue histoire…

— Que veux-tu dire par là ? demanda Orius.

— Les choses sont souvent plus complexes qu'elles ne le paraissent. J'ai comme l'impression que vous ne savez pas dans quoi vous mettez les pieds !

Comprenant que le criminel les ferait tourner en rond pendant longtemps, Orius décida de passer aux choses sérieuses. Il était temps de se servir de ses indices.

— Elle a été vue en présence d'un homme avec une cicatrice au visage. Qui est-ce ?

— Il se fait appeler le Balafré, répondit le Poignard-Sanglant.

— Je maintiens mon avis : les membres des clans ont le chic pour trouver des surnoms originaux, ironisa Cryden.

— Nous au moins, nous ne dissimulons rien de notre vraie nature, répliqua le truand. Notre nom révèle beaucoup de notre personnalité. Inutile de nous cacher derrière des masques, un art que votre dirigeant maîtrise à merveille…

— À présent, l'Astracan Soleil est aussi ton chef, lui rappela Orius d'un ton sec. Mais là n'est pas la question. Nous voulons savoir où l'on peut trouver ce fameux Balafré.

Le Poignard-Sanglant désigna l'horizon d'un geste théâtral. Du terrain vague où ils se trouvaient, ils pouvaient voir la capitale de Thyrane dans toute sa tristesse. Seules les pensions, taches colorées au milieu de ce gris, égayaient ce paysage d'apocalypse.

—Le Balafré vit une partie de l'année dans le Chaos, mais le reste du temps ici même, à Mizin. Nous sommes du même clan. Il est l'unique héritier de notre chef vénérée. Bien qu'étant son fils adoptif, il est très puissant. Pas le genre de membre que l'on s'amuse à embêter.

Orius tiqua. Leur criminel était haut placé dans les sphères du pouvoir de la résistance, pas un simple détraqué. Le Poignard-Sanglant éclata d'un rire tonitruant qui échappa à la compréhension des veilleurs, avant de poursuivre de son ton badin :

—Celui que vous recherchez a un gros faible : il adore les femmes...

Orius ne put s'empêcher de penser qu'il devait aussi aimer les fillettes de treize ans.

—Il se rend souvent dans des maisons closes, et ce n'est pas cela qui manque dans cette ville ! Si vous êtes amateurs du genre, vous savez que *Le Baiser d'un Soir* est celle qui a la plus appétissante marchandise.

Orius frissonna de dégoût. Associer une femme à une marchandise...

—C'est tout ? insista Cryden, menaçant.

Le Poignard-Sanglant leva les bras en signe de paix.

—Je ne sais pas grand-chose d'autre sur lui.

—Et sur votre chef ?

—Un marché est un marché. Je vous ai dit ce que vous vouliez sur l'homme à la cicatrice, alors je suis libre ! Si vous voulez me garder dans votre infâme quartier général et passer la nuit à me cuisiner, vous perdez votre temps. Vos amis de la prison ne se sont pas privés de me torturer et je n'ai jamais parlé.

Pour illustrer son propos, il montra ses mains et ses bras parcourus de balafres. Le Poignard-Sanglant parut soudain plus humain.

—Je suis dévoué à ma cause, et vos méthodes barbares ne viendront pas à bout de moi !

—Méthodes barbares, marmonna Cryden. Comme si les nôtres valaient les vôtres !

—La torture est la torture, la douleur est la douleur, une vie est une vie. La souffrance de ton peuple ne vaut pas plus que celle du mien, tâche de t'en souvenir si tu as un tant soit peu de lucidité un jour.

Sur ses mots, le criminel salua Orius, remit son capuchon et s'éloigna à travers le terrain vague. Cryden eut un mouvement pour le rattraper, mais son supérieur l'en empêcha.

—Laisse...

—Orius ! Ce type est une crapule ! Il mérite que je le...

—Nous le coincerons tôt ou tard. Crois-en mon expérience : avec les clans, il ne faut pas être pressé.

Les mâchoires de Cryden se contractèrent, faisant saillir les muscles de son cou, mais il ne broncha pas. Ils allaient rentrer quand il demanda :

—Dis, Orius... tu ne trouves pas qu'il parle drôlement bien, pour un criminel ?

— Il faut que tu saches encore autre chose sur les clans : leurs membres sont loin d'être bêtes ou incultes. Ils sont même très instruits. C'est ce qui les rend si dangereux.

☙

Aileen ajouta encore une journée banale au compteur du temps qui passe. Les cours se succédaient, les ragots aussi. Elle avait entendu se dire pas mal de choses à son sujet, notamment que la mort de Mylianne l'avait rendue folle. Cette thèse avait une preuve irréfutable : la jeune pensionnaire avait été surprise à maintes reprises en train de parler seule. La jeune Manérian songeait parfois que les autres avaient raison : après tout, elle voyait bien Murmure.

Seule rupture de la monotonie ambiante, la journée se terminait par une entrevue avec le Maître. Cela faisait à présent plus d'une semaine qu'elle allait aux rendez-vous dans ses appartements. Durant ces séances mystérieuses, le dirigeant de la pension Sybilène leur avait appris, à elle, Arelun et Lylonna, à préparer des onguents à base de plantes. Rien de bien palpitant en soi. Mais la veille, le Maître avait décrété qu'ils allaient bientôt passer à une étude plus intéressante. Aileen se demandait ce qu'il préparait, soucieuse et excitée à la fois.

Ce soir-là, le Maître leur avait donné rendez-vous dans un lieu inhabituel, une salle réservée aux enseignants, dont elle ignorait tout. Elle traversa donc la pension sans se préoccuper des chuchotements dans son sillage. Devant la porte indiquant « Salle d'entraînement, section 6 » se tenaient Lylonna et Arelun, tous deux muets. Aileen avait cru que leur secret commun les rapprocherait tous les trois, mais depuis le début, chacun d'entre eux était plutôt sur la défensive. Lylonna n'adressait jamais un regard à Arelun – et pour cause, cela pourrait sans doute nuire à sa réputation – et Arelun se gardait bien de croiser la splendide jeune fille. Aileen, quant à elle, se montrait plutôt froide et distante. La haine glacée qui croissait en elle l'avait énormément changée sans qu'elle s'en rende compte. Son expression maternelle, paisible, avait déserté son visage, remplacée par un air dur et sérieux. Elle était souvent fatiguée, ses nuits étant troublées par d'atroces cauchemars. La touche finale qui avait consolidé le mur entre elle et les autres était sans nul doute l'apparition du fantôme. Murmure était devenu son confident, son seul compagnon. Afin de l'aider, elle passait des heures à la bibliothèque pour se renseigner sur les familles thyraniennes assassinées. Peut-être trouverait-elle des pistes sur la sœur de son ami spectre.

— Bonjour, dit-elle en arrivant au niveau d'Arelun et Lylonna.

Les deux pensionnaires lui répondirent de manière courtoise. Elle voulut sourire et s'aperçut qu'il lui était de plus en plus difficile d'y parvenir.

— Vous êtes à l'heure, cela fait plaisir !

Le Maître venait d'arriver à son tour, élégant dans son costume bordeaux. Sans s'étaler en discussions inutiles, il ouvrit la salle et invita ses élèves à y pénétrer.

— Nous allons aujourd'hui voir la première leçon, clama-t-il de sa voix autoritaire. Vous avez appris à guérir vos amis, je vais maintenant vous apprendre à blesser vos ennemis.

Le Maître empoigna un long objet enveloppé de soie noire et le confia à Aileen.

— Montre-moi un peu ce que tu sais faire !

Elle ôta le tissu protégeant la magnifique épée, la tira de son fourreau et la saisit avec fermeté.

— Vous devez être constamment prêts à prendre l'initiative d'attaquer, ou encore de vous protéger. Votre tête ne vous sera pas toujours d'un grand secours, surtout lorsqu'il s'agit de préserver votre vie face à des personnes malintentionnées.

Aileen pointa son arme en direction du Maître, ce qui arracha à l'homme un rire narquois.

— Règle numéro un : écoute les consignes. Je ne suis pas là pour perdre mon temps. Il va falloir me montrer que vous avez du potentiel !

Il tourna alors autour des trois pensionnaires et se dirigea vers une caisse située dans un angle de la salle. Il en sortit une autre arme, bien plus longue.

— La lame d'Aileen est une épée. La mienne est une flamberge. Cette arme de duel est légère, mais a surtout l'avantage d'être très longue. Vous devez savoir faire la différence pour les choisir en fonction de vos besoins.

Il confia la flamberge à Arelun, qui vacilla malgré son faible poids.

— Tout ceci est ridicule, marmonna Lylonna.

Le Maître lui tendit une lame fine et élégante.

— Voici une rapière. Elle est plus effilée et a donc l'avantage de la vitesse.

À la suite de cette explication sur les différentes armes d'estoc, le Maître ordonna le début de l'apprentissage. Aileen, Arelun et Lylonna s'entraînèrent toute la soirée à dégainer et rengainer leur lame le plus vite possible, jusqu'à ce que leurs mains et leurs doigts les fassent souffrir le martyre. Le Maître n'avait aucune pitié.

C'est ainsi que les trois jeunes gens étaient chaque soir soulagés de quitter la salle d'entraînement. Malgré tout, Aileen avait enfin la sensation de suivre un enseignement utile, qui n'avait rien à voir avec les mondanités de Dame Irane. Elle imaginait souvent Yamilia essayant de tenir une épée, ce qui la faisait rire.

Les jours suivants furent éprouvants. Tous les soirs, Aileen se rendait à l'entraînement. Le Maître leur apprenait l'attaque, la parade, l'esquive et l'anticipation. Parfois, il leur proposait des cours de botanique afin de leur montrer quelle plante était dangereuse, et de quelle façon on créait un poison. Et chaque soir encore, Murmure s'inquiétait de l'état de fatigue d'Aileen. Celle-ci répondait alors au fantôme qu'elle trouvait cette sensation jouissive. Au moins, elle n'avait pas le temps de penser ou de pleurer ; elle s'endormait tout de suite pour se réveiller en vue d'une journée tout aussi longue et épuisante. Le travail était devenu la devise de la jeune fille. C'était enivrant : elle écoutait en cours, participait le plus possible, s'attirant les foudres des élèves les plus appliqués. Avant de s'endormir, elle se répétait les noms des herbes à l'essence mortelle, des graines soporifiques ou des champignons vénéneux.

Pendant les séances d'entraînement physique, elle dépensait toute son énergie. Son objectif était à présent très clair dans son esprit : elle deviendrait veilleur et combattrait les clans. Elle ferait payer à tous ces vauriens le meurtre de sa sœur.

Lorsque le lémure lui posait des questions sur l'avenir, Aileen lui expliquait son projet. Bien sûr, être à l'extérieur de la pension lui permettrait de chercher plus activement la sœur de Murmure. La seule contrainte était le temps : elle ne deviendrait pas veilleur du jour au lendemain. À cela, le fantôme répondait avoir attendu plus d'un demi-siècle et n'être plus à une année près. Enfin, un soir, le Maître annonça :

— À présent, nous allons passer à l'étape suivante. Lylonna, Aileen, avancez-vous je vous prie.

Les deux pensionnaires échangèrent un regard inquiet, mais ne protestèrent pas. Elles s'avancèrent et attendirent les ordres du Maître.

— Vous allez faire un premier combat.

Aileen sortit son épée du geste fluide qui lui avait demandé bien des jours d'apprentissage. Lylonna parut contrariée l'espace d'une seconde avant de l'imiter.

— Bien, fit le Maître. Le but est très simple : il va falloir vous battre dans l'optique que seule l'une d'entre vous survivra à ce combat. Défendez-vous comme si votre vie en dépendait, mais prenez garde à ne pas blesser votre opposant !

Lylonna ouvrit la bouche, sembla vouloir contester, puis se ressaisit. Aileen, quant à elle, ne voyait aucune objection à cet exercice. En possession d'une arme, elle se sentait habitée d'une intense sensation de pouvoir. Elle n'avait qu'une seule envie : tout faire pour mettre son adversaire au tapis.

— Allez-y ! clama le Maître.

À ce simple signal, Lylonna chargea. Sa rapière décrivit une courbe rapide et redoutable. Aileen essaya de bloquer l'arme, mais fut trop lente. Elle poussa un cri lorsque la lame frôla son bras, puis recula en trébuchant. Sans réfléchir, elle plaça un contre rageur que Lylonna para sans difficulté. Les deux armes se heurtèrent avec force. Arelun suivait la scène avec attention, de la sueur perlant à son front, au contraire du Maître qui arborait une expression de paisible jubilation.

Alors qu'Aileen contrait avec une difficulté croissante, Lylonna semblait à son aise. Elle était plus grande, plus musclée et plus rapide. Après un échange puissant bien qu'encore un peu maladroit, Lylonna décida de profiter de son avantage physique pour en finir avec son adversaire. Les lames croisées des deux jeunes filles bloquèrent à mi-hauteur. Aileen décida alors de fendre sur le côté, mais son adversaire lui donna un coup de pied vicieux au niveau du tibia, ce qui la fit trébucher. Elle n'eut pas le temps de reprendre son équilibre et tomba à plat dos. Lylonna menaçait sa gorge de sa rapière, un sourire triomphant aux lèvres.

Le Maître applaudit avec enthousiasme.

— Excellent, Lylonna ! Excellent !

Honteuse, Aileen essaya de se redresser, mais son tibia la faisait souffrir. Arelun vint alors à ses côtés et l'aida à se lever.

— C'était formidable, dit le Maître en prenant Lylonna par les épaules. Tu as de réelles prédispositions !

— Je n'en sais trop rien... Je n'aime pas l'idée d'apprendre à tuer, que ce soit avec des plantes ou une arme.

Le Maître se tourna vers Aileen.

— Tu manques de force, annonça-t-il, implacable. Tes coups sont précis, tu sais anticiper, mais ton corps n'est pas encore habitué à l'effort.

Aileen acquiesça malgré sa déception. Alors que son esprit s'évadait vers de sombres pensées, elle vit apparaître des volutes de fumées bleues à quelques mètres d'elle. Murmure se montra, son visage translucide exprimant un profond désarroi.

— *Je peux t'aider*, dit-il de sa voix enfantine.

Aileen jeta un coup d'œil en direction de Lylonna. Elle prit alors conscience de la rivalité dans laquelle un tel enseignement les plongeait.

Murmure s'approcha de son amie, son corps flottant dans l'atmosphère laissant des traînées bleutées derrière lui.

— *Si tu n'es pas assez forte au combat, je peux troubler ton ennemie.*

Le parcours de la réussite était semé d'embûches, mais aussi de choix à faire. Aileen ne comptait pas perdre sa chance de devenir veilleur, même s'il fallait être quelque peu immorale afin d'y parvenir. Personne ne pouvait soupçonner l'existence du fantôme, et elle lutterait avec lui, même si cette victoire ne lui appartiendrait pas totalement.

— D'accord, souffla-t-elle.

Arelun tourna son visage ingrat et boutonneux vers la jeune fille.

— Tu as dit quelque chose ? demanda-t-il d'un ton presque craintif.

— Non, je réfléchissais.

Aileen empoigna son épée, sentant son visage s'enflammer. Elle avait la rage de vaincre. Elle n'était plus la brave sœur aînée, sage et respectée, toujours prête à dispenser des conseils aux autres. Cette fille-là avait été blessée à mort en même temps que Mylianne, puis achevée par la curiosité malsaine des autres pensionnaires. Aileen ne voulait plus être raisonnable et morale. Car on lui avait menti. Dans cette pension, on lui mentait depuis le début.

Le monde n'était pas une bâtisse froide et élégante où l'on apprenait à devenir une épouse modèle. Le monde n'était pas non plus un endroit où tout ce que l'on devait savoir se trouvait dans des livres poussiéreux. On mourait dans ce monde.

— Lylonna ! clama-t-elle d'une voix forte. Je veux ma revanche.

La pensionnaire sourit, comme amusée, mais le visage d'Aileen resta fermé. Alors Lylonna fronça les sourcils et fit siffler sa rapière. Le combat s'engagea, bien plus impitoyable que le précédent.

Ni le Maître, ni Arelun ne parlaient, obnubilés par la scène. Une tempête faisait rage dans la tête d'Aileen, l'adrénaline déferlait dans ses veines.

Lylonna attaqua avec une rapidité éblouissante, et Aileen contra de justesse. Alors que la brillante élève allait de nouveau passer à l'attaque, redoutable, son geste fut plus lent, hésitant. Aileen réprima un sourire mesquin : le fantôme venait de saisir le bras de Lylonna, l'engourdissant de sa froideur funeste. Cet instant de trouble fut suffisant à Aileen pour prendre le dessus. L'acier cliqueta. Lylonna para d'un revers élégant. Cette fois, Murmure posa ses doigts glacés sur les épaules de l'adversaire, et celle-ci eut un mouvement instinctif de recul. Aileen glissa sur le côté, son épée s'enroula autour de la rapière ennemie, qui s'envola quelques mètres plus loin.

Lylonna avait perdu.

— C'est nettement mieux ! dit le Maître en tapant des mains.

Lylonna regardait sa main vide d'un air hébété. Arelun, muet d'admiration, se contenta d'applaudir. Aileen sourit au lémure, qui lui adressa un clin d'œil avant de disparaître dans un tourbillon bleuté.

Voilà qui tournait à son avantage.

Interlude

— *N'oublie pas cette promesse.*

Comment pouvait-il oublier ?

— *Tu ne me feras jamais de mal?*

Il le devait, c'était la seule solution.

— *Nous verrons-nous un jour?*

Aryador prit sa tête entre ses mains. Il n'aspirait plus qu'à cela, la voir, la serrer dans ses bras. Depuis toujours, il entendait cette voix dans son esprit. Une voix douce, cristalline, pure. Il l'aimait de tout son cœur, de toute son âme, et pourtant, il ne l'avait jamais vue. Il savait simplement qu'elle était sa moitié, et que sans elle, il serait toujours incomplet.

Parfois, il maudissait le jour où l'Astracan Soleil III les avait créés.

— *J'ai peur.*

Lui aussi avait peur, très peur même. Il regarda sans le voir le feu de camp qu'il avait allumé pour passer la nuit. Depuis toujours, il s'endormait seul. Mais chaque fois il imaginait qu'elle était avec lui, à ses côtés.

— *Laisse-moi faire ce que j'ai à faire.*

Non, il ne le pouvait pas non plus. Les ordres de Soleil étaient indiscutables, il était leur père, ou du moins leur créateur. Et ce dernier devait aider les pauvres ignorants à trouver la voie des astres, la seule et unique religion véridique. C'était leur mission, celle que leur avaient confiée les étoiles.

Aryador savait qu'il n'était qu'un instrument, mais il avait accepté son sort depuis bien longtemps. Il était hurleur par nature, mais aussi par profession. Le jeune homme caressa d'une main nerveuse sa chantemort. Il ne pouvait pas risquer de se montrer dès à présent, pas alors qu'ils étaient tous ensemble. Ce serait trop risqué.

— *Courir. Fuir. Encore et encore.*

Aryador soupira. Telle serait leur vie. Ils n'étaient qu'une expérience. Un ratage. Des enfants dont on n'avait jamais voulu.

18

La robe de lumière

– Royaume d'Hélderion, près de la vallée de Joune, 912 –

Vingtième jour de la saison de l'Amante, an 892

Soliane Manérian est prodigieuse avec la nouvelle chuchoteuse. Étrangement, l'enfant ne s'attache qu'à elle, et nous pensons qu'elle croit que la jeune femme est sa mère. Lorsque j'ai fait cette réflexion à l'un de mes collègues de travail, celui-ci m'a dit que Soliane pourrait être une mère porteuse idéale pour les expériences à venir, et permettrait ainsi de tenter une évolution d'embryon dans de véritables conditions biologiques. L'idée n'est pas inintéressante.

Extrait du *Journal de bord* de l'expérimentateur Tephon Pikarnor, responsable de la section numéro 22.

Selon le langage des chuchoteuses, le nom Laï-Mune signifiait « le chant de l'aube ». Laï-Mune se souvenait du jour où ses semblables lui avaient expliqué le choix d'un tel nom pour elle : la chuchoteuse était la plus jeune de leur espèce, naïve et pleine d'entrain. Elle était un espoir.

Ce nom était donc autant une grâce qu'un lourd fardeau. Depuis l'âge de treize ans, Laï-Mune fuyait l'Astracan, se cachant dans les endroits les plus insolites, exerçant des métiers très différents dans le seul but de brouiller les pistes. Elle était la dernière chuchoteuse, le dernier rayon de soleil, le dernier souffle de vie.

— On ne pourrait pas s'arrêter quelques instants ? demanda Noony, épuisée.

Cela ferait bientôt une journée que le nouveau groupe avait repris la route, laissant derrière eux le bois des Larmes, Opalon et ses chawins. Le brave homme leur avait proposé sa carriole, mais Alexian avait refusé, de peur d'attirer l'attention. Ils suivaient les sentiers les plus escarpés, évitaient les grandes routes, et filaient plein est vers Volplume.

— Nous n'avons pas le temps de faire halte, répondit Alexian.

Le lynx et lui avaient déjà une dizaine de mètres d'avance. Laï-Mune poussa un soupir de lassitude. Malgré son mépris non dissimulé envers les oraisonniers et en particulier Noony, elle devait admettre qu'elle aussi aurait volontiers fait une pause.

La pente devint bientôt plus raide et le sol rocheux succéda à la terre meuble. La végétation en cet endroit offrait une bonne visibilité sur la vallée de Joune. Le vent soufflait fort, transformant la prairie en une mer verte. Ils arrivèrent bientôt à l'abord d'un à-pic que longeait le sentier. À cette hauteur, ils auraient pu se croire seuls au monde. Alexian mit sa main en visière, bientôt imité par Noony et Laï-Mune. Leur marche devenait difficile, le sentier escarpé et de plus en plus étroit.

— Nous allons être obligés de monter par là ? demanda Noony.

— Il n'y a pas d'autre passage, répliqua Alexian.

— Nous ne pouvons pas nous risquer à travers la vallée de Joune : nous serions à découvert, donc immédiatement repérés, confirma Laï-Mune.

Alexian sortit une gourde de son sac et la soupesa. Leurs réserves s'épuisaient, d'autant plus que, malgré sa gentillesse, Opalon n'avait pas eu grand-chose à leur donner. Devinant ce qui le préoccupait, Laï-Mune répondit à sa question muette :

— Le village le plus proche est Valkar, au sud-ouest, au bord du fleuve Audine.

— C'est trop loin, comprit Alexian.

Ils poursuivirent. Alors qu'elle avait grimpé une bonne partie du chemin, Laï-Mune se retourna et s'aperçut que l'oraisonnière était restée en bas.

— Quelle idiote ! marmonna-t-elle.

Elle rejoignit Alexian et lui désigna la silhouette de Noony restée en bas.

— Mais qu'est-ce qui lui prend ? demanda-t-il.

— Bonne question. Tu devrais peut-être aller lui parler. Quelque chose me dit qu'elle n'apprécie pas mon arrivée-surprise dans votre duo.

Alexian, quoique agacé, redescendit le chemin d'un pas lent et paisible. Laï-Mune décida de le suivre afin de savoir quelle mouche avait piqué l'oraisonnière.

Lorsqu'ils arrivèrent auprès de Noony, ils découvrirent celle-ci assise sur un rocher, une main caressant l'œuf offert par Kiriane.

— Que se passe-t-il ?

— Elle ne nous fait pas une crise de jalousie, quand même ? lança la chuchoteuse, piquante.

— J'ai le vertige. J'avais déjà du mal dans le temple d'oraison à Manérian à cause du plancher translucide, alors là…

— Tu aurais dû nous le dire.

Noony regarda le chemin avec angoisse. Laï-Mune trouvait la peur de l'oraisonnière démesurée.

— Il suffit de faire attention où l'on met les pieds ! s'énerva-t-elle. En plus, le lynx nous sert de guide ; on le repère bien avec son pelage blanc.

— Nous ne pouvons pas nous permettre de perdre encore du temps, ajouta Alexian. Il nous reste déjà peu de vivres, et Volplume est à encore quatre jours de marche !

— Partez sans moi.

Laï-Mune eut envie d'éclater de rire devant l'absurdité de la situation. Alexian força Noony à se relever.

— Ta fracture va mieux ? Parce que ce sera en plus difficile pour toi de garder l'équilibre avec un bras entravé…

— Pas vraiment. Dès que je bouge, j'ai mal.

— Je peux peut-être te soigner, dit Laï-Mune.

La chuchoteuse réfléchit quelques instants, passant les différentes variétés de fleurs et leurs vertus dans son esprit. Elle murmura. Plutôt que des mots, il s'agissait de sons, d'images. De Signes. La flûte se matérialisa entre ses doigts.

— Asseyons-nous. Il va falloir retirer ce bandage. Cela sera sans doute douloureux, mais le résultat sera bien plus rapide que tu ne l'imagines.

Alexian se mit à débiter des banalités à Noony afin de détourner son attention. Laï-Mune saisit le membre meurtri, arrachant une grimace à l'oraisonnière. Après l'examen, elle entama une magnifique mélodie. Aussitôt, des fleurs germèrent sur le bras de Noony, d'abord le long de ses doigts, puis sur son coude et enfin son épaule. Laï-Mune enchaîna sur un autre air. Elle avait tout d'abord donné naissance aux plantes, à présent celles-ci devaient faire leur travail. Les tiges palpitèrent sur la peau de Noony, les pétales bleus s'ouvrirent avec majesté.

Laï-Mune prit son temps, pour être sûre que les fleurs avaient accompli leur tâche en ressoudant les os. Les plantes commencèrent à faner, alors que la chuchoteuse jouait la même mélodie, à l'envers. Elles disparurent en l'espace de quelques secondes, se repliant sur elles-mêmes comme en accéléré.

— C'est terminé, annonça Alexian.

Noony souleva son bras avec précaution, et son visage s'éclaira lorsqu'elle s'aperçut qu'il ne la faisait plus souffrir. L'oraisonnière remercia Laï-Mune avec chaleur. La chuchoteuse ne vit plus alors la personne impérieuse du bois des Larmes, mais la digne fille de Soliane Manérian. Elle se demanda si elle devait dire à Noony qu'elle avait connu sa mère au laboratoire, puis elle rejeta cette idée. Noony n'était pas prête.

— Laï-Mune et moi allons t'aider, d'accord ? Lorion sera devant, ainsi il nous montrera la route. Tu n'auras rien à craindre. Regarde droit devant toi. Jamais en bas.

Alexian saisit la taille de Noony, Laï-Mune son épaule, pour éviter de faire pression sur le bras tout juste guéri.

—Voilà, dit Alexian. Tout va bien.

Noony avançait un pied, puis l'autre. Elle gardait les yeux rivés sur l'horizon, et si son regard s'égarait trop vers le bas, Alexian plaçait sa main sous son menton pour lui relever la tête. Ils progressèrent de cette manière une bonne heure, jusqu'à ce que Laï-Mune trébuche. La chuchoteuse perdit son équilibre et manqua de les faire tomber tous trois. Elle se rattrapa à une branche. L'incident força Noony à baisser la tête et elle poussa un cri strident. Elle vacilla. Alexian la fit asseoir. Le lynx se plaça devant l'oraisonnière, lui masquant ainsi la vue du vide.

—Hé ! s'écria Laï-Mune. Aidez-moi, bon sang !

Alexian la remonta facilement.

—Quelle idée d'avoir un sac aussi lourd ! Tu as emporté des pierres ou quoi ?

—Non.

En réalité, Laï-Mune avait dans son sac son bien le plus précieux. Une robe, qu'elle avait cousue et brodée pièce après pièce, le fruit d'un travail acharné, pour celui qui était sa moitié. Elle avait choisi la mousseline immaculée pour qu'il puisse la faire danser dans un tourbillon blanc. Le bustier était parsemé de perles nacrées… Chaque élément symbolisait ce qu'était sa vie, ses rêves. Elle avait souhaité être la plus belle pour le jour de leur rencontre, instant béni qu'elle attendait depuis le jour de sa naissance. Confectionner cette robe pour tromper son attente n'était pas une bonne chose car, hélas, ce jour ne viendrait jamais. À présent, la nature même du but que chacun d'eux poursuivait les séparait.

Laï-Mune se demandait souvent pourquoi l'Astracan avait créé les hurleurs et les chuchoteuses, des duos formés de personnes qui étaient à la fois opposées et complémentaires, et ne pouvaient vivre l'une sans l'autre. Lorsque Soleil III avait décidé de massacrer les chuchoteuses, il avait envoyé les hurleurs. Laï-Mune n'avait pu être tuée, car son hurleur était encore bien trop faible. C'est pourquoi elle s'était retrouvée seule au milieu des cadavres, avec l'ordre de fuir et de ne jamais rencontrer son équivalent.

La nuit descendait sur la vallée de Joune. Ils établirent leur campement à l'abri de la forêt. Noony s'éloignait vers les bosquets, quand Alexian l'interpella :

—Où vas-tu ?

—Chercher du bois, tiens ! Je meurs de froid.

—Tu es stupide ou quoi ! On ne va pas allumer un feu ! C'est un coup à se faire repérer !

—Les nuits sont rudes dans cette région ! répliqua l'oraisonnière. Ce serait un comble si l'un d'entre nous tombait malade avant d'arriver à Volplume !

— Il n'est pas question que l'on prenne un tel risque avec ton père à nos trousses !

Laï-Mune se frotta les avant-bras pour appuyer discrètement la requête de Noony.

— Pas question de nous mettre en danger pour votre confort, s'obstina l'espion.

— Et les prédateurs ? fit l'oraisonnière.

— On se fera déchiqueter dans notre sommeil, que veux-tu que je te dise ?

Lorion partit dans la forêt et revint quelques minutes plus tard, deux bâtons dans la gueule qu'il laissa tomber devant Noony. Laï-Mune éclata de rire et les lèvres de l'oraisonnière s'étirèrent en un sourire. Elle flatta le félin qui se mit à ronronner.

— Voilà enfin quelqu'un de sensé.

Alexian abdiqua. Il partit chercher du bois en grommelant.

— Si les troupes de Gide débarquent, je m'enfuis et je vous laisse derrière moi !

Le repas fut frugal. Laï-Mune étalait du fromage sur un morceau de pain rassis, et Alexian rivait des yeux avides sur l'œuf que tenait Noony dans ses bras. Celle-ci veillait toujours à ce qu'il soit bien au chaud.

— J'ai encore faim, se plaignit la chuchoteuse.

— Moi aussi, approuva Alexian.

Lorsque Noony capta leurs regards, elle s'insurgea :

— N'y pensez même pas !

Alexian fouilla dans son sac. Il ne leur restait plus qu'une demi-miche de pain et des fruits acides qu'ils avaient ramassés le matin même.

— La situation devient grave, annonça le jeune homme.

— Cet œuf serait si délicieux avec quelques herbes ! s'exclama Laï-Mune en se passant la langue sur les lèvres.

— Ne vous avisez pas de le toucher ! Il y a un sang-de-lune qui grandit dedans !

— D'accord, d'accord, la calma Alexian. Nous ne toucherons pas à ton œuf.

Lorion feula en poussant un lapereau de la patte, fruit de sa quête nocturne.

— Lorion, le meilleur chasseur qui soit ! Demain, nous chasserons tous.

Le temps du repos était venu. Alexian et Laï-Mune entendirent Noony adresser une prière aux astres avant d'aller dormir. La chuchoteuse repensait beaucoup à Soliane, à l'époque où elle était encore au laboratoire d'Abranelle. Elle revoyait son injection quotidienne de résuadine, les exercices pour tester ses capacités. C'était bien loin de sa liberté actuelle. Elle ne frissonnait plus au souvenir de ce qu'elle avait subi. Là-bas, au milieu de ces expériences tristes et glacées, le sourire de Soliane avait été un rayon de soleil. Une lumière qui chassait les cauchemars.

Laï-Mune fut tirée de ses pensées par un grondement. Lorion, auparavant couché aux côtés de Noony, n'était plus là. Quelque chose clochait. Elle tendit la main et la chantevie apparut au creux de sa paume dans un ballet de pétales. Elle se posta à l'orée de la clairière, avec l'intention d'appeler le lynx. Une présence derrière elle. Elle se retourna et sursauta lorsqu'elle tomba nez à nez avec Alexian.

— Reste là. ordonna-t-il. Lorion !

Il s'élança dans la forêt en courant. Très vite, il fut englouti par l'obscurité. Les secondes s'égrenaient et personne n'émergeait d'entre les arbres. Noony, réveillée par l'agitation, s'approcha de Laï-Mune.

— Que se passe-t-il ? bafouilla-t-elle.

— Je crois que nous avons un problème. Alexian a entendu Lorion, il est parti dans les bois et cela fait un moment que je n'entends plus rien. Nous devrions aller voir ce qui se passe.

— Et si c'était une bête sauvage ?

Laï-Mune l'entraîna dans la forêt sans prêter attention aux craintes de l'oraisonnière. Elles s'arrêtèrent net lorsqu'elles entendirent un appel.

— Alexian ! crièrent-elles en chœur.

Laï-Mune voulut courir quand une violente douleur au niveau de la nuque la plongea dans l'inconscience.

Interlude

Bientôt, la ville de Dinniel ne fut plus qu'un brouhaha lointain. Aryador se retrouva dans la forêt à pister la trace des voyageurs. Une aube timide pointait à l'horizon, à travers la brume opaque. Cela convenait au hurleur : il voulait surprendre sa prochaine cible. Il ne ressentait pas une once de peur, l'incertitude était son environnement de prédilection.

Il arriva enfin devant une chaumière si bien intégrée au paysage qu'on la distinguait à peine entre les arbres. Une colonne de fumée s'élevait de la cheminée pour se perdre dans le brouillard. Le hurleur jeta un coup d'œil par l'une des fenêtres : un homme d'une quarantaine d'années déjeunait. Il savait de source sûre que cet individu avait rencontré les voyageurs.

Aryador défonça la porte de la maison. L'homme se leva d'un bond, renversant sa chaise. Le hurleur ne laissa pas à sa victime le temps de broncher. Il avait déjà posé sa main sur son visage, et examinait la rivière de ses souvenirs.

L'homme s'effondra sur le sol, inconscient ou mort. Aryador n'en avait cure, il avait obtenu les informations qui l'intéressaient, et se dirigerait à présent vers le bois des Larmes.

Les autorités mettraient deux semaines à découvrir le cadavre d'Opalon Tricen, ancien capitaine de l'expédition en Terres Impies, gisant sur le sol de sa maison.

19

Le drame d'Arelun

– Royaume de Thyrane, Mizin, quartier des veilleurs, 912 –

Sixième jour de la saison de l'Amant, an 903

Maintenant que le projet chuchoteuse et hurleur a été avorté, nous allons revenir aux jadiels. Nous avons d'ailleurs trouvé la mère porteuse du prochain. Je dois admettre que c'est un soulagement. Garder le secret des cobayes devient de plus en plus difficile ; nous ne pouvons pas mettre n'importe qui dans la confidence. Celle que nous avons choisie n'a pas vraiment l'air d'accord, mais son époux a assuré à toute l'équipe pouvoir la persuader.

Extrait du Journal de bord de l'expérimentateur Tephon Pikarnor, responsable de la section numéro 22.

Le Baiser d'un Soir, situé au sud de la ville, était la maison close la plus prisée de Mizin. Une enseigne tapageuse marquait l'entrée de l'établissement. Par un jeu d'ombres chinoises sur les vitres, les passants admiraient des silhouettes féminines aux poses suggestives. Orius les écoutait échanger des remarques graveleuses.

— Encore une de ces pourritures hélderionnoises qui va s'amuser avec *nos* femmes ! cria l'un d'entre eux.

Orius écarta son manteau pour montrer son insigne et éloigner les importuns. Il lut des inscriptions en thyranien gravées sur la façade, subtil moyen de jeter à la face des occupants la rancœur de la résistance. Il poussa la porte et se retrouva dans l'entrée au parquet ouvragé. Une femme plantureuse vêtue d'une robe sans manches qui comprimait son avantageuse poitrine s'empressa de l'accueillir. Ses grands yeux soulignés de noir lui conféraient une aura de mystère.

—Bienvenue au *Baiser*, je vous prie de me suivre.

Elle entraîna Orius à sa suite, et celui-ci lutta de tout son être pour ne pas se laisser amadouer par le balancement sensuel des hanches de son hôtesse.

—Je m'appelle Mélgane, l'informa-t-elle d'une voix mielleuse. Je dirige cet établissement. Si vous avez un quelconque problème, adressez-vous à moi, je me ferai un plaisir de vous rendre service.

Au bout du couloir, elle l'introduisit dans une grande pièce circulaire dont les murs étaient parcourus d'alcôves. Derrière les épais rideaux, on entendait des gémissements et des rires. Le reste de la salle était occupé par des poufs colorés sur lesquels patientaient des hommes de rangs sociaux variés. La plupart fumaient des narguilés, et certains se voyaient proposer discrètement des Tiges à la Senuïne, drogue douce. D'autres préféraient l'alcool, servi par de jolies filles court vêtues.

—Quelles sont vos préférences ? Avez-vous un péché mignon ? Brune, rousse, blonde…

—Je préfère les informations. Sur l'un de vos clients.

—Je vois, dit-elle tout bas. Vous êtes plutôt du genre à confisquer certaines substances. D'habitude, vos collègues viennent, puis ferment les yeux en échange d'un peu de bon temps.

—Je sais. J'ai juste quelques questions. Je ne veux pas semer la pagaille.

Mélgane fit un petit signe de tête à l'une des serveuses, et celle-ci s'engouffra d'un pas rapide dans le couloir afin d'accueillir les clients à sa place.

—Entendu. Je vous dirai ce que vous voulez savoir, mais il faudra payer le temps que je vous accorde.

—Marché conclu.

Mélgane saisit le col de la veste du veilleur et l'embrassa avant qu'il n'ait eu le temps de réagir. Lorsque la femme décolla ses lèvres des siennes, elle lui adressa un clin d'œil malicieux :

—Il faut bien sauver les apparences.

Orius sentit un feu éclater dans ses entrailles. Quelques instants durant, le contact suave de cette bouche lui avait rappelé Shala. Que faisait-elle ? Était-elle heureuse à Volplume ? Avait-elle déjà trouvé d'autres bras aimants dans lesquels se lover ? Le chef-veilleur chassa le souvenir de son esprit. Mélgane le conduisit à une chambre confortable, à l'écart. Quelques bougies se consumaient dans les angles de la pièce, diffusant une lueur incertaine. Elle ferma les rideaux de velours, condamnant l'unique fenêtre.

—Alors, que voulez-vous savoir ?

Mélgane s'était avachie sur un siège et s'amusait à frotter ses longues jambes l'une contre l'autre tout en fixant son invité d'un regard espiègle. Orius sortit son carnet de notes de sa poche.

— Parlez-moi du Balafré.

Mélgane le considéra un instant, puis éclata de rire. Elle se leva pour se servir à boire, et continua de s'esclaffer.

— Qu'y a-t-il de drôle ?

— Vous vous attaquez à un gros morceau, si je puis me permettre !

— Que savez-vous sur lui ?

Mélgane reposa son verre et se campa face au veilleur.

— N'allez pas croire que je vais vous dévoiler quoi que ce soit sur les clans. Je suis moi-même thyranienne, et si je n'approuve pas toujours leurs actes, je les soutiens dans leur entreprise…

— Il ne s'agit pas d'une histoire de politique, l'interrompit Orius. C'est au sujet d'un meurtre. Le meurtre d'une enfant de treize ans.

— Vous voulez parler de l'affaire Mylianne, n'est-ce pas ? Cette histoire est justement plus politique que vous ne le croyez. J'entends beaucoup de choses, les meilleures confessions se font à mon avis plus aisément dans un lit que dans un temple d'oraison. J'ai entendu dire il n'y a pas très longtemps que l'on avait menacé le chef-veilleur de la ville de Mizin à propos de cette enquête…

Elle laissa sa phrase en suspens pour avaler une gorgée tout en observant le veilleur.

— Est-ce vous ?

— C'est moi. C'est moi aussi qui pose les questions.

— Ne prenez pas les avertissements des clans à la légère. Laissez tomber.

Orius émit un claquement de langue agacé. Il en avait assez de cette rengaine.

— J'entends ces avertissements depuis que j'ai retrouvé le cadavre de cette môme ! Que ce soit mon ancienne compagne, mes collègues, et même ma voisine ! Si je n'ai pas cédé jusque-là, vous croyez que c'est une putain qui va me dissuader ?

Mélgane stoppa la tirade d'une gifle. Elle se dirigea vers la porte pour l'ouvrir en grand.

— Au revoir, monsieur le chef-veilleur.

Orius la saisit par les épaules et susurra :

— Dites-moi ce que je veux savoir et je m'en vais.

— Zéphyr. Il s'appelle Zéphyr.

Orius sentit sa détermination s'ébranler. Cela ne pouvait pas être une coïncidence.

Son père.

Était-il devenu un assassin ? L'assassin de la petite Mylianne ? Si tel était le cas, il ne devait avoir aucun scrupule. Il avait rallié les clans voilà presque quinze ans, laissant son fils sans nouvelles. Orius n'avait jamais pardonné. Il lâcha la prostituée avec un air d'excuse.

— Il passe la moitié de l'année dans le Chaos, poursuivit Mélgane avec douceur, et le reste à Mizin. Il ne reviendra pas ici avant un ou deux mois. C'est un habitué, il vient au moins un soir sur deux.

Orius, encore sonné, jeta des pièces sur le divan et s'apprêta à sortir.

— Vous allez bien ?

— Très bien.

— Vous semblez troublé.

— Tout va bien, assura-t-il.

— N'oubliez pas que *Le Baiser d'un Soir* est un endroit de paix ; quels que soient vos opinions politiques ou vos différends, la seule loi valable ici est la mienne. Je ne veux pas d'ennuis, alors si vous avez à interroger Zéphyr, faites-le de manière subtile.

— Ne vous inquiétez pas. J'ai le temps de réfléchir à la façon dont je vais m'y prendre.

— Vous reviendrez, chef-veilleur ? Je veux dire, pour d'autres de mes services…

Alors qu'il s'engouffrait dans le couloir, Mélgane lui souffla un baiser.

C'était un fait. Aileen s'ennuyait.

À la pension Sybilène, tout était délimité, découpé, ordonné. Rien ne venait rompre la monotonie des journées. La pension était une horloge impeccablement huilée. Parfois, un événement semait la panique et déréglait le prodigieux mécanisme : la mort de Mylianne, par exemple. Mais cette fois encore, le Maître, les enseignants et le personnel avaient veillé à ce que tout rentre dans l'ordre.

Lorsque Murmure était entré dans sa vie ou quand les entraînements du maître avaient commencé, elle avait cru que cela suffirait à pimenter son existence. Malgré tout, Aileen continuait d'aller en cours, de supporter la voix nasillarde de Dame Irane, de s'extasier face au puits de connaissance qu'était Monsieur Bellor, de détester Yamilia et ses pairs.

— *Patience ! Bientôt, tu seras libre. Tu intégreras la Corporation des guerriers de l'aurore et nous retrouverons ma sœur !*

Un sourire étira les lèvres d'Aileen. Allongée sur son lit, elle profitait du court répit entre le dîner et le couvre-feu pour dévorer un livre sur l'art du combat qu'elle avait dégotté à la bibliothèque. Le fantôme flottait au-dessus d'elle, lisant par-dessus son épaule.

— Je me souviens du jour où Mylianne s'est enfuie. Je lui reprochais d'être trop pressée de devenir adulte. J'ai essayé d'être à la hauteur en lui faisant la morale. Mylianne avait beau être plus jeune, elle voyait bien mieux que moi à l'époque ce qu'est la pension. Une cage dorée.

— *Peut-être que tu n'aimes plus cet endroit parce que tu changes*, suggéra Murmure.

Cette hypothèse plongea Aileen dans une profonde réflexion. Après un long silence, elle reprit :

— Ma mère disait souvent qu'il y avait deux types de personnes dans le monde. Celles avec lesquelles les silences sont embarrassants, et celles avec lesquelles ils sont parlants. C'était bien une phrase d'oraisonnier, tiens !

— *Où vit ta mère ?*

— À Manérian, une cité d'Hélderion.

— *Tu la vois souvent ?* s'enquit le fantôme.

— Une semaine par an. La dernière fois que je l'ai vue, c'était pour l'oraison de Mylianne. Elle était si faible… Ma mère a beaucoup changé. Quand j'étais enfant, c'était une femme forte, au caractère bien trempé – il fallait bien ça pour tenir tête à mon père. Tous deux s'aimaient de tout leur cœur. Je les voyais comme des êtres inséparables, leurs mains se cherchaient sans cesse. Mais un jour…

— *Ça a changé ?* devina Murmure.

Aileen se leva et débuta sa toilette du soir.

— Oui. Je m'en souviens très bien, car c'est la seule fois où je les ai entendus se disputer. Je ne dis pas qu'ils n'avaient jamais de désaccords, loin de là, mais ils savaient les dissimuler. Dans tous les cas, cette dispute-là était trop énorme pour passer inaperçue, j'ai tout entendu de ma chambre à l'étage.

— *Mes parents se criaient dessus aussi, parfois, c'est normal.*

— Je sais, soupira Aileen. Mais pas pour les miens. Ma mère hurlait, pleurait et mon père aussi criait. Je n'avais qu'une seule certitude : c'était très grave. Mylianne est descendue voir ce qui se passait. Mon père s'est mis encore plus en colère. Il lui a ordonné de remonter et elle s'est réfugiée dans mon lit. Noony est venue nous rejoindre peu après et nous nous sommes endormies toutes les trois, pelotonnées les unes contre les autres. Le lendemain matin, ma mère n'était plus là.

— *Où était-elle ?*

— Ça, je n'en sais rien. Noony m'a raconté qu'elle était revenue bien des jours plus tard, changée : irritable, taciturne. Aux vacances suivantes, lorsque Mylianne et moi sommes rentrées de pension, ma mère avait les lèvres cousues. J'ai demandé à mon père pourquoi maman ne pouvait plus parler… Il m'a dit de me mêler de mes affaires. C'est devenu un sujet tabou dans la famille. Je n'ose pas imaginer la douleur que ma mère a ressentie, sa détresse… J'en ai fait des cauchemars durant des années.

Aileen se tut quelques instants, puis un souvenir remonta à la surface : les trois sœurs étaient bouleversées le lendemain du heurt entre leurs parents, mais Mylianne l'était bien davantage. Elle lui avait demandé ce qui la mettait dans cet état. Mylianne avait répondu :

— Papa et maman parlaient d'un bébé. Un autre bébé que nous trois. Mais maman, elle n'a pas un gros ventre, n'est-ce pas ?

Aileen se glaça d'effroi. À l'époque, elle s'était bien gardée de chercher à comprendre ce que Mylianne avait entendu. Cette fois, elle ne put s'empêcher de faire le lien avec un autre détail : une cicatrice le long de l'abdomen de sa mère, entrevue un soir de vacances. Aileen était entrée pendant que Soliane se changeait. Elle s'était recroquevillée comme un animal blessé en voyant sa fille. Elle avait des réactions étranges depuis son châtiment de mutisme et Aileen n'avait pas insisté.

— *Qu'y a-t-il?* questionna Murmure.

— Rien, répliqua-t-elle distraitement. Je vais dormir, je suis fatiguée.

Un cri aigu retentit, suivi de plaintes puis d'éclats de rire mesquins. Elle aurait reconnu cette façon de ricaner entre mille : Yamilia et toute sa bande de petites pestes. Aileen rejeta ses draps et fonça d'un pas déterminé vers le couloir. C'était Arelun qu'elle entendait supplier. Elle ouvrit la porte de la chambre d'en face à la volée.

Le spectacle qu'elle découvrit alors l'atterra. Yamilia, perchée sur un lit, tenait une lettre que le pauvre Arelun cherchait à lui reprendre à tout prix. Les amies de la jeune fille veillaient à ce qu'il n'y parvienne pas. Lorsque Yamilia reconnut Aileen, son beau visage s'orna d'un sourire narquois, voire sadique.

— Tiens tiens ! s'exclama-t-elle. Regardez qui voilà !

Les jeunes filles gloussèrent en chœur. Arelun, lui, perdit toute couleur et mit encore plus de hargne dans son entreprise désespérée.

— Tu tombes à pic, Aileen ! Il faut que tu entendes ça !

— Je n'ai pas envie d'écouter vos bêtises. Rends-lui ce papier et arrêtez un peu de le tourmenter ! Il ne vous a rien fait, que je sache !

— Va-t'en ! Il faut toujours que tu te mêles de tout ! clama Arelun.

— Je veux simplement t'aider...

— Je t'ai dit de partir ! C'est mon problème, pas le tien !

Yamilia donna un coup de coude à Arelun, et susurra, mielleuse :

— D'après ce que tu écris là, tu ne sembles pas lui trouver que des défauts, à la demoiselle Manérian ! Attends voir...

Yamilia commençait déjà à lire tout haut :

— « Chère Aileen ! Tu ne découvriras sans doute jamais ces mots, car je n'aurai jamais le courage de te les faire parvenir... »

— Non ! hurla Arelun.

— « ... Tu es la seule personne à qui j'ai envie de parler. Tout le monde me voit comme le pauvre Arelun, le garçon laid qui fait pitié... »

— Ça, c'est bien vrai ! commenta le groupe de pestes.

Aileen restait figée par tant de cruauté. Arelun s'était laissé tomber à terre, impuissant.

— Je continue donc : « ... mais toi, Aileen, tu es différente. Tu me regardes sans dégoût ni préjugé, tu me laisses m'asseoir près de toi, tu m'acceptes. Des personnes aussi gentilles sont rares, tu n'accordes pas d'importance à ce que pensent les autres, tu sais t'en détacher et tu n'en es que plus belle. Car tu es belle, Aileen... »

Cette phrase-ci déclencha l'hilarité générale des amies de Yamilia.

—« ... Oui, tu es très belle : tes cheveux noirs, si lisses, si soyeux, et tes yeux ! On dirait deux émeraudes ! Tu n'as rien à voir avec Yamilia, qui... »

Cette dernière interrompit sa lecture et fronça le nez.

— Continue ! l'encouragèrent ses auditrices.

Yamilia poursuivit d'un ton venimeux :

—« ... Yamilia, qui se croit belle et désirable, alors qu'elle empeste la superficialité. »

— N'importe quoi !

— Il est stupide !

— « Toi Aileen, tu as une personnalité profonde, complexe, et malgré ce que tu as vécu, tu restes à l'écoute des autres, tu ne te complais pas dans ton malheur. Voici quelques-unes de tes nombreuses qualités. C'est pour cela que, depuis déjà un an, je suis amoureux de toi. Chaque soir, je ne peux m'empêcher de t'imaginer dans mes bras, d'avoir l'espoir fou que peut-être un jour, tu pourras m'aimer. »

Yamilia jeta la lettre au sol, près de celui qui l'avait écrite. Aileen était à la fois sidérée qu'on puisse la percevoir de cette façon et un peu flattée. Mais le sentiment qui domina fut la fureur. Ces garces venaient de faire subir l'une des humiliations les plus cruelles que l'on pouvait infliger à un adolescent mal dans sa peau.

— Tu es odieuse, Yamilia ! tonna-t-elle.

— Tu devrais me remercier, répondit celle-ci. Nous avons été obligées de fouiller dans ses affaires pour découvrir ce que nous soupçonnions : il est amoureux de toi. À ta place je changerais de pension ! Ce garçon est un détraqué, il fantasme sur toi, et tu as vu sa tête... C'est répugnant !

Arelun quitta la chambre comme une tornade, bousculant Aileen sur son passage.

— *Tu veux que j'intervienne ?* demanda Murmure.

Aileen refusa en secouant la tête. Des curieux en chemise de nuit affluaient devant la porte de la chambre. Yamilia ramassa la lettre.

— Écoutez ça ! « Chère Aileen... »

La concernée n'hésita pas à pousser les pensionnaires pour se frayer un passage.

— Murmure ! Il faut retrouver Arelun.

— *Je vais faire le tour de la pension*, assura l'enfant.

Rageuse, elle descendit au jardin. Sur l'immense façade éclairée de la pension Sybilène, une silhouette se détachait, perchée sur le rebord d'une fenêtre du troisième étage. Aileen s'efforça de calmer la peur qui lui nouait l'estomac.

— Mademoiselle Manérian ! Rentrez ! Que faites-vous donc ?

Le domestique fonçait dans sa direction, bien décidé à lui passer un savon.

— Allez prévenir les enseignants et le Maître qu'un élève est sur le point de sauter du troisième étage.

Aileen rentra dans le bâtiment et se mit à courir aussi vite que ses jambes le lui permettait. Murmure se matérialisa près de son amie.

— Tu as vu où il se trouve?

— Oui.

Lorsqu'elle atteignit l'internat, certains élèves s'étaient recouchés, ne voulant pas être mêlés à l'incident, d'autres s'agitaient dans le corridor.

— Vous croyez qu'il va sauter?

— Il fait ça pour se rendre intéressant...

— Il faudrait qu'un professeur vienne!

Aileen pénétra dans la chambre en jouant des coudes. Elle demanda calmement:

— Arelun? Je peux te parler?

Ce dernier tourna la tête vers elle, et la pensionnaire frissonna en découvrant la douleur qui déformait ses traits.

— Pourquoi es-tu venue ici?

— Je ne veux pas que tu fasses une erreur...

— Je hais cet endroit, sanglota-t-il. Je hais ma vie!

Aileen sentit l'affolement la gagner. Voilà ce que faisait la pension, avec ses règles, son cadre, et cette façon de corriger tous ceux qui n'y correspondaient pas. Elle aurait aimé trouver les mots justes, lui expliquer sa façon de voir les choses, mais aucun mot ne sortit de sa bouche.

— Tu vois! lança-t-il en réponse à son silence.

— Ce qu'ont fait Yamilia et les autres est injuste et cruel, elles seront punies pour ça.

— Je me fiche d'elles! s'égosilla Arelun.

Son pied se mit à se balancer au-dessus du vide.

— Je t'en prie, souffla-t-elle. Ne fais pas ça...

— Pourquoi? Parce que tu m'aimes?

Elle envisagea l'espace d'une seconde de répondre par l'affirmative puis choisit de dire la vérité, avec une sérénité feinte:

— Je ne te connais pas assez pour avoir de quelconques sentiments pour toi; je suis certaine que tu peux comprendre ça. Mais ce n'est pas une raison pour arrêter de vivre, tu as encore plein de choses à découvrir! Bientôt tu termineras ta scolarité, et ensuite tu feras ce dont tu as envie. Quelle corporation veux-tu intégrer?

— Celle des souffleurs de maux, répondit-il d'une voix tremblante.

— Pour quoi faire? continua Aileen, encourageante.

— J'aimerais devenir guérisseur pour soigner les gens dans le besoin, et peut-être même monter ma propre affaire itinérante...

— C'est une excellente idée !

Aileen s'avançait pas à pas.

— Tu vois, tu as de très beaux projets en tête. N'abandonne pas à cause des imbéciles de cet endroit. Si ça se trouve, dans dix ans tu leur donneras des ordres ! Ne gâche pas tout maintenant…

Elle tendit sa main avec précaution, comme de peur de faire fuir un animal sauvage. Derrière elle, les élèves retenaient leur souffle. Arelun saisit la main d'Aileen Manérian.

ꟗ

Meldrave relut une dernière fois la lettre pour vérifier l'orthographe, avant de la poser sur le petit tas à confier au coursier de la pension.

Elle avait l'habitude des heures supplémentaires : son métier, elle s'en était fait un devoir. Tout devait être parfait. Tel un chien de garde devant le bureau du Maître, sa corpulence s'étendait derrière le comptoir et rien n'échappait à son œil acéré. Elle avait l'habitude des élèves apeurés. Qu'ils soient convoqués ou qu'ils viennent déposer une lettre à l'intention de leur famille, tous craignaient le caractère de la « dame de l'accueil », son ton sec et cassant, ses éternels reproches.

Aussi Meldrave fut-elle ébahie de voir une jeune pensionnaire contourner son bureau à grandes enjambées. Personne n'avait jamais réussi à l'éviter depuis les neuf années qu'elle était à ce poste. Ce n'était pas aujourd'hui que cela se produirait.

— Mademoiselle ! Je vous prie de vous présenter à l'accueil !

La jeune fille avait déjà disparu dans le bureau du Maître dans un tourbillon de dentelles.

ꟗ

— Je veux quitter la pension.

Le Maître ne semblait nullement ému de la présence d'Aileen à une heure si tardive.

— Un peu de thé ? proposa-t-il avec sympathie.

Alors qu'il se levait, Aileen renversa le plateau sur lequel était posé un splendide service en porcelaine, et celui-ci s'écrasa sur le sol avec fracas. Stupéfait, l'homme fixa quelques instants les débris du regard, puis dévisagea son élève avec une grande sévérité. Décoiffée, en chemise de nuit, elle irradiait de colère et d'une détermination sans faille. Murmure apparut près d'elle.

— Je veux quitter la pension, répéta-t-elle. Je n'ai plus rien à faire dans cet endroit, je veux commencer ma formation de guerrière de l'aurore.

— Ce n'est pas si simple…

— C'est très simple !

Les tyrannies de Yamilia, l'orgueilleuse indifférence du Maître, la douleur encore vive de la perte de Mylianne obscurcissaient son esprit. Pourquoi tout était-il sens dessus dessous depuis la disparition de sa sœur ?

Elle s'avança vers l'un des murs du bureau, sur lequel une vitrine contenait une belle épée. Son poing passa au travers, dans un fracas de verre. De sa main ensanglantée, elle décrocha l'arme avant de la pointer en direction du Maître. Aileen Manérian n'avait pas la moindre idée de ce qu'elle faisait. Galvanisée par la présence de Murmure à ses côtés, elle s'approcha du Maître et plaça l'épée sous sa gorge.

— Je ne peux plus supporter cet endroit ! Vous allez faire en sorte que je commence ma formation !

Le dirigeant de la pension attaqua. Ses gestes, fruits d'années d'entraînement, étaient redoutables. Il désarma Aileen en l'espace d'une seconde : il lui donna un coup du tranchant de la main au niveau du poignet pour lui faire lâcher l'épée, qui tomba dans un bruit métallique, avant de la plaquer contre le bureau. Abasourdie, la jeune fille sentait le corps du Maître peser de tout son poids sur le sien.

— Très bien. Tu m'as prouvé ton entêtement. Tu quitteras cet endroit ; tu vas te consacrer à ton apprentissage. En contrepartie, tu travailleras pour moi.

Interlude

Aryador donna un coup de pied rageur dans les restes d'un feu de camp, provoquant un nuage de cendres. Sa cible n'était pas loin, elle avait bivouaqué ici il y avait de cela quelques heures tout au plus.

Le hurleur s'accroupit et toucha amoureusement l'herbe. L'herbe sur laquelle Laï-Mune s'était assise, l'herbe où elle avait sans doute dormi. Sa moitié était proche, toute proche, et dès qu'il la retrouverait, il la tuerait, honorant ainsi son serment envers son seigneur. Ils seraient enfin réunis après tant d'années de séparation.

—*Non. Ne viens pas.*

Elle le repoussait ? Mais il n'avait pas le choix, ce qu'il faisait, il le faisait pour leur bien.

Sur cette pensée, le hurleur se releva et reprit sa route à travers les bois, foulant un tapis de feuilles mortes. Ce n'était sans doute pas la voie qu'avaient empruntée ceux qu'il cherchait, mais il n'avait pas besoin de suivre le chemin exact. La présence de Laï-Mune flottait dans l'air, une sorte de conscience, de lumière, inscrite au plus profond de lui et qu'il suivait avec obstination.

Bientôt, il découvrirait son visage.

20

Capture et sang-de-lune

– Royaume d'Hélderion, campagne de Joune, 912 –

Sang-de-lune : Espèce très rare et convoitée. Le sang-de-lune est un animal puissant et d'une grande beauté, réputé pour son appétit féroce. Il a la particularité de se reproduire durant l'éclipse annuelle, à la saison du Bouclier. Un unique œuf est conçu et éclot pendant la saison de l'Amant. D'après la légende, son éclosion est liée à la trajectoire des lunes, d'où son nom.

Extrait de *Nos compagnons* – par Zitiane Kerivie, membre de la Corporation des dresseurs.

Des élancements douloureux réveillèrent Laï-Mune. Chaque battement de son cœur envoyait une vague de souffrance dans ses membres. Elle n'avait que des bribes de souvenir : Alexian parti retrouver Lorion, Noony et elle dans la forêt, puis… rien.

Elle s'aperçut qu'on lui avait attaché les mains dans le dos. Elle se contorsionna pour échapper à ses liens, en vain. Une paire de bottes entra dans son champ de vision.

— Y en a une qui se réveille déjà ! Amène-toi !

La chuchoteuse dévisagea son ennemi. Il portait les stigmates d'une vie de privation. Des loques pendaient sur ses épaules décharnées et ses yeux étaient enfoncés tels deux puits sans fond. Les bandits étaient rares dans la région, cela faisait un moment que l'on n'avait pas entendu parler de raids du genre. Mais en ces temps de guerre et d'incertitude, les vauriens sortaient de leurs cachettes.

Un cliquetis sur sa droite attira l'attention de Laï-Mune. Lorion était pris au piège d'un filet aux mailles de métal et croulait sous son poids. Plus loin, Alexian et Noony étaient ligotés dos à dos, encore inconscients.

L'homme devant elle semblait être le chef. Il ricana :

— Il faut être stupide pour se promener dans les environs sans arme ! Maintenant que nous sommes loin de la route principale, fouille leurs sacs ! ajouta-t-il à l'intention d'un de ses complices.

Ne trouvant que des restes de nourriture, ce dernier jeta l'un des bagages d'un geste rageur.

— Aucun objet de valeur !

De celui de Noony, ils extirpèrent une bourse encore bien remplie ainsi que l'œuf de sang-de-lune.

— C'est quoi ? Une pierre ?

— Pourquoi ils trimballeraient une pierre ?

— Donnez-moi ça.

Les deux hommes tendirent l'œuf à leur chef qui l'examina d'un œil expert.

— Aucun intérêt. Cela doit être un de ces animaux inutiles, encore les conneries des dresseurs !

Il le lança sans ménagement dans la forêt où l'œuf disparut. Profitant du répit accordé, Laï-Mune cherchait une solution. Elle voulut d'abord invoquer sa chantevie mais ne pouvait tendre le bras pour le geste rituel. Elle observa avec attention l'endroit où elle se trouvait. Elle n'aurait su dire avec exactitude où ils étaient mais, à en juger par les végétaux, ils avaient été transportés vers le nord. Volplume ne devait pas être loin.

— Hé ! Krobard ! Viens par là !

L'un des voleurs venait de plonger la main dans le décolleté de l'oraisonnière évanouie et d'en extirper un médaillon gravé d'une étoile.

— Ça doit valoir pas mal, ce bijou ! s'exclama l'homme, très fier.

Krobard le lui arracha des mains afin de l'étudier à la lueur incertaine des flammes. Il frisait l'euphorie.

— On dirait bien que la gamine est oraisonnière !

— Ah ouais ? s'étonna l'un des hommes.

— Et alors ?

— Et alors ? Vous n'êtes pas au courant ? Il y a un avis de recherche pour une oraisonnière en cavale. Il se pourrait bien que nous soyons tombés sur une fille qui vaut un sacré paquet de filantes !

Laï-Mune gémit, au comble du désespoir. Le chef se pencha et lui souffla en pleine figure son haleine chargée.

— C'est la fille Manérian, n'est-ce pas ?

— Vous faites erreur. Nous sommes de simples voyageurs.

— Oui, bien sûr. De simples voyageurs, la singea Krobard avant d'éclater de rire.

Alexian avait repris connaissance. Il essaya de se libérer, en vain.

—Nous avons capturé une gamine qui vaut une coquette somme! Fêtons ça!

Une bouteille d'eau-de-vie de Dinniel circula. Ils trinquèrent et mangèrent joyeusement.

—Hé! Notre tas de filantes revient à elle!

Noony venait en effet d'ouvrir les yeux. Krobard la força à relever la tête. Pour la première fois de son existence, Laï-Mune pria.

—Alors alors, qu'avons-nous là? dit-il d'une voix enjouée. Ne serait-ce pas la fille de Gide Manérian? Réponds!

Noony pinça les lèvres. Cela ne plut pas au chef, qui la gifla violemment.

—Je vais te ramener à ton petit papa! Mais avant, on a bien le droit de s'amuser, non?

Le brigand trancha ses liens. Paniquée, elle eut un mouvement pour s'enfuir, mais il la rattrapa par les cheveux. La jeune fille crut qu'il allait lui arracher la tête. Les deux autres voleurs s'approchèrent. Krobard tendit sa proie à ses hommes. Ils la firent tourner entre eux, glissant des mains aventureuses. Elle tenta de s'esquiver quand Krobard la plaqua au sol, lui arrachant un cri de douleur. Elle se débattit malgré le poids qui pesait sur elle. Laï-Mune leur hurla d'arrêter.

—Ne t'en fais pas, ton tour viendra aussi! rétorqua Krobard dans un rictus effrayant.

Noony lui lacéra les bras et le torse avec ses ongles. Il lui flanqua un coup suffisamment puissant pour l'étourdir sans la faire sombrer dans l'inconscience. L'un des complices déchira le haut de sa robe à l'aide d'un couteau.

—En plus de valoir beaucoup, ricana l'un d'entre eux, tu es à croquer!

Noony ne les supplia pas. Lorion gronda et s'agita dans le filet, mais les brigands ne semblèrent pas s'en émouvoir outre mesure. Alexian poussa un hurlement de rage.

—Ne la touchez pas!

Malgré les solides cordes qui lui maintenaient les mains dans le dos, il fonça en direction de Krobard. Ce dernier le repoussa et Alexian roula sur le côté. Le voleur le saisit par le col et le souleva sans effort.

—À ce que je sais, tu ne sers à rien, petit! Tuez-le.

—Arrêtez! Vous avez déjà ce que vous voulez, n'est-ce pas? Inutile de faire couler du sang! cria Laï-Mune.

Aucun des voleurs ne l'écouta. Ils traînèrent Alexian au centre du campement et le jetèrent à genoux aux côtés de Noony.

—Laisse-les faire, ne mets pas ta vie et celle de Laï-Mune en danger. Vous êtes beaucoup plus importants que moi pour accomplir notre tâche, murmura-t-elle.

—Hors de question qu'ils te touchent, protesta Alexian. Tu sais bien que si...

— Je sais.

— Comme c'est émouvant ! se moqua Krobard.

Un craquement retentit. Les trois voleurs se tournèrent en direction de la forêt.

— Qu'est-ce que c'était ?

— Orlok, va voir.

Son hurlement, quelques secondes plus tard, les figea tous d'effroi. Laï-Mune rassembla tout son courage et profita de l'occasion.

— Des amis à nous devaient nous rejoindre. Ils ont dû retrouver notre trace ! Ils sont armés et, croyez-moi, ils ne nous laisseront pas entre vos mains !

Krobard sourit à la chuchoteuse avec indulgence, comme s'il lui pardonnait d'être une piètre menteuse.

— Tu penses que je vais gober ça ?

Il se tourna vers Noony et lui assena un violent coup sur la nuque pour s'assurer qu'elle n'irait pas plus loin. Elle s'évanouit sous le regard impuissant d'Alexian. Alors que le bandit scrutait les bois où avait disparu son compagnon, la chuchoteuse sentit une brûlure lui transpercer la poitrine : la sphère incrustée dans sa chair, spécifique à tous les membres de son espèce, n'était plus du rose pâle habituel. Elle avait viré au rouge vif. Sous l'effet de la colère sourde qui l'animait, ses liens s'embrasèrent et devinrent cendres aussitôt. Libérée de toute entrave, elle contourna Krobard, lui arracha le bâton des mains et le frappa dans les jambes. Il tomba à terre en poussant un rugissement de douleur. Laï-Mune leva alors la main, la couleur de sa sphère s'intensifia et une partie du filet qui retenait le lynx fondit. Elle libéra ensuite Alexian, sans prêter attention aux deux brigands.

Elle ne vit pas la lame qui lui entailla l'épaule. Surprise par la douleur, elle brandit le bâton. La vague d'énergie se retira d'elle aussi vite qu'elle était venue, et elle vit avec horreur la sphère pâlir. Elle s'écroula, épuisée. Alexian se jeta sur son agresseur et lui enfonça un poignard dans le dos. Le troisième larron émit un hoquet de surprise avant de tomber en avant, une auréole sombre se formant sur sa chemise. Pendant ce temps, Lorion s'était approché de Krobard et rivait sur lui ses yeux menaçants. Le bandit venait de ramasser son bâton quand l'animal lui sauta dessus et l'éventra d'un coup de griffes. Laï-Mune contempla la scène. Ces morts étaient une vision à la fois insupportable et hypnotique. Dressant les oreilles, le lynx abandonna soudain le cadavre pour s'enfoncer dans les bois. De son côté, Alexian reprenait son souffle. Il chercha aussitôt son compagnon. Le camp était vide : seul le crépitement du feu brisait le silence.

— Lorion ! Lorion !

— *Je suis là.*

Alexian s'avança prudemment, et aperçut Orlok, en piteux état. Il avait dû tomber à plusieurs reprises. Il lançait des cailloux pour maintenir le lynx à distance et avait atteint sa cible, car Lorion boitait de la patte arrière droite.

— Sale bestiole ! Tu vas voir !

Profitant d'un effet de surprise, Alexian se précipita. Orlok perçut le mouvement dans son dos et leva au-dessus de sa tête une grosse pierre moussue, dans l'espoir de l'envoyer sur le jeune homme. Soudain, une créature étrange surgit et planta ses crocs dans la jambe du voleur puis mastiqua avec application le large pan de chair qu'il avait prélevé. Dans un hurlement, Orlok chuta et la pierre avec lui, lui écrasant le visage. Alexian détourna le regard de la scène, retenant un haut-le-cœur.

ꙮ

Laï-Mune invoqua des plantes sur ses blessures. Noony, tremblante, plaquait les vestiges de sa robe contre sa poitrine. Elle découvrait le carnage avec horreur.

— Vous les avez tués.

— C'était ça où ils nous tuaient, nous, répliqua Laï-Mune.

La chuchoteuse, appuyée contre un arbre, tâtait sa sphère avec inquiétude.

— Qu'est-ce que c'est ? questionna Noony.

— Mon cœur.

Elles furent interrompues par un bruissement provenant des buissons. Un petit animal aux oreilles arrondies et aux immenses moustaches mauves s'approcha d'une démarche pataude. Sa tête triangulaire mouchetée de noir s'inclina sur le côté. La créature ouvrit la gueule pour crier, découvrant des crocs acérés. Son poitrail était maculé de sang. Les débris de coquille sur lui ne laissaient aucun doute quant à son origine.

— Le petit sang-de-lune ! s'exclama Noony en se précipitant pour le serrer dans ses bras.

— Hum… Noony ? Tu as vu tout ce sang sur lui ?

— Bien sûr ! Les sang-de-lune mangent la première créature qu'ils voient à leur éclosion, excepté leur mère. Ils savent la reconnaître dès la sortie de l'œuf ! Fascinant, n'est-ce pas ?

— Tu es sûre qu'il ne va pas nous agresser ?

— Mais non ! Il me prend pour sa maman, regarde !

Le sang-de-lune s'était endormi contre Noony. Ainsi, il paraissait inoffensif. Alexian et Lorion les rejoignirent enfin. Laï-Mune désigna la créature du doigt.

— Il a éclos.

Alexian tenait dans sa main le médaillon de Noony, récupéré sur le cadavre de Krobard. Il le tendit à la jeune fille, qui le saisit avec un hochement de tête reconnaissant.

— Il a avalé la majeure partie de ce qui restait du troisième voleur. Lorion et moi avons dû nous cacher pour éviter qu'il ne nous dévore comme entremets. Vous allez bien ?

— Ça peut aller, répondit Laï-Mune, je termine de me soigner à l'instant. Oh…

Elle venait d'apercevoir la patte de Lorion et s'agenouilla près du lynx.

— Tu peux faire quelque chose ? interrogea Alexian.

— Il y a des chances, oui.

Pendant que Laï-Mune accomplissait le rituel, Alexian observait d'un œil circonspect le sang-de-lune blotti contre Noony.

— Il est un brin dangereux malgré sa taille. Heureusement que tu m'avais prévenu, pour le casse-croûte de naissance.

Noony sourit, reconnaissant la valeur de ce remerciement. L'espion entreprit de fouiller les corps près du feu. Il récupéra leur argent et même quelques pièces supplémentaires. Dans l'un de leurs sacs, il mit la main sur des vivres et sur deux gourdes pleines, qu'il ajouta à ses propres affaires. Laï-Mune avait terminé de soigner Lorion et Noony avait délaissé sa précieuse créature pour se changer. Les mains encore tremblantes d'émotion, elle jeta sa tenue déchirée dans les flammes. Sa main saisit la lame qui l'avait dénudée. Après avoir ramené ses cheveux en arrière, elle les tailla. Les mèches ondulées rejoignirent la robe en cendres. Ces gestes symboliques la soulagèrent un peu de sa peur et de sa honte.

Cette coupe courte rendait le délicat visage plus décidé et volontaire que jamais.

— Nous devrions partir, déclara Alexian. Si quelqu'un découvre ces cadavres, nous pourrions avoir encore plus d'ennuis que nous n'en avons déjà…

— Je suis d'accord. Nous pourrions reprendre la route, proposa Laï-Mune. Volplume n'est sans doute plus très loin. Nous monterons un camp à la lisière des bois.

La chuchoteuse avait recouvré des forces, comme en témoignait la couleur de son cœur, et ne se laissait pas distancer. Noony, encore sous le choc, peinait à suivre le rythme de la marche. Le sang-de-lune gambadait joyeusement à ses côtés, ravi de cette promenade nocturne, et Lorion observait le nouveau venu d'un air peu affable.

— Je ne sais pas si c'est une bonne idée de garder cette bestiole, soupira la chuchoteuse. Il y a déjà le lynx, nous ne sommes pas des dresseurs !

— C'est un cadeau, expliqua Alexian. Essaie de la dissuader si tu veux, mais moi je renonce dès maintenant. Ce serait peine perdue.

— Tu sembles vraiment bien la connaître. Tu ne crois pas que tu devrais tout lui dire au sujet de l'endroit d'où tu viens et de ta mission ?

La question sembla rester en suspens.

— Tu vas bien la mettre au courant tôt ou tard, n'est-ce pas ?

Alexian ne répondit toujours pas.

— Si elle vient avec nous jusqu'à Rouge-Terre, elle verra les tiens, et comprendra que tu viens de là-bas ! Tes yeux vairons, ton union… En plus, ta couleur est en train de disparaître. Astucieux de cacher tes cheveux rouges sous une teinture. Astucieux mais éphémère.

—Elle réagirait très mal si je le lui disais, fit-il d'un ton impassible. C'est une oraisonnière, elle considère ceux de mon peuple comme des barbares. Elle veut éviter des morts parmi les Hélderionnois, mais elle se fiche de Rouge-Terre.

—Elle l'apprendra de toute façon ! Et mieux vaut que ce soit de ta bouche !

—Noony ne nous accompagnera sans doute pas jusqu'au front, répliqua-t-il avec une assurance relative. Je suis certain qu'elle restera à Volplume : elle y aura trouvé un lieu calme et un refuge contre son père.

—Je crois que tu ne la prends pas assez au sérieux.

Interlude

Un sourire errait sur les lèvres de Nwinver. Elle resta quelques instants à observer les rayons du soleil dans les frondaisons des arbres, puis se redressa.

— C'était encore une fois très bien, parfait.

L'aube pâle nimbait son corps nu et noir, soulignant son insolente perfection.

— Dites-moi Nwinver, demanda le hurleur, pourquoi venez-vous me voir ? Pourquoi insistez-vous pour que je garde toujours de la résuadine sur moi ?

— Oh… je t'en prie, Aryador ! Tu es assez grand pour comprendre ces choses-là. Tu es un brave garçon, doux, tout ce qu'il faut à une femme en manque d'attention.

— Notre cher Astracan ne va-t-il pas avoir des soupçons de votre si longue absence ?

— Je suis venue te transmettre un message de sa part. Je fais d'une pierre deux coups. Tu dois tuer la femme dont il t'a parlé, celle qui le gêne dans son projet de guerre. Tu auras un contact sur place, voici son nom et l'endroit où tu peux le trouver.

— Compris.

D'un claquement de doigts, une somptueuse robe de tulle noir se matérialisa sur la peau de Nwinver.

— Restez, supplia Aryador. Restez encore un peu, je vous en prie.

— Je ne dois pas trop m'attarder, il y a une réunion stratégique cet après-midi.

Aryador opina du chef, docile. Nwinver poussa un soupir.

— Pour répondre à ta question au sujet de notre relation… Soleil est un bon gouvernant, mais pas un bon mari. Je préfère m'amuser avec les hommes qui sont à son service.

— Vous en voyez d'autres que moi ?

— Bien entendu ! Il faut bien que je me divertisse. Toi aussi tu en aimes une autre.

— La prière ne vous suffit donc pas ? marmonna le hurleur, piqué au vif.

— Oh, si seulement je pouvais encore croire aux étoiles…

— Vous avez perdu la foi ?

— Comment pourrais-je croire en quoi que ce soit vu ce que je suis ? Mon époux m'a créée de toutes pièces, ma seule raison d'être a longtemps été de le servir. À présent que j'ai réalisé que je pouvais avoir ma propre vie, je tente d'en profiter, de vivre quelques instants de plaisir fugaces…

Elle secoua tristement la tête, puis lui glissa au creux de l'oreille :

— Jadielle, hurleur. Tu crois que des créatures comme nous ont une place là-haut ?

21

Une vie pour une vie

– Royaume de Thyrane, Mizin, quartier des veilleurs, 912 –

Qui touche à l'un d'entre nous touche tous les Lames Nocturnes.

Article quatre du *Livre des Règles*, ouvrage de référence pour le clan des Lames Nocturnes.

ꝏ

La clef heurta la porte par deux fois avant de se loger dans la serrure.

—Allez… Entre! Mais entre!

Orius la tourna puis poussa le battant avant de pénétrer dans le quartier des veilleurs d'un pas titubant. Il avait bu plus que de raison à la taverne de l'angle de la rue, noyant dans l'alcool l'atroce révélation de Mélgane. Son père. C'était son père qu'il recherchait depuis le début.

Le veilleur, d'habitude si méfiant, jeta les clefs sur son bureau et se contenta de claquer la porte. En relevant la tête pour ôter son manteau, il remarqua les quatre hommes installés sur des chaises, les bras croisés. Ils l'attendaient.

—Que… Qu'est-ce que vous voulez? grogna Orius. Foutez-moi la paix… J'veux dormir.

L'esprit embrumé, le chef-veilleur se mit à faire de grands gestes comme pour chasser un insecte:

—Allez! Ouste! Je… Je vous ai dit de partir… 'tention je plaisante pas!

Ses bredouillements firent naître des expressions moqueuses. Orius tira maladroitement sa dague. Aussitôt, les hommes se levèrent, menaçants. Il recula.

—D'accord… on se ca… calme!

Il laissa tomber l'arme sur le sol, puis se mit à fouiller dans sa bourse.

— Essayer de nous soudoyer ne sert à rien, chef-veilleur, dit l'un des visiteurs. Souviens-toi de l'article quatre.

— Ah oui ? J'ai encore touché personne ! railla Orius.

Il s'avança et posa le bout de son doigt sur le torse du Lame nocturne le plus proche.

— Oups !

Il reçut un premier coup de poing en plein visage, suivi d'un autre dans le ventre, le précipitant à terre. Agenouillé sur le sol, il vit son sang goutter. Un violent coup de pied le frappa dans les côtes, puis d'autres, des dizaines d'autres. Impuissant, Orius ne pouvait que se recroqueviller en une boule de souffrance. Le veilleur releva la tête et eut le temps de voir l'un des hommes ramasser sa dague. Il sentit un dernier choc dans son dos. Ce fut d'abord une petite douleur, puis elle devint plus profonde, plus cuisante. Sa propre arme l'avait trahi. Enfin, la souffrance se mua en une sorte de léthargie. Il s'y glissa sans lutter.

ꙮ

De petites fleurs blanches reposaient sur le bureau de la chambre d'Aileen, sur un plateau emprunté à la salle de botanique.

Elle s'appliquait à débiter de fines lamelles d'une tige cannelée, puis à les broyer à l'aide d'un pilon improvisé.

— *Tu fais quoi ?*

Murmure venait d'apparaître et se penchait au-dessus du récipient.

— Rien.

Elle ferma le livre qu'elle consultait et le rangea sous son lit, puis enfila des gants de protection. Elle retira les étamines des fleurs pour les ajouter à la mixture.

— *C'est du poison ?* interrogea l'ectoplasme.

— Pas exactement. Ça provoque des… hum… furoncles. Yamilia a failli détruire un innocent. Une vie pour une vie.

Elle s'apprêta à quitter la chambre avec le bol, mais le fantôme lui barra le chemin.

— *C'est mal !*

— Elle va juste avoir des rougeurs pendant plusieurs mois. Ce sera une excellente leçon.

— *Mais…*

— Personne n'est décidé à faire payer à cette peste ses agissements ! Elle fait souffrir les autres, et tout le monde trouve ça normal ! Avant mon départ de la pension, je veux qu'il y ait un peu de justice.

Le feu aux joues, elle traversa le voile glacé de Murmure. Alors qu'elle avançait dans les couloirs obscurs de la pension, elle se mit à douter. Le visage d'Arelun lui revint en mémoire, sa rage l'envahit à nouveau et elle ne pensa plus aux conséquences de son acte.

Yamilia dormait paisiblement. Le tapis étouffait le bruit des pas de l'intruse. Elle saupoudra son mélange sur le visage de sa victime avant de filer. Elle arrivait à sa chambre quand un cri déchirant retentit. La jeune empoisonneuse se hâta de cacher les ustensiles et les déchets des plantes puis s'étendit sur le lit comme si de rien était, le cœur battant. Murmure la contemplait, désolé.

—*Aileen… ce que tu viens de faire, c'est…*

—C'est ma décision. Tu vois bien ce qui arrive aux personnes droites et honnêtes : elles sont les souffre-douleur de ceux qui osent franchir les limites. Je ne serai plus jamais soumise aux règles des autres ; ils ne feront de moi ni une épouse modèle ni une brillante herboriste.

Aileen attrapa sa valise, et, comme l'avait fait Mylianne bien des mois auparavant, regroupa quelques effets personnels.

—Tu vois, Murmure, nous allons retrouver ta sœur et je vais venger la mienne. Enfin, les choses rentrent dans l'ordre.

—*Mais par où allons-nous commencer ?* demanda le fantôme.

—Je vais d'abord suivre ma formation, puis nous interrogerons tout le monde en Thyrane s'il le faut, nous fouillerons toutes les archives de la capitale et nous étudierons chaque sépulture de chaque cimetière. Il doit bien y avoir des traces de ta sœur quelque part, et nous saurons si elle est morte ou en vie.

Le Maître ouvrit la porte sans s'annoncer. Son expression était encore plus sévère et implacable que d'habitude.

—Puis-je savoir où tu vas comme ça ?

—Je ne veux plus rester ici.

Son regard suspicieux parcourut la pièce. Il ouvrit chaque meuble et trouva les preuves de son forfait. Elle faisait une piètre empoisonneuse.

—De l'ombrellia, fit-il d'un ton expert. Comme c'est charmant. Et tu as mélangé la tige et les graines.

—Pour lui faire quelques dégâts sur la peau, osa-t-elle.

Il se pencha et examina les restes de plus près.

—Seule la tige provoque des réactions allergiques. Les graines sont toxiques, elles provoquent la mort si on n'administre pas d'antidote et dans tous les cas elles sont à l'origine de lésions cutanées irréversibles.

—Je voulais juste…

—Les astres soient loués, je peux lui donner le remède approprié, j'ai ça en réserve. Elle sera quand même défigurée, morigéna le Maître. J'ai tout de suite pensé à toi. Je savais que la formation pouvait donner de drôles d'idées à des personnes un peu… enfin bref. Bien, il vaut mieux que j'emporte tout ça.

Le Maître saisit un linge dans le placard pour envelopper les restes.

—Donne les gants, ils sont toxiques.

Aileen retint le Maître sur le point de sortir.

— Quand pourrai-je partir ?

— Demain. Tu iras à l'Institut des guerriers de l'aurore. Je te préviens : il est bien plus aisé d'y entrer que d'en sortir gradé.

— Où est-ce ?

— À Zenan, la seule ville encore habitable du sud-ouest de Thyrane. Un convoi passera te prendre tôt dans la matinée, le trajet durera trois jours. Ce sera trop long pour toi d'attendre jusque-là ?

— Non, non, murmura-t-elle.

— Tu devrais aller te recoucher, que l'on ne te suspecte pas de l'empoisonnement de Yamilia.

— Pourquoi ne me dénoncez-vous pas ?

— Ce n'est pas dans mon intérêt. Cela étant, c'était une très belle application des cours que je t'ai donnés, vraiment. Un peu soudaine, néanmoins…

Aileen resta longtemps debout à essayer de savoir si elle détestait ou non cet homme.

Le jour où elle quittait la pension Sybilène était enfin arrivé. Aileen sortit de l'internat sans l'uniforme réglementaire. Dans les couloirs, elle entendit un groupe parler avec agitation.

— … elle est à l'infirmerie, la pauvre. La guérisseuse lui a bandé tout le visage !

— Mais comment est-ce arrivé ? Elle dormait, c'est ça ?

Arelun s'arrêta en face d'elle. Il n'affichait plus sa timidité farouche. Aileen aurait même juré que les imperfections de son visage s'atténuaient.

— Oh, bonjour Arelun.

— Tu t'en vas ? demanda-t-il en désignant la valise à ses pieds.

— Oui, c'est une sorte de réorientation.

— Dans ce cas, bonne chance à toi, fit-il. Et merci pour tout ce que tu as fait pour moi.

— Ce n'était pas grand-chose, marmonna-t-elle. Je dois y aller, un convoi m'attend…

Aileen ne put s'empêcher de ressentir une certaine nostalgie en quittant le lieu où elle avait grandi. Ces murs étaient devenus familiers, tout comme les gens qui la regardaient partir. Toutes ces années aux côtés de Mylianne. Ces moments avaient une saveur amère depuis sa mort.

Dame Irane remontant une allée du jardin aux côtés de Lylonna la tira de ses pensées.

— Yamilia ne peut plus occuper le rôle de pensionnaire modèle de l'année après ce qu'il vient de lui arriver. Il faut donc songer à la remplacer…

— Et vous avez pensé à moi, dit Lylonna d'une voix égale.

Cette dernière s'arrêta en reconnaissant sa camarade de cours particuliers.

— Aileen ! s'exclama-t-elle, surprise. Tu t'en vas ?

— Nous en reparlerons plus tard, fit Dame Irane en s'éclipsant.

— Je vais suivre une formation de guerrier de l'aurore, expliqua Aileen sans prêter attention à l'enseignante.

— Grâce au Maître, je présume.

— Tu as tout compris.

— J'hésitais déjà à quitter les cours du Maître, car ce qu'il nous apprend me déplaît, et ton départ me conforte dans ma décision.

— Pourtant, tu es douée, admit Aileen, non sans une pointe de jalousie.

Lylonna haussa les épaules.

— La violence n'est pas mon fort. Je préfère m'orienter vers quelque chose de moins rude. Dans tous les cas, j'espère que tu trouveras ce que tu cherches dans cette voie. Tu es une fille bien, j'aurais aimé mieux te connaître. J'aurais aimé parler davantage avec toi lors des cours.

— Moi aussi…, regretta Aileen. Je file, je vais rater le convoi. J'ai passé assez de temps ici.

Elles se saluèrent avec chaleur. Lylonna s'éloigna, très vite abordée par deux garçons. Aileen entendit son éclat de rire cristallin. Elle songea à ces gens à la perfection naturelle et pourtant d'abord si simple, tandis qu'il existait de vraies pestes. Des caricatures comme Yamilia. Peut-être avait-elle ses raisons, mais elle n'en était pas moins impardonnable.

— Murmure ? appela-t-elle. Nous partons.

— Je sais. Je te suis, ne t'en fais pas.

Aileen patientait devant le portail de fer forgé. Le Maître la rejoignit, une grande clef à la main.

— Tu sembles bien pressée. J'ai quelque chose à te remettre avant que tu ne bondisses dans le convoi.

Il tira une lettre de la poche de sa veste et la lui tendit. Elle la saisit d'un geste vif et en examina l'origine. Elle fut surprise de découvrir le cachet brisé.

— Vous ouvrez mon courrier ?

— Je préfère te surveiller, déclara-t-il avec tranquillité. Après tout, tu as tenté de tuer l'une de tes camarades.

— Arelun a failli se suicider à cause d'elle !

— Et tu as décidé de faire justice toi-même…

— Personne d'autre ne l'aurait fait ici.

Aileen extirpa la lettre de l'enveloppe.

« À Aileen,
Le premier jour de la saison de l'Amant, an 912, à Manérian.

Ma chère fille, je me dois de t'informer des tragiques événements qui ont ébranlé la famille. Comme si la mort de Mylianne n'avait pas suffi, Noony a décidé de fuir la cité et son devoir pour

d'obscures raisons. Je crois qu'elle avait peur d'oraisonner sur le front. Elle a décidé de s'enfuir avec l'homme que j'avais engagé. Quelle lâcheté ! Elle a jeté l'opprobre sur la famille.
Ta pauvre mère est au plus mal. Ses violentes fièvres sont sans doute liées au départ de Noony. Elle vit mal la disparition de deux de ses filles. Ne reste que toi, notre espoir et notre fierté.
Avec tes résultats en botanique, nous sommes convaincus qu'une brillante carrière au sein de la Corporation des souffleurs de maux t'attend. Avec le recul, nous regrettons de ne pas avoir envoyé Noony en pension avec toi.
Continue de te concentrer sur tes études. Je te donnerai des nouvelles de la situation.

Que les astres te protègent,

Ton père qui pense à toi. »

Aileen tressaillit. Elle ? La dernière fierté de la famille ?

— Mes parents ne savent pas que je vais quitter la pension et…, bredouilla-t-elle.

— Je veillerai à ce qu'ils continuent à l'ignorer.

— Pourquoi feriez-vous ça pour moi ?

— Car tu partageras avec moi toutes tes découvertes sur les clans. Si tu deviens veilleur, tu auras autant de comptes à rendre à ton supérieur qu'à moi. En échange, ta famille recevra toujours d'excellents bulletins de leur fille. C'est équitable, non ?

Le Maître, ravi de cet accord, lui tendit un anneau ouvragé. Il prit la main d'Aileen et posa le bijou au creux de sa paume.

— Tu n'auras qu'à montrer cet anneau aux domestiques lorsque tu viendras faire ton rapport. Ils te laisseront passer.

Aileen le passa à son pouce. Le convoi venait d'arriver dans un tonnerre de sabots. Elle adressa un petit hochement de tête au Maître, qui le lui rendit. Le cocher monta sa valise sur le toit et l'aida à grimper dans la grande calèche bondée. Elle se trouva coincée entre deux femmes qui discutaient des dernières nouvelles d'Hélderion.

— … bien sûr, j'aurais préféré rester à Abranelle, cela va de soi. Mais mon époux a voulu travailler ici. J'ai décidé de le suivre.

— Je comprends votre choix, très chère. Vous ne regrettez pas notre royaume, si civilisé en comparaison ?

— Si, bien sûr. Thyrane est un lieu de violence et de saleté ; heureusement nous sommes plutôt bien logés.

Aileen avait beau tourner et retourner le problème dans son esprit, elle se sentait prise au piège. Le Maître avait un énorme moyen de pression sur elle.

S'il avertissait son père de son choix, ce dernier la ferait rentrer en Hélderion, surtout à présent que Noony était partie.

Pourquoi avait-elle fui ? Sa sœur n'avait pas un tempérament de guerrière, mais son dévouement était tel… Elle s'était rebellée contre la corporation, à Manérian, le soir de l'oraison de Mylianne. De là à s'enfuir, tout de même ! Des choses graves avaient dû se passer du côté de sa sœur. Cet Alexian ne pouvait y être étranger.

Interlude

Aryador était assis à l'orée de la forêt, le dos contre un rocher. Enveloppé dans son manteau, il admirait les tourelles de Volplume, les joues cinglées par une bise mordante.

— *Va-t'en, je t'en supplie…*

Aryador avait une liaison avec Nwinver depuis bientôt trois ans. Il avait toujours connu l'épouse de l'Astracan, pleine de bonnes intentions à son égard : elle taisait ses bêtises d'enfant et l'autorisait à la suivre dans ses promenades. Petit, seul hurleur d'une génération de spécimens éteinte, il considérait Nwinver comme sa mère. La résuadine coulait dans leurs veines. Ils étaient du même sang.

Nwinver n'avait pas pris une ride. Aussi, lorsqu'il devint homme, qu'elle demande à se satisfaire dans ses bras ne le choqua pas. C'était une femme belle et jeune, au corps élancé, à la chair ferme. Après lui avoir dispensé une éducation spirituelle au palais, elle s'était chargée de lui apprendre l'amour.

L'Astracan Soleil était au courant des infidélités de sa femme ; toutefois, il n'y avait jamais fait allusion, pas plus que Nwinver. Le dirigeant suprême semblait toujours bien s'entendre avec celle-ci. Sans doute tolérait-il son attitude volage.

Aryador fut tiré de ses réflexions par un bruit en provenance de la forêt. Sur la défensive, il dégaina sa chantemort, une flûte taillée dans un bois aussi noir que la peau de sa maîtresse. Il observa un instant les fourrés et vit une boule de fourrure blanche détaler. Un animal. Il rangea son instrument et ne put s'empêcher de songer à sa chuchoteuse. Son véritable amour. Il aurait aimé pouvoir la prendre contre lui comme il le faisait avec Nwinver, mais leur étreinte serait leur dernier soupir.

22

Révélations à Volplume

– Royaume d'Hélderion, Volplume, 912 –

Cyrielle Volplume : Née en 862, Cyrielle Volplume, unique descendante de Dilda Volplume, vit une enfance dorée à la résidence matriarcale de la cité des érudits.
À l'âge de huit ans, elle commence à écrire. À quatorze ans, encouragée par son précepteur, elle s'essaie au roman. Tout Hélderion devient friand des ouvrages naïfs de cette jeune fille. Elle connaît ainsi une grande popularité dès son adolescence. Elle abandonne rapidement les romans pour échafauder des théories sur le sujet épineux mais fascinant de la religion. À vingt-deux ans, elle écrit l'ouvrage controversé *L'Âge de Soleil III*, dont la thèse est que ce dernier utiliserait la résuadine à des fins personnelles.
C'est à vingt-cinq ans, à la mort de sa mère, que Cyrielle doit prendre sa place de Première Citoyenne. Elle s'entoure d'excellents conseillers afin de pallier son manque d'expérience et devient bien vite la Première Citoyenne la plus appréciée de l'histoire de Volplume.
Le jour de son accession au pouvoir, Cyrielle épouse Tilian Feulet, brillant chercheur. Ils auront quatre enfants, dont trois garçons avant, qu'enfin, Cyrielle ne mette au monde une héritière. Son époux est retrouvé pendu deux mois après la naissance de leur bébé. Si certains mettent en avant l'hypothèse du suicide, Cyrielle a toujours soutenu qu'il s'agissait d'un meurtre du gouvernement afin de la déstabiliser. Malgré cet épisode difficile, elle reprend en mains les affaires de la cité. Réputée pour son audace et son courage, Cyrielle s'oppose très souvent aux décisions de l'Astracan et reste une personnalité singulière dans le paysage des corporations.

Extrait du *Guide des personnalités des corporations* – écrit par le Conseil de Volplume en l'an 908, et régulièrement mis à jour depuis.

&

Laï-Mune avait déjà traversé Volplume, dite la cité bleue, cinq ans auparavant. Comme la première fois, elle se retrouvait béate d'admiration. La première chose qui frappait était la construction verticale de la ville, un assemblage de tours dans tous les tons de bleu. L'architecture fouillée donnait une impression de profusion, des sculptures saillaient, un trompe-l'œil dans une alcôve piégeait l'observateur, les fenêtres s'ourlaient de frises délirantes. Les tours étaient reliées entre elles par des ponts formant une toile improbable. Au sol, la mosaïque azurée des routes semblait une provocation au ciel.

Les habitants, des intellectuels ou des artistes, portaient des tuniques colorées selon leur art. Ce système rendait l'intégration de Laï-Mune, Noony et Alexian plus difficile. Ce dernier avait ordonné à Lorion et au sang-de-lune de rester hors de la ville. L'oraisonnière s'était d'abord opposée à l'idée de se séparer de son nouveau compagnon, puis avait admis à contrecœur que c'était la décision la plus avisée.

Perdus dans les rues de la ville, ils interpellèrent l'un des habitants pour connaître la procédure de demande d'asile. L'homme leur sourit sous sa capuche parme.

— D'où venez-vous ?

— Nous sommes de Manérian, répondit Noony.

Alexian retint une réaction d'humeur. À ce nom, l'homme répondit avec hargne :

— Je comprends mieux les raisons de votre venue ; qui aurait envie d'être sous la coupe de ce traître de Manérian ? Aux dernières nouvelles, il a ordonné à tous les oraisonniers de sa ville de participer à la guerre ! Vous parlez d'un gâchis… Ne vous en faites pas, Volplume est une corporation à part grâce à son système matriarcal et personne n'a jamais essayé de rallier notre belle ville par la force aux décisions de l'Astracan.

— Les rumeurs prétendent que Gide Manérian recherche sa fille, lança Alexian.

— Morte… ou vive, précisa l'oraisonnière.

— Ça, je ne peux pas vous dire. Les avis de recherche n'ont pas lieu d'être dans une ville d'érudition et de tolérance. En tout cas, vous êtes des étrangers et vous semblez être dans une situation délicate. Si vous êtes venus chercher l'asile, il faut demander un entretien avec la Première Citoyenne à la résidence. C'est un grand bâtiment, vous ne pouvez pas le rater.

Après avoir remercié leur interlocuteur, le petit groupe pénétra au cœur de la ville.

— Combien de temps Volplume restera-t-elle à l'écart de la guerre ? demanda Noony, mélancolique.

—Un certain temps, répondit Laï-Mune avec conviction. Ce n'est ni la première, ni la dernière fois que cette ville fait bande à part.

Les passerelles convergeaient vers la résidence matriarcale, une tour imposante percée d'un nombre incroyable d'entrées. Au sol, des dizaines d'escaliers s'enroulaient autour des piliers soutenant certains ponts. Ceux-ci donnaient accès à de nombreuses portes d'où s'écoulait un flot de gens pressés.

—Laï-Mune, demanda Alexian, tu es sûre que l'on nous donnera l'asile ?

—Si on ne nous le donne pas ici, on ne nous le donnera nulle part. Nous avons besoin d'une protection, de nous reposer et de faire des provisions.

—Nous pouvons faire tout cela sans prendre le risque d'entrer en contact avec des gens de l'administration d'une corporation, non ? Il doit bien y avoir quelques boutiques...

—Nous ne pourrons rien acheter sans une certification d'asile, intervint Noony. C'est ainsi que Volplume régule les migrants. Tu devrais lire plus.

—Si les habitants de Volplume sont aussi... tolérants, poursuivit-il en mimant des guillemets, ils passeront peut-être outre. Après tout, on paie !

La chuchoteuse secoua la tête en signe de négation.

—C'est contraire aux principes de la Première Citoyenne. Si elle accordait l'asile sans rien contrôler, cette ville ne serait pas une telle splendeur, ce serait plutôt le refuge de tous les délinquants ! Nous fuyons pour des raisons politiques, elle nous donnera sa protection.

—Si nous nous faisons repérer...

—Si nous nous faisons repérer, Alexian, ajouta Noony, ce sera en achetant des provisions sans autorisation de séjour.

Ils franchirent le seuil de la résidence de la Première Citoyenne et pénétrèrent dans la salle des demandes d'asile. Des dizaines de personnes patientaient. Les trois compagnons choisirent la file qui attendait son tour devant le Bureau des discordes corporatives. Devant eux, une femme famélique tenait un bébé vagissant. Derrière, un homme d'âge mûr au port aristocratique lisait un livre.

—Suivant !

Ce fut le tour de la maigre femme de s'avancer devant le chargé des discordes corporatives. Il signait des documents à une vitesse hallucinante.

—Bon... Bonjour...

—Votre nom ?

—Yulia Huin.

—Les raisons de votre demande d'asile ?

—Je... Je ne sais pas où aller, mon fils est malade...

—Vous devez vous adresser à un guérisseur. Allez à Krisancie.

—Mais...

—Entendons-nous bien, je suis là pour décider qui ira ou non plaider son cas devant notre chère dirigeante. Nous donnons l'asile à des personnes pourchassées. Vous ne trouverez pas ici de quoi soigner votre fils.

—Je…

Il l'interrompit d'un doigt levé.

—Voici une autorisation de séjour d'une journée et un billet pour un convoi. Suivant!

Laï-Mune avait pitié de cette femme et de son enfant, mais elle savait qu'elle ne pourrait l'aider sans faire courir à ses compagnons des risques inconsidérés, même ici.

—Bonjour. Vos noms?

Noony voulut répondre, mais cette fois-ci, Alexian la devança:

—Nous refusons de les donner.

—Je vois. La raison de votre venue ici? continua le responsable en les dévisageant.

—Notre famille s'est fait massacrer par les clans, à Valdir. Nous cherchons un endroit à l'abri des zones côtières, où nous pourrons nous reposer quelques jours avant de reprendre la route.

—Bien. Messieurs, escortez ces jeunes gens dans la salle d'audience. Ils doivent être reçus par la Première Citoyenne.

La salle d'audience était immense, couronnée d'un plafond haut aux moulures délicates. Des bancs de bois s'étendaient jusqu'à une estrade sur laquelle un trône dominait. La Première Citoyenne siégeait. Alexian, Noony et Laï-Mune se glissèrent sans bruit sur un banc.

—Je vous remercie d'avoir fait confiance à Volplume, déclara-t-elle pour congédier le cas précédent.

Quand il eut quitté la salle, les trois voyageurs se trouvèrent seuls avec la dirigeante. Elle avait le port altier des femmes de haute naissance et une simplicité tout aristocratique. Sa tenue sobre et élégante reflétait à la perfection sa personnalité et sa manière de gouverner. Une fanfreluche inutile aurait été perçue comme une excroissance répugnante sur la délicate silhouette. Elle n'eût pas ceint sa tête d'un diadème, on se serait tout de même incliné sur son passage, tant la prestance et la force de caractère l'auréolaient tout entière.

—Bienvenue à Volplume. Je suis Cyrielle, Première Citoyenne de notre belle cité. Approchez, nous allons traiter votre cas.

Ils s'exécutèrent, impressionnés par cet accueil en toute simplicité. Cyrielle, accoudée, les observait avec amusement.

—Gide Manérian a décidé d'accéder à la requête de l'Astracan Soleil, dit-elle. Il lève une armée d'oraisonniers afin d'emmagasiner le plus de résuadine possible. D'après mes conseillers, sa fille aurait fugué avec un homme.

—Sans vouloir vous froisser, Votre Excellence, répliqua aussitôt l'espion, quel rapport cela a-t-il avec nous? Nous arrivons de Valdir.

—Il y a un avis de recherche pour eux, avec dix mille filantes de récompense, et ce, peu importe leur… état. Selon l'avis, l'homme aurait des yeux vairons. C'est peu commun. En revanche, il était question de deux personnes, non de trois!

Ils restèrent murés dans un silence prudent, Cyrielle poursuivit donc :

— Vous êtes méfiants. C'est bien. On ne sait plus à qui se fier, y compris à Volplume. Cependant, vous faites de piètres fugueurs. Il était évident que Noony Manérian finirait par venir ici chercher ma protection. La récompense va attiser bien des convoitises, et sans doute faire flancher les personnes les plus intègres. Vous devez changer d'apparence. Vous fondre dans la masse est primordial, par exemple, en revêtant les tuniques classiques de Volplume.

Alexian fronça les sourcils, sur la défensive.

— Je vais dire au moins digne de confiance de mes conseillers qu'on m'a signalé la présence d'une oraisonnière correspondant à votre description à Lyneroy, et que je veux envoyer des émissaires pour lui venir en aide. Croyez-moi, cela remontera très vite aux oreilles de la Corporation des marchands d'étoiles. Cela brouillera les pistes pendant quelques jours. Mademoiselle Manérian, très bonne idée que ce changement d'allure. Cela vous va à ravir ! Bien. Affaire classée.

Une jeune femme aux joues marquées de longues cicatrices entra dans la salle d'audience et s'inclina avec respect.

— Vous m'avez fait demander, Mère ?

— Prends en charge ces personnes. Achète-leur des tenues de voyage ainsi que des tuniques discrètes et donne-leur une suite. Veille à ce qu'ils ne manquent de rien. Profites-en pour leur faire visiter la ville.

Ils remercièrent une dernière fois la Première Citoyenne pour son hospitalité avant d'emboîter le pas à sa fille.

Elle s'appelait Shala, unique héritière de Volplume. Elle leur montra leurs chambres et les enjoignit de se reposer avant la visite.

— Vous avez l'air d'avoir passé des semaines dans la forêt !

Ils profitèrent des étuves et se lavèrent avec bonheur. Alexian sortit bon dernier sous les railleries de ses amies. Le sourire de Noony disparut.

— Tes cheveux sont rouges.

Et le jour se fit dans son esprit.

— Les cheveux rouges ! explosa-t-elle. Mais quelle idiote ! Tu es un impie !

Elle prit sa tête entre ses mains, catastrophée.

— Je suis né en Rouge-Terre, c'est vrai, concéda Alexian. Mais je suis un converti.

— Comment pourrais-je te croire ? Tu m'as dit venir de Tremel !

— Ton père est détestable mais pas idiot. Il ne m'aurait pas engagé s'il ne m'avait pas testé. Il savait d'où je venais. C'est le seul à m'avoir donné ma chance, se défendit l'espion.

Il n'était pas encore prêt à tout dévoiler à Noony. Sa réaction prouvait qu'elle ne pouvait pas tout entendre. Laï-Mune s'interposa.

— Tu devrais refaire ta teinture, sinon tu vas nous attirer des ennuis. Je vais acheter le nécessaire en ville.

La chuchoteuse partit, les laissant seule. L'oraisonnière ne décrocha pas un mot durant tout ce temps. Laï-Mune revint et tendit un pot à Alexian, qui l'accepta avec gratitude.

ꟃ

Shala les retrouva à la sortie des étuves. Elle les conduisit à l'enseigne de la boutique *Sous toutes les coutures* pour parfaire leur transformation.

Dans le magasin, un arc-en-ciel de tissus s'étendait sur d'immenses étagères en bois. Shala commanda trois tenues au nom de sa mère, et les couturières commencèrent à prendre les mesures des jeunes gens avec enthousiasme.

— Quel genre de vêtements souhaitez-vous ? demanda l'une d'elles à Noony. Une robe élégante, pratique ?

— Pratique, s'il vous plaît.

— Bien, nous avons des modèles à vous proposer, il suffira de les ajuster.

Laï-Mune sortit de son sac la toilette confectionnée pour ses retrouvailles avec le hurleur. Fruit de sa solitude, sa robe au bustier constellé de perles était cousue et brodée avec amour. Le rêve de rejoindre sa moitié s'effondrait, la chuchoteuse en prenait conscience, debout dans cette boutique : Aryador était devenu son ennemi et celui de l'harmonie.

— J'aimerais avoir votre avis.

— C'est du bel ouvrage. Vous en obtiendriez un bon prix.

Remarquant le désespoir de Laï-Mune, Noony intervint.

— Tu n'es pas obligée de la vendre si elle a une valeur sentimentale pour toi. Il nous reste de l'argent.

— Enfin, pas tant que ça, précisa Alexian.

La chuchoteuse renversa la tête et inspira profondément.

— Combien proposez-vous ?

— Cent filantes.

Alexian mena les négociations.

— Cette robe vaut cent trente filantes au bas mot. Nous n'irons pas en dessous.

— C'est un prix honorable, dit la couturière. Où avez-vous acheté cette pièce ?

— Je l'ai faite moi-même, répondit Laï-Mune.

Elle lut l'envie sur le visage de son interlocutrice. Celle-ci s'agenouilla pour apprécier le travail plus en détail.

— Le bas est un peu abîmé, mais c'est récupérable. Où avez-vous acheté ces petites perles blanches ?

— Un pêcheur du lac Sanguille me les a offertes en échange des deux ans passés à m'occuper de ses enfants.

— Et le tissu ?

— *Aux mille et une couleurs*, à Lyneroy.

La couturière se releva, abasourdie. Alexian reprit les négociations.

— Deux cents filantes, et cette robe est à vous.

— Vous changez d'avis ?

— Cette robe vaut au moins cela et vous le savez comme moi.

— C'est une énorme somme, monsieur…

La couturière parut hésiter quelques instants. Elle s'excusa et alla débattre de la question avec sa collègue dans l'arrière-boutique. Pour Laï-Mune, son ouvrage n'avait pas de prix, mais elle savait que l'argent finirait par poser problème durant leur voyage. Elle prenait les devants en renonçant dès à présent à son seul objet de valeur.

Les couturières reparurent, plusieurs bourses dans leurs mains.

— Marché conclu.

Ce fut pour Laï-Mune un crève-cœur de remettre sa robe aux femmes. Durant l'après-midi, Shala leur fit visiter la cité sans omettre d'anecdote et leur détailla même la chronologie des dirigeantes de Volplume.

— Il n'y a que des femmes ? s'étonna Alexian.

— C'est une tradition ici, seule une femme peut gouverner Volplume. Ma mère était désespérée en mettant au monde trois garçons de suite. Et puis je suis venue.

Shala les mena à une petite place décorée d'une imposante statue, une guerrière tenant dans une main une épée, dans l'autre un livre. Beaucoup de citoyens s'arrêtaient devant, comme s'ils y cherchaient l'inspiration.

— C'est l'allégorie de la cité, expliqua l'héritière. La force et le courage par l'instruction et le savoir. Cette statue nous rappelle de ne jamais juger sur des *a priori*, de toujours mûrir nos décisions.

— C'est pour cela que vous êtes contre la guerre ? demanda Noony.

— Pas seulement. Nous sommes contre l'exploitation à outrance de la résuadine. Beaucoup de nos chercheurs ont des théories sur ses réels pouvoirs. Ils envoient de nombreuses lettres au gouvernement, demandant de plus amples informations sur le devenir de cette substance… Mais il n'y a jamais de réponse. Jamais.

Laï-Mune était admirative face à la sagesse des habitants de Volplume. Shala poursuivit d'un ton las :

— Certains nous traitent d'hérétiques, c'est faux. Nous avons la foi mais nous essayons de comprendre ce en quoi nous croyons. Nous refusons de nous laisser guider aveuglément. Voilà pourquoi nous sommes en perpétuel conflit avec les décisions de l'Astracan. Nous n'en voulons pas à l'Astrascisme, nous en voulons à Soleil en personne.

— Et vous avez raison, intervint la chuchoteuse.

La suite de la visite fut tout aussi passionnante grâce aux connaissances de Shala sur la cité et son histoire.

✿

À l'heure du dîner, Laï-Mune insista auprès de Shala pour qu'elle se joigne à eux. L'héritière accepta, et ils se retrouvèrent autour d'un délicieux repas typique de Volplume, aux allures de festin pour les voyageurs.

— On dirait que vous n'avez rien avalé depuis des lustres, remarqua Shala.

— Vous n'êtes pas si loin de la vérité, admit Noony. Notre voyage a été long et semé d'embûches.

Shala brûlait de poser des questions.

— Je comprends pourquoi vous avez fui Manérian, Noony. Se faire jeter dans la bataille par son propre père…

— Il ne s'agit pas de cela, la coupa l'oraisonnière. C'est beaucoup plus compliqué. Je n'ai pas envie d'en parler.

L'intervention de Noony jeta un froid.

— Alors, Shala ? finit par dire Alexian. Vous avez toujours vécu à Volplume ? Vous semblez connaître la cité sur le bout des doigts !

— C'est mon devoir d'informer les voyageurs de l'histoire de la ville.

— Vous êtes historienne ? s'enquit Laï-Mune.

— Non, poétesse. Je suis même partie vivre au royaume de Thyrane afin de chercher l'inspiration. J'aimais cet endroit malgré ses dangers. J'ai dû revenir ici contre mon gré.

Personne n'osa en demander davantage. Le dîner terminé, ils prirent congé et donnèrent rendez-vous à Shala au petit déjeuner pour une visite des ateliers de poètes.

Laï-Mune fut soulagée en se glissant sous les chaudes couvertures de son lit. Elle entendait déjà les lentes respirations de ses amis, mais malgré sa fatigue, elle n'arrivait pas à trouver le sommeil. Son esprit était préoccupé, une vague impression l'étreignait sans qu'elle ne comprenne quoi. C'était à la fois une présence rassurante et menaçante. Alors que ses paupières se fermaient malgré elle, elle comprit. Aryador n'était pas loin.

✿

Laï-Mune, Noony et Alexian furent réveillés à l'aube par des cris. Ils s'habillèrent à la hâte et se précipitèrent dans la salle d'audience d'où venaient les hurlements. Sur le sol gisait le corps de Cyrielle au milieu d'une mare de sang. Le manche d'un poignard dépassait de son ventre. Son doux visage portait le masque de la surprise. Sans doute avait-elle pu identifier son assassin. Noony, bouleversée, se tourna vers Alexian.

— Tu crois que c'est notre faute ?

— Silence, ordonna-t-il.

Un homme se pencha sur le corps pour en abaisser les paupières puis rugit :

— Fouillez partout, interrogez tout le monde et retrouvez l'ordure qui a tué ma mère !

Les soldats dispersaient les curieux non sans mal. Une rumeur monta dans la foule. L'homme poursuivit :

— Justice sera faite ! Si l'assassin de notre Première Citoyenne est ici, qu'il sache que nous le retrouverons et que nous n'aurons aucune indulgence ! Y a-t-il un oraisonnier ici ?

— Moi.

Noony s'était avancée sans hésitation.

— À la nuit tombée, nous célébrerons sa mort comme il se doit. Que des volontaires préparent le bûcher.

Le fils de Cyrielle, nommé Endric, rejoignit Noony et tous deux s'éloignèrent pour parler de la cérémonie d'oraison. Laï-Mune, quant à elle, s'approcha du cadavre et étudia l'arme du crime.

— Alexian, dit-elle, nous devrions partir. Tout cela ne me dit rien de bon.

— Je sais. Mais Noony va s'occuper de l'oraison de Cyrielle. Ça ne m'enchante pas non plus. Cela dit, ce serait encore plus suspect de détaler maintenant. De toute façon, s'il y avait des soldats de Gide, Lorion m'aurait prévenu.

— Tu as sans doute raison. Rassemblons quand même nos affaires. On ne sait jamais.

Laï-Mune ne laissa pas le temps à Alexian de poser plus de questions et quitta les lieux.

*

Derrière la résidence matriarcale se trouvait un temple d'oraison de taille respectable, au dôme scintillant sous les rayons du soleil, et dont le chemin d'accès était bordé de statues qui représentaient des femmes portant divers objets d'érudition.

Endric discutait avec son épouse lorsque Shala l'interpella. Elle laissa échapper un bruyant sanglot.

— Est-ce l'image que tu veux donner ? Celle d'une personne faible et incapable de contenir ses émotions ?

— Je ne me suis pas montrée ainsi en public, du moins j'ai fait mon possible… mais il s'agit de notre mère ! éclata Shala.

L'épouse d'Endric eut un claquement de langue agacé.

— En effet, dit-elle. Il s'agit de votre mère ; vos frères et vous êtes ses représentants et sa voix à présent, surtout vous Shala. Vous devez endosser votre rôle et faire votre possible pour rassurer les gens. Si vous n'êtes pas capable de mettre vos états d'âme de côté, ma chère, alors vous n'êtes pas digne de gouverner.

Shala s'apprêtait à remettre son opportuniste belle-sœur à sa place mais Endric l'en empêcha en entraînant sa femme à l'écart. Laï-Mune et Alexian étaient arrivés au temple au moment de l'altercation.

— Ça va aller ? fit la chuchoteuse.

— Il faudra bien.

L'une des portes latérales du temple s'ouvrit sur Noony. Elle portait une tenue de cérémonie de soie, aux manches évasées, dont la finesse aurait aussitôt charmé la couturière de la veille. Endric la complimenta et se vanta d'avoir fait le bon choix en la lui proposant, puis l'invita à commencer la cérémonie. Alexian, Laï-Mune et Shala se hâtèrent de les rejoindre.

— L'oraison peut commencer. Seuls les proches y sont conviés, précisa-t-il pour les intrus.

— Ils viennent, exigea Shala.

— Ils ont très peu connu notre mère, Shala, ce serait absurde et…

— S'il vous plaît, l'interrompit Noony. Ce sont mes amis. J'aimerais qu'ils assistent à cette cérémonie.

Endric se résigna. Après avoir monté une volée de marches, ils pénétrèrent dans une somptueuse pièce en demi-cercle, aux murs couverts de plantes grimpantes en fleurs. Le corps reposait sur la traditionnelle dalle. Les préparateurs avaient fait un travail admirable : on eût dit que Cyrielle dormait, paisible.

Noony prit sa place auprès du cadavre. Elle peignit le portrait d'une femme atypique, courageuse et déterminée et fit un éloge vibrant de Cyrielle. Les proches souriaient à travers leur chagrin, retrouvant pour quelques fugaces instants la Première Citoyenne comme ils l'avaient connue et aimée.

Laï-Mune fut sidérée du talent de Noony en matière d'oraison. Bien qu'elle n'ait pas connu Cyrielle, la jeune femme en parlait d'un ton convaincu, concerné, et l'on pouvait même parfois surprendre une réelle émotion dans sa voix à l'évocation de telle ou telle anecdote. L'hommage qu'elle lui rendit fut brillant, et la chuchoteuse se retint de ne pas applaudir lorsque Noony clôtura l'oraison.

Les invités quittèrent la salle un par un, jetant un dernier regard au corps inerte de celle qui fut leur présidente. Noony ôtait son médaillon et son Étoile de base, prête à passer à la phase d'envoi de l'âme sur son astre d'attribution, quand ses compagnons vinrent à ses côtés.

— C'était bien ? demanda Noony.

— Parfait, répondit la chuchoteuse avec sincérité. Tu as beaucoup de talent, ça doit être l'une des plus belles oraisons prononcées dans ce temple.

Noony poussa un soupir de soulagement.

— Dis-moi, ça te dérange si je regarde la suite ? fit tout à coup Alexian.

— Il s'agit d'une étape qui doit se dérouler sans aucun spectateur, s'écria Noony, outrée. C'est une tradition ! Tu ne me penses pas capable de l'accomplir correctement, monsieur l'impie ?

— Bien ! Je n'ai rien dit, madame l'oraisonnière. Je suis juste curieux de savoir comment toi tu fais.

Comprenant où Alexian voulait en venir, la chuchoteuse désigna d'un vague geste de la main le pendentif et l'Étoile de base.

— Et moi, j'aimerais bien savoir comment tout ça fonctionne.

— En fait, ce n'est pas très compliqué, déclara Noony. Tu enclenches l'Étoile de base dans le pendentif et ça fait sortir une pique. Ensuite, tu l'enfonces dans le corps pour extraire la résuadine et elle est téléportée dans les bassins, là-bas.

Alexian luttait pour dissimuler sa colère et son dégoût. Il risqua une question. Au point où il en était, il ne pouvait pas rendre Noony plus hargneuse.

— On ne m'a jamais expliqué ce qu'était vraiment la résuadine. Et toi ?

— À moi non plus, admit Noony, rendue moins inamicale par ce partage. Quand je posais la question, on m'envoyait sur les roses. C'est un sujet tabou. La seule chose dont je sois sûre, c'est que cette substance est nécessaire à la Grande Corporation, puisque seul le gouvernement achète nos stocks. Bon, on en reparlera plus tard, je dois terminer la cérémonie.

Laï-Mune entraîna le jeune homme dans le corridor.

— Pourquoi n'as-tu pas insisté pour rester ? J'aurais pu en apprendre plus sur l'Astrascisme ! Ces renseignements seront cruciaux pour mon peuple ! râla Alexian.

— Des souvenirs, dit Laï-Mune en guise de réponse.

— Comment ça, des souvenirs ?

— La résuadine est un concentré de souvenirs. Ce sont les résidus de vie d'une personne, un reste de conscience. Soleil III la récupère pour ses expériences : c'est avec ça qu'il a créé les jadiels. Leurs pouvoirs magiques ne sont en réalité que les effets secondaires de l'absorption de la résuadine. Il fait passer ça pour un miracle dû aux astres…

— Et tu es aussi issue de la résuadine, comprit Alexian.

Ce dernier contempla soudain les décorations du temple, pensif. Puis il demanda d'un ton méfiant :

— Tu prétends ne pas être sous ses ordres, tu as une preuve ? Il doit bien pouvoir te contrôler d'une manière ou d'une autre par le biais de la résuadine.

— Non, assura Laï-Mune. Je suis dotée de libre arbitre. Les chuchoteuses sentent les Signes, elles écoutent l'extérieur en priorité. Il n'avait rien prévu de tout ça. Je suis et nous étions une expérience ratée. Mon espèce s'est rebellée contre lui et il l'a massacrée.

Elle espéra qu'Alexian ne poserait pas davantage de questions sur la façon dont l'Astracan avait procédé pour éliminer ses semblables.

— J'ai terminé. Le temps de retirer cette robe et voilà, intervint Noony.

Alexian lui grogna de se dépêcher et médit sur la propension des filles à se pomponner. Laï-Mune paraissait nerveuse. Aux aguets, elle sentait la présence du hurleur, comme la nuit précédente. Sa sphère se mit à pulser plus vite.

Noony les rejoignit enfin.

— J'ai eu une idée.

— Aïe, ronchonna Alexian. J'ai peur.

— J'ai peut-être un moyen de découvrir l'assassin de Cyrielle.

— Ce ne sont pas nos affaires, s'énerva-t-il. Nous ferions mieux de mettre le plus de distance possible entre cette ville et nous.

Elle fouilla dans son sac et en tira une bourse.

— C'est de la poudre-à-temps, un cadeau de ma mère. Ça permet de faire revivre un événement dans le lieu où il s'est déroulé.

— C'est une perte de temps ! protesta Laï-Mune de plus en plus angoissée. Nous avons un pays à sauver, non ?

— Nous avons le moyen de tirer cette histoire au clair. Après ce que Cyrielle a fait pour nous, c'est la moindre des choses. Alors je le ferai. Avec ou sans vous.

Le sang avait disparu mais des fleurs et des bougies avaient été déposées à sa place, permettant à Noony de situer le lieu du drame. Elle se concentra puis lança une poignée de poudre. Les grains colorés restèrent en suspens, puis dessinèrent l'horrible scène. Les badauds s'étaient approchés pour voir le rituel auquel s'adonnait l'oraisonnière. Shala était présente, dans sa robe pourpre, signe de deuil. Ils virent la silhouette poudreuse de la Première Citoyenne courir, effrayée. Une autre personne apparut : un jeune homme de haute taille, un poignard dans la main gauche. En le voyant, même dans le flou de simples grains, Laï-Mune sut que c'était lui.

Aryador.

La dirigeante hurla, et sa voix grésillante retentit dans tout le hall. Elle tourna la tête, mais pas dans la direction de son agresseur. Vers la silhouette qui se tenait derrière lui. Un autre homme. Une expression de stupeur se peignit sur les traits de Cyrielle au moment où Aryador l'attrapa et enfonça le poignard. Elle s'effondra. La poussière et le silence retombèrent.

— Endric ?

Le désespoir palpable de Shala résonna. Des murmures scandalisés emplirent le corridor. Laï-Mune sentait Aryador très proche. Elle ne savait comment presser ses compagnons de filer.

— Tu as fait ce que tu voulais, murmura-t-elle à l'oraisonnière. À présent, partons, la suite n'est plus de notre ressort.

— Même Volplume est corrompue, constata Noony.

— Shala va reprendre les choses en main, la rassura Alexian. Elle fera une excellente Première Citoyenne.

— Alexian, fit la chuchoteuse, demande à ton uni s'il a vu un homme suspect entrer dans la cité.

— D'accord, d'accord.

Pendant quelques instants, Alexian eut le regard dans le vague, signe qu'il communiquait par télépathie avec le lynx. Il battit des cils, l'air perdu, puis déclara :

— Il a repéré un type étrange, le même qui rôdait à Offîne, un village où nous avions fait halte.

Elle ne s'était pas trompée. Aryador la suivait. Il n'abandonnerait pas.

— Écoutez, vous devez me croire sur parole. Nous sommes en sécurité au milieu des passants, mais dès que nous serons isolés, comme l'a été Cyrielle cette nuit, nous serons en danger. Cet homme est de mèche avec Endric, nous devons partir discrètement.

Cette requête eut pour effet de mettre Alexian hors de lui.

— Ah non ! Je refuse de m'enfuir sans savoir pourquoi ! Nous avons décidé de voyager ensemble, alors pas de secret.

— Tu peux parler, toi ! s'exclama Noony.

— Elle ne t'a pas dit d'où elle venait, elle ? Elle ne t'a pas raconté ?

— Traître ! cracha Laï-Mune. C'était à moi de choisir de lui dire ou non !

— Me dire quoi, à la fin ?

— Tu lui as expliqué, Alexian, que tu lui avais encore menti en prétendant être un converti ?

— C'est vrai, Alexian ?

Noony ne savait plus quoi penser des deux personnes avec lesquelles elle n'avait cessé de risquer sa vie ces derniers jours. Pâle, le souffle court, elle ajouta :

— Si tu n'es pas converti, alors tu voulais espionner, tout à l'heure ! Quand je pense que je t'ai fait confiance… J'ai tout quitté pour arrêter ce conflit alors que les impies se sont infiltrés ici, comme les Thyraniens ! Vous aussi, vous voulez la fin d'Hélderion !

Elle gifla l'espion avec une force surprenante. Laï-Mune poussa un petit cri, attirant sur elle la colère de Noony.

— Et toi, tu as aussi des petits secrets de ce genre ?

Elle fondit en larmes.

— Pour la première fois depuis son mutisme, ma mère a eu comme un sursaut de vigueur. Elle m'a demandé de faire quelque chose. Non : elle me l'a ordonné. Elle voulait me faire comprendre pourquoi elle a eu à subir ce châtiment. Même si je suis contre cette folie qu'est la guerre, je voulais savoir…

— Il y a une réponse, dit Laï-Mune avec douceur. Et elle la connaissait, du moins en partie.

— Je ne veux plus savoir, rétorqua Noony. Ces histoires de complots et tous ces morts… je ne veux plus être mêlée à ça. Je crois en l'Astrascisme, et je ne me laisserai pas corrompre ou tromper. Je récupère mon sang-de-lune et je m'en vais.

— Tu choisis la voie de la cécité volontaire ! s'emporta Alexian.

Elle s'éloigna dans les rues de Volplume sans se retourner. Il baissa la tête, abattu.

— Voilà. Elle est partie. Je t'avais dit qu'elle ne supporterait pas la vérité.

Laï-Mune lui saisit le visage et le contraignit à la regarder droit dans les yeux. Une larme perlait à son œil rouge.

— Tu l'aimes ? souffla-t-elle, les sourcils froncés.

— Pas moi. Mon uni. Noony est un grand sujet de discorde entre nous.

Laï-Mune recueillit la perle d'eau sur le bout de son index et l'examina avec attention avant d'offrir un sourire espiègle au jeune homme.

— Ce n'est pas ton œil animal qui pleure son départ, Alexian. C'est celui qui correspond à tes propres émotions.

— Pas du tout ! Je ne l'aime pas, au contraire : elle m'exaspère au plus haut point ! En revanche, je redoute un conflit avec Lorion pour cette… cette…

Laï-Mune l'observait, attendrie. Elle aurait donné n'importe quoi pour une nuit avec son aimé, et ces deux-là étaient incapables d'admettre leurs sentiments. La sensation d'une présence se fit impérieuse. Laï-Mune s'affola.

— Écoute, tu te souviens, je t'ai expliqué que les chuchoteuses ont leur propre volonté ?

— Oui.

— Soleil a trouvé un moyen de nous contrecarrer. Les premières versions des chuchoteuses ont été tuées et d'autres ont été créées en utilisant des propriétés de la gémellité. Chaque chuchoteuse a une moitié, un hurleur. Ils sont liés par la vie. Si l'un meurt, l'autre aussi.

— Donc, déduisit Alexian, si tu es vivante, cela signifie… Un hurleur ?

— Aryador. Il est sous les ordres de Soleil. C'est l'assassin de Cyrielle. Sa mission consiste à m'éliminer.

— Attends une seconde… S'il te tue, il mourra aussi !

— Il a grandi sous la tutelle de Soleil III, il lui est dévoué. Il accomplira sa mission même si cela doit lui coûter la vie. Se suicider pour m'entraîner dans sa mort serait un déshonneur, il veut m'affronter.

La pensée transperça son esprit, agressive et insidieuse.

— *Viens. Viens ou la petite Manérian mourra.*

Laï-Mune fut traversée par une décharge de peur glacée. Elle fit volte-face et se sentit accablée par une atroce sensation de faiblesse.

— Il est là. Il a Noony, il va lui faire du mal…

— Lorion et le sang-de-lune les ont repérés. Ils sont à l'entrée de la ville. Je leur ai demandé de rester cachés et de ne pas intervenir. Dépêchons-nous.

Ils prévinrent une patrouille de la milice que l'assassin de Cyrielle avait capturé leur amie. Il n'en fallut pas plus pour qu'une vingtaine de combattants soient mobilisés. La chuchoteuse exigea qu'ils interviennent seulement à son signal.

Elle longea la lisière du bois avec précaution, Alexian sur les talons. Elle repéra la lueur vacillante d'un feu de camp.

Aryador était là, Noony ligotée à côté de lui. La lumière vacillante des flammes faisait jouer des ombres sur le visage triomphant du jeune homme. Il y eut un instant de flottement, puis il s'avança de quelques pas avec assurance.

— Je te retrouve enfin, susurra-t-il.

— Laisse-la s'en aller.

— Cela ne te fait donc rien de me voir, après toutes ces années d'attente ?

Cette phrase, la chuchoteuse la reçut comme un soufflet.

— Laisse Noony Manérian en dehors de tout ça.

Alors qu'il faisait un pas vers elle, Laï-Mune tendit la main et invoqua sa chantevie dans un déluge de pétales.

— Je vois, soupira-t-il. Tu veux passer aux choses sérieuses. J'avais espéré une rencontre plus romantique…

Aryador invoqua sa chantemort.

— Tu n'as rien à ajouter ? demanda le hurleur, presque suppliant. Tu sais que si tu me tues…

— Je vais te mettre hors d'état de nuire, riposta-t-elle d'un ton cassant. Tu ne compromettras pas ma propre mission.

Laï-Mune porta la flûte à sa bouche et se mit à jouer un air fort différent des sorts de soin. Une myriade de fleurs jaillit alors du sol, leurs corolles s'épanouirent en une poignée de secondes, cernant Aryador de toute part. Les doigts habiles du hurleur parcoururent sa chantemort et les plantes se flétrirent tout à coup. Très vite, la vague de ténèbres atteignit son adversaire et elle sentit son énergie décroître à une vitesse fulgurante. La lueur de sa sphère décrut.

Il n'en fallut pas plus à Alexian. Celui-ci se tourna vers la forêt et fit signe aux gardes. Tous se ruèrent sur le hurleur, interrompant son invocation. Laï-Mune s'écroula, rattrapée de justesse par un soldat prévenant pendant qu'Alexian délivrait Noony.

— C'est de l'excellent travail ! s'exclama une voix familière. Amenez cet homme dans les cachots !

Endric venait d'arriver sur le camp, escorté par une demi-douzaine de soldats.

— Vous êtes son complice ! s'écria Noony. Arrêtez-le !

— J'ai moi aussi entendu cette atroce calomnie dans les couloirs. Ma sœur a même saisi la justice. Mais ne vous inquiétez pas ! Je ne vous tiens pas rigueur de vos propos, car vous avez permis l'arrestation de cet odieux personnage !

Il lui fit remettre une coquette somme pour la cérémonie d'oraison. Noony regarda la bourse gonflée de filantes, aussi stupéfaite qu'en colère.

— Je dois vous laisser, l'incinération de ma mère va bientôt commencer.

Endric se mit en route vers la cité. Deux hommes suffisaient à maîtriser Aryador, qui n'avait montré aucun signe de résistance. Il savait qu'il était entre les mains d'un allié.

Noony s'approcha d'Alexian. Il crut un instant qu'elle allait l'enlacer. Si ce fut dans l'intention de la jeune fille, celle-ci se ressaisit aussitôt.

— Il va revenir, pensa-t-il tout haut.

— Qui était-il ? demanda Noony.

— Si tu viens avec nous, nous t'expliquerons, dit Alexian.

Lorion quémanda des caresses de Noony.

— Peut-être que j'ai envie de connaître certaines réponses, finalement.

Laï-Mune subissait le contrecoup de sa rencontre avec le hurleur.

— La robe, c'était pour lui, murmura-t-elle, brisée. J'ai passé ma vie à la fabriquer. La meilleure chose qui puisse arriver à une chuchoteuse, c'est de retrouver sa moitié. Jamais nous ne serons ensemble. Je ne voulais pas l'admettre, je continuais à coudre ma robe pour être sublime le jour de nos retrouvailles. Oh, gémit-elle, je voudrais mourir !

Interlude

— Avance.

Le soldat poussa Aryador dans l'une des geôles de Volplume, dans les sous-sols de la résidence matriarcale. Le hurleur s'installa sur sa couchette de fortune avec calme, les mains posées sur ses genoux. L'endroit était plongé dans l'obscurité; il se sentait dans son élément, plus plaisant pour lui que la forêt et autres chemins tortueux qu'il avait traversés pour suivre le petit groupe à la trace.

Au bout de plusieurs heures, Endric ordonna d'ouvrir la cellule.

— Tu es libre. Ma sœur a été entendue par le Conseil. Son histoire de vision du passé n'a pas tenu la route une seconde. Tu es donc lavé de tout soupçon, et moi aussi.

— N'y avait-il pas des témoins ?

— Si, mais quelques filantes ont fait l'affaire. Ils sont passés un à un devant le Conseil en affirmant ne pas savoir de quoi Shala parlait. Il n'y a plus aucune preuve. Une enquête va néanmoins être ouverte, et ils vont sans doute étudier ton poignard, ce qui ne les mènera à rien. Shala est passée pour une pauvre femme perturbée. J'ai dit qu'elle nageait en plein délire. Le fait qu'elle soit incapable de contenir ses émotions en public n'a pas aidé sa crédibilité. Le Conseil la déclare sous le choc et donc inapte à gouverner. Le pouvoir est vaquant. Je vais proposer mon épouse, elle a déjà montré ses compétences par le passé.

— Cela va ravir notre Astracan, déclara Aryador.

Il se leva. Endric posa une main amicale sur son épaule.

— Tu peux aller où bon te semble, à présent. Si tu désires rester à mes côtés, je pourrais te trouver un rôle ici…

— Non merci. J'ai encore une tâche à accomplir.

23

Un réveil difficile

– Royaume de Thyrane, Mizin, centre de guérison, 912 –

Sang : Substance sacrée en Hélderion, le sang représente toutes les valeurs associées au feu, à la chaleur et à la vie. Il s'apparente au soleil : l'astre suprême de l'Astrascisme. Si le sang est considéré comme véhicule de vie en Thyrane comme en Hélderion, il est, pour les Hélderionnois, le véhicule de l'âme. Toute personne recevant ne serait-ce qu'une goutte du sang d'une autre s'en trouve sacralisée. Il s'agit d'un symbole de communion.

Dans le royaume de Thyrane, le sang a longtemps été utilisé en médecine, comme simple outil de vie, sans autre connotation. Lorsque les émissaires d'Hélderion visitèrent pour la première fois leurs structures médicales, ils furent choqués par son emploi. Certains historiens voient dans cet épisode les germes de la guerre qui éclata quelques années plus tard.

Extrait de *Comprendre un nouveau royaume* – par Adrastée Sandiane, historienne de la Corporation Volplume depuis l'an 901.

Orius se sentit peu à peu revenir aux franges de la conscience. Allongé sur le flanc, il était certain d'une seule chose : il était vivant. Cela tenait du miracle. Un raz-de-marée de souffrance submergea tout son corps.

— Il revient à lui.

Le chef-veilleur entrouvrit un œil. Quelqu'un se pencha sur lui.

— Vous m'entendez ?

— Je ne suis pas sûr qu'il recouvrera toutes ses facultés mentales.

Orius tourna la tête dans la direction de la seconde voix.

— Pas de panique. Buvez ceci et ça ira mieux.

Aussitôt, il sentit un liquide tiède dans sa gorge. Après avoir avalé docilement, il demanda d'une voix rauque :

— Où… Où suis-je ?

— En sécurité, ne vous en faites pas, assura l'homme qui examinait à présent son dos. Vous êtes au centre de guérison. L'un de vos collègues vous a retrouvé au quartier des veilleurs, grièvement blessé. Vous êtes ici depuis trois jours.

Orius essaya de se souvenir, en vain. Seule une personne, vision insistante, occupait son esprit : Shala et son sourire bienveillant. Un ruisselet chaud se mit à couler de son dos.

— Il recommence à saigner, dit une voix. Il a déjà perdu beaucoup de sang. Nous devons procéder à un transfert…

— Je n'emploierai pas les méthodes barbares des Thyraniens ! riposta le guérisseur, poussant son assistant à l'écart. Nous vous avons engagé, car vous êtes compétent, mais vous n'êtes qu'un assistant ! Je ne veux pas de votre avis, et encore moins de votre science de charlatan. Est-ce clair ?

— Si nous ne faisons rien, il mourra !

Orius ne voulait pas en savoir plus, il lâcha prise et retomba dans son demi-coma.

Il s'éveilla à nouveau et découvrit une pièce étroite aux murs gris, où s'alignaient trois autres lits vides. Des rayons de lumière filtraient à travers les rideaux. Soudain, une douleur intense lui vrilla le dos, lui arrachant un cri.

Orius sentit qu'on effleurait sa blessure d'un geste expert. Il dut se concentrer pour discerner la silhouette.

— Est-ce que vous m'entendez ?

— Oui…

— Très bien. Vous avez une chance incroyable de vous en être sorti, nous avons dû vous faire subir une opération très dangereuse.

Orius commençait à comprendre. Il avait frôlé la mort. Les hommes des clans. Ils l'avaient poignardé. Pourquoi ? Il s'était fait tant d'ennemis dans sa carrière, cela pouvait être pour n'importe quel motif de vengeance. Il se rappela la règle des Lames Nocturnes que l'un d'entre eux avait citée. Cela pouvait être le Poignard-Sanglant. Le guérisseur babillait sans cesse. Le veilleur avait du mal à focaliser son attention sur le flot de paroles.

— Quel genre d'opération ? articula-t-il.

— Je n'étais pas d'accord, expliqua le guérisseur avec hésitation, mais c'était le seul moyen. Que les astres me pardonnent, nous avons dû faire un transfert. En théorie, une personne fait don de son sang et nous l'injectons…

— Mais ?

Le guérisseur se détourna du veilleur et alla chercher un bol de tisane.

— Mais ? insista Orius.

Le guérisseur revint vers lui et le força à boire le contenu du récipient.

— C'est contraire aux préceptes et il y a des problèmes de compatibilité. Mon assistant a donc utilisé une méthode thyranienne pour fabriquer un fluide artificiel. Nous ne pouvons garantir sa totale réussite. Il faut accepter l'éventualité d'une dégénérescence du produit... Il faudra vous faire surveiller régulièrement.

Orius se fichait des scrupules du guérisseur.

— Quand pourrai-je reprendre le travail ?

— C'est-à-dire... vous... enfin... vous avez de graves lésions et...

Orius essaya alors de se lever. C'était comme si ses jambes ne lui obéissaient plus, ou pire, n'entendaient pas son ordre. Sidéré, le veilleur recommença. Rien. Il donna une tape sur sa cuisse, mais ne ressentit rien.

— Le poignard a touché la ligne, expliqua-t-il, c'est-à-dire le prolongement de votre système nerveux, qui vous permet de commander vos membres. Elle a été endommagée. Les dégâts sont irréversibles, vous ne pourrez plus jamais vous servir de vos jambes.

Orius oscillait entre fureur et anéantissement. Une femme entra, poussant un fauteuil monté sur des roues.

— Les Thyraniens les ont fabriqués après la guerre, pour les mutilés, indiqua le guérisseur. Nous avons trouvé une réserve de six fauteuils comme celui-ci à Mizin. Nous ne pensions pas avoir à nous en servir, mais c'est une aubaine pour vous si vous souhaitez avoir un peu d'autonomie plus tard.

Une seule phrase martelait l'esprit du veilleur : ce n'est pas possible.

Des sabots battaient avec force un chemin de sable. Un convoi suivait depuis quelques heures déjà le sentier à travers terres arables et friches.

Avec Aileen se trouvait une veuve, à en juger par sa tenue pourpre. Elle n'avait pas décoché un mot depuis leur départ de Mizin. L'ancienne pensionnaire goûtait le silence.

Elle n'avait jamais visité le sud du royaume de Thyrane et elle contemplait les paysages défilant à la fenêtre, ravie de les découvrir.

Bientôt, une ville se dessina à l'horizon. Elle n'en distinguait pas encore les détails, mais les cités de Thyrane avaient en commun cet aspect sinistre. Les cicatrices de la guerre. Le projet avait été lancé de tout détruire afin de reconstruire selon l'architecture hélderionnoise, avant d'être abandonné deux ans auparavant sur une décision de l'Astracan. Pour lui, cette terre stérile n'en valait pas la peine. Pourtant, quelques temples d'oraison, très colorés, émergeaient dans ces mondes gris. Le strict minimum pour marquer la présence de la civilisation des astres.

Le convoi pénétra dans la ville. La voisine d'Aileen tourna la tête vers la fenêtre et parla enfin, d'une voix faible :

— Thyrane était un royaume prospère, avant. Il paraît que ses cités étaient magnifiques.

Aileen dévisagea son interlocutrice, étonnée de cette remarque. Il n'était pas bien vu de complimenter ce royaume.

— Pourtant, ces habitations sont laides, remarqua-t-elle.

— Maintenant, oui. Essayez d'imaginer tout cela il y a un peu plus de soixante ans : les immeubles étaient hauts, très hauts, comme s'ils allaient toucher le ciel, et n'avaient rien à voir avec ces ruines décapitées. Il y avait de beaux vitraux, la lumière du soleil projetait des couleurs sur les murs. Chaque année à la fête de l'Erzoine, les Thyraniens cueillaient des fleurs dans la campagne environnante pour décorer leurs habitations.

Aileen essaya. Les ruines grises se parèrent de couleurs, les rues grouillèrent de gens heureux portant de gros bouquets. Voir Thyrane sous ce jour la troubla.

— C'était une civilisation très avancée, poursuivit la femme. Ces gens maîtrisaient toutes sortes d'énergies, et leur savoir en matière d'histoire, de médecine, d'architecture était énorme. Toutes les bibliothèques ont été brûlées ; dommage, elles devaient recéler de merveilleux secrets.

— Je ne savais pas les Thyraniens si brillants, admit Aileen. Pour moi, ce n'était qu'une île avec des mœurs étranges. Du moins, c'est ce que l'on m'a appris. Et puis les clans sont si barbares ! Ils ne donnent pas une bonne image de leur peuple…

— Il ne faut pas se fier aux apparences.

Aileen réfléchit aux propos de sa voisine. Elle avait toujours vu l'invasion de Thyrane comme un fait logique : Hélderion devait agrandir son territoire, les Thyraniens avaient perdu. Voilà tout. Juste une page dans le manuel d'histoire, un paragraphe illustré d'une peinture. Elle réalisait que cette guerre n'était pas si lointaine, Murmure en témoignait. Lui était encore là, résultat des souffrances infligées à son peuple.

— Vous êtes thyranienne ? finit-elle par demander.

— Mon époux l'était. Il me parlait souvent du Thyrane d'avant, tel que ses parents le lui avaient dépeint. Il était très chagriné de ne pas avoir pu connaître toutes ces beautés.

— Je n'avais jamais rencontré un couple héldérino-thyranien…

— Les gens ont peur d'en parler. C'est tabou. Mais après tant d'années d'occupation, les peuples se sont mélangés et c'est une bonne chose. Cela nous permet d'avoir une autre vision de la vie.

Le convoi stoppa. La femme salua Aileen avec politesse, paya le cocher et s'éloigna.

— Alors gamine ? Tu descends ?

Aileen sursauta.

— L'I.G.A. est par là, indiqua-t-il. Regarde, il y a un soldat, ça doit être ton comité d'accueil !

Elle prit sa valise et se dirigea vers l'Institut des guerriers de l'aurore, une bâtisse imposante aux murs en vieille pierre de taille. En revanche, contrairement à la pension Sybilène, il n'y avait ni jardin, ni portail. Son « comité d'accueil », comme avait dit le cocher, était vêtu d'un uniforme aux couleurs de son royaume – or et blanc –, une étoile brodée sur le torse.

— Tu es Aileen Manérian ? l'apostropha-t-il.

Elle opina du chef, intimidée.

— Bien, suis-moi, je vais te conduire à ton parrain. Tu as de la chance qu'il se soit proposé.

— Mon parrain ?

Le combattant lui expliqua le système de l'Institut tout en la faisant entrer dans l'enceinte. Ici, les nouveaux venus étaient pris en charge par un guerrier confirmé ou en apprentissage. La hiérarchie était simple : on devait respect et obéissance aux guerriers gradés, il fallait suivre leurs consignes et venir soi-même aux séances d'entraînement organisées de manière aléatoire. Si une mission se présentait, il était bien vu d'y participer afin de se former et d'apprendre sur le terrain. Toute cette corporation était basée sur le volontariat et la motivation.

La liberté entrevue donna le tournis à Aileen. Cela n'avait plus rien à voir avec la pension Sybilène et ses cours obligatoires, ses horaires à respecter à la lettre sous peine de punition. Tout en se faisant cette réflexion, elle suivait son guide et en profitait pour tenter de mémoriser les lieux.

D'abord, elle fut ébahie par le bruit. L'I.G.A. baignait en permanence dans un brouhaha confus. Très vite, elle en vint à la conclusion que cet endroit ne lui plaisait pas. Les murs étaient crasseux, les salles étaient pour la plupart destinées aux entraînements. Le tout paraissait vide malgré la foule de guerriers.

Son guide laissa Aileen dans une sorte de réfectoire. En réalité, la salle avait plutôt des allures de taverne, entre les chaises brisées, les tables retournées et l'alcool circulant abondamment.

— Ton parrain, c'est le gars près de la cheminée, indiqua-t-il avant de disparaître.

Son entrée avait déclenché l'hilarité générale, et des remarques salaces fusaient en tous sens. Elle évita un balourd égrillard et rejoignit son parrain. Il se tenait immobile, de dos, indifférent aux beuglements et aux rires de ses collègues.

— Excusez-moi, je suis Aileen et on m'a dit de…

Il se retourna et ébaucha un sourire moqueur.

— Bonjour, Aileen. Content de te revoir.

— Heptiel ! Que fais-tu ici ?

Il avait changé depuis le bal ; son uniforme or et blanc seyait à sa grande silhouette. L'Ioden d'Hélderion avait gagné en virilité.

— La même chose que toi, répondit-il comme si c'était une évidence. Je travaille pour l'Astracan. Maître Joscard m'a prévenu de ton arrivée, je me suis donc proposé à mon supérieur comme parrain. Ce sera une bonne façon de concilier nos efforts.

Aileen ouvrit la bouche pour protester, puis la referma aussitôt. Elle était au service du Maître à présent. C'était le sacrifice à faire pour quitter la pension et devenir veilleur. Elle dévisagea Heptiel, se remémorant ses accusations grotesques sur son père, puis admit être soulagée de trouver un visage familier.

— C'est gentil de ta part.

— Je dois te transmettre les ordres de Maître Joscard, alors c'est plus facile comme ça.

— Quels sont-ils ?

— Il me les fera parvenir en temps utile. Pour le moment, intègre-toi au mieux.

Une rixe éclata dans la pièce. Deux hommes s'insultaient et, déjà, une foule compacte les encourageait à en venir aux mains. Aileen se demanda si elle était faite pour ce monde de violence.

ꟸ

Des mèches d'un noir de jais chutaient sur le sol. Aileen y voyait la fin de son existence de pensionnaire, de sa vie paisible. Elle ne serait plus jamais la même et cette pensée la terrifiait.

— Voilà, c'est presque terminé, ne bouge pas.

Contrainte par ordre d'un général, Aileen s'était résolue à cette coupe. Heptiel s'en était chargé, lui évitant de choisir parmi les nombreux volontaires. L'Ioden plaça un miroir face à son visage.

— Je n'ai plus rien de féminin…

— Oh si, ne t'inquiète pas. Tu as voulu venir ici, non ? rappela Heptiel. Alors ne fais pas cette tête-là !

La jeune fille garda le silence.

— Il se fait tard, poursuivit-il d'un ton plus doux. Il n'y a jamais assez de place pour dormir dans les chambres à l'étage ; en général, nous sommes logés dans les anciennes écuries. On y va ou tu préfères partir à la recherche d'un lit ?

— Si c'est pour dormir avec ces hommes, je préfère encore te suivre.

Heptiel lui fit traverser la cour plongée dans l'obscurité et en profita pour la renseigner sur les différents lieux. Pour les entraînements à l'épée, elle devait se rendre dans les salles du couloir principal. Pour manger, il y avait bien sûr la taverne, mais les cuisinières de l'Institut ne rechignaient jamais à remplir les ventres affamés. Il n'y avait pas de commodités dans le bâtiment, et elle devrait s'habituer aux latrines extérieures et à leurs effluves nauséabonds. Si elle avait besoin de se laver – selon lui, chose à laquelle elle renoncerait rapidement – il n'y avait que deux salles d'eau ou de petits ruisseaux accueillants, plus loin, dans la campagne.

Ils pénétrèrent dans les écuries et une odeur de viande grillée leur monta au nez. Des combattants formaient un cercle animé.

— Tu veux y aller ? demanda Heptiel.

— Non merci, refusa Aileen avec lassitude. Je voudrais me coucher. Je dois m'habituer à tout ça.

Ils trouvèrent un box vide près de la porte des écuries. Aileen s'y prépara une couche de foin et s'y pelotonna. Heptiel la laissa seule pour prendre part au festin. Les soldats entamèrent une ballade et leur chant n'avait rien de mélodieux. Aileen soupira avant de s'enfoncer plus encore dans le foin.

Le feu avait été éteint et tout le monde s'était couché quand Heptiel la rejoignit. Dans l'obscurité, il trébucha sur sa jambe et s'écroula sur elle.

— Tu pourrais faire attention..., maugréa-t-elle.

Il se releva et lui tendit une couverture, que celle-ci accepta avec reconnaissance. Enfin, il s'allongea près d'elle, à même le foin.

— Tu ne vas pas avoir froid, comme ça ?

— Un peu...

Elle souleva la couverture pour l'inviter à se rapprocher.

— Aileen ? chuchota-t-il.

— Oui ?

— Nous n'avons pas reparlé de ton père.

— Tu crois toujours ce que tu m'as dit ? demanda-t-elle.

— J'ai lu les lettres, crois-moi.

— Tu as dû te tromper.

Elle se détourna de lui. Puis un sursaut de colère l'incita à poursuivre la conversation :

— Je n'aime pas que tu juges mon père comme tu le fais. C'est indigne d'un Ioden de soupçonner ainsi des représentants du pouvoir. Si nous n'avons plus foi en nos dirigeants, où allons-nous ?

Heptiel se releva.

— Je vais dormir ailleurs.

Aileen ne broncha pas. Il tira la couverture mais elle s'y agrippa.

— Pourquoi travailles-tu pour l'Astracan si tu penses du mal de lui ? susurra-t-elle. Comment peut-on penser de telles choses de son père ?

Heptiel se rallongea près d'elle. Il prit une grande inspiration et expliqua tout bas :

— Il n'est que mon géniteur, mon père était un Marchevent. Il m'a sorti de la pension afin de surveiller les guerriers de l'aurore. Il compte rapatrier les troupes pour la guerre contre les Terres Impies. Ce genre de mission est formateur pour mon avenir d'Astracan. Aileen, il y a un rapport entre ton père, le mien et le meurtre de ta sœur. J'aurais bien récupéré les lettres si cela n'avait pas été aussi risqué. Il doit être persuadé que je suis un fils ravi d'avoir retrouvé son père naturel.

Depuis le souvenir de la dispute et des craintes de Mylianne, Aileen doutait. Sa sœur avait-elle entendu une chose si grave que son père ait voulu l'éliminer ? Pourquoi après toutes ces années ? Elle n'avait pas envisagé que ce meurtre puisse avoir un rapport avec sa famille. Même au prix de mettre au jour les secrets de son père, était-elle capable d'aller au bout de sa quête ?

—Nous sommes dans le même camp, Aileen. Nous cherchons tous les deux la vérité. Moi sur les complots de mon père, toi sur le meurtre de Mylianne.

—À ton avis, je trouverai cette vérité en devenant veilleur ?

—Je l'ignore. En tout cas, tu auras plus de chance ainsi.

Heptiel se colla contre elle. Aileen fut surprise de constater à quel point cette sensation de chaleur humaine était agréable. Jamais elle n'avait eu de petit ami ni n'avait été enlacée. Pour la première fois, elle eut l'impression de ne pas être seule. Elle savoura ce petit bonheur les paupières closes, un sourire de béatitude aux lèvres. Une pensée fugitive à propos de Noony lui traversa l'esprit. De toute façon, sa sœur n'en saurait jamais rien.

—*Éloigne-toi de lui.*

Elle entendait enfin la voix de Murmure depuis son départ de Mizin. Il était apparu dans une tempête de fumée bleue, et son aura lumineuse perçait l'obscurité des écuries.

—*Je ne veux pas que tu l'aimes plus que moi ! Je ne veux pas que tu m'abandonnes !*

Aileen n'osa rien répondre en présence d'Heptiel. Ce dernier, ayant senti qu'elle s'était raidie, s'éloigna en douceur.

—Tout va bien ?

—C'est juste… Je n'ai pas l'habitude. Tu comprends ?

—Ne t'inquiète pas, répondit-il en riant. On ne peut s'engager avec personne durant une formation aussi rude ! J'avais cru que, toi aussi, tu avais envie d'un peu de tendresse…

—Je préfère me concentrer sur l'entraînement.

Non sans regret, Aileen le repoussa et fit mine de s'endormir. Elle aurait aimé qu'Heptiel la retienne. Le fantôme ne serait pas qu'une aide durant sa formation.

De nombreux jours de solitude et de douleur s'annonçaient.

ꙮ

L'agitation régnait dans l'Institut depuis l'aube, marquant le retour du vacarme ambiant, ponctué de rappels à l'ordre par les gradés.

Dans la salle d'eau, penchée sur un baquet d'eau claire, elle effectuait sa toilette matinale. En dépit de l'opinion d'Heptiel, elle ne pouvait accepter l'idée de vivre avec si peu d'hygiène. Elle vérifia le verrouillage de la porte avant d'ôter ses vêtements, qui sentaient déjà trop fort à son goût. Le contact de l'eau glacée lui donnerait au moins une éphémère sensation de fraîcheur et de propreté. Elle se baissa pour ramasser ses affaires lorsque son regard accrocha des gouttelettes de sang sur le sol. Comment avait-elle pu oublier ?

—Aileen ! Tu es là ? C'est Heptiel, ça va être l'heure de la montée des drapeaux !

Elle se jeta contre la porte, et, la voix tendue, répondit :

—Il me faut ma valise !

Un silence lui revint en retour.

—Heptiel, s'il te plaît.

—Ce n'est pas le moment de faire ta coquette, répliqua-t-il, excédé.

—Il n'est pas question de ça. J'ai des linges dans cette valise, tu sais… pour certains désagréments.

Elle ne savait pas comment être plus explicite. L'espace d'une seconde, des rires moqueurs imaginaires lui vrillèrent les oreilles.

—Oh… Je vois, fit Heptiel.

—C'est une valise noire, il y a le sceau de la pension Sybilène dessus.

—Écoute, ne bouge pas d'ici, je vais voir ce que je peux faire.

Aileen visualisait très bien son parrain en train de courir en tous sens, les joues empourprées. Pourquoi les hommes se sentaient-ils toujours aussi désarmés dans ce genre de situation ?

—Une valise ? Vous devriez aller voir à l'intendance, parmi les objets perdus.

Heptiel remercia le concierge et suivit son conseil. Il frappa. Personne ne répondit. Il entra tout de même. Dans une grande pièce envahie d'objets insolites, trois hommes fouillaient de vieux bagages et enfouissaient les rares objets intéressants dans leurs poches. Heptiel se racla la gorge et les trois recrues se retournèrent, paniquées.

—On vient juste récupérer nos affaires !

—Qui s'occupe de l'intendance ? coupa l'Ioden.

—Plus personne.

Le jeune homme contempla les étagères pleines à craquer de sacs, de livres, de vieilles armes et de bien d'autres choses encore. Une autre preuve des failles administratives de l'Institut.

—Donnez-moi vos insignes.

Les hommes décrochèrent les petites plaques de leurs uniformes et les lui donnèrent en bredouillant de vagues excuses.

—Ils vous seront restitués après deux semaines de travaux en cuisine. Maintenant, déguerpissez !

Les intrus ne se le firent pas dire deux fois. Ils décampèrent avec leur menu butin. Heptiel fit face au capharnaüm. Aileen comptait sur lui. Cette idée lui mit du baume au cœur. Il poussa un juron devant la valise grande ouverte. Les astres soient loués, il restait les linges qui avaient dû sembler inutiles aux pilleurs. Il sourit en refermant le bagage.

Heptiel ne le savait pas, mais ce genre de service rendu à une femme était l'assurance d'une grande amitié.

Interlude

Le soleil venait poser ses doigts d'or sur l'horizon, descendant dans un ciel d'un bleu limpide. L'astre diurne s'enfonça peu à peu derrière le vert tendre des collines alentour, dans un flot de lumière rouge sang, clin d'œil cynique aux intentions du cavalier qui descendit de son chawin.

Aryador était épuisé après sa longue chevauchée. Sa monture s'éloigna pour brouter sur le bord de la route. Endric lui avait fourni l'équipement nécessaire à sa dernière mission. Il était déterminé à la mener à bien. Être à chawin lui donnait l'avantage de la vitesse, mais l'empêchait de percevoir correctement la présence de la chuchoteuse. Il lui fallait se concentrer pour repérer cette petite lumière dans le vaste monde.

Il ramena les pans de sa cape sur lui, la saison de l'Amant commençait à se faire sentir. Son pendentif tomba sur le sol et libéra de la résuadine. Dans une pluie d'étincelles, Nwinver apparut.

— Bonjour.

Aryador s'approcha d'elle et enserra sa fine taille de ses mains puissantes. La jadielle eut un hoquet de surprise.

— Je peux la tuer quand bon me semble, dit-il. Je peux aussi capturer l'oraisonnière et la ramener à son père !

— Ce ne sera pas nécessaire. Son Excellence a changé ses plans grâce à ton efficacité à Volplume. La guerre est déclarée, les troupes embarquent pour les Terres Impies dès demain. La chuchoteuse ne pourra arrêter l'engrenage.

Aryador laissa tomber les bras le long de son corps.

— Ma mission est annulée ?

— Oui, confirma joyeusement Nwinver. Tu peux rentrer à Abranelle !

Le hurleur ne résista pas lorsque son amante l'embrassa. Celle-ci capta son trouble.

— Que se passe-t-il ?

— Je dois la revoir.

— Je ne vois pas pourquoi…

— Je veux la revoir.

— C'est une infidèle, Aryador. Elle ne croit pas aux astres et veut empêcher le bon déroulement des plans de l'Astracan !

— Je sais. C'est pour cela que ma mission doit continuer. Je dois la tuer. C'est le seul moyen. Si nous ne pouvons pas être ensemble dans ce monde, nous le serons dans l'autre.

Nwinver voulut le retenir, mais il était déjà en selle.

24

Au-delà du mutisme

– Royaume d'Hélderion, sur les rives de l'Audine, 912 –

Le mutisme et le silence sont deux mots aux significations très différentes. Le silence ouvre le passage à la révélation tandis que le mutisme le coupe. Le silence enveloppe les grands événements, le mutisme les cache. L'un marque un progrès, l'autre une régression.
Selon l'Astrascisme, il y eut un profond silence lorsque le prophète arriva sur terre.
Ceux qui ne respectent pas les astres sont condamnés au mutisme. Le châtiment appliqué est alors les lèvres cousues.

Notes de Soliane Manérian.

Alexian écartait les branches des buissons, leur frayant un chemin. Ils avaient enfin trouvé un sous-bois pour passer la nuit sans risque d'être repérés. Ils se doutaient tous que la captivité d'Aryador serait de courte durée.

Laï-Mune et Noony partirent chercher du bois sec ; Alexian regroupait déjà des pierres pour délimiter le foyer. Il cherchait son briquet à amadou pour allumer le feu quand la chuchoteuse tendit la main. Sa sphère rouge étincela, puis des flammes ardentes s'élevèrent du foyer.

— Étincelle, dit tout à coup Noony. Ce sera le nom de mon sang-de-lune. Je n'arrête pas d'en chercher un depuis l'éclosion.

Elle contempla le feu et s'abandonna à son agréable chaleur. Au fond, elle était soulagée d'avoir repris le voyage avec Alexian et Laï-Mune. Elle voulait comprendre le passé de sa mère. Comprendre pourquoi celle-ci l'avait poussée dans cette quête sans espoir.

— Vous avez faim ? demanda Alexian.

L'espion alla remplir une casserole à la rivière toute proche. Depuis le début de ce voyage, Noony s'était sentie mal à l'aise. Elle avait perçu la différence d'Alexian et ne l'avait qu'à moitié cru lorsqu'il lui avait dit venir de Tremel, mais sa constante expression neutre et assurée avait fini par faire taire ses doutes. Quant à la chuchoteuse, elle ne connaissait pas encore ses secrets.

Elle se sentait trahie par la terre entière. Ça avait commencé avec son père, le jour où il lui avait fait boire cette odieuse potion. Il l'avait privée de vie affective, d'un avenir hors des oraisons. Ensuite la douleur était venue du destin, du hasard, ou même des astres. Pourquoi lui avait-on arraché Mylianne ? Trahison de ce en quoi elle croyait. Plus elle fréquentait Laï-Mune, plus elle entrevoyait les erreurs commises par Hélderion. Trahison de ceux qu'elle était censée servir. Enfin, Alexian. Un excellent manipulateur. Le mystérieux imposteur s'était immiscé dans sa vie sans crier gare. Elle avait fini par avoir confiance au fil des jours. Trahison d'un homme qu'elle ne pouvait s'empêcher d'admirer.

Quelle serait la prochaine tromperie ? Qui lui ferait défaut cette fois ? Noony éprouvait un dégoût croissant. Elle n'avait même plus envie de faire sa Complainte nocturne.

Alexian mit la casserole d'eau à chauffer, en équilibre sur quatre pierres. Il y mélangea un sachet de légumes séchés acheté à Volplume.

— Que dois-je savoir ? dit enfin Noony.

Laï-Mune lui raconta ses origines expérimentales, ses connaissances sur la résuadine, son lien avec le hurleur. Noony entendait l'émotion dans sa voix, impressionnée par son dévouement envers les Signes. La nature. Sa religion à elle ?

— Je comprends mieux, fit Noony. Je croyais en l'explication mystique des jadiels, et quelque part, la résuadine en fait partie.

— Ce n'est pas une création divine, intervint la chuchoteuse d'un ton sévère. C'est la création d'un homme.

— Et toi Alexian ? demanda Noony d'un ton incisif. Tu n'as rien à m'apprendre de plus sur tes objectifs ?

Il l'ignora. L'oraisonnière, vexée, reporta son attention sur Laï-Mune.

— Parle-moi de ma mère. Je veux tout savoir. Tout.

— Tu ne le sais pas, mais Soliane est la seconde épouse de Gide. Son premier mariage a échoué, car sa femme a découvert sa liaison avec ta mère. D'après Soliane, ton père l'a fait assassiner afin d'étouffer le scandale. Dans la version officielle, elle l'a quitté pour un autre homme. Il a demandé aux habitants de tout oublier de sa première épouse, afin soi-disant de surmonter son chagrin.

— Mon père ? Tuer ? Dis-moi que c'est faux, implora Noony.

— Soliane était à son service. Elle le renseignait sur l'usage de la résuadine à Abranelle. Il y a toujours eu une sorte de concurrence de pouvoir entre Gide et Soleil III : ton père préserve de son mieux son moyen de pression sur le gouvernement. Donc, sur son ordre, Soliane a été embauchée dans le laboratoire de recherches d'Abranelle. Personne ne pouvait faire le lien entre elle et le dirigeant de la Corporation des marchands d'étoiles.

— C'est là que tu l'as rencontrée, déduisit l'oraisonnière.

— Elle avait un rôle d'éducatrice auprès des jadiels, des hurleurs et des chuchoteuses, approuva Laï-Mune. Soliane était comme une mère pour moi. J'avais cinq ans quand elle a accouché de sa première fille. Toi. Elle a épousé Gide et arrêté son travail au laboratoire.

Noony recomposait le puzzle de son existence. La chuchoteuse avait eu un comportement quelque peu méprisant envers elle le jour où elle l'avait rencontrée au bois des Larmes. Elle avait d'abord pensé que c'était à cause de son statut d'oraisonnière, mais à présent, elle comprenait les allusions aux Manérian.

— En 902, Soleil a fait massacrer les chuchoteuses ; j'avais treize ans. Mon réflexe a été de retrouver ma mère de substitution. J'ai été engagée comme musicienne dans les convois longue distance pour rallier Manérian. J'ai attendu deux jours avant de parvenir à lui parler, au temple. Elle m'a confiée à l'un de ses amis, l'oraisonnier Raven.

— Un homme adorable.

— Oui, il s'est bien occupé de moi.

Noony se souvint du soir de sa fuite. Raven était mort, dans le parc, au milieu de fleurs noires et flétries. Laï-Mune continua :

— Soliane venait souvent me voir. Nous parlions beaucoup. Elle m'a expliqué que le projet Chant avait été abandonné. Le laboratoire allait reprendre la fabrication des jadiels et on lui a proposé de devenir mère porteuse. Soliane détestait l'idée, car elle ne supportait pas l'enfer que vivaient ces êtres. Mais Gide lui a forcé la main.

Noony imaginait son père en train de tempêter contre sa mère, lui ordonnant de porter un enfant expérimental.

— En 906, on lui a implanté un embryon. Elle a porté le bébé deux mois. Gide et elle se sont violemment disputés.

— Je m'en souviens, ça devait être le même soir. Ils hurlaient si fort… Mylianne était si bouleversée… Ensuite, maman est partie plusieurs jours.

— Oui, elle a avorté à Abranelle. Gide l'a dénoncée aussitôt au département des expérimentations et elle a été jugée par Soleil en personne. Le châtiment de son crime, infanticide et mise en échec d'une expérience, a été sans appel : le mutisme.

L'oraisonnière se rappelait la cicatrice courant le long du ventre de Soliane. La marque de son avortement. Alexian se tourna vers le feu, gêné.

Une autre fleur vénéneuse de la trahison poussait dans le cœur de Noony. Son père. Il n'avait pas trahi qu'elle en lui dissimulant tout ce temps la véritable histoire de sa mère. Il avait dénoncé Soliane. Il était responsable de ses lèvres cousues. Étincelle s'agita dans ses bras, comme paniqué par la peine qui submergeait sa maîtresse. Tout était limpide. Sa mère voulait qu'elle comprenne son passé, qu'elle découvre la véritable personnalité de Gide Manérian, dirigeant de la Corporation des marchands d'étoiles. Un homme fort. Un homme qu'elle avait pris pour modèle. Un homme que Soliane devait, au fond, encore aimer, pour être si docile.

Noony sourit tristement et replia ses jambes sous elle. Tout son être se craquelait. Elle resta quelques instants immobile, puis s'excusa et partit marcher dans la forêt. Tandis qu'elle s'éloignait du feu, elle posa sa main devant sa bouche mais ne put retenir les sanglots qui montaient du fond de sa gorge.

Un silence pesant régna sur le bivouac, ponctué par les grognements inquiets de Lorion. Lorsque l'oraisonnière revint, elle trouva le courage de s'exprimer.

— Ma mère voulait que je te rencontre, murmura-t-elle à l'adresse de Laï-Mune. Elle devait espérer qu'en partant avec la volonté d'arrêter cette guerre, nos chemins se croiseraient.

— Je crois aussi.

— J'ai perdu une sœur mais j'estime en avoir retrouvé une.

ꝏ

— *Elle est triste. Elle a appris des choses difficiles.*

Alexian n'avait pas besoin de l'intervention télépathique de Lorion pour le savoir. L'affection de son uni envers Noony l'irritait de plus en plus.

— *En même temps, c'était prévisible, Lorion. Un père qui fait boire une potion de cendres à sa fille ne peut pas être équilibré. Elle aurait dû se douter de quelque chose, je ne sais pas…*

— *C'est facile à dire quand on est extérieur. Elle a connu un homme respecté et adulé.*

Lorsque les deux jeunes filles allèrent se coucher, il assura qu'il monterait la garde, au cas où le hurleur les aurait déjà retrouvés. En réalité, il réfléchissait à un moyen de neutraliser celui-ci sans mettre la vie de Laï-Mune en danger. Elle était son dernier espoir d'empêcher la guerre.

Un craquement. L'envoyé de Rouge-Terre se retourna en un éclair, arme au poing, s'attendant presque à voir surgir son ennemi, au lieu de quoi Noony s'approcha et s'installa près du feu, enveloppée dans son manteau.

— Tu comptes m'ignorer encore longtemps ?

Alexian rangea sa lame et se rassit sans un mot.

— Je n'ai pas très bien réagi quand tu m'as avoué tes… origines. Je le regrette. Je voulais te remercier d'être venu me sauver.

— Ce n'était pas pour toi mais pour Laï-Mune. Pour qu'elle le voie.

— Alors, navrée de t'avoir dérangé.

Elle se leva, dépitée. Presque malgré lui, il l'appela :

— Attends !

Alexian hésita. Pour une fois, Lorion ne s'était pas mêlé de leur conversation ; il voyait sa silhouette féline se découper dans le clair de lune. Il avoua à mi-voix :

— Je ne le pensais pas. Je suis désolé. Tu me tiens compagnie ?

La jeune fille s'exécuta de bonne grâce.

— Tu veux toujours empêcher cette guerre ? Même s'il s'agit de protéger des hérétiques ?

— Tu sais, tout ne tourne pas autour de l'Astrascisme, répondit Noony. Bon, d'accord, avant, je voyais le monde au travers de la religion. C'est normal : j'ai grandi au milieu de livres d'oraisons, j'ai passé ma vie à étudier les astres. Toute autre croyance me paraissait inconcevable.

— Donc, tu ne me détestes plus ?

— Je ne t'ai jamais détesté, fit-elle avec un sourire taquin. Enfin, peut-être au début. Tu t'es installé chez nous avec tellement d'arrogance !

Alexian la considéra tout à coup avec plus d'estime. Sa prise de conscience de son conditionnement forçait le respect.

— Si tu veux que nous bâtissions une relation de confiance, ce serait bien que tu me parles un peu de toi. De ton passé.

Par réflexe, Alexian repoussa l'idée. En Hélderion, son vécu était un bagage à ne pas ouvrir, mais exposer sa vie à l'oraisonnière pourrait l'attendrir, peut-être lui donnerait-elle des informations sur…

Il se reprit. D'habitude, il n'avait aucun scrupule à manipuler les gens ; cependant, voir Noony le repousser ainsi avait fait naître en lui de la culpabilité.

— Alors ? insista l'oraisonnière.

— Je vivais dans un village appelé Grise-aube, avec mes parents, entama-t-il, sentant affluer les souvenirs. J'ai effectué mon union avec un lynx du canyon Double-Vue. Lorion. J'étais un petit garçon en avance pour mon âge. Mon père a décidé de m'envoyer passer des tests à Tombe-lune à cause de mes grandes capacités de mémorisation. On lui a proposé une terre cultivable en échange de son autorisation de me former à l'espionnage. Il a accepté, car c'était le mieux pour notre clan. Ma mère s'est rendue à sa décision.

— Ça a dû être difficile…

— Oui et non. J'étais logé à Tombe-lune, la ville la plus importante de Rouge-Terre. Au début, il y avait plusieurs autres enfants, mais ils ont tous abandonné au fur et à mesure. Les deux premières années d'apprentissage, on nous faisait apprendre des livres par cœur pour entraîner notre mémoire.

Il sourit à ce souvenir.

— Beaucoup d'enfants n'ont pas réussi cette étape-là. Ensuite, ça a été plus plaisant : c'était beaucoup d'observation, nos précepteurs inventaient des jeux de rôle où chacun devait choisir quelqu'un dans la rue et deviner des choses à son sujet, son métier par exemple. J'ai réussi toutes les épreuves techniques ; j'apprenais par cœur les mœurs d'Hélderion. Lorion comblait ma solitude. Après cinq ans, j'étais le seul restant. J'étais adolescent et on m'a beaucoup choyé ; l'entraînement restait rude mais j'étais devenu indispensable. Et puis la menace de Soleil III s'est avérée, et on m'a envoyé sur place afin de mener ma petite enquête. Voilà mon histoire.

—Alors nous ne sommes pas si différents, constata Noony. Nous avions tous deux des prédispositions dans un domaine et avons été forcés de les exploiter.

Ils écoutaient le crépitement des flammes. Noony s'étira.

—J'ai besoin de me rafraîchir les idées. Je vais me baigner.

—Lorion te surveillera.

—Hors de question.

Alexian ne comptait pas la laisser seule alors que le hurleur était à leurs trousses. Il ordonna à Lorion de veiller sur Laï-Mune et suivit Noony.

La lune trônait comme une perle nacrée dans l'écrin noir du ciel, et jetait un voile opalescent sur la forêt endormie. Les branches basses des arbres formaient un cocon végétal sous lequel la rivière sinuait entre de sombres rochers. Ayant repéré la silhouette aux abords de l'eau, il s'adossa à un arbre.

Ignorant être l'objet de la curiosité d'Alexian, Noony se dévêtit et plia ses affaires avec soin. Elle marcha le long de la berge, son corps nu nimbé de la lueur de l'Amant, hésitant à entrer dans l'eau. Le cœur d'Alexian battait la chamade. Un feu venait d'éclater en lui. Le désir. Tout en l'épiant en train de se baigner, l'idée germa dans son esprit. Pourquoi n'irait-il pas la retrouver ? Elle était femme comme toutes celles qu'il avait possédées auparavant. Alors pourquoi lui inspirait-elle une envie si violente ? Il tentait en vain de reprendre le contrôle. Lorsqu'il releva la tête, il reçut sa seconde gifle de la journée. Un instant, il se noya dans les yeux de Noony, des puits jumeaux bouillonnant de rage. Sa robe humide lui collait à la peau, car elle s'était rhabillée à la hâte.

—Je peux savoir ce que tu étais en train de faire ? cria-t-elle.

Sa main s'approcha de Noony, qui s'esquiva. Ils se défièrent.

—Tu étais en train de te rincer l'œil !

—Je veillais sur toi et te voir comme ça…

Il se pencha sur elle et leurs visages étaient si près l'un de l'autre qu'il pouvait sentir son haleine douce et chaude lui caresser les lèvres.

—Je ne peux pas, souffla Noony.

Il perçut de la peur dans son ton. La logique et la raison s'évanouirent de l'esprit d'Alexian, remplacées par une unique pulsion : l'envie de la posséder. Il l'enlaça et Noony le repoussa.

—Arrête ça, murmura-t-elle. Aurais-tu oublié ?

L'évocation de son châtiment lui fit l'effet d'un seau d'eau glacée. Il la lâcha, secoué par la prise de conscience de sa folie passagère. Noony retourna au camp, le laissant seul avec ses remords. Il sentit la présence de Lorion, presque imperceptible, et le remercia de ne pas commenter ce qui venait de se passer.

ꙮ

Laï-Mune fut réveillée par Noony revenant du sous-bois. L'oraisonnière se glissa sous ses couvertures sans dire un mot et repoussa Étincelle lorsque celui-ci s'approcha d'elle pour recevoir des caresses. L'animal feula après sa maîtresse et alla se rouler en boule un peu plus loin.

La chuchoteuse s'allongea sur le dos. À travers les feuillages des arbres, les étoiles scintillaient.

—Je n'ai jamais rien compris à l'astronomie.

L'oraisonnière releva la tête et considéra son amie avec étonnement.

—Tu veux que je t'explique ça maintenant ?

—Ça te ferait penser à autre chose et ce serait sans doute bienvenu…

Noony respira lentement et remit ses connaissances en ordre.

—Tu as de la chance, j'ai étudié les astres. Mes préférés sont les lunes.

—Elles sont responsables des changements climatiques et c'est pour ça que les saisons portent leur nom. C'est ça ?

—C'est tout à fait cela. Il y a trois lunes : l'Amante, l'Amant et le Bouclier. En fait…

—Tu t'intéresses aux étoiles, maintenant, Laï-Mune ? railla Alexian en interrompant la conversation.

—J'essaie de comprendre.

—J'ai aussi étudié l'astronomie, figure-toi. Enfin, du point de vue de l'Astrascisme. Les orbites des lunes les rendent visibles la nuit, côté continents, pendant un tiers de l'année chacune, une année équivalant donc à trois saisons. D'où une lune présente par saison.

La chuchoteuse incita Noony à continuer dans la même veine qu'Alexian, mais l'oraisonnière semblait bien décider à ne rien dire en la présence de ce dernier. Celui-ci poursuivit son explication :

—Les lunes sont vues comme deux amants qui se loupent sans cesse. Un poète de Volplume a donné le nom d'Amants aux deux lunes des saisons humide et sèche. La dernière est appelée Bouclier : elle est beaucoup plus grosse que les autres et provoque l'éclipse annuelle.

Laï-Mune, voyant la tension entre ses compagnons, décida de changer de sujet.

—Peut-être voudriez-vous en savoir plus sur la plaie fleurie ? C'est un peu tôt pour faire des plans concrets mais, au moins, vous saurez à quoi vous attendre.

—Bonne idée, approuva Alexian. En espérant voir ce phénomène un jour.

—Tout d'abord, pendant le rituel, je serai dans un autre monde. Vous ne pourrez avoir aucun contact avec moi. Puis quand je lancerai la plaie fleurie, le continent se scindera en deux. Alexian, tu devras me donner plus de précisions géographiques sur ton pays, même si tout dépendra de l'endroit où nous débarquerons.

Ce dernier réfléchit quelques instants, puis répondit :

— En partant de Shavent il y a fort à parier que les armées débarqueront sur la côte nord-est. Le mieux serait de lancer la plaie fleurie depuis le canyon Double-Vue. D'un côté, il y aurait le nord, vers le défilé, et de l'autre, le sud, où se trouve mon village natal, Grise-aube.

— Il n'y aura pas de retour possible, précisa Laï-Mune. Si tout se passe comme prévu, une barrière de plantes va séparer les deux parties de longues années durant.

Tous méditèrent sur cette dernière phrase. L'image des lunes passant sans espoir de se croiser tarauda Laï-Mune un bon moment. Elle se promit de retrouver Aryador une fois la plaie fleurie créée. Elle le laisserait la tuer. Pour qu'enfin son calvaire s'achève.

ဢ

Laï-Mune, Alexian et Noony étaient réunis autour d'une carte du royaume. L'oraisonnière et l'envoyé s'ignoraient plus encore que la veille.

— Bon, fit Laï-Mune. Nous sommes ici, près de l'Audine, le lac Sanguille est à dix jours de marche environ. Nous suivrons le fleuve plutôt, pour éviter Krisancie. Du lac au port de Shavent, on en aurait pour deux semaines de voyage par la route principale, mais ce serait dangereux. On passera par les petits chemins.

— Donc, conclut Alexian, nous en avons pour plus de trois semaines.

— C'est exact. Alors mieux vaut partir dès maintenant.

Interlude

Aryador talonna son chawin pour maintenir l'allure. De l'écume moussait au coin de la bouche de l'animal trop sollicité, mais Aryador n'avait d'autre choix, étant incapable de se téléporter sans avoir vu sa destination au moins une fois.

Il connaissait néanmoins l'objectif final de sa proie : Shavent. Elle voulait sauver les Terres Impies ? Il la suivrait jusque là-bas s'il le fallait.

Le hurleur caressa le poignard à sa ceinture. Il lui ôterait la vie avec cette arme, parfaite pour honorer la mort de celle qu'il aimait. Il croyait aux astres. À la réincarnation. À une autre vie où ils seraient unis.

— Je t'ai demandé de me laisser. Arrête. Je t'en supplie.

Aryador ébaucha un sourire suffisant. Il se savait plus fort. Lors de leur prochaine rencontre, il n'y aurait plus de milice pour se mettre entre eux.

Le lac Sanguille apparut à l'horizon, tache d'argent s'empourprant à mesure que le soleil disparaissait. Le hurleur invoqua sa chantemort. Sa monture ralentit la cadence et il entama une mélopée lente et mélancolique. Sur son passage, les plantes s'enténébraient.

Elle était le chant de l'aube, il lui offrait le chant du crépuscule.

C'était sa façon de lui dire qu'il viendrait.

Partie IV

Vers la vérité

– Royaume d'Hélderion, Abranelle, premier temple, 912 –

L'Astracan Soleil troisième du nom, soucieux, boita jusqu'à son secrétaire. Il avait beau lutter contre le temps, la nature tentait par tous les moyens de faire son office, et ses jambes avaient de plus en plus de mal à le soutenir. Il devait songer à utiliser Heptiel très bientôt.

Gide Manérian lui avait fait son rapport ; il n'y avait toujours aucune trace de sa fille Noony ou de son compagnon. Gide le lui avait décrit et, l'Astracan en aurait parié sa couronne, cet homme n'était pas hélderionnois. Surtout d'après les informations qu'il tenait d'Aryador : la présence d'un lynx avec lui. Un de leurs agents, à n'en pas douter. Il fallait renforcer les fouilles au port de Shavent, faire en sorte qu'ils n'atteignent pas le front. Encore des tourments en perspective. Cet improbable trio n'aurait jamais dû se trouver réuni.

Afin de ne pas se laisser happer par ses idées noires, il relut les dernières lettres. L'une d'entre elles était l'accord par défaut de Volplume, qui ne pouvait s'opposer à la déclaration de guerre sans Première Citoyenne. Tout à fait satisfaisant. Cyrielle morte, l'ambitieux Endric trouverait le moyen de tirer les ficelles du pouvoir par le biais de son épouse. Un allié dont il faudrait se méfier. Du genre à retourner sa veste sans que l'on s'y attende. Nwinver se glissa dans l'entrebâillement de la porte et s'installa avec grâce sur l'un des divans moelleux.

— Mon amour ?

— Je n'ai pas le temps, Nwinver.

— C'est important. Tu ne m'écoutes pas ! s'énerva-t-elle.

— Je t'écoute. Qu'y a-t-il ?

— Aryador est devenu incontrôlable. Il s'est débarrassé de sa résuadine.

— Ce n'est plus un problème, répondit-il avec flegme. Il nous est encore plus profitable dans la nature.

25

La grotte aux miroirs

– Royaume de Thyrane, alentours de Zenan, 912 –

Selon la tradition, l'astre attribué à une personne influe sur sa personnalité. C'est pourquoi certains noms ne peuvent être donnés qu'à des enfants de haut lignage.

Heptiel : Au sud de la grande nébuleuse de Nelviare se trouve une trentaine d'étoiles. Parmi elles figure Heptiel. Comme chaque étoile, elle représente des qualités humaines, en l'occurrence le courage et la droiture. Il s'agit d'une étoile d'importance moyenne.

Extrait du *Livre des Astres* – résultant du travail de nombreux oraisonniers durant deux générations. Indispensable à tous les temples.

Une couche de neige tapissait la ville, métamorphosant le délabrement en féerie. Dans ce panorama immaculé, le fauteuil roulant poursuivit son chemin sur les pavés gelés, lentement mais avec une volonté sans faille. Dans l'une des rares fontaines encore alimentées à Mizin, des flocons venaient rider la surface de l'eau en un joyeux tourbillon. Orius se pencha pour en admirer le ballet. Quel objectif pouvait-on avoir après un tel accident ? Après une carrière brisée ? Un corps anéanti ?

Le chef-veilleur roula encore, décidé à aller de l'avant. Il s'arrêta devant le lieu de son supplice puis toqua.

— Orius !

Il savoura l'étonnement de Cryden.

— Entre, dit-il. Nous commencions la réunion matinale.

Orius nota les divers sentiments qui passèrent sur les visages : curiosité des nouveaux, incompréhension des jeunes veilleurs, joie confraternelle des anciens.

— J'ai pris le commandement durant ton absence, annonça Cryden. Nous ne savions pas quand tu allais revenir, ou même si tu reviendrais…

— Très bien, approuva Orius.

Il poussa son fauteuil vers son bureau et inspecta les piles de dossiers.

— Vous avez du retard dans certaines affaires.

— Oui, se justifia Cryden. L'organisation a été difficile.

Orius fit faire une large rotation à son fauteuil roulant afin d'être face aux veilleurs.

— L'équipe une va patrouiller. L'équipe deux, vous prenez le dossier le plus récent.

Lorsque les tâches furent assignées, Cryden et Orius se retrouvèrent seuls.

— Tu n'étais pas obligé de revenir dans ton état…

— Handicapé ou non, je suis toujours le chef de cette équipe.

— Tu n'enquêteras plus sur cette histoire de pensionnaire assassinée, n'est-ce pas ?

— C'est un crève-cœur, mais j'ai abandonné. Je ne peux plus mener une enquête aussi dangereuse avec mes jambes en moins.

ꕥ

Depuis quelques heures déjà, Aileen et Heptiel arpentaient la campagne de Zenan. Le froid rosissait leurs joues et malgré le cuir de leurs gants, ils ne sentaient plus leurs doigts. Heptiel s'accroupit et observa avec attention des empreintes de pas dans la boue.

— Elles sont fraîches, nous ne nous sommes pas trompés en suivant cette piste.

Bien des heures plus tôt, des trafiquants d'objets tabous avaient été repérés aux abords de la ville, et le général Chendaric avait rassemblé ses troupes. Peu importait l'âge, le grade ou l'ancienneté, n'importe quel membre de l'I.G.A. désirant aider lors d'une mission pouvait y aller. C'était le meilleur moyen pour se faire remarquer et monter dans la hiérarchie. Aileen et Heptiel s'étaient portés volontaires mais s'étaient vite éloignés du groupe principal.

— Nous devrions prévenir les autres, Heptiel.

— Non. Si nous capturons ces trafiquants, nous ferons un vrai coup d'éclat ! L'Astracan veut rapatrier la moitié des effectifs des guerriers de l'aurore en Hélderion pour les envoyer au front. Il paraît que ce seront surtout les plus expérimentés qui iront dans les Terres Impies. Du coup, la Corporation recrute à tour de bras pour garder des veilleurs en Thyrane et éviter que le royaume ne sombre dans le chaos. L'Institut attend que ses recrues se distinguent et prouvent leur valeur en peu de temps. C'est notre chance.

Depuis qu'elle avait intégré l'Institut des guerriers de l'aurore, Aileen avait participé à de nombreuses missions aux côtés de l'Ioden. Elle aurait préféré une formation plus encadrée, mais Heptiel avait un véritable penchant pour l'aventure et aimait par-dessus tout sortir des sentiers battus. Elle épaulait son équipier de son mieux, formant avec lui un tandem efficace. Aileen sourit d'elle-même à cette pensée. Elle avait intégré l'I.G.A. depuis moins d'une saison, et elle pensait déjà comme si elle avait tout vu. Ce court laps de temps avait été rempli de missions, de rencontres. Elle s'était habituée à dormir aux écuries, au manque d'hygiène et aux éprouvantes journées d'entraînement. La pension appartenait désormais à une autre vie.

— Continuons vers l'est.

Ils poursuivirent leur pistage.

— *J'ai repéré les méchants*, alerta une voix enfantine. *Ils ont posé des caisses dans une grotte un peu plus loin. Leur chef, c'est celui aux cheveux violets. On dirait un fou.*

Aileen remercia le lémure d'un petit geste de la main. Contre toute attente, elle retrouverait bientôt une connaissance.

— Aileen ? Tu me suis ?

Elle emboîta le pas à Heptiel et tous deux longèrent un champ avec précaution. Elle portait souvent sa main à son fourreau, anxieuse à l'idée de se servir d'une arme.

« Tu dois anticiper les mouvements de ton adversaire, toujours. Il faut observer sa position, son corps. »

Les conseils du Maître résonnaient dans son esprit. Cependant, elle était convaincue de ne pas être faite pour se battre malgré ses motivations.

— *Pas par là. Ne le suis pas*, intervint Murmure en se plaçant entre elle et Heptiel.

Celle-ci soupira, jeta un coup d'œil à l'Ioden, puis répondit tout bas :

— Pourquoi ? Quand vas-tu cesser d'être jaloux ? Nous sommes en mission !

Le fantôme croisa ses bras translucides pour montrer sa détermination. Aileen était de plus en plus agacée par la possessivité de Murmure. Heptiel se retourna. Elle rajusta ses bottes tout en ébauchant un signe d'excuse.

— Ne m'oblige pas à te passer au travers, chuchota-t-elle.

— *T'oserais pas*, provoqua le lémure. *Tu peux pas faire semblant de pas me voir !*

— Tu ne me laisses pas le choix, Murmure.

Elle exécuta sa menace. Du fantôme ne restaient que des volutes évanescentes. Elle frissonna en rejoignant Heptiel. Malgré l'ambiance sinistre du lieu, elle se sentait en sécurité près de son partenaire.

— Je vous conseille de jeter vos armes, mes trésors.

La voix provenait du couvert des arbres. La seconde suivante, ils étaient encerclés. Heptiel dégaina son épée, imité par Aileen.

—Allons, allons…, il serait dommage d'égratigner de si beaux visages!

Sonax apparut, encadré de cinq bandits armés. Un sourire enjôleur fleurit sur ses lèvres.

—Oh… Navré, ma belle! Je ne t'avais pas reconnue!

—Vous êtes un imposteur.

Heptiel se tourna vers elle, médusé. Sa coéquipière connaissait Sonax?

—Tu m'en veux pour Lémuran? s'étonna-t-il.

—Vous êtes un manipulateur et un malfaiteur!

—Et au nom des guerriers de l'aurore, compléta Heptiel, nous vous sommons de nous suivre.

Sonax porta sa main à sa bouche en une parodie de terreur.

—Emparez-vous d'eux, ordonna-t-il avec désinvolture.

Aileen comprit que Murmure ne lui viendrait pas en aide. Sans lui, elle se sentait incapable de se défendre. Alors qu'Heptiel bataillait avec fougue, elle fut désarmée en un éclair. Heptiel se baissa pour éviter un coup de gourdin et plongea son épée dans le ventre de son ennemi. Quatre brigands se jetèrent sur lui. Même avec l'agilité et le talent de l'Ioden, personne n'aurait fait long feu.

—Allez! Plus vite mes chéris!

Sonax s'orientait avec aisance dans cette forêt qu'il semblait connaître par cœur. Heptiel avait cessé de se débattre tandis qu'Aileen distribuait coups et jurons. Elle ne supportait pas de s'être ainsi fait capturer, et s'en voulait de ne pas avoir écouté Murmure.

Sonax s'arrêta face à une grotte. Il se tourna avec grâce vers les prisonniers en écartant les bras d'un geste théâtral:

—Voici notre humble demeure.

Les prisonniers furent conduits au fond de la galerie. Parfois, une alcôve dévoilait des caisses et des couchettes, mais à en juger par l'état des lieux, cette cachette n'avait pas servi depuis longtemps. Aileen cherchait une solution. Sans l'aide de Murmure, elle se sentait démunie. Le connaissant, il n'était pas près de se manifester. Abattue, elle se tourna vers Heptiel, qui lui adressa un clin d'œil. Elle eut juste le temps de voir briller l'éclat d'une lame qu'il s'était déjà jeté sur le bandit le plus proche. Il lui entailla le torse. Aussitôt, des bras l'empoignèrent pour l'éloigner.

Le blessé contempla sa vieille chemise brune auréolée de rouge, abasourdi.

—Sale petit…

La riposte tomba, un gourdin s'abattit sur le crâne d'Heptiel. Aileen poussa un cri.

—Qui t'a permis de faire ça? demanda Sonax d'une voix suave.

—Il m'a…

—Qui donne les ordres ici ?

Aileen cligna des paupières à plusieurs reprises. La mince carrure de Sonax semblait enfler à la lueur des torches, tandis qu'en face de lui, le tueur, recroquevillé, paraissait l'ombre de lui-même. Les paroles de la dresseuse Zitiane lui revinrent en mémoire : il était polymorphe.

—Ne recommence pas ! gronda-t-il. Irno, on emmène les prisonniers dans la salle des miroirs.

Sous l'impulsion de Sonax, un pan de mur coulissa. Ils pénétrèrent dans un long boyau s'ouvrant sur une immense cavité. Aileen aurait aimé repérer une voie qui la ramènerait à la surface dans le cas où elle parviendrait à s'enfuir. Renonçant à ses espoirs, elle observa la grande salle encombrée de miroirs en tous genres.

—Nous y voilà ! s'exclama Sonax. Te voici en bien mauvaise posture, ma chérie. C'est dommage, j'aurais préféré t'inviter à boire une tisane…

L'intéressée resta muette. Elle ne voulait prononcer aucun mot avant d'avoir choisi quelle attitude adopter. Devait-elle être sincère ? La laisserait-il partir ? Si Sonax avait encore l'image de l'ancienne Aileen, prude et sage, elle l'exploiterait.

—Occupez-vous du chargement, ordonna Sonax. Je me charge de nos invités…

Les brigands rassemblèrent la marchandise avec soin et disparurent. L'un d'entre eux déposa Heptiel sur le sol. Aileen accourut à ses côtés et examina sa plaie à l'arrière de la tête.

—Ton ami s'en sortira, va.

Aileen se réjouit qu'aucun trafiquant n'ait reconnu l'Ioden.

—Alors Aileen, déclara Sonax d'un ton joyeux, raconte-moi tout ! Depuis quand es-tu guerrière de l'aurore ?

—Je ne suis pas guerrière de l'aurore, répondit-elle d'une petite voix. Juste une apprentie.

—Tu sais que nous sommes ennemis, maintenant ?

Aileen resta pantoise. Elle se mordit la lèvre inférieure, puis se força à parler avec amabilité :

—Je regrette pour tout à l'heure. J'avais peur. C'est ma première mission sur le terrain. Si mon supérieur avait su mon affection pour toi…

Sonax l'observait avec suspicion, mais elle s'efforça de paraître la plus sincère et naturelle possible. L'expression du polymorphe se détendit. Soit elle était très douée à ce jeu, soit Sonax avait bien trop confiance en lui.

—Je préférerais t'avoir dans mon camp, tu apprends vite. En plus, tu as su t'en sortir avec le jeu des Quatre Vents. Tu as de la ressource. D'ailleurs, qu'est-il devenu ?

Elle s'assit près de l'androgyne.

—Un envoyé des Dépôts spéciaux l'a récupéré. Je n'ai pas eu le temps d'avoir toutes les réponses que je désirais.

— C'est bien dommage…

— As-tu une femme dans ta vie ? demanda-t-elle soudain.

— Ce ne sont pas tes affaires, trésor !

— Excuse-moi, c'est juste… Peut-être aimerais-tu m'avoir à tes côtés. Tu n'as jamais eu envie de présence féminine ?

— Les femmes ne restent pas longtemps, répondit-il, et ce, quelle que soit mon apparence. Je suis trop passionné par les objets magiques. Les miroirs surtout. Ils sont tellement fascinants…

Il en saisit un au cadre doré.

— Chaque fois que je rencontre une femme, je la soumets à un Miroir de Vérité. C'est une bonne façon de savoir si elle m'aime ou non. Chaque fois, je suis déçu de sa réponse. Je cherche une relation pure ! Parfaite ! Sincère !

— La vérité est souvent décevante, souffla Aileen. Et si c'était la solution ?

Elle pouvait toujours tenter.

— Peut-être devrais-tu arrêter de chercher la vérité à tout prix.

— Possible, dit-il, dubitatif.

Il passa une main affectueuse dans les cheveux courts d'Aileen, qui ferma les yeux en faisant semblant d'apprécier. Il avait été si gentil avec elle sur le bateau pour rejoindre Thyrane qu'elle aurait pu se laisser tenter. Tout ceci n'était qu'un jeu pour lui. Il souleva le miroir mais Aileen le rabaissa aussitôt.

— Cesse de vouloir tout contrôler.

Il prit un air de défi et posa une main sur sa cuisse. Avec un sang-froid mêlé d'une sournoiserie qu'elle-même ne se connaissait pas, Aileen posa sa propre main sur celle de Sonax, dont la surprise s'accrût encore d'un degré. À présent, elle allait savoir si elle connaissait si bien Murmure…

— Quelle apparence veux-tu que je prenne ? demanda Sonax.

— Comment ça ?

Il eut un petit rire moqueur.

— La plupart des femmes préfèrent que je me transforme dans ces moments-là ; il suffit de me décrire ton désir.

Sur ses mots, il commença à se métamorphoser, son corps devint plus musclé, vêtu d'un uniforme. Ses pommettes se rehaussèrent, sa peau se couvrit d'un léger hâle…

— Je ne veux pas voir Heptiel ! Sonax, je veux te voir, toi.

Le trafiquant reprit son apparence habituelle. Il semblait presque choqué.

— Pourquoi voudrais-tu me voir comme ça ?

— C'est ce qui te rend fascinant.

Elle attira son visage entre ses mains et l'embrassa. Son premier baiser. Furtif, inquiet, sensuel. Avec Sonax. Le faux marchand de Lyneroy. Rien ne se passa. D'une voix tremblante, à peine audible, elle lui demanda :

— S'il te plaît, embrasse-moi encore.

Sonax ne se le fit pas dire deux fois, goûtant la saveur d'Aileen. Il la dévisageait avec curiosité. Elle fut soulagée de percevoir une tornade bleue sans avoir à aller plus loin.

—*Éloigne-toi*, exigea le lémure.

L'enfant paraissait réellement blessé. Néanmoins, Aileen n'éprouvait aucun remords. Leur relation, auparavant amicale et complice, était devenue invivable. L'agacement que lui inspirait le fantôme avait suppuré au fond de son cœur, et elle en était même venue à le détester. Elle avait hâte de retrouver la trace de sa sœur pour s'en débarrasser.

—Aileen ? Tout va bien ? s'enquit le marchand d'objets tabous.

—Débarrasse-moi de lui. Il veut abuser de moi. Il veut m'enlever à toi.

Tout, dans l'attitude de Murmure, criait sa révolte. Sonax haussa les sourcils.

—À qui parles-tu ? Tu sais, mon cœur, si tu ne veux plus de moi…

La phrase mourut sur les lèvres qu'elle avait embrassées une minute auparavant. Le fantôme lui avait plongé sa main glacée dans le corps et enserrait son cœur.

—*Il s'engourdit*, constata l'enfant.

Sonax implorait Aileen de son regard fardé. Elle ne broncha pas.

—*Je m'arrête ou je continue ?* demanda Murmure.

Aileen hésita. Tuer ? Était-elle capable d'aller jusque-là ? Ce n'était plus comme si elle avait le choix. S'être engouffrée dans la voie de la vengeance impliquait de s'endurcir, de faire taire les remords. Assassiner avant d'être assassinée. Si le trafiquant survivait, il voudrait ensuite se venger.

—Continue. Il doit mourir.

Elle regarda Sonax haleter, étouffer. Il s'écroula sur le coffre, inerte.

—*J'ai tué*, murmura-t-il avec effroi.

—Comme on t'a tué. Pars, maintenant. Je vais sortir de cette grotte avec Heptiel.

Aileen gifla l'Ioden pour le ramener à la conscience.

—Je n'ai pas le temps de t'expliquer. Nous devons partir. Les hommes de Sonax sont partis livrer une commande, nous avons le temps d'avertir l'Institut avant leur retour !

Il se releva avec difficulté et tituba, la main plaquée sur son crâne. En voyant le cadavre de Sonax, il bégaya son étonnement.

—Il est mort, confirma Aileen. Maintenant, en route.

Une trentaine de cavaliers en armes se présenta en grande pompe à l'Institut. Ils se placèrent en cercle autour des deux héros du jour. Pour l'occasion, Aileen portait un uniforme taillé sur mesure et Heptiel s'était équipé de sa plus belle épée. Le bandage autour de son crâne lui donnait des allures de vétéran.

Le général Chendaric mit pied à terre devant ses élèves. Ceux-ci, tout en se tenant bien droit, portèrent une main à leur cœur en signe de respect.

— Aileen Manérian, Heptiel Marchevent, grâce à votre audace et à votre perspicacité, le trafiquant d'objets magiques le plus recherché n'est plus ! Grâce à vous encore, nous avons découvert le repère de ces bandits, récupéré une centaine d'objets tabous, et arrêté trois trafiquants.

Le général claqua des doigts, et un guerrier lui remit deux rouleaux scellés.

— En récompense de vos actes, qui vous apportent honneur, gloire et respect, ces diplômes témoignent de votre appartenance officielle à la Corporation des guerriers de l'aurore. Au vu de ce cas exceptionnel, nous vous autorisons à choisir votre affectation en Hélderion ou ici même, en Thyrane. Félicitations.

Il leur tendit les précieux diplômes. Tous deux s'en saisirent avec joie et eurent droit à un tonnerre d'applaudissements. Aileen était fière. Elle avait accompli la première étape de sa vengeance.

La nuit était bien avancée quand Aileen retrouva Heptiel dans les écuries. Heureuse, elle se vautra dans le foin avec délices. Il l'entendit soudain glousser.

— Tu as bu, constata-t-il.

Aileen releva sa tête parsemée de brins jaunes. Elle montra son compagnon du doigt et pouffa. Il sourit d'abord, amusé, puis fut emporté lui aussi par l'hilarité.

— Un peu de silence ! beugla une voix. Il y en a qui veulent dormir !

Comme prévu par Heptiel, Aileen éclata de rire. À l'inverse, il cessa de s'esclaffer.

— Tu vas partir, n'est-ce pas ?

— Oui. La guerre a au moins cet avan… avantage ! Ils offrent plus de postes. Je vais aller à Mizin, c'est l'occa… l'occasion rêvée. Je vais devenir veilleur ! hoqueta-t-elle.

Bien qu'ils se soient connus enfants, les péripéties de ces derniers jours les avaient rapprochés. Ils se redécouvraient. À Manérian, avec sa famille adoptive, Heptiel avait peu d'amis et faisait un piètre oraisonnier. Or, dans cette ville, on était jugé sur ses compétences en matière d'oraison. Il y avait eu Noony, si fraîche, si innocente, mais son père s'était interposé : il n'avait pas supporté qu'elle fraie avec les petites gens dont il faisait alors partie. Banni, puis propulsé Ioden, une nouvelle vie avait débuté à Abranelle. Là-bas, rares étaient les personnes de son âge. Il ne parvenait pas à tromper la solitude.

Envoyé en pension, il avait fait la connaissance de jeunes. Mais ses amis s'étaient avérés intéressés par son statut d'Ioden. Enfin, l'I.G.A., où il était devenu un inconnu. Il s'était lié avec quelques personnes de confiance. Aileen surtout. Elle ne faisait jamais allusion à sa véritable identité. Il avait l'agréable impression qu'elle n'en tenait pas compte. Qu'elle voyait autre chose en lui.

— Je n'ai pas envie que tu t'en ailles, avoua-t-il.

Touchée par cette déclaration, elle se blottit contre lui, l'empestant de son haleine alcoolisée.

— Je croyais que tu refusais la tendresse, se défendit-il.

— Juste pour… pour se dire au revoir !

— Non.

— Allez, supplia-t-elle, histoire que je n'ai plus le goût de Sonax…

— Tu racontes n'importe quoi ! Dors. Je ne te toucherai pas alors que tu es ivre.

— Tu n'es pas drôle !

— Et toi, tu es intenable quand tu bois. Tu aurais pu te faire violer trois fois par le premier venu sans t'en rendre compte !

Aileen lui tira la langue avant de s'emparer d'une couverture et de la ramener sur elle.

— De toute façon, bouda Aileen, je ne vois pas ce que cela peut te faire si je prends du plaisir avec un autre…

— Peut-être suis-je amoureux de toi, répondit-il le plus naturellement du monde.

Aileen s'agita mais n'ajouta rien.

Interlude

Les flammes des chandelles brillaient dans la pénombre. Gide Manérian se tenait à la fenêtre, scrutant le puits du jardin les mains derrière le dos.

— Excuse mon retard, j'avais une dernière oraison à faire.

L'oraisonnier Merion referma la porte derrière lui. Gide l'invita à s'asseoir.

— Tu es excusé.

— Toujours aucune nouvelle de Noony ?

— Aucune.

Gide haussa les épaules.

— Si elle veut suivre le même chemin que sa mère, grand bien lui fasse ! Je la renie.

— N'exagère rien, le tempéra Merion. La situation de Soliane est très différente.

— Elle fricote avec un de ces foutus hérétiques ! gronda-t-il. J'ai fait des recherches sur cet Alexian, il n'est pas converti.

Merion accusa le coup.

— Peut-être ne le sait-elle pas, supposa-t-il.

— Si elle ne s'en est pas rendu compte, c'est qu'elle est vraiment sotte. J'en ai avisé l'Astracan, il était furieux…

Le poing de Gide frappa soudain la table, faisant tressauter les chandeliers.

— Toutes ces années d'apprentissage, toutes ces valeurs que l'on a tenté de lui inculquer… Pour en arriver là ?

— Elle est docile, le rassura Merion. Elle finira par revenir.

— Elle s'est enfuie. Elle a rejeté mon autorité. Deux de mes filles sont des échecs cuisants. Aileen a intérêt à réussir pour trois.

Fidèle, Merion était toujours là pour l'aider à régler ses problèmes, même pour Mylianne.

— Gide, tu ne crois pas qu'il est dangereux d'avoir stipulé que la récompense serait perçue que Noony soit morte ou vive ?

— C'est le but.

— J'espère qu'elle reviendra d'elle-même. Tu as assez de sang de ta famille sur les mains.

— Ces personnes, rectifia Gide avec colère, ne faisaient plus partie de ma famille !

26

Le port de Shavent

– Royaume d'Hélderion, Shavent, 912 –

Dresseurs : Respectée et crainte, la Corporation des dresseurs est sans doute la plus éloignée des intérêts de l'Astrascisme. Ses membres, vivant à Albrime et aux Pagelans, dans l'extrême Est d'Hélderion, ont pour but premier le dressage des animaux. Les décisions sont prises dans l'intérêt commun de l'animal et de son maître. Les duos ainsi formés sont très utiles aux guerriers de l'aurore, car les sens plus développés des animaux permettent de résoudre bien des affaires. Peu de gens comprennent la passion de ses membres vis-à-vis de la protection de la nature et leur tendance à ne pas être de fervents croyants.

Extrait de l'*Encyclopédie de l'histoire d'Ollien* – par Aceson Madias, membre de la Corporation Volplume de 613 à 647.

—On est là. Regarde !

Noony pointait un emplacement sur la carte. Alexian la lui arracha des mains.

—N'importe quoi ! On est ici, il faut continuer vers le sud !

Elle se résigna. Ces disputes étaient leur lot quotidien depuis l'incident de la baignade, comme pour nier toute trace d'affection ou de désir l'un envers l'autre. Noony était parfois chagrinée de la situation, mais si elle se surprenait à éprouver de l'attachement envers lui, elle se ressaisissait aussitôt. De toute manière, elle était condamnée à l'amour platonique, ne pourrait jamais connaître le bonheur à deux, ne pourrait jamais avoir d'enfant. Cela faisait beaucoup de jamais pour une seule personne, songea-t-elle.

Plus loin, Laï-Mune rassemblait leurs affaires et nettoyait les vestiges de leur campement. Cela faisait belle lurette qu'elle ne prêtait plus attention aux prises de bec de ses compagnons. Elle jeta son sac sur son épaule, appela Étincelle et Lorion qui jouaient ensemble à l'ombre d'un arbre. Après bien des jours de marche forcée à travers Hélderion en évitant les grandes routes, ils étaient épuisés.

À l'horizon se dressait Shavent, érigée en partie sur une saillie rocheuse.

ꟸ

Selon la légende, les premiers hommes à fouler Hélderion vinrent des îles Demi-Lune et accostèrent dans la crique Hertune, amenant avec eux la sagesse de l'Astrascisme. Elle devint une étape importante du pèlerinage aux îles Demi-Lune, notamment lors de la fête de la nouvelle année. Hertune accueillait la partie basse de la ville de Shavent et en protégeait le port, tandis que la falaise en soutenait les fortifications dans lesquelles se nichaient les habitations.

Noony, Alexian et Laï-Mune étaient ravis de la période, parfaite pour passer inaperçus. Par précaution, ils avaient enfilé les tenues volplumiennes. L'oraisonnière portait son sang-de-lune et Lorion marchait près d'Alexian, observant la foule avec attention. Sans perdre de temps, ils se dirigèrent vers les quais. Les senteurs iodées de la mer flattèrent leurs narines.

— Soyez naturelles, rappela l'espion.

Ils s'avancèrent sur les quais, bientôt bloqués par la masse des pèlerins. Des protestations fusaient contre les guerriers de l'aurore qui repoussaient les mécontents.

— C'est un scandale ! Donner la priorité à la guerre aux dépens du pèlerinage !

— À quoi bon laver les hérétiques de leurs péchés, si nous ne pouvons pas nous purifier nous, Hélderionnois !

Le claquement d'un fouet déchira l'air, arrachant des cris de frayeur aux plus impressionnables, ouvrant un passage vers une passerelle. Un officier y monta et réclama l'attention de tous.

— Je vous demande de m'écouter ! Le trafic maritime sera immobilisé jusqu'à demain ! Ces navires sont réquisitionnés par l'armée pour conduire des troupes en Terres Impies afin de les punir de leur profanation. Ceci est une décision de l'Astracan en personne. Des réclamations ?

Un silence suivit cette déclaration.

— Bien ! Alors, déguerpissez.

Quand il eut disparu, la rumeur enfla à nouveau, accordant tout le monde sur un point : il fallait s'accommoder de la situation.

— Qu'allons-nous faire ? demanda Laï-Mune.

— Je n'en sais rien, murmura Alexian. Ce n'était pas trop dans nos plans.

Noony sentit un regard posé sur elle. Un homme l'observait, la tête penchée sur le côté. Sur son épaule couverte d'une cape noire se trouvait perché un oiseau au plumage d'un vert vif et au bec interminable.

— Pourquoi il me lorgne comme ça, lui ?

— C'est un dresseur. Il n'y a rien à craindre, répondit Laï-Mune

— Ce sont vraiment des personnes neutres ? questionna Alexian.

— Oui, sans aucun doute. Vous avez la passion des animaux en commun, en plus.

Le dresseur aborda le petit groupe et les entraîna à l'écart de la foule.

— Vous êtes étrangers ?

— Volplumiens, lâcha Alexian, sur la défensive. Cela doit se voir.

L'homme frotta sa joue mal rasée en les jaugeant. Laï-Mune prit la parole :

— Monsieur, savez-vous combien de temps va durer cette réquisition ?

— Le temps de débarquer les troupes. Vous venez pour le pèlerinage ?

— Oui, dit aussitôt Noony. Je rêve de me recueillir dans les îles Demi-Lune depuis toujours.

Le dresseur approcha sa main du sang-de-lune, qui se ramassa dans les bras de sa maîtresse.

— C'est une jolie créature que vous avez là, mademoiselle. Très rare.

— Merci.

— Ça intéresserait beaucoup mon chef de la voir. Il avait un sang-de-lune, autrefois.

L'oiseau croassa en s'ébrouant comme pour approuver son maître. Alexian pesa le pour et le contre : ils étaient coincés ici, où ils ne connaissaient personne, et leur objectif principal était à présent d'attendre sans se faire repérer. Ne pas se montrer soupçonneux correspondait le mieux à ce que l'on attendait de pèlerins déçus. D'un autre côté, ça allait compliquer leur engagement pour le front.

— Je ne vous oblige en rien, précisa le dresseur.

— Allons-y ! accepta Alexian.

Ravi, le dresseur pivota sur lui-même et leur fit signe de le suivre. Ils se frayèrent un chemin à travers la foule et quittèrent le port pour se perdre dans les entrailles du village. Les maisons blanches incrustées de coquillages réfractaient la lumière du soleil, éblouissant les passants. Le dresseur s'arrêta devant l'une d'elles.

Ils entrèrent, repoussant des rideaux de perles. Ils découvrirent une unique pièce à vivre, vide.

— Où est votre chef ? s'inquiéta l'espion.

— Par ici.

Le dresseur ouvrit une trappe, dévoilant un escalier qui s'enfonçait sous la maison.

— Notre corporation a été très souvent persécutée dans les villes très pieuses. On se méfie de nous, car nous nous occupons plus de nos animaux que de la prière. Jilitan ! De la visite !

Le dresseur, occupé à nourrir des oiseaux dans une petite volière, se redressa.

— Qui est-ce, Cimos ?

— Des peintres de Volplume. Ils ont un sang-de-lune.

Le chef attrapa un torchon pour s'essuyer les mains, puis se plaça devant Laï-Mune, Noony et Alexian. Il examina la créature, l'œil expert.

— Très beau pelage. Longues moustaches, museau pointu. Ses dents ? Très belle bête.

— Il est jeune, précisa Noony.

— Cela faisait longtemps que je n'avais pas vu de sang-de-lune. Ils étaient élevés par un dresseur de renom à Albrîme, autrefois. Malheureusement, il a été condamné à mort avant d'avoir pu transmettre à son apprenti l'art de faire se reproduire ces précieux animaux. Il est donc rare d'en voir dans la nature, de nos jours.

Il sourit à l'oraisonnière, creusant des fossettes dans son visage joufflu.

— Prenez soin de lui. Ce sont des amis extraordinaires.

Il se tourna alors vers Cimos :

— Veille à ce qu'ils n'aient pas d'ennuis.

— Oui, chef !

— Je peux vous proposer à boire ?

Installés autour d'une table, Jilitan posa beaucoup de questions à Noony au sujet de l'alimentation du sang-de-lune, de ses habitudes, de son caractère. Alexian relançait souvent la conversation de sorte qu'ils restent le plus de temps possible à l'abri. Quand il sentit qu'ils abusaient de l'hospitalité du dresseur, il osa demander :

— Vous savez où se rendre pour s'enrôler dans l'armée ?

— L'armée ?

— Je songe à une réorientation.

— Je vous le déconseille. Nous, dresseurs, vérifions les recrues et ce n'est pas joyeux à voir. Enfin ! Il vous faudra attendre demain que la Corporation des guerriers de l'aurore ait préparé les navires. Rendez-vous sur le port à l'aube.

Jilitan termina sa tasse et proposa de nouveau à boire à ses invités, qui acceptèrent.

— Vous savez, dit-il en allant faire bouillir de l'eau, vous aurez du mal à trouver une chambre de disponible ce soir, avec tout ce bazar. Vous pouvez dormir ici, si vous voulez. Ce n'est pas très grand, mais il y a une pièce aménagée dans les combles.

Dans les rues en contrebas, des soldats ivres pestaient contre ces « imbéciles de pêcheurs ». Noony était angoissée. Ils étaient des fugitifs, poursuivis par son père, poursuivis par un hurleur… Ces derniers temps, il lui était difficile de s'adresser aux astres dans sa Complainte nocturne. Elle sentait sa foi faiblir de jour en jour, à mesure qu'elle découvrait d'autres horizons, d'autres points de vue. Elle sortit son pendentif gravé d'une étoile. Elle fut presque réticente à l'idée de le toucher. Le dard servait à extraire la résuadine des corps. Et si Laï-Mune disait vrai ? Si la résuadine était une substance utilisée uniquement pour des expérimentations ? Elle croyait apporter le salut à des âmes, mais en réalité, elle les pillait et contribuait à des expériences sur des humains.

Et s'il n'y avait rien au-delà de l'oraison ?

—Il est difficile de se défaire de ses habitudes.

Laï-Mune était assise sur son lit

—Oui, approuva Noony. C'est si sécurisant, si facile de suivre un chemin tout tracé.

—Tu as peur de partir pour Rouge-Terre, n'est-ce pas ?

—Oui... Je crains de m'être trompée sur tout, depuis le début. La foi ne demande aucune explication, elle consiste à croire sans preuve mais... Je n'avais jamais eu la moindre incertitude. À présent, je doute de tout.

—Il y a deux choses différentes, dit Laï-Mune avec sérénité. La religion et ceux qui la représentent. Il ne faut pas que tu perdes la foi à cause de ceux qui s'en servent à mauvais escient.

Noony haussa les épaules.

—Je pense surtout à l'oraison. Durant toute ma vie, je croyais accomplir quelque chose de bien en envoyant les âmes des morts sur leurs astres d'attribution. C'est ce qui est censé se passer durant le rituel...

—Mais il y a des incohérences. La résuadine.

Noony poussa un long soupir. Une question la taraudait depuis quelque temps, et elle se décida à la poser :

—Comme tu as été créée avec de la résuadine, et que cette substance est un résidu des souvenirs des gens, as-tu leurs souvenirs ?

—Non, la rassura-t-elle. En revanche, avoir en moi toutes ces vies différentes a aiguisé ma perception du monde. Mes pouvoirs doivent trouver leur explication dans ce phénomène, je pense.

Noony retira son médaillon et le tint dans sa paume. La chuchoteuse plaça sa main sur la sienne et referma les doigts de l'oraisonnière sur le bijou.

—Cesse de t'inquiéter. Tu as fait ce que tu as cru bon.

—Allez, approchez ! Offre exceptionnelle sur les kerdivor ! Cinq filantes ! Approchez ! En provenance directe de Valdir !

Les marchands s'activaient, pesaient les produits, tendaient la main pour recevoir les pièces clinquantes. La cohue se pressait. Poissons, épices, étoffes de Lyneroy, plantes revigorantes – Noony en proposa à Alexian pour ses supposés problèmes d'impuissance. Parfums, maquillage – Alexian conseilla un produit de beauté gommant les imperfections du visage à Noony. Bijoux, statuettes et bien d'autres choses encore.

Ils sortirent du marché et débouchèrent devant un bureau improvisé. Un lieutenant, à en juger par le grade sur son uniforme, jugeait chaque candidat et lui remettait ou non un contrat d'embauche. Les volontaires ne manquaient pas : au vu de la solde promise, beaucoup étaient prêts à abandonner leur travail pour prendre les armes. Les trois compagnons se glissèrent dans la file.

— Je suis un homme jeune et solide, ils me prendront sans aucun doute. Noony est oraisonnière, c'est essentiel sur un champ de bataille. Mais toi, Laï-Mune ? On ne peut pas dire que tu brilles par ta carrure spectaculaire…

— Je dirai que je suis guérisseuse. Ce ne sera pas un mensonge, d'ailleurs.

Noony se présenta en premier au lieutenant, précédant Laï-Mune et Alexian.

— Je suis oraisonnière, je suis capable de…

Le lieutenant ne l'écoutait pas, compulsant des liasses de papier. Il trouva enfin ce qu'il cherchait : l'avis de recherche.

— Gardes ! appela-t-il. Saisissez cette femme. Et ne serait-ce pas son petit copain ici ?

Alexian et Noony n'eurent pas le temps d'esquisser un mouvement, cinq soldats étaient déjà sur eux. Laï-Mune recula pour se fondre dans la foule, afin de ne pas se faire remarquer. Elle regarda ses amis se faire entraîner sans ménagement avec un terrible sentiment d'impuissance.

On les escorta jusqu'à une petite tour délabrée, puis on les emmena dans la plus haute salle de la bâtisse. En dépit de leurs protestations, ils furent emprisonnés. Le contenu de leurs sacs fut déversé sur une table.

Alexian, derrière les barreaux, surveillait leurs effets personnels avec nervosité. Cela laissait Noony indifférente. Elle s'habituait à être traitée comme une moins que rien, sans que personne ne se soucie de sa qualité d'héritière Manérian. Au fond, elle n'avait jamais apprécié le protocole et les soirées mondaines, bien qu'elle ait longtemps aimé se cacher derrière son titre.

— C'est quoi, ça ? fit l'un des soldats en désignant un sachet de velours.

Noony, impassible, les regarda manipuler la poudre-à-temps qu'elle avait transvasée dans une autre bourse par précaution. À quoi lui servirait-elle à présent, de toute façon ? Ce n'était pas comme si elle avait un quelconque meurtre à élucider… Meurtre ?

— C'est du poison, dit-elle tout à coup. Je vous déconseille de l'ouvrir, la mort est instantanée.

Les gardes reposèrent prudemment le sachet. Ils poursuivirent leurs investigations, mais ne trouvèrent que de l'équipement pour cuisiner, des vêtements de rechange et des vivres.

— Nous allons de ce pas prévenir les autorités de Manérian ! clama un soldat.

L'oraisonnière se laissa glisser le long du mur. Alexian, lui, serrait les barreaux de la cellule comme s'il voulait les déformer.

— Libérez-moi ! C'est elle que vous voulez, non ? Pas moi !

Le jeune homme donna un coup de pied rageur dans la paillasse. Noony le dévisagea, incrédule.

— Je n'ai fait que mon travail ! Demandez à Gide Manérian !

Alexian se mit à tourner en rond dans la petite pièce. Noony s'efforçait de dissimuler sa colère. Était-il capable de la laisser croupir ici ?

— Allez ! Je dois monter sur ce bateau !

Il se remit à tourner, puis ajouta :

— Tu m'as encore mis dans de beaux draps.

— Ce n'est pas ma faute si tu as voulu voyager avec moi, répliqua Noony.

Il s'immobilisa.

— Tu as raison, murmura-t-il. Je te dois des excuses. Tu sais, pour la rivière ? Je n'aurais pas dû te surveiller. C'était une erreur. D'ailleurs, plus j'y repense, plus je me demande comment j'ai pu ressentir une once de désir pour toi. Désolé de t'avoir donné de faux espoirs.

Outrée, la main de Noony s'éleva, mais Alexian lui attrapa le poignet, l'arrêtant dans son élan. Ils se toisèrent puis le jeune homme lâcha sa prise. Noony frotta son poignet endolori.

— Tu es ignoble.

— Merci.

Noony cracha sur les pieds d'Alexian. Il haussa les épaules avec dédain.

— Ouvrez ! Sur ordre de la Corporation des dresseurs !

Cimos entra dans un cliquetis d'acier.

— Relâchez ces prisonniers, vous ne pouvez pas les empêcher d'aller sur le front !

— Cette fille est recherchée par Gide Manérian, il y a une récompense de…

— Et alors ? fit placidement le dresseur. Elle devait rejoindre le front sur ordre de son père. Nous l'y enverrons. N'oubliez pas notre accord avec l'Astracan : nous ne nous sommes pas opposés à la déclaration de guerre, en échange du contrôle des bateaux et de leurs passagers.

Les soldats bredouillèrent des excuses à contrecœur et libérèrent les prisonniers.

— Merci beaucoup, dit Noony. Sans vous, nous…

— Regroupez vos affaires et suivez-moi.

Le dresseur était installé à une table de la cave, un immense loup couché à ses pieds. Il tenait dans ses bras Étincelle. Lorsqu'elle arriva dans la pièce, Noony courut le reprendre. Jilitan le lui rendit, un mince sourire étirant ses lèvres.

— Il errait dans les ruelles de Shavent, nous nous sommes dit qu'il serait dommage qu'il ne revoie pas sa maîtresse.

— Je vous remercie.

L'oraisonnière caressa affectueusement son petit compagnon. Alexian s'installa à leur table et parla d'un ton direct :

— Qui êtes-vous vraiment ? Pourquoi nous avoir fait libérer ?

Laï-Mune entreprit d'expliquer :

— Jilitan est le dirigeant de la Corporation des dresseurs. Il est en mission à Shavent à la suite d'un accord passé avec la Grande Corporation. Lorsqu'il a vu Lorion, il a compris d'où tu venais, Alexian.

— Et… ?

— Et les dresseurs ont toujours eu d'excellents rapports avec Rouge-Terre, poursuivit Jilitan. Nous avons échangé beaucoup de théories sur les liens entre les animaux et les êtres humains. Comme la demande d'accord des corporations au sujet du conflit n'était qu'une illusion, jouer la carte de la neutralité nous semblait plus approprié.

— Si vous ne voulez rien d'autre que nous aider, nous pouvons partir alors ? avança Alexian, sceptique.

— C'est évident. Les dresseurs défendent l'intérêt des animaux avant toute chose ; nous apprécions et apprécierons toujours les dogmes de Rouge-Terre. Les guerriers de l'aurore connaissent mal leur ennemi, mais pour quelqu'un qui a passé quelque temps là-bas, vous identifier était un jeu d'enfant. Je vous ai fait une autorisation écrite spéciale que vous n'aurez qu'à présenter pour embarquer. Dépêchez-vous. Je ne sais pas combien de temps elle restera valide. Les soldats qui vous ont emprisonnés vont sans doute faire un rapport à leurs supérieurs ; ils font tout pour discuter notre autorité.

Laï-Mune eut un sourire satisfait. Ils se préparaient au départ quand Noony interpella un coursier.

— Puis-je vous demander d'envoyer ceci par colis ?

— Bien sûr, mademoiselle. Notez-moi l'adresse ici.

Malgré le flot des soldats, Noony parvint à monter sur la passerelle de bois et gagna le pont du bateau. Une grande agitation régnait sur le navire et elle entendait autour d'elle des voix bourrues échanger des plaisanteries graveleuses ou des moqueries à propos des hérétiques. Tout ce chahut lui donnait le tournis. Elle se dirigea vers le bastingage à la recherche de ses compagnons. Quand ils la rejoignirent, elle put lire le soulagement sur leur visage. Enfin ils embarquaient. L'oraisonnière fixa alors du regard l'océan sur lequel le soleil jetait des reflets. Elle quittait Hélderion sans savoir quand elle pourrait rentrer. Son cœur se serra. Devant elle s'ouvrait l'inconnu.

Interlude

La pluie martelait les feuillages, coulait le long des colonnades dévorées de lierre, faisait baisser la tête aux fleurs les plus fières. Manérian tout entière semblait noyée par l'averse.

Soliane était assise sur le rebord du puits. Elle laissait les gouttes d'eau s'écraser sur elle, dégouliner sur ses épaules et le long de son dos, tremper ses vêtements. Les mains jointes, le regard dans le vide, elle ne bougeait pas. Si elle avait encore pu croire en quelque chose, elle aurait prié. Pour ses filles. Pour leur bonheur.

Elle porta la main à sa bouche. Ses doigts parcoururent ses cicatrices irrégulières. Se confier à Noony… Elle avait fait de son mieux. Son époux passait son temps à la droguer, et elle avait des pertes de mémoire passagères lorsqu'elle ne s'évanouissait pas. Gide faisait comme si de rien n'était, et elle le laissait lui injecter ses poisons sans lutter. Cette vie n'était plus la sienne depuis longtemps. Elle lui avait tout donné.

Soliane Manérian n'avait plus, pour oublier son triste état, que la danse. Elle dansait comme quand elle vivait dans les contrées du Nord, bien avant qu'un bel étranger vienne la courtiser près d'un temple d'oraison. Durant ces instants où son corps s'animait, elle se sentait vivante.

Son énergie diminuait de jour en jour, au fil des injections. Elle ne pourrait bientôt plus danser. Parfois, elle imaginait Noony, sur les marches, en train de la regarder. Sa fille lui manquait même si son départ était la meilleure chose qui pouvait lui arriver. L'acte désespéré d'une mère impuissante pour la sortir de l'emprise de Gide.

— Soliane ! Que fais-tu dehors par un temps pareil ?

Le dirigeant de la Corporation des marchands d'étoiles se tenait sur le seuil de la porte, un long manteau dans les bras. Il traversa le jardin sous la pluie diluvienne et la couvrit.

— Tu vas attraper froid ! Rentre, c'est l'heure de ton injection.

27

L'enquête reprend

– Royaume de Thyrane, Mizin, 912 –

Volplume : Située au centre d'Hélderion, près de la vallée de Joune, Volplume abrite les érudits du royaume, peintres, poètes, sculpteurs, historiens, écrivains. Le système de sa corporation est particulier puisque la ville a gagné une certaine indépendance vis-à-vis de l'Astracan, en instaurant son propre régime matriarcal au sein de la cité. Ainsi, le pouvoir revient aux femmes de la famille Volplume de génération en génération depuis la création de la ville. Le statut de Volplume a toujours été assez ambigu pour la Grande Corporation, à la fois corporation reconnue et pourtant en perpétuelle opposition avec les décisions de l'Astracan.

Extrait de l'*Encyclopédie de l'histoire d'Ollien* – par Aceson Madias, membre de la Corporation Volplume de 613 à 647.

La nuit était un cache-misère efficace, rendant l'Institut presque majestueux. Aileen se félicita. Son séjour avait été bien moins long que prévu. Elle avait réussi…

—*J'ai tué…*

Ce refrain, la jeune fille l'entendait en boucle depuis deux jours. Murmure se matérialisa devant elle, son visage exprimant un immense désarroi.

— Tu l'as fait pour moi, répondit-elle.

Le lémure faisait semblant de caresser les joues de son amie, ses mains la frôlaient de plus en plus près.

—*Je t'ai défendue. Tu dois toujours rester avec moi.*

— Toujours, répéta-t-elle avec conviction.

Le fantôme disparut. Depuis son arrivée à l'I.G.A., Aileen se désintéressait de l'histoire de la sœur du fantôme, et son compagnon invisible devenait de plus en plus possessif. Elle devait retrouver la trace de cette femme. Ainsi, il trouverait le repos éternel, et elle le repos tout court.

Aileen se rendit aux écuries. Dans un box, Heptiel ronflait doucement.

— Réveille-toi ! Je prends le convoi de minuit !

Une tête hirsute aux yeux bouffis émergea.

— Aileen ? Tu pars déjà ?

— Je m'en vais dans quelques minutes.

— Quoi ? s'écria-t-il en se redressant.

Il avait encore son bandage et elle ne put s'empêcher de compatir.

— J'ai l'impression que cela ne guérira jamais, marmonna-t-il.

— Si tu essaies de m'attendrir pour que je reste, c'est raté, se moqua la jeune fille.

L'Ioden fixa son amie du regard. Elle avait changé.

— Bonne chance.

Aileen aurait aimé lui exprimer ses sentiments mais craignait de ne plus pouvoir partir. Elle s'humecta les lèvres, chercha ses mots, puis se ravisa :

— Au revoir.

— C'est ma déclaration d'hier qui te fait fuir aussi vite ?

— Non, bien sûr que non.

Elle essaya de lui rendre son sourire avec conviction.

— Tant mieux, répondit-il.

Elle hocha la tête et tourna les talons, le cœur serré.

— Promets-moi de me prévenir si j'ai raison pour Mylianne !

Aileen s'immobilisa devant la grande porte. Elle admira quelques instants l'immensité de la voûte céleste. Elle ne se retourna pas pour répondre.

— Promis.

Cryden avait décidé de rentrer dans la Corporation des guerriers de l'aurore pour bien des raisons : s'éloigner de sa famille, découvrir de nouvelles contrées et se rendre utile. Toute sa vie durant, son entourage l'avait considéré comme un bon à rien. C'était un homme d'action, pas un intellectuel. Enfant, déjà, il rendait folle sa gouvernante en s'échappant de la demeure familiale pour chasser en forêt, persuadé d'être capable de ramener la dépouille du légendaire artoin. Adolescent, il avait quitté une salle d'examen – épreuve indispensable à l'entrée dans la Corporation des souffleurs de maux – afin de batifoler avec sa petite amie de l'époque, qu'il avait vue passer. Adulte, Cryden avait annoncé son désir de s'engager dans l'armée. Sa mère le lui avait interdit en le menaçant de le déshériter. Il n'avait jamais caressé le rêve de devenir un grand guérisseur. Plutôt que de sauver des personnes mal en point, il préférait leur éviter de le devenir.

En trouvant le corps inerte de son supérieur, il avait regretté. Il aurait peut-être pu le sauver, lui éviter cet atroce handicap, s'il avait encore eu en mémoire la procédure à suivre. Il culpabilisait.

— Courrier.

Un collègue jeta une lettre sur son bureau. Le colosse savait déjà de qui il s'agissait. Sa mère. Encore dix pages d'injures, de pleurnicheries, puis d'excuses. Il fut détrompé par la mention de l'expéditeur.

Cryden coula un regard en direction d'Orius. Ce dernier étant occupé, il ouvrit la lettre.

« À Cryden,
Le trente-neuvième jour de la saison de l'Amant, an 912, à Volplume.

Cher ami,

Excuse-moi de ne pas t'avoir donné de nouvelles plus tôt. J'ai beaucoup hésité à t'écrire. Omettre la vérité me pèse de plus en plus et ce serait encore mentir en disant que je vais bien.
Durant mon séjour en Thyrane, tu as toujours été adorable avec moi, surtout lors des sautes d'humeur d'Orius. Tu me consolais, peut-être pour alléger la tâche de ton supérieur. Je t'ai toujours considéré comme un ami, et je dois admettre qu'en ce moment, j'ai besoin de me confier. Je ne trouverai plus d'oreille attentive chez moi.
Il se passe des choses terribles à Volplume. Ma mère a été assassinée. Ma mère était Cyrielle Volplume, la Première Citoyenne. Orius ignore tout, car je craignais sa réaction. En toute logique, j'aurais dû succéder à ma mère, mais mes frères sont parvenus à me discréditer et organisent une élection. Je te passe les péripéties. À cause du désordre général et du temps que prendra la mise en place du nouveau gouvernement, Volplume a donné son accord pour la guerre. Cela va à l'encontre des principes de ma mère. Je n'ai plus ma place dans cette ville autrefois marginale. Je n'ose pas écrire à Orius. Pourrais-tu lui parler, lui demander s'il accepterait que je revienne vivre auprès de lui ? Je suis en danger ici, une héritière écartée et gênante. Il me manque.

Très amicalement,

Shala. »

Shala? Une… héritière? Il se tourna vers Orius dont l'expression concentrée aurait découragé n'importe qui de lui parler. Mais il s'agissait d'une requête de l'adorable Shala.

—Une lettre importante, chef!

—Ça attendra, répondit Orius sans lever la tête. J'ai beaucoup de travail.

—Une lettre de Shala.

Le chef des veilleurs, qui allait tremper sa plume dans l'encrier, suspendit son geste avant de se remettre au travail. Cryden grimaça; il n'avait pas intérêt à insister. Il posa la lettre dans un coin de son bureau.

—Donne-la-moi, ordonna tout à coup Orius, toujours très appliqué dans sa besogne.

—Elle m'est adressée…

—Alors, ça ne me concerne pas.

Le gaillard roux se leva et plaqua ses mains sur le bureau de son chef. Celui-ci prit le temps de terminer sa phrase, puis leva la tête.

—Orius, Shala est l'héritière de Volplume.

—Je l'ignorais, admit-il.

—Elle a des ennuis! s'écria Cryden avec toute la conviction dont il était capable. Il y a eu un complot contre elle, alors qu'elle devait succéder à sa mère assassinée. Elle veut quitter Hélderion et revenir ici.

—Si Volplume a des problèmes, alors la place de Shala est là-bas.

—Mais elle est seule!

—Elle se trouvera des alliés. Si elle est l'héritière et que sa ville a des ennuis, c'est son devoir de rester pour les régler.

Orius avait raison.

—Je te laisse le soin de lui répondre, fit Cryden.

ꕤ

Orius fit rouler son fauteuil jusqu'au sofa sur lequel il dormait désormais. Il pouvait compter sur son fidèle Cryden pour l'aider à se coucher, tandis qu'il refusait l'assistance des guérisseurs.

—Je te laisse un pichet d'eau si tu as soif.

Orius appréciait de plus en plus son collègue. Depuis son retour, Cryden était attentionné à son égard sans être pour autant blessant ou insultant. Le gaillard s'assura que son supérieur n'avait besoin de rien avant de quitter les lieux.

Le chef-veilleur vivait dans la crainte constante de voir ses agresseurs revenir. Cette peur était d'autant plus terrible qu'il se savait vulnérable… Bien sûr, il ne parlait de cette hantise à personne. Il concentra ses pensées sur Shala. Alors comme ça, elle était en réalité la fille de la Première Citoyenne de Volplume ? Cela ne lui avait jamais effleuré l'esprit. Pour lui, elle était une artiste curieuse, rien d'autre. L'année précédente, à la même époque, ils avaient fêté la nouvelle année ensemble. L'un contre l'autre, sur leur balcon. Il se souvenait de son sourire radieux. Il prenait conscience des sacrifices qu'elle avait dû faire pour rester si longtemps à ses côtés. Et lui l'avait chassée de sa vie, pensa-t-il à regret.

La poignée bougea. Il attendit en silence, tous sens en alerte, mais n'entendit que le mugissement du vent au-dehors. Le veilleur se détendit. Son imagination lui jouait des tours. Une ombre. Derrière la fenêtre. Il ferma les yeux quelques secondes et inspira profondément. N'importe qui pouvait passer le long du quartier des veilleurs.

La fenêtre vola en éclats et des morceaux de verre tombèrent en pluie sur le sol. Orius osait à peine respirer de peur de trahir sa présence. Il vit deux mains agripper les barreaux. Aucun homme ne pouvait se faufiler par là.

Un pied, puis l'autre, puis les hanches. Les jambes battirent dans le vide un instant, le tronc, et enfin la tête. Dans la demi-obscurité, Orius identifia une jeune fille. Un éclaireur des clans ? Elle fureta, ouvrant tous les tiroirs. Elle n'avait pas repéré le veilleur. Tant mieux. Il avait l'avantage. Il prit son temps pour la détailler : un uniforme gommant ses formes féminines, aux couleurs des guerriers de l'aurore. Une présence amie, du moins d'une certaine façon. Elle étudiait chaque dossier, puis le rangeait avec soin. Que cherchait-elle ?

— Je peux vous aider ?

L'intruse sursauta. Elle attrapa une lampe de cristal et l'alluma. Ils se reconnurent. Aileen tira une épée de son fourreau et la plaqua contre le cou du veilleur.

— Levez-vous, rassemblez tout ce que vous avez sur le meurtre de ma sœur.

— Je ne peux pas me lever.

Pour illustrer sa réponse, Orius désigna son fauteuil roulant, à proximité. Elle rangea son arme.

— Je veux le coupable ! L'avez-vous trouvé ?

— Non. L'enquête a été suspendue.

— Suspendue ?

— Le clan des Lames Nocturnes n'a pas lésiné sur les moyens pour nous faire abandonner, et j'ai eu cet… accident.

— Qu'avez-vous appris ?

— C'est confidentiel mais je ne peux pas vous empêcher de fouiner…

— Je ne trouverai rien si vous ne m'aidez pas.

Orius se souvint de l'interrogatoire. Il n'avait pas pris de notes tant il la trouvait difficile à cerner. Il devait la renseigner. Les motivations de sa démarche n'étaient sans doute pas très louables, mais il voulait boucler l'enquête.

— J'ai un témoin. Le suspect a été facile à identifier grâce à une cicatrice ; son nom est Zéphyr.

— Où est-il ?

— Il y a deux choses à savoir. La première, c'est qu'il s'agit de mon père.

Aileen se tint coite, attendant la suite.

— La deuxième, c'est qu'il passe une partie de son temps dans le Chaos, et l'autre ici, à Mizin. Il fréquente une maison close, *Le Baiser d'un Soir*. Il devrait être revenu dans la capitale, maintenant. Ne pars pas si vite !

— C'est peut-être votre père, murmura-t-elle, mais s'il a tué ma sœur, il mourra.

— Je comprends, approuva Orius. Il n'est rien pour moi. Il a quitté la ville pour rejoindre les clans. J'ignore s'il est capable d'une telle chose. Même si je ne peux pas dire que ça ne me touche pas, je ne vois aucune raison de le défendre. Je crois que je peux t'aider.

— Pourquoi ? Vous allez vous lever pour combattre ? se moqua-t-elle, cynique.

Le veilleur tira sa couverture et laissa apparaître ses jambes.

— Le clan qui a tué ta sœur m'a fait ceci. J'ai dû renoncer à l'enquête, mais si tu veux prendre ma place, tu auras besoin de moi.

Aileen espérait qu'ils obtiendraient facilement des informations. Elle ne put s'empêcher de détailler la prostituée qui vint leur ouvrir.

— Pour les jeux à plusieurs, il faut payer un supplément, crut-elle bon de prévenir.

— Ce n'est pas de cela dont il s'agit, répliqua le veilleur. Dites à Mélgane qu'Orius, le chef-veilleur de Mizin, est ici.

La fille de joie hésita, puis les laissa entrer dans le corridor.

— Elle tient la taverne, c'est à gauche.

Aileen écarta un rideau de tulle. Dans la salle pleine à craquer, des filles circulaient avec aisance entre les tables, dévoilant le contenu de leur décolleté en servant les clients. Aucune n'oubliait de proposer un tout autre genre de dessert. D'autres dansaient sur une scène en se déhanchant sensuellement.

Mélgane se précipita vers eux.

— Orius ! Que vous est-il arrivé ?

— Un accident, répondit-il. Mélgane, voici Aileen. Elle reprend l'enquête.

Mélgane leur fit signe de la suivre dans l'arrière-salle.

— Je vous avais prévenu ! Vous auriez dû abandonner ! Les menaces des clans…

— Je sais, dit Orius d'un ton tranchant. J'ai fait un choix et j'en assume les conséquences. Aileen est la sœur de la victime, et elle est encore plus résolue.

Aileen, jaugée par la prostituée, tâcha de paraître la plus sérieuse possible. Elle avait ordre de laisser Orius parler, aussi affronta-t-elle le regard en silence.

— Vous étiez un homme désirable. Voilà où votre entêtement vous a mené. Cela devrait aussi servir de leçon pour la fillette.

— Embauchez-moi.

Le veilleur et la prostituée se tournèrent, surpris.

— Hors de question. Trop jeune. Je parie que tu n'es même pas déflorée !

— Je le suis.

— Aileen, tu n'es pas sérieuse, j'espère ? intervint Orius. On avait convenu de récupérer des informations, pas plus.

— Si Zéphyr est un client, rétorqua-t-elle, c'est en jouant le jeu que je pourrai lui en soutirer le plus.

— Si je t'embauche, rectifia Mélgane, tu t'occuperas de tous les clients qui te choisiront. Je ne fais pas de distinction parmi mes filles. Pas de privilège.

Aileen réfléchit à toute allure. Elle avait parlé bien vite, tout en sachant que son idée serait de loin la plus efficace. Elle avait maintes fois repoussé ses limites ces derniers temps, mais à ce point...

— Faites comme si j'étais l'une de vos filles.

Mélgane eut un sourire satisfait. Orius, en revanche, restait indéchiffrable.

— Dans ce cas, Aileen, ajouta Mélgane, tu as carte blanche. Mais reste subtile.

— C'est évident.

— Zéphyr est venu ici il y a deux jours. Il reviendra demain ou après-demain.

Aileen s'imagina face à l'assassin de sa sœur. Serait-elle capable de le tuer ?

— À demain, alors.

— Ah non, ma chérie, lança Mélgane, les yeux pétillant de malice. Ce soir, tu apprends les rudiments du métier. Monsieur le chef-veilleur, sans vous offenser, ce sont des secrets féminins.

— Je m'en vais, dit-il, acerbe. Aileen, je passerai demain pour vérifier si tout va bien. Tu sais où me trouver en cas de problème.

Ses mains saisirent les roues de son fauteuil et il quitta la pièce. Mélgane donna un coup de coude à sa nouvelle employée.

— Quelque chose me dit qu'il n'aime pas trop ce plan...

À vrai dire, Aileen ne l'aimait pas trop non plus. Elle l'aima encore moins lorsque Mélgane lui montra le genre de tenue qu'elle devrait porter.

Interlude

Merion déposa le dernier encensoir sur le sol. La fumée donnait un aspect mystique au temple. Sa tâche accomplie, il s'accouda au garde-fou de la passerelle surplombant la résuadine. Il ne pouvait s'empêcher de penser à Noony, à leurs discussions si intéressantes, à ses capacités incroyables d'apprentissage. C'était sans doute sa meilleure élève, sage, aimable, volontaire, bien différente de ceux qu'il formait pour la guerre, des idiots sans talent. On manquait d'effectif sur le front.

Merion était un homme respecté ; il s'efforçait d'appliquer les dogmes de l'Astrascisme à la lettre, était toujours patient et à l'écoute, toutes les qualités d'un bon oraisonnier. Mais c'était son sens des affaires qui lui avait permis de devenir le bras droit de Gide Manérian.

Les portes du temple s'ouvrirent en grand devant une dizaine de visiteurs.

— Vous arrivez tôt ! s'exclama Merion en les saluant.

— Son Excellence l'Astracan Soleil a besoin du stock de résuadine au plus vite. Nous achetons toutes vos réserves.

— Toutes ? Même celles du sous-sol ?

— Toutes, confirmèrent les représentants de la Grande Corporation à l'unisson.

L'oraisonnier se tourna vers le grand bassin et fit un rapide calcul de ce qu'une telle vente pouvait rapporter. Il se frotta les mains. Peu importait la raison d'une telle commande, c'était une aubaine !

— Parfait.

Un représentant frappa dans ses mains et des porteurs entrèrent, poussant de petites charrettes remplies de fûts.

28

Triangle amoureux

– Océan Chimérique, 912 –

Les Cinq représentent le conseil de Tombe-lune. Afin qu'aucun de ses membres ne devienne trop ambitieux, et pour éviter les rivalités, un roulement a été établi. Chaque année, un Tombe-lunien est nommé pour cinq ans, puis quelqu'un lui succède. Les Cinq ont pour mission d'utiliser les Signes afin de protéger Rouge-Terre de menaces intérieures comme extérieures. La plupart du temps, leur rôle est surtout de gérer le climat en fonction des nécessités agricoles.

Archive retranscrite d'un cours oral de Tombe-lune.

— On va leur faire la peau, à ces saletés d'hérétiques !

— Depuis le temps que j'attends ça ! Ils vont regretter d'avoir souillé les îles Demi-Lune avec leur fausse religion !

Alexian surprenait très souvent ce genre de conversation depuis quelques jours. La plupart des soldats enrôlés passaient leur temps à se soûler et à injurier son peuple. La première fois, il avait eu envie de demander à Lorion d'intervenir.

La Sainte Étoile, leur bâtiment, semblait bien plus grand que le navire marchand sur lequel il s'était embarqué pour rallier Hélderion. Ce bateau était conçu pour la vitesse. Sa ligne de flottaison basse lui permettait de fendre la mer avec grâce et son mât soutenait des voiles réputées pour leur qualité.

— *Quelque chose se prépare.*

Lorion venait de surgir des entrailles du bateau. Il vint s'asseoir à l'avant du pont, aux pieds de son uni.

— *Quoi donc ?* demanda Alexian.

Le lynx huma l'air et ses longues oreilles blanches se couchèrent en arrière.

— *Ouvre-toi aux Signes.*

Alexian contemplait l'horizon. Il avait toujours autant de mal à percevoir les forces de la nature. Il ferma les yeux pour se concentrer.

— *Tu es complètement fermé. Tout est si agité ! Tu aurais dû le sentir !*

Comme en écho aux inquiétudes des unis, un rire cristallin retentit. Noony parlait à un oraisonnier charmeur. Alexian se renfrogna.

— *Tu ne peux en vouloir qu'à toi-même.*

Le lynx reprit son activité favorite, à savoir chasser les rats dans la cale. Il fallait se rendre à l'évidence. Lorion avait raison. Alexian observait Noony à la dérobée. Si elle ne pouvait pas avoir de relation charnelle à cause de la potion de cendres, pourquoi se laissait-elle courtiser ? Elle riait à chacune de ses plaisanteries, se répandait en éloges à son sujet, et ce manège durait depuis deux jours. Ce Doclass avait abordé Noony lors d'un dîner, ayant reconnu en elle l'une des filles Manérian. Il complimentait sa beauté, son talent…

Laï-Mune s'installa à côté de lui. Elle avait le mal de mer depuis le départ et semblait tendue.

—Tu vas mieux, constata Alexian.

—Oui, j'ai préparé la décoction que m'a conseillée le capitaine. Il m'a parlé des plantes qu'il fallait en regrettant de ne pas les avoir à bord ; il m'a suffi de les faire pousser. J'espère que le reste du voyage se passera bien. J'ai un mauvais pressentiment.

Noony poussa un petit cri. Son chapeau venait de s'envoler et son soupirant courait pour le rattraper. Laï-Mune s'amusa de la voir si gaie.

—Elle ne devrait pas sympathiser comme ça avec des inconnus ! Cela pourrait nous apporter des ennuis s'il s'intéresse d'un peu plus près à nous…

—Il est oraisonnier, comme elle, répondit la chuchoteuse, plus indulgente. Elle a beaucoup de doutes sur ses croyances, partager des moments avec l'un des siens lui permettra de traverser cette épreuve.

—Il va surtout l'embobiner de nouveau.

Laï-Mune ne fit aucun commentaire, mais son sourire railleur était éloquent. Alexian finit par donner un coup de poing sur le bastingage.

—Ce type veut lui donner plus que des leçons d'oraison ! Pourquoi… ?

Sa voix mourut. Il venait de réaliser à quel point il était ridicule à s'énerver ainsi.

—Elle a le droit d'avoir une liaison, non ? fit la chuchoteuse.

—Non, elle ne peut pas.

Laï-Mune ne pouvait pas comprendre à quoi il faisait allusion. C'était le secret de Noony, il n'avait pas à le révéler.

—D'accord, si tu veux, admit-elle. Je ne connais pas votre relation passée, mais tu ferais bien d'en parler avec elle ! Vos conflits deviennent vraiment pesants. Mets ton orgueil de côté et concentre-toi sur notre objectif.

Alexian coula de nouveau un regard en direction des oraisonniers. Doclass venait de poser le chapeau de Noony sur sa tête et elle le remerciait en plantant un baiser sur sa joue. L'espion se détourna, dégoûté. Elle s'était refusée à lui et à présent elle se livrait au premier venu ?

— Bon, arrête de broyer du noir, le réconforta Laï-Mune. Ce soir, c'est la nouvelle année ! Tu vas t'amuser et oublier tout ceci.

— Je ne ferai pas la fête avec tous ces énergumènes.

— Alors tu feras la fête avec moi !

ꝏ

Laï-Mune aidait un matelot à accrocher les décorations traditionnelles du jour de l'An. Un orchestre de fortune s'installa sur le pont. Les musiciens entamèrent une ballade typique des soirs de fête, la fameuse *Valse sous les étoiles*. Dans cette ambiance bon enfant, les passagers dansaient déjà. Pour sa part, l'espion scrutait l'épais brouillard couvrant l'océan. Doclass se racla la gorge.

— Le temps se gâte, n'est-ce pas ?

— Oui, lâcha Alexian, espérant couper court à la conversation.

C'était sans compter la bonhomie naturelle de son interlocuteur.

— Le capitaine est malade, il a toussé du sang hier. Il est au fond de son lit et l'un de ses seconds tient la barre. J'espère que ce n'est pas une épidémie !

— Vous êtes venu me raconter des ragots sur le capitaine ?

Doclass sembla confondu par l'amertume du jeune homme. Il bafouilla :

— Non… pas tout à fait…

Alexian le dévisagea en silence, bien décidé à le laisser patauger dans ses scrupules.

— J'aimerais que vous me disiez, si cela ne vous froisse en rien, naturellement, quels sont vos rapports exacts avec mademoiselle Noony. Cela ne me concerne pas, mais…

Face au visage fermé d'Alexian, Doclass porta la main à son cœur.

— Les astres me pardonnent ma curiosité ! Je m'excuse !

— Ce n'est rien. Il n'y a rien entre Noony et moi, nous sommes juste des compagnons de voyage.

— Oh ! Merci ! Je ne voudrais pas semer la zizanie…

— Je comprends.

— Bien ! Dans ce cas, je vais inviter mademoiselle Noony pour la prochaine danse. Merci encore.

L'oraisonnier s'en alla, guilleret. Alexian décida de rester à proximité des boissons alcoolisées. Il se servit un gobelet de karan et le vida d'une traite. La vision de Doclass et Noony main dans la main lui fit commander un autre verre. Il y noierait sa jalousie. Peut-être devrait-il se confier à quelqu'un d'autre que son uni ? Les émotions étaient bannies de son langage depuis l'enfance, à cause de sa formation rigoureuse au métier d'espion. On attendait de lui qu'il véhicule l'image de quelqu'un de fort, d'imperturbable. La compagnie de Lorion palliait cette solitude. Mais à présent, des problèmes purement humains se posaient à lui. Il devait les régler.

Laï-Mune était assise à même le sol, les jambes repliées contre sa poitrine. Le jeune homme traversa la foule de fêtards et s'assit près d'elle.

— Tu veux enfin écouter mon avis, c'est ça ?

— Oui, fit-il, intimidé.

— J'ai une théorie sur l'amour et la jalousie, déclara-t-elle. Il y a plusieurs formes d'amour. Celui qui te lie à Noony est le pire. Vous refusez de vous l'avouer, vous vous faites souffrir en niant ces sentiments. Ça n'a pas de fin. Si tu veux attirer son attention, envoie-lui un message.

— Un message ?

— Oui. Elle te fait souffrir avec cet oraisonnier. Elle n'est pas stupide, elle voit tes réactions. Montre-lui à quel point son petit jeu est blessant et de mauvais goût.

La robe de Noony virevoltait à chaque pas.

— La jalousie lui ferait comprendre son erreur. Rends-la jalouse, Alexian, comme elle te rend jaloux toi.

— Comment ?

— Fréquente une autre fille. Elle se sentira menacée. Elle mesurera sa perte.

Alexian avait eu des aventures sans lendemain, et profiter sans se poser plus de question lui avait toujours suffi. Ironie du sort, celle dont il était amoureux ne pourrait jamais se laisser aller aux plaisirs de la chair.

Il venait de penser « amoureux » ? Impossible ! Et surtout pas d'une oraisonnière.

— Je vais essayer, murmura-t-il. Il me reste à trouver la fille. Il y a bien la cuisinière, mais je doute que ce soit crédible.

ꙮ

L'orchestre entama la classique *Ballade des amours*. Alexian invita Laï-Mune à danser. Il repéra Noony. Le temps était compté. Doclass avait déjà passé un bras autour de l'épaule de l'oraisonnière.

— Elle ne nous voit pas, constata-t-il, déçu.

— Il va falloir attirer son attention, alors.

Alexian ne se le fit pas dire deux fois. Il saisit le visage de la chuchoteuse entre ses mains et l'embrassa. Le baiser ne passa pas inaperçu : déjà, trois guerriers applaudissaient en lançant des remarques salaces. Noony s'empourpra et entraîna son soupirant plus loin.

— Elle nous a vus ?

— Oui. Mais je ne sais pas si ce sera suffisant…

— N'abuse pas. J'appartiens à Aryador. Je veux bien te rendre service, mais n'en fais pas trop.

Il la fit tourner d'un geste maîtrisé. Il n'aurait pas été plus facile de s'attacher à la chuchoteuse, si mystérieuse, si différente.

— Tu continues à te préserver pour le hurleur alors qu'il cherche à te tuer, c'est de la folie ! Aucune histoire ne peut naître entre vous.

Ses propres mots le frappèrent par la justesse avec laquelle ils s'appliquaient à son cas.

— Il est ma moitié, répondit-elle. Ce n'est pas du romantisme de ma part. Il fait partie de moi. C'est difficile à expliquer. J'ai eu quelques aventures, mais je n'avais jamais l'impression de me donner entièrement. Je n'aime pas faire semblant, alors je n'ai plus recommencé.

La musique s'acheva. Ils quittèrent la piste et allèrent contempler la brume. Ils avaient une conversation à bâtons rompus lorsque Alexian le sentit enfin. Il se figea tout comme Laï-Mune. Une bourrasque fit tournoyer sa robe et elle dut lutter pour la maintenir contre ses jambes. Il reçut une première goutte sur le dos de sa main. Puis une pluie diluvienne s'abattit. Lorion marcha jusqu'à son uni. Ses yeux, un marron, l'autre rouge, tranchaient avec le blanc immaculé de sa fourrure.

— *Tu vois ?*

Il voyait, oui. Les Cinq protégeaient les côtes en commandant aux Signes.

Des nuages noirs étaient arrivés au galop, jetant un voile de ténèbres. Les vagues crénelées, d'un bleu sombre, gagnaient en hauteur, comme pour rivaliser avec l'ébène du ciel. Les vents se déchaînaient sans faiblir, et de temps en temps, un éclair désarticulé venait zébrer l'horizon, jetant une brève lumière blanche sur le pont. Cela faisait déjà dix heures que la tourmente durait. L'océan s'acharnait sur la coque de *La Sainte Étoile*, les vagues se refermant sur elle comme une avide mâchoire cherchant à l'engloutir. Aucun signe avant-coureur n'aurait pu laisser envisager un tel phénomène.

Laï-Mune, Noony et Alexian s'étaient réunis. L'heure était grave, il leur fallait réfléchir ensemble. L'oraisonnière était assise sur sa couche, la tête baissée, adressant des prières aux astres. Laï-Mune, elle, s'amusait à faire germer des fleurs dans sa main. Alexian se tenait adossé au mur, maussade.

— C'est l'œuvre de mon peuple.

— Dans ce cas, tu ne pourrais pas leur dire de cesser ? riposta Noony, acide.

— Il faut être puissant pour déchaîner une telle tempête. Je n'ai pas assez de talent pour leur envoyer un message. Ce n'est pas faute d'avoir essayé.

Un marin trempé comme une soupe fit irruption.

— Tous les bras solides sont les bienvenus ! Allez ! Vous allez nous aider à sauver notre peau !

Alexian s'avança.

— Sois prudent…, lui glissa une petite voix à l'oreille.

Il serra brièvement la main de Noony.

Sur le pont, l'équipe livrait une lutte acharnée pour la survie de tous sous la pluie cinglante, tenant bon malgré les terribles bourrasques. L'océan semblait un enfant colérique souhaitant briser un jouet. Une lame de fond pouvait arriver à tout moment par travers et les faire chavirer ; le seul moyen de la contrer était de la percuter de front pour éviter le naufrage. Il fallait jouer sur la voilure et la replier lorsque le vent menaçait de la déchirer ou de briser le mât.

Alexian se présenta à la barre.

— Je pense être capable de manœuvrer ce bâtiment, cria-t-il au capitaine.

Ce dernier aboyait des ordres avant de vider son estomac. Il s'essuya la bouche d'un revers de manche et fronça les sourcils.

— Ici, tout le monde est capable de naviguer ! Le vrai problème, c'est qu'aucun de mes hommes n'a été confronté à un tel grain…

— Moi si. J'ai navigué cinq mois sur la mer Glaciaire.

Il venait de révéler ses origines ; néanmoins, le capitaine lui confia le commandement.

— Amène-nous à bon port, mon gars.

Alexian ordonna de relever les huniers puis exigea qu'on les plie.

Chaque instant demandait de nouveaux exploits à l'équipage. En plus de la fatigue, les hurlements du vent semaient le désespoir. Alexian évalua leur condition et envisagea d'ordonner le dématage. Il était prêt à tout pour voir se dessiner les terres où il avait grandi. Les soldats veillaient à ce qu'il ne manque de rien. Il prenait du repos lors des très rares accalmies et s'effondrait alors sur le matelas de sa cabine. Laï-Mune faisait germer des graines de macaille. Les feuilles séchées et infusées s'avéraient un excitant efficace. Alexian lui en était reconnaissant. Pour la première fois, il acceptait qu'on allège son fardeau. Il lui demandait souvent des nouvelles de Noony. Celle-ci travaillait aux côtés de son bel oraisonnier dans la morosité et la fatigue.

Après plusieurs journées de tempête, ils ignoraient tout de leur position, incapables de s'orienter. Leur matériel de navigation s'affolait sans raison apparente, on criait à la malédiction. Seul Alexian connaissait les véritables raisons de ce phénomène. Sur leur route, ils avaient déjà croisé les débris d'un bateau de la flotte, ramenés en surface par les courants de fond. Le Rouge-Terrien était soulagé : c'était un ennemi d'éliminé. Il craignait cependant que la même chose ne leur arrive tôt ou tard.

Sur le pont, leur meilleure arme restait les seaux. Il fallait écoper les inondations de la cale, l'endroit où s'accumulait le plus d'eau. Laï-Mune participait à l'effort depuis le milieu de la nuit. Une nouvelle vague les percuta, réduisant leur travail à néant en quelques instants. Des trombes d'eau balayèrent le pont, entraînant cinq marins. Ils se rattrapèrent aux cordages et trois d'entre eux, les plus chanceux, reprirent leur tâche.

—Attention sur le pont ! hurla soudain la vigie.

Un mur d'eau de plusieurs mètres fonçait dans leur direction à une vitesse hallucinante : il allait croiser leur trajectoire. Alexian vira de bord de toutes ses forces. La résistance de l'eau lui donna l'atroce sensation qu'on lui arrachait les bras. La proue du navire fendit la vague dans un vacarme effrayant.

La Sainte Étoile tournoya et plongea dans les flots, ébranlée par la puissante secousse. La vigie perdit prise et tomba dans un long cri. Une déferlante d'eau glacée submergea le pont, emportant des membres de l'équipage. La lame de fond passée, chacun recouvra ses esprits. Assommée, Laï-Mune resta inerte. Des hommes l'emportèrent à l'intérieur. L'espion barra avec d'autant plus de vigueur, bien décidé à gagner cette bataille contre les Signes. Leur survie à tous reposait sur lui. S'il s'était écouté, il aurait couru au chevet de Laï-Mune. Plus que son amie, elle était aussi et surtout le seul espoir de Rouge-Terre. Si elle mourait avant d'invoquer la plaie fleurie, tous leurs efforts auraient été inutiles. Il sentit une main sur son épaule.

—La relève.

Alexian dirigea ses pas vers les cuisines. Noony était là elle aussi, seule. Il était trop épuisé pour parler, presque trop pour manger. Grelottant dans ses habits trempés, Alexian avala quelques bouchées de ragoût. Il décida d'enfiler des vêtements secs et d'aller voir Laï-Mune. Ensuite, il se reposerait. Noony l'interpella :

—Ça va ?

L'apparence de l'oraisonnière, d'ordinaire si soignée, le poussa à lui retourner la question. Celle-ci se perdit dans le fracas de pattes griffues sur le plancher. Le sang-de-lune rejoignit sa maîtresse en ronronnant.

—Quelque chose pousse sous sa fourrure, nota Alexian avec lassitude.

Noony passa sa main sur le flanc de la créature. En effet, une forme bombée émergeait de chaque côté de son ventre. Elle ouvrit la bouche pour répondre quand Doclass surgit. Il serra Noony contre lui tout en adressant ses compliments à Alexian :

—Ah ! Notre héros ! Beaucoup des marins disent que sans vous, nous serions au fond de l'eau depuis bien longtemps !

Alexian avait soudain la gorge sèche et la respiration difficile. Il se contenta de se tourner vers la cabine où se reposait Laï-Mune.

—Dépêche-toi d'aller voir ta bien-aimée ! lui cria Noony.

Comme prévu, elle était jalouse.

Alexian prit la main de Laï-Mune.

—Hé ! C'est moi !

Ses paupières papillonnèrent. Alexian fut tout à coup frappé de stupeur. La lumière tombant du hublot au-dessus d'elle faisait étinceler ses cheveux blonds.

— La tempête est terminée.

La chuchoteuse se tourna vers le hublot. Elle avait encore cette expression sereine.

— C'est une bonne nouvelle. Nous allons pouvoir retrouver notre chemin.

Elle serra la main d'Alexian dans la sienne.

— Bientôt, un mur de fleurs et de paix séparera Hélderion de Rouge-Terre. Nous arriverons à temps.

Ces simples paroles apaisèrent l'espion. Il déposa un baiser sur le front lisse de l'espoir de son peuple. Il put enfin lui poser la question qui lui brûlait les lèvres.

— Comment fonctionne l'invocation, concrètement ?

— Avec ceci, déclara-t-elle en brandissant sa chantevie. Je vais utiliser mon énergie pour faire naître le plus de fleurs possible, et celles-ci vont faire une immense barrière. Pas éternelle, certes, mais cela permettra à Rouge-Terre de gagner beaucoup de temps pour négocier avec Soleil III. Un tel tour de force surprendra sans doute le gouvernant et le fera réfléchir à deux fois avant de relancer une attaque.

— Je retourne sur le pont voir ce qui se passe. Tu veux venir ?

— Non, merci. Je dois me reposer, je te rejoindrai plus tard.

ஐ

Sur le pont régnait l'allégresse générale. Après des jours de calvaire, la tempête s'était estompée en quelques instants, comme elle était apparue. En l'espace d'un souffle, les étoiles avaient retrouvé leur place dans le firmament. Le capitaine gratifia Alexian d'une claque amicale.

— Beau travail, fiston.

ஐ

Les jours suivants furent bien plus calmes. Le soleil dardait la surface de l'océan de ses rayons bienfaiteurs. Tout le monde ou presque se trouvait sur le pont du navire pour participer à la réparation de *La Sainte Étoile.*

À la demande du capitaine, Noony procéda à la cérémonie d'oraison des hommes morts durant la tempête. À côté d'Alexian, Doclass semblait contrarié. La rumeur qu'il aurait beaucoup insisté pour faire cette oraison circulait sur le navire.

Lorion se posta près de son uni, qui l'enlaça.

— *La maison n'est plus très loin, maintenant.*

Un raclement de gorge mit fin à leur étreinte. Doclass.

—Quoi ? fit Alexian, agacé.

—Puis-je m'entretenir avec vous ?

Alexian n'en avait guère envie, mais son interlocuteur ne le lâcherait pas. Utiliser Lorion pour faire fuir l'oraisonnier lui effleura l'esprit, puis il se ravisa.

—Venez.

Les deux hommes marchèrent jusqu'au bastingage. Doclass vérifia l'absence d'oreilles indiscrètes.

—Alexian, je vais encore vous importuner avec ma curiosité. Vous êtes sans doute le mieux placé pour me répondre.

—À quel propos ?

—Mademoiselle Noony, rougit l'oraisonnier. C'est très délicat...

—Soyez direct, coupa Alexian.

—D'accord, d'accord ! Avez-vous... Comment dire ? Enfin, est-il possible d'avoir une relation plus heu... intime, avec mademoiselle Noony ? Elle répond à mes avances mais s'enfuit toujours au moment où notre histoire pourrait devenir plus...

—Charnelle ?

—C'est ça. Elle se dérobe quand je lui propose de passer la nuit avec moi. Au début, j'ai mis cela sur le compte de la bienséance, j'étais prêt à attendre. Plus le temps passe, plus j'ai l'impression qu'il s'agit d'autre chose. Je n'ose lui poser la question directement.

—Alors vous passez par un intermédiaire. Puéril.

—Je sais bien. Cependant, ce n'est pas le genre de chose que l'on demande à une noble dame.

Ce Doclass était un homme bien, courtois et patient. Sans doute le compagnon idéal pour Noony, avec les mêmes principes, la même religion, les mêmes attentes. Il ne méritait pas ce qu'Alexian s'apprêtait à lui dire.

—Vos soupçons sont fondés. Noony a été très amoureuse de moi. En vous voyant, j'ai cru qu'elle avait surmonté mon refus, mais sa distance avec vous prouve le contraire.

—Vous avez raison, dit-il d'une voix étranglée. Je... Je vais respecter ses sentiments et tourner la page à mon tour. Merci. Que les astres vous protègent !

Alexian remarqua que Doclass accélérait le pas lorsqu'il passa devant Noony, ignorant l'appel de la jeune femme. Celle-ci se figea, les bras ballants, avant de rejoindre Alexian. Elle avait très bien compris ses manigances.

—Qu'est-ce que tu lui as dit ?

—Calme-toi ! dit-il en levant les bras en signe de paix.

—Je te vois discuter avec Doclass, et maintenant il me rejette !

Alexian haussa les épaules. Elle l'attrapa par le col.

—De quoi avez-vous parlé ?

—Il veut coucher avec toi.

Noony le lâcha, embarrassée.

— Tu lui as parlé de la potion de cendres ?

— Non, c'est à toi de le lui dire. Je lui ai parlé de tes véritables sentiments.

— De quoi tu parles ?

— Tu es folle de moi, on le sait ! ricana Alexian. Oh, ne prends pas cet air catastrophé.

— Pourquoi brises-tu mon bonheur ? Pour la première fois depuis Heptiel, j'étais heureuse ! jeta-t-elle avec violence.

Elle essayait de contenir ses larmes. Alexian se sentit coupable.

— Je… Je suis désolé. C'était pour te protéger.

Noony fit volte-face et se réfugia à la poupe. Il ne chercha pas à la rattraper.

— Ohé, du pont ! Terres Impies en vue !

Interlude

Le cliquetis des couverts animait le repas des Manérian. Soliane, docile, patientait devant une assiette à laquelle elle ne pouvait toucher. Elle avait passé la journée à décorer la demeure de guirlandes d'étoiles et de somptueux bouquets en l'honneur du nouvel an. Ce jour était d'habitude réservé aux demandes en mariage – pour les plus traditionalistes – mais aussi aux chants, aux danses, aux festivités. Soliane entendait le son étouffé des musiques entraînantes jouées dans les rues. Elle aurait aimé se joindre aux divertisseurs pour danser.

—Encore une année, dit Gide. Pour nous et surtout pour Aileen.

Soliane approuva d'un hochement de tête. Cette année-là serait sa dernière. Son époux semblait très contrarié.

—Je fais toujours un grand ménage dans la maison, à cette période. J'ai retrouvé du papier dans la chambre. Du papier.

Le cœur de Soliane se mit à battre à grands coups dans sa poitrine. Elle ne laissa rien paraître, les mains sur les genoux, le regard dénué de toute expression.

—Il t'est interdit d'écrire. Je suis ici pour veiller sur toi et pour t'aider à respecter les règles de ta punition. C'est seulement ainsi que tes péchés seront pardonnés.

L'espace d'un instant, Soliane se sentit vieille et lasse. À quoi bon se battre pour cacher les quelques mots écrits à sa fille ? Puis, par un effort de volonté, elle chassa ces pensées et continua à jouer son rôle. Le rôle d'une femme atteinte de folie. Elle le sentait devenir peu à peu réalité.

Gide se leva et débarrassa la table, aidé de sa femme. La corvée achevée, ils s'installèrent sur les coussins jonchant un angle du salon. Le dirigeant de la Corporation des marchands d'étoiles enlaça son épouse avec tendresse.

—Ah… ma Soliane ! Je t'aime…

Elle enfouit son visage dans les plis du costume de Gide. Elle se raccrochait à l'idée que toute cette comédie n'était pas vaine. Ses filles trouveraient l'héritage qu'elle leur avait laissé et elles termineraient sa tâche. Elles mettraient un terme à la langue du silence.

29

Un baiser d'un soir

– Royaume de Thyrane, Le Baiser d'un Soir, 912 –

Les premières fois sont toutes inoubliables, magiques. Ce sont des expériences banales mais l'attrait de l'inconnu les rend extraordinaires. J'aimerais souvent revivre la première fois que j'ai respiré l'odeur d'une rose, ma première étreinte avec un homme, mon premier fou rire, la première fois que j'ai tenu mon enfant. Ce sentiment de nouveauté, cette surprise et toutes ces premières fois à tenter me rendent amoureuse de la vie.

Notes de Soliane Manérian.

ᘓ

Aileen ne se reconnut pas. Dans le miroir, il n'y avait ni pensionnaire, ni guerrière de l'aurore. Une robe de couleur vive soulignait son corps ferme, et le maquillage rehaussait sa beauté naturelle d'une manière peu conventionnelle. Elle n'aurait jamais osé sortir vêtue de la sorte mais pour jouer son rôle, c'était parfait.

— *Tu es belle*, remarqua Murmure.

Il se tenait derrière elle, discret, presque effacé. Elle lui sourit dans le miroir. Depuis qu'il avait tué Sonax, le lémure avait changé. Il semblait en proie à un perpétuel désarroi, comme si plus rien n'avait d'importance.

— C'est parfait ! s'exclama Mélgane.

La patronne du *Baiser d'un Soir* s'était chargée de la préparer pour son premier soir. Un soir exceptionnel, puisque c'était la nouvelle année. Il était courant de chercher une présence chaleureuse en pareilles circonstances. Ce soir, Aileen avait dix-sept ans.

Elle prit une inspiration chargée d'angoisse. Reculer n'était pas une option. Il fallait trouver le Balafré. Le plus vite possible, afin d'écourter cette expérience. Ne pas penser à ce qui se passerait dans quelques heures. Être forte.

Dans la taverne, c'était la folie. Les clients mangeaient comme quatre et discutaient avec animation. L'habituelle ambiance feutrée de la maison close était remplacée par la fête. Aileen fut frappée par l'odeur de bière et de sueur. Elle contemplait la salle sans oser entrer.

— Hé, mignonne ! l'interpella une prostituée. Tu pourrais donner un coup de main ! C'est pas parce que t'es nouvelle que tu dois lambiner !

La jeune fille aurait préféré passer cette soirée exactement comme elle le faisait auparavant. Un délicieux repas, Mylianne lui souhaitant un bon anniversaire.

— T'es sourde ou quoi ? Bouge !

Aileen adressa une rapide prière à son astre d'attribution. C'était la seule chose qu'elle avait trouvée à faire pour se donner du courage. Elle observa les autres filles et les imita.

— Tenez monsieur, dit-elle en déposant une chope de bière sur une table.

L'homme barbu passa une main sur ses fesses. Aileen se raidit.

— Alors ma belle ? On n'a pas l'habitude ?

Les hommes attablés éclatèrent de rire. Aileen sentit le feu lui monter aux joues. Elle les salua d'un petit signe poli et retourna au bar.

— C'est quoi ton numéro ? Il va falloir être plus convaincante ! On dirait une oraisonnière, la gronda sa collègue.

— Je n'ai pas l'habitude, s'excusa Aileen.

— Ben fais un effort ! C'est un coup à faire fuir les clients. Si un homme te met la main aux fesses, ça veut dire qu'il est intéressé... Invite-le à rejoindre ta chambre !

Aileen retourna dans la grande salle en scrutant la foule avec attention. Un homme d'une cinquantaine d'années avec une balafre au visage, c'étaient les seules indications d'Orius. Hélas, aucun des clients présents ne correspondait à cette description.

Elle alla servir une table. Lorsqu'elle se pencha, le désir bestial évident de ces hommes la glaça d'effroi. Elle ne s'imaginait pas une seule seconde dans un lit avec l'un d'entre eux.

— Mélgane ! appela un chauve.

— Qu'est-ce qu'il y a, Venard ?

— C'est une sacrée catin, celle-là ! Tes talents de recruteuse m'impressionnent !

Aileen avait du mal à le prendre comme un compliment. En revanche, Mélgane parut enchantée de la remarque.

— C'est une petite nouvelle ! Sans doute la plus fraîche du *Baiser d'un Soir* !

— Je te la prends pour ce soir ! annonça-t-il en reposant son verre.

— Elle est déjà réservée pour la soirée, répondit la patronne. Si tu veux négocier, ce sera avec lui.

Elle désigna du doigt un jeune homme sirotant un nectar, seul à une petite table dans un angle de la salle. Aileen était partagée entre le soulagement et la crainte d'être déjà « réservée ».

Elle étudia son client. Son visage était rongé par une barbe de trois jours et il avait plus l'air d'un voleur intrépide que d'une grosse brute.

— Il en a proposé combien ? demanda Venard.

— Cinquante filantes, répondit Mélgane.

— Ma bourse n'est pas assez pleine pour faire monter l'enchère…

Aileen s'éloigna en compagnie de Mélgane.

— Je suis réservée ? dit-elle d'une petite voix.

— Oui, pour cette nuit. Quand ton client te dit de le suivre, tu t'exécutes sans broncher. C'est comme ça. Il a payé le prix fort.

Aileen poursuivit ses corvées pendant une bonne heure. Elle commençait à se faire aux mimiques supposées lascives, aux phrases pleines de sous-entendus et aux mains baladeuses. C'était un tout autre univers, sans manière, sans mensonge, juste un accord tacite pour l'échange d'un bonheur éphémère contre rémunération. Si, avant, la prostitution était pour elle synonyme de femmes sans principes, elle voyait tout ceci d'un œil neuf. Le réconfort et la chaleur qu'elles apportaient aux cœurs solitaires avaient presque quelque chose de poétique. Peu à peu, elle se sentit gagnée par cette ambiance et offrit des sourires aguicheurs, rit à certaines remarques coquines. C'était le jeu.

À chaque nouveau client, Aileen espérait voir surgir le Balafré, en vain.

— Allez les filles ! cria Mélgane en milieu de soirée. Ça va être l'heure de la danse !

La patronne s'installa dans un coin de la salle, un tambour entre les jambes. Une dizaine de prostituées grimpèrent sur le comptoir et se mirent à se déhancher sur le rythme effréné. Aileen hésita. Ses collègues lui jetèrent des regards interrogateurs. Elle monta elle aussi. Pour une fois, elle décida d'agir sans retenue, sans se soucier des autres. La jeune fille observa les mouvements des autres et les imita. C'était comme si son corps vibrait sur la musique ; elle ondulait sans la moindre hésitation. Elle caressait parfois même la joue d'un spectateur l'ayant sifflée, puis adressait des clins d'œil un peu au hasard. Les bras levés, ses hanches roulaient sous les grognements d'excitation. Le désir était palpable. Elle était objet de convoitise et aimait cela.

Les prostituées furent entraînées dans les alcôves et, bientôt, il ne resta plus qu'Aileen sur le bar. Son client la contemplait, impassible, comme s'il prenait un malin plaisir à la voir attendre son tour. Il intervint enfin, quand un homme manifesta son envie de trop près. Il ne semblait pas très enclin à la conversation. En silence, il la fit entrer dans une alcôve, un nid douillet de coussins et de draps. Aileen se sentait empotée et resta immobile sans savoir que faire. Cela ne semblait pas le déranger outre mesure. Il se dévêtit, dévoilant un corps sec et musclé. C'était la première fois qu'elle voyait un homme nu.

Une fois déshabillé, il entreprit de lui ôter sa robe. Aileen aurait aimé se cacher. C'était la première fois qu'on la verrait nue. Comme il continuait à la détailler, Aileen fit de même. Elle remarqua alors le tatouage sur son avant-bras : un croissant de lune fendu en son milieu. Cette vision la glaça. Le symbole révélé par le jeu des Quatre Vents.

Elle n'eut pas le temps de se poser davantage de questions. Le jeune homme approcha ses lèvres des siennes et l'embrassa d'une façon qu'elle trouva presque désespérée. Elle lui rendit son baiser ; son souffle s'accéléra. Elle s'efforçait de ne pas réfléchir. Le cœur battant la chamade, Aileen gémit. Une chaleur se répandait dans son ventre. Elle s'imagina avec Heptiel. Ses doigts coururent le long du menton du jeune homme, sur son torse. Et puis, tout à coup, il se passa une chose étrange. Son client la serra contre lui et sanglota. Décontenancée, elle lui rendit son étreinte.

— Pourquoi… Pourquoi est-elle partie ?

Aileen eut la sensation de recevoir un coup de poignard en plein cœur. Elle connaissait cette voix, elle l'avait entendue dans une autre vie.

— Glenn ?

Le jeune homme eut un sursaut.

— Aileen ?

— Assassin ! siffla-t-elle. C'est ta faute si elle est morte !

Glenn la maintint contre lui.

— Je n'y suis pour rien. Je lui ai dit de ne pas me chercher. Je lui ai écrit une lettre !

— « Rejoins-moi à la manufacture », singea Aileen.

— Quoi ? Non ! protesta-t-il. Aileen, je n'ai pas…

— Menteur ! s'écria Aileen. Mylianne t'aimait et tu l'as tuée.

Elle sortit de l'alcôve à demi nue, puis s'éloigna en se rhabillant à la hâte. Elle ne voulait pas remettre les pieds ici avant longtemps.

Orius cherchait ses mots. Depuis des heures, il était installé devant une feuille blanche. Il ne savait comment formuler ses phrases pour ne pas révéler à Shala ses sentiments toujours présents. Sa place n'était pas ici, elle serait un moyen de pression trop facile sur lui. En outre, elle serait sans doute plus en sécurité à Volplume.

Il se demanda ce que son père penserait de lui en le voyant aujourd'hui, en fauteuil roulant, à repousser la femme de sa vie. Longtemps, il avait considéré son père comme un traître et un lâche. La rancune et la honte étaient à l'origine de sa vocation de veilleur, ainsi il n'entendrait jamais dans son dos : « Ah, c'est bien le fils de Zéphyr, tiens ! » Il était désormais à un stade de sa vie où le conflit avec son père était un souvenir, une haine d'adolescent. Il regrettait de n'avoir pas écouté ses justifications. Il aurait aimé comprendre.

La porte du quartier des veilleurs s'ouvrit sur Aileen. Elle portait une courte robe sans manches et grelottait de froid.

— Aileen ? Que se passe-t-il ?

Elle s'assit sur le divan en se frictionnant les bras. Orius prit une couverture et la lui passa sur les épaules puis lui prépara une boisson chaude. Aileen accepta la tasse avec reconnaissance.

— Il est tard, dit-il d'un ton grave.

— Et c'est la nouvelle année, répondit-elle d'une voix larmoyante. J'ai dix-sept ans, aujourd'hui.

Le veilleur hocha la tête, ne sachant pas quoi dire d'autre. Elle eut un petit rire.

— Je n'ai pas trouvé ton père. J'ai trouvé Glenn.

Glenn, le pensionnaire qui s'était échappé de la pension, quelques jours avant Mylianne.

— Et ?

— J'ai failli perdre ma virginité avec ce fourbe. Il a dit à ma sœur de le rejoindre et…

— Il n'est pas responsable de sa mort, tenta de le défendre Orius.

— Si, d'une certaine manière, il l'est. Je ne l'ai pas reconnu au début sous sa barbe et sa crasse. Il avait même un tatouage !

— Un tatouage ?

— Oui, un croissant de lune avec une brèche au milieu. Tu sais à quoi ça correspond ?

Le veilleur s'humecta les lèvres. Il craignait qu'elle devienne incontrôlable…

— C'est la marque d'un clan, c'est ça ?

— Celle des Lames Nocturnes, se résigna-t-il. Le clan de mon père. Aileen, il ne faut pas en tirer des conclusions hâtives ! Pour le moment, tu as besoin d'une bonne nuit de sommeil. Nous reparlerons de tout cela demain.

Orius s'était toujours senti inutile et ridicule face aux pleurs et à l'émotion. Il avait horreur de consoler les autres, et lui-même ne s'accordait pas la faiblesse des larmes.

— Il ne faut pas te mettre dans cet état.

— Tout va si vite…, renifla-t-elle.

Le veilleur avait devant lui une enfant dans un déguisement de femme. Il trouva soudain sa tenue indécente, tout comme son maquillage. Il humidifia une serviette propre et la passa sur le visage d'Aileen, effaçant le noir des yeux, le rose des joues, le rouge des lèvres. Sans artifice, elle était d'une beauté à couper le souffle.

— C'est mieux comme ça, non ? demanda-t-il en posant la serviette.

— Oui. Mais il faudra bien que je trouve le Balafré.

Dans un élan d'affection, il posa sa main sur la jambe de la jeune fille.

— Tu n'es pas obligée de retrouver le meurtrier de Mylianne. De toute façon, que feras-tu quand il sera devant toi ?

— Je le tuerai, répondit-elle.

— Cela changera-t-il quoi que ce soit ?

— J'aurai vengé ma sœur, assura-t-elle d'un ton convaincu. Son âme sera apaisée.

— Son âme ou la tienne ?

Il avait tapé juste, cela se voyait à l'expression butée d'Aileen.

— Je te laisse le divan.

— Quand je retournerai au *Baiser d'un Soir*, demain, je devrai coucher avec des hommes pour me rattraper du scandale que j'ai provoqué aujourd'hui. J'ai peur. Je ne veux pas que mon premier amant soit l'un de ces vagabonds en mal d'amour.

Orius, perplexe, attendait de savoir où elle voulait en venir. Elle pencha son visage vers le sien avec lenteur, frôla ses lèvres.

— Tu veux bien ?

Le veilleur caressa la nuque d'Aileen, si douce. Il avait faim de tendresse, besoin de calmer la solitude qui pesait sur ses épaules depuis le départ de Shala. Ses défenses tombèrent.

— Je ne serai pas très… entreprenant.

Elle haussa les épaules, comme si son handicap était la dernière chose au monde dont il fallait se préoccuper. Il savait qu'il rencontrerait peu de femmes pour qui ce fauteuil ne serait pas un obstacle.

— Je ne suis pas amoureux de toi, déclara-t-il.

— Je sais. Mais quelle importance, au point où j'en suis ?

Elle s'assit sur les genoux du veilleur. Il approcha sa main de la joue d'Aileen. Il était peut-être temps d'oublier un amour impossible.

Quelque part dans la pièce, la flammèche d'une lampe vacilla puis mourut, comme étouffée par une main glacée.

La première fois. Les filles de la pension n'avaient que cette expression à la bouche. Les rapports entre les deux sexes étaient un sujet tabou pour les enseignants et le personnel, et tous veillaient à éviter les relations entre les pensionnaires.

Aileen se remémora des bribes de conversations à la faveur de l'obscurité. Ces préoccupations lui semblaient futiles à présent. Ce n'était pas si extraordinaire ; le monde n'avait pas changé. Elle ne se sentait pas femme ; le statut d'adulte n'était pas tombé sur elle d'un coup. Elle était toujours la même, à la différence qu'elle pouvait désormais parler de la douceur du contact d'une peau, du sentiment d'avoir partagé un instant de sa propre vie.

— Tu veux manger quelque chose ?

Orius était déjà affairé à préparer le petit déjeuner. Un sourire heureux ne quittait pas ses lèvres depuis l'aube. La jeune fille rejeta sa couverture et se dressa sur son séant.

— Je veux bien, cela fait une éternité que je n'ai pas pris un vrai bon repas. À l'Institut ce n'était pas vraiment la priorité.

Tout en mangeant sur un bureau en face d'Orius, elle lui raconta sa formation, l'arrestation des trafiquants. Elle ne détailla pas la mort de Sonax, ne voulant rien dévoiler au sujet de Murmure. Puis la conversation roula sur un sujet plus délicat : *Le Baiser d'un Soir*. Elle était tentée par l'idée d'abandonner ses recherches, mais ne se sentirait pas la conscience tranquille. Elle s'était promis de venger Mylianne ; elle le ferait.

Orius ne s'opposa pas à sa décision. Elle débarrassa la table et le veilleur lui offrit son manteau pour cacher son accoutrement. Aileen s'éclipsa, croisant un grand homme roux à l'entrée du quartier des veilleurs. Celui-ci la regarda partir avec étonnement.

Dehors, le soleil était déjà haut dans le ciel et ses puissants rayons faisaient fondre le glaçage de neige sur les toits et les pavés défoncés. Elle arriva au *Baiser d'un Soir* et frappa à la porte. Mélgane elle-même lui ouvrit. Elle eut une moue dédaigneuse à la vue d'Aileen.

— Encore toi !

— Je suis sincèrement désolée pour hier, débita Aileen. Le client qui m'avait réservée était le petit ami de ma sœur, vous imaginez le choc quand je l'ai reconnu...

L'expression déçue de Mélgane se mua en un sourire espiègle.

— Oh... Je comprends, ça ne devait pas être agréable, mais ce genre d'incident se produit plus souvent qu'on ne le croit. Il y a une semaine, une nouvelle s'est rendu compte que son propre mari était un habitué !

Aileen fut soulagée de la compréhension de sa patronne.

— Ça ne se reproduira pas, assura-t-elle.

Mélgane parut ravie de l'entendre.

Aileen passa toute la semaine dans la maison close, jouant son rôle de prostituée avec un détachement dont elle se félicita. Un rôle pour atteindre son but, ce n'était rien d'autre. La véritable Aileen bouillonnait d'impatience, rêvant d'étancher sa soif de vengeance.

Ses espoirs s'amenuisaient au fil des soirs. Mélgane lui avoua ne pas comprendre cette absence inexpliquée. Aileen commença à se méfier et en vint à soupçonner sa patronne d'avoir prévenu Zéphyr et de le couvrir pour profiter de ses services. En effet, Aileen était réservée plusieurs fois par jour, succès dont peu de filles de joie pouvaient se vanter.

Aileen lavait des verres sans enthousiasme quand, un soir, Glenn s'accouda au comptoir.

— Il faut que nous parlions.

— Je ne te pardonnerai jamais, lança-t-elle.

Elle voulut quitter la salle mais Glenn lui barra le chemin.

— Comment en es-tu arrivée là ? murmura-t-il.

— Je te retourne la question, fit-elle d'un air de défi.

— Si tu veux vraiment savoir, sers-moi un verre de ce que tu as de plus fort.

Elle ne voulait guère l'entendre et encore moins se faire remarquer. Elle servit donc un alcool de fruit non dilué.

— Je n'ai jamais été en très bons termes avec mes parents, je voulais fuir la pension. Alors le Maître a vu en moi un garçon influençable et m'a donné des sortes de cours. Il m'a fait quitter la pension en échange d'informations sur les clans.

Aileen, frappée par la similitude de leurs parcours respectifs, devint attentive.

— J'ai demandé au Maître que Mylianne parte avec moi, mais il a refusé. J'ai décidé de trouver un travail pour l'épouser et vivre avec elle, à Mizin.

Sa voix s'étrangla. Malgré le temps passé, Glenn était le même garçon torturé qu'Aileen avait connu à la pension. L'espace d'un instant, elle revit Mylianne lui parler de lui avec passion, le décrivant comme un garçon différent, extraordinaire…

— Tu comprends, Aileen ? Je ne voulais pas l'abandonner ! J'ai obéi aux ordres du Maître en écumant les bars et d'autres lieux peu fréquentables, j'ai fini par me faire des relations. Je me faisais passer pour un gosse à la recherche de sensations fortes, et j'ai été embauché par les Lames Nocturnes. Un mois plus tard, je devais faire un rapport au Maître, alors j'en ai profité pour laisser une lettre sur le rebord de la fenêtre de votre chambre et puis… le Maître m'a appris sa mort.

Aileen se rappela la lettre. Elle sentit sa colère s'évanouir.

— Il me l'a cachée pendant des semaines ! Depuis, je n'ai plus eu de contact avec la pension Sybilène et je me suis dévoué aux Lames Nocturnes.

— Mais ce sont les assassins de Mylianne ! cria Aileen.

Glenn se tut. Un sourire triste joua sur ses lèvres.

— Je sais que je ne suis pas le seul à vivre malheureux avec son souvenir…

— Dis-moi où est Zéphyr !

— Aileen…

— C'est lui le meurtrier !

Des curieux s'étaient approchés du comptoir. Une fille s'avança, méfiante :

— Un problème ?

— Non, non, tout va bien, assura Aileen pour l'éloigner.

— Tu veux connaître la vérité sur le meurtre de Mylianne ? chuchota Glenn.

Il griffonna des indications et lui glissa le papier dans son décolleté, par provocation.

« Le Chaos,
Dans trois jours,
À la tombée de la nuit. »

Le petit mot était posé sur le bureau d'Orius.

— Tu ne devrais pas y aller, dit Cryden.

Le chef-veilleur retournait le problème dans sa tête, cherchant un moyen de ne pas trop s'exposer. Certes, ils avaient avancé, mais désormais les Lames Nocturnes avaient l'avantage.

— Orius ! On parle du Chaos, là ! Pas un seul veilleur n'irait tout seul, même pas une équipe entière d'ailleurs. Ça fourmille de ces pourritures de résistants !

— Il a raison, soutint Aileen. Mieux vaut que j'y aille seule.

Cryden se tourna vers la jeune fille.

— Ça, c'est une très mauvaise idée. Vous n'avez jamais été confrontée aux clans, ces gens sont sans foi ni loi.

— Je sais, l'interrompit-elle. Mais je dois aller à ce rendez-vous. Je connais Glenn, il ne me fera pas de mal.

— Mais c'est un piège ! Ce n'est plus de l'audace, c'est de la bêtise ! clama Cryden, excédé. Orius, parle à ta nouvelle conquête, dis-lui !

Orius ne releva pas. Il repensait à toute cette affaire : le cadavre de Mylianne. Shala. Le Balafré, son père. Son agression. La nouvelle de son handicap. Cela ne pouvait pas se terminer ainsi, après tant d'efforts, d'énergie. Cette affaire avait bouleversé sa vie, il ne pouvait pas imaginer qu'elle reste ainsi en suspens pour toujours.

— Nous irons ensemble, Aileen.

Cryden leva les bras au ciel, impuissant.

Aileen était assise sur les marches devant la porte du quartier des veilleurs, emmitouflée dans le manteau d'Orius. Le vent froid et la neige giflant son visage la rassérénaient. Murmure se matérialisa à ses côtés.

— *Pourquoi tu restes sous la neige ?*

— Je réfléchis.

— *Aileen ? Tu as oublié, pour ma sœur ?*

— J'étais justement en train de me dire que nous n'étions pas encore allés dans le cimetière sud. Au fait, je te remercie de ne pas être intervenu… avec Orius.

—*J'ai compris que tu étais triste si tu n'étais qu'à moi*, dit-il de sa voix enfantine.

Aileen sourit.

—Allons inspecter ce cimetière ensemble, veux-tu ?

Interlude

Le trois-larmes s'envola par la fenêtre. Gide lut la lettre en provenance de la pension Sybilène. Les appréciations des professeurs étaient toutes élogieuses. Aileen était une élève brillante, le dernier espoir de la famille !

Famille, il fallait le dire vite, songea-t-il avec dépit. Son épouse était mourante – c'était une traîtresse, elle payait pour ses crimes –, sa fille aînée était sur le front avec un vaurien impie et il avait éliminé la benjamine qui en savait trop. Après toutes ces années, durant la semaine annuelle de vacances en Hélderion, Mylianne s'était souvenue. Sans le savoir, elle avait signé son arrêt de mort. Gide s'était effondré lorsqu'elle avait évoqué ce souvenir. Il n'avait pas pu dissimuler à l'Astracan un fait aussi important, même si Mylianne ne comprenait pas les enjeux de ce qu'elle avait entendu ce soir-là.

Le beau tableau. Il avait rêvé d'un foyer uni dans le respect de ses principes d'honneur, de dévouement et de foi en l'Astrascisme…

— Gide ? appela Merion en le tirant de ses pensées. La guerre a commencé. Volplume a donné un accord par défaut. Ils vont attaquer !

— Bonne nouvelle.

L'oraisonnier s'assit en face du dirigeant de sa corporation. Gide vérifia que Soliane était bien dans sa chambre avant de demander :

— As-tu apporté le reste du poison ?

Merion sortit une fiole de son sac et la posa sur la table. Gide saisit le flacon contenant un liquide incolore entre le pouce et l'index pour l'observer à la lumière.

— Merci. La dose finale est pour bientôt. Je veux en finir avec les opposants aux astres.

30

Trêve

– Rouge-Terre, côte Nord, 913 –

Ce que sont les Signes ? Ah, j'aime les questions essentielles ! Vous voyez les œuvres d'art exposées dans la tour de Tombe-lune ? Dans ces tableaux sont toujours représentées des fleurs mêlées, entrelacées. C'est une représentation des Signes. Les entrelacs sont un motif récurrent chez nous. Vous les voyez dans l'organisation de nos cités, dans notre art, notre façon de penser : tout se touche, se frôle, se croise. Ils figurent une ondulation, une vibration. La vibration est la nature même de l'énergie créatrice. Les Signes, c'est ça : un mouvement perpétuel issu de l'enchevêtrement des faits humains et naturels, une énergie invisible mais perceptible. Je vous apprendrai à en discerner les empreintes.

Archive retranscrite d'un cours oral de Tombe-lune.

Sur la plage, les feux hélderionnois jetaient des lumières vives, découpant des ombres mouvantes sur le sable. Laï-Mune contourna avec dégoût un guerrier affalé, le nez dans ses vomissures éthyliques. Comme la plupart des passagers de *La Sainte Étoile*, elle fut stupéfaite de constater que, même si la guerre venait seulement d'être officiellement déclarée, au moins les trois quarts de l'armée étaient déjà présents sur le continent, entassés dans des camps improvisés en attendant le signal de l'assaut. Les soldats passaient le plus clair de leur temps à astiquer leurs puissantes machines de guerre.

Alexian faisait rôtir des oiseaux et Noony parlait avec Doclass, à l'écart. L'espion ignorait les deux tourtereaux en contemplant les flammes lécher la viande, comme si une scène cruciale s'y jouait. Après avoir dévoré sa part, il partit marcher le long de la plage afin de méditer au calme. Laï-Mune décida de faire de même. Elle s'écarta du camp et admira l'océan Chimérique. Toutes ses pensées allaient à Aryador, au vide de son absence. Elle avait enfin vu son visage et n'aurait pas pu l'imaginer plus beau. Elle s'était résignée à son sort, apprivoisant sa souffrance pour sauver l'harmonie. Ses compagnons étaient trop occupés à se déchirer pour s'en soucier, alors elle prendrait les choses en main. Si elle s'accordait un seul point commun avec les Manérian, c'était son sens des responsabilités.

Ses pas la conduisirent auprès des artilleurs. Les canons étaient différents de ceux qu'elle connaissait. On leur avait adjoint un emplacement pour des bidons et une pompe minuscule.

— Comment ça marche ? demanda-t-elle à un soldat.

— Ça me fait marrer, les guérisseurs. On dirait qu'ils s'engagent juste pour déranger les vrais soldats !

— Vous serez content de m'avoir, si vous êtes blessé, répondit tranquillement Laï-Mune.

— Mouais. Bon, c'est la dernière invention des guerriers de l'aurore, ce sont des canons à résuadine. Le liquide remplace la poudre. Il suffit d'en enflammer quelques gouttes pour avoir une réaction très impressionnante !

L'explication l'écœura. Elle ne concevait pas que l'on puisse inventer de telles horreurs. Il lui tardait d'invoquer la plaie fleurie afin d'empêcher ces armes de servir.

Elle se sentit observée. Elle chercha un visage connu parmi la foule mais n'identifia personne. Devenait-elle paranoïaque à force de penser à Aryador ? Elle chassa ces pensées angoissantes et rejoignit l'espion. Les ricochets étaient censés tromper sa rage mais l'attisaient, signe de son désarroi. Lorion, lui, jouait avec Étincelle à quelques pas.

Soudain, un cri perçant retentit, suivi d'un silence, puis des vociférations résonnèrent. Une multitude de combattants se massa vers la provenance des hurlements. Alexian et Laï-Mune se précipitèrent, les animaux sur leurs talons. Au centre de l'attention, le corps sans vie d'un enfant tenant encore une poignée de coquillages nacrés. Près de lui étaient éparpillés de menus objets, une gourde, un sac de toile, un coutelas rudimentaire. Un guerrier, épée au clair, recevait des félicitations. La chuchoteuse posa une main compatissante sur Alexian. Lorion feula, menaçant. Les soldats éclatèrent de rire à la vue du félin, puis la foule s'éparpilla.

Laï-Mune, qui n'avait pourtant jamais craint le lynx, sentit son cœur s'emballer lorsqu'il se mit à renifler le cadavre puis gronda. Il percevait l'odeur de Grise-aube. Le petit était venu sur la plage pour son union. Il avait traversé le canyon Double-Vue et cherchait des offrandes symboliques, comme en témoignaient les coquillages dans sa main. Cet innocent n'avait fait que suivre les traditions rouge-terriennes et il gisait à présent, inerte. Jamais il ne s'installerait sur l'un des rochers du canyon pour appeler mentalement son futur compagnon de toutes ses forces. Jamais il n'attendrait plusieurs heures, voire plusieurs jours, que son appel par les Signes attire un lynx. Alexian ne quittait pas le corps du regard, bouleversé. Une telle horreur était un violent rappel de la cruauté des soldats qui ne voyaient en l'autre qu'un ennemi.

La chuchoteuse le saisit par le bras pour le forcer à s'éloigner, de peur que les autres ne remarquent son émotion.

— Ton village n'est pas au courant de l'attaque d'Hélderion ?

— Opalon aurait dû les prévenir…

La chuchoteuse devait à tout prix empêcher cet affrontement, ou bien Rouge-Terre serait mise à feu et à sang. Les Rouge-Terriens seraient incapables de rivaliser avec la technologie d'Hélderion.

— Tu dois commencer la plaie fleurie, dit Alexian d'un ton ferme, comme s'il avait lu dans ses pensées.

— Je ne peux lancer l'invocation que depuis un point culminant, et une fois le processus entamé, les fleurs se déploieront tout le long du continent. Cela prendra beaucoup de temps.

— Et il faut agir vite.

Alexian se tourna vers Noony, encore avec Doclass. Il maugréa une remarque piquante.

— Arrête. Ça ne peut pas continuer. J'en ai ras-le-bol de vos minauderies ! Nous sommes en guerre, nous devons sauver Rouge-Terre. Fais-moi plaisir, présente-lui des excuses. Qu'est-ce qui est le plus important pour toi ?

Leur discussion fut interrompue par un officier, perché sur un tonneau. Il demandait l'attention de tous. La mort de l'enfant risquait de compromettre l'effet de surprise dont ils espéraient bénéficier. Il annonça donc une offensive imminente. Ils partiraient le lendemain pour attaquer au plus vite. Les cris de joie fusèrent de tout le campement. Les troupes préparèrent leur paquetage et vérifièrent leurs armes tandis que les officiers se réunissaient afin de mettre au point une stratégie. Si Alexian et Laï-Mune n'agissaient pas très vite, le village serait pris d'assaut, sans aucune chance de résister.

— Nous devons prévenir Grise-aube, déclara Alexian.

— Une fois dans le canyon, prévint la chuchoteuse, il faudra nous séparer pour que je lance l'invocation le plus rapidement possible.

— Nous aviserons.

— Et Noony ?

— Ne perds pas de temps à la convaincre. J'attrape nos affaires et je t'attends là-bas, près du rocher.

Doclass et Noony se réchauffaient à un feu, polémiquant sur un détail de la cérémonie d'oraison. Leurs taquineries rosissaient les joues de l'oraisonnière. Laï-Mune était heureuse de la voir si épanouie. Elle toussota pour manifester sa présence. Doclass s'éclipsa sous un faux prétexte, par courtoisie.

— Alexian part pour Grise-aube. Apparemment, ils ne sont pas au courant de la présence de l'armée.

— Et toi ? s'étonna Noony.

— C'est le moment pour la plaie fleurie.

Le sourire de Noony s'évanouit comme brume au soleil. Elle se leva très lentement et ce simple mouvement semblait lui être douloureux. Laï-Mune ne dit rien. Elle savait trop ce que renoncer à un être cher coûtait pour s'autoriser un quelconque commentaire. L'oraisonnière contempla les flammes comme si elle y voyait autre chose, puis murmura :

— Je pense que ma mère voudrait que je continue à t'aider.

La chuchoteuse sentit un grand poids s'envoler. Elle imaginait mal continuer l'aventure sans Noony, et devait admettre que d'une certaine façon, elle s'était attachée à elle. Mais au lieu d'approuver, elle déclara :

— Peut-être que tu devrais plutôt faire ce que tu veux toi au lieu de réfléchir à ce que voudrait Soliane. Je comprends ton engagement, mais…

— Ma mère t'a, je pense, élevée avec autant d'amour que moi. Si elle nous savait ensemble en ce moment même, elle me dirait que je dois aider ma sœur, comme elle me le répétait sans cesse pour Mylianne et Aileen. La solidarité familiale est une valeur essentielle chez les Manérian.

Laï-Mune l'aurait enlacée si elle avait été d'un naturel démonstratif.

Noony rejoignit quelques instants Doclass pour lui dire qu'elle allait se promener avec ses amis. Elles se rendirent ensuite au point de rendez-vous. Alexian attendait, les bras croisés. Lorion était couché à ses pieds, Étincelle entre ses pattes. Les deux animaux semblaient être devenus inséparables. Lorsque ses compagnes arrivèrent, Alexian lança un sac à la chuchoteuse et se détourna.

Après la plage, une vallée d'herbes hautes s'étendait à perte de vue. Ils marchaient à bonne allure, Alexian en tête de file. La nostalgie le gagnait à la vue de ce paysage qu'il avait tant parcouru petit garçon, lorsqu'il recherchait son uni. Il n'arrivait pas à croire que les soldats fouleraient bientôt ce sol, que leurs canons écraseraient tout sur leur passage. Cette pensée le faisait accélérer malgré l'épuisement. Noony devait porter Étincelle parce qu'il luttait pour avancer dans les herbes. Lorion, lui, partait toujours en avant pour revenir faire son rapport à Alexian.

— Aucun danger à signaler. Cette terre. Ces odeurs. C'est chez nous.

Chez eux, songea Alexian. Son désir de protéger Grise-aube n'avait jamais été aussi fort, aussi viscéral.

Après trois heures de marche, la végétation luxuriante se raréfia, laissant la place à une terre sablonneuse. Alors que le soleil se couchait, tirant sur lui une couverture de ténèbres étoilées, un vaste canyon se dessina à l'horizon. Lorion ne fut rapidement plus qu'une tache blanche au loin, impatient de retrouver l'endroit où il était né. Alexian sourit, sentant toute la joie de son uni se déverser en lui.

Quand ils pénétrèrent dans le dédale, la lune avait déjà accroché la voûte céleste. Au-dessus de leurs têtes, les saillies rocheuses se découpaient en ombres menaçantes. Le silence les enveloppait. Ils avaient l'étrange sensation d'évoluer dans un tombeau géant. Contrairement à son habitude, l'oraisonnière calquait son rythme sur celui d'Alexian et ne réclamait aucun répit. Laï-Mune se tenait à l'écart afin de les laisser seuls. L'espion en profita pour bredouiller quelques excuses gênées, que Noony accepta en toute simplicité. Ils avaient enfin mis de côté leurs états d'âme. L'urgence était ailleurs.

Laï-Mune ne se préoccupait plus de ses acolytes. Ses sens étaient en effervescence. Cet endroit regorgeait de Signes ; elle avait presque la sensation qu'ils la frôlaient, traits de vie fugaces laissant une étrange impression au fond du cœur, comme un picotement. Tout était calme en apparence, et pourtant, le canyon Double-Vue était un couloir où les doigts de la nature tissaient mille et un messages pour qui savait les entendre. Si la situation n'avait pas été aussi critique, elle aurait aimé passer quelque temps ici afin d'en apprendre plus sur les raisons d'une telle concentration de Signes. Afin de confirmer son sentiment, elle fit apparaître sa chantevie. D'habitude, elle avait besoin de faire un effort mental considérable pour réaliser son invocation. Ici, elle avait l'impression que l'énergie venait à elle. Ce canyon exacerbait ses facultés. Ce phénomène se révélait de bon augure pour la plaie fleurie qu'elle s'apprêtait à accomplir.

Le matin chassa l'obscurité, confondant le ciel et la terre dans une débauche écarlate. À la lumière du jour, les Hélderionnoises découvrirent un autre visage du canyon. Un monde de pierre qui se déclinait uniquement en rouge, des falaises rubicondes et escarpées au sable ocre.

Ils s'accordèrent un court répit et en profitèrent pour vider une bonne partie de leurs gourdes. Un grognement les tira de leurs pensées. Laï-Mune et Noony reculèrent contre la saillie en apercevant le prédateur. C'était un lynx, bien plus jeune que Lorion, les oreilles couchées en arrière et les babines relevées. Le redoutable animal les fixait de son œil vert. L'autre, d'un blanc laiteux, semblait aveugle. Lorion s'interposa, prêt à attaquer.

—Arrête, Çion ! cria un garçonnet à la tignasse flamboyante. Tu aurais pu me dire où tu allais ! On a dépassé les limites, maintenant !

Noony et Laï-Mune comprenaient le sens de ce qu'il disait, mais sa prononciation des mots variait de la leur, d'une manière tout à fait comique selon elles.

—Qui êtes-vous ? questionna l'enfant.

Remarquant le duo formé par Alexian et Lorion, il demanda encore :

—Tu es de Rouge-Terre ? Je ne t'ai jamais vu dans les environs.

—Je suis parti en voyage pendant longtemps mais je suis bien de Rouge-Terre, oui.

— C'est pour ça, alors, tes cheveux noirs. Çion me dit que tu as l'odeur d'ici.

— Il a raison. Je vivais à Grise-aube avant.

Noony s'approcha de l'enfant et se pencha pour être à sa hauteur. Elle lui demanda son nom avec douceur. Le garçon la regarda comme si elle était idiote et répondit sur un ton d'évidence :

— Vel-Çion !

— Comme ton lynx ? s'étonna Laï-Mune.

— Les unis partagent leur âme et donc leur nom, intervint Alexian. L'enfant donne le sien à son lynx au moment de l'union, puis prend un préfixe pour s'en démarquer – Vel pour les hommes, Val pour les femmes. J'ai dû prendre un nom d'emprunt qui fasse plus hélderionois afin de ne pas être suspect, mais en réalité…

Il donna une tape affectueuse à Lorion.

— Allons-y, on papotera en route.

Le groupe se dirigea vers le village, derrière les lynx et le sang-de-lune. Le garçon était l'objet de la curiosité des femmes, avides de connaître cette civilisation. Il avait un regard mature et vif qui contrastait avec son visage juvénile aux joues rebondies.

— Ça faisait longtemps que je n'avais pas vu des gens comme vous.

— Comme nous ? répéta Noony.

— Je veux dire, avec des cheveux bizarres. Pas rouges.

— Les temps sont difficiles, énonça Alexian, lugubre.

— Et vous avez tous un lynx avec vous ? demanda tout à coup Noony.

Vel-Çion éclata d'un grand rire :

— Évidemment !

— Nous sommes encore loin du village ? interrogea l'oraisonnière.

— Non, répondit l'enfant, à une demi-heure de marche.

Laï-Mune tourna la tête vers les hauteurs.

— Il faut faire vite. Cette corniche, là-haut, me semble parfaite pour lancer la plaie fleurie.

Les visages des trois compagnons devinrent graves.

— Il te faut combien de temps ? demanda Alexian.

— Au moins huit heures de préparation pour le rituel, afin d'emmagasiner de l'énergie. Cela n'a rien à voir avec faire pousser quelques fleurs ; là, il s'agit d'une fissure profonde, qui va me demander énormément de force. Il vaut mieux que j'y aille d'abord, et que vous me rejoigniez ensuite. Plus vite le processus sera lancé, mieux ce sera.

— Laï-Mune, tu es sûre ? Et Aryador, s'il avait réussi à nous suivre…

La chuchoteuse offrit un sourire rassurant à Noony.

— Ne t'en fais pas, je ne vois pas comment il aurait pu franchir l'océan.

— Nous venons avec toi, décida Alexian. Hors de question de te laisser sans protection.

—Allez plutôt prévenir le village. Vous serez bien plus utiles ainsi. Mais n'oubliez pas, retrouvez-moi dans huit heures. Ensuite, la plaie fleurie débutera vraiment, et séparera le continent en deux.

Noony et Alexian acquiescèrent.

La chuchoteuse caressa une dernière fois Lorion et Étincelle, puis salua ses amis avant de prendre le sentier qui conduisait à la corniche. Noony et Alexian la regardèrent s'éloigner, le cœur serré. Une fois que la chuchoteuse eut disparu au milieu des rochers, ils reprirent leur route aux côtés de l'enfant et de son lynx.

Grise-aube n'avait rien de commun avec Hélderion. D'immenses arbres aux troncs bombés et au feuillage d'un rouge très vif formaient le village. Les habitations étaient en réalité nichées dans la partie la plus large des feuillus. Un réseau de cordes, de passerelles et d'escaliers taillés à même l'écorce permettait de circuler entre elles. Au sol, de petits champs cultivés contrastaient avec le sable ocre. Près de l'entrée du canyon, des cascades claires tombaient des à-pics, formant des bassins naturels à leur pied. Tout ici respirait l'harmonie. Le village semblait imbriqué dans la nature. Sur l'arbre le plus haut était posé un beffroi abritant trois cloches.

—Par tous les astres ! s'exclama Noony. C'est magnifique !

Une voix forte appela Vel-Çion, les tirant de leurs pensées. Les mains agrippées à un balcon de cordages, une femme désignait le petit d'un doigt accusateur. Celui-ci s'immobilisa comme s'il avait été frappé par la foudre.

—Ne bouge pas !

Elle ouvrit une trappe et déroula une échelle de corde par laquelle elle descendit pour venir se planter devant l'enfant.

—Où étais-tu passé ? Tu n'as pas fini tes corvées !

—J'ai trouvé des étrangers.

La mère cessa de sermonner son fils pour se tourner vers les nouveaux venus. Elle fut comme statufiée. Le regard d'Alexian passait d'elle au petit garçon.

Pour briser la glace, Noony tendit une main amicale que la mère serra sans quitter Alexian des yeux.

—Je suis Val-Miphta, se présenta-t-elle d'un air distrait. Je vous souhaite la bienvenue à Grise-aube.

Alexian s'avança vers elle et lui sourit.

—Ça faisait longtemps, maman.

Elle approcha ses mains tremblantes du visage de son fils et caressa ses traits.

—Oh… Vel-Lorion ! Tu es rentré ! Enfin ! Tu as terminé d'œuvrer pour eux ! C'est… C'est…

Alexian la repoussa en douceur. La famille s'était agrandie en son absence. Elle serra Vel-Çion contre elle, pleurant de joie.

—C'est ton grand frère !

Le garçon ne semblait pas apprécier la nouvelle. Il croisa les bras en signe de protestation. Alexian ne se laissa pas submerger par ces retrouvailles. Il ramena Val-Miphta à la réalité.

— Maman, Grise-aube est en danger. L'armée d'Hélderion est sur la plage, elle va attaquer.

— Les Signes nous viennent en aide ! Je vais en référer tout de suite aux responsables du village. Vel-Çion, conduis ton frère et son amie à la maison, ils doivent avoir besoin de se reposer. Donne-leur la meilleure chambre.

Vel-Çion les guida à l'une des échelles d'accès. Lorion et Çion, suivis du sang-de-lune, montèrent sur une plate-forme un peu plus loin. Alexian siffla et l'un des habitants actionna l'ascenseur.

— Très ingénieux, nota Noony.

L'enfant agrippa l'échelle et commença sa montée. L'espion craignit que Noony ne manifeste son vertige, mais l'ascension se déroula sans heurt. Les cloches du beffroi tintèrent. Val-Miphta sonnait l'alerte.

Vel-Krailion avait toujours vécu dans l'auberge de Grise-aube, une enseigne familiale. L'établissement se transmettait de génération en génération, comme le voulait la tradition du village. Il en avait pris les rênes tôt, son propre père ayant été emporté jeune par une maladie hélas courante en Rouge-Terre, la fièvre des eaux. Il était souvent soucieux à l'idée que son fils hérite de l'affaire : l'établissement marchait de moins en moins bien. Depuis bien des années il s'était résigné à accepter les plus modestes offres des clients en échange de son hospitalité. Auparavant, il parvenait à troquer de la vaisselle ouvragée, des tissus de grande qualité ou encore quelque rares coquillages contre une nuit de sommeil, et il devait à présent se contenter d'une bouilloire fêlée ou d'un gilet abîmé. Cela ne permettait pas d'acheter de grandes quantités de nourriture et encore moins de réintégrer l'un des groupes du village pour aller visiter les contrées voisines.

Vel-Krailion subvenait tout juste aux besoins de sa famille, et le coup de grâce avait été porté par la déclaration de guerre. La période florissante où les Hélderionnois découvraient Rouge-Terre et où ils faisaient la fête dans cette même auberge était bel et bien révolue. Il nettoyait la salle vide autrefois pleine de rires, de conversations et d'échanges. La large pièce circulaire, taillée au cœur de l'arbre, était surmontée par deux escaliers de bois s'entrelaçant à bonne hauteur. Les murs étaient décorés de tentures représentant des lynx majestueux. Les épaules voûtées, la tête basse, il désespérait. Cette journée misérable serait un nouveau coup dur pour son aimée et leur fils.

Deux personnes pénétrèrent dans l'auberge. Vel-Krailion se releva d'un bond, prêt à accueillir comme il se doit ces clients inespérés. Il détailla les arrivants.

Cet air moqueur et ce demi-sourire… Vel-Lorion, son fils.

—Bonjour, papa.

Il n'y avait ni amour ni joie dans son intonation, juste de la rancœur.

—Vel-Lorion ! Tu es là ! Tu aurais dû me contacter par les Signes pour me prévenir de ton retour…

—Je ne sais pas les utiliser, c'est un élément qui a échappé à ma dure formation à Tombe-lune.

Alexian incita son amie à se trouver une chambre. Elle monta les escaliers, Lorion et Étincelle sur ses talons. Le lynx pressentait des retrouvailles houleuses.

—Tu as pris l'accent hélderionnois.

—Je n'ai pas pris l'accent hélderionnois, je l'ai appris. Au fait, je n'ai pas vu le lopin de terre sous ce porte-flammèche, ajouta-t-il avec détachement.

Vel-Krailion se racla la gorge. Son fils abordait un sujet épineux, il voulut esquiver la question en l'invitant à s'asseoir mais le jeune homme ne bougea pas. Il attendait une réponse.

—Tu sais, les affaires vont mal et… il a fallu l'échanger contre une herbe rare.

—Une herbe ?

Vel-Lorion mettait son père au défi de trouver une bonne justification.

—Nous avons eu ton petit frère, Vel-Çion, un an après ton départ. Alors qu'il avait cinq ans, il est parti s'amuser dans le canyon Double-Vue, comme la plupart des enfants de son âge… Mais quand il est revenu…

Sa voix s'étrangla alors qu'il se remémorait le jour où on lui avait ramené le garçonnet, l'air hagard et surtout, les yeux recouverts d'un voile blanc.

—Il était aveugle. Nous ignorons pourquoi ou comment, et Vel-Çion ne se souvient de rien. Nous avons dû nous séparer de la parcelle offerte par Tombe-lune en échange de toi.

—Pourquoi n'avez-vous pas demandé l'aide des autres Ion ?

—Nous ne faisons plus partie de ce groupe depuis longtemps, faute de moyens. Les membres n'ont pas été trop durs, ils ont accepté que nous gardions la fin de notre prénom intacte. Cela nous a évité l'humiliation. L'herbe n'a eu aucun effet, reprit le père. Ton frère a passé deux semaines dans le canyon avant de trouver un lynx acceptant le sacrifice d'un œil.

Son fils aîné l'observait avec moins de sévérité mais sa colère était encore grande. Il se sentait lésé par ce frère. Il avait reçu tout l'amour de leur mère et leur père avait donné sa terre pour le soigner.

Vel-Krailion voulait savoir tant de choses sur la vie de son fils, toutes ces années perdues… mais Vel-Lorion l'empêcha de songer à une seule question. Il assena la terrible nouvelle. L'armée d'Hélderion allait attaquer à l'aube le lendemain. C'était la raison de son retour.

—C'est… C'est impossible, le petit Julan est allé sur la côte pour…

Ses yeux s'écarquillèrent lorsqu'il comprit. Il agrippa soudain l'épaule de son fils.

— Je vais au conseil. Je viendrai te chercher si j'ai besoin de toi. En attendant, reste ici… Occupe-toi de ton invitée.

Il partit en trombe et laissa Vel-Lorion seul au milieu de l'auberge.

ꙮ

L'auberge n'avait plus rien à voir avec celle qu'il avait connue ; les meubles avaient changé, les murs n'arboraient plus leurs chatoyantes couleurs, la vie elle-même semblait avoir quitté ce lieu.

Ses parents, quant à eux… Il s'interdit de penser à sa famille. Tout cela était trop dur. Il avait espéré retrouver une place privilégiée dans le cœur de ses parents mais ils l'avaient remplacé. Il s'était nourri d'illusions toutes ces années durant, à imaginer une mère anéantie chérissant un petit potager, dernière trace de l'existence de son fils. La réalité était tout autre. Le cœur serré par la nostalgie, il décida de rejoindre Noony, comme pour se persuader qu'il n'était pas vraiment seul.

Assise sur un lit ovale, elle s'occupait d'Étincelle. S'il avait jugé la famille de l'oraisonnière singulière, elle ne devait pas en penser moins de la sienne. Il s'installa près d'eux.

— Ça fait tout drôle de se dire que nous sommes dans un arbre, dit-elle d'un ton enthousiaste.

— C'est un porte-flammèche, chaque personne en possède un.

— Alors toi aussi ? s'exclama-t-elle.

Alexian se remémora le jour où il avait vu le petit arbuste pour la première fois.

— Moi aussi. Quand une femme met au monde un enfant, les parents doivent planter une flammèche dans un lieu choisi par le groupe. Il faut prendre soin de l'arbrisseau, car il est la future demeure de l'enfant.

— Et qu'implique le lien entre les humains et les lynx ? demanda-t-elle.

— Tu t'intéresses beaucoup à notre civilisation de primitifs !

— C'est un mystère pour moi, alors je suis curieuse.

— En Rouge-Terre, vivre sans lynx, ce n'est pas vivre, c'est être handicapé. Nous sommes liés par les Signes à vie. Si l'un meurt, l'autre aussi, expliqua-t-il avec une pensée pour Laï-Mune et son hurleur. Nous restons dans des enveloppes charnelles différentes, mais échanger nos visions du monde permet de partager certaines de nos pensées. Nos âmes sont mélangées. Lorion pense presque comme un être humain et il peut m'arriver de ressentir des sensations animales, comme une sorte de sixième sens. Un habitant de Rouge-Terre vit moins longtemps puisque le lynx doit puiser dans ses années pour survivre.

— C'est pour cela qu'il y a beaucoup d'enfants, comprit Noony. Votre population est très jeune. Mais comment est-il possible d'échanger ses yeux ?

— Grâce aux Signes. Le lynx choisit son uni.

Il retira sa chemise, dévoilant son épaule marquée d'une cicatrice blanche.

— Ça, c'est l'œuvre de Lorion pendant notre union. Quand il m'a mordu, mon œil s'est mis à me brûler.

— Et cela se déroule uniquement dans le canyon ?

— Oui. C'est sans doute en connaissance de cause que l'Astracan a choisi l'endroit où attaquer. En perdant Grise-aube, toute notre civilisation risque de s'éteindre.

— J'ai encore une question…, fit l'oraisonnière après une hésitation.

— Vas-y.

Le fait qu'elle se renseigne autant sur son peuple malgré ses *a priori* emplissait Alexian d'une certaine fierté. Il prenait plaisir à lui parler de ce qu'il avait passé si longtemps sous silence en Hélderion.

— Pourquoi parlons-nous la même langue ? Enfin… je m'attendais à vous voir parler un autre langage, une sorte de dialecte ou je ne sais quoi…

— Et si c'était vous qui parliez la même langue ? susurra l'espion.

L'oraisonnière parut un instant scandalisée d'une telle supposition, puis elle se maîtrisa. Elle luttait contre ses préjugés.

— Écoute, répondit-il en toute franchise, tu ignores beaucoup de choses sur les points communs entre Rouge-Terre et Hélderion. Demande-toi plutôt pourquoi tu n'as jamais eu vent du fait que les habitants des « Terres Impies » avaient la même base linguistique.

Il l'abandonna à ses réflexions, ne préférant pas lui en dire davantage sur les origines de leur peuple. Jamais on ne lui avait fait entrevoir le quart des perspectives qu'il venait de lui ouvrir. Il la laisserait chercher par elle-même les réponses à ses questions.

Alexian se laissa tomber en arrière et se retrouva allongé de tout son long en travers du lit. À sa grande surprise, Noony l'imita. Il ne put s'empêcher d'apprécier ce calme auprès d'elle, sans reproche ni amertume.

— J'avais raison ! Tu t'attaches…

Alexian ignora l'intervention de son uni. En dépit de tous ses mensonges et toutes ses omissions, Noony Manérian était encore ici, près de lui, même dans un monde qui n'était pas le sien. Il l'avait mal jugée.

— C'est ça, la langue du silence. Ne rien avoir besoin de dire pour se comprendre.

Alexian tourna la tête vers la jeune fille, troublé. Celle-ci souriait sans cesser de regarder au-dessus d'elle.

— Ça m'étonnerait que tu saches à quoi je pense, répondit-il.

— Mais si ! Toi aussi, tu es désolé et bien content que nous cessions nos disputes.

L'espion éclata de rire.

— C'est bien les oraisonniers, ça ! Ils évitent de parler, car ils se rendent compte qu'ils en savent bien peu sur ce qu'ils disent…

— Peut-être, admit Noony.

Interlude

La lampe éclairait le visage blême de Soliane Manérian, aussi immobile qu'un masque de marbre. Allongée, les mains croisées sur le ventre, ses paupières semblaient closes à jamais. Cinq oraisonniers la veillaient et priaient. Il se murmurait déjà beaucoup de choses, dont la fatidique question : qui aurait l'honneur de faire l'oraison de l'épouse du dirigeant de la Corporation des marchands d'étoiles ? Une expérience synonyme de tremplin pour une carrière d'oraisonnier.

Un envoyé de la Grande Corporation se tenait près de Gide Manérian. Ce dernier contemplait le lit où agonisait sa femme. Il s'agenouilla à son chevet, écartant les charognards, et la réveilla en douceur.

— Soliane, mon amour, cet homme vient de la part de la Grande Corporation. Comme stipulé dans la Charte, le condamné mourant a le privilège de voir lever son châtiment s'il le désire.

Elle fixa quelques instants son mari du regard, absente, puis ferma les yeux. Il ignorait si elle l'avait compris ou non.

— Permettez, s'imposa l'envoyé.

Gide s'écarta à contrecœur et le laissa déballer son attirail. Il avait complètement oublié la venue d'un membre de la Grande Corporation et espérait que son épouse avait perdu connaissance pour de bon.

— Soliane Manérian, en vertu de votre punition, votre langue a été coupée et vos dents arrachées, vous ne pourrez donc pas retrouver l'usage de la parole. Mais certains condamnés préfèrent mourir en ayant retrouvé leurs lèvres séparées. Nous vous permettons aussi de vous exprimer par écrit si vous avez une dernière volonté…

— Mon épouse est trop faible, intervint Gide.

À la surprise générale, Soliane se redressa et s'empara de la lame rituelle posée sur son chevet. Elle entailla sa bouche scellée d'un trait écarlate. Tous les oraisonniers se détournèrent de l'affreux spectacle.

— Force est d'admettre qu'elle souhaite s'exprimer, remarqua l'envoyé d'une voix douce.

Gide sentit une sueur froide dans son dos. Soliane mima le geste d'écrire. Le représentant fouilla dans son sac et lui donna une tablette d'appui, une feuille et une plume. L'écriture était beaucoup moins hésitante qu'ils l'auraient imaginé :

> « Dites à mes filles que je les aime et que je leur laisse un précieux héritage.
> Dites-leur que les étoiles tomberont. »

Soliane se mit à trembler avec violence. Un guérisseur s'efforça de la calmer.

« Mon mari m'a empoisonnée. »

Il y eut un instant de flottement. Gide caressait le visage de son épouse avec une certaine pitié.

— La pauvre, la fièvre la fait délirer !

— Nous verrons cela, monsieur Manérian, prévint l'envoyé.

Soliane Manérian fut soulagée d'avoir surmonté la langue du silence dans laquelle elle était enfermée depuis si longtemps. Sa longue agonie s'acheva dans la nuit.

31

La croisée des chemins

– Royaume de Thyrane, Mizin, 913 –

Un Lame nocturne ne se laisse jamais manipuler par l'ennemi. C'est lui qui le manipule.

Article quatorze du *Livre des Règles,* ouvrage de référence pour le clan des Lames Nocturnes.

La nuit venait de tirer son sombre manteau sur le ciel, obscurcissant la Croisée des chemins. L'endroit ne portait pas son nom au hasard : ici, la route se divisait en quatre, l'une menant à la capitale, une autre allant vers les bois, la troisième à travers la campagne, et une dernière en direction du Chaos.

Un homme attendait sur le bas-côté, souhaitant que son ami ne lui fasse pas faux bond : Cryden devait trouver un convoi pour les conduire dans le Chaos. Un peu plus loin, une jeune fille enveloppée d'une grande cape patientait en silence. Cela faisait bientôt une heure qu'ils attendaient, en vain.

Les quatre chemins de terre étaient déserts.

—Je suis sûre qu'il n'a pas oublié, dit-elle en souriant.

Elle voulait tuer le meurtrier de sa sœur ; elle lui ferait payer le viol, les tortures, la mort. Cependant, le feu de la vengeance couvant en elle s'était éteint, au fil des déceptions. Aileen avait tout mis en œuvre pour retrouver le criminel, mais ses certitudes étaient ébranlées : son père était peut-être mêlé à cette histoire.

Impossible. C'était impossible.

—Aileen ?

—Je ne suis pas sûre d'être capable d'ôter la vie.

— Tu connais ce proverbe des veilleurs ? « La vengeance ne mène à rien. » Si on le répète souvent, c'est pour une bonne raison.

— Ça ne ramène pas la personne disparue. Je sais tout ça.

Cette improbable amitié entre un veilleur et une ancienne pensionnaire la fit sourire. Il l'accompagnait dans le Chaos malgré le danger ; il ne portait aucun jugement sur elle…

C'était bien différent de la pension Sybilène, de cette façon de se fréquenter par intérêt, de critiquer le moindre faux pas de ses camarades. Cette notion de l'amitié était une imposture criante lorsqu'on avait Orius pour ami. Avec lui, elle pouvait parler à cœur ouvert sans crainte qu'il exploite ses faiblesses.

— Je ressens une forme de devoir envers Mylianne. C'était déjà comme ça quand elle était vivante. J'imagine à quel point elle a dû être terrifiée, ce soir-là. Elle ne faisait rien de mal ; elle était si innocente… Au début, j'ai cru que c'était cette pureté d'âme, la cause de son agression. Mais plus j'avance, plus j'en doute. J'ai besoin de savoir pour cesser de me retourner sur le passé.

Le bruit d'un chawin lancé au galop sur la route rocailleuse se fit entendre. Rapidement, la bête apparut, les naseaux frémissant sous l'effort, puis s'arrêta devant l'étrange couple. Ce n'était pas Cryden, constata Orius avec une pointe de déception. Il s'avança plus près afin d'identifier le cavalier et reconnut un membre de l'équipe de nuit numéro trois.

— Que se passe-t-il, Eraëlle ?

— C'est Cryden… il m'a chargée de vous prévenir qu'il avait envoyé un convoi il y a une quinzaine de minutes.

— Pourquoi n'est-il pas venu me le dire lui-même ?

— Nous… Nous avons subi une attaque sur le chantier du temple d'oraison. Cryden est mort. Je suis désolée.

La cavalière salua son supérieur et éperonna sa monture. Orius accusa le coup en silence. Son ami avait été tué. Sa voix rauque s'éleva dans la nuit claire.

— Tu sais, Aileen, je perds un homme par mois. Même si celui-ci était mon ami, devrais-je passer le restant de mon existence à chercher le coupe-jarret qui lui a fait son compte ?

Le Chaos.

Là où tout commence.

Là où tout finit.

L'appellation grandiloquente – et peut-être justifiée – d'une ville sombre aux activités hétéroclites. Un univers de ruines, de sang et de débauche, refuge de ceux n'ayant plus rien à perdre. Une plaine de sable noir où les murs écroulés jaillissaient comme autant de cadavres mal enterrés.

Les débris d'une civilisation.

Le cocher s'empressa de faire descendre Orius. À peine le veilleur était-il assis sur son fauteuil que le convoi fila dans un nuage de poussière.

Le cœur d'Aileen battait à tout rompre, ses jambes se dérobaient sous elle, elle aurait préféré se pelotonner dans son lit à la pension Sybilène. Orius la soutiendrait. Murmure apparut près d'elle ; Murmure la soutiendrait. Elle n'était pas seule. Ses deux amis étaient avec elle pour l'heure de vérité.

Elle avait du mal à imaginer la beauté dont lui avait parlé cette veuve sur la route de Zenan. La cité dévastée exhalait le massacre. Les maisonnettes dépourvues de toit évoquaient des carcasses éventrées déversant leurs boyaux de chaises, de lits, d'ustensiles de cuisine, de jouets. Les tourelles effondrées ressemblaient à des corps en putréfaction dont la chair de pierre s'étalait, paresseuse, sans hâte de disparaître. Ce n'était pas une ville rongée par le temps : tout ici respirait la violence. Aileen comprenait mieux pourquoi personne ne voulait s'y attarder. Cet endroit était le souvenir à vif des barbaries de son peuple, la preuve incontestable de son inhumanité.

— Tu es en retard, le jour va bientôt se lever.

Glenn lui tendit la main, mais elle recula d'un pas.

— Tu penses sérieusement qu'un handicapé pourra te secourir ? demanda-t-il.

Le chef-veilleur lui offrit pour réponse un masque de mépris.

— Je veux la vérité, exigea Aileen. Conduis-nous à Zéphyr.

ꟻ

Des dunes noires s'étendaient à perte de vue, des tiges métalliques surgissaient comme une forêt d'arbres morts, des amoncellements de pierres succédaient à des cratères béants, à des carcasses, à des ossements abandonnés. Partout, l'horizon était le même.

Glenn menait le groupe à travers cette ville d'apocalypse. Orius faisait de son mieux pour progresser malgré les nombreux obstacles mais butait parfois sur un caillou ou une racine. Ils avancèrent sans se retourner vers la plus haute tour du Chaos, dont un pan entier était effondré. Sombre et massive, elle donnait l'impression d'être le seul édifice encore habitable au milieu des ruines.

Aileen redressa la tête ; elle se sentait presque obligée de témoigner un certain respect pour cet endroit.

— Nous y sommes.

Il tira un rideau miteux accroché en travers de l'entrée, dont la lourde porte n'était plus qu'un tas de planches s'ouvrant comme une étrange corolle. Le sol lisse était, pour Orius, un soulagement.

— Attendez-moi ici, je vais annoncer votre arrivée.

Aileen n'arrivait pas à réaliser. Elle était dans le Chaos, à deux pas de la vérité.

— Tu vas revoir ton père, dit-elle tout à coup.

Orius se pencha en avant, remonta l'une des jambes de son pantalon et dévoila un fourreau attaché à son membre inerte.

Un poignard au manche minuscule et à la lame très fine y était glissé. Il le tendit à Aileen.

— Si tu trouves le courage.

— Merci, Orius. Pour tout.

Elle s'approcha du veilleur avec l'envie de l'enlacer, de lui montrer sa reconnaissance. Elle se ressaisit et croisa les bras pour se donner une contenance. Sa quête lui avait appris qu'il était parfois bon de canaliser ses pulsions. Aileen venait de faire un pas vers l'âge adulte.

— Suivez-moi.

Glenn ne se soucia pas de vérifier si les « invités » le suivaient. Ils se retrouvèrent dans une petite salle au plafond haut. Le claquement de leurs pas résonna pour se perdre ensuite dans les ténèbres de la voûte les surplombant. Dans le fond se trouvaient deux escaliers creusés à même la roche, l'un montant, l'autre descendant. Ils se rejoignaient devant une immense cheminée, face à laquelle était installée une table de jeu couverte de figurines éparses.

Un homme était occupé à déplacer les statuettes. Aileen lui découvrit un visage anguleux couturé d'une longue cicatrice. Hormis ce détail, sa ressemblance avec Orius était frappante. Glenn les présenta à son supérieur puis se posta devant la cheminée pour profiter de sa chaleur. Zéphyr n'était pas troublé par la présence de son fils, et ne paraissait pas intéressé par les arrivants. Il remercia Orius d'avoir libéré le Poignard-Sanglant, arguant qu'ils avaient besoin de leur meilleur élément pour mettre à exécution leur projet.

— C'était sur ses ordres que des hommes m'ont attaqué au quartier des veilleurs ?

— C'est exact. Il a voulu se venger de celui qui l'a mis en prison.

— Et tu l'as laissé faire sans te préoccuper de ton fils ?

Orius attendit une réponse qui ne vint pas.

— De quel projet s'agit-il ?

Aileen les observait. Cet homme avait tué Mylianne. Inattendue et destructrice, sa colère enfla. Ses mains étaient moites. Zéphyr ne prêtait toujours pas attention à elle.

— C'est le veilleur qui parle, et non plus le fils.

— Nos liens n'existent plus.

Au petit rire méprisant de Zéphyr, Aileen s'interdit d'agir tout de suite. Tout comme Glenn, elle était exclue de cette conversation.

— On ne se débarrasse pas d'un tel lien ! déclara l'héritier des Lames Nocturnes.

— Pourquoi as-tu si mal tourné ?

— Orius, je n'ai pas mal tourné. J'étais veilleur et moi aussi je me battais pour ce que je croyais légitime. Puis j'ai compris les erreurs d'Hélderion.

Son ton s'était radouci. L'espace d'un bref instant, on eût dit un père expliquant une notion essentielle à son fils.

— Ce qui se passe après la mort doit rester là-bas. On ne sait pas ce qu'il y a au-delà de l'oraison ; nous n'avons pas à tuer pour des préoccupations qui ne concernent pas notre… monde.

Aileen tira discrètement le couteau de sa cape.

— Orius, je n'ai pas voulu t'abandonner mais il le fallait. Pour toi, notre univers se déployait en noir et blanc : les mauvais d'un côté, les bons de l'autre. Tu es devenu veilleur pour protéger ton peuple sans comprendre que les Thyraniens en faisaient également partie.

Il embrassa la ruine d'un geste ample, comme un souverain présenterait son palais.

— Je ne suis pas seul dans ma nouvelle lutte, au contraire ! Je contrôle Mizin. Je sais qui me cherche et quand. Mélgane, par exemple, est une alliée précieuse…

C'en était trop. Aileen brandit son poignard et se jeta sur lui. Elle reçut un violent coup dans le bas du dos et tomba. L'arme glissa sur le sol, hors de portée. Glenn l'enjamba, ramassa le poignard et le remit à Zéphyr. Celui-ci accorda un regard à la jeune fille.

— Je n'ai pas tué ta sœur.

Aileen s'appuya sur la table pour se relever, étourdie. Sa main roula sur une figurine du jeu. Mue par une impulsion soudaine, elle s'en saisit. Incrédule, elle attrapa une autre pièce, puis encore une autre. Elle reconnaissait les symboles du jeu des Quatre Vents. Les figurines tombèrent des mains d'Aileen, hébétée. Celle-ci se tourna vers la cheminée et distingua un croissant de lune fendu en son milieu gravé à même le manteau. C'était comme un signe.

— Si ce n'est pas vous, demanda-t-elle d'une voix tremblante, alors qui ?

— Il est temps que tu rencontres notre chef vénérée, elle va tout t'expliquer.

ꙮ

La vieille femme, enveloppée dans un châle usé, jetait des graines à des oiseaux de ses doigts tremblants. Glenn et Zéphyr s'agenouillèrent en signe de respect. Orius, lui, ouvrit de grands yeux. Voir son ancienne voisine ici, dans le Chaos, était pour le moins étonnant. Elle tourna son visage parcheminé vers lui.

— Je vous avais bien dit de vous méfier des clans, mais vous n'écoutez jamais, lui reprocha-t-elle.

Le veilleur, estomaqué, ne put prononcer un seul mot. Cataline reprit :

— D'habitude, j'envoie mes ordres par oiseaux voyageurs. Je préfère être à Mizin, c'est plus tranquille. Mais pour l'opération Chute des étoiles, à laquelle vous participerez quand vous m'aurez entendue, je dois être sur place.

Elle trébucha en se déplaçant pour atteindre un fauteuil. Zéphyr, son fils adoptif, se précipita pour l'aider. Elle l'envoya paître avec conviction, et demanda à rester seule avec le veilleur et l'ancienne pensionnaire. Zéphyr et Glenn s'éclipsèrent donc à regret. Cataline invita Aileen et Orius à s'approcher. Aileen s'agenouilla à ses pieds et posa ses mains sur les siennes. Malgré ce qu'elle en savait, elle ne pouvait s'empêcher de voir en elle une inoffensive petite vieille.

—Je veux connaître la vérité sur Mylianne !

—Tu es une fillette bien déterminée pour ton âge.

—Vous n'imaginez pas, souffla-t-elle en touchant nerveusement l'anneau du Maître passé à son pouce.

Cataline eut un mince sourire puis tapota la joue d'Aileen.

—Avant toute chose, si tu veux comprendre, tu dois savoir que nous avons de nombreux contacts avec le gouvernement d'Hélderion. Le rôle des veilleurs est une mascarade visant à rassurer la population. En réalité, les relations entre nous autres barbares et les hautes sphères du pouvoir sont bien plus complexes.

Orius voulut objecter, mais elle poursuivit :

—Nous permettons aux corporations d'échapper à leurs propres lois. Nous négocions des arrangements à l'amiable avec leurs dirigeants, pour faire le sale travail en échange d'informations sur les agissements de ceux-là mêmes qui nous traquent. Pauvre enfant, te voilà trahie par ta propre famille.

—Que voulez-vous dire ?

Cataline marqua une pause pour trouver ses mots. Elle jeta quelques graines aux oiseaux comme pour chercher l'inspiration.

—Il est difficile de savoir par où commencer. Tu ignores tellement de choses. Il faut que tu saches que l'Astracan a utilisé des mères porteuses pour faire des expériences. C'est ainsi que naissent les jadiels. Ta mère en a porté un quelques mois puis a préféré avorter. C'est d'ailleurs la cause de son châtiment. Mylianne a dû découvrir quelque chose ayant trait à cet événement et son père a pris peur. Ces expériences doivent à tout prix rester secrètes et Gide Manérian a donc décidé d'éliminer sa propre fille. Il a contacté le Maître de la pension Sybilène pour trouver des assassins. Nous étions les candidats parfaits.

Une boule se noua dans la gorge d'Aileen. Elle avait soudain envie de s'enfuir, loin, bien loin des intrigues du pouvoir en Thyrane et en Hélderion. Elle ne pouvait pas se résoudre à voir son père comme un meurtrier… et pourtant. Orius exigea la suite, Aileen n'en ayant plus la force.

—J'ai refusé, murmura Cataline. J'ai même demandé à mon fils de protéger ta sœur. Celui qui a tué Mylianne était un amateur engagé par le Maître.

Aileen crut Cataline. Par facilité, peut-être. Pour en finir avec cette histoire. Peu importait celui qui l'avait tuée de ses mains, elle connaissait ceux qui avaient organisé tout ceci. Elle était enfin arrivée à la croisée des chemins.

—*Sœur!*

Ce terrible écho à sa pensée fit sursauter Aileen. Murmure irradiait de sa lueur bleue, les bras tendus vers la vieille Cataline. La jeune fille sentit un choc glacé et fut projetée au sol par la douleur. Le lémure était passé à travers elle pour approcher Cataline. Celle-ci ne voyait rien, évidemment.

—Aileen, qu'y a-t-il ? demanda Orius.

La jeune fille se releva avec précaution, les bras ramenés contre sa poitrine.

—*Pourquoi m'ignore-t-elle?* chouina Murmure.

—Elle ne te voit pas…

Le veilleur lui jeta un regard plein de questions. Aileen s'adressa à Cataline :

—Madame, avez-vous vécu à Lémuran ?

Cette dernière acquiesça d'un air lugubre.

—Votre frère…

Murmure la coupa :

—*Lomère! Je m'appelais Lomère de Murmure. Comme le manoir!*

—Lomère doit vous exprimer ce qu'il n'a pas eu le temps de dire lors de l'invasion.

Murmure approuva avec enthousiasme ; son adorable visage translucide se fendait d'un sourire euphorique. Cataline nicha sa tête dans sa main, accablée par le souvenir. Elle parla enfin, d'une voix éraillée.

—Je vous ai appris une vérité difficile, mais ce n'est pas une raison pour torturer une vieille femme, mademoiselle Manérian.

—*Dis-lui… que je regrette d'avoir cassé sa poupée, celle avec les cheveux roux!*

Aileen transmit. La vieille femme sembla complètement égarée.

—*Et je suis désolé de ne pas l'avoir protégée le jour où les soldats sont entrés dans le manoir, quand ils se sont mis à la toucher! Je voulais la défendre, je ne voulais pas qu'ils lui fassent du mal!*

Aileen rapporta les propos du fantôme. Cataline détourna la tête. Aileen crut qu'elle allait pleurer, mais quand la chef des Lames Nocturnes releva les yeux, elle y lut la force de l'amour pour son frère.

—Où est-il ? demanda-t-elle.

Aileen lui indiqua où se trouvait le lémure. Cataline se leva avec difficulté. Elle tendit sa main constellée de taches de vieillesse. À son contact, de longues volutes de fumées bleues s'échappèrent de Murmure. Son visage se brouilla.

—Lomère, tu es vraiment là…

Toute couleur avait déserté l'ectoplasme ; il n'en restait désormais qu'un vague contour dans l'atmosphère.

—*Merci!*

Ce jour-là, Aileen n'était pas la seule à avoir trouvé la paix.

ﻌ

Le matin inondait le ciel quand ils sortirent de la tour. Le Chaos exhalait une odeur d'humidité entêtante. Dans la rue presque déserte, une chaussure disloquée, une chaise branlante, un vieux lainage qu'examinait un vagabond. Les restes de la vie confortable des Thyraniens.

— Tu as des choses à m'expliquer sur ce qui vient de se passer, je crois, réclama Orius.

Le veilleur et elle échangèrent un long regard.

— Nous avons le temps. Peut-être devrions-nous rester, écouter ce que ces gens ont à nous apprendre.

Interlude

— Bonjour, monsieur Manérian. Vous devez savoir pourquoi je suis ici.

Gide laissa entrer le membre de la Grande Corporation et lui proposa de se mettre à l'aise. L'homme prit place, observant son interlocuteur comme pour le jauger. Le dirigeant de la Corporation des marchands d'étoiles s'installa à son tour, les mains jointes. Ses traits ne trahissaient aucun trouble. Face à lui, le représentant de la Grande Corporation, malgré sa toge stricte, paraissait vulnérable.

— Avez-vous empoisonné votre épouse ? demanda-t-il d'un ton détaché.

— Oui, c'est exact.

— Vous êtes un homme redoutable, constata l'envoyé sans le moindre étonnement.

Gide acquiesça, appréciateur. Soucieux de respecter les règles élémentaires de l'hospitalité, il remplit un verre, le tendit à son invité. Celui-ci eut un haussement de sourcils.

— Je ne préfère pas boire ce que vous concoctez compte tenu de vos… antécédents. Ne le prenez pas mal. Bon, nous avons sacrifié à la politesse, passons aux choses sérieuses. Son Excellence vous couvrira pour cette affaire. En échange, votre seconde fille, Aileen, sera à son entière disposition.

— Non, refusa Gide. Aileen est le meilleur élément de la famille Manérian ; elle fera une brillante carrière.

— Entendons-nous bien, notre Astracan pense qu'elle ferait une promise parfaite pour l'Ioden Heptiel. Il lui parle très souvent d'elle, vous savez…

Gide Manérian sourit. Cette hypothèse commençait à lui plaire.

— Vous voulez marier ma fille à notre futur Astracan ?

— Il est de tradition à Abranelle que l'Ioden épouse la femme qu'il aime. C'est un idéal auquel notre cher Soleil est très attaché.

Gide Manérian sentit une vague de joie déferler en lui. L'honneur de la famille allait être rétabli.

32

Rouge

– Rouge-Terre, Grise-aube, 913 –

La décision que j'ai prise ce jour-là, lorsque nous étions sur la corniche, a changé ma vie du tout au tout. Certes, elle allait à l'encontre de tous mes principes, de mon vécu, et ses conséquences furent terribles. Mais je me suis dit que je préférais avoir des remords que des regrets. C'est encore valable aujourd'hui.

Extrait du *Journal intime* de Noony Manérian, 923.

Le village était en effervescence. La rumeur s'était répandue comme une traînée de poudre. Les soldats étaient en train de traverser le canyon Double-Vue. Tous avaient le regard rivé sur le même porte-flammèche et attendaient avec impatience d'en savoir plus. Au milieu de toutes ces chevelures rouges, deux têtes se détachaient.

Alexian surveillait la course du soleil avec inquiétude ; il espérait une décision rapide. Il connaissait assez son peuple pour savoir que le Conseil refuserait de fuir le village. On ne laisserait pas une terre habitée depuis deux millénaires à l'ennemi sans se battre. Cela le préoccupait plus que l'attaque elle-même. Tombe-lune n'aurait jamais le temps de leur venir en aide. Alexian souhaitait de toute son âme que les pouvoirs de Laï-Mune soient à la hauteur de ses espérances, sinon, Grise-aube était perdu.

Un membre du Conseil monta sur le balcon du porte-flammèche qui était l'objet de toutes les attentions. Il se racla bruyamment la gorge afin d'amorcer son discours.

— Mes amis, l'armée d'Hélderion a débarqué sur la côte nord et compte attaquer. Nous avons deux solutions : quitter le village et nous abriter quelques jours au mieux ou prendre les armes et défendre Grise-aube !

— Nous nous battrons ! Nous nous battrons ! scandèrent les villageois.

— *Nous lutterons, nous aussi ?*

Alexian caressa Lorion.

— *Oui, mais pas sur le champ de bataille.*

ꕥ

Alexian était installé dans l'auberge, en compagnie de son père et de son uni.

— Tu peux m'aider ?

Vel-Krailion montra à son fils la vieille armure récupérée dans les réserves d'objets importés d'Hélderion. Leur seul équipement de guerre provenait des nombreux trocs entre les deux continents, Grise-aube n'ayant jamais eu à envisager la possibilité d'une attaque. Alexian avait étudié les armements d'Hélderion et reconnut une cataphracte. Ce modèle était obsolète, il s'agissait juste de plusieurs épaisseurs de cuir sur lesquelles étaient cousues des plaques de métal.

Ils n'avaient aucune chance.

Alexian aida pourtant son père à revêtir la protection de métal et de cuir. Cela le protégerait au moins un temps. Krailion tournait autour d'eux.

— Les unis combattront aussi, déclara Vel-Krailion en ajustant un morceau de cuir. Certains leur ont confectionné les mêmes blindages !

— C'est une bonne idée, admit Alexian.

Ils passèrent une bonne heure à rassembler les matériaux nécessaires et fabriquèrent une armure improvisée pour Krailion. Le village était d'un calme absolu, comme si chacun faisait de son mieux pour ne pas attirer l'ennemi. Six sentinelles rouge-terriennes guettaient, prêtes à donner l'alarme.

— Cela fait bientôt huit heures, nous devrions rejoindre Laï-Mune, suggéra Noony.

— Allons-y, approuva Alexian.

— De quoi parlez-vous ?

— De notre dernier espoir, papa. Laisse-moi faire.

Le petit Vel-Çion entra en trombe portant, lui aussi, une armure, dont les écailles de bronze étaient peintes d'une agressive couleur orange. Dans sa main se trouvait un couteau de pêche.

— Papa ! Regarde, je vais me battre aussi ! On va tous se battre !

Vel-Krailion ne sut s'il devait rire ou pleurer. S'il avait été un félin comme Lorion, Alexian aurait menacé l'enfant en se hérissant et en feulant. Ce gosse était aussi attendrissant qu'insupportable ! Il dissipa sa colère comme il put et s'accroupit pour se trouver à la hauteur de son petit frère.

— Écoute, tu vas te cacher dans la grotte dont le Conseil a parlé, dans le canyon. Tu y seras en sécurité.

— Tu n'as rien à me dire, toi ! Tu n'as jamais été là !

L'enfant fit volte-face et décampa. Alexian resta genou à terre et s'appuya sur sa jambe pour se relever. Vel-Krailion donna une bourrade à son fils aîné avec fougue, lui souhaitant bonne chance. Alors que Noony allait sortir à son tour, Alexian la retint par le bras. Pour se consacrer à sa tâche l'esprit libre, il devait se faire pardonner.

— Dis-moi que tu ne regrettes pas d'être venue, murmura-t-il. Je n'aurais pas dû te forcer à quitter Manérian avec moi, mais…

— Je ne t'en veux pas. C'est moi qui voulais partir et tu m'as aidée. Je te remercie pour ça.

Tous les Rouge-Terriens, hommes, femmes et enfants, étaient postés à l'entrée du canyon, formant un immense mur humain. La peur tenaillait les ventres.

Alexian avait le sentiment de fuir comme un lâche. Sa famille était parmi eux, en bas. Son père. Sa mère, à qui il n'avait même pas pu dire au revoir. Ce petit frère inconnu. Il fallait que la plaie fleurie fonctionne.

Lorion et Étincelle étaient déjà loin devant eux. Ils montèrent jusqu'à la fameuse corniche, qui offrait une vue imprenable sur une partie du canyon et sur le village. Déjà, le sol rouge était couvert d'un tapis multicolore. Laï-Mune, agenouillée au milieu des fleurs, portait ses mains à sa sphère, qui pulsait plus vite que jamais.

— Vous êtes venus, constata-t-elle d'une voix faible. Ça va commencer. Quand je lancerai l'invocation, je n'aurai plus aucun contact avec le monde extérieur. Vous devez choisir le côté où vous serez.

Noony prit conscience d'un fait qui lui avait échappé jusqu'alors. En restant auprès de l'espion, elle ne pourrait plus retourner en Hélderion. C'était renoncer à sa terre natale, à sa famille, et à son art. Que serait une oraisonnière en Rouge-Terre, sinon une ennemie ? Que deviendrait-elle, elle qui ne savait rien faire d'autre ?

— Alors, Noony ? demanda Alexian d'un ton rude.

Elle repensa à ce soir où ils avaient quitté Manérian ensemble, aux adieux avec sa mère, à la traversée du tunnel secret. Elle avait quitté cette ville dans laquelle elle s'était juré de revenir. Noony se sentit soudain prise d'un sentiment de nostalgie écrasant. Elle attira le sang-de-lune contre elle.

— Je crois que notre collaboration s'arrête ici.

Elle regrettait déjà son choix, mais n'en laissa rien paraître.

— Tout se passera bien, assura Laï-Mune. Allons-y.

Elle tendit la main et sa chantevie apparut aussitôt. Noony et Alexian reculèrent chacun de leur côté en voyant les fleurs ondoyer telle une mer agitée. Laï-Mune se mit à murmurer des paroles étranges ; elle caressa les pétales avec amour alors que les fleurs envahissaient peu à peu ses pieds, ses jambes, sa poitrine, comme pour la revêtir d'un manteau coloré.

—Alerte!

Le hurlement en provenance du village déchira le silence pesant de la nuit. Alexian vit l'armée en marche surgir à l'horizon du canyon; une étendue sombre hérissée d'armes.

—Laï-Mune, ils arrivent...

La chuchoteuse joignit les mains et parut redoubler d'efforts. D'énormes lianes s'étendirent et séparèrent symboliquement Alexian et Noony, puis poussèrent sur le flanc des falaises avec plus de puissance, fissurant les rochers. Lancées dans leur course effrénée, les fleurs devinrent de plus en plus envahissantes, quittèrent la falaise pour venir dévorer le sol, leurs racines faisant exploser la terre sur leur passage dévastateur.

Les valeureux Rouge-Terriens subirent les premiers assauts. Des détonations retentirent, illuminant quelques instants le spectacle. À une soixantaine de mètres en dessous d'Alexian, les corps formaient une masse grouillante. Le flux Hélderionnois s'écoulait du canyon sans discontinuer. En première ligne, les lynx attaquaient férocement mais étaient bien souvent tués par les redoutables canons à résuadine, entraînant la mort immédiate de leurs unis. Les Rouge-Terriens s'écroulaient sous les armes de leurs adversaires. L'armée ennemie chargea, ouvrant une brèche béante. Aussitôt, les archers se déployèrent pour arroser Grise-aube de flèches enflammées.

—Je suis désolée.

Alexian, terrassé par le chagrin, tourna la tête vers Noony. Elle se tenait droite face au carnage, Étincelle serré contre sa poitrine.

—Désolée? souffla le jeune homme.

—Je te demande pardon, de la part de mon peuple.

Un éboulement écrasa une unité hélderionnoise. L'écho se répercuta dans le canyon, attirant l'attention d'Alexian et Noony. Les fleurs atteignaient enfin le champ de bataille. Elles s'abattirent sur les canons ennemis et les entravèrent. Plus une détonation. Plus un flash lumineux.

Les canons figés, le combat trouvait un nouvel équilibre.

Un rideau fleuri entourait Laï-Mune, tissant une toile impénétrable. Elle appelait les Signes de toutes ses forces, afin de séparer les armées et de sauver Rouge-Terre. Elle était la dernière de son espèce; elle seule pouvait restaurer l'harmonie. Ses lèvres délicates s'entrouvrirent pour chuchoter une nouvelle incantation, lorsque, tout à coup, son cœur s'emballa comme jamais. Sa main se crispa sur sa flûte.

Il était là.

Une ombre menaçante se découpa dans son champ de vision.

Elle devait à tout prix sortir de la plaie fleurie. Alors qu'elle luttait dans le cocon de Signes qu'elle avait créé, il enfonça le poignard dans son cœur.

ஐ

Un cri.

Val-Miphta poussa un cri en voyant Vel-Çion empalé sur une lance mesurant le double de sa taille, son couteau de pêche à la main. Çion, son uni, était tombé quelques mètres plus loin, foudroyé en plein élan. Vel-Krailion avait renoncé à son arme pour se précipiter auprès de son fils. Son épouse hurla une nouvelle fois, un cri perçant, démesuré. La fureur poussa Val-Miphta vers l'un des derniers combats. Alors qu'elle s'approchait, sa vieille épée poisseuse de sang levée, tout s'arrêta.

Sa tête venait de rouler sur le sol.

Quelque part au milieu des tueries, Miphta s'écroula à son tour, très vite piétinée par des soldats hélderionnois.

ஐ

Un cri.

Noony poussa un cri quand elle aperçut Aryador sauter d'une proéminence rocheuse pour se jeter sur la chuchoteuse. Une fleur de sang s'épanouit autour de la blessure, imprégnant les vêtements de Laï-Mune. Le hurleur porta la main à son propre cœur, ressentant lui aussi la douleur.

La chuchoteuse se releva.

Dans un ultime effort, elle porta sa chantevie à sa bouche. Elle joua quelques notes. Trois fleurs poussèrent sur sa plaie, absorbant le sang. Aryador invoqua sa chantemort.

C'était le moment.

Laï-Mune cligna des paupières : le monde autour d'elle se tordait, les arbustes sur les falaises ressemblaient à présent à de longs filaments sombres. Elle hurla de terreur en sentant ses yeux brûler. Elle aurait voulu les arracher tant la douleur était vive, insupportable, puis cela se calma. Elle était coincée dans son jardin de Signes, ou plutôt ce qu'il en restait. Tout était noir. Les branches des arbres ressemblaient à d'immenses mains crochues et leurs troncs à des visages martyrisés. Par Aryador.

— Voilà, dit-il d'une voix mielleuse. Nous sommes isolés dans ce monde intermédiaire. Les deux autres ne nous importuneront plus.

ஐ

Noony et Alexian étaient face à une barrière noire. Leur amie était à l'intérieur, avec le hurleur. L'oraisonnière s'approcha du phénomène avec prudence. Elle avança ses doigts, craintive, et rencontra une surface aussi lisse que du verre.

—Nous devons entrer là-dedans! s'exclama Alexian.

Noony regarda à ses pieds. Déjà, le début de la plaie fleurie noircissait. Les lianes qui un instant auparavant se dressaient fièrement commençaient à se replier. Les fleurs se fanaient à vue d'œil.

Elle recula, haletante.

—Il est encore temps, Laï-Mune. Tu peux rallier ma cause et servir notre père, Soleil. Il est le seul à donner une stabilité à notre monde, à diffuser comme il se doit les principes de l'Astrascisme.

—Je veux m'allier à ce qui est sur terre, pas dans le ciel!

—Tu le sous-estimes, fit Aryador avec indulgence. Il a découvert les vertus de la résuadine et a su les exploiter. Cette substance avec laquelle nous avons été conçus est en contact direct avec les morts, avec les étoiles... Pourquoi veux-tu empêcher la réussite d'un projet qui te dépasse?

Laï-Mune entama un morceau. Dans ce monde noir, du rouge pointa. C'était assez loin, entre plusieurs fourrés. Une lueur d'espoir. Elle se dirigea vers elle. Le hurleur la laissa passer en riant. Laï-Mune écarta quelques branches, puis la fleur lui apparut dans toute sa splendeur: flamboyante, ses pétales veloutés se déployaient telle une couronne de lumière autour d'un cœur de rubis. La jeune fille s'agenouilla et porta sa main à la longue tige torsadée couleur grenat. Elle la cueillit avec délicatesse, un immense sourire de satisfaction se peignant sur son visage.

—Tu ne peux faire pousser qu'une unique fleur?

À son tour, il joua de la chantemort.

La fleur mourut dans la main de la chuchoteuse.

Elle joua de nouveau, ses doigts agiles parcourant l'instrument avec obstination. D'autres fleurs germèrent, puis Aryador joua à son tour, et elles fanèrent. Laï-Mune ne se découragea pas. Elle joua sans s'arrêter, les pétales se mirent à éclore de toute part, gagnant peu à peu du terrain, arrivant jusqu'aux pieds du hurleur. Bientôt, l'univers de ce dernier devint le lieu d'une bataille féroce entre la vie et la mort. Les deux forces s'affrontaient sans répit, prenant tour à tour l'avantage.

La chuchoteuse entreprit de jouer de plus en plus vite une mélodie affolée. Malgré tous ses efforts, les fleurs se rétractèrent sous l'assaut de la musique destructrice du hurleur et reculèrent jusqu'à dépérir totalement. Elle constata sa défaite.

—As-tu peur? demanda Aryador en passant le dos de sa main sur la joue de son aimée.

Elle voulut s'éloigner, mais c'était comme si son esprit s'était paralysé au contact de sa moitié. Il la prit dans ses bras et la serra contre lui, tel un papillon fragile.

— C'est le moment, annonça-t-il.

Il utilisa sur sa bien-aimée le pouvoir qu'il avait employé sur Raven, Opalon, et tous les autres. Laï-Mune sentit ses entrailles la brûler et sa gorge s'enflammer. Une odeur âcre lui emplissait les narines ; elle toussait en ayant l'atroce impression de devoir se retenir afin de ne pas vomir ses viscères sur le sol.

Des étincelles s'élevèrent dans le ciel. Elle apparut, métamorphosée. Ce n'était plus la jeune fille qu'Alexian et Noony avaient connue. Elle était grâce et majesté et portait sa robe cousue avec tant d'amour. Ses cheveux blonds étaient retenus par un diadème et son cou orné d'un collier d'argent délicatement ciselé.

— J'ai pensé que tu aurais voulu me la montrer, dit-il en souriant.

Un sourire sincère. Laï-Mune le lui rendit. Ils s'enlacèrent et l'univers d'Aryador s'effondra.

ഗ

La barrière sombre s'effilocha et des entrelacs lumineux s'envolèrent. Les corps inertes de la chuchoteuse et du hurleur étaient enlacés dans une funeste étreinte, au milieu des restes de la plaie fleurie. Les plantes qui montaient quelques instants auparavant vers le ciel s'étaient noircies et rétractées. Alexian secoua la tête, impuissant, tandis que Noony accourait auprès de son amie.

— Laï-Mune ? fit-elle d'une petite voix.

— Elle est… morte ?

Noony ne répondit rien. Alexian jura. Elle se demanda s'il réagissait à l'état de leur compagne ou bien à ce que cela impliquait, puis renonça à essayer de savoir. L'oraisonnière caressa les cheveux de sa sœur, le cœur prisonnier d'un terrible étau. Elle sortit son pendentif, son Étoile de base, et examina avec attention les deux instruments.

Faire l'oraison de Mylianne, avait dit Merion, c'était la sauver.

Elle ignorait ce qu'il y avait au-delà de l'oraison, mais dans le doute, elle préférait ne pas projeter Laï-Mune dans un endroit peut-être pire que la mort. La chuchoteuse avait trouvé son salut auprès de sa moitié. Noony rangea ses outils. Alexian s'approcha à son tour.

— On ne l'a pas vu venir, cette fois.

— On ne pouvait pas savoir que le hurleur nous suivrait en Rouge-Terre.

— Maintenant, tout est fichu.

Le jeune homme se détourna des deux corps, bouleversé. Il se laissa glisser contre un rocher, une main dissimulant ses yeux. Noony s'installa près de lui et posa la tête sur son épaule.

— Elle est morte, murmura-t-il. Tu vas me trouver égoïste mais c'était notre dernier espoir, tu comprends Noony, le dernier. La plaie fleurie est morte avec elle ; nous n'avons plus aucune chance.

Elle comprenait très bien tout cela. En face d'eux, il ne restait de Grise-aube que des arbres calcinés. On devinait, à l'entrée du canyon, d'innombrables dépouilles. Certaines ombres mouvantes erraient encore dans le charnier.

— La solution, Alexian, tu ne la trouveras pas grâce aux Signes, dit Noony en fixant l'horizon du regard. C'est trop tard. Maintenant, tu dois accomplir ce pour quoi tu as été formé : tu dois informer ton gouvernement de tout ce que tu sais.

Il était choqué par la mort de Laï-Mune, abattu par l'échec de la plaie fleurie, inquiet pour sa famille, pour Rouge-Terre tout entière, mais cette suggestion l'ébranla plus encore. Noony voulait lutter contre le système qui l'avait formée, contre sa religion, reniant sa propre foi.

— Tu as raison, dit-il soudain. Je dois aller au bout de ma mission. Je vais retourner là-bas chercher les survivants, puis j'irai prévenir les villages environnants. Tu viens ?

Noony prit une profonde inspiration. En contrebas, des oraisonniers s'occupaient des cadavres de leur troupe. Elle avait un devoir à accomplir.

— Je vois, lança Alexian.

Alexian et Lorion entamèrent la descente. Le sang-de-lune poussa un petit cri en voyant son compagnon de jeu partir. Noony tâta son pendentif. Elle se tourna vers les corps sans vie de Laï-Mune et d'Aryador. Son père lui avait inculqué que l'amour était égoïste, il l'avait sacrifiée à l'Astrascisme, la poussant par tous les moyens à se consacrer aux autres pour être une digne représentante de sa religion. Mais les choses avaient changé.

Son équipement d'oraison serait plus utile au conseil de Rouge-Terre que les maigres informations récoltées par leur espion.

— Attends-moi, je viens avec toi !

❧

Les gouttes de pluie martelaient les fenêtres du bureau de Maître Joscard. Il avait appelé Nwinver. Elle ne viendrait pas. La jadielle avait obtenu ce qu'elle voulait de lui ; il lui avait fourni de jeunes outils pour servir les desseins de l'Astrascisme. Elle donnerait signe de vie quand bon lui semblerait. Il devait revenir à ses préoccupations quotidiennes. La pension. Il se détourna du spectacle du jardin sous la pluie et s'installa à son bureau. Au milieu de la paperasse routinière gisait le jeu des Quatre Vents, et, plus inhabituel, une bourse fermée par un long ruban. L'objet était parvenu par courrier, destiné à Aileen Manérian. Sur son ordre, le courrier d'Aileen était déposé dans son bureau. En ouvrant le paquet en provenance de Shavent, sa découverte fut de taille. De la poudre-à-temps. Si Aileen entrait en possession de ceci, elle pourrait découvrir la vérité sur le meurtre de sa sœur, et ça, il ne le permettrait pas. Elle devait rester dans le doute, aveuglée par sa vengeance.

Le Maître rangea soigneusement la poudre-à-temps dans un tiroir. Si elle avait versé cette poudre au nord de Mizin, dans la ruelle Dynas, à deux pas d'une ancienne manufacture, sans doute aurait-elle compris.

❧

Zéphyr se tenait debout à l'angle d'une ruelle, emmitouflé dans un long manteau brun.

— Pourvu que les informations soient bonnes et qu'elle se pointe, marmonna-t-il.

Cette mission pour contrer la pension Sybilène, il n'en voulait pas. Il n'aimait pas se mêler de leurs petites affaires. Le plan était diabolique : le Maître de sa pension avait enrôlé son petit ami et avait rédigé un faux message, pour convaincre la gamine de s'enfuir à son tour en pensant le retrouver. Ainsi, l'assassin payé par le Maître lui tomberait dessus au point de rendez-vous. Répugnant.

Il releva la tête en entendant des bruits de pas sur les vieux pavés de la ruelle. Une fillette marchait, se retournant sans cesse, terrorisée.

—Hé, ma mignonne ! Viens un peu par là !

Elle fit volte-face. Au moins, elle l'avait repéré.

—N'aie pas peur ! insista-t-il en souriant. Tu es une pensionnaire, n'est-ce pas ?

C'était quoi, son nom, déjà ? Mylianne. Oui, Mylianne Manérian.

—C'est bien ce que je pensais, poursuivit Zéphyr avec une décontraction feinte, on vous reconnaît facilement, vous vous ressemblez tous.

Mylianne fixait du regard sa grande cicatrice, comme hypnotisée.

—Tu as peur, n'est-ce pas ?

Elle ouvrit la bouche, mais aucun son n'en sortit. Zéphyr éclata de rire. Elle recula de quelques pas.

—Tu sais, ce n'est pas prudent pour une jeune fille de parcourir la ville seule. Il y a des tas de dangers… On ne t'a pas parlé des clans, dans ta pension ? Tu appartiens à laquelle ?

—La pension Sybilène, répondit Mylianne d'une voix à peine audible.

Zéphyr lui saisit le bras. Elle se débattit, commença à le griffer et à vouloir s'enfuir. À contrecœur, il lui assena un coup de poing au creux du ventre. La fillette s'effondra à ses pieds en criant.

—Comme c'est amusant, n'est-ce pas ? Peut-être que ce sont des gens de ta famille, ces pourritures d'Hélderionnois, qui ont envahi cette ville ! Tu ne crois pas ?

—Je ne sais pas, sanglota Mylianne.

—La ville, c'est dangereux, continua-t-il approchant son visage du sien. C'est ça de se promener en princesse ici… Et tu risques de payer maintenant. Il faut toujours payer. Chaque chose a un prix dans la vie, tu sais ?

Zéphyr se pencha et lui releva la tête sans douceur.

—Quel âge as-tu ?

—Trei… treize ans…

—C'est triste, le cadavre d'une jeune fille de treize ans…

Il lut un véritable effroi dans ses yeux.

—Tu ne voudrais pas que ce genre de chose t'arrive, n'est-ce pas ?

Elle fit « non » de la tête. Un sourire de satisfaction se dessina sur les lèvres de Zéphyr : il devait l'effrayer et y parvenait. Elle ne s'échapperait plus de la pension. Elle resterait bien sagement là-bas, et personne ne lui ferait quoi que ce soit.

—Ne me faites pas de mal ! supplia Mylianne.

—Eh bien…

Une douleur éclata sous le crâne de Zéphyr. Il s'effondra, inconscient. Il eut juste le temps de voir la petite Mylianne hurler et un vieillard entra dans son champ de vision.

Lorsqu'il revint à lui, le corps inerte de Mylianne Manérian reposait sur le sol. Il avait failli à sa mission. Les veilleurs seraient bientôt sur les lieux – sans doute son fils aussi –, et il devait s'enfuir.

À quelques pas de là, un clochard plaqua quelques accords sur une guitare couleur vieux miel, au bois usé par les années. Il admirait avec ravissement le cadavre de la petite fille.

La Chute des étoiles

Oraisons – 2

La main tremblante s'approcha de l'ouvrage à la reliure de cuir et le parcourut avec une lenteur mélancolique. Son premier guide de l'Astrascisme. C'était son père qui le lui avait offert. Un homme bon et juste, ayant toujours fait ce qu'il y avait de mieux pour la famille. Un sourire indéchiffrable étira les lèvres de Gide Manérian lorsqu'il se remémora cette figure paternelle. L'homme qui l'avait mené sur le droit chemin.

Il se leva de table et s'avança jusqu'à la cheminée. La lueur dansante des flammes donnait du mouvement à son visage sillonné de rides. Il pensait à son épouse, à sa plus jeune fille aussi. Toutes deux étaient mortes à la demande de l'Astracan. Il devait rester le bras droit de l'homme le plus puissant d'Hélderion. Cela ne pouvait se faire sans sacrifice.

Le livre s'ouvrit à une page qu'il connaissait bien :

> « La famille se doit d'agir comme une entité unique au service des astres. Elle obéit aux valeurs les plus élémentaires : subordination, prière, solidarité. Chacun a son rôle à jouer, et si un membre ne peut tenir le sien, alors le chef de famille doit prendre les mesures qui s'imposent. »

Cet article justifiait tous ses actes ; il avait agi en suivant ces instructions à la lettre. Quel autre homme pouvait se vanter de respecter aussi bien les dogmes de l'Astrascisme ? Personne, excepté l'Astracan lui-même. Les Manérian resteraient une famille intègre, répondant parfaitement aux critères de la religion.

— C'est tout ce qui compte, dit-il à voix haute.

Pourtant, il y avait de rares moments où penser à ses actes lui amenait un goût amer dans la bouche. L'absence de Soliane le rongeait. Ces soirs-là, il passait la nuit à se convaincre que la femme qu'il aimait avait sali l'honneur des Manérian. Imaginer une seule seconde qu'il s'était trompé l'aurait anéanti.

Il en allait de même pour Mylianne. Elle avait menacé les secrets de Soleil. Sans le savoir, en prononçant quelques mots, sa fille avait signé son arrêt de mort…

—Dis, papa, il y a une chose que je voudrais te dire.

—Parle, ma chérie, je t'écoute.

—Il y a des souvenirs qui me reviennent, parfois. Tu étais avec maman dans le salon, vous vous disputiez fort. Vous parliez d'un bébé, mais c'était bizarre, maman disait que ce n'était pas le sien. Il était question d'expériences. Un rapport avec l'Astrascisme.

Oui, Gide Manérian connaissait les sacrifices que coûtaient les liens à une institution. Agir pour la communauté plutôt que pour son intérêt, voilà ce qu'il avait toujours tenté d'inculquer à ses enfants.

—Gide ?

Merion entra avec précaution dans la pièce. La longue table de la salle à manger n'avait pas été débarrassée et des coussins s'éparpillaient sur le sol. Il se dirigea vers son supérieur et garda un silence respectueux pendant plusieurs secondes, le temps pour le dirigeant de la Corporation des marchands d'étoiles d'effacer les traces de son chagrin.

—Le convoi pour le bois des Larmes est arrivé, il y a une centaine de personnes qui attendent ton discours…

—Je sais, mon ami, je sais.

Il se détourna de l'âtre et se plaça face à Merion, son dernier allié.

—Merci de t'être occupé des affaires du temple pendant ma période d'égarement. J'ai du mal à me remettre de la mort de Soliane. Quand j'aurai jeté ses cendres et lui aurai rendu un ultime hommage, les choses iront mieux.

—Tu dois te ressaisir, pour le bien de la cité. Cela fait trop longtemps que tu te lamentes sur ton sort. Après tout, c'est toi qui l'as tuée.

Le feu monta aux joues de Gide et un puissant sentiment de colère l'envahit. Pourtant, il se tempéra. Des accès de fureur contre son confident – et le seul homme capable de le perdre – n'étaient plus possibles.

—Tu as raison, concéda-t-il. Je pars au bois des Larmes, je fais mes adieux à Soliane, puis tout redeviendra comme avant. Avec cette guerre en cours, c'est le moment idéal pour la cité des oraisons de s'enrichir.

Partie I

Les traces du passé

ဢ

Œuvre d'un célèbre constructeur, la salle des congrès d'Abranelle était l'un des plus vieux bâtiments de la capitale. L'architecture de sa pièce principale, décorée de vitraux et de colonnes de plâtre en forme de spirale, faisait écho à une époque lointaine que l'Astracan chérissait. C'est pourquoi il avait choisi de transférer ses réunions quotidiennes dans ce lieu apaisant. Il admirait pensivement un mur de céramique représentant la scène du couronnement de l'Astracan Tsahel Ier lorsqu'une nuée de conseillers pénétra dans la salle.

—Votre Excellence, nous avons terminé notre rapport au sujet de Noony Manérian.

Soleil s'installa à la table centrale, autorisant ses subordonnés à faire de même.

—Commencez!

Un homme brandit un portrait. Soleil fixa le croquis du regard et songea qu'il n'aurait jamais imaginé que cette jeune fille serait une telle source d'ennuis. Il faudrait envoyer une lettre à Gide prochainement, afin de remettre en cause ses méthodes d'éducation…

—Je vous écoute.

—La troupe d'investigateurs nous a envoyé son rapport. Grise-aube a été rasé. Le capitaine est formel : aucun corps avec un uniforme d'oraisonnière n'a été retrouvé, ni aucun accessoire d'oraison. Ceci dit… elle aurait pu s'en débarrasser.

Très contrarié par cette information, l'Astracan frappa du poing.

—Non. Gide affirme qu'elle ne se séparerait jamais de ses outils d'oraison. Elle a donc quitté le champ de bataille, et elle s'est peut-être même alliée à Rouge-Terre…

Le conseiller considéra le dirigeant avec inquiétude, avant de poursuivre d'un ton mal assuré :

— Il y a autre chose de perturbant : la plupart des soldats racontent avoir vu des plantes s'attaquer aux canons lors de l'affrontement. J'ai renvoyé un trois-larmes pour leur expliquer qu'il s'agissait d'une hallucination collective due au pouvoir des impies, mais...

— C'était réel, l'interrompit Soleil. Qu'ont-ils dit d'autre à ce sujet ?

— Que les plantes s'étaient soudain rétractées. Elles n'ont troublé le conflit qu'un court moment.

— C'est une excellente nouvelle. Cela signifie que la chuchoteuse n'est pas arrivée au terme de la plaie fleurie.

Au même instant, l'ombre de la souveraine se découpa dans l'encadrement, puis celle-ci s'avança jusqu'à son époux. Les conseillers s'inclinèrent sur son passage.

— Nwinver, j'ai demandé à ne pas être dérangé !

Elle enroula ses bras autour des vieilles épaules de Soleil.

— Alors, l'avez-vous retrouvée ? Mon cher mari est très contrarié qu'une représentante de notre religion se promène en terre ennemie...

Les disciples se détournèrent, gênés. L'Astracan retira les bras de Nwinver avec agacement.

— Occupe-toi plutôt d'envoyer une lettre à notre fils, comme je te l'ai demandé !

— Je suppose donc que vous ne l'avez pas retrouvée. Cela tombe bien, j'ai une idée pour la ramener ici efficacement...

1

Opération Chute des étoiles

– Royaume de Thyrane, Chaos, 913 –

Quand j'ai vu Aileen Manérian arriver au Chaos pour la première fois, je l'ai prise pour une gamine portée par son sentiment de vengeance. Une enfant inconsciente. Je lui ai dit tout ce que je savais au sujet du meurtre de sa sœur, des complots de son gouvernement, et je crois que son besoin d'obtenir un coupable s'est évanoui. Elle l'avait en effet trouvé : c'était son propre père. Elle et Orius, le veilleur qui l'accompagnait, ont décidé de nous apporter leur aide. La vraie surprise a été sa capacité à changer de regard sur sa famille, sa patrie, sa religion. Je n'aurais jamais pensé qu'elle chercherait en elle-même ce qui était juste, sans s'appuyer sur ce qu'on lui avait inculqué jusque-là.

Extrait des *Mémoires d'une Résistante* – par Cataline, chef des Lames Nocturnes.

Les vents qui annonçaient la saison du Bouclier transformaient le Chaos, sculptant des dunes de sable noir aux alentours des ruines, faisant se réfugier les vagabonds derrière les décombres. Les bourrasques hurlantes devenaient alors la musique continuelle de ces lieux : une plainte obsédante qui s'infiltrait entre les murs écroulés.

Encore une fois, Aileen fut réveillée par le mugissement au-dehors. Ses paupières frémirent ; toutefois, elle s'obstina à garder les yeux fermés et se retourna sur sa couche. La même qu'elle avait trouvée si inconfortable les premières semaines, mais à laquelle elle s'était habituée.

Au fur et à mesure que les jours passaient, les questions se multipliaient : avaient-ils fait le bon choix ? Cela faisait presque deux mois qu'ils étaient au cœur de la résistance, qu'ils aidaient les Lames Nocturnes à monter leur plan. Elle ne savait parfois plus pourquoi elle avait choisi de rester. À présent, retrouver l'assassin de Mylianne lui semblait vain. Le vrai meurtrier n'était pas celui qui avait donné le coup de grâce, mais celui qui avait commandité l'exécution. Gide Manérian. Son propre père. Pourtant, elle n'arrivait pas à déterminer ses sentiments vis-à-vis de lui. Elle avait conscience de l'horreur de l'acte commis par le dirigeant de la Corporation des marchands d'étoiles, sans parvenir à décider de ce qu'elle ferait quand elle le reverrait.

Le grincement d'un fauteuil roulant l'avertit que son temps de repos était écoulé. Orius s'immobilisa devant le visage de sa protégée, masquant la lueur de l'aube.

— Alors, bien dormi ? demanda-t-il.

— Si l'on veut…

Elle se leva et s'enroula dans sa couverture miteuse.

— Zéphyr vient de m'informer que le Poignard-Sanglant est revenu au Chaos.

— Zéphyr, répéta Aileen, moqueuse. Je me demande si un jour tu finiras par l'appeler père !

— Je ne pense pas que cela arrivera.

Il fit rouler son fauteuil jusqu'à la porte et disparut dans les ténèbres. Elle se changea rapidement puis partit le rejoindre dans la salle principale.

ℵ

— Tu as perdu, annonça Zéphyr.

L'héritier des Lames Nocturnes leva les yeux sur son ami. Le Poignard-Sanglant gardait le regard fixé sur le plateau de jeu, comme s'il évaluait une dernière fois sa situation. Il finit par pousser un juron.

— C'est pas possible ! Tu as dû t'entraîner tous les jours pendant mon absence…

Zéphyr éclata de rire, un rire néanmoins un brin forcé. L'absence de son coéquipier, c'étaient cinq années d'emprisonnement pendant lesquelles il avait regretté de ne pas l'avoir accompagné durant cette mission fatidique. Le Poignard-Sanglant – Keff, de son vrai nom – gardait les traces de son séjour dans les cellules de Mizin. Sa peau, arpentée de balafres, gâchait un visage autrefois harmonieux et séducteur.

— Parfois, quand notre chef vénérée était dans la capitale, je pouvais passer des journées entières à jouer…

— Tout s'explique ! s'exclama Keff.

Il y eut un instant de flottement où chacun laissa l'autre à ses souvenirs. L'ancien prisonnier se mit à contempler le dôme à demi détruit de l'édifice dans lequel ils avaient établi leur repaire. Zéphyr trouva le moment opportun pour lui parler de ce qu'il essayait de dire depuis le début de la partie :

— Je suppose que tu te souviens du chef-veilleur de Mizin.

— Ah. Nous y voilà.

Keff avait retardé son retour dans le Chaos, angoissé à la perspective de cette confrontation. À la place, il avait erré au gré des bars et des maisons closes. Cependant, l'alcool et les femmes ne lui avaient pas fait oublier son ami. Encore moins la bavure qu'il avait commise en tentant de tuer Orius.

— Je parle de mon fils. Celui qui t'a rendu ta liberté.

— Rendu la liberté qu'il m'avait lui-même prise, oui ! s'insurgea le Poignard-Sanglant. C'est lui qui m'a fait jeter en prison ! C'est à lui que je dois toutes ces années de calvaire, loin du Chaos !

— Ferme-la.

Keff serra les dents. Le visage de son coéquipier s'était assombri.

— C'est à toi qu'il doit sa paralysie.

— C'est notre ennemi avant d'être ton fils !

— Il a rallié notre cause, depuis.

Keff accusa le coup. Ils se jaugèrent.

— Impossible. Il veut nous détruire. Il m'a fait sortir de prison uniquement pour avoir des informations sur toi. Il pense que tu es le meurtrier de cette gamine…

— Je sais ça, l'interrompit Zéphyr. Cette histoire d'assassinat a été élucidée, c'est encore une affaire de règlements de comptes dans les hautes sphères du pouvoir d'Hélderion. Orius a enfin compris pourquoi j'ai quitté les veilleurs.

— Tu parles…

— Les choses ont changé. Notre chef vénérée a de nouveaux projets, qui nous amènent à chercher du soutien chez les autres clans. Avoir un veilleur auprès de nous ne peut être qu'une force.

Le Poignard-Sanglant eut une exclamation de mépris. Son ami savait qu'il serait difficile à convaincre ; la haine des clans envers les veilleurs était devenue viscérale. Keff avait d'ailleurs mis plusieurs années avant d'avoir pleinement confiance en lui, alors qu'il avait toujours été l'une des pièces maîtresses du plan de Cataline.

Le bruit d'un fauteuil roulant attira leur attention. Orius s'avança, suivi de près par Aileen. Tous deux observaient le Poignard-Sanglant avec méfiance. Ce dernier émit un sifflement admiratif. Il tourna autour de la jeune femme et la détailla de la tête aux pieds, en connaisseur.

— Et c'est qu'en plus le chef-veilleur ramène sa petite concubine. Tu viens de quelle maison close, ma belle ?

— C'est une guerrière de l'aurore. Aileen Manérian.

— Tu me parais bien jeune, pour être dans l'armée…

— J'ai quitté ma pension plus tôt que prévu pour suivre une formation. Maintenant que les présentations sont faites, pourrait-on parler de la mission d'aujourd'hui, Zéphyr ?

Ce dernier se posta entre la table de jeu et la grande cheminée sur laquelle était gravé le symbole des Lames Nocturnes : un croissant de lune fendu en son milieu. Il ouvrit un tiroir et en tira un parchemin.

— Le clan que nous devons convaincre aujourd'hui est le dernier. C'est celui des Mordants. Si nous parvenons à les faire rejoindre notre cause, alors les bases du plan seront enfin en place.

— Je viens avec vous, décida le Poignard-Sanglant.

— Tu arrives à peine.

— Tu emmènes bien un invalide, alors tu peux emmener un homme fatigué, non ? Moi au moins, je peux courir si le besoin s'en ressent.

Le visage d'Orius se ferma.

— De toute façon, répliqua celui-ci, je ne viens pas. Je vais me reposer un peu.

Aileen le dévisagea et lui trouva en effet les traits plus tirés qu'à l'accoutumée.

— Tu es sûr ? insista Zéphyr.

— Oui. Allez-y.

— Bien. Dans ce cas, en route. Keff… tu peux venir avec nous.

La jeune fille leur fit signe qu'elle les rejoignait et se rapprocha du veilleur.

— Rassure-moi : tu vas bien ?

Orius eut un soupir. Elle posa tendrement sa main sur son front.

— Je crois que tu as de la fièvre. Tu devrais en parler à Cataline, elle semble s'y connaître en médicaments.

— Non, non, dit-il en l'écartant. Ça ira. Je vais simplement passer une journée tranquille. Toi, va avec les autres. Et garde un œil sur le Poignard-Sanglant…

— C'est plutôt toi qui devrais te méfier, si j'ai bien compris. C'est cet homme qui a envoyé des Lames Nocturnes te passer à tabac ?

— Oui.

— Surveille tes arrières. Ces gens ont beau être plus distingués qu'on le pense, ils n'en restent pas moins barbares pour beaucoup de choses.

Sur ces mots, elle se dirigea vers la sortie, où deux femmes tirèrent un long rideau pour la laisser quitter la tour.

Zéphyr et le Poignard-Sanglant l'attendaient en bas de la volée de marches qui permettait d'accéder à l'immense tour où ils vivaient : l'édifice en meilleur état du Chaos.

— Glenn ne vient pas, aujourd'hui ? demanda-t-elle.

— Il s'occupe déjà de consolider notre alliance avec les Grands égorgeurs.

— Tant mieux, ceux-là, je préfère ne pas les revoir dans l'immédiat…

Le trio se mit en route vers l'est. Après une demi-heure de marche, ils gagnèrent une maison en ruine, devant laquelle deux hommes montaient la garde. Ces derniers tirèrent aussitôt leurs armes en voyant arriver le groupe. Zéphyr leva les bras en signe de paix et se présenta. L'un d'eux s'absenta quelques minutes, puis revint en les sommant de le suivre. Ils pénétrèrent dans un immense corridor au centre duquel se tenait un escalier en colimaçon. À l'étage, une grande table rectangulaire avait été dressée. Une dizaine de personnes semblaient les attendre de pied ferme.

— Nous sommes des Lames Nocturnes, déclara Zéphyr en thyranien.

Un homme d'une quarantaine d'années se leva :

— On se doutait que vous viendriez : tout le monde parle de votre nouveau plan.

Le Poignard-Sanglant traduisit à voix basse l'échange pour l'Hélderionnoise.

— Je pensais que le thyranien avait été proscrit il y a de cela cinquante ans, murmura-t-elle.

— Tu es dans le Chaos, ma belle.

Zéphyr expliqua :

— Nos actions ont le défaut d'être désunies et mal organisées ; chaque clan agit dans son propre intérêt et, finalement, nos efforts pour résister sont parés par les veilleurs. Notre seule chance est de nous attaquer au cœur de l'Astrascisme, comme nous avons tenté de le faire il y a seize ans. À l'époque, seules les Lames Nocturnes avaient agi. Pourtant, nous avions réussi à semer la panique en enlevant l'héritier de l'Astracan. Hélas, la mission a échoué lorsque l'Ioden a été perdu.

Il marqua un temps d'arrêt pour observer son auditoire. Ces hommes vêtus de haillons semblaient beaucoup moins civilisés que ses compagnons.

— Avec votre aide, reprit l'héritier des Lames Nocturnes, nous aurons une chance de terrasser l'Hélderion ! Il faut frapper fort, mais surtout frapper juste. Nous allons assassiner l'Astracan. Nous allons provoquer la chute des étoiles.

Des murmures s'élevèrent, et un des membres des Mordants intervint :

— Quand ?

— La date n'a pas encore été fixée, Cataline attend une occasion particulière qui ne saurait tarder…

Le clan des Six Lames posa des questions sur le déroulement exact de l'opération, auxquelles Zéphyr répondit sans l'ombre d'une hésitation. Ils s'isolèrent une demi-heure pour en discuter entre eux. Comme d'habitude, et à sa grande déception, Aileen fut écartée de ce conciliabule. La décision fut ensuite rendue par le plus âgé. Ils acceptaient.

Enfin. Tous les clans étaient avec eux.

ꙮ

Aileen regardait d'un air joyeux les empreintes de ses pieds dans le sable noir, qui venaient de mettre un point final à des semaines de négociation avec les autres clans. Elle s'étonna de se sentir si concernée. Cette quête, elle l'avait faite sienne, et elle apportait son aide avec plaisir.

Dès qu'ils arrivèrent à la tour, ses compagnons commencèrent une partie sur la table de jeu. Elle se rendit dans la chambre d'Orius, qu'elle trouva en train de s'humidifier le visage. Un étrange pressentiment l'étreignait depuis le début de la matinée, une peur sourde qui grandissait en elle d'heure en heure.

— Tu n'as pas l'air bien. Va voir Cataline.

— Non. Inutile de s'inquiéter. Ces moments de faiblesse sont réguliers depuis… mon accident.

Le soir venu, les membres des Lames Nocturnes se rassemblèrent autour d'un copieux repas. Ils tiraient la majorité de leur réserve du pillage des convois faisant le trajet entre Mizin et Zenan. Cataline, en bout de table, surveillait l'assemblée. L'arrivée du Poignard-Sanglant générait des tensions. Tout comme Zéphyr, elle veillait à ce qu'Orius ne subisse pas son agressivité.

L'ambiance était à la fête. L'opération Chute des étoiles allait bientôt démarrer. Un plan qui mûrissait dans l'esprit de Cataline depuis presque trois ans. En dépit de tout ce temps, elle ne perdait pas espoir que leur nation retrouve un jour son indépendance. Voir un veilleur et une jeune fille de bonne famille hélderionnoise à sa table renforçait sa conviction chaque soir.

ꙮ

Orius entendit un faible grincement, puis de légers pas sur le dallage brisé. La lueur blafarde de la lune éclaira une ombre l'espace d'un instant. Aileen s'assit sur le lit de l'ancien chef-veilleur. Son état l'inquiétait trop pour qu'elle s'y glisse comme à son habitude. Ils faisaient leur possible pour garder leur liaison secrète, mais leur comportement l'un envers l'autre trahissait souvent leur proximité.

La pluie vint crépiter contre les vitraux. Un éclair déchira la portion du ciel visible par la fenêtre et fut suivi d'un violent coup de tonnerre.

— La saison du Bouclier approche, dit Orius. Les orages débutent.

— Heptiel doit se demander où je suis en ce moment, dit-elle d'une voix rêveuse.

Ils se regardèrent avec la même pensée douloureuse : ils se rapprochaient pour pallier l'absence des êtres aimés.

— Est-ce que ça va ? voulut-elle s'assurer au bout d'un moment. Tu n'avais pas l'air bien, aujourd'hui…

— Juste un peu de fatigue. Et ces saletés de jambes…

Il frappa le haut de sa cuisse droite avec rage.

— Rien, s'énerva-t-il. Je ne sens rien !

Il allait recommencer, lorsqu'elle saisit son poignet pour stopper son geste.

— Arrête. S'il te plaît.

— Ça ne me fait rien, ricana-t-il. Tu comprends ?

Il passa une main nerveuse sur son visage gouttant de sueur. Elle ne l'avait jamais vu perdre à ce point tout contrôle de lui-même.

— Je crois que tu es malade, osa-t-elle enfin.

— Non. J'en ai juste ras le bol de cet endroit. Shala… Shala me manque.

C'était la première fois qu'il évoquait une autre femme. Aileen, piquée par la jalousie, aurait préféré clore la conversation. Pourtant, elle sentait qu'il avait besoin d'en parler.

— Qui est Shala ?

— C'était… ma promise.

Aileen posa sa main sur le front de l'ancien veilleur. Il était brûlant.

— Ta promise ? répéta-t-elle. Tu veux m'en dire plus ?

Il la repoussa avec force, comme pour éloigner le souvenir par la même occasion.

— Orius…

— Très bien, soupira-t-il. Je l'ai rencontrée à Mizin lorsque j'étais en patrouille de nuit. Deux voyous tentaient de lui voler son sac. Je les ai chassés et je l'ai ramenée au quartier général. Elle venait d'Hélderion, c'était une poétesse qui avait décidé de voir de ses propres yeux ce que l'on disait de Thyrane.

— C'était courageux de sa part.

— Oui, très. J'ignorais alors que c'était la fille de la Première Citoyenne de Volplume. Je ne sais pas comment elle a réussi à avoir l'autorisation de venir seule dans un endroit si dangereux – quand j'y repense, elle s'était peut-être enfuie.

— Et… elle est rentrée en Hélderion ?

Orius fronça les sourcils.

— Oui. Parce que je lui ai ordonné de partir. Les Lames Nocturnes me menaçaient et ils s'en sont pris à elle pour m'atteindre.

Ce jour-là, Mizin lui avait volé la femme de sa vie. Ou plutôt, les Lames Nocturnes.

Sa mauvaise foi l'écœura soudain. C'était lui le seul responsable. Il aurait pu la suivre ce jour-là, la rattraper, plutôt que de rester au poste de chef-veilleur.

— Elle est en sécurité, maintenant. Tu dois cesser de t'inquiéter. Tu as fait ce qu'il fallait.

— Excuse-moi. Je ne sais pas pourquoi je te parle de ça.

Après une vive lueur, un nouveau coup de tonnerre éclata près de la tour. Aileen jeta un coup d'œil à la fenêtre ruisselante de pluie. Quand elle se retourna vers Orius, celui-ci avait fermé les yeux.

— De rudes journées nous attendent, se justifia-t-il.

Sa façon de la congédier. Il s'éloignait d'elle, devenant paradoxalement plus distant alors qu'il se confiait davantage. Pourtant, elle n'en prenait nullement ombrage, trop soucieuse de son état de santé.

— Tu as raison, tu as besoin de repos.

Elle déposa un baiser sur son front, puis s'éclipsa.

Interlude

Yamilia consulta une nouvelle fois l'horloge murale. La guérisseuse devait arriver d'une minute à l'autre pour ôter les bandages qui recouvraient son visage à cause de son terrible incident. Elle attendait ce moment depuis une demi-saison. Une demi-saison qu'on lui répétait que tout allait s'arranger, que les dégâts n'étaient pas irréversibles. Cette convalescence s'éternisait, il lui tardait de rejoindre le quotidien de la pension. Elle ne supportait plus cette chambre nue, ce lit entouré de grands rideaux, comme si l'on voulait la dissimuler au monde. Après cette nuit d'horreur, ses amies étaient venues la voir régulièrement. Des mains rassurantes s'étaient posées sur les siennes, des mots d'apaisement avaient été prononcés. Puis, les visites s'étaient espacées, et Yamilia avait compris que la vie de chacun reprenait son cours. Sauf la sienne. La solitude l'écrasait un peu plus chaque jour. Elle tuait le temps en lisant les livres que de rares visiteurs venaient lui apporter, mais le plus souvent, une seule et unique pensée l'occupait. Qui ? Qui avait pu lui faire ça ? Chaque nuit, elle se remémorait ce terrible réveil, cette sensation de brûlure sur ses joues et la panique des enseignants.

La porte s'ouvrit sur la guérisseuse. Elle plaquait un miroir contre sa toge brune, objet du désir de la pensionnaire depuis si longtemps.

— Venez vous asseoir ici, Yamilia.

Celle-ci quitta son lit pour rejoindre sa visiteuse devant l'âtre de la cheminée.

— J'ai fait mon possible.

— Oui, je sais.

— On va tout faire pour que vous retrouviez une existence normale. Vous pourrez reprendre les cours dès demain, si vous vous en sentez capable.

— S'il vous plaît, je veux juste me voir.

Face à son impatience, la guérisseuse s'exécuta. Elle retira un à un les bandages, puis constata le résultat, l'air grave.

— Surtout, il ne faut pas dramatiser la situation…

— Vite !

Elle tendit le miroir à sa patiente. Alors, Yamilia se vit. Ce visage auparavant si harmonieux était dévasté par d'immondes cicatrices. Des croûtes blafardes couraient le long de son cou jusqu'à ses oreilles. Ses doigts rencontrèrent la surface rêche de sa peau, sur laquelle coulaient déjà des larmes.

—Ce n'est pas possible. Ce n'est pas moi. Je… Je… Vous aviez dit que vous alliez me soigner !

—On a évité le pire.

—Le pire ? Je suis un monstre ! Je ne peux pas sortir comme ça ! Il faut remettre les bandages ! Il faut réessayer de me soigner !

La guérisseuse porta une main à sa bouche, bouleversée par la vision de cette adolescente défigurée et brisée.

—Il n'y a plus rien à faire en termes de soins, dit-elle avec expérience. En prenant l'air plutôt que de rester enfermée ici, vos cicatrices seront peut-être moins visibles. Il vous faut reprendre les cours, cela ne pourra que vous faire du bien.

Yamilia jeta le miroir contre le mur. Il se brisa dans un fracas de verre.

—Sortez ! hurla-t-elle.

2

Cachés

– Rouge-Terre, montagne Est, 913 –

Astracan : Détenteur suprême du pouvoir à la fois religieux et politique en Hélderion. Les traces du premier Astracan, Oriel, remontent à l'an 212. Un traité sur les astres et la façon d'organiser le gouvernement en Hélderion, rédigé par le dirigeant lui-même, a été retrouvé dans les archives d'Abranelle. Bien que lacunaire, ce document a donné beaucoup d'informations à Volplume au sujet de la naissance de ce statut absolu. Oriel y dit qu'il fut nommé d'office par son peuple, car il était le représentant vivant des astres sur Terre.

Extrait de *l'Encyclopédie de l'Histoire d'Ollien* – par Aceson Madias, membre de la Corporation Volplume de 613 à 647.

— Maman !

La petite fille déambulait parmi les réfugiés, son jouet plaqué contre sa poitrine. Les flambeaux fixés aux murs éclairaient le tunnel d'une lueur orangée tremblotante qui projetait des ombres sur les parois rocheuses. Autour d'elle, des dizaines de personnes installées à même le sol soignaient des blessés. Des lynx rôdaient autour des petits groupes, en alerte. Les autres Rouge-Terriens couraient de galerie en galerie, apportant des vivres ou de sombres nouvelles. On la bousculait, agacé, sans que personne ne se soucie d'elle.

Elle était submergée par la frayeur, une de ces frayeurs que seuls les enfants peuvent éprouver. Ces éclats de voix, ces conflits, cette anxiété palpable la terrifiaient. Les adultes, d'habitude, ne craignaient rien.

— Maman ! appela-t-elle de sa petite voix.

Les yeux brouillés de larmes, elle marchait en tentant d'éviter le flot de gens pressés. Soudain, elle heurta quelqu'un et tomba sur la pierre.

— Est-ce que ça va ?

Une adulte se pencha, ramassa le jouet tombé dans la collision et le tendit à l'enfant. Celle-ci éclata en sanglots.

— Je veux ma maman !

— Du calme, du calme. Comment t'appelles-tu ?

La petite recula et dévisagea son interlocutrice tout en reniflant. Elle était grande, mais différente. Ses cheveux n'étaient pas rouges comme les siens. Aucun lynx ne semblait être avec elle, et ses yeux étaient identiques, dorés.

— Bon. Comment elle s'appelle, ta poupée ?

— Tia.

— Tia, c'est un joli nom, ça.

La jeune femme approcha la poupée de son oreille.

— Tia me dit quelque chose. Oui… Oui…

— Elle ne parle qu'à moi, objecta la fillette.

— Tia dit que c'est dangereux de se promener seule.

— Je sais… je cherche ma maman.

— Je peux t'aider. Moi, c'est Noony.

— Menteuse ! Tous les adultes ont un nom qui commence par Val ou Vel. Ton uni est où ?

— Je ne suis pas d'ici, je n'ai donc pas effectué d'union.

— Tia me dit que tu es comme les méchants qui nous attaquent.

Noony marqua un temps d'hésitation. L'enfant sentit, sans pouvoir l'analyser, la gêne que sa réaction avait suscitée.

— En effet, dit-elle doucement, je viens du même pays, mais je suis là pour aider ton peuple, pas pour le détruire. Tu comprends ?

Cela devenait trop obscur pour la fillette, qui en revint à l'essentiel :

— Je m'appelle Dâne. Je dois trouver maman.

— Suis-moi.

Elle la prit par la main et se fraya un passage à travers la foule qui occupait les galeries. Les villageois de Brise-flamme s'étaient réfugiés sous les montages lors de l'attaque hélderionnoise. Le dédale avait été construit en cas de guerre, par les citoyens du village, neuf ans plus tôt. Ils avaient toujours été méfiants vis-à-vis des étrangers. Et ils avaient eu raison.

— Alexian, encore une égarée.

Ce dernier, assis contre la paroi rocheuse, releva la tête, dévoilant un visage harmonieux à l'expression sombre et dure. La fillette, intimidée, se dissimula derrière sa nouvelle amie.

— Dis-moi, quand as-tu vu ta maman pour la dernière fois ?

— Je sais plus. Ça fait longtemps. On était devant les grottes. Elle m'a dit de l'attendre.

Beaucoup de mères avaient laissé leurs enfants en sécurité avant de partir au combat. Noony s'agenouilla pour se retrouver à la hauteur de Dâne :

— Ta mère était en danger, elle ne t'a pas abandonnée, tu sais.

— Elle est morte ?

Il y avait dans son intonation à la fois tristesse et curiosité.

— Mais non, voyons. Elle… Dès qu'elle en aura la possibilité, elle viendra te chercher. Il faut que tu sois courageuse en l'attendant et que tu te reposes. Viens avec moi.

L'oraisonnière trouva un tapis inoccupé où elle coucha sa protégée. Celle-ci serra sa poupée contre elle et s'endormit. Noony rejoignit son compagnon, abattue.

— Tu aurais dû lui dire que sa mère était morte, dit-il.

— Elle ne l'est peut-être pas ! se défendit-elle avec hargne.

— C'est ce qui est le plus probable, sinon elle serait revenue ici, depuis trois jours. Il ne faut pas cacher la vérité aux enfants, ce n'est que repousser l'échéance. Maintenant, elle espère le retour de sa mère, et elle sera forcément anéantie.

Elle le considéra d'un air découragé. Elle n'avait pas autant de pragmatisme que lui. Comment ne pas être ému par la vue de Dâne ? Annoncer un décès n'était pas chose aisée, surtout face à tant d'innocence.

— J'ai besoin de prendre l'air, déclara Alexian.

Elle le regarda s'éloigner. Il n'était plus lui-même depuis les combats dans le canyon Double-Vue. Certains Rouge-Terriens avaient envoyé des messages par les Signes à Tombe-lune afin qu'on leur vienne en aide. Cependant, la capitale avait choisi une stratégie de repli. Le village avait été massacré en quelques heures.

Juste après le retrait de l'armée d'Hélderion de Grise-aube, ils avaient exploré les ruines en quête de miraculés. La vue des cadavres les avait bouleversés. Noony revoyait les membres découpés et mutilés dès qu'elle cherchait le sommeil. Son compagnon n'en parlait jamais, mais elle le savait aussi marqué qu'elle. Dans le charnier, ils avaient trouvé des survivants, la plupart trop gravement atteints pour être sauvés, hélas. Vel-Krailion, le père d'Alexian, en faisait partie. Ils l'avaient découvert gisant dans une mare de sang près d'un rocher. Noony l'entendait encore murmurer : « Trop mal… Achevez-moi… » Une supplication insupportable. Son fils avait honoré sa volonté.

Depuis, jamais elle n'avait revu un sourire narquois orner ses lèvres.

Il n'avait eu qu'une idée à l'esprit : rejoindre le village le plus proche, Brise-flamme. Ils avaient sans doute déjà été avertis par les Signes, mais il voulait les convaincre de ne pas aller au combat. Il fallait fuir.

La moitié seulement des habitants de Brise-flamme avaient renoncé à protéger leur terre. Certains blessés avaient par la suite réussi à rejoindre les tunnels. Évidemment, la résistance avait été vaine, et le village mis à feu et à sang. Au moins avaient-ils réussi à sauver une partie des villageois en leur racontant la facilité avec laquelle Hélderion avait détruit Grise-aube. À présent, ces rescapés se terraient dans ces galeries sans soleil, avec des vivres limités.

Noony regarda longuement l'enfant allongée sur le tapis, ce petit visage encrassé, ces cheveux rouges emmêlés, et surtout cette expression de détresse. Le peuple de l'oraisonnière était responsable de ce massacre. Un peuple qui agissait au nom de l'Astrascisme. Elle avait beau être une fervente croyante, rien ne justifiait les horreurs qu'elle avait vues.

Elle sursauta en sentant quelque chose se frotter contre ses jambes. Lorion, l'uni d'Alexian, venait chercher des caresses. Elle flatta le lynx avec plaisir.

— Il est encore parti je ne sais où, dit-elle tristement. Tu veux bien aller le trouver ?

Le félin cligna des yeux et s'exécuta. L'oraisonnière se tourna vers les galeries avec la ferme intention de trouver quelque chose à manger pour Dâne.

ꙮ

L'une des galeries débouchait sur une falaise escarpée, du haut de laquelle Alexian avait une vue imprenable sur le soleil déclinant derrière les pics acérés. La majorité des villages de Rouge-Terre avaient été construits dans des vallées cernées par les montagnes, mais cette protection n'avait fait que ralentir l'échéance inéluctable. Les arbres brûlés qui se dessinaient en contrebas, vestiges de Brise-flamme, en témoignaient.

Il avait fait son possible pour son pays. Son enfance avait été sacrifiée à l'apprentissage de l'espionnage. Il se retrouvait finalement au point de départ. Il avait sans doute autant de renseignements sur leurs ennemis que son peuple n'en avait lui-même, désormais. C'était impossible de stopper cette guerre ; ils avaient essayé, lui et Laï-Mune. En se souvenant de ce cuisant échec, il s'accroupit et dissimula son visage dans ses bras. Son père. Il avait été obligé de mettre fin aux jours de son propre père. Il lui semblait que toutes les vagues de l'océan auraient pu passer sur Rouge-Terre sans la laver des taches indélébiles du sang versé.

À présent, à quoi bon ? Le conflit était inévitable. L'armée massacrait tout ce qu'elle croisait. Le problème devait être pris à bras-le-corps, par ses supérieurs. Il fallait qu'il gagne la ville principale, Tombe-lune, pour rendre compte de ses observations, même inutiles. La capitale ne pouvait pas faire face en termes d'effectif et de technologie. L'armée d'Hélderion était plus forte. Si forte…

Parfois, il regrettait le manque de moyens de son peuple. Les Rouge-Terriens n'avaient que les Signes pour se défendre. Ces fameux Signes, les lois de la nature. Un fragile bouclier contre de véritables armes.

—*Arrête de penser. Je me répète, mais nous nous sommes trop attardés. Partons.*

Alexian découvrit Lorion, dont le pelage blanc tacheté luisait à la faveur du couchant. Le lynx avait raison, pourtant, les galeries rassuraient Alexian. Il avait pour excuse d'aider les rescapés.

—*Nous ne pouvons pas nous cacher indéfiniment.*

Il approuva l'intervention télépathique de son uni. Alors qu'il allait se détourner du paysage, un mouvement attira son attention. Des ombres fourmillaient au niveau de la gorge qui permettait l'accès à la vallée. L'espace d'un instant, il revit les canons de l'armée cracher leurs obus sur les Rouge-Terriens vêtus de vieilles armures.

—Lorion, est-ce que tu crois que c'est ce que je pense ?

—*Ce sont eux. Ils doivent chercher un accès dans les montagnes pour atteindre le désert. Il faut partir !*

Alexian ne pouvait pas se laisser assassiner sous prétexte de vouloir rester à l'abri. Un terrible fardeau pesait sur ses épaules, mais il voyageait avec Noony. Elle représentait l'espoir pour son peuple de mieux comprendre l'ennemi. De rétablir un équilibre entre les forces.

Il regarda une dernière fois les ombres noires se répandre dans les ruines du village et partit en courant, Lorion sur les talons.

ꝏ

—Tiens, mange un peu.

La fillette s'empara de la miche de pain que lui proposait Noony et croqua dedans avec voracité. Elle poussa un petit cri en voyant une étrange créature s'élancer vers elle, à l'air carnassier et au pelage flamboyant.

—C'est quoi ? demanda-t-elle.

—Un sang-de-lune. Il était parti chasser.

L'animal s'allongea et posa sa tête triangulaire sur les genoux de sa maîtresse. Cette dernière sourit en voyant les longues moustaches mauves onduler à chacune de ses respirations. La créature qu'on lui avait offerte en échange d'une cérémonie d'oraison avait doublé de taille durant ces deux derniers mois, atteignant celle de Lorion.

—Tu ne sais pas où se trouve ton papa ?

—Il est mort quand j'étais bébé, répondit Dâne en mastiquant.

—Je vois. Et il n'y a personne de ta famille ici ?

—Je crois pas. Ils sont tous partis avec maman.

L'oraisonnière contemplait l'enfant avec une immense compassion. Finalement, elles n'étaient pas si différentes, toutes les deux. Elle aussi avait perdu sa famille, mais d'une autre façon, en renonçant à soutenir les agissements de son gouvernement. Elle se remémora brusquement les moments qu'ils passaient tous ensemble, son père, sa mère, ses sœurs et elle. À l'époque où les lèvres de Soliane n'avaient pas encore été scellées, elle égayait la maison de ses rires. À présent, sa mère dépérissait. Noony espérait que son état de santé ne s'était pas détérioré. Plus rien ne serait comme avant, se dit-elle avec regret. Mylianne ne serait plus à la table du salon des Manérian, et elle non plus.

— Aucun survivant.

La petite équipe qui avait été envoyée pour fouiller les décombres revenait encore une fois bredouille, la mine grave. Un grand nombre de réfugiés se massèrent autour des prospecteurs afin de leur poser des questions ou pour décrire un membre de leur famille.

— Et ma maman ? demanda Dâne.

— Apparemment, ils n'ont retrouvé personne, murmura Noony.

— Viens Tia, nous on va la trouver.

La fillette s'empara de sa poupée et s'enfuit en courant. L'oraisonnière la regardait lutter pour fendre la foule lorsque la première secousse ébranla le sol.

Noony fut projetée à terre et, quelques mètres plus loin, le plafond d'une des galeries s'effondra dans un bruit tonitruant. La panique se propagea instantanément. Partout, des cris retentirent. Les habitants en état de marcher se ruèrent dans les premiers boyaux à proximité, devancés par leurs lynx. L'oraisonnière se redressa. La paroi s'effritait au-dessus d'elle.

Alors qu'elle tentait de se relever, la secousse suivante fut plus forte encore. Un énorme fragment de roche se détacha d'une galerie à sa droite, qui s'effondra totalement. Jamais elle n'avait entendu pareil bruit. Stupéfiée, elle constata que c'était le couloir par lequel sa protégée s'était enfuie.

— Noony !

Elle se tourna et vit Lorion à ses côtés, suivi par Alexian. Le jeune homme l'aida à se remettre sur ses jambes alors qu'elle fixait toujours du regard, hébétée, les amas de roche.

— Nous devons partir !

Elle se laissa entraîner. Ses jambes bougeaient sans qu'elle s'en rende compte. Tout était si calme, et soudain… comment était-ce possible ?

À la troisième secousse, Noony entendit cette fois clairement l'explosion qui la précédait. Près des montagnes, quelque chose avait provoqué ce tremblement.

— Par ici ! cria Alexian.

Grâce à son avertissement, la plupart des survivants prirent la bonne voie. Ils s'engagèrent dans un tunnel beaucoup plus étroit. Derrière eux s'élevait un monstrueux brouhaha. Ils accélérèrent l'allure. Étincelle et Lorion couraient loin devant eux. Elle se donna pour objectif de les rattraper. Elle trébucha soudain sur un enchevêtrement de racines. Son ami dut presque la traîner pour l'empêcher de ralentir.

Très vite, un point lumineux apparut. Ils débouchèrent à la surface, de l'autre côté de la vallée. Des cris de panique montèrent lorsque leurs compagnons s'aperçurent que tous n'avaient pas suivi. Certains avaient pris la direction des ruines du village. À en juger par ce qu'Alexian avait vu du haut de la falaise, l'armée avait probablement dû les y accueillir.

— Il faut y retourner ! cria l'un des villageois.

— C'est du suicide.

— Nous n'avons nulle part où aller !

L'espion voulut répliquer, mais ils redescendaient déjà, les laissant seuls Noony et lui. Un silence parfait régnait aux alentours. Qui aurait pu croire que quelques instants auparavant avaient retenti de bruyantes explosions ? Elle se laissa tomber à genoux dans l'herbe, épuisée par cette course. Alexian reprenait son souffle lui aussi, plié en deux. Leurs animaux scrutaient les ténèbres pour détecter une éventuelle présence inhospitalière.

— Qu'est-ce que c'était ? demanda la jeune femme, l'inquiétude perçant dans sa voix.

— L'armée d'Hélderion, sans aucun doute. Ils ont fini par découvrir notre planque… Je pensais qu'ils auraient abandonné, mais visiblement, ils veulent vraiment tous nous tuer.

Noony garda un silence gêné, comme chaque fois que son coéquipier faisait une remarque haineuse au sujet de sa contrée. Elle se tourna vers l'horizon, où une forêt d'arbres épineux qu'elle n'avait jamais rencontrés dans son pays s'étendait à perte de vue.

— Comment savais-tu qu'il fallait prendre cette voie et pas l'autre ?

— Je les ai vus arriver quand je méditais sur la falaise. Pour une fois que me torturer l'esprit a été utile ! J'étais en train de donner l'alerte quand j'ai entendu la première explosion. Alors je me suis dépêché de te rejoindre.

— Et maintenant ? Il faut chercher les survivants !

— Ce serait de la folie, refusa Alexian. Nous ne pouvons plus rien pour eux.

— Et qu'allons-nous faire ? Nous n'avons plus nos affaires, plus de vivres !

Il se tourna vers l'horizon.

— Nous marchons.

Durant sa formation, Alexian avait beaucoup étudié la géographie de son pays. Il avait un grand défaut : celui d'être complètement hermétique à certains sujets, comme les Signes, alors qu'il excellait dans d'autres domaines. Cette attitude avait toujours déplu au Conseil, mais son précepteur l'avait défendu envers et contre tous.

La carte de Rouge-Terre se déployait dans son esprit comme s'il l'avait sous les yeux, intacte. Il avait été remarqué entre autres grâce à son excellente mémoire visuelle. Il évalua leur position à l'aide des étoiles et de leur éloignement par rapport aux montagnes d'Aines. Ils se trouvaient à environ huit jours de marche des Plaines Désertiques. Ils seraient contraints de les traverser pour atteindre Tombe-lune. La capitale avait la particularité d'être à la fois en bord de mer et entourée du désert, ce qui la rendait difficile d'accès.

— Donc, reprit Noony avec scepticisme, nous allons devoir devancer l'armée en traversant un désert réputé infranchissable, et ceci sans monture ni équipement ?

Ils ne s'étaient autorisé aucune pause, et cela faisait à présent plus de quatre heures qu'ils arpentaient les sentiers d'une forêt.

— C'est à peu près ça, répondit Alexian. Cependant, tu oublies plusieurs données. D'abord, j'ai un énorme avantage sur l'armée ! J'ai traversé ces contrées de très nombreuses fois dans ma vie, je commence à les connaître ainsi que les risques auxquels nous nous exposons. Je ne suis même pas sûr qu'eux sachent précisément où se trouve Tombe-lune. Tu as bien vu, ils errent sur le continent et tuent tout sur leur passage. Seulement, nos villages et nos villes sont très dispersés, ce qui ne leur facilite pas la tâche. Ils ne sont pas si bien préparés qu'ils le pensent !

— Et après ? On ne peut pas traverser un désert dans l'état actuel des choses. Nous avons laissé tous nos vivres dans la panique !

Alexian échangea un regard avec son lynx. Celui-ci disparut dans un fourré.

— C'est pour cela que nous allons faire des réserves sur notre chemin. Il va falloir nous fabriquer une tente et des vêtements pour nous couvrir un maximum. Nous allons droit vers le sud, et crois-moi, dans ces plaines, la chaleur est insupportable.

Noony n'avait jamais connu des températures extrêmes, habituée au climat tempéré de Manérian. Pourtant, l'assurance retrouvée d'Alexian la réconfortait. Il avait enfin repris espoir. À cette pensée, une onde de soulagement se répandit en elle, comme si un énorme poids venait de s'évanouir de ses épaules.

Interlude

Yamilia avait regagné l'internat depuis la veille. Elle avait réclamé une autre chambre que la sienne, se sentant incapable de vivre dans la même pièce qu'auparavant. Lorsque la surveillante avait demandé une volontaire pour dormir avec elle, aucune main ne s'était levée. Un peu embarrassée, elle l'avait autorisée à y demeurer seule.

Le premier matin de son retour, la jeune fille eut du mal à se réveiller. Durant sa convalescence, elle avait pris l'habitude de se lever tard, à l'heure où l'on passait changer ses bandages.

— Yamilia ?

On toquait à sa porte pour s'assurer qu'elle était éveillée. Elle reconnut la voix de l'une de ses anciennes amies, Serina, et rabattit sa couverture sur son visage.

— J'entre !

Il y eut un grincement.

— J'arrive ! s'exclama Yamilia

— Dépêche-toi.

Quand son amie fut partie, elle s'habilla sans enthousiasme, la peur au ventre. Heureusement, la journée débutait par le cours de bonne tenue de Dame Irane. L'enseignante avait toujours cru en elle et en ses capacités. Elle s'approcha du miroir avant de partir, et ce qu'elle vit la répugna. Elle ne pouvait pas y aller ainsi. Elle fouilla dans ses affaires et trouva un pot de crème. La teinte beige dissimulerait les cicatrices les plus visibles. Elle l'étala, mais le résultat ne fut guère convaincant. Finalement, elle enroula un foulard autour de son visage et rejoignit en courant la salle de bonne tenue. Les autres pensionnaires étaient déjà entrés lorsqu'elle frappa à la porte.

— Oui ?

— Excusez-moi d'être en retard, madame…

Elle qui voulait passer inaperçue, c'était raté. Une vingtaine d'élèves la dévisageaient et échangeaient des commentaires à voix basse. Une expression de pitié passa sur les traits de Dame Irane.

— Où en étais-je ? Ah oui, l'art de la conversation. Choisissez un partenaire.

Yamilia se dirigea vers Serina. Hélas, cette dernière était déjà avec une autre fille. Elle lui adressa un petit geste d'excuse de loin, sans lui laisser le temps de s'approcher. En l'espace de deux minutes, les couples étaient déjà formés.

— Ah, nous sommes en chiffre impair, constata Dame Irane. Mademoiselle Ilouary, vous allez devoir attendre un peu…

Yamilia s'installa à l'écart en tentant de dissimuler sa déception. Phaess, Serina, Tara. Ses trois meilleures amies, avec qui elle partageait tout son temps auparavant, lui avaient trouvé une remplaçante. C'était comme si elle n'avait jamais existé à la pension.

À quelques mètres d'elle, un groupe d'élèves l'observait. L'un d'eux eut une grimace de dégoût, un autre lui donna un coup de coude. Après concertation, un jeune homme vint à sa rencontre.

— Tu n'as pas de partenaire ?

Elle n'osait pas relever la tête, honteuse de ses cicatrices.

— Non…

— Je ne sais pas si tu te souviens, on a souvent été à côté en cours de commerce en début d'année.

Elle osa enfin rencontrer le regard du jeune homme. Il lui sourit avec chaleur, creusant les fossettes de son visage constellé de taches de rousseur.

— Oui, je me souviens.

— Tu veux te mettre avec moi ? proposa-t-il.

— Avec plaisir.

Pour la première fois depuis l'accident, Yamilia se sentit envahie d'une bouffée de joie.

3

Rechute

– Royaume de Thyrane, Chaos, 913 –

Dans le cas où l'Astracan décéderait en ne laissant à Hélderion aucune descendance, le nouveau dirigeant devra être sélectionné selon une épreuve garantissant sa maîtrise à la fois de la religion, de la parole et de son propre corps. D'abord, l'oraison. Ensuite, le débat politique. Enfin, l'affrontement à l'épée.

Extrait de la *Constitution d'Hélderion.*
Ajout à la suite de l'assassinat de Nepes Ier sur une décision du Conseil le 15e jour de la saison de l'Amant en l'an 742.

Assise dans son fauteuil, Cataline regardait par la fenêtre de sa chambre. À cette période de l'année, le petit ruisseau de la saison de l'Amante devenait un torrent boueux séparant le Chaos en deux parties. Son grondement furieux couvrait le sifflement habituel du vent. La vieille femme contemplait le paysage, pensive. Peut-être que ses projets allaient aussi s'accélérer, comme ce torrent. Elle avait foi en l'opération Chute des étoiles, d'autant plus que le ralliement d'Aileen leur donnait un atout certain. Cette petite était promise à l'Ioden. Les rumeurs soufflaient sur le Chaos autant que les vents. Ses hommes avaient intercepté l'un des trois-larmes destiné au Maître de la pension Sybilène, avaient lu le message puis l'avaient scellé à nouveau. Ainsi, cette nouvelle alliée pourrait leur ouvrir les portes du palais.

La situation n'était plus tolérable; Cataline promettait depuis trop longtemps à son clan de récupérer cette terre qui leur appartenait. Toute sa vie durant, beaucoup de plans s'étaient peu à peu tissés dans son esprit, mais elle était femme à prendre son temps. Autrefois, jeune fille empressée et emplie de haine, elle avait agi sous l'impulsion de ses sentiments. Elle avait appris à ses dépens qu'un tel manque de maîtrise de soi entraînait bien des complications. À l'époque, le souvenir brûlant des soldats qui l'avaient violée au manoir des Murmures guidait chacun de ses projets. Cette terrible soif de vengeance, cette souillure qui l'avait si longtemps animée, était ce qui l'avait propulsée au rang de chef. Le temps faisant son office, elle était devenue réfléchie, calculatrice. Et voilà que l'occasion qu'elle attendait depuis si longtemps était arrivée : la guerre contre Rouge-Terre.

On s'était souvent moqué d'elle, vieille voisine folle, et surtout de ses pigeons. Si les gens savaient le nombre d'informations cruciales que ses compagnons lui avaient révélé grâce aux courriers ! Cela lui avait permis d'intercepter de nombreuses correspondances d'un certain monsieur Bellor. Elle avait ainsi été mise au fait d'une théorie qui supposait l'existence d'un artefact particulier permettant l'oraison. Après avoir envoyé ces renseignements à ses espions en Hélderion, elle avait eu confirmation de sa réalité. On le nommait la Lueur.

Elle touchait au but. Si l'artefact était détruit, l'oraison – la colonne vertébrale d'Hélderion – cesserait. La symbolique était forte, mais elle savait que semer la panique ne suffirait pas.

— Vous m'avez fait demander ?

— Entre, Keff.

La vieillarde pinça les lèvres, accentuant les rides au coin de sa bouche, et l'invita à s'asseoir. Il s'exécuta.

— Enfin, fit Cataline d'un ton doucereux. Tu es de retour.

— Chef, j'ai voulu rentrer, mais…

— Tu as traîné dans Mizin. Tu avais peur de revenir ici. Tu avais peur de ce moment précis.

— Peur ? Un Lame Nocturne ne ressent pas la peur !

Son rire nerveux démentait ses paroles. Le ton de la vieille femme devint hargneux :

— Tu as enrôlé certains de mes hommes à Mizin, sans ma permission, afin de tenter de tuer Orius.

Keff prit une profonde inspiration pour essayer de se justifier, mais elle poursuivit :

— Ce que tu as commis est très grave, Keff. Tu as fait passer ta haine avant mes propres ordres. Pourtant, j'ai été extrêmement claire à ce sujet : on avertissait Orius sans jamais lui faire de mal. Je n'ai pas été sa passive voisine pendant tout ce temps pour rien ! Je le surveillais ! Zéphyr voulait le tenir à l'écart de cette affaire, il ne souhaitait aucune confrontation, et j'ai toujours été d'accord avec ça.

— Écoutez : si j'ai voulu me venger de lui, c'est parce qu'il a brisé ma vie, il a détruit l'homme que j'étais ! Justice devait être rendue. C'est notre mission, n'est-ce pas ?

— Il s'agit du fils de Zéphyr, rappela-t-elle avec colère.

— Vous savez que je l'apprécie et que je connais son rôle futur, mais je vous rappelle qu'il n'est même pas de notre sang...

Il voulut aussitôt ravaler ses paroles. La vieille femme se leva d'un bond :

— C'est tout comme ! Je l'ai choisi comme successeur. Il appartient aux Lames Nocturnes autant que toi. Nous avons besoin de lui, Keff.

— J'ai cru comprendre que l'opération démarrait.

— C'est exact. Il nous faut lancer une offensive mais, surtout, contrôler les retombées de celle-ci. Tu te souviens du texte qui stipule qu'en cas d'éradication totale de la lignée astracane, le nouveau dirigeant hélderionnois sera sélectionné par une épreuve s'appuyant sur trois domaines : l'oraison, la réflexion et le combat ?

— Bien sûr ! Vous avez adopté Zéphyr, car ce serait le seul membre des clans à pouvoir se présenter à une telle... compétition.

— Et le moment est venu. Nous n'avons pas seulement besoin d'une force armée, ni même d'informations. Il nous faut un représentant crédible en cas de remise en cause de l'Astracan, ce qui arrivera quand nous assassinerons et Soleil III, et Heptiel Marchevent. Évidemment, Zéphyr n'est pas oraisonnier. Cependant, il existe un moyen de détruire l'oraison. Tout devient alors envisageable.

Keff poussa un sifflement d'admiration.

— Il s'en est passé des choses, durant mon absence.

— Maintenant, si tu veux encore faire partie des nôtres et bénéficier de ma protection, il va falloir que tu rachètes tes erreurs.

— Comment ça ?

— Tu vas veiller sur Aileen. Elle est cruciale pour l'opération. Elle l'ignore encore, mais elle est la promise de l'Ioden. Par contre, elle doit croire que le plan se limite à assassiner l'Astracan.

Le Poignard-Sanglant accepta sa punition sans broncher. Cela aurait pu être pire, bien pire.

— Allez, ta mission commence maintenant. Va la chercher.

Keff sortit. Cataline se massa les tempes avec lassitude. Parfois, elle aurait aimé s'abstenir du côté autoritaire qui seyait à son statut au sein des Lames Nocturnes. Le caractère emporté et cynique du Poignard-Sanglant avait toujours été quelque chose qu'elle appréciait chez lui, mais force était d'admettre que le coup de sang de l'homme avait failli être fatal à son entreprise. C'était là le principal problème des membres de la résistance : ils agissaient selon leur bon vouloir, la colère ayant trop longtemps suppuré en eux. Contrairement à ce qu'elle avait imaginé, le temps n'avait jamais émoussé leurs ardeurs. Les différentes missions des Lames Nocturnes, les coups échangés entre les clans et les veilleurs, meurtres, tortures, vengeance... tout cela était un cycle sans fin. Et elle était la seule à pouvoir faire basculer la situation.

Aileen frappa avant d'entrer et referma la porte derrière elle. Les difficiles conditions de vie du Chaos avaient durci son visage, aux traits pourtant fins et harmonieux. Sa chevelure sombre commençait à repousser en tous sens, participant à ses airs de jeune femme indisciplinée. Son pantalon de cuir épousait parfaitement ses jambes musclées par l'éprouvante saison qu'elle venait de vivre, et son corsage était volontairement entrouvert, exposant ses formes avantageuses comme revendication de sa féminité en ce milieu.

—Assieds-toi.

—Je devais accompagner Orius et les autres à la recherche d'armes enfouies dans le sable, j'espère que ce n'est rien de grave…

—Non, rassure-toi. Je t'ai fait venir, car j'ai besoin de savoir à quel point tu te sens investie auprès des Lames Nocturnes. Si tu es vraiment prête à nous aider à récupérer Thyrane.

—Comment pouvez-vous encore douter de moi ? J'ai renié mon serment d'allégeance au Maître ! J'ai mené mon enquête avec Orius de mon propre chef, j'ai décidé de rester ici…

—Justement, l'interrompit Cataline avec douceur. Le moment de passer à l'action approche. Je ne te cache pas que j'ai besoin de toi.

—Je sais.

Aileen déclara avec aplomb :

—Vous pouvez compter sur moi. C'est ce que Murmure… enfin, votre frère, voudrait aussi.

—Excellent. Je te remercie de ton courage et de ta volonté. Les Lames Nocturnes seront toujours là pour te protéger.

—Que faudra-t-il que je fasse ?

—Que tu quittes le Chaos. Ensuite, je t'écrirai pour t'expliquer tes différentes missions.

—Et Orius ?

—Pour le moment, il restera ici. Tu peux disposer, maintenant.

Glenn, assis dans un fauteuil près de la cheminée de la salle principale, se penchait vers le foyer et lisait un livre. Il interrompit sa lecture en voyant Aileen émerger de l'escalier. Elle s'avança vers le feu et se réchauffa.

—Qu'est-ce que tu lis ?

—L'un des rares livres qui ont été sauvés de la bibliothèque de cette ville, avant que tout ne soit rasé. J'ai appris les rudiments du thyranien et j'essaie de les mettre en application.

Sa barbe de trois jours et ses cheveux blonds en bataille le vieillissaient. La cape rouge qu'il portait lui donnait une allure virile. Elle avait du mal à se rappeler le Glenn qu'elle avait connu à la pension Sybilène, celui dont Mylianne lui parlait tant.

—Qu'est-ce qu'il y a ? demanda-t-il lorsqu'il surprit son regard.

—Rien. Rien du tout. C'est juste que…

— Oui ?

— J'ai du mal à réaliser qu'on s'est connus dans un lieu comme la pension, pour se retrouver dans le Chaos, à élaborer des stratégies contre notre propre gouvernement. C'est tellement surréaliste.

— Nous ne sommes plus exactement les mêmes, tu sais. Je n'ai jamais été aussi épanoui que maintenant. Cet endroit m'apporte beaucoup.

— À moi aussi, admit-elle posément. Cependant, je ne compte pas y rester longtemps, je crois que je me suis déjà trop attardée. J'ai aidé à la consolidation des liens entre les différents clans en attestant que des Hélderionnois étaient de leur côté, mais maintenant… Je n'ai pas l'impression d'avoir ma place ici. Certaines personnes me manquent.

— Vraiment ? Moi, j'ai trouvé une vraie famille. Celle que je n'avais jamais eue.

Aileen contempla les flammes avec nostalgie.

— Moi, j'avais une famille, avant.

Il se leva pour poser une main réconfortante sur l'épaule de son amie.

— Était-ce vraiment une famille ? Tu sais ce que ton père a fait à Mylianne…

— Je ne veux pas parler de ça, répliqua-t-elle en s'écartant de lui.

Le sujet était trop douloureux. Si elle avait longtemps tenu Glenn comme responsable de la mort de sa petite sœur, elle avait maintenant honte de son aveuglement.

— Oublions, reprit-il. Tu ne veux pas faire une partie ?

Ils se sourirent, puis il prépara le plateau. Il posa les pions un par un, non sans culpabilité. Peut-être qu'Aileen n'était pas à son aise ici, car elle sentait qu'on lui cachait quelque chose.

La salle à manger se situait au rez-de-chaussée de la tour, et faisait partie intégrante des cuisines. Cataline avait mis en place un système de roulement pour les corvées. Ce soir-là, c'était au tour de Glenn et Aileen de nettoyer le sol et de mettre la table.

Lorsqu'ils eurent terminé, ils s'installèrent pour dîner. Les Lames Nocturnes ne tardèrent pas à les rejoindre. La jeune femme vit immédiatement que quelque chose n'allait pas. En plus de l'absence d'Orius et de celle de Cataline, les expressions désolées et abattues augmentèrent ses doutes.

— Que se passe-t-il ?

Pour une fois, Keff garda le silence et laissa la parole à Zéphyr :

— Nous étions en train de creuser dans le sable lorsque Orius a eu un malaise, et…

Elle quitta aussitôt la pièce et se précipita jusqu'à la chambre du veilleur, où Cataline s'occupait déjà de lui. La vieille femme tenait une infusion entre ses mains ridées et tremblantes. Lui reposait dans son lit, le torse brillant de sueur.

—Il a besoin de soins, annonça la vieillarde de sa voix chevrotante.

—Qu'est-ce qu'il a ?

—Je n'en ai aucune idée, mais je prépare des décoctions.

Le visage d'Aileen s'assombrit. Elle avait tant besoin de lui ! Il avait veillé sur elle. Il l'accompagnait. Sans Orius, tout cela n'avait plus aucun sens.

—Il faut l'amener à Mizin.

—Aileen… Rien que pour gagner la capitale, il y a cinq jours de route. Il ne tiendra jamais le coup jusque-là.

—Alors j'irai à Zenan pour trouver un guérisseur. C'est proche, son état ne va pas empirer d'ici là. N'est-ce pas ?

Cataline se détourna de la couche et termina de préparer l'infusion.

—N'est-ce pas ? insista-t-elle.

—Soit il passe la nuit, et dans ce cas, il y a toutes les raisons d'être optimiste… soit… tes efforts ne serviraient à rien.

Elle accusa le coup. La chef des Lames Nocturnes s'empara d'un linge humide, mais la jeune femme le lui prit délicatement des mains et le posa elle-même sur le front d'Orius.

—Alors il n'y a plus qu'à attendre, murmura-t-elle avec désespoir.

Cataline quitta la pièce pour chercher d'autres herbes afin d'essayer un remède différent. Aileen essaya d'examiner son compagnon. Essaya seulement. Cette vision était insupportable, lui broyait le cœur.

—Sois forte.

Orius l'observait avec un très mince sourire. Elle essuya maladroitement ses joues.

—Ne meurs pas. S'il te plaît.

Le veilleur la serra contre lui, et elle fut horrifiée de se rendre compte qu'il avait si peu de force.

—Écoute, dit-il de sa voix étrangement faible, tout est ma faute. J'aurais dû me faire suivre après l'opération que j'ai subie à Mizin. Les guérisseurs ont testé quelque chose sur moi et je ne les ai pas revus depuis…

—Je peux aller là-bas ! Je vais leur demander ce que tu as, et ça va s'arranger…

—Tu sais aussi bien que moi que c'est impossible. Je ne souhaite que… que deux choses. Si un jour tu en as l'occasion, dis à Shala que je l'aimais.

Aussi blessante que soit cette requête, elle acquiesça.

—Et reste à mes côtés. Jusqu'à la fin.

Elle aurait voulu avoir la force d'accepter la situation. Pourtant, tout en elle criait, se révoltait. Elle refusait de rester ici, passive, à le regarder s'éteindre peu à peu.

—Fais-moi confiance, supplia-t-elle. Je t'en prie. Je vais trouver le moyen de te sauver.

Interlude

Yamilia poussa la porte de sa chambre et s'empressa de tourner la molette de la lampe de cristal posée sur sa table de chevet. Elle s'assit sur son lit et, pour la première fois depuis des semaines, ne se lamenta pas sur son sort. Farien avait illuminé sa journée. Ce jeune homme n'était pas n'importe qui, mais le fils d'un important membre de la Corporation des guerriers de l'aurore. Et il s'intéressait à elle, malgré son physique dévasté par le poison. Un bien maigre réconfort, songea-t-elle avec amertume. Peut-être avait-il juste pitié ? Une vague de fureur monta en elle. Elle voulait comprendre pourquoi la vie lui infligeait une telle épreuve. Elle en avait besoin.

Tant d'hypothèses sur l'identité de son bourreau lui avaient traversé l'esprit. Le Maître avait lancé une investigation qui n'avait rien donné, et elle sentait que l'affaire ne serait pas relancée. Devait-elle rester impuissante ? Rester une victime, comme ces dernières semaines ?

Elle se leva et se rendit au bureau du Maître. À sa grande surprise, Meldrave n'était pas à l'accueil. Durant toutes ces années passées à la pension, jamais Yamilia n'avait vu la fidèle et imposante secrétaire absente de son haut comptoir. Elle se faufila aussitôt dans la salle d'attente et entendit des éclats de voix. Curieuse, elle colla son oreille contre la porte de bois.

— J'ai déjà fait mon possible pour la retrouver ! Je ne suis pas responsable de sa disparition !

La voix du Maître était emplie de colère.

— Mon époux ne peut le tolérer. C'est elle qu'il a choisie.

— Et il ne peut pas en choisir une autre ? Cette fille est une source intarissable de problèmes. Connaissant son passé, je n'aimerais pas la savoir…

— Tu contestes les décisions de ton dirigeant ? Après ce qu'il a fait pour toi… Dois-je te le rappeler ?

Il y eut un silence pesant, puis des bruits de pas.

— Retrouve-la, tu n'as pas le choix, ou un autre paiera ta négligence. Au revoir, Joscard.

Yamilia se précipita dans l'un des fauteuils. Peu après, le Maître ouvrit la porte pour appeler :

— Meldrave ? Où sont les bulletins à signer ? Meldrave ?

— Elle n'est pas là, dit timidement Yamilia.

— Que fais-tu ici ? demanda-t-il froidement.

— Je voulais vous parler de l'enquête.

Il alla vérifier par lui-même l'absence de sa secrétaire, puis revint à sa visiteuse, qui s'était levée pour le suivre.

— Entre.

Elle pénétra à l'intérieur du bureau et s'installa dans le siège qu'il désigna.

— Je t'écoute.

— J'ai besoin de savoir qui m'a fait ça. Je suis prête à faire n'importe quoi.

— Je vois.

Le regard de Yamilia, seul vestige de sa beauté, le fixait. Il y vit un étrange écho à celui d'Aileen, cette même soif de vengeance.

Il considéra longuement les risques qu'impliquait de prendre la pensionnaire à son service. Jeune, décidée, certes, mais très sensible au jugement des autres. Seulement, il n'avait plus personne sous la main. Glenn s'était enfui en apprenant la mort de Mylianne. Aileen avait exigé son transfert chez les guerriers de l'aurore. Lylonna, trop soupçonneuse, était devenue réticente à toutes formes d'apprentissage en sa compagnie. Arelun, si influençable, s'était esquivé à son tour. Joscard s'était souvent demandé où avait été la faille dans leur formation : cela venait-il de son manque de tact ou du caractère difficile des candidats ?

Il finit par parler :

— Tu devras travailler pour moi. Comme tu le sais, depuis la déclaration de guerre aux Terres Impies, il nous est absolument interdit d'avoir le moindre contact avec les hérétiques. Je soupçonne néanmoins certains membres de la pension d'avoir négligé cette interdiction.

— Qui suspectez-vous ? demanda-t-elle.

— Monsieur Bellor, c'est lui qui a initié les échanges, et il a très mal pris l'arrêt de la correspondance entre les pensionnaires et ces… impies. Alors, je peux compter sur toi ?

— Vous m'aiderez à relancer l'enquête et à punir le coupable ?

— Bien sûr. Mais je veux des résultats rapides.

— Vous en aurez, monsieur, assura-t-elle.

Elle quitta le bureau d'un pas lourd. Le Maître poussa un long soupir de soulagement. La surveillance de monsieur Bellor était un souci en moins ; désormais, il pouvait se concentrer sur la disparition d'Aileen Manérian.

4

Vers le désert

– Rouge-Terre, forêt, 913 –

Question IV : Quels sont les outils de l'oraisonnier ?

L'oraisonnier ne se sépare jamais de ses deux outils qui, ensemble, lui permettent d'accomplir une cérémonie d'oraison.
– L'Étoile de base est un fragment d'argent taillé en forme d'astre, orné de filigranes qui, lorsqu'il entre en contact avec le pendentif, permet à la Vive, une pique triangulaire au cœur du médaillon, de sortir. C'est elle qui contient tout le pouvoir.
– Le pendentif est l'outil grâce auquel la résuadine est extraite du corps puis téléportée dans les temples. Les médaillons n'ont pas les mêmes formes en fonction des oraisonniers. Chacun est unique. Pour en savoir plus sur la fabrication de ces objets, se rendre à la question XV.

Extrait de *Secrets d'oraison* – par Gide Manérian, dirigeant de la Corporation des marchands d'étoiles depuis l'année 882.

Un bruissement de feuilles se fit entendre dans les fourrés sur sa droite. Instantanément, il se figea. Un petit craquement sec suivi d'un bruit de museau fouillant l'humus trahit une nouvelle fois la présence de la proie. Lorion s'approcha à pas feutrés, ramassé sur lui-même et les oreilles rabattues. La masse noire d'un nùmiel entra dans son champ de vision. Il banda ses muscles lorsqu'il vit l'animal humer l'air à l'aide de son long museau, puis bondit. Le nùmiel se retrouva entre les pattes du lynx, qui l'immobilisa à l'aide de ses griffes et lui comprima le cou avec ses puissantes mâchoires.

—*J'en ai un.*

À une centaine de mètres de là, Alexian releva la tête en entendant ce message. Cela faisait désormais deux jours que Noony et lui, accompagnés de leurs animaux, marchaient à travers la forêt. Ils s'accordaient régulièrement le droit d'établir un campement et de se reposer afin d'économiser leurs forces. Si l'espion était moins défaitiste que les jours précédents, au grand soulagement de sa compagne, il gardait cependant la mine lugubre et n'était guère enclin à la conversation. Enveloppée de ce lourd silence, l'oraisonnière se demandait chaque jour ce qu'elle faisait là, sur ce continent. Elle aurait pu rebrousser chemin et rentrer à Manérian. Un sourire dépourvu de joie naquit sur ses lèvres à cette pensée. Oui, elle aurait pu rentrer à Manérian. Elle imaginait l'accueil de son père. L'aurait-il dénoncée comme il l'avait fait pour sa propre épouse ? Sans aucun doute. Elle devait se rendre à l'évidence. Cette forêt de Rouge-Terre lui était bien moins hostile que ce qui l'attendait en Hélderion.

Lorion arriva au campement pour déposer sa proie aux pieds de son uni.

—*La chasse va être très bonne, aujourd'hui. Il t'en faut encore combien ?*

—Autant que possible, énonça-t-il à voix haute, n'ayant plus rien à craindre de la réaction de Noony.

—*J'y retourne.*

Étincelle, qui avait la tête affectueusement posée sur les genoux de sa maîtresse, se redressa et suivit le lynx. Ils disparurent dans les fourrés.

Alexian tira une dague de sa ceinture, celle qu'ils avaient volée à des brigands les ayant agressés.

—Il va falloir que tu m'aides, dit-il.

—À quoi faire ?

—Eh bien, nous devons dépecer chaque proie capturée afin de garder la peau, puis de la tanner. C'est avec cette fourrure et ce cuir, quand ils seront devenus imputrescibles, que nous pourrons fabriquer notre tente, notre sac, nos protections pour le désert. Il y a deux techniques de tannage : la première, la méthode végétale, consiste à utiliser l'écorce d'arbres comme les porte-flammèches, riches d'une substance empêchant la putréfaction. La technique animale est moins engageante, mais bien plus rapide et efficace : il faut utiliser la cervelle ou la graisse d'animaux.

—Et c'est celle-là que nous allons mettre en œuvre ?

—Exactement. D'abord, il faut retirer la chair de l'animal. L'idéal aurait été de se procurer du sel afin de conserver la viande pour la traversée des Plaines Désertiques… mais nous serons obligés de nous contenter de fruits pour nos réserves. Va me chercher des bâtons.

Elle fixa un instant du regard le rongeur qu'Alexian s'appliquait à vider de ses entrailles, puis s'enfonça dans la forêt à la recherche de ce qu'il lui avait demandé. Il la regarda s'éloigner. Elle avait réellement progressé lorsqu'il s'agissait de dissimuler ses émotions. Il n'osait pas le lui dire, mais son investissement et sa présence dans sa quête désespérée le touchaient. Il se souvint de son abattement les jours qui avaient suivi la mort de son père, et de l'autorité dont elle avait fait preuve afin de le contraindre à ne pas baisser les bras.

ഇ

Elle slalomait entre les troncs, s'arrêtant pour ramasser les branches les plus larges et les plus solides. Malgré ces deux journées passées dans la forêt, elle ne parvenait pas à s'habituer à la dense végétation, sa robe se prenait toujours dans les buissons épineux, et elle totalisait un nombre impressionnant d'écorchures sur les bras et les jambes.

Les genoux à terre, elle tentait d'imbriquer correctement les branches quand une baisse soudaine de luminosité lui fit lever les yeux. Elle aperçut une parcelle du ciel, devenu d'un gris cendre. Elle se hâta vers le camp pour assister là-bas à ce phénomène qu'elle observait habituellement avec son père sur les monts Fol'étoiles.

L'espion s'appliquait à étaler une substance grisâtre et gluante sur les peaux lorsque Noony déboucha dans la petite clairière.

— C'est l'éclipse annuelle ! s'exclama-t-elle.

La température avait brutalement chuté. Ils allumèrent un feu pour se réchauffer et faire cuire la viande. Le disque d'or du soleil était peu à peu grignoté par le cercle sombre de la lune du Bouclier. Étincelle se leva et se mit à tourner autour du campement avec agitation. La lumière décrut davantage.

— Encore un changement de saison loin de chez moi, murmura-t-elle.

L'ombre de la lune masqua peu à peu le soleil, qui devint alors un cercle complètement noir, bordé d'une couronne de lumière argentée et de flammèches rosées. L'alignement ne dura qu'une minute, puis le Bouclier poursuivit sa course.

Elle sentit tout à coup une brûlure sur sa poitrine. Elle réalisa que son pendentif était à l'origine de cette chaleur inquiétante. Elle le détacha immédiatement.

— Qu'est-ce que tu as ?

Elle déglutit péniblement, sa main portée à l'endroit où elle avait senti cette étrange douleur.

— Rien… rien du tout, dit-elle d'une voix troublée en rangeant le bijou dans sa poche, avec son Étoile de base.

Jamais elle n'avait ressenti cela, elle le portait pourtant à son cou depuis une dizaine d'années. Était-ce un signe ? Elle leva à nouveau les yeux vers le ciel qui reprenait peu à peu sa couleur bleue éclatante. Au moment où sa foi la quittait, les astres essayaient-ils de lui envoyer un message ? De lui rappeler son devoir ? Un intense sentiment de culpabilité la submergea lorsqu'elle réalisa qu'elle n'avait fait aucune Complainte Nocturne depuis qu'ils avaient fui Grise-aube. L'oraisonnière se sentit soudain stupide d'avoir fermé son esprit à toutes les questions se rapportant à la foi. Quelque chose s'était cassé en elle. Ses croyances s'étaient peu à peu envolées au contact du Rouge-Terrien.

Ce dernier la dévisagea, puis partit se laver les mains dans le ruisseau qui coulait un peu plus loin. Elle lui fut reconnaissante de lui laisser un moment de solitude. Elle resta immobile à réfléchir à sa foi. Toutes ces années passées à apprendre par cœur des règles, des rituels, à faire des sacrifices. Toutes ces années passées avec la conviction d'offrir aux morts une autre vie, ailleurs dans le cosmos. Cela avait-il été vain ? Elle repensa à la résuadine, ce liquide d'un noir miroitant entreposé dans les temples d'oraison. L'âme des morts ? En tout cas, ce dont avait besoin la Grande Corporation, et par extension l'Astracan.

Et si l'oraison était en réalité un acte parjure de la véritable religion ? Que serait-elle alors aux yeux des astres ? Tout en se posant ces terribles questions, elle fut soulagée de ne pas avoir fait de cérémonie pour la chuchoteuse. En revanche, l'idée d'avoir effectué l'oraison de Mylianne la mit mal à l'aise. Elle revoyait le visage figé de sa petite sœur assassinée, sa peau diaphane, sa bouche violacée.

Et si elle l'avait envoyée dans un endroit pire que la mort elle-même ?

— Est-ce que tu veux des baies ? demanda Alexian pour annoncer son retour. J'en ai ramassé trois poignées près du ruisseau.

Elle accepta et il commença à emballer leurs maigres provisions.

— Ce spectacle, l'éclipse, dit Noony d'une petite voix, j'allais toujours la voir avec mon père. C'était l'annonce du début de la saison sèche, le retour du beau temps.

Il la considéra avec circonspection. Cela faisait plusieurs jours qu'ils n'avaient pas parlé d'autre chose que de leur itinéraire et de leur survie.

— Tu sais, poursuivit-elle, je commence à renoncer. Je veux dire, à revoir Hélderion un jour. Rien que le fait d'être avec toi, cela me condamne aux yeux du gouvernement.

— Merci beaucoup pour ce que tu fais.

Le lendemain matin, ils passèrent leur temps à dépecer, tanner et coudre leur équipement. Elle suivait à la lettre ses indications et était contente que sa mère lui ait appris les rudiments de la couture. Elle regardait avec admiration le petit morceau d'os qu'Alexian avait taillé pour faire une aiguille.

— Comment as-tu appris tout ça ?

— Cela faisait partie de ma formation. Je devais être capable de survivre sans demander d'aide en Hélderion. Les premières semaines que j'ai passées dans ton royaume, nous avons vécu comme ça, Lorion et moi.

L'indépendance de l'espion suscitait son envie. Elle se sentait beaucoup plus rassurée à l'idée de traverser le désert jusqu'à Tombe-lune en le voyant si confiant et si expert dans la fabrication de leur équipement. Elle mit encore plus d'ardeur à sa tâche.

— J'ai terminé la toile pour la tente, annonça-elle au bout d'un moment.

Pour qu'elle soit assez grande, elle avait dû coudre vingt peaux de nùmiel. Il vint examiner son travail et la félicita d'un petit hochement de tête approbateur.

— Tu peux coudre le sac, maintenant.

Le temps s'écoula au rythme de leur ouvrage. Quelques notes flûtées retentirent dans les airs ; la nature s'éveillait.

— Maintenant, il va falloir trouver des bâtons de bonne taille, que l'on mettra dans le sac avec la toile. Tu verras qu'avec ça, nous n'aurons rien à craindre de nos nuits dans le désert.

Il donna des instructions quant aux diverses tailles des six bâtons nécessaires pour la construction de la tente. Avec en tête l'idée qu'elle devenait de plus en plus courageuse, elle chercha ce que lui avait demandé son compagnon, le sourire aux lèvres.

Ils étaient prêts à partir aux alentours de midi. Elle étouffait les dernières braises du feu alors qu'Alexian hissait sur ses épaules le sac de peau dans lequel se trouvaient la tente et les réserves de nourriture. Il attacha à sa ceinture les gourdes qu'il avait fabriquées le matin même et qu'il venait de remplir de l'eau du ruisseau.

— Tout est prêt, nous pouvons partir.

La végétation changea à mesure qu'ils avançaient, l'air se gorgeant de parfums suaves. Des lacis en fleurs s'entrecroisaient allégrement avec les troncs tordus des arbres ; des cris d'oiseaux et de bêtes retentissaient sans jamais cesser. Il n'y avait aucun sentier tracé, la présence humaine étant complètement absente de cette région. Alexian tranchait les branches récalcitrantes à l'aide de sa dague. Lorion les devançait toujours d'une centaine de mètres alors qu'Étincelle couvrait leurs arrières afin d'éloigner d'éventuels prédateurs ou de les prévenir d'un quelconque danger.

Ils s'autorisèrent une halte lorsque le jour commença à baisser. Les épreuves qu'ils avaient traversées avaient changé leur corps : des muscles saillaient sous la peau d'Alexian, qui comme Noony arborait un hâle cuivré dû à leurs longues marches sous un soleil de plomb.

Après quelques heures d'arrêt, ils reprirent la route. Les lanières du sac commençaient à meurtrir les épaules du jeune homme, mais il souffrait en silence. Sans aucun doute, son amie se proposerait pour le porter si elle voyait qu'il faiblissait, et il préférait qu'elle garde toute son énergie pour le désert. Si lui était habitué au climat extrême des Plaines Désertiques, ce n'était pas le cas de sa compagne.

Interlude

Yamilia observait tout le temps, que ce soit en classe, au réfectoire ou dans les corridors de la pension. Il lui fallait trouver le moyen d'approcher monsieur Bellor, d'obtenir des preuves de ses liens avec les Terres Impies. Ainsi, le Maître l'aiderait à répondre à la question qui l'obsédait. Des rumeurs circulaient au sujet de Lylonna et de ses affinités avec les impies. Lorsqu'elle l'aperçut en train de sortir du réfectoire, elle tenta d'engager la conversation avec la jeune fille.

—Bonjour.

Lylonna eut un mouvement de recul instinctif à l'approche de Yamilia.

—Oh euh... bonjour.

—On m'a appris que tu me remplacerais en tant que pensionnaire modèle.

Elle parut soudain très gênée, tentant de ne pas trop scruter le visage qui lui faisait face.

—Je voulais te féliciter.

—Ah, merci, fit-elle, un peu décontenancée.

—Tout ceci me paraît tellement superficiel. Maintenant, j'ai envie de me consacrer à autre chose.

—Vraiment ? demanda son interlocutrice avec une politesse forcée. À quoi ?

—Oh, je ne sais pas si je peux en parler...

Elle fit semblant d'hésiter, puis chuchota :

—L'histoire de Thyrane, ce genre de choses...

—Je vois. Bon courage.

Lylonna se dirigea vers la cour extérieure. Yamilia lui emboîta le pas, bien décidée à ne pas laisser passer l'occasion.

—Je vais être honnête, poursuivit-elle tout bas, j'ai entendu des bruits à propos de monsieur Bellor. Cette civilisation me passionne. Je veux en être.

Sa camarade s'arrêta, surprise. Elle vérifia que personne ne les écoutait avant de répondre :

—On n'évoque pas ça en public.

— Je sais bien. Je veux simplement participer à tout cela.

Lylonna la jaugea, méfiante. Son sentiment de pitié envers son interlocutrice se lisait ouvertement. Après un instant d'hésitation, elle murmura :

— Rendez-vous ce soir en salle 12.

Elle s'éloigna aussitôt. Yamilia réalisa alors à quel point son accident la changeait aux yeux des autres. Cela pouvait devenir une redoutable arme de persuasion. Mieux encore, de manipulation.

5

Hommage et plans

– Royaume de Thyrane, Chaos, 913 –

Terre : La terre est méprisée en Hélderion, elle n'est qu'une source de nourriture, associée à l'agriculture. Elle est le symbole du travail manuel, de la fatigue du corps, de l'endormissement de l'esprit. Dans notre culture, le sol s'oppose symboliquement au ciel. Au royaume de Thyrane, la terre est une substance universelle qui se rapporte directement à la vie, que ce soit pour la donner ou la reprendre. Les Thyraniennes qui veulent tomber enceintes mettent une poignée d'humus sous leur oreiller. Il est également de coutume d'enterrer les morts dans un endroit qui a eu de l'importance pour le défunt, et d'y planter un arbre dans un souci de retour à la terre et à la nature. Les hors-la-loi ont eux une pierre en guise de sépulture, marque de déshonneur.

Extrait de *Comprendre un nouveau royaume* – par Adrastée Sandiane, historienne de la Corporation Volplume depuis l'année 901.

Elle se rua dans sa chambre et rassembla ses affaires. Ses gestes étaient rendus maladroits par l'émotion. Elle devait partir. Immédiatement. Pour sauver Orius. Ses yeux s'embuèrent de larmes et les meubles de la chambre devinrent flous. C'était impossible, il ne pouvait pas mourir, elle devait trouver un remède.

Elle renifla bruyamment et s'empara d'un sac. L'espace d'un instant, elle se demanda comment elle ferait pour retrouver son chemin jusqu'à Zenan, puis l'image de son amant agonisant s'imprima dans son esprit. Peu importait, elle trouverait une solution ; pour le moment, elle devait simplement se dépêcher. Les heures étaient comptées.

En se retournant, elle vit que le Poignard-Sanglant se tenait dans l'encadrement de la porte.

— Vous ! Écartez-vous de mon chemin ! C'est à cause de vous qu'il risque de mourir !

— Tu ne sortiras pas d'ici, dit Keff d'un ton parfaitement indifférent.

Elle lui jeta un regard assassin.

— Poussez-vous.

— Non.

Elle se rua sur lui pour tenter de forcer le passage. Il n'eut qu'à la saisir par les bras pour la rendre inoffensive.

— Calme-toi !

— Lâchez-moi ! hurla-t-elle.

Elle tenta de les jeter tous deux au sol, mais ne réussit qu'à se tortiller entre les mains puissantes. Haletante, elle finit par cesser de se débattre. Il la lâcha et elle courut vers ses affaires.

— Il est condamné.

Elle chancela, une main contre sa tête et l'autre cherchant le mur.

— Vous mentez. Je dois aller à Zenan, murmura-t-elle. Oui, je dois y aller... il faut... il a besoin... il a besoin d'un guérisseur... je dois...

De la pitié passa sur le visage du Poignard-Sanglant. Si jeune, si forte, et attachée à ce veilleur faible et mourant. Quel gâchis.

— Keff ? Est-ce qu'elle est avec toi ?

Cataline venait d'entrer dans la chambre. Aileen s'était à présent roulée en boule par terre et ses sanglots déchiraient le silence. La chef des Lames Nocturnes s'agenouilla près d'elle avec précaution.

— Je connais un guérisseur à Zenan. Je lui ai envoyé un pigeon. C'est un ancien Lame Nocturne, il devrait venir.

— Devrait ? répéta-t-elle.

— C'est tout ce que je peux faire pour le moment. Allons, tu vas attraper froid à rester sur ce carrelage...

Le Poignard-Sanglant lui prit le bras et la fit se relever sans ménagement. Cataline dévisageait la jeune fille avec appréhension.

— Tu ne peux rien faire de plus. Partir à Zenan sans avoir planifié quoi que ce soit serait catastrophique, on te presserait de questions. Il faut agir avec discrétion par les temps qui courent.

— Alors c'est tout ce qui vous intéresse, n'est-ce pas ? Que votre plan se déroule parfaitement ! Le plan, toujours le plan ! Vous n'avez rien à faire de la vie d'Orius ! Pour Zéphyr, votre fils, ce serait la même chose !

— Keff, veille à ce qu'elle se repose.

— Entendu.

Aileen s'écarta brusquement lorsque le Poignard-Sanglant chercha à lui saisir le bras et préféra se diriger de son plein gré vers sa couche plutôt que d'avoir le moindre contact physique avec cet homme. La vieillarde ajouta :

— Je vais réfléchir à un moyen pour que tu retournes à Zenan sans faire trop d'éclaboussures. Je crois qu'il est temps que tu partes.

ꟸ

Aileen regardait le plafond délabré de sa chambre sans vraiment le voir. Elle pensait à Orius, aurait voulu être à ses côtés, mais Cataline avait refusé. Zéphyr voulait s'entretenir seul avec son fils. Elle eut un rictus de dégoût à la pensée de cet homme. Il fallait que le veilleur soit au bord de la mort pour que son père s'intéresse à lui.

Le Poignard-Sanglant montait la garde devant sa porte, et elle avait renoncé à l'idée de le défier une nouvelle fois. Mieux valait qu'elle joue les dociles.

Des bruits de pas retentirent en provenance du couloir.

—Je peux la voir ?

Glenn entra dans la petite chambre et s'installa sur un tabouret branlant ; son air sinistre ne disait rien qui vaille. Il joignit les mains pour se donner une contenance et prit un grand bol d'air :

—Est-ce que tu vas bien ?

—C'est à Orius qu'il faudrait poser la question, répondit-elle d'un ton acerbe.

—Ne sois pas mauvaise. Son père est avec lui en ce moment, ça se comprend…

—C'est lui qui devrait décider qui il veut voir.

—Peut-être est-ce son choix…

—Est-il conscient ?

Glenn resta muet et se mit à détailler les vieilles dalles avec intérêt.

—Je vois, dit-elle lentement. Je dois absolument lui parler. Le voir… une dernière fois.

—Je suis désolé, les ordres sont très clairs.

La colère se grava sur ses traits. Elle se détourna avec une grimace de répulsion.

—Je pensais que tu serais de mon côté, Glenn ! Après ce que nous avons traversé lorsque Mylianne est morte, tu devrais comprendre ce que je ressens. Tu as essayé de la revoir avant de partir dans le Chaos. Tu sais ce que c'est !

—Arrête de tout ramener à Mylianne ! Ça n'a aucun rapport ! C'est… c'est passé maintenant, il faut que nous allions de l'avant.

Elle s'allongea sur son lit et tira la couverture sur elle. Chacun de ses battements de cœur lui envoyait une décharge douloureuse à la pensée d'un Orius inerte et glacé.

Elle entendit les pas de Glenn décroître dans le couloir.

—Il est déjà mort, assena tranquillement Keff.

Aileen accueillit la nouvelle avec calme, immobile dans son lit. Naïvement, elle s'était attendue à sentir quelque chose lorsqu'il serait emporté par la mort, mais non, il était parti sans bruit.

Il était parti sans elle.

Elle n'avait pas pu le voir une dernière fois.

Ni honorer sa promesse de rester jusqu'à la fin.

La luminosité de la pièce baissa. C'était le début de l'éclipse annuelle. Elle avait connu Orius seulement une saison. Qu'est-ce que cela représentait dans une vie entière ? Pourtant, l'amour qu'elle éprouvait se répandit comme une douce chaleur en elle ; elle ferma les yeux et s'enveloppa de ses propres bras, essayant de sentir la présence diffuse du veilleur.

La voix rauque de Keff la tira de ses pensées.

— Cataline te réclame.

ℬ

Le soleil posait un baiser sur l'horizon alors que la procession partait de la Tour jusqu'à la périphérie du Chaos. Les pas qui s'imprimaient dans le sable noir étaient aussitôt effacés par une bourrasque furieuse. Aileen resserra son manteau autour d'elle. Ce panorama de violence était un cruel décor assorti à sa peine.

Elle marchait aux côtés de Zéphyr. Une minorité des Lames Nocturnes était venue assister aux funérailles. La mort d'un veilleur n'était pas pour tout le monde une véritable perte, bien que celui-ci ait partagé leur quotidien pendant un moment.

Cataline lui avait expliqué qu'il était impossible de faire venir un oraisonnier ; Orius devrait donc se plier à la coutume thyranienne, qui enterrait les morts. La vieille femme avait laissé à Aileen le choix de l'emplacement, et elle avait décidé qu'il serait enterré sur les hauteurs. À l'endroit précis où ils avaient contemplé les ruines pour la première fois.

Ils grimpèrent le petit chemin qui serpentait jusqu'à la colline surplombant le Chaos, et la terre succéda au sable sous leurs pieds. Ils se retrouvèrent devant une fosse fraîchement creusée, à côté de laquelle se tenait Glenn équipé d'une pelle. Sur le monticule de terre extrait de la tombe était posé un arbuste prêt à être planté.

Elle s'arrêta net en voyant le corps d'Orius à quelques mètres de sa future sépulture. Le torse et les jambes avaient été enveloppés de linges blancs, mais la vue de son visage pétrifié la frappa en plein cœur.

Un silence religieux régnait sur le cercle qui s'était formé autour de la tombe. Keff se tenait en retrait. L'idée que l'homme responsable de la mort d'Orius soit présent aux funérailles la répugnait. Elle chercha à aimanter le regard de Cataline pour lui transmettre sa révolte. La vieille femme ferma aussitôt les yeux pour se recueillir.

— Merci à tous d'être venus ! s'exclama Zéphyr d'une voix enrouée.

L'héritier des Lames Nocturnes portait pour l'occasion une chemise noire à l'usure visible, ainsi qu'un pantalon de toile, peut-être un vestige de la mode thyranienne. En scrutant ses yeux bleus, Aileen retrouva quelques instants ceux d'Orius, et en ressentit une curieuse impression. Ce n'était pas dans l'ordre des choses qu'un père enterre son fils.

—On ne peut pas dire que j'aie été présent dans la vie de mon fils. J'ai fait le choix de rallier les Lames Nocturnes alors qu'il était très jeune. J'ai laissé mes responsabilités pour rejoindre un combat plus juste que celui de veilleur. Je l'ai laissé derrière moi.

Son visage s'assombrit.

—Je le connaissais peu. Si peu. Et je ne suis pas le plus apte à parler de lui aujourd'hui. Aileen, si tu veux bien...

Elle s'avança.

—Orius était déterminé dans tout ce qu'il entreprenait.

L'image de leur premier baiser lui revint brusquement en mémoire. Elle porta instinctivement sa main à sa bouche.

—C'était un homme dévoué comme on en rencontre peu, très ouvert d'esprit. Il a rallié votre cause. Je ne connais pas beaucoup de personnes représentant Hélderion qui auraient agi de la même façon. Il était prêt à participer à l'opération Chute des étoiles, et ce, bien que l'un d'entre vous, qui donne une bien mauvaise image des clans, ait tenté de le tuer.

Le Poignard-Sanglant n'eut aucune réaction à cette dernière phrase ; toutefois, il était moins narquois qu'à l'accoutumée.

—Tous ces mots, poursuivit-elle avec conviction, ne sont rien en comparaison de ce qu'il a fait pour moi et de ce qu'il aurait fait pour vous s'il était resté en vie.

Cataline fit un petit signe à Zéphyr, qui prit le corps de son fils dans ses bras pour procéder à la mise en terre. Aileen ne voulait pas en voir plus, ce n'était pas cette vision-là qu'elle voulait garder d'Orius. Il n'était pas ce pantin désarticulé. Elle ferma les yeux.

Aileen était seule devant la table de jeu. Le feu qui crépitait dans la cheminée procurait une lumière rassurante et lui réchauffait le dos. Certains soirs, Orius et elle jouaient tard ici, lorsque le sommeil ne venait pas. Ils regardaient le morceau de ciel piqueté d'étoiles qui apparaissait à l'endroit où le dôme de la tour était effondré et discutaient à bâtons rompus.

Elle entendit des pas, et imagina le veilleur surgir. Mais ce fut Cataline qui apparut et qui s'assit dans le fauteuil près de l'âtre.

—Alors ? demanda Aileen d'un ton détaché. Quel est le plan ?

Cataline parut à la fois surprise et inquiète de la question.

—Eh bien, je pense avoir trouvé quelque chose qui permettra ton retour à Zenan sans te faire soupçonner.

—Dites-moi.

— Il faudra dire que tu t'es fait capturer par un membre des clans à Mizin et que tu as été retenue en otage. Le Poignard-Sanglant jouera ce rôle. Celui-ci orchestrera la scène de ton retour. Je t'ai imaginée émergeant des bois en hurlant, avec Keff qui tente de te tuer puis qui s'enfuit en voyant les autorités.

— C'est un bon plan.

Cataline avait pensé que l'évocation du Lame Nocturne choisi pour cette mission aurait entraîné des cris de contestation. Le sang-froid de la jeune fille, malgré son chagrin, avait quelque chose d'effrayant.

— Je suis sincèrement désolée de la tournure des événements. J'aurais dû te laisser lui parler une dernière fois, mais Zéphyr…

— Je comprends.

Cataline aurait préféré la voir manifester ses émotions plutôt que d'arborer une attitude aussi dégagée. Elle grandissait vite. Et la vieillarde ne parvenait pas à déterminer si c'était une bonne chose ou non.

— Keff est déjà au courant, votre départ est prévu pour après-demain, le temps de préparer vos affaires. À moins que tu ne souhaites rester encore un peu pour te reposer ?

— Ça ira, répondit-elle. Je partirai après-demain. L'opération Chute des étoiles est à présent ma priorité.

Interlude

Il devenait de plus en plus difficile pour monsieur Bellor de dissimuler les trois-larmes qui venaient dans le petit jardin collé à ses appartements. Aider Rouge-Terre. Il était en permanence obsédé par cette idée : pendant ses cours, à ses pauses-déjeuner, jusqu'à la nuit. Il repensait aux projets de correspondance qu'il avait mis en place l'année précédente avec les pensionnaires, aux espoirs de voyages, d'enrichissement mutuel.

On frappa. Il consulta sa montre. Il était déjà l'heure.

—Ah, vous voilà, dit-il en ouvrant.

Un groupe d'élèves entra dans la pièce. Parmi les visages figurait celui bien singulier de Yamilia. Une nouvelle recrue dont il se méfiait encore.

—Je viens de recevoir une lettre, annonça-t-il. Asseyez-vous que je puisse vous la lire :

> « Vous êtes notre seul correspondant étranger en mesure de nous donner un point de vue objectif sur ce qui se passe en Hélderion, même si vous travaillez dans un pays voisin. Je vous en prie, aidez-nous. La situation est désespérée, les villages de Rouge-Terre, dépourvus de moyens, tombent un à un.
> Nous allons tenter de perturber les armées grâce aux Signes. Cependant, il est très difficile de localiser les troupes de là où nous sommes.
> Cher allié, nous parlons la même langue. Vous, vous ne l'avez pas oublié. »

Les pensionnaires se passèrent la lettre et la commentèrent. Il y eut un débat organisé autour de la notion de mode de vie, auquel Lylonna participa avec un grand enthousiasme. Puis, au bout d'une heure, la réunion fut levée.

Yamilia sourit en quittant les appartements et se dirigea vers le réfectoire en compagnie de monsieur Bellor.

—Lylonna m'a dit que tu étais passionnée par Rouge-Terre, fit-il d'un ton faussement détaché.

— Oui, cette civilisation me fascine. Pendant ma convalescence, j'ai pu lire plein de livres à ce sujet… Je crois qu'on trouve du bon même dans les événements les plus tragiques.

Il la jaugea un instant : c'était une gamine en quête de lien social. Inoffensive.

Lorsque Yamilia s'installa à la table avec les membres du groupe, elle se sentit épiée. Farien se trouvait à trois tables de là. Voyant qu'il en était au dessert, elle se hâta de manger pour débarrasser son assiette en même temps que lui. Comme prévu, le jeune homme l'accosta :

— Tiens, tu manges tard, toi aussi. Tu travaillais ?

— Oh, pas exactement, répondit-elle évasivement.

Elle essayait de faire bonne figure, mais était rongée par la culpabilité. Farien jeta à nouveau un coup d'œil vers sa table.

— Tu mangeais avec eux ?

Son ton avait quelque chose de persiflant. Yamilia se justifia :

— Oh, oui. Mais c'était exceptionnel.

Il lui tint la porte pour sortir du réfectoire et ne se préoccupa pas de ses amis qui partaient vers le dortoir.

— Tu devrais faire attention. Ça va mal finir pour ceux qui ont des contacts avec les hérétiques. Et ils auront ce qu'ils méritent. Allez, bonne soirée !

Elle regagna sa chambre avec enthousiasme, heureuse d'avoir revu Farien. À en juger par son ton haineux, il ne semblait pas apprécier Rouge-Terre. Cette idée calmait son sentiment de commettre une injustice. Alors qu'elle retirait les couches de maquillage qui dissimulaient tant bien que mal ses cicatrices, elle se demanda si Farien était réellement intéressé par elle, ou par ce qui lui était arrivé.

6

Sentiment

– Rouge-Terre, Plaines Désertiques, 913 –

Question I : Qu'est-ce qu'un oraisonnier ?

Vaste sujet. On l'oublie trop souvent, mais l'oraisonnier reste avant tout un manieur de mots. Un marchand d'étoiles. Il distribue du rêve, de la compassion, de la grandiloquence. Il sait donner aux personnes les plus communes une autre dimension au moment de l'oraison funèbre. Un représentant de notre corporation doit pouvoir lire dans l'être humain comme dans un livre ouvert, pouvoir mettre le doigt sur ce qui touche, savoir quel mot engendrera un écho, une émotion chez son interlocuteur. Une maîtrise parfaite de la langue et un bon style oratoire sont les qualités premières que doit posséder un oraisonnier, qui fera des progrès en la matière au fil des cérémonies et des lectures. La façon dont il fera évoluer son discours est en revanche aléatoire. Le passage le plus délicat se trouve à la charnière entre l'adolescence et l'âge adulte. C'est à ce moment que l'on distingue le bon oraisonnier de l'excellent oraisonnier : le second aura gardé au fond de lui la fougue de son adolescence. Il sera encore avide de sentiments, ce qui conférera un ton si juste à ses discours.

Extrait de *Secrets d'oraison* – par Gide Manérian, dirigeant de la Corporation des marchands d'étoiles depuis l'année 882.

Après des journées harassantes de marche, ils avaient enfin atteint leur but, et les Plaines Désertiques s'étendaient à perte de vue. Par bien des aspects, elles rappelaient à l'oraisonnière le canyon Double-Vue, à la différence que ce désert cuivré irradiait de danger, s'ouvrant devant eux comme une vaste promesse à la fois de calvaire et d'émerveillement.

— Nous sommes arrivés à peu près à l'endroit que je souhaitais.

Alexian avait parlé d'une voix éraillée qui témoignait de son épuisement. Ses cheveux rouges se plaquaient contre son front ruisselant de transpiration, et ses muscles étaient endoloris.

— Reposons-nous avant de nous engager là-dedans, décida-t-il.

Il se traîna jusqu'à un rocher, contre lequel il s'appuya avec un soupir de satisfaction. Une onde de soulagement déferla en lui lorsque le sac quitta son épaule et qu'il put allonger ses jambes. Il songea avec amertume que si Laï-Mune avait été là, elle aurait pu réparer les dégâts qu'il s'était lui-même infligés. Il avait poussé son corps au-delà de ses limites, mais la situation dramatique de son pays l'exigeait. Il faudrait juste qu'il soit prudent durant la traversée des plaines. Tombe-lune avait besoin d'un espion en pleine possession de ses moyens.

Noony avait moins souffert, n'ayant pas leur équipement à porter. Elle vint s'asseoir près de lui et ils mangèrent le peu de fruits qu'il leur restait.

— Combien de temps mettrons-nous pour atteindre Tombe-lune ?

— Cela dépendra de notre cadence. Je dirais au moins cinq jours, c'est le temps qu'il nous fallait lorsque nous partions en expédition ; toutefois, nous avions beaucoup de vivres et des guides expérimentés. Je me suis débrouillé pour nous faire pénétrer dans le désert par l'ouest, là où il y a le moins de distance entre la frontière des plaines et Tombe-lune. Nous marcherons uniquement de nuit pour nous économiser.

Elle ne savait pas grand-chose du passé de son compagnon. Il avait été retiré très tôt à ses parents pour devenir espion dans la plus grande agglomération de Rouge-Terre. Elle entrevoyait des bribes de l'adolescence du jeune homme quand il traçait leur itinéraire ou qu'il parlait de ses expériences dans telle ou telle région. Pourtant, il n'avait jamais évoqué les raisons l'ayant amené à traverser autrefois les Plaines Désertiques. Elle désirait réellement le connaître. Chaque indice lancé volontairement ou non sur son passé était comme une goutte d'eau tombée par inadvertance dans la bouche d'une assoiffée.

Les barrières entre eux s'étaient effondrées au fil des jours. Ils avaient partagé une proximité qu'elle n'avait jamais connue avec personne auparavant. Si on lui avait dit deux saisons plus tôt qu'elle apprécierait un jour la compagnie du Rouge-Terrien, elle n'y aurait pas cru.

Ils s'assoupirent. Lorion les réveilla au bout de quelques heures en venant leur lécher les mains. L'astre du jour effleurait à présent les montagnes.

— Tu te sens reposé ? lui demanda-t-elle.

— Ça ira.

Elle le dévisagea en cherchant à lui transmettre toute sa conviction, et quoi qu'il ait vu dans ses yeux à ce moment-là, il se détourna brusquement.

— Lorion, Étincelle, en route !

Le silence. Assourdissant. Ce vide absolu lui rappela immédiatement les temples d'oraison. Il y avait quelque chose de sacré dans cette immensité, cette absence de son.

La lune éclairait leur chemin entre les dunes. Parfois, des arbres morts se dessinaient à l'horizon, dardant leurs branches dénudées comme des griffes. Aucun d'eux ne proposait de halte. Lorsque Noony réclamait de l'eau, Alexian refusait fermement, voyant leurs réserves s'épuiser. Elle baissait alors la tête, découragée.

Lorion était celui qui supportait le plus difficilement l'effort. Même si la température était moins élevée que le jour, elle restait haute. Le lynx marchait avec lenteur, et des gouttes de sueur perlaient sur sa fourrure blanche tachetée de gris. Alexian observait son uni avec un serrement au cœur. Il ressentait la fatigue de l'animal et cela décuplait la sienne.

Puis, le soleil monta et se mit à cogner. Ils sentirent très vite sa brûlure sur leurs peaux pourtant couvertes. Pas un souffle d'air ne venait les rafraîchir. L'espion décida de leur lieu de campement, sans s'approcher des immenses rochers, car ses anciens guides lui avaient toujours rappelé le danger qu'ils représentaient, à cause des créatures vénéneuses y vivant. Comme d'habitude, il entreprit de monter leur tente. Il planta les bâtons selon une inclinaison spéciale, les relia à l'aide des poils d'animaux mis de côté, puis jeta la grande fourrure au-dessus du squelette de bois pour ensuite la fixer solidement. Noony étala leurs couvertures en peau de nùmiel sur le sol et remarqua avec agacement que le sable s'infiltrait partout. Elle tira de leur sac des fruits ronds et blancs, qui n'étaient guère sucrés mais hydratants. Quand il eut terminé de monter leur abri, il la rejoignit pour le repas.

— Nous n'en avons pas parlé, mais je sais que tu aurais préféré dormir seule après ce que ton père t'a fait. Merci de ton courage.

Évoquer la potion de cendres rouvrit une blessure que l'oraisonnière avait cru cicatrisée. La honte l'envahissait encore au souvenir de ce soir où Gide Manérian avait découvert son idylle avec Heptiel. Les insultes qui avaient jailli de la bouche de son père, elle ne les oublierait jamais.

— Ce n'est pas grave. Nous n'avons pas le choix. Et j'ai confiance en toi, maintenant.

Et elle fut sidérée de se rendre compte que c'était vrai, et ce, malgré leurs griefs. Un sourire joua sur les lèvres du jeune homme, et elle fut incapable de déterminer si c'était pour contenir sa joie ou masquer sa tristesse.

Elle le dévisagea avec attention, sa peau bronzée, son profil fier et son nez droit, ses yeux vairons, l'un rouge, l'autre marron, qui lui donnaient un air étrange et inquisiteur. Il était beau, c'était un fait. Elle se morigéna d'avoir une telle pensée. Elle se leva brusquement pour s'isoler quelques mètres plus loin, sans dire un mot.

Lorsqu'elle revint, l'esprit embrumé par mille questions, Alexian lui jeta un regard franc et désarmant.

— Que se passe-t-il ? demanda-t-il de but en blanc.

— Je suis désolée, je ne le sais pas moi-même. C'est le voyage, j'imagine ; je suis épuisée, il y a tellement de questions que je me pose ! Que ferons-nous lorsque nous serons arrivés à Tombe-lune ? Comment serai-je accueillie ? Qui sont vraiment les gens qui t'emploient, je…

— Eh bien, demande-moi simplement, je te répondrai comme je peux.

— Avant, tu ne répondais jamais à mes questions, répliqua-t-elle d'un ton accusateur.

— Oui, et comme tu le dis toi-même, c'était avant.

Avant quoi ? Elle l'ignorait, peut-être avant qu'il ne se soit ouvert à elle pour la première fois, avant l'attaque de son village natal, avant sa décision de rester.

— Je ne sais pas quel comité d'accueil on nous réservera, reprit-il. Je suis parti il y a plus d'un an maintenant, j'ai laissé derrière moi beaucoup de gens. Si je le pouvais, j'essaierais de les contacter.

— Grâce aux Signes ?

— Oui. Je n'ai jamais su m'en servir, c'est une grosse lacune dans mon métier et j'ignore comment la combler. Au final, je n'en sais pas plus que toi, l'important est que nous apportions à Tombe-lune toutes les informations que nous avons sur Hélderion.

Alexian désigna du doigt le pendentif qu'elle avait remis à son cou.

— Une oraisonnière dans notre camp, c'est ce que j'apporterai de plus précieux.

Le mot « trahison » s'imprima fugitivement dans l'esprit de Noony, mais elle le repoussa.

— Et puis, qui sait ? Si j'en ai l'autorisation, je pourrai peut-être te faire visiter l'endroit où j'ai vécu. Enfin, si ça t'intéresse…

— Bien sûr que ça m'intéresse.

Ils furent de nouveau enveloppés d'une lourde chape de silence. Au bout d'un moment, il saisit la main de Noony qui s'empourpra. Il brisa le contact.

— Tu es amoureuse de moi.

Elle se sentit percée jusqu'au cœur mais s'exprima d'un ton glacé :

— Je te demande pardon ?

— Tu es amoureuse de moi. Depuis quelques jours, tu ne me regardes plus comme avant, tu es différente.

— Tu ne changeras donc jamais ! Quel prétentieux tu fais !

Elle-même percevait la gêne dans sa réponse.

— Ce n'est pas grave, dit-il tranquillement, comme s'il s'agissait d'un détail parmi tant d'autres dans leur expédition.

Elle n'était pas de cet avis, c'était très grave. Elle, Noony Manérian, qui depuis tant d'années avait accepté son sort, celui d'être toujours seule, de ne jamais aimer personne autrement que par pur altruisme. Elle, à qui le désir charnel était proscrit, au risque de mourir.

Il l'attira soudain contre sa poitrine.

— Ne t'attache pas à moi. S'il te plaît. Je ne suis pas un garçon très recommandable.

Ce brusque élan d'affection surprit la jeune fille autant qu'il l'émut. C'était la première fois qu'elle sentait une véritable bienveillance chez son coéquipier, bien loin de ses calculs habituels.

— En effet, chuchota-t-elle, je ne suis pas sûre que mon père apprécierait que je te fréquente.

Tous deux rirent avec amertume. L'espion et l'oraisonnière. Un sourire dansa sur leurs lèvres avant de s'effacer simultanément. Il approcha son visage de celui de sa compagne, et elle se dit avec déchirement que s'il s'approchait encore, s'il l'embrassait, elle ne pourrait pas résister. Leurs bouches se frôlèrent.

Et il se détourna.

Ce geste était pour elle l'ultime preuve d'amour.

Elle finissait par détester ce désert, ce paysage répétitif et monotone malgré sa beauté. Du sable, encore du sable et toujours du sable…

Ils avançaient à l'aveuglette depuis longtemps désormais ; les journées s'écoulaient, se ressemblant toutes. Alexian traçait des dessins de constellations à l'aide d'un bâton, puis les examinait longuement d'un air soucieux. Au fil du temps, elle commençait à douter de ses capacités à les conduire jusqu'à Tombe-lune, mais lorsqu'elle le questionnait, il se voulait rassurant.

Et une nuit, alors que Noony voulut boire dans la gourde, elle la secoua au-dessus de sa bouche sans qu'aucune goutte ne tombe.

— Nous n'avons plus d'eau.

Il se détourna d'elle avec un geste d'impuissance. Il ne leur restait que trois poignées de fruits pour le reste du voyage.

— Je sais que tu refuses cette solution. Pourtant, il va falloir s'y rendre.

Le Rouge-Terrien rejeta la tête en arrière et reprit le fil de ses propres pensées. Comment la trouver ? Était-ce raisonnable d'y amener Noony ? Celle-ci cherchait le sommeil. Le manque de nourriture avait émacié ses traits. Combien de jours tiendraient-ils encore ?

Étincelle s'approcha de sa maîtresse et vint frotter son museau. Elle sourit et se releva afin de serrer le sang-de-lune contre elle. Si la traversée du désert les épuisait, ce n'était guère le cas de l'animal, qui semblait puiser une énergie incroyable dans le périple. En l'espace de quelques jours, il avait sensiblement grandi, ses pattes s'étaient épaissies et les aspérités qu'ils avaient repérées sur ses flancs s'étaient encore accentuées. Alors qu'elle le grattait affectueusement à cet endroit précis, le contact des poils lui parut plus rêche.

— On dirait qu'il mue.

Alexian s'approcha pour voir de plus près et tous deux examinèrent la bosse qui saillait sous la fourrure de la bête.

— C'est très étrange, commenta l'espion, c'est comme si quelque chose poussait de chaque côté…

— Tu crois qu'il va complètement changer d'apparence ?

— Aucune idée, c'est toi qui t'y connais.

Elle avait en effet lu un ouvrage sur les créatures rares d'Hélderion, dont un bref paragraphe sur les sang-de-lune, mais n'avait aucun souvenir de l'évocation d'un phénomène de ce genre.

Lorsque l'astre du jour descendit sur l'horizon, le groupe plia bagage et se remit en chemin. Lorion les suivait avec difficulté. Ils sentaient la faim leur tenailler l'estomac et la soif leur irriter la gorge. Au bout d'un moment, Noony s'écroula.

— Il faut continuer, dit son compagnon en la relevant.

— Je n'en peux plus… trop fatiguée… trop soif…

— Courage.

— Il faut se rendre à l'évidence ! Nous sommes perdus ! Avoue que tu ignores où nous sommes !

Il resta interdit. Son uni le dévisageait en lui renvoyant son propre regard, mais ne lui transmit aucune pensée.

— C'est vrai, admit-il, je pensais que je pourrais nous guider grâce aux étoiles et à mes connaissances géographiques, mais je n'avais jamais fait cette traversée sans guide.

— Et que faisais-tu dans les Plaines Désertiques ? À quel genre d'expédition participais-tu ?

— Rien de bien excitant, crois-moi.

Elle n'insista pas, trop épuisée et assoiffée. Ils marchèrent de nouveau en silence à travers l'obscurité et le sable. La solitude les enveloppait, effrayante.

Finalement, l'aurore empourpra l'horizon, et la chaleur redevint suffocante. Ils établirent leur camp derrière une immense dune et s'endormirent dès que leur tête toucha leur couchette. Alexian fut réveillé par la chaleur alors que le soleil était à son zénith. Il sortit de la tente et embrassa le panorama, mais ne rencontra que l'éclat éblouissant du sable. Leur sursis résidait dans les fruits mis de côté, qu'ils dévoreraient cet après-midi à n'en pas douter. Il pensait surtout à son uni. Sa respiration était sifflante et irrégulière et il économisait même leurs échanges télépathiques. Comment avait-il pu être aussi sûr de lui et les mettre en danger de la sorte ? Le remords le rongeait autant que l'angoisse.

Étincelle se frotta contre le jeune homme comme s'il voulait apaiser ses craintes.

— Et toi, tu vas bien, n'est-ce pas ? fit-il d'un ton gorgé de rancœur.

Le sang-de-lune se mit à ronronner bruyamment. Et, tout à coup, les aspérités sur ses flancs remuèrent. Le Rouge-Terrien écarquilla les yeux, se demandant si le soleil ne commençait pas à lui faire perdre la tête. L'animal déploya soudain deux magnifiques ailes qui venaient d'émerger de sa fourrure.

— Noony ! Viens !

— Qu'cst-ce qu'il y a ?

Sa voix mourut alors qu'elle sortait de la tente. Étincelle agitait très faiblement ses ailes, des membranes translucides parcourues de plumes et de gemmes rouges. Les moustaches mauves de la créature frétillaient d'excitation.

— Par les Astres ! s'exclama-t-elle.

— Kiriane ne pouvait pas nous faire plus beau cadeau.

Il voulut s'approcher du sang-de-lune, mais celui-ci recula immédiatement en montrant les crocs. Au souvenir de ce que l'animal avait fait à l'un des voleurs, qui l'avait découvert lors de son éclosion, il garda ses distances. Au contraire, Noony s'avança et put toucher les ailes fabuleuses sans qu'il ne bronche. Leur contact était doux et soyeux ; toutefois, l'assemblage des plumes et des pierres précieuses donnait une impression d'inachevé et de désordre, comme si l'on avait accroché ces décorations contre le gré de l'animal.

— Tu crois qu'il peut voler ? demanda-t-elle.

— S'il le peut, nous sommes sauvés.

— Va te reposer. Je vais l'observer.

Il s'éveilla au bout d'une heure seulement, la soif l'empêchant de dormir. La brume du sommeil se dissipa, soufflée par les réalités terrifiantes qui le tourmentaient. Plus d'eau. Trouver la cité. Ou mourir.

Il découvrit sa compagne tentant d'aider Étincelle à se servir dc scs ailes. Lorion, allongé dans l'ombre de leur abri, l'observait faire de grands gestes pour motiver la créature.

— Il ne comprend pas. Je crois qu'il ne réalise pas le danger que nous courons.

Ils regagnèrent la tente. Alexian fouilla dans leur sac et tendit à la jeune fille les derniers fruits blancs.

— Non, refusa-t-elle, nous avons encore un peu de forces, il faut économiser la nourriture, nous en aurons davantage besoin lorsqu'il faudra marcher.

Pourtant, la faiblesse de sa voix trahissait son épuisement aussi bien physique que moral. Elle se laissa tomber sur l'une des fourrures. Alors qu'elle était immobile, ses blessures sautèrent aux yeux d'Alexian. Sa peau n'arborait plus un bronzage cuivré, mais pelait et formait de grandes auréoles rouges. Un terrible sentiment de culpabilité l'assaillit face à ce corps décharné et brûlé.

— Je suis désolé.

Il l'examina avec d'infimes précautions.

—Il ne faut plus que tu sortes de jour.

—Il faut qu'Étincelle apprenne à voler. Tu as dit que cela pourrait nous sauver.

—Je m'en chargerai, ne t'inquiète pas pour ça, et repose-toi.

Il passa une main sur sa joue.

—Nous allons mourir, murmura-t-elle.

Alexian fut soufflé de la sérénité avec laquelle elle prononçait ces paroles qu'il redoutait tant. Il la toisa d'un air désapprobateur.

—Ne dis pas de bêtises, nous allons vivre. Je connais une cité dans le désert. C'est là que nous allions en expédition. Je ne voulais pas t'y amener pour plusieurs raisons que tu comprendras plus tard, mais maintenant, c'est cet endroit que je cherche. Nous y trouverons une présence amie, des ravitaillements, et nous pourrons les prévenir de l'attaque d'Hélderion.

—Et pourquoi n'y sommes-nous pas, si c'est si simple ?

—Nous y serons bientôt, assura-t-il en s'efforçant de dissimuler ses craintes.

—Non, nous n'y serons pas, et tu le sais aussi bien que moi. Nous allons mourir ici, en plein désert. Tous les deux.

Aucun reproche ne perçait dans sa voix, juste la froideur du constat. Elle agrippa son épaule et l'attira contre elle. Ils fermèrent les yeux et essayèrent de s'endormir malgré la lumière qui transperçait leur toile de tente.

—Ne te torture pas. Je m'occupe d'Étincelle.

La présence de Lorion dans son esprit, ce contact fort, dissipa une partie de ses appréhensions, mais pas ses remords. Il chassa les pensées qui parasitaient son esprit et tenta d'appréhender les Signes, de s'ouvrir comme il l'avait fait à Dinniel. Toutefois, son don ne semblait se manifester que dans des situations où l'urgence le pressait. Si au moins Laï-Mune était encore là, elle soignerait leurs blessures et ferait pousser des plantes dans le désert, songea-t-il avec dépit.

Au bout d'un long moment, alors qu'il pensait Noony endormie, celle-ci demanda :

—Comment voudrais-tu mourir ?

—Avec Lorion dans mes bras…

—Ne pas mourir seul. Je comprends.

Un petit rire dépourvu de joie l'agita.

—Je ne veux pas mourir seule, moi non plus. Sans avoir connu l'amour.

La façon dont elle se tourna vers lui, avec une lenteur pleine d'élégance, la rendit plus belle que jamais en dépit de sa peau meurtrie par le soleil. Cette façon de poser les mots, de choisir sa posture, tout était calculé comme durant une oraison, pour toucher son auditoire. Pour le toucher, lui.

—Je préfère que ce soit toi qui me fasses mourir que ce désert.

Il sentit son cœur s'emballer à mesure qu'il prenait conscience de tout ce qu'impliquait une telle requête. Elle voulut faire taire ses incertitudes en passant affectueusement ses bras autour de son cou mais il la repoussa. Il savait à quel point le mur entre eux devait être préservé.

— Noony, je ne veux pas.

Il essaya de mettre le plus de dégoût possible dans son ton, afin de froisser son amour-propre, de l'éloigner en la blessant. Mais il lui avait trop montré ses sentiments pour qu'elle se laisse duper.

— Je ne peux pas. Je regrette.

— C'est la seule chose que je te demande. Je préfère choisir la façon dont je vais mourir. Ce sera simple, brutal, le poison se répandra dans mes veines...

— Arrête de parler comme s'il n'y avait plus d'espoir ! s'emporta-t-il. On va y arriver !

Elle ôta ses bras pour les replier contre sa poitrine, à la manière d'un animal apprivoisé qui se rétracte brutalement.

— Au lieu de garder la tête baissée sur tes problèmes, lève-la vers tes espoirs.

Il sortit de la tente avec précipitation et aperçut une masse blanche trancher sur le mordoré du désert. Il vit une silhouette rouge danser dans l'azur du ciel, les rayons du soleil faisant étinceler ses ailes.

— Comment as-tu fait ?

— Je lui ai parlé. Je lui ai dit qu'il fallait accepter les changements et chaque nouvelle partie de son être, aussi étrangère puisse-t-elle paraître au départ.

Alexian arborait à présent un large sourire.

— Oh, et d'où tiens-tu de telles paroles ?

— C'est un ami qui m'a dit cela, il y a une dizaine d'années.

Interlude

— Excellent travail, Yamilia. La fouille dans les appartements de monsieur Bellor a été un succès.

Le Maître contourna son bureau pour lui servir un verre de jus de fruits.

— Alors ? demanda-t-elle. Vous avez obtenu des informations sur la personne qui m'a fait ça ?

— C'est plus compliqué que je ne le pensais. Il n'y a aucun témoin…

Il lui tendit un plat de biscuits. Elle n'y toucha pas. Voyant sa déception, il poursuivit :

— C'est délicat, j'espère que tu en as conscience. Nous avons peu d'éléments dans cette affaire.

— Je vois. Vous n'avez aucune piste, en fait.

— Allons, allons. Cela prendra du temps, c'est tout.

Yamilia quitta le bureau avec le vague à l'âme. Elle avait consacré toute son énergie à infiltrer le groupe de monsieur Bellor pour rien. Elle avait été utilisée. En se rendant en cours, elle croisa Lylonna qui descendait les marches de l'internat.

— Tu as entendu la nouvelle ?

— De quoi parles-tu ?

— Ce midi, le Maître a annoncé l'arrestation de monsieur Bellor. On a trouvé des lettres compromettantes.

— C'est terrible.

— D'autant que le Maître requiert la peine capitale !

À ces mots, le cœur de Yamilia manqua un battement. Monsieur Bellor, son professeur d'histoire, allait payer ces lettres de sa vie. Se faisant bousculer par les élèves pressés, elle quitta l'escalier et sortit dans le jardin en tentant de contenir son émotion. Elle s'assit sur l'une des marches de pierre et resserra les pans de sa pèlerine autour d'elle.

— Ça ne va pas ?

Elle reconnut la voix de Farien, qui posa une main réconfortante sur son épaule.

— Oh, bonjour. Si, si.

— Tu sembles soucieuse.

Elle évita de le regarder pour ne pas se laisser intimider par son sourire ravageur.

— Tu veux en parler ? insista-t-il. C'est par rapport à ce qui t'est arrivé ?

— Non. Tu sais, pour monsieur Bellor ?

— Oui, dit-il joyeusement. J'ai appris ça. C'était la meilleure chose à faire. Ces échanges avec les hérétiques doivent cesser.

Ces paroles calmèrent un peu la culpabilité qui l'assaillait.

— J'aurais aimé être la personne qui l'a dénoncé, avoua Farien. C'est un acte très courageux.

— Tu le penses vraiment ?

— Oh, oui.

Elle contempla les pensionnaires qui jouaient à l'ombre des arbres. Après un silence, Farien ajouta :

— Ces impies ont souillé nos terres. C'est un peuple primitif qui ne sait rien de la spiritualité, des choses élevées. Et nous sommes en guerre ! Ce stupide professeur nous a mis en danger !

Elle réfléchit à ses paroles, ses doigts se promenant par réflexe le long des aspérités de sa peau.

— Je peux te confier quelque chose ? demanda-t-elle.

— Évidemment.

— C'est moi qui l'ai dénoncé.

Le sourire réconfortant de Farien s'évanouit. Il devint d'un sérieux mortel.

— C'est vrai ?

— Oui. Mais il va être exécuté…

— Il l'a cherché ! Tu as fait ce qu'il y avait de mieux. Franchement, tu mériterais d'appartenir au Cercle.

— Au quoi ?

— Au Cercle. C'est une communauté qui soutient la décision de guerre de l'Astracan. Ça t'intéresserait ?

Le ton de Farien était devenu passionné. Il lui parla des projets d'information en Thyrane, afin de maintenir les immigrés hélderionnois dans l'actualité de leur pays natal. Elle écoutait avec attention, ravie de ce temps passé avec le jeune homme. Pour la première fois depuis son accident, elle avait l'impression que quelqu'un la voyait telle qu'elle était avant.

— Je veux en être, déclara-t-elle.

7

Retour à Zenan

– Royaume de Thyrane, Chaos, 913 –

Selon la tradition, notre astre d'attribution influe sur notre personnalité. C'est pourquoi certains noms ne peuvent être donnés qu'à des personnes importantes.

Aileen : La constellation de la Reine est composée de douze étoiles dont la forme rappelle une silhouette féminine. Parmi elles figure l'astre Aileen, reconnaissable à sa couleur orangée. Elle représente la détermination, la beauté et le raffinement. Il s'agit d'une étoile à l'importance supérieure. Elle ne peut être attribuée qu'à un membre de la famille d'une corporation.

Extrait du *Livre des Astres* – résultant du travail de nombreux oraisonniers durant deux générations. Indispensable dans tous les temples.

Cataline se baissa avec lenteur, faisant craquer ses articulations. Elle eut un hoquet de douleur lorsque ses genoux touchèrent le sol.

— Foutu corps ! Ne me lâche pas maintenant. J'ai besoin de toi !

Loin de ses subordonnés, sur la colline surplombant le Chaos, elle se recueillit à l'endroit où reposait Orius. Le remord se distillait dans ses veines. Pourtant, elle n'avait pas à avoir de scrupules, elle avait agi dans l'intérêt des Lames Nocturnes. Comme toujours.

Pourtant, l'idée que la douleur d'Orius aurait été apaisée par la présence d'Aileen la harcelait. Il l'avait réclamée ; pourtant, Zéphyr avait préféré rester seul avec lui.

— Pardonne-moi, mon petit-fils…

Après avoir pris une profonde inspiration, elle ouvrit le sachet qu'elle tenait entre ses mains tremblantes, et accueillit cinq fruits dans sa paume.

De forme ovale, à la peau rouge et veloutée, les lorides ne se trouvaient qu'à proximité de Mizin.

— Ta ville t'accompagnera jusqu'au bout...

Elle choisit le plus gros, creusa un petit trou dans la terre fraîchement soulevée, sous l'arbuste, et y planta le fruit. Peut-être qu'Orius, comme le frère de Cataline, deviendrait un fantôme, errant à la recherche d'un but inaccompli de son vivant. Non. Il faisait trop confiance à Aileen pour cela.

Elle mit sa main contre sa poitrine, où les os saillaient sous son gilet de laine. Sentir son corps se dégrader lui rappela qu'elle reposerait bientôt dans la même terre que le veilleur.

Mais avant de pousser son dernier soupir, il lui restait tant à accomplir, tant à faire ! À commencer par regagner la liberté de son royaume.

Le bruissement des rideaux indiqua à Aileen l'arrivée de Cataline. La vieille femme la rejoignit. Ses cheveux blancs ramenés en un chignon strict accentuaient l'austérité de son visage endeuillé. Elle s'arrêta devant le tapis de jeu.

— Ce ne sont que des figurines, dit-elle en voyant la gravité de la jeune fille, qu'y a-t-il de si terrible sur cette table ?

— Je réfléchissais juste. Mes bagages sont prêts.

— Bien... J'ai convoqué Keff, Zéphyr et Glenn, ils ne devraient plus tarder. Allons dans ma chambre, j'ai des choses à t'expliquer.

Elle la suivit docilement. Elles passèrent par l'escalier qu'elle avait si souvent emprunté durant son séjour, et ne put réprimer un frisson en se revoyant demander de l'aide pour porter le fauteuil d'Orius.

Cataline pénétra dans ses appartements, éclairés par une ouverture rectangulaire à même la pierre. Sur le rebord, plusieurs bols de graines étaient posés à l'intention des pigeons. Elle se dirigea immédiatement vers son siège, où elle s'y laissa tomber. Elle tourna le visage vers les oiseaux, certains nichés dans les recoins de la pièce, d'autres picorant sur le sol ou le rebord. L'endroit dégageait une forte odeur de fientes. Aileen scruta le sol maculé de taches blanches avec dégoût.

— Ne fais pas ta grande dame, se moqua la chef des Lames Nocturnes, cela fait partie de la nature, il n'y a rien de répugnant. Et puis, il faudra t'habituer à ces volatiles, ce sera notre moyen de communication. Je serai ta bonne vieille tante Shylade, et tu m'écriras régulièrement pour me donner de tes nouvelles.

— Je n'ai jamais vu ma tante, elle habite le village dans lequel a grandi ma mère.

Elle perçut le trouble de Cataline à l'évocation de Soliane.

— Vous avez des nouvelles de ma mère ?

La chef resta impassible.

— Dites-moi ! Je dois savoir !

— On a intercepté une lettre du Maître de la pension Sybilène à l'intention de ton père. Elle disait que tu ne pourrais te rendre à sa cérémonie d'oraison, car tu étais souffrante, mais que tu prierais pour elle.

Soliane.

Son sourire si calme, si chaleureux. Un sourire qu'on avait couturé. Brisé.

Cette odeur rassurante, un parfum sucré, évoquant des souvenirs d'enfance, des sorties aux jardins. Rien n'est plus doux que le sentiment d'être protégé de tout. Rien n'est plus doux que l'amour d'une mère.

Cette sensation d'être couvée avait disparu lorsqu'elle avait intégré la pension. Dès ses sept ans, elle n'avait plus eu de baiser pour s'endormir, de moments simples de la vie quotidienne à partager avec sa mère.

À présent, Aileen ne serait protégée nulle part. Elle commençait à trouver familière cette sensation de se sentir frappée par la mort comme on se fait frapper par la foudre, de manière brutale, inattendue, destructrice.

À son grand étonnement, elle garda la tête haute, n'eut pas un battement de cils. La vieillarde toucha son bras dans un geste de réconfort.

— Je suis désolée de te l'apprendre ainsi… juste après la mort d'Orius.

Un long silence s'instaura. Cataline se leva et saisit les mains de la jeune femme avec douceur.

— Oh, Aileen… C'est vraiment terrible ! Comment le destin peut-il s'acharner ainsi sur une fille comme toi, si brave… ?

— Peut-être pour punir mon crime de haute trahison.

Un sourire, ressemblant davantage à un rictus, étira ses lèvres.

— Mais j'ai choisi mon camp, j'irai jusqu'au bout. Je n'ai plus rien à perdre.

Aucune hésitation ne faisait faillir sa voix, haute et claire.

— Parfait, dit Cataline.

Au même instant, on frappa. Zéphyr surgit le premier, l'air sombre, suivi de Keff. Glenn arriva peu après.

— Zéphyr, demanda Cataline, tu as la liste des codes ?

Le père d'Orius remit à l'Hélderionnoise un morceau de papier sur lequel étaient consignées les différentes formulations codées qu'elle adresserait dans ses lettres.

— Tu dois les apprendre durant ton voyage et t'en débarrasser ensuite.

— Compris.

— Bien, mes enfants ! Nous voici réunis pour dire au revoir à notre amie et lui souhaiter bonne chance dans sa mission.

Glenn s'avança d'abord et l'enlaça tendrement en lui murmurant des mots de consolation à l'oreille. Ensuite, vint Zéphyr, qui la remercia de son aide avec retenue, et lui renouvela ses condoléances. Keff, en revanche, se contenta d'allumer une Tige et de s'isoler à la fenêtre.

—Le temps nous manque, reprit la chef, le soleil sera à son zénith dans deux heures. Zéphyr, Glenn, vous pouvez disposer.

—Nous nous reverrons bientôt, conclut le fils de Cataline.

ஐ

Le Chaos se situait dans une cuvette formant un cul-de-sac ; seules les parois à l'ouest avaient été aménagées afin que l'on puisse y accéder. Ils se dirigeaient dans cette direction. Le Poignard-Sanglant gardait volontairement quelques mètres d'écart entre lui et les deux femmes afin d'éviter une nouvelle altercation.

Aileen portait un sac rempli de vêtements et d'armes à bout de bras. Se méfiant de son compagnon de voyage, elle avait pris soin d'emporter trois couteaux, dont l'un était accroché à sa ceinture. Malgré les risques évidents du trajet qu'ils allaient effectuer, elle se sentait parfaitement paisible. Plus rien ne lui faisait peur.

Keff, quant à lui, paraissait nettement moins tranquille. Il allumait Tige sur Tige, rejetait souvent ses cheveux en arrière d'un geste nerveux. À plusieurs reprises, la chef lui jeta un regard d'avertissement qui signifiait clairement qu'il n'avait pas le droit à l'échec.

Lorsqu'ils atteignirent le versant aménagé de marches en pierre, la silhouette sombre d'un véhicule se découpa dans les hauteurs.

—Nous y sommes.

La plate-forme rocheuse dominait tout le Chaos. Ils s'avancèrent jusqu'à la voiture. Lorsqu'ils s'en approchèrent, les chawins s'agitèrent, balayant l'air de leurs longues crinières flamboyantes.

—Grimph !

Cataline frappa.

—Grimph ! Bon sang, ouvre !

La poignée s'abaissa et la porte s'ouvrit sur un homme replet.

—Pas la peine de s'énerver ! Je terminais mon repas !

Sa voix aiguë contrastait avec sa corpulence. Il tendit une main aux doigts grassouillets et pleins de graisse, que la chef refusa.

—Depuis combien de temps es-tu ici ? demanda-t-elle agressivement.

—Oh, quelques heures...

—Et tu n'es pas descendu ?

—Eh bien... non, enfin, j'allais venir te voir, je le jure ! Dans l'instant, d'ailleurs ! Il fallait juste que je mange avant...

Elle parut scandalisée.

—J'avais pourtant stipulé dans ma lettre que c'était un cas urgent !

—Non, rectifia le dénommé Grimph, tu as dit que c'était un cas urgent et désespéré, ce qui est différent. Où est le malade ?

Aileen s'avança. L'homme inclina légèrement sa grosse tête dégarnie.

— C'est elle ? Elle m'a l'air d'aller mieux…

— C'est *ça*, votre ami guérisseur de Zenan ? demanda-t-elle.

Pour toute réponse, la chef eut un raclement de gorge embarrassé.

— Le malade est mort, annonça placidement le Poignard-Sanglant. Par contre, nous avons besoin que tu nous conduises à Zenan.

— Toi ! Tu n'es pas censé être en prison ?

— Si. Allons-y, maintenant.

— Oh, eh bien, c'est que… tu comprends, ce véhicule n'est pas à moi, je le loue, car aucun cocher ne veut venir jusqu'ici. Si je me balade avec un membre des Lames Nocturnes et que je me fais contrôler par un veilleur, ça ferait désordre.

Il émit un rire nerveux tout en reculant petit à petit jusqu'à la portière. En un éclair, Keff s'interposa, les bras croisés dans une attitude à la fois détendue et menaçante dont lui seul avait le secret.

— Voyons voyons, Grimph, mon ami, aurais-tu oublié ce que j'ai fait pour effacer ton passé ?

— Non… non ! Bien sûr que non ! Je me ferais un… un plaisir de vous rendre service, mais…

— Voilà ce que je voulais entendre ! Montons.

Aileen se tourna vers Cataline pendant que Keff faisait taire les dernières protestations du guérisseur. La vieille femme posa ses mains sèches sur les épaules de celle qui incarnait son plus grand espoir.

— Va, maintenant, et envoie-moi un pigeon dès que tu seras à Zenan. Je te donnerai les directives. Merci pour tout, Aileen Manérian. Par ta simple coopération, tu effaces beaucoup du mal qu'Hélderion a pu nous faire.

Aileen contourna Grimph et grimpa dans le véhicule.

Comme prévu, le voyage dura deux jours. Grimph faisait office de cocher, et Keff tenait à le surveiller, aussi se retrouvait-elle seule dans la cabine. L'endroit dégageait une entêtante odeur de nourriture, due à tous les paniers pleins à craquer de plats qui chargeaient les filets à bagages, mais elle appréciait cet isolement. Cela lui permettait de limiter ses échanges avec le Poignard-Sanglant aux moments des haltes au bord de la route. Elle avait enfin le temps de réfléchir aux récents événements. Quand les souvenirs de sa mère ou d'Orius se faisaient trop persistants, elle déviait ses pensées sur le plan mis en place par Cataline, et essayait d'imaginer tous les cas de figure : et si aucun guerrier de l'aurore ne venait ? Et s'ils parvenaient à attraper Keff ? Ce dernier rebondissement du scénario lui plaisait beaucoup. Lorsque son imagination ne trouvait plus d'alternative à ce fameux plan, elle s'allongeait sur la banquette de cuir et somnolait.

Le soir du second jour, Grimph les déposa à l'orée de la forêt qui bordait Zenan. À peine eurent-ils mis un pied dehors que le véhicule démarra et s'éloigna à travers la campagne, emportant leurs bagages.

— C'était à prévoir, déclara le Poignard-Sanglant, qui ne semblait nullement perturbé.

Elle contempla le nuage de poussière provoqué par les chawins et repensa à la chaleur et au confort des derniers jours. L'air vespéral était froid en ce début de saison du Bouclier ; elle se mit à frotter vigoureusement ses avant-bras.

— Je connais un endroit pas loin d'ici où l'on pourra dormir.

La jeune fille garda le silence et se contenta de rester sur les talons du Poignard-Sanglant, qui s'engouffrait dans les profondeurs du bois. Elle posa sa main à sa ceinture pour sentir le contact rassurant de son couteau. Sa méfiance se relâcha peu à peu alors qu'elle ne voyait chez son acolyte aucun signe d'agressivité. Il les avait menés jusqu'à un petit chemin qui serpentait entre les arbres, et suivait la piste avec assurance. La nuit tomba complètement, réduisant leur champ de vision. La forêt s'emplit de bruits nocturnes.

— Nous sommes bientôt arrivés ? finit-elle par demander.

— Pire que les gosses ! Aucune patience ! Remarque, je dis ça, mais tu es une gamine, après tout.

— Une gamine ? répéta-t-elle, piquée.

Elle trouvait la remarque profondément injuste, elle qui faisait tous les efforts du monde pour se transformer en adulte et gérer ses émotions.

Cet homme ne lui inspirait qu'aversion et mépris, pourtant, elle se sentait sensible à son jugement sans comprendre pourquoi. Elle l'observa attentivement. Sous les cicatrices et les blessures laissées par la prison se trouvait encore l'élégance de celui qui avait dû être bel homme.

Elle leva les yeux vers le ciel ; les étoiles parsemaient le firmament sombre, et l'une d'entre elles, orangée, attira son attention. Son astre d'attribution. Elle n'avait pas prié depuis la pension Sybilène. D'ailleurs, elle n'en avait plus envie.

— Nous y sommes.

Keff désigna une petite cabane délabrée construite au centre d'une clairière. Le toit de chaume était dévoré par des amas de lierre qui tombaient en un rideau végétal le long des murs de bois.

— C'était ma planque, expliqua-t-il.

Il dut donner un grand coup d'épaule pour ouvrir la porte.

— À toi l'honneur, dit-il en souriant.

Elle déglutit avec difficulté ; il y avait dans l'expression de l'homme une malice qu'elle avait souvent vue lors de son séjour au *Baiser d'un Soir*. Une intuition l'agrippait, lui soufflait de ne pas entrer. Voyant son hésitation, il demanda :

— Qu'est-ce qu'il y a ? Quelque chose ne va pas ? On forme une équipe, maintenant, tu as entendu la chef. Et je ne désobéis jamais à la chef.

— Je ne vous fais pas confiance.

Il haussa les épaules et entra dans la cabane. Aileen prit une profonde inspiration et effleura son couteau. Après tout, elle ne risquait rien, elle avait une arme. S'il s'approchait de trop près, elle n'aurait qu'à dégainer sa lame et à frapper sans retenue.

Elle alla aider Keff à chercher du bois dans la réserve pour allumer un feu.

— Il fait meilleur ! dit-il en se frottant les mains.

Elle ne pouvait pas le contredire ; elle accueillit avec soulagement la chaleur qui revigorait ses membres transis de froid. Celui qui était devenu son hôte mit une marmite sur le feu, alla inspecter les placards et sortit une bouteille d'eau en verre. Après l'avoir déversée dans le récipient, il y vida des sachets de légumes.

— C'est bientôt prêt ! Comme tu peux le voir, je suis un véritable homme d'intérieur, les années à la prison de Mizin ne m'ont pas enlevé ça.

Il continua à fouiller les placards et mit la main sur une fiole d'eau-de-vie. Ils mangèrent face à face en silence.

— Tu en veux ? demanda-t-il en désignant l'alcool.

— Non, merci.

Le Poignard-Sanglant porta le goulot à ses lèvres et but à grandes gorgées.

— Ah ! Ça fait du bien ! Ce genre d'excès n'est pas vraiment permis, au Chaos.

— Ce n'est peut-être pas pour rien, suggéra la jeune femme.

Il la dévisagea, provocant, et vida la fiole. Lorsqu'elle eut terminé son assiette, Keff lui indiqua l'unique couchette de la cabane du doigt. Elle ne se fit pas prier.

Elle se glissa tout habillée sous la couverture et tomba peu à peu dans le sommeil, des images dénuées de sens se mélangeant aux sons de la réalité : le tintement des couverts, des bruits de pas sur le plancher grinçant. Le claquement d'un verrou.

Elle ouvrit les yeux. Le Poignard-Sanglant venait de fermer la porte à clef. Sa main se posa instantanément sur sa ceinture. Il n'y avait plus de couteau.

— C'est ça que tu cherches ? demanda-t-il en brandissant son arme. Tu devrais faire attention, je suis voleur à la tire depuis que j'ai huit ans !

Une sueur froide naquit le long de son dos ; elle avait l'impression qu'une poigne venait de se refermer autour de sa gorge. Le Poignard-Sanglant souriait, serein.

— Je me suis dit que tu n'en aurais pas besoin.

Elle se redressa.

— Rendez-le-moi.

— Pourquoi ?

— Rendez-le-moi.

Il s'avança lentement, à la fois avec grâce et lenteur, à la manière d'un prédateur venant de choisir sa proie.

— Tu connais un peu Zenan ? Ou tu n'es restée qu'à l'I.G.A ?

— Arrêtez ça.

— Je vois. Eh bien, figure-toi qu'à Zenan, il y a un dicton amusant qui circule. C'est quelque chose comme « chaque chose dans la vie a un prix ». Par exemple, quand tu vas dans une auberge, il faut payer pour avoir une chambre. C'est la vie.

Elle tenta de se lever au moment où il bondissait sur elle. D'une main brutale, il déchira une partie de son corsage alors qu'elle poussait un cri de panique. Son petit poing cogna la pommette de son adversaire, qui le sentit à peine. Jamais elle n'avait connu un tel sentiment d'impuissance. Elle mit toute sa force dans de grands mouvements désordonnés pour se débarrasser de Keff, dont le corps massif pesait sur elle, lui comprimant les poumons. L'homme réussit à enserrer ses deux poignets avec une seule main, tandis qu'il se servait de l'autre pour retirer son pantalon.

— Pitié ! Non ! implora-t-elle d'une voix brisée. Laissez-moi !

Le Poignard-Sanglant garda le silence pendant un long moment, tandis qu'il faisait tout pour maîtriser définitivement sa victime. Son visage arpenté de cicatrices était en feu, ses prunelles se consumaient d'un désir sans limites. Ni les cris désespérés d'Aileen ni ses larmes ne semblaient l'atteindre.

Le dégoût monta en elle, à la manière d'une terrible nausée. Elle se sentit secouée jusque dans les tréfonds de son être. Le contact de la peau moite de cet homme était comme une brûlure. Elle fit une énième tentative pour échapper à son étreinte, mais il renforça sa prise sur ses poignets meurtris. De sa main droite, il ôta le corsage, faisant jaillir ses seins blancs. Il posa soudain la tête sur la poitrine de la jeune femme, et son regard se perdit au loin.

— Désolé... je...

Elle resta immobile, à écouter la respiration haletante de son agresseur. Une dernière fois, elle tenta de se débattre, mais ce mouvement sembla réveiller le Poignard-Sanglant, qui la plaqua violemment contre sa couche. À ce moment précis, privée de force, en état de choc, elle abdiqua.

Ses paupières se fermèrent. Elle n'osait pas voir. Au contraire, elle essayait de faire en sorte que son esprit parte loin, son corps lui semblait n'être plus qu'une coquille vide subissant les assauts de son violeur.

L'homme finit par lâcher sa prise, laissant sa victime inerte, le visage déformé par la souffrance. Elle n'osa pas ouvrir les yeux, imaginant le terrible tableau qu'elle devait offrir, déshabillée, griffée, les poignets rougis. Vulgaire poupée de chiffon aux membres désarticulés.

Keff quitta la couche en se maudissant.

— C'est pas vrai... quel imbécile... que va dire la chef...

Il se mit à chercher frénétiquement sa boîte de Tiges. Lentement, Aileen se sentit revenir à la réalité, elle reprit possession de son corps, en commençant par se tourner vers la porte verrouillée. Ce n'était qu'un loquet à faire pivoter. Il fallait qu'elle se lève. Immédiatement.

Sans faire le moindre bruit, elle remonta son pantalon et remit son corsage déchiré. Comme si elle avait repassé une armure, elle sauta du lit et courut jusqu'à la sortie.

Quand Keff se retourna, une ombre filait dans les bois.

ꕥ

Elle courait à travers la forêt, trébuchait sur des branches, se faisait griffer par des ronces, changeait sans cesse de direction, slalomait entre les arbres. Elle n'avait qu'un but, purement instinctif, sauvage : fuir la douleur. Le son mat de ses pas contre la terre résonnait au rythme du tambour qui lui battait les tempes. Dès que l'image du Poignard-Sanglant revenait, sa main se plaquait convulsivement sur sa bouche, comme pour retenir un vomissement.

Elle perdit rapidement la notion du temps, seule sa fuite comptait. Elle ne pouvait se résigner à reprendre son souffle ne serait-ce qu'un instant, de peur de voir surgir son violeur.

Finalement, l'épuisement eut raison d'elle. L'effort lui donnait l'impression qu'on lui avait cisaillé les nerfs des jambes. Elle s'arrêta et se pelotonna entre les racines d'un arbre. Peu à peu, le cri enfla dans sa gorge, un cri de douleur, de désespoir, le cri de trop de chocs refoulés.

ꕥ

— « En allant à Dinniel chez ma tante, la la la, en allant à Dinniel chez ma tante, oh la la, j'ai rencontré cinq jeunes filles charmantes, la la la… »

À l'orée de la forêt qui bordait Zenan, des claquements de bottes suivaient la cadence de la chanson paillarde, et l'on sifflait un air entraînant qui suivait une voix masculine.

— « En allant à Dinniel chez ma tante, la la la, en allant à Dinniel chez ma tante, oh la la, j'ai choisi la plus grande, la la la, je l'ai fait monter dans ma chambre, la la la, et je lui ai donné trois filantes, oh la la… »

— Bon sang, tu me feras toujours rire, toi ! Où est-ce que tu l'as apprise, celle-là ?

— C'est un certain Guly qui la chantait tout à l'heure à l'entraînement !

— Décidément, j'adore !

— Silence !

Le guerrier de l'aurore chargé de l'équipe de ronde mit sa main en travers du chemin pour faire signe à tout le monde de s'immobiliser. Les trois novices, qui avaient encore le rire facile et l'insouciance des premières semaines de métier, pouffèrent face à l'air autoritaire de leur commandant.

Celui-ci avança vers le fossé qui séparait le chemin de terre des bois.

— Là-bas !

Il désignait de l'index une masse humaine lovée sous le couvert d'un grand feuillu. Le commandant dégaina aussitôt son épée, imité avec un temps de retard par son équipe. Les quatre hommes descendirent avec précaution dans le fossé puis marchèrent jusqu'au corps. Le commandant fit signe à ses acolytes de ranger leurs armes. Il s'agissait d'une femme. Allongée entre deux racines, sa courte chevelure noire était parsemée de brindilles et de feuilles, ses bras parcourus d'écorchures. Son visage pâle, malgré une cicatrice sous l'œil et quelques égratignures, était harmonieux.

— Mademoiselle ? s'enquit le commandant.

Comme elle ne répondait pas, il s'agenouilla et posa sa main sur l'épaule de l'inconnue. Elle battit des cils.

— Vous êtes vivante ! s'exclama-t-il avec soulagement. Je suis le commandant Serh, et voici mes hommes. Comment vous appelez-vous ?

Elle se mit davantage en boule à la manière d'un animal agressé.

— Nous ne vous voulons aucun mal, je vous le promets. Dites-nous seulement votre nom, puis nous vous ramènerons chez vous. Vous habitez à Zenan ?

Après un long moment de silence, elle retira ses bras de son visage et hocha lentement la tête. Le commandant lui sourit avec chaleur.

— Bien, très bien. Où habitez-vous ?

Elle hésita, puis avala une grande goulée d'air, comme pour se donner le courage de prononcer le seul nom, le dernier nom rassurant qui s'imposait à elle :

— Heptiel, dit-elle d'une voix cassée.

L'I.G.A. baignait dans l'atmosphère affairée qui la caractérisait depuis la première vague de départs pour le front. La grande bâtisse tombait en ruine à mesure que ses combattants étaient appelés à rentrer en Hélderion. Les fenêtres aux vitraux brisés, qu'il était prévu de faire réparer depuis plus d'un an, restaient en pleins travaux. Les effectifs ayant diminué de moitié, l'endroit auparavant bruyant, où se répercutaient les notes métalliques des combats à l'épée ou le fracas des rixes, semblait à présent vide.

Dans la chambre munie d'un balcon juste au-dessus de l'entrée, un homme attendait. Ses longs doigts pianotaient contre l'accoudoir de son fauteuil. Il finit par allumer sa pipe et à tirer furieusement dessus. Immédiatement, une sensation de plénitude l'envahit et il se détendit.

Le masque du souci semblait déplacé sur ce visage d'une grande beauté. Ces yeux d'un bleu hypnotique, ce nez conquérant, ces lèvres roses et pleines, lui donnaient l'image d'un jeune premier. Néanmoins, dans le milieu masculin des guerriers de l'aurore, son arme de séduction lui attirait surtout des jalousies. Sa promotion par le général Chendaric au rang de colonel n'avait pas arrangé la situation. Son supérieur avait bien géré la situation alors qu'il connaissait ses véritables origines, et surtout sa mission au sein de l'I.G.A. Depuis plusieurs saisons, il était chargé de l'observation et de l'analyse des résultats de l'armée hélderionnoise à Zenan. La conclusion était tombée : une majorité des recrues était apte à partir pour le front. Heptiel avait alors dû faire face à l'hostilité des hommes n'étant pas sélectionnés.

Mais en tant qu'Ioden, héritier direct de l'Astracan, Heptiel Marchevent se devait de faire en sorte que la volonté de son père soit respectée. Déchiré entre son devoir de futur souverain et son attirance pour une vie dépourvue de responsabilités, il appliquait néanmoins les ordres de Soleil à la lettre. Non sans de cuisants regrets.

Le torrent d'insultes dont il était victime et le laisser-aller de l'I.G.A. n'étaient hélas pas ses seuls tracas. Sa mère l'avait informé qu'ils avaient décidé de le marier. Son père allait atteindre prochainement l'âge très honorable de quatre-vingt-six ans. Comme il dépérissait à vue d'œil, la décision de la succession avait été prise. La première étape vers son nouveau statut d'Astracan était le choix d'une épouse. L'heureuse élue avait été désignée : il s'agissait d'Aileen Manérian.

En voyant ce nom, il avait bondi de joie. Pourtant, cette nouvelle posait un problème. La dernière fois qu'il avait vu la jeune fille, c'était à l'institut, à la suite du décès du brigand Sonax. On faisait chercher Aileen depuis des semaines, sans résultat.

Il savait qu'elle avait décidé de partir dans la capitale thyranienne afin de devenir soldat et de chercher le meurtrier de sa sœur Mylianne. Les traces s'arrêtaient là. Elle aurait été aperçue au quartier des veilleurs de Mizin, aux côtés du chef-veilleur, qui avait lui aussi disparu dans d'obscures circonstances. On leur prêtait même une liaison. D'autres racontaient qu'elle s'était prostituée au *Baiser d'un Soir*. Heptiel ne croyait pas ces rumeurs : Aileen était trop morale, indépendante et farouche.

Le Maître de la pension Sybilène lui avait confié se sentir impuissant. Dans leur correspondance, Joscard s'était révélé gêné d'avoir menti à Gide Manérian au sujet de l'absence de sa fille pour l'oraison de sa défunte épouse. Il était davantage embarrassé de devoir rassurer l'Astracan. En tant que responsable d'Aileen, il devait rendre des comptes au sujet des privilèges accordés à la jeune femme, notamment son autorisation de basculer de la pension vers une formation pratique à l'I.G.A. La famille astracane ordonnait au Maître d'utiliser ses élèves, mais pas de les laisser s'envoler dans la nature. Cette situation devenait très délicate.

Aussi, Heptiel attendait. Il tournait en rond de longues heures dans sa chambre en passant en revue les conversations qu'il avait eues avec Aileen lorsqu'ils travaillaient ensemble, y cherchant un indice sur ses motivations.

Parfois, l'idée qu'elle puisse avoir été assassinée lui effleurait l'esprit. Mais il repoussait cette éventualité. Savoir qu'il pourrait épouser celle qu'il aimait était une perspective d'avenir sublime qu'il refusait d'entacher. Il la revoyait souvent dans les écuries, dormir dans les bottes de foin, leurs corps si près l'un de l'autre. Jamais une femme ne lui avait inspiré un tel besoin de prendre soin d'elle. Pourtant, il était un jeune homme convoité, à la fois du fait de son statut et de son physique avantageux. Heureusement, ses perpétuels refus et sa manie de vouloir être un homme d'action avaient fini par éloigner ses prétendantes. Aucun de leurs atours ne rivalisait avec le mystère et la force d'Aileen Manérian.

— Colonel Marchevent !

Le général Chendaric venait de faire irruption dans la chambre sans prendre la peine de frapper. Heptiel lui lança un regard gorgé d'espoir, et son visage s'illumina lorsque son supérieur s'exclama :

— C'est… c'est incroyable ! Elle a été retrouvée ! Enfin !

Elle avait été étendue sur la couchette de l'infirmerie et se taisait depuis qu'elle avait prononcé le prénom d'Heptiel. Le général Chendaric avait ordonné que l'on appelle leur guérisseuse. Celle-ci s'affairait auprès de la blessée.

— Dans quel état êtes-vous, ma parole ! Est-ce raisonnable, vraiment !

Cinq minutes après son arrivée à l'Institut des guerriers de l'aurore, l'Ioden était déjà dans l'infirmerie, essoufflé mais radieux.

— Tu es vivante !

Elle ne parla pas, ses lèvres tremblèrent et elle baissa pudiquement la tête pour dissimuler ses larmes.

— Oh, Aileen ! dit-il d'une voix débordante d'émotion. Qu'est-ce qui t'est arrivé ?

Elle désigna du doigt les badauds qui se massaient dans la pièce. Il accéda à sa requête et leur ordonna de sortir avec fermeté.

Le jeune homme se tourna de nouveau vers elle. Il ne lâchait plus ses mains douces et glacées, de peur de la voir disparaître à nouveau.

— Voilà, nous sommes seuls. Dis-moi tout, à présent !

Elle mit du temps à parler. Elle tenta de rassembler ses mots, mais éclata en sanglots. Heptiel n'osait pas la prendre dans ses bras. Si elle acceptait sans protester le contact de sa main, il sentait chez elle comme une sorte de répulsion d'autrui. Enfin, après un long moment, elle parla :

— Je… J'ai été prise en otage. C'était horrible… mais j'ai réussi à m'enfuir !

Une colère sourde monta en lui lorsqu'il imagina ce qu'avait subi son amie.

— J'étais ligotée et on m'avait mise dans un sac. Je sais que l'on m'a beaucoup transportée. Quand je me suis enfuie, j'étais enfermée dans une cabane dans la forêt de Zenan…

L'expression d'Heptiel devint grave et sombre. Il sortit de la chambre pour s'entretenir en privé avec son supérieur. La forêt de Zenan devait être passée au peigne fin. Il fallait pourchasser ceux qui avaient fait ça.

— Bien entendu, nous ferons tout notre possible. Mais dites-moi, Heptiel, est-ce que vous lui avez appris… ?

— Je préférerais ne rien lui annoncer pour le moment, soupira-t-il. Elle est manifestement en état de choc.

— Vous devriez lui dire, conseilla le général. Quelle jeune fille ne serait pas réconfortée de savoir qu'elle sera l'épouse du prochain Astracan ?

Lorsque Heptiel poussa la porte de l'infirmerie, Aileen était assise au bord du lit. Contre toute attente, ce fut elle qui prit la parole, avec un sourire tendre :

— Alors c'est vrai, on me cherchait partout ?

— Oui. Beaucoup de gens te cherchaient.

— Tu en fais trop. Ce n'est pas parce que tu es l'Ioden que tu dois monopoliser toutes les armées pour retrouver une vieille partenaire de combat, qui n'était même pas douée, d'ailleurs !

Il retrouvait son Aileen, celle avec qui il avait partagé ses nuits dans les écuries et les patrouilles à Zenan.

— Oh, murmura-t-il, ce n'est pas comme si tu n'étais qu'une simple partenaire. Désormais, tu es ma promise.

Interlude

Dans la salle d'étude, seuls le crissement des crayons sur le papier et le bruit des pages que l'on tourne se faisaient entendre. Yamilia mit un point final à son devoir sur le statut des peintres en Hélderion. Elle rangea les précieuses pages dans sa mallette et sourit à Farien, assis à côté d'elle.

— Ça y est ! s'exclama-t-elle.

— Tu es vraiment brillante.

— Silence ! cria la surveillante, qui faisait les cent pas.

Yamilia pouffa. Elle attendit que son compagnon ait lui aussi terminé son devoir, puis ils quittèrent la salle ensemble.

— Alors ? fit-elle, impatiente.

— Viens avec moi.

Cela faisait deux jours qu'il lui promettait de l'aider à intégrer le Cercle. Elle l'écoutait parler de cette communauté avec un intérêt sans bornes. Ils formaient un groupe soudé, souterrain, dont les ramifications s'étendaient jusque dans les pensions de Thyrane. Le père de Farien était l'un des membres les plus importants du Cercle. Son lien de famille avec le dirigeant de la Corporation des guerriers de l'aurore lui offrait bien des possibilités.

Ils traversèrent l'aile est de la pension. Le jeune homme s'arrêta devant une porte et frappa. Monsieur Erborado, l'enseignant d'introduction au commerce, leur ouvrit.

— Ah, vous voilà, dit-il de sa voix grave. Bonjour, Yamilia.

— Bonjour.

Quand elle entra, passant des ténèbres à la lumière, la dizaine de pensionnaires présents eurent des expressions de pitié ou de dégoût. Le professeur invita les nouveaux venus à s'asseoir.

— Alors, c'est toi qui as dénoncé monsieur Bellor ?

Elle consulta Farien d'un air interrogateur. Il l'encouragea.

— Oui, dit-elle.

— Et pourquoi donc ?

Elle se souvenait de ce que son ami lui avait dit de répondre, et répéta ses paroles avec le plus de conviction possible :

— Monsieur Bellor était un irresponsable, un traître ! Il a mis Hélderion en danger en donnant des informations à ces impies ! Je ne pouvais pas le laisser agir.

Monsieur Erborado eut un hochement de tête appréciateur. Les pensionnaires parlaient tout bas, et Yamilia sentait leur attention portée sur son physique plutôt que sur son argumentaire.

— Elle est digne de confiance, assura Farien pour faire taire les commentaires. Elle a dénoncé un professeur qu'elle appréciait pour protéger Hélderion.

L'enseignant jaugea un moment la jeune fille. Son regard passait d'elle à son garant.

— Très bien, accepta-t-il. Ton acte parle plus que toi. La réunion du Cercle peut commencer, tu y es la bienvenue.

Elle remercia chaleureusement Farien pour son aide. Alors qu'elle rejoignait les autres, son camarade adressa un clin d'œil complice à monsieur Erborado.

8

Les ruines

– Rouge-Terre, Plaines Désertiques, 913 –

Ciel vide

La lune a revêtu le deuil ce soir
En un manteau de larmes, de sang
D'étoiles affûtées dans les rangs
Des mensonges les plus noirs.

L'univers étend sa voie lactée
Ses traînées d'argent, d'éclats
D'étoiles attendant, en émoi,
Que l'on vienne les décrocher.

Et tous ces dieux, ces planètes
Ces rêves trop vite déçus, toujours
Morts-nés, abattus, tués d'amour
Ne sont que des cailloux inertes.

Le monde continue de tourner
Elle prie des entités absentes
Des pierres vides, inconscientes
Qui ne l'empêchent pas d'aimer.

Poème d'introduction de *Ciel vide* – traité de Shala Volplume, auteure active de la Corporation Volplume depuis l'an 909.

Dans le ciel planait un point lumineux. À côté des restes de leur campement, les mains en visière, ils observaient Étincelle.

— Tu crois qu'il va réussir ? demanda-t-elle.

L'espion hocha vigoureusement la tête. Lorion se tenait assis près de lui. Ils attendaient depuis trois heures le retour du sang-de-lune qui sillonnait le firmament à la recherche de la fameuse cité sur laquelle Alexian misait tous leurs espoirs de survie.

— S'il n'y a que cette oasis dans cet endroit, suggéra Noony, alors il la verra forcément, n'est-ce pas ? Les Plaines Désertiques ont beau être immenses, Étincelle vole haut et rapidement. Il va trouver !

— C'est sûr !

— Enfin, ajouta-t-elle, s'il a compris ce que nous…

— Ne sois pas pessimiste !

Il continua à scruter le ciel parfaitement uni, où toute trace de la créature avait disparu.

— Je commence à regretter de ne pas l'avoir mangé lorsque c'était un œuf et que nous n'avions plus de vivres dans la forêt…

— Oh, je t'en prie !

Au même instant, le point réapparut et grossit jusqu'à ce qu'ils puissent discerner la silhouette de la créature.

— Il arrive ! s'exclama l'oraisonnière, hystérique.

Le sang-de-lune fonçait sur eux à une vitesse hallucinante. Visiblement, il ne maîtrisait pas encore l'art de l'atterrissage.

— À terre ! hurla Alexian.

Il plaqua la jeune femme au sol au moment où ils entendirent le bruit de battements d'ailes se rapprocher. Ils poussèrent des cris lorsqu'une rafale fit se soulever le sable autour d'eux.

Puis tout redevint calme.

Ils relevèrent lentement la tête en crachant les grains qu'ils avaient dans la bouche. Le sang-de-lune s'éloignait à nouveau, cette fois-ci poursuivi par Lorion.

— Que se passe-t-il ? demanda-t-elle.

— Il me dit que nous devons suivre Étincelle. Il a trouvé !

De l'eau. Ils la voyaient, la sentaient déjà sur leurs lèvres tuméfiées et leurs visages brûlés. Jamais il ne leur semblait avoir eu autant de force malgré leur épuisement alors qu'ils suivaient le lynx en courant. Ils poussaient parfois des cris de joie et laissaient échapper des rires incontrôlables où perçait la folie.

— Regarde ! Regarde !

Alexian indiquait une petite plante verte, minuscule, qui semblait incroyable au milieu des grains dorés.

— Je connais ça ! continua-t-il en souriant. Ça s'appelle la crênane, et ça pousse près des sources souterraines !

À de nombreuses reprises, ils pointèrent les dunes du doigt, croyant avoir vu quelque chose ressemblant à un lac, mais les mirages disparaissaient aussitôt. Le félin gardait son allure. Ayant conscience que c'était leur dernière chance de s'en sortir, il consumait toute son énergie dans cet ultime effort.

L'excitation de voir poindre la cité bénie les gagnait chaque fois qu'ils atteignaient le sommet d'une colline de sable, puis disparaissait lorsque le désert s'étalait à nouveau à perte de vue.

— Tu es sûr que c'est ce que Lorion a dit ? finit par demander Noony, dont l'espoir décroissait à chacune de leurs déceptions.

— Absolument !

Pourtant, ils ralentissaient peu à peu le pas. La chaleur les enveloppait, tandis que les rayons brûlants ne cessaient de rougir davantage leur peau.

Enfin, alors qu'ils atteignaient le haut d'une énième dune, elle apparut. Une nappe d'eau claire, lisse, renvoyant le bleu sans nuages du ciel. Les bords étaient fleuris et ombragés d'arbres. Encadrée par des centaines de monticules blonds, la cité se dressait face à l'oasis.

Ils plongèrent tout habillés dans le point d'eau et burent comme s'il s'agissait du plus pur des nectars. L'onde était tiède, mais qu'importait : tout semblait frais en comparaison de l'atmosphère ardente.

À quelques pas, le sang-de-lune avait enfin réussi à atterrir dans une bourrasque de sable. Il secoua ses longues ailes avant de les replier contre son flanc, puis s'approcha de ses compagnons avec fierté. Noony le caressa, déclenchant les ronronnements satisfaits de la créature.

Quand elle fut rafraîchie, elle admira la cité salvatrice. Les bâtiments formaient un demi-cercle autour de l'oasis. Des langues de terres cultivées s'étendaient plus loin, reliées au point d'eau par un système de canaux. Des fleurs roses suivaient les ruisselets artificiels jusqu'aux plantations. Il ne s'agissait nullement d'un village dans les arbres comme elle avait pu en voir en Rouge-Terre, mais de constructions surélevées par des pilotis plantés dans le sable. Les habitations ocre étaient pourvues chacune d'une seule ouverture ovale masquée de rideaux. Au centre, juste devant un ponton qui s'engageait dans l'eau de l'oasis, se trouvait une place dallée et circulaire où était amassé un nombre formidable de pierres écroulées, qui formaient comme les bases d'un ancien édifice.

— Comment s'appelle cette cité ? demanda-t-elle, émerveillée.

Alexian sortit de l'eau tandis que son uni continuait de s'abreuver.

— Allons nous présenter.

— Pourquoi tu ne voulais pas que l'on vienne ici depuis le début ? C'est absolument magnifique !

Lorsqu'il se tourna vers l'oasis, il vit sur le ponton un vieillard qui le regardait, une canne à la main.

— Plus tard. Nous devons y aller.

Lorsqu'ils arrivèrent au niveau du ponton, une dizaine de personnes s'étaient massées autour du vieil homme. À la grande surprise de l'oraisonnière, aucun d'eux, malgré leurs âges avancés, ne possédait de lynx. D'ailleurs, leurs chevelures n'étaient pas rouges comme celle d'Alexian, mais blondes ou grises. L'espion s'avança.

— Vel-Lorion ! C'est un véritable plaisir de te revoir !

— C'est partagé, Ellier, c'est partagé.

Ils s'enlacèrent. L'Hélderionnoise croisait les bras pour se donner une contenance, ne se sentant pas à sa place dans ces retrouvailles. Le dénommé Ellier la dévisagea d'une façon étrange.

— Oui, murmura le Rouge-Terrien, il faut que je t'explique…

— Plus tard, plus tard. D'abord, restaurez-vous. Repose-toi chez moi, je te ferai apporter le nécessaire.

— Il faut seulement que tu saches qu'Hélderion est en marche…

— Nous savons tout ça, répliqua-t-il d'un ton pressant, rassure-toi. Nous en discuterons ce soir, entendu ?

Alexian salua courtoisement ceux qui semblaient être des amis de longue date. Ces formalités expédiées, il guida son amie à l'intérieur du village tandis que les animaux profitaient déjà des grâces des habitants.

ꙮ

La maison du dénommé Ellier était la seule qui possédait un étage et un balcon. Les pièces s'organisaient autour d'un petit puits rectangulaire. Plusieurs tapis couvraient le sol de terre battue, sur lesquels étaient posés divers récipients de cuisine. Le plafond, plutôt haut, était peint de fresques minutieuses représentant des groupes d'hommes marchant dans le désert, naviguant sur les flots, et arrivant dans une contrée où ils tuaient d'autres hommes.

— Viens, mieux vaut que nous attendions là-haut, dit Alexian en se dirigeant vers un escalier en colimaçon.

L'étage était divisé en deux chambres desservies par un palier central. Il lui conseilla de se reposer pendant qu'on leur préparait à manger. L'oraisonnière ôta simplement ses chaussures et se laissa tomber sur le matelas recouvert de coussins.

— Nous sommes vivants, murmura-t-elle.

— Tu vois, il fallait garder espoir.

— Oui.

Il eut un pâle sourire. Il voulut s'éclipser, mais une femme entra au même moment avec un plateau de victuailles.

— J'espère que tu ne pensais pas partir d'ici avant d'avoir mangé avec moi !

— Eda ! Ça faisait longtemps…

— En effet.

— Écoute, j'ai besoin de parler à ton mari, j'ai beaucoup de choses à lui apprendre sur les récents événements !

— Il sait très bien tout cela, fais-lui confiance. Maintenant, mangeons.

À contrecœur, l'espion s'assit sur un tapis et se servit. L'odeur de la soupe de légumes leur rappela à quel point leurs estomacs grondaient. La femme tendit à Noony un bol d'un geste brusque, sans aucune marque de politesse.

Manger les ramena à la vie. Les deux amis reprirent chacun de la soupe de légumes, puis partagèrent une miche de pain dur sur laquelle ils étalèrent du fromage. Ils eurent ensuite droit à des tranches de viande grillée encore fumantes et recouvertes d'herbes. L'Hélderionnoise ne connaissait aucune de ces saveurs épicées, qui avaient des notes de soleil. Le plateau vidé, l'espion demanda à son hôtesse s'il pouvait sortir, mais celle-ci exigea qu'il dorme un peu. Noony, elle, n'eut pas besoin qu'on le lui répète. Elle s'endormit pour la première fois depuis longtemps sans d'angoissantes pensées à propos d'eau, de rationnement et de guerre.

Elle fut réveillée par des chuchotements. Elle perçut ensuite des bruits de pas et le craquement de l'escalier de bois.

Sa première impulsion fut de se rendormir, mais sa curiosité lui soufflait qu'il se passait des choses étranges dans ce village. Le vieillard n'avait pas semblé surpris de l'arrivée d'Alexian. Étaient-ils attendus ? Si c'était le cas, pourquoi son ami avait-il cherché à ne pas faire halte dans cette oasis ?

Elle se leva et s'étira, sentant déjà ses muscles moins courbaturés. Une fois ses chaussures aux pieds, elle écarta les rideaux et descendit les marches, qui grincèrent sous ses pas. Le rez-de-chaussée était vide.

Quand elle sortit, l'air frais de la nuit fut comme une apaisante caresse sur son visage brûlé. La cité embaumait de délicieux parfums de fleurs. Le village était éclairé par les lueurs qui filtraient à travers les rideaux des maisons et par de grandes bougies disséminées autour de la place. Elle s'avança instinctivement vers le bâtiment en ruine. Si cet endroit était éclairé de nuit, cela devait signifier qu'il avait une grande importance pour la communauté.

De ce qui semblait être un édifice très ancien, il ne restait plus que des rangées de pierres circulaires de hauteurs inégales. Seul un pan de mur encore entier donnait une idée des proportions initiales du bâtiment. Noony resta un moment dans les décombres à observer les restes de peintures à demi effacées. Ces ruines éveillaient en elle un sentiment de familiarité sans qu'elle parvienne à en déterminer l'origine. Elle approcha sa main du mur, frôla les fresques aux couleurs délavées. Elles représentaient un groupe d'hommes qui marchaient. Seul un corps était encore entier, il manquait aux autres des bras, des têtes, des jambes. Le regard de l'oraisonnière balaya l'ensemble de l'édifice.

Des inscriptions étaient gravées à même la pierre, juste sous les fresques. Les caractères grossièrement taillés représentaient des cercles de tailles différentes, traversés par un nombre variable de traits ou de signes.

La langue des astres.

Elle toucha les inscriptions du bout des doigts, émue. Des Hélderionnois étaient-ils déjà venus ici, avant la découverte de ce continent ? Elle examina très attentivement les symboles, comme elle le faisait avec Merion lors de ses exercices de traduction. L'alphabet présentait des dissemblances avec celui qu'elle connaissait, mais il s'agissait de détails : des variations de traits ou de points à l'intérieur des cercles. La base restait identique. Après tout, ils parlaient bien la même langue, comme le lui avait rappelé Alexian à Grise-aube. Certains mots étaient effacés par l'érosion, mais elle parvint à déchiffrer quelques passages : *« Par-delà la mer »*, *« religion suprême »*, *« les astres gouverneront »*, *« trop de fois persécutés. »*

Un frisson lui parcourut l'échine. Les ombres, les dessins sinistres et ces mystérieuses inscriptions contrastaient avec l'ambiance calme et sereine de l'oasis. Elle s'éloigna, des questions plein la tête, et alla s'asseoir sur le ponton. Là, elle retira ses chaussures et plongea ses pieds dans l'eau.

— Impossible… je le savais… mais… quelle idée ?

Elle se dirigea vers l'endroit d'où provenaient ces bribes de discussions. Elle entendit alors plus distinctement les voix, mais resta à bonne distance derrière le tronc d'un grand arbre. Seuls deux éclats orangés révélèrent la présence de Lorion. Elle était persuadée qu'il l'avait sentie ; pourtant, il ne sembla pas en avertir son uni.

— Je suis désolé, Ellier, dit la voix d'Alexian. Combien de fois je dois te le dire ? Nous n'avions plus de vivres, venir ici était mon dernier recours.

— C'est dangereux ! Tu viens avec une oraisonnière ! Une oraisonnière, bon sang !

Le vieillard poussa un grognement mécontent avant de reprendre :

— Cet endroit est le dernier qui doit être visité par un Hélderionnois.

— Je sais.

— Et après ?

— Je l'emmène à Tombe-lune.

— Tu ne t'es pas dit que c'était très suspect qu'elle renonce à ses convictions pour te suivre ?

— Si, bien sûr que si, dit-il avec force, mais tu ne connais rien des épreuves que nous avons traversées ! Elle a vu Grise-aube se faire massacrer par l'armée d'Hélderion, et elle a assez de jugement pour…

— Je t'en prie ! l'interrompit Ellier. Ne me dis pas que tu n'as pas envisagé qu'elle puisse être aussi au service de son royaume ? Peut-être a-t-elle été envoyée ici pour constater ce qu'il reste de la cité et transmettre cette information par je ne sais quel moyen… Qui sait, peut-être par son drôle d'animal volant ? Vraiment, je te pensais plus méfiant !

— Écoute, je n'ai pas eu le choix.

— Vel-Lorion, je ne te reconnais plus. Si tu n'avais vraiment pas eu le choix dans le désert, tu l'aurais éliminée avant de venir ici. Tu as été formé pour protéger les secrets de Rouge-Terre, non ?

— Elle veut réellement nous aider.

— Nous verrons. En attendant, moins elle en saura, mieux nous nous porterons. Laisse-moi, maintenant, je dois préparer le nécessaire pour le rituel contre les soldats d'Hélderion. Une caravane doit passer dans une semaine pour nous apporter les vivres, elle te conduira à Tombe-lune.

Noony entendit le vieillard se mettre en marche.

— Attends ! appela Alexian. Comment ça, *me* conduira ? Et l'oraisonnière ?

Ellier s'arrêta juste au niveau de la jeune femme, qui se mordit la lèvre et retint sa respiration.

— Il y a de nombreux moyens de s'en débarrasser, on ne t'a pas appris ça lors de ta formation ?

À ces mots, Lorion émit un feulement.

— Je vois, poursuivit Ellier. Dans ce cas, assume ceci devant le Conseil.

— Je l'assume.

— N'oublie pas une chose : je protège cette cité depuis quarante-deux ans. Ce n'est pas pour voir ma raison de vivre anéantie par cette ennemie que tu ramènes ici ! Pense à toutes ces personnes qui se sont sacrifiées comme moi, et réfléchis à tes actes.

Les pas du vieillard s'évanouirent. L'espion jura et donna un coup de pied rageur dans le sable. Le lynx vint se coucher près de lui. Il posa sa tête aux oreilles pointues sur les genoux de son uni dans une attitude réconfortante.

Noony avait souvent imaginé le genre d'accueil que lui réserverait le peuple de Rouge-Terre. Des cérémonies de bienvenue, des cadeaux de remerciements, un épanchement de reconnaissance. Des centaines de scénarios avaient effleuré son esprit durant leur traversée du désert ; toutefois, jamais elle n'avait imaginé que sa venue génèrerait des réactions aussi hostiles. Soudain, une lueur éblouit l'oraisonnière. Elle sentit une violente brûlure au niveau de sa poitrine, telle une bouche goulue avide d'aspirer sa chair. Elle poussa un cri.

— Qui est là ?

Elle voulut serrer le bijou dans sa main pour étouffer la lumière rouge, mais il irradiait d'une telle chaleur qu'elle le lâcha.

— Qu'est-ce que c'est ?

Alexian accourut. Il observa le pendentif luminescent d'un air incrédule.

— Je… Je ne sais pas ce qu'il se passe, balbutia-t-elle, il s'est mis à briller d'un coup…

Lorion arriva à son tour d'un pas nonchalant, comme pour signifier à l'oraisonnière que la discrétion n'était pas son fort.

— Depuis combien de temps es-tu ici ? demanda l'espion. Lorion, pourquoi ne m'as-tu rien dit ?

— Je viens d'arriver !

La lueur se mit soudain à décroître, replongeant les acolytes dans l'obscurité.

— C'est vraiment bizarre. Est-ce que je peux avoir une explication ?

— Je n'en sais pas plus que toi !

— Il n'avait jamais fait ça auparavant ?

Elle le ramassa avec précaution et le rangea dans sa poche.

— Si, avoua-t-elle, c'est arrivé une fois, lorsque nous étions dans la forêt… C'était beaucoup moins puissant, juste un peu de chaleur, j'ai cru rêver. Je ne voyais pas l'utilité de t'inquiéter.

Alexian resta muet. Elle avait l'impression d'entendre les rouages de son esprit analyser la situation. Le doute le prenait, c'était évident. Si Ellier avait troublé ses jugements, alors cet incident allait ébranler leur confiance mutuelle.

— Je sais ce que tu penses, dit-elle. Tu crois que je te cache quelque chose, mais c'est faux. Je n'en sais pas plus que toi à ce sujet, et ça me fait peur. Ça me donne l'impression que les astres me rappellent à l'ordre… Je ne voulais pas t'embêter avec mes préoccupations stupides d'oraisonnière.

— Tu aurais dû, répliqua-t-il sévèrement. Ce n'est pas un élément négligeable ; les outils d'oraison sont peut-être une clef importante pour mon peuple !

— Je n'ai pas voulu te dissimuler volontairement des informations, moi…

Cette phrase flotta un moment entre eux, provocante.

— Nous devrions aller nous coucher…

— Tu esquives, comme toujours, chuchota-t-elle. C'est moi qui devrais me méfier de toi, tu ne m'as rien dit sur cette oasis. Qui sait, tu m'emmènes peut-être dans un piège à Tombe-lune, où je serai torturée ou je ne sais quoi d'autre…

— Ne dis pas de telles absurdités !

— Est-ce vraiment plus absurde que l'idée que je sois une espionne et qu'il faille m'éliminer ?

Il haussa les épaules et essaya de la contourner, mais elle lui barra le passage. Ils étaient à présent si près l'un de l'autre qu'ils pouvaient distinguer leurs visages malgré la pénombre.

— Je regrette que tu aies entendu ça.

— Comment veux-tu que je me sente en confiance, maintenant ? Ton ami semble bien déterminé à ne prendre aucun risque avec moi, je ne pourrai plus manger un plat tranquillement…

— Il ne ferait pas ça.

— Dis-moi la vérité. Pour une fois. Par exemple, qu'est-ce que c'est que cet endroit ?

Il s'humecta les lèvres et sembla fixer du regard un point invisible. Noony comprit qu'il était en train de communiquer avec son uni. Elle sourit à l'animal.

— Très bien, abdiqua Alexian.

— Tu devrais l'écouter plus souvent.

Il eut un claquement de langue agacé.

— Commençons par ces ruines, décida Noony.

— Les ruines, hein ? Je ne pense pas que tu sois prête à le savoir.

— Arrête de me sous-estimer !

— Je crois que tu es la personne la mieux placée pour deviner ce que c'est. Observe bien…

Elle s'avança et contempla le mur entouré de pierres d'un air peu convaincu. Peu à peu, son expression changea, ses sourcils se froncèrent. Son regard bondissait d'un endroit à l'autre, complétait les pierres manquantes. Cela avait été un bâtiment circulaire, très haut, et certaines fentes laissaient deviner une ancienne toiture…

La structure lui apparut comme une révélation.

Un temple d'oraison.

Alexian posa une main sur l'épaule de son amie.

— Je ne voulais pas que tu voies ça…

— Mais pourquoi ? demanda-t-elle d'une voix étranglée. Qu'est-ce qu'un temple d'oraison fait ici ?

— Ce n'est pas n'importe lequel. Ce temple a plus d'un millénaire.

— C'est impossible ! protesta-t-elle.

Elle réfléchit à toute allure, revoyant chacun de ses livres, chaque frise chronologique qu'elle avait apprise par cœur.

— C'est impossible, poursuivit-elle, le temple de Manérian est le plus ancien d'Hélderion et on estime le début de sa construction en 150 !

Il hocha la tête tout en la dévisageant avec insistance.

— Tu dois faire erreur.

— Il n'y a pas d'erreur. Les ruines que tu vois sont celles du premier temple d'oraison de l'Histoire.

Les mains de l'oraisonnière tremblèrent violemment.

— Non…

Ce mot franchit ses lèvres avec délicatesse et retenue, tandis qu'en elle, c'était un « non » brutal, emporté, énorme, qui enflait.

— Souviens-toi, expliqua-t-il avec patience, quand nous étions à Grise-aube, je t'ai dit de te poser la question de notre langue commune…

— Tais-toi !

La logique des arguments du jeune homme l'envahissait peu à peu, les pièces se mettaient en place, mais elle refusait de voir l'image finale qui s'imposait.

Ce court moment de révolte laissa place à un abattement complet. Les épaules voûtées, elle ne dit plus un mot.

— Est-ce que tu veux tout savoir ?

Quelle importance ceci avait ? Elle posait un verrou à son esprit, dans une négation complète de son environnement. Jamais les astres ne lui avaient paru à la fois aussi familiers et étrangers.

— Tu voulais connaître le nom de cette cité. Je vais te le donner. Cet endroit s'appelle Abranelle.

Il la considéra à la fois avec crainte et compassion.

— Vraiment ? Pourquoi le nom de notre capitale ?

— C'est le nom originel de la cité, il a été repris par la suite lorsque ton peuple a migré vers un autre continent. Ton royaume, Hélderion.

Elle poussa une exclamation méprisante.

— C'est toi qui voulais connaître la vérité ! Je t'avais dit que tu n'étais pas prête !

— Ce que tu dis est impensable, rétorqua-t-elle, cela signifierait que mon peuple descend du tien !

— C'est exactement ce que je dis. Et c'est incontestable. Cette cité, Abranelle, était le repère d'un mouvement religieux : il y a de cela mille ans, ceux que l'on nommait les Astrascistes se sont installés dans le désert, là où personne ne viendrait les chercher. Quand Tombe-lune les a retrouvés, ils ont décidé de partir en quête d'un autre continent. Ils ont d'abord colonisé les îles Demi-Lune, puis ont probablement accosté près de l'actuel Shavent, et ont massacré les indigènes qui vivaient à cet endroit.

Il marqua une pause, la vérité venait de jaillir. Noony sentait toute son authenticité. Mais c'était une idée trop cruelle, trop dérangeante. Son peuple de prestige, sa religion si évoluée, ne pouvaient provenir d'ici.

— Ce que tu dis ne tient pas la route, contesta-t-elle, il y a des différences énormes entre les Hélderionnois et les Rouge-Terriens ! Tiens, par exemple, vos cheveux rouges…

— Cette teinte est le résultat de la consommation des fruits des porte-flammèches, répondit-il aussitôt, les habitants de cette cité sont comme toi, parce que les conditions climatiques n'en permettent pas la culture.

Elle resta bouche bée face à cet argument. Il poursuivit :

— Comme tu l'as sans doute remarqué, ces gens n'ont pas de lynx, car ce processus de symbiose implique une diminution de notre espérance de vie. Notre uni ayant moins de résistance que nous, il puise dans notre énergie. Ces personnes sont les gardiens de l'histoire et du passé, ils doivent optimiser leur espérance de vie pour la mémoire collective.

Noony ne pouvait plus se détourner de la vérité. Chaque fois qu'elle regardait les ruines, elle voyait un temple d'oraison. Les fresques sur le mur prenaient vie. Ses ancêtres traversaient le désert, les plaines, les forêts de Rouge-Terre, puis les océans, jusqu'à débarquer en Hélderion. En histoire, elle avait simplement appris que le premier Astracan répertorié était Oriel Ier et qu'il avait instauré la tradition de l'Ioden. Son successeur Tsahel Ier avait séparé les pouvoirs entre les oraisonniers et l'Astracan, date clef pour la cité Manérian qui avait alors acquis son autonomie. Jamais elle ne s'était posé de question sur l'avant. Le monde était ainsi fait ; remonter à quelques siècles lui semblait déjà une éternité, alors mille ans…

Elle prenait néanmoins conscience de l'importance de ce passé commun, et surtout, des répercussions possibles. La guerre lui apparut soudain sous un autre jour. Et si Soleil ne cherchait pas seulement à conquérir un pays, mais à effacer les dérangeantes traces d'événements oubliés ?

— Je crois que ça suffit pour ce soir, je t'ai déjà assez assommée d'informations…

Ils se dirigèrent vers la maison d'Ellier d'un pas lent et cérémonieux. Noony contempla le ciel piqueté d'étoiles et chercha son astre d'attribution.

— Alexian ?

— Oui ?

— J'aimerais que tu me dises exactement comment est née ma religion, mais pas tout de suite. Je ne me sens pas encore prête…

— Ne t'inquiète pas, dit-il en passant un bras affectueux autour de ses épaules. Nous parlerons de tout ceci lorsque nous serons en route pour Tombe-lune. En attendant… ne mange que ce que j'ai moi-même préparé.

Interlude

Les réunions du Cercle avaient lieu toutes les semaines dans le bureau de monsieur Erborado. Un bien étrange contraste avec les séances auxquelles Yamilia avait assisté avec monsieur Bellor. Deux points de vue diamétralement opposés. Au fond, elle ne savait pas si elle adhérait à l'un ou à l'autre. Ce qui était sûr, c'est que depuis qu'elle faisait partie du Cercle, Farien venait lui parler de plus en plus souvent en dehors des cours. Il était le seul à la pension à lui sourire de cette façon. Quand ils discutaient, elle oubliait alors son apparence. Des moments rares et précieux dans son existence.

Un après-midi, entre deux cours, il lui donna un petit mot en passant dans un couloir. Elle déplia le message avec frénésie. Il lui donnait rendez-vous le soir même dans sa chambre. Son cœur battait à tout rompre à la pensée de cette rencontre secrète. Éviter la surveillante ne serait pas chose facile, elle montait la garde jusque très tard sur le palier qui reliait le couloir des filles à celui des garçons.

L'heure arriva enfin. Yamilia jetait régulièrement des coups d'œil en entrebâillant la porte de sa chambre. La surveillante lisait un roman, assise sur une petite chaise en bois. L'aiguille courait autour du cadran et la jeune fille voyait le temps passer, impuissante. Farien l'attendait sûrement, peut-être s'était-il déjà lassé.

Enfin, une pensionnaire quitta sa chambre pour se rendre à la salle d'eau. Connaissant son tempérament rebelle, la surveillante la suivit. Quand elle passa derrière l'angle d'un mur, Yamilia courut aussi vite que possible. Elle atteignit le couloir des garçons, puis la porte de la chambre tant convoitée. Elle toqua tout doucement, et Farien l'entraîna à l'intérieur aussitôt.

— Tu en as mis du temps, dit-il.

— Je suis désolée, il y avait…

— Peu importe. C'est un soir très spécial. Mon père a une mission de la plus haute importance pour moi. Il veut que je me joigne aux forces du Cercle à Volplume. Mais le Maître n'est pas d'accord…

— Quoi ? s'étonna-t-elle.

Elle remarqua alors la corde enroulée sur le rebord de la fenêtre. Il passa son manteau noir et lui tendit une cape de laine.

— Je pars en Hélderion. Veux-tu venir avec moi ?

— Tu es fou ! s'écria-t-elle. Tu sais ce qui est arrivé à Mylianne Manérian quand elle a fugué ? Elle a été assassinée !

— On ne craint rien, un convoi nous attend. Yamilia, il s'agit d'une immense opportunité pour moi comme pour toi. Que crois-tu que tu vas devenir, ici ?

Elle regarda le vêtement qu'il lui tendait avec tristesse. Il avait raison. La pension Sybilène ne lui offrait plus aucun avenir depuis l'incident.

— Tu penses vraiment que cela vaut le coup ? insista-t-elle.

— Oui.

Elle attrapa la cape avec émotion tandis qu'il rassemblait déjà plusieurs sacs sur son lit.

— Il n'y a qu'en toi que j'ai confiance, ajouta-t-il. J'ai dit à mon père que tu étais quelqu'un de très motivé, prête à tout pour le Cercle.

— Je ferai mon possible, assura-t-elle.

Il accrocha solidement la corde au pied de son lit, puis prit la main de sa compagne.

— Il n'y a pas de temps à perdre.

Partie II

La voix de Soliane

—Qu'en penses-tu ?

Nwinver plaquait une longue robe de soie mauve contre elle, face au grand miroir triangulaire. Assis dans un profond fauteuil, son mari se massait les tempes, soucieux.

—Il faut choisir ce qu'il y a de mieux pour la promise de notre fils, dit-elle d'un ton enjoué, cette couleur est peut-être trop claire…

—Ma dose ! ordonna-t-il.

Elle fit battre ses longs cils.

—Cela ne t'intéresse pas ? demanda-t-elle avec une moue boudeuse.

—MA DOSE !

Elle jeta la robe au sol et ôta l'une de ses nombreuses bagues. Elle dévissa une pierre précieuse, révélant la substance noire et luisante qu'elle contenait. L'Astracan fit un geste impatient. Elle se pencha sur son époux et versa la résuadine dans sa bouche.

—Ça va mieux, mon amour ?

—Oui, oui… il me tarde que l'Ioden soit accompli, je ne supporte plus ce corps !

—C'est pour bientôt, dit-elle d'un ton rassurant, il faut simplement laisser le temps au peuple d'accepter notre fils. Dans les semaines à venir, il fera ses preuves, j'en suis sûre.

—Espérons, marmonna-t-il. Je ne l'ai jamais cru capable de donner l'image d'un homme apte à tenir les rênes du pouvoir. Heureusement qu'en réalité, il ne gouvernera jamais.

La jadielle baissa la tête et se détourna en faisant mine de remettre de l'ordre dans sa chevelure d'un bleu aussi sombre que ses yeux. Soleil se mit à consulter le livre comportant les tâches de la journée.

— Voyons voyons… Ah ! Il faut faire circuler l'annonce officielle du décès de Sonax, ça n'a toujours pas été fait…

— Sonax ? répéta-t-elle.

Il lui jeta un coup d'œil intrigué. Il était rare d'entendre percer de l'étonnement dans la voix de Nwinver.

— Oui, il a été abattu lors d'une mission de routine effectuée par Heptiel et Aileen. Ils forment une bonne équipe, visiblement.

— Je vois…

Elle se retourna vers le miroir.

— Ton vieil ami va te manquer ? s'énerva son mari. Tu ne crois pas que tu as fait suffisamment de dégâts avec lui ?

Lorsqu'elle lui fit face de nouveau, la jadielle arborait un sourire radieux.

— Qu'est-ce que tu vas imaginer ? Je suis passée à autre chose, depuis le temps. Cessons de parler de ce qui n'a pas d'importance. Tu as un entretien avec la Corporation de Volplume dans trois heures, pour arranger la venue de notre fils.

9

L'EXÉCUTION

– Royaume de Thyrane, alentours de Mizin, 913 –

Voir en Thyrane un ennemi à éradiquer n'a jamais été mon point de vue. J'ai toujours été partisane de l'observation, de l'analyse. L'invasion par Hélderion a été présentée comme une guerre gagnée d'avance, qui avait pour but de remettre dans le droit chemin un peuple hérétique, sans personnalité, sans culture. Il est de notre devoir d'historiens de présenter des faits, et non de défendre une religion ou une idéologie. C'est pourquoi j'ai décidé d'écrire cet ouvrage qui, sous forme d'encyclopédie, regroupe les informations que j'ai pu collecter tout au long de ma vie sur des notions, des sujets, des personnes en rapport avec Thyrane. D'aucuns diront que j'ai fait acte de trahison en tentant d'observer ce royaume de manière objective. Cependant, il n'est pas propre au tempérament des citoyens de Volplume d'accepter une vérité sans la mettre à l'épreuve.

Préface de *Comprendre un nouveau royaume* – par Adrastée Sandiane, historienne de la Corporation Volplume depuis l'année 901.

Accoudée à la fenêtre d'un véhicule, Aileen Manérian regardait les arbres défiler. Elle était la promise de l'Ioden, le futur Astracan. Chaque fois que ces mots traversaient son esprit, évoquant tant d'images de grandeur et de noblesse, elle se sentait prise de vertige. Une vie entière semblait s'être écoulée depuis son séjour dans le Chaos. Les paroles de Cataline devenaient lointaines, la présence d'Orius floue. À mesure que les journées s'écoulaient, elle avait la sensation étrange de ne plus pouvoir se rappeler distinctement les traits du veilleur. Lorsque Heptiel lui adressait un sourire rayonnant, elle le lui rendait en essayant de dissimuler sa culpabilité. Ses mensonges.

Elle ne l'avait jamais vu aussi heureux depuis le moment où il avait prononcé le mot « promise ». Elle avait tenté d'être aussi épanouie que possible en dépit du choc qu'elle venait de subir.

Malgré l'allégresse générale, elle restait discrète et prudente. Le silence était la meilleure de ses armes. Se retrouvant propulsée à un rôle démesuré et inattendu, ses réflexes acquis au contact d'Orius s'exacerbaient. La monotonie et le calme du trajet vers Mizin lui laissaient le temps nécessaire pour étudier la situation.

Ce mariage avait été arrangé par l'Astracan et son père. Père qui la croyait toujours pensionnaire à Sybilène. Père qu'elle avait si peu connu, en fin de compte. Père qu'elle considérait à présent comme un monstre. Comment réagirait-elle lorsqu'elle le reverrait ? Après les révélations de Cataline ?

Chaque fois que ses pensées se tournaient vers la vieille femme, elle se rappelait soudain sa mission. Elle s'était engagée auprès des Lames Nocturnes à les aider à envahir Abranelle. En la faisant rallier sa cause, Cataline connaissait-elle déjà son futur statut ? Sûrement. En revanche, il paraissait évident que le Poignard-Sanglant avait jeté un caillou dans les rouages en abusant d'elle. Aileen avait beau être résignée dans son rôle d'outil de la résistance, cet homme avait cassé quelque chose en elle. Elle repoussait autant que possible les émotions qui la submergeaient. Au fond, c'était ce qu'elle avait voulu devenir pour ne plus souffrir : une personne froide capable d'arrêter le flux insupportable de la douleur. Elle s'était surestimée. La propriété de son corps lui avait été arrachée. La femme qu'elle devenait lui apparaissait de plus en plus nettement. Pour la première fois, elle se regardait sans artifice, sans se mentir. Elle était devenue forte, certes, mais aussi manipulatrice.

— Est-ce que ça va ? s'enquit Heptiel. Tu as mauvaise mine, c'est le voyage qui te rend malade ?

— Je crois que j'ai un peu mal au cœur, répondit-elle avec un pâle sourire.

Ils se trouvaient dans l'attelage le plus confortable de l'I.G.A. Chacun était à un bout de la longue banquette de cuir pourpre, en train de dormir ou d'admirer le paysage. Ils discutaient rarement. L'Ioden ne s'offusquait pas du silence. Il comprenait ce besoin d'isolement.

— Je vais demander que nous nous arrêtions quelques instants.

Il ouvrit sa fenêtre et ordonna au cocher de faire halte. Des cris retentirent pour prévenir le cortège, qui s'immobilisa.

Heptiel sauta hors du véhicule et donna la main à sa promise pour l'aider galamment à descendre. Pour le trajet, il avait recruté onze soldats, qui devaient regagner le royaume d'Hélderion afin de partir sur le front. Les gardes étaient peu enclins à la conversation, se contentant de conduire, de cuisiner et de dresser la table des futurs époux.

Un guerrier de l'aurore sortit une chaise afin qu'Aileen puisse s'asseoir. Son promis, lui, s'était éloigné.

— Son Excellence souhaite-t-elle un rafraîchissement ?

— Volontiers.

Ces soldats d'habitude robustes et grivois devenaient soudain gauches et intimidés avec celle qui avait pourtant partagé leur quotidien. Seul son nouveau statut provoquait cette gêne, car elle avait gardé ses vêtements d'homme. Heptiel aurait souhaité qu'elle se change, mais l'I.G.A. n'était pas le genre d'endroit où l'on stockait des robes. Il avait donc envoyé une lettre au Maître afin qu'il fasse préparer des toilettes élégantes.

L'heure de se restaurer arriva. Elle resta seule devant sa table, son compagnon n'étant toujours pas revenu. Le vent se leva brusquement, faisant virevolter la nappe de fortune et attisant les flammes du feu au-dessus duquel l'un des guerriers préparait le repas. Deux hommes se précipitèrent pour apporter un manteau de cuir à la jeune femme, qui l'accepta en souriant. Elle allait se lever pour chercher son promis lorsque celui-ci surgit des fourrés, radieux. Il s'installa en face d'elle et tous deux apprécièrent la viande chaude qu'on leur servit.

Elle ne pouvait s'empêcher de baisser le regard. Sa promesse resurgissait sans cesse : celle de revenir si Heptiel avait eu raison au sujet de son père. Il ne lui avait encore posé aucune question à ce sujet, pourtant, elle se doutait que le moment viendrait. Elle ne l'avait pas cru lorsqu'il lui avait révélé l'implication de Gide dans le meurtre de sa sœur. Comment pouvait-elle lui dire qu'il avait raison, sans se trahir par la même occasion ? Ses sources n'étaient pas vraiment recommandables. Toutefois, elle ressentait le besoin de partager ce fardeau avec lui.

Elle cherchait un mensonge crédible lorsqu'elle s'aperçut qu'il avait les yeux rivés sur elle, mais qu'il semblait ailleurs.

— Est-ce que tu vas bien ? s'assura-t-elle.

— Évidemment !

Elle n'ajouta rien, mais l'observa tout au long de leur tête-à-tête. Le repas se déroula sans qu'un mot ne soit prononcé. Le vent devenant de plus en plus fort, le camp fut levé. Un soldat leur donna le nécessaire pour la nuit, et le cortège se remit en route.

Elle s'emmitoufla dans une couverture et appuya sa tête contre la vitre. Elle baissa ses paupières à demi et continua d'observer l'Ioden, dont les gestes étaient aussi vagues que son regard. Un soupçon grandissait peu à peu.

Il n'y avait qu'un seul moyen de vérifier.

— Tu n'as pas froid ?

— Non, ça va, répondit-il en souriant.

Elle lui rendit son sourire et quitta son bout de banquette pour s'installer près de lui. Elle passa ses bras autour du cou de son promis. Elle se sentait soudain parfaitement bien, enveloppée de la chaleur de celui à qui elle avait si souvent pensé dans le Chaos.

—Aileen…

Il se décala avec tendresse et la tint à distance en lui saisissant les épaules.

—Ne te sens pas obligée, je sais que tu as affronté des épreuves terribles. Personne n'a à poser de questions sur l'intimité de notre couple, nous apprendrons à nous connaître d'une autre façon, à ton rythme.

Elle passa une main affectueuse le long de sa joue. Sa peau était tiède et lisse, elle avait oublié la douceur d'un homme rasé.

—Merci, murmura-t-elle sincèrement.

Elle approcha ses lèvres pour l'embrasser, il se déroba une fois encore.

—Je sais que tu n'es pas prête.

Elle acquiesça et se détourna, mais avait senti une odeur de fumée.

Le grand manoir de la pension Sybilène apparut le troisième jour, à la tombée de la nuit. La bâtisse, élégante et froide, était le seul bâtiment du quartier éclairé grâce aux lampes de cristal posées dans les jardins.

Les trois véhicules s'arrêtèrent en face de la grille de fer forgé. Un domestique attendait la venue des invités. Les chawins firent halte et le couple fut escorté jusqu'à la demeure. Les soldats étaient sur le qui-vive, s'attendant à n'importe quelle attaque, d'un mendiant, d'un fou ou des clans. Ils atteignirent l'enceinte de la pension sans aucun ennui. Le domestique referma la grille à l'aide de plusieurs cadenas. Les guerriers de l'aurore relâchèrent leur attention, leur mission s'arrêtait là pour le moment. On les ferait mander après la fête. Au coin de la rue, ils repérèrent une patrouille de veilleurs, qui leur indiquèrent la maison close la plus fréquentable de la capitale thyranienne.

Le domestique les conduisit directement dans le bureau du Maître. Aileen suivait le mouvement tout en contemplant les couloirs de la pension dans laquelle elle avait passé de si longues et ennuyeuses années. Ce lieu tant de fois maudit, qu'elle avait espéré ne jamais revoir. Pourtant, alors que ses pas résonnaient dans les corridors vides, la nostalgie l'agrippait peu à peu. Ce n'était pas le regret d'un âge d'or révolu, plutôt le rappel de la jeune fille innocente qu'elle avait été.

Ils passèrent devant la grosse Meldrave, en train de trier ses papiers malgré l'heure tardive. À leur grande surprise, celle-ci fit une révérence à leur arrivée.

—C'est bon, Loau, tu peux disposer, ordonna-t-elle rudement.

—Tu es sûre que tu vas bien ? s'enquit le domestique. Tu as moins de nausées ?

Des taches roses apparurent sur les joues de la secrétaire.

—Ce n'est pas le moment de parler de ça !

— C'est notre enfant ! C'est normal que je m'inquiète pour toi ! Je suis sûr que l'Ioden peut comprendre ça, lui qui ne devrait pas tarder à être père…

Heptiel éclata de rire. En cela, il rappelait beaucoup à Aileen sa petite sœur, qui se liait si facilement avec n'importe qui, sans se soucier des différences de statut.

— En effet, répondit-il, c'est aussi dans mes préoccupations futures…

Il jeta un regard malicieux à sa promise, mais elle était trop sidérée par l'idée de Meldrave enceinte de ce freluquet pour s'en offusquer.

— Arrête de gêner Son Excellence et de le retenir avec tes questions.

Elle les conduisit dans la salle d'attente et frappa à la porte du Maître, qui ouvrit immédiatement.

— Mes chers enfants !

Il leur tendit la main avec un sourire engageant. Si le futur dirigeant la serra chaleureusement, sa compagne recula de quelques pas.

— Entrez ! Asseyez-vous !

L'Ioden s'installa dans l'un des fauteuils faisant face au vaste bureau d'acajou. Il fit signe à Aileen de le rejoindre, mais elle resta obstinément dans l'encadrement de la porte. Le Maître, qui était occupé à remplir des verres d'alcool, ne remarqua l'entêtement de son ancienne élève que lorsqu'il se retourna.

— Voyons, Aileen ! s'exclama-t-il d'un ton amusé. Est-ce une façon de fêter nos retrouvailles ?

Leurs retrouvailles ? Les retrouvailles avec celui qui avait aidé son père à tuer sa sœur ? Les mots lui brûlaient la gorge et menaçaient de jaillir à tout moment. Seule la présence d'Heptiel, qui la dévisageait avec agacement, l'empêchait de laisser la vérité exploser.

Elle se contint.

— Aileen ? fit son promis.

Elle porta la main à hauteur de son visage, retira l'anneau d'argent qu'elle portait au pouce et le laissa sur la commode où étaient posés les verres.

— Voilà, annonça-t-elle en faisant un effort surhumain pour sourire, mes dettes sont réglées. Je ne suis plus à votre service, et je donne une bonne image de la pension.

Joscard parut soulagé. Elle prit docilement place sur l'un des fauteuils. Ils trinquèrent au mariage et à l'avenir, puis discutèrent de leur voyage, de la fête. La conversation dévia peu à peu sur Aileen. Celle-ci vit de l'avidité briller dans les yeux du Maître lorsqu'il commença à poser des questions sur sa séquestration.

— Ce n'est sans doute pas une bonne idée d'en parler, dit Heptiel, c'est encore très récent…

— Oh, j'imagine ! Cela fut sans doute une épreuve traumatisante. Cependant, vous pourriez peut-être aider les veilleurs.

Elle se contenta de remuer distraitement le liquide couleur rubis que contenait son verre. Elle sentait la tension dans la voix du Maître. Il devait mourir d'envie de savoir si, dans sa captivité, elle avait rencontré Cataline. Après tout, il avait essayé de traiter avec cette femme pour faire éliminer Mylianne.

— Je ne crois pas qu'elle possède d'informations cruciales, répliqua Heptiel, maintenant sur la défensive. Si elle en avait, je suis certain qu'elle les aurait immédiatement communiquées. Il s'agit d'une expérience choquante et personnelle qu'il me paraît inconvenable d'aborder.

— Je n'en doute pas une seule seconde ! Pardonnez mon indiscrétion.

Elle croisa le regard gris et pénétrant de Joscard, qui tentait de la jauger. Tout la répugnait chez cet homme : sa barbe grise, son faux sourire calme, la couleur de son costume grenat.

— Je n'ai rien pu voir, je ne sais même pas quel clan m'a retenue, dit-elle d'une voix tremblante.

Le Maître réfléchit puis déclara :

— C'est un épisode tragique. C'est un miracle que vous ayez pu vous enfuir, que les astres soient loués !

Elle approuva d'un hochement de tête solennel. Elle serait plus forte si son ennemi ne connaissait pas les cartes qu'elle avait en main.

— *Cartes ! Derrière toi !*

Une petite voix s'était glissée dans son esprit. Pendant un instant, elle crut que Murmure était dans la pièce. C'était impossible, l'âme de l'ectoplasme était apaisée. Elle se retourna pourtant pour observer le contenu de la bibliothèque. Un coffret attira son attention sur une étagère centrale. Un coffret qu'elle connaissait.

— Bien, mes chers amis, je crois que nous avons eu assez d'émotions pour ce soir. Je vais vous conduire à vos appartements. Dame Irane a généreusement mis les siens à votre disposition.

Alors qu'il s'apprêtait à ouvrir la porte, Aileen le retint :

— Vous vous souvenez de ce jeu de cartes, celui que les dresseurs m'avaient confisqué ?

— Oui, bien sûr...

— Vous l'avez donc gardé ?

— De quoi parlez-vous ? s'enquit l'Ioden.

— Là, dans la bibliothèque.

Le Maître se mordit la lèvre.

— Vous permettez ?

Elle n'attendit pas l'autorisation et prit le petit coffret en bois de cymeurt posé à côté d'une bourse maintenue fermée par un ruban rose.

— Il s'agit d'un objet tabou, précisa le Maître avec fermeté.

— Ce jeu de cartes t'intéresse ? demanda Heptiel.

— Oui, il me rappelle beaucoup de bons souvenirs.

— Dans ce cas, Joscard, je suppose que vous pourriez le lui rendre. Si sa valeur est élevée, je peux vous offrir un dédommagement.

—Inutile, dit-il sans parvenir à masquer sa réticence. En vertu de votre… position, la possession d'un tel objet ne devrait plus poser de problème.

—C'est très aimable à vous.

Ils suivirent le Maître jusqu'à leurs appartements. Le dirigeant de la pension Sybilène venait de comprendre que la balance des pouvoirs s'était inversée.

ꟿ

Le lendemain matin, elle ouvrit les yeux alors que le soleil montait au-dessus des immeubles en ruine de la capitale. Elle s'étira, sentant déjà les effets bénéfiques d'une nuit de sommeil complète dans un bon lit. Elle se tourna et vit son promis allongé sur le côté, en train de lire.

—Bonjour, dit-elle d'une voix endormie.

Il abandonna immédiatement sa lecture pour planter un chaste baiser sur la joue de sa compagne.

—Qu'est-ce que tu lis ?

—Des lettres. C'est une domestique qui me les a apportées. Il y en a une de ma mère, qui me demande comment se passent mes premiers jours en tant que futur marié.

—Et comment ça se passe ?

—Très bien. C'est à toi que je devrais poser la question.

Elle s'assit et réfléchit très sérieusement à sa réponse. Elle fit taire la haine qui bouillonnait en elle depuis qu'elle avait revu Joscard, et tenta de se concentrer sur ce qui était en lien avec le mariage.

—Plutôt bien, tu es un promis très conciliant.

—Je ne veux pas te brusquer, dit-il d'un ton grave. Quand tu m'as raconté ce qui t'était arrivé pendant ta séquestration…

La phrase mourut sur ses lèvres. Aussi engourdi que soit le cœur d'Aileen, à cet instant, elle comprit à quel point la compassion d'Heptiel était forte et sincère.

—C'est une épreuve, dit-elle calmement, et je la surmonterai, ne t'inquiète pas. Je ne serai pas une épouse fragile qui te gênera.

—Je n'en doute pas, tu es devenue beaucoup plus forte, plus dure…

Il y avait du regret dans sa voix.

—Tu me trouves si changée que ça ? souffla-t-elle.

—Ce n'est pas un reproche.

—Je sais.

Il fit semblant de lire pendant quelques minutes, puis rabaissa la lettre brusquement :

—Je ne peux qu'imaginer ce que tu as vécu et ressenti. C'est juste que tu m'as manqué… Quand tu es partie, ce jour-là, alors que nous étions dans les écuries, j'ai vraiment regretté de ne pas t'avoir retenue.

Elle aurait aimé le remercier de l'avoir mise en garde contre son père, d'avoir insisté malgré sa colère. Pourtant, un lien la rattachait à l'autorité de Cataline. Elle n'arrivait pas à franchir le pas qui trahirait son séjour chez les Lames Nocturnes. Certes, elle avait confiance en lui, elle le savait différent et capable de remettre en question le système d'Hélderion. Cependant, comment réagirait-il s'il savait qu'elle avait coopéré avec les clans ?

— J'avais des choses à régler, dit-elle, j'étais obsédée par le meurtre de Mylianne, et cela m'a menée trop loin. J'ai fait une erreur en voulant aller au bout de cette quête impossible ; pourtant, j'en avais besoin. Ne m'en veux pas d'être partie.

Elle se glissa sous les draps et se blottit contre lui. Cette fois-ci, ils n'étaient pas dans une écurie sordide, mais dans un lit. Cette fois-ci, ils n'étaient pas de simples recrues, mais promis l'un à l'autre. Il s'instaurait malgré tout entre eux une gêne qu'il n'y avait pas auparavant, celle d'une séparation brutale et douloureuse. Celle d'un amour avoué qui n'avait pas eu de réponse.

— Oh, murmura-t-elle, si tu savais...

Les souvenirs du Poignard-Sanglant déchirant son corsage lui revenaient par images fugaces, terrifiantes. Heptiel lui caressa maladroitement les cheveux, ne sachant comment la réconforter.

— Je suis là maintenant, lui glissa-t-il au creux de l'oreille, je te protégerai, je ferai chercher ces monstres...

— Non ! Non... je ne veux plus de vengeance, juste du calme. Pour guérir.

Elle vrilla ses yeux humides dans ceux de l'Ioden. Jamais elle n'avait trouvé un homme aussi attirant, aussi attentif, aussi doux. La perspective de passer le reste de sa vie avec lui la réconfortait. Elle sentit toutes les émotions qui étaient repliées au fond d'elle-même s'ouvrir peu à peu. Comme une lumière qui chasse soudain les nuits de solitude.

— Je n'ai jamais eu autant l'intuition que je pouvais avoir confiance en quelqu'un... Je te promets que je ferai de mon mieux pour être moins secrète, pour que nous soyons comme avant, lorsque nous étions à l'I.G.A.

— J'aimerais beaucoup. Je n'ai jamais rencontré une personne comme toi, qui a vu plus en moi qu'un héritier.

Il regarda par la fenêtre, puis déclara :

— Je crois que nous sommes en retard. Nous devrions nous habiller pour les présentations protocolaires.

Elle se sentait bien. Elle pourrait tout abandonner. Se laisser glisser dans ce nouveau rôle. Être protégée.

Non. Elle avait fait une promesse, elle avait juré d'aller jusqu'au bout pour aider les résistants. Le Poignard-Sanglant n'était qu'un élément d'un peuple qui cherchait à reprendre ce qui lui appartenait. Il avait détruit Orius, mais cela n'avait pas empêché ce dernier de mettre de côté ses rancœurs pour une cause plus élevée. En obéissant à son sentiment de vengeance, elle n'agirait pas mieux que Keff lorsqu'il avait trahi les plans de Cataline.

Elle décida qu'il était temps d'écrire à sa tante.

ꙮ

La fête en l'honneur du couple avait lieu dans le hall, au même endroit que le gala des rencontres. Le Maître présidait l'assemblée du haut de l'estrade, encadré de l'Ioden et de sa promise. Les murs de pierres étaient parés de tentures, et trois splendides lustres pendaient au centre, scintillant de mille feux. Des buffets couverts de fontaines d'eau, d'alcool et de plats débordants de pâtisseries démarquaient la piste de danse.

La soirée débuta par un repas en l'honneur des futurs époux, qui se levèrent pour être acclamés par les élèves et les enseignants. Joscard se redressa à son tour, un verre à la main, pour commencer son discours d'ouverture :

—Mes chers amis, nous avons ce soir le privilège d'accueillir Heptiel et Aileen pour célébrer avec eux cet important moment de leur vie.

Un silence respectueux s'installa. Les garçons regardaient les plats avec intérêt tandis que les jeunes filles dévoraient l'Ioden des yeux, chacune s'imaginant à ses côtés.

—Nous sommes tous honorés que le choix de notre Astracan se soit porté sur une pensionnaire de notre établissement, ce qui prouve une nouvelle fois que Sybilène est un exemple d'éducation et d'encadrement.

Dame Irane applaudit cette déclaration avec enthousiasme.

—À présent, que la fête commence ! Musique !

Les élèves se répartirent dans la salle, égayant l'espace de leurs étoffes colorées. Un groupe de musiciens prit place près des buffets et entama un air enjoué qui fit se précipiter les filles sur la piste.

Heptiel invita sa compagne à danser.

—Tu te rappelles ?

—Comment oublier…

Elle prit son bras et descendit les marches de l'estrade, splendide dans sa robe de soie gris perle.

Comme prévu, le couple fut rapidement entouré d'élèves curieux. Deux filles, notamment, apportèrent à Aileen un verre de jus de fruits.

—Tu te souviens de nous ? Nous étions ensemble en cours de bonne tenue !

—Ah, oui, fit-elle d'un ton sec, les amies de Yamilia…

—On ne la fréquente plus ! s'exclama l'une d'elles, tu avais raison depuis le début, cette fille est stupide.

—Et puis, ajouta l'autre, tu verrais ce qui lui est arrivé… elle est si laide !

La future souveraine sentit le feu lui monter aux joues à l'évocation du sort de son ancienne camarade. Le Maître, qui était également descendu de l'estrade, s'immisça dans la discussion.

—Alors, vous profitez de la présence de notre chère Aileen ?

—Nous parlions de Yamilia, répondit l'une des filles, on disait que c'est affreux ce qui lui est arrivé.

Aileen eut l'impression qu'une pierre venait de tomber au fond de sa gorge. Joscard déclara :

—Oui, c'est une histoire tragique. On n'a jamais retrouvé le poison qui a servi à la défigurer, le mystère plane encore sur l'identité du coupable.

La remarque du Maître sonnait comme un avertissement. Elle le revit ranger dans sa poche les ingrédients ayant servi à la jeune femme pour la conception du poison. Dans le tourbillon des événements, elle avait oublié les éléments compromettants laissés dans son sillage.

—Arelun ! s'exclama-t-elle soudain. Je vous laisse, voici un ami que je n'ai pas revu depuis longtemps.

Elle abandonna ses interlocuteurs pour foncer vers son ancien camarade. Celui-ci avait toujours l'air aussi égaré. Ses vêtements de soirée semblaient trop grands pour lui ; toutefois, son acné s'était visiblement estompée.

—Oh !

Arelun écarquilla les yeux.

—Aileen ! Tout le monde te considère comme une héroïne ici, maintenant. C'est parce que tu m'as sauvé la vie.

Elle eut un sourire embarrassé. L'héroïne, dans un accès de fureur, avait quand même empoisonné l'une des pensionnaires.

—Tiens, Arelun, ton verre.

Une femme, dont la robe verte mettait en valeur ses longs cheveux roux, plaça une coupe entre les mains maladroites du jeune homme.

—Lylonna !

—Aileen ! s'exclama-t-elle, ravie. On se demandait si tu viendrais nous parler pendant la soirée, maintenant que tu es la promise de l'Ioden.

—Je n'ai pas oublié nos cours du soir.

—On a arrêté juste après ton départ, mais on a quand même gardé contact, avec Arelun. Tu sais, la déclaration de guerre contre les Terres Impies a provoqué une drôle d'ambiance, ici. Il devient difficile de savoir à qui on peut faire confiance…

Elle fut interrompue par le hurlement de Dame Irane, qui réclamait le silence. Les musiciens cessèrent de jouer et les murmures se tarirent. Le Maître était remonté sur l'estrade.

—Mes chers amis, je profite de l'occasion pour aborder un autre sujet important. Comme vous le savez tous, l'un de vos enseignants, monsieur Bellor, a été inculpé pour haute trahison envers le royaume. Nous avons découvert qu'il entretenait une correspondance avec les Terres Impies malgré la déclaration de guerre. Il a également encouragé des élèves à envoyer des lettres aux hérétiques. C'est une attitude intolérable de la part d'un professeur d'impliquer des enfants. Le verdict est sans appel. La peine capitale. Son exécution aura lieu dans six jours.

Aucune réaction ne suivit l'annonce. Personne n'osait émettre le moindre jugement dans ce climat de suspicion.

Le tintement d'un verre brisé retentit. Tous les regards se tournèrent vers Aileen.

— Qui a pris cette décision ? demanda-t-elle d'une voix forte.

— La Corporation de la justice, répondit Joscard avec calme.

— Où ? À Abranelle ?

Il parut gêné par la question, qu'il écarta d'un geste de main.

— Ce n'est pas le moment de discuter de ce genre de détails.

— Des détails ? répéta-t-elle.

Elle s'avança jusqu'à l'estrade, et les pensionnaires s'écartèrent pour lui laisser le passage. À cet instant, il importait peu à Aileen que le Maître puisse la dénoncer, elle ne pensait qu'à monsieur Bellor, cet enseignant sympathique et passionné.

— Je veux en savoir plus ! clama-t-elle en s'arrêtant en haut des marches. Tous les élèves ici présents ont besoin d'en savoir plus.

Il y avait, dans l'inflexion de sa voix, le ton d'une souveraine. Heptiel, cerné par un essaim de jeunes filles, regardait sa promise avec un sentiment de fierté grandissant.

— Monsieur Joscard, dit-elle en appuyant sur chaque syllabe, où ?

— À Mizin. Je ne vois pas ce que cela change...

— Donc, c'est simplement la délégation de la corporation en Thyrane qui a pris cette décision ? Il n'a pas été jugé par la Grande Cour ? Celle-ci est-elle seulement informée ?

Le Maître cherchait désespérément un appui chez ses collègues, mais chacun regardait ailleurs.

— Eh bien... il est courant que des affaires soient déléguées aux représentants en Thyrane.

— Durant ses cours, reprit-elle, monsieur Bellor nous a appris que seules les décisions prises par la Grande Cour d'Abranelle pouvaient condamner à la peine capitale. Les bureaux de Mizin ne sont là que pour traiter des dossiers.

— C'était une affaire urgente, mademoiselle Manérian.

— Je crois que, dans une telle affaire, l'autorité de l'Ioden a plus de valeur que les décisions rendues par de simples sous-fifres prêts à prendre n'importe qui comme bouc émissaire. N'ai-je pas raison, Heptiel ?

Elle attendit, le cœur battant, la réaction de son futur époux.

— C'est exact ! dit-il en s'avançant à ses côtés. Maître Joscard, je vais avertir l'Astracan de ce procès, et la décision sera rendue dans des circonstances plus claires. Vous conviendrez que votre pension n'a pas besoin de nouvelles rumeurs...

Le Maître prit une profonde inspiration. Il se plia lentement à leur décision et fit une révérence.

— Bien, Votre Grâce.

Depuis le fond de la pièce, Arelun et Lylonna applaudirent, imités bientôt par la salle entière.

Interlude

« À Gide Manérian,
Le premier jour de la saison du Bouclier, an 913, à Abranelle.

Cher dirigeant de la Corporation des marchands d'étoiles,

Je mentirais en disant que les dernières décisions que vous avez prises ont été reluisantes pour votre famille. En effet, vous avez à de nombreuses reprises mis en péril le royaume, alors que votre haut rang exige de vous la plus grande discrétion. Peut-être n'avez-vous pas su placer votre confiance en de bonnes personnes ? Sachez simplement que votre réputation se joue sur ce mariage, qui j'espère sera l'occasion de repartir sur de meilleures bases.

Que les astres vous protègent,
Astracan Soleil, troisième du nom. »

Gide relisait pour la énième fois la missive qu'il avait reçue le matin même. Merion buvait une infusion à la table de la salle principale des Manérian, en jetant de temps à autre un coup d'œil inquiet à son supérieur. C'était un fait : depuis la mort de Soliane, Gide n'était plus le même. Il ne cessait de ruminer le passé et d'exposer ses regrets. En fidèle ami, Merion écoutait avec patience et donnait des conseils avisés, mais rien n'y faisait.

— Heureusement qu'Aileen est là ! s'exclama Gide en tapotant la lettre. Tu as vu ce qu'il écrit ? Ces menaces…

— Allons, calme-toi. Ne te focalise pas là-dessus, pense surtout aux marchés commerciaux, la Grande Corporation va bientôt nous imposer de nouveaux prix, il faudra être ferme.

Le dirigeant de la Corporation des marchands d'étoiles secoua sa tignasse blanche. Bien que le soleil soit à son zénith, il n'était pas encore peigné et n'avait pas revêtu son costume d'oraisonnier.

— Être ferme, marmonna-t-il, je me demande quelle marge de manœuvre il va me rester, maintenant que l'Astracan en personne me méprise. Tout ça à cause de Noony ! Que les astres soient damnés, qu'est-ce qui est passé par la tête de cette petite sotte ?

Merion reposa brutalement sa tasse sur la table.

— Ne parle pas comme ça de ta fille. Personne ne sait exactement où elle est. Qui sait si elle n'est pas morte ? Ces spéculations sur sa trahison sont juste un moyen de te mettre la pression. Comme ce mariage arrangé.

— Qu'est-ce que tu veux dire ?

L'oraisonnier considéra son ami avec un certain malaise. Gide devait avoir l'esprit confus, pour ne pas se rendre compte des motivations de Soleil.

— Il est évident que ce mariage est purement commercial, je ne pense pas que notre dirigeant suprême s'intéresse aux sentiments de l'Ioden. Un rapprochement avec notre corporation est une aubaine pour son seul client, tu ne crois pas ?

— Que pouvais-je faire ? Un des représentants de la Grande Corporation sait que j'ai assassiné ma femme...

— Oui, et l'Astracan sait que tu as commandité le meurtre de Mylianne, car c'était sur ses ordres. S'il avait vraiment voulu se débarrasser de toi, il se serait débrouillé pour faire resurgir tes crimes.

— Il devient de plus en plus difficile de négocier les accords commerciaux. Et si ce scandale éclatait, tu imagines ? La seule chose qui m'importe est l'honneur de la famille Manérian !

— Pour cela, lança Merion, encore aurait-il fallu que la majorité de ses membres soient en vie...

— Je n'ai fait qu'obéir aux lois des astres ! Je n'ai pensé qu'à garder ma famille unie et au service de l'Astracan. Tout cela pour quoi ? Me voir disgracié...

— Penses-tu que les étoiles approuvent le fait qu'un homme tue sa femme et ses enfants ? demanda sévèrement son ami.

C'était la première fois qu'il osait proférer un tel jugement. Gide serra les dents. Ses cheveux désordonnés et ses yeux rougis par les larmes donnaient l'impression qu'il avait perdu la raison.

— J'ai accompli mon devoir de chef de famille en protégeant notre prestige, je ne pouvais pas laisser Soliane entacher notre image ! N'y a-t-il donc que la trahison dans le sang des Manérian ?

Il se leva brusquement et marcha jusqu'à l'escalier. Merion l'entendit jurer à l'étage et soupira, pris de pitié.

— Oui, Gide, il n'y a que de la trahison dans cette famille, mais qui a commencé par trahir les siens ?

10

Tombe-lune

– Rouge-Terre, Plaines Désertiques, 913 –

« L'union. Prenons l'exemple d'Hélderion. Chez eux, le terme d'union équivaut au mariage. Chez nous, il s'agit de la fusion entre un être humain et un animal, le partage ultime, le mélange de deux existences. C'est le seul engagement pour nous qui soit à vie. Seule l'amitié avec un animal est un gage d'éternité. C'est un don total de soi, un mélange des âmes. Au contraire, les relations entre êtres humains, relevant du domaine de l'amour, peuvent évoluer. »

Archive retranscrite d'un cours oral de Tombe-lune.

Lorion quitta la maison d'Ellier et vint laper l'eau de l'oasis. Il sortait seulement lorsque la chaleur devenait supportable. Au-dessus de lui, Étincelle volait en rond. La créature rentrait à la cité seulement au crépuscule. Le lynx trempa ses pattes et fit sa toilette, ébouriffant son poil blanc moucheté de gris. Il releva tout à coup la tête, entendant des sanglots du côté des ruines.

—*Elle pleure*, avertit-il. *Va la consoler.*

Son uni n'envoya aucune pensée explicite, mais le lynx sentit son désarroi. Ils étaient à Abranelle depuis une semaine. La caravane chargée de fournir l'oasis en vivres arriverait le lendemain. Depuis que Noony avait appris la vérité sur le passé de cette cité, elle s'isolait souvent près des ruines, comme sur les traces de ses ancêtres. Les habitants, sur les ordres de leur chef, ignoraient sa présence et ne lui adressaient pas un mot. Néanmoins, tous la regardaient avec désapprobation et crainte lorsqu'elle se recueillait devant les vestiges. Alexian passait son temps à la surveiller et à espionner Ellier. Il se méfiait du désir de l'homme de protéger le secret de son village.

Après s'être rafraîchi, le lynx marcha jusqu'à l'oraisonnière. Celle-ci se tenait agenouillée, les mains jointes sur son médaillon.

—*Elle a besoin de soutien…*

Lorion sentit la gêne de son uni, puis son abdication. Peu après, une chevelure rouge apparut dans l'encadrement de la porte de la maison d'Ellier.

—*Rassure-la.*

Sur ces mots, le félin s'éloigna. Alexian s'installa sur le sable, près de sa compagne. Celle-ci ne quitta pas des yeux les fresques abîmées.

—Nous devrions partir demain, dit-il. La route jusqu'à Tombe-lune sera longue, mais au moins nous serons confortablement installés dans une chaise à porteurs !

Elle se contenta d'opiner du chef.

—Ton pendentif a encore brillé, aujourd'hui ? demanda-t-il.

—Non.

—Bon…, fit-il, un peu inquiet. C'est une bonne nouvelle, enfin je crois.

Elle tourna son visage bronzé vers lui, l'air grave. Il faisait tellement chaud qu'elle avait pris l'habitude de relever ses longs cheveux en chignon. Il approcha sa main de l'une des mèches ondulées qui s'échappaient de la coiffure et la replaça derrière son oreille.

—Je suis navré que tu souffres autant.

—Ma religion est factice, murmura-t-elle d'une voix tremblante. J'ai consacré mon enfance et mon adolescence à des dogmes inventés, et au mépris des hérétiques dont mon peuple provient. Je me demande qui sont les hérétiques, maintenant.

—Il n'y a pas d'hérétiques !

—Pourtant, il doit bien y avoir une religion qui est vraie, non ? Il doit y avoir quelque chose, après la mort, une entité supérieure, une autre vie, je ne sais pas…

—Je ne connais pas la vérité, et je crois que personne ne peut la connaître. Il faut que tu arrêtes de te torturer.

—Tu ne comprends pas ! explosa-t-elle. J'ai cru que j'aidais à la réincarnation des âmes sur une autre étoile ! Et il s'agit sans doute d'un leurre ! Où ai-je envoyé Mylianne… ?

Il resta coi face à la douleur de son amie. Celle-ci fixa du regard les fresques du premier temple d'oraison. On aurait dit que le mur lui était une injure personnelle.

—Calme-toi, je suis sûr que tu apprendras beaucoup à Tombe-lune.

—Qui sait le genre de surprise que je vais encore avoir…

Le lendemain matin, il fut tiré de son sommeil par l'agitation au-dehors. Les habitants accueillaient avec joie la caravane immobilisée près du point d'eau. Alexian regardait les envoyés de Tombe-lune descendre les sacs de nourriture du dos des chawins, et se revoyait cinq ans auparavant, chargé de cette même fonction.

—Ce sont des chawins!

Noony venait d'écarter les rideaux. Elle avait simplement jeté un châle sur ses épaules, et son visage était encore ensommeillé.

—À la base, ces animaux vivent dans le désert et sont donc idéaux pour les transports dans les milieux arides. Ça explique leur acclimatation en Hélderion…

À présent, une foule de personnes entourait les nouveaux venus et les invitait à se restaurer. Ellier, en tête du cortège, eut un geste dans la direction de l'espion. Lorsque ce dernier reconnut celle qui accompagnait le vieillard, il murmura:

—Viens par ici, allons voir les caravanes.

—Vel-Lorion!

La femme marcha d'un pas rapide vers lui, faisant tinter les boucles de ses bottines. Ses cheveux coupés court, d'un rouge criard, lui donnaient un air de garçon manqué. Un bandeau blanc lui recouvrait l'œil droit.

Elle s'arrêta face à lui, un sourire railleur aux lèvres. Son manteau de peau écarlate lui arrivait aux genoux, mais s'entrouvrait sur son nombril découvert.

—Eh bien! Tu es vivant! Ça, c'est une surprise…

—Quoi? fit-il d'un ton badin. Tu ne me croyais pas capable de m'en sortir?

—J'avais des doutes. Nous avons appris par l'intermédiaire des Signes que tu étais ici. J'en connais une qui va s'évanouir de bonheur lorsque tu rentreras à Tombe-lune.

Il se racla la gorge. La nouvelle venue se tourna vers Noony. Cette dernière avait du mal à masquer sa crispation.

—Oh! Une nouvelle conquête! Moi qui pensais que les Tombe-Luniennes auraient calmé ton appétit…

—Je ne suis pas une conquête.

—C'est une oraisonnière, Trixa.

Elle fronça les sourcils et afficha une expression de profond dégoût.

—Une «oraisonnière»? répéta-t-elle. Alors ce que l'on dit est bien vrai…

—Qu'est-ce que l'on dit?

—Que tu as sympathisé avec l'ennemi durant ta mission.

—Ce n'est pas une ennemie, expliqua-t-il avec agacement, elle veut collaborer avec nous.

—Oui, oui, c'est ce que Vel-Plê a dit aussi en apprenant l'information. Ce fou serait prêt à tout pour faire valider sa théorie, alors que nous, nous sommes rationnels et méfiants.

La Rouge-Terrienne leva le menton en direction de l'Hélderionnoise d'un air de défi. Au grand soulagement d'Alexian, Lorion arriva à ce moment et vint se frotter contre les jambes de Trixa.

— Tiens, voilà un uni qui m'a manqué ! s'exclama-t-elle, radoucie.

— Je vais préparer mes affaires pour le départ. Viens, Noony.

Celle-ci regarda quelques instants le lynx avec désapprobation, puis suivit son compagnon. Ils s'arrêtèrent devant les chawins, que l'on déchargeait de leurs bagages et de leurs chaises à porteurs pour les laisser boire et brouter.

— Dis-moi... qui était cette femme horrible ?

— Tu préfères voyager sur une chaise ou à dos de chawin ?

— Réponds-moi !

Il se mordit la lèvre. La vue de Trixa lui avait rappelé ce qui l'attendait à Tombe-lune.

— C'est une ancienne amie que j'ai connue à la capitale, pendant ma formation.

Noony observait la femme près de la maison d'Ellier. Elle jouait avec Lorion.

— Si j'ai bien compris ce qu'implique ta relation avec ton uni, vous partagez les mêmes sentiments, n'est-ce pas ?

— C'est plus complexe que ça, répondit-il distraitement, mais grossièrement, oui.

— Toucher l'uni de quelqu'un d'autre est un signe d'intimité entre deux personnes, non ?

— Où veux-tu en venir ?

Elle désigna Trixa et le lynx d'un doigt accusateur. Alexian éclata d'un rire nerveux.

— Tu ne vas quand même pas me faire une crise de jalousie ?

— Pas du tout, j'apprends à comprendre ton peuple.

Il leva un sourcil, sceptique.

— Pourquoi n'a-t-elle pas d'uni ? demanda-t-elle.

— Ah... ça, c'est une question intéressante. Elle était unie depuis trois jours lorsque son lynx est décédé d'une maladie. L'union était encore trop récente pour qu'un lien de vie et de mort se soit instauré entre eux. Alors, elle a crevé son œil pour prouver son deuil. La relation de parfaite symbiose est en général rapide à venir. Cependant, il faut que chacun ait appris à se connaître un minimum, à s'accepter, à s'aimer. Que l'homme et l'animal se soient totalement donnés l'un à l'autre, mélangés en quelque sorte. Tout en respectant la nature profonde de chacun.

— Ça a dû être terrible, souffla Noony, touchée.

— Les gens d'Abranelle – enfin, de l'oasis – ne souffrent pas du fait de ne pas avoir d'uni, cela fait partie de leur devoir. Par contre, Trixa vit dans une cité où ne pas être unie est vu comme une preuve d'égoïsme et un refus de partage. Elle s'impose alors à sa manière, avec son caractère.

— Pourquoi ne s'est-elle pas unie à nouveau ?

— On ne peut le faire qu'une fois. Si l'un meurt, l'autre aussi. Survivre à la mort de son uni, c'est être pour toujours indigne de s'unir.

ꙮ

Le départ fut programmé pour midi. Les envoyés de Tombe-lune ainsi que leurs chawins passèrent la matinée à se reposer afin de reprendre des forces. Pendant ce temps, Alexian en profita pour faire ses adieux à Ellier.

L'espion avait décidé d'aider aux préparatifs du départ en remplissant la centaine de gourdes à l'oasis. Agenouillé dans les herbes qui bordaient le point d'eau, près du ponton, il vit Noony qui se tenait encore dans les ruines, face au mur de fresques, immobile. Il avait connu de nombreuses femmes dans sa vie, ne s'étant jamais privé des plaisirs de la chair. Chacune était belle et séductrice. Pourtant, jamais l'une d'entre elles ne l'avait autant attiré que l'oraisonnière, avec sa bouche suave et son air à la fois déterminé et désespéré. Son attitude humble n'était pas seulement le fruit de son conditionnement. Il y avait en elle une naturelle dévotion, une réflexion qui cherchait le Juste. Cependant, elle incarnait l'abstinence éternelle.

Il savait qu'elle voyait en lui le traître devenu ami, le représentant de Rouge-Terre. Non le coureur de jupons de Tombe-lune. Comment réagirait-elle en le découvrant dans son véritable élément ? Il revenait vraiment chez lui, cette fois, mais ce retour ne lui procurait pas du tout la même nostalgie que lorsqu'ils étaient arrivés à Grise-aube. Le passé allait resurgir, lui éclater à la figure, alors qu'il avait le sentiment d'avoir changé.

— *Tu l'aimes.*

Il ignora la remarque de Lorion.

— *Certes, jamais tu ne pourras t'accoupler avec elle… pourtant, quelle importance ?*

L'importance ? Il n'était pas homme à s'engager, et encore moins à brimer ses pulsions. Toute relation était impossible. Il devrait se contenter de veiller sur elle.

— *Tu es trop animal.*

Cette fois-ci, Alexian jeta un regard furieux vers son uni, et rassembla ses pensées pour répondre. Une voix brisa le contact :

— Alors, on est de corvée ?

Trixa vint s'asseoir à côté de lui, ses bottines à la main. Elle retroussa son pantalon et trempa ses pieds dans l'eau avec un soupir de soulagement.

— Il faut bien aider, non ?

— On ne va pas tarder à partir, annonça-t-elle. Tu dois être content de bientôt revoir Tombe-lune !

— Oui, ça va faire du bien de rentrer.

Un long silence s'installa entre eux, ponctué par le bruit que faisaient les gourdes en se remplissant.

— Qu'est-ce qu'elle fait devant les ruines ? Elle a des doutes ?

— Non, je ne pense pas, répondit-il calmement. Elle est fascinée par tout ce qui touche à la peinture.

— Il ne faudrait pas qu'elle y regarde de trop près.

— On part, de toute façon, dit-il, ne t'inquiète pas pour ça.

Elle s'amusa à l'éclabousser en battant des jambes. Il resta impassible, continuant sa tâche.

— Tu es beaucoup moins divertissant depuis ton retour, constata-t-elle avec aigreur. Avant, il suffisait que je commence à me dévêtir pour que tu acceptes de jouer avec moi...

— Je ne suis pas d'humeur, riposta-t-il, je te rappelle que j'ai vu Grise-aube et Brise-flamme se faire massacrer. Ma famille est morte.

Elle se redressa brusquement, et son sourire mutin s'évanouit.

— Excuse-moi. J'ai été incorrecte.

Il ferma une gourde, se releva et la mit dans les mains de Trixa.

— Je vais aller voir où les autres en sont, termine ça, tu veux ?

Il laissa son ancienne amante pantoise au bord de l'oasis et se dirigea vers la caravane. La plupart des voyageurs en provenance de Tombe-lune étaient déjà affairés autour des chawins, vérifiant une dernière fois leurs sangles et leurs selles. Lorsque le départ fut annoncé, il alla chercher Noony. Étincelle les suivrait par la voie des airs.

Les chaises comportaient une seule place et offraient un abri pour le soleil. Alexian s'arrangea pour que le chawin qui transportait son amie ne soit pas loin du sien. L'oraisonnière n'était pas sûre de vouloir confier sa vie à un transporteur de Tombe-lune qu'elle ne connaissait pas, mais l'espion lui certifia qu'elle était en sécurité. L'homme ne la dérangerait que pour lui proposer de l'eau ou lui signaler les prochaines haltes.

Elle dut se hisser à l'intérieur de la chaise à la force des bras, puis s'installa sur le coussin entouré de barrières, peu rassurée. Lorsque l'espion rejoignit la monture qu'on lui avait attribuée, Trixa lui fit un signe de la main, assise sur la selle de la conductrice.

— Tu as de la chance, tu vas pouvoir t'installer sur ma monture !

Il jeta un dernier regard en direction de Noony. Elle avait déjà tiré son rideau pour s'isoler.

— Et moi ? Tu ne vas pas me laisser marcher, quand même !

Lorion courut jusqu'au convoi. À son approche, le chawin se braqua et poussa un hennissement de peur. Trixa s'efforça de le maîtriser, mais la chaise à porteurs tanguait dangereusement malgré les lanières qui l'attachaient au dos de l'animal.

— Mon chawin n'est pas habitué à porter un lynx, s'excusa-t-elle.

— Ce n'est pas grave, il va monter à l'arrière d'une autre chaise.

Le félin se dirigea spontanément vers la monture de l'Hélderionnoise.

Lorsque la caravane se fut éloignée de l'oasis, les habitants de la cité se rassemblèrent près du point d'eau, main dans la main. Un chant s'éleva de la chaîne humaine, puis un vent léger vint faire remuer les grains dorés du sable.

Le Rouge-Terrien tira le rideau de sa cabine et ferma les yeux. Il avait beau se concentrer, il ne percevait pas les Signes. Il savait pourtant que le groupe était en train d'invoquer leur puissance. Son vieux complexe revint alors qu'il tentait de distinguer les forces de la nature. Il abandonna.

— *Tu ne sens rien ?* s'étonna Lorion.

Le jeune homme serra les poings, en colère de ne pas comprendre pourquoi ce don lui échappait.

Quelques heures plus tard, une tempête de sable faisait rage autour de la cité du désert. Étrangement, elle se concentrait sur ce périmètre.

ꝏ

La traversée des Plaines Désertiques jusqu'à Tombe-lune dura huit jours. À bien des égards, le voyage n'eut rien d'extraordinaire. La caravane se composait de vingt chawins en bonne santé, guidés par des Rouge-Terriens expérimentés qui faisaient régulièrement le trajet pour alimenter l'oasis. Alexian avait l'habitude de cet itinéraire, et s'en voulait de n'avoir su lui-même retrouver sa route. Personne ne parlait avec l'Hélderionnoise, dont l'absence d'uni et la couleur de cheveux trahissaient l'origine.

Trixa essayait régulièrement de séduire l'espion. Il restait indifférent, préférant consacrer son temps à l'oraisonnière. Celle-ci était renfermée et inquiète. La nuit, Étincelle dormait près d'elle en lui faisant une couverture de son aile protectrice. La créature était à présent de la même taille que la jeune femme.

Alexian regardait souvent cette dernière pendant son sommeil. Parfois, il se prenait à rêver éveillé, à imaginer les trésors que recélait la toge stricte qu'on leur avait donnée pour la traversée.

Le dernier jour, une odeur iodée vint leur flatter les narines, tandis que des montagnes surgissaient dans le paysage de sable.

Après plusieurs heures, la mer apparut à l'horizon. Face à cette immensité, des falaises se dressaient comme d'incroyables gardiennes, leur teinte rouge contrastant sur le fond couleur marine.

Alexian demanda à Trixa de faire avancer leur chawin jusqu'à la hauteur de celui de Noony. Elle aussi avait ouvert son rideau afin de contempler Tombe-lune.

— Enfin arrivés ! s'exclama Trixa. Alors, Vel-Lorion, heureux de rentrer ?

— Oui, répondit-il, non sans angoisse.

Il scruta un long moment la ligne de la mer, puis son regard s'accrocha aux falaises. Tombe-lune était un assemblage de maisons blanches aux toits en terrasses, sur lesquels poussaient des porte-flammèches. De loin, les habitations ressemblaient à des coquillages qui venaient ronger les brisants. Des escaliers creusés à même la roche s'enroulaient autour des à-pics, et promettaient une bonne heure de marche avant d'atteindre les premières demeures.

Au pied des récifs se trouvaient des bâtiments en terre cuite au centre desquels s'élevait une tourelle.

— Les écuries, murmura-t-il pour lui-même.

Il avait la sensation d'être un fugueur qui rentre enfin à la maison. Les écuries de Tombe-lune demandaient la surveillance constante de six personnes, dont l'une d'entre elles était chargée de faire le guet jour et nuit pour annoncer le retour des expéditions. Il y avait travaillé cinq mois durant sa formation.

La caravane croisa deux lynx qui chassaient à travers les dunes. Beaucoup d'unis sautèrent à ce moment-là des montures pour devancer le groupe. Lorion, lui, ne bougea pas, roulé en boule dans la chaise à porteurs de Noony.

L'atmosphère à l'arrivée dans les écuries fut pourtant beaucoup moins festive que la réaction des unis le laissait présager. L'espion avait quitté une capitale où régnaient la joie et la bonne humeur. Il trouva les lieux lugubres, animés seulement par les bruits que faisaient les chawins enfermés. Deux Tombe-Luniens sortirent des bâtiments et vinrent accueillir la caravane. Ils saluèrent leurs compatriotes la mine sombre, en échangeant des banalités sur le déroulement du voyage. Trixa fut la première à terre, et la seule à ne pas laisser les garçons d'écurie prendre sa monture par la bride. Alexian descendit peu après et alla aussitôt aider l'oraisonnière. Celle-ci regardait autour d'elle, mal à l'aise. L'un des lynx poussa un grognement sourd à la vue de l'espion, les oreilles couchées en arrière.

— Ainsi, Vel-Lorion, tu es revenu.

L'uni du lynx menaçant s'avança jusqu'à lui, les bras croisés sur son large torse.

— Pourquoi ne nous as-tu pas prévenus de ton départ ?

Le cœur d'Alexian bondit dans sa poitrine. Il n'avait pas imaginé que l'altercation aurait lieu ici. L'un des voyageurs l'avait-il prévenu par les Signes ?

— Vel-Mazor, déclara-t-il d'un ton humble, ma mission ayant été ordonnée par le Conseil, je ne vois aucune...

— Je sais pourquoi tu es parti ! cria l'homme. Pourquoi ne nous as-tu rien dit ? C'est ton précepteur qui nous a prévenus alors que tu étais déjà au port !

À ce moment, Trixa sortit des écuries, l'attirail de son chawin à la main. Elle lança à Alexian un coup d'œil condescendant. Il ne se démonta pas pour autant. Il carra les épaules et affronta le visage rouge de colère de son interlocuteur.

— Nous en parlerons plus tard, j'ai un rapport à faire. Si votre fille veut avoir des explications, qu'elle vienne elle-même.

Lorion s'avança le premier. Il contourna le lynx Mazor qui, les poils hérissés, poussa un feulement. Son uni prit brusquement la main de Noony et l'entraîna vers les degrés qui grimpaient jusqu'à la capitale.

Vel-Mazor se contenta de les regarder s'enfuir.

— Que le vent… pleure ton deuil…

Elle se laissait guider par son compagnon. Cela faisait un quart d'heure qu'ils montaient les marches de roche rouge. Lorsqu'elle regardait en contrebas, elle voyait une plage de sable étincelant bordée par la ligne d'écume des vagues qui s'abattaient en gros rouleaux. Alors, son vertige revenait, et elle se forçait à focaliser son attention sur Lorion, qui les devançait de quelques mètres.

— Qui c'était ?

À la vue de son expression butée, elle comprit qu'elle n'en saurait rien.

— Qu'as-tu fait pour être reçu de la sorte ?

— C'est compliqué.

— Tu rentres au pays, non ? Avec des informations ! On devrait t'accueillir en héros.

À ces mots, il eut un sourire amer. Elle s'arrêta. Elle n'osait pas poursuivre le chemin vers la capitale.

— Allez, il ne faut pas ralentir !

— Qu'est-ce que tu me caches ? murmura-t-elle avant de le suivre.

Ils atteignirent la ville alors que le ciel commençait à s'empourprer. Les escaliers débouchaient sur un promontoire rocheux, où étaient situées des maisons blanches en terrasses. Recouvertes de terre et d'un porte-flammèche, les énormes racines formaient un écrin végétal aux constructions. D'autres degrés menaient à des aménagements rocheux. La cité semblait se développer de manière extraordinaire à flanc de falaise. Trixa les attendait devant l'une des habitations.

— Vel-Plê arrive.

— Très bien, nous allons l'attendre.

— Je l'ai prévenue de ton retour…

Elle n'avait pas fini sa phrase qu'un cri strident retentissait, couvrant un instant le bruit des vagues. Des claquements de talons précipités se firent entendre, ainsi que le cliquetis de griffes contre la roche. Ce fut un lynx qui surgit en premier, à la fourrure rousse tachetée de brun. Il bondit sur Lorion. Ce dernier donna un coup de patte et poussa un grognement. Puis une jeune fille apparut à son tour, sa longue robe virevoltant derrière elle.

— Vel-Lorion !

Elle sauta dans les bras de ce dernier. Des sanglots hystériques montèrent de son corps menu. Noony dévisageait celle qui s'épanchait contre son ami. Une gamine, songea-t-elle.

Elle se demanda soudain ce qu'elle-même faisait là, pourquoi elle n'était pas à Manérian, en train de préparer sa prochaine oraison. La vision de son compagnon enlaçant cette fille la ramenait à la réalité, et la renvoyait à sa propre naïveté. *Elle* pourrait lui donner ce qu'il voulait… si ce n'était déjà fait. L'espion croisa son regard blessé.

Elle y lut le regret du jeune homme, mais surtout son choix. Un nouveau cri retentit :

— Enfin !

Un vieillard arriva, suivi de son lynx au pelage d'un blanc neigeux. Il manquait une patte à l'animal, qui se déplaçait tout de même en bondissant sans trop de difficulté.

Alexian voulut se séparer de la Tombe-Lunienne pour parler au nouvel arrivant quand celle-ci lui donna une gifle brutale. L'oraisonnière, malgré son choc, ne put qu'approuver cette initiative.

— Tu m'as tout pris, Vel-Lorion !

— Val-Maelle, laisse-moi t'expliquer…

— Il n'y a rien à expliquer ! Tu m'as détruite !

Le vieil homme fit une grimace. Il se plaça entre le couple.

— Val-Maelle, il rentre de mission. Sois mature, laisse-le.

— Mais !

— Laisse-nous, répéta-t-il avec sévérité.

Elle hésita à protester davantage, puis s'éclipsa finalement avec une expression de profond dégoût. L'espion adressa un regard reconnaissant à son précepteur. Ce dernier l'avait déjà complètement oublié, et désignait l'Hélderionnoise d'un long doigt tremblant.

— Vous êtes, demanda-t-il, vous êtes… ?

— Oui. Noony Manérian.

Lorsqu'il vit le pendentif qu'elle avait autour du cou, son visage s'illumina.

— Suivez-moi.

La maison de Vel-Plê se situait face à l'océan, surplombée de l'un des plus vieux porte-flammèches de Tombe-lune. Les innombrables branches formaient une chapelle de feuilles rouges au-dessus de l'habitation. Quelques coussins de cuir constituaient la couche du vieil homme, et des paniers de provisions le coin réservé à la cuisine. La pièce s'ouvrait sur un balcon construit à flanc de falaise. Alexian s'y rendit. Le précepteur s'agenouilla devant Lorion :

— Va le voir. Il doit être un peu secoué. Et puis, j'ai à parler avec cette demoiselle.

Le lynx s'exécuta.

— Qui était la jeune fille avec Ale… je veux dire, Vel-Lorion ? questionna Noony.

— Val-Maelle ? s'étonna le précepteur qui s'était dirigé vers le coin cuisine. C'est son Aimée.

Elle avala sa salive pour tenter de faire descendre la boule qui lui obstruait la gorge. Le terme d'Aimée fut comme un coup de couteau froid à travers son cœur. Vel-Plê lui tendit un bol de tisane tout en expliquant :

— « Aimée » n'a pas vraiment de synonyme dans votre culture. Le plus proche serait « épouse », sans la notion d'engagement à vie qu'il y a en Hélderion…

Elle profita du prétexte que présentait l'infusion pour boire et ainsi garder un silence lui permettant de dissimuler son trouble. Le vieil homme poursuivit :

— Je pensais que Vel-Lorion l'aurait prévenue avant son départ en mission, mais non, il est parti comme ça ! Val-Maelle n'avait que seize ans, et elle a appris qu'elle était enceinte.

L'oraisonnière répéta avec tout le calme dont elle était capable :

— Enceinte ?

— La pauvre enfant était trop fragile. Elle a fait une fausse couche.

Noony acquiesça, incapable de prononcer une parole. Pendant l'espace de quelques secondes, elle avait cru Alexian père, elle avait imaginé un bébé enveloppé de draps qui attendait son retour. Instinctivement, elle porta la main à son ventre, avec la terrible idée que jamais elle ne porterait la vie. L'espion les rejoignit à ce moment, interrompant le récit de son précepteur.

— Tu te remets de tes émotions ? demanda Vel-Plê.

— Je n'ai pas envie de parler de ça. Il y a plus urgent.

— Tu as raison.

Le vieillard désigna le pendentif du doigt.

— Ce que vous portez, ma chère, est peut-être la clef de ma théorie.

Interlude

Merion traversait d'un pas rapide le pont translucide qui permettait d'accéder au temple. Le calme religieux dans l'édifice contrastait avec le brouhaha matinal de la cité. Une autre passerelle enjambait les bassins à résuadine, dans lesquels un liquide noir léchait les rebords dans un clapotis discret. L'oraisonnier s'arrêta au milieu du pont et s'y accouda. Rien n'avait changé depuis le départ de Noony. Un puissant sentiment de nostalgie l'envahissait lorsqu'il repensait à son élève et à leurs conversations sur l'actualité, le pouvoir, la mort. Il la revoyait regarder pensivement la résuadine.

— Ah, te voilà.

Gide Manérian semblait toujours aussi nerveux et négligé, les cheveux en bataille et le regard paniqué.

— Que se passe-t-il ?

— Allons dans mon bureau.

Ils entrèrent dans l'une des pièces du rez-de-chaussée. Une demi-douzaine de fauteuils aux teintes sombres étaient disposés autour d'une table basse, devant une cheminée. Gide s'assit.

— J'ai reçu les exigences de l'Astracan quant au mariage. Il veut que Noony soit déshéritée.

— Bon sang, Gide, tu ne peux pas accepter. Ça voudrait dire qu'Aileen hériterait de la Corporation des marchands d'étoiles à ses trente ans… et sans aucun doute Soleil en profiterait pour fusionner les deux corporations.

— Je sais ! Laisse-moi finir !

Le regard de Gide avait flamboyé en prononçant cet ordre. Merion hocha la tête, retrouvant son chef colérique et autoritaire.

— Bien, reprit-il. De toute façon, que ce soit l'une ou l'autre qui hérite de la corporation, elle ne pourra pas accéder immédiatement à ses droits. J'aurai encore un délai pour diriger la corporation, et pour apprendre à ma fille ce qu'elle doit savoir. Pour la ranger de notre côté.

— C'est trop tôt. Il faut refuser cette demande de l'Astracan, Gide. Ou au moins gagner du temps en disant que tu ne veux pas déshériter ton aînée avant que l'on ait retrouvé son corps. Il doit y avoir des recours…

Le dirigeant se laissa aller dans son fauteuil et se massa les tempes.

— Ce serait vendre la corporation, insista Merion. Qui te dit qu'Aileen ne sera pas conditionnée par sa vie au palais ? Par l'Astracan ? C'est un piège. Il est évident que Soleil ne se souciait pas uniquement de la conservation du secret des projets expérimentaux en t'incitant à éliminer Mylianne. Cet acte était destiné à t'avoir sous contrôle. Tu ne dois pas accepter ce chantage !

— Nous n'avons pas le choix. Noony est une traîtresse. Il faut l'accepter et faire avec.

Merion leva les bras au ciel, excédé.

— Souviens-toi de nos projets, à l'époque où elle était encore là ! L'avenir de la corporation aurait été florissant si je l'avais épousée. C'était de loin ta fille la plus manipulable.

Gide haussa les épaules.

— C'était il y a longtemps. Avant qu'elle ne parte avec ce gosse des Terres Impies. Les choses ont changé, Merion. Tu devais être mon successeur par le biais de ton mariage avec Noony. Cela aurait permis à la Corporation des marchands d'étoiles de ne plus être menacée par l'Astracan. Mais maintenant, malgré toutes nos précautions juridiques, cela ne sert plus à rien. Tout repose sur Aileen, qu'on le veuille ou non.

11

Dépendance

– Royaume de Thyrane, alentours de Mizin, 913 –

Senuïne : Le mot « Senuïne » provient du nom de l'astre « Senu », associé au sommeil. Drogue douce originaire de la vallée de Joune, elle a été transportée et acclimatée par l'Homme partout en Hélderion au fil des siècles. Ses consommateurs aspirent à l'euphorie et à la détente. Des recherches effectuées par la Corporation des guérisseurs montrent qu'elle provoque une forte addiction. Lorsque les usagers sont en sevrage, leur nervosité est décuplée, des insomnies peuvent survenir, et cela peut même entraîner des pertes de conscience. Sa consommation est interdite.

Extrait du *Manuel des lois des produits spéciaux* – par Yldiane Merconny, membre de la Corporation des guérisseurs de 412 à 447.

Elle tenait le coffret en cymeurt contre son cœur, les paupières closes. Depuis qu'elle avait récupéré les cartes, les paroles de Sonax lui revenaient en mémoire, la narguaient. Tenir le jeu des Quatre Vents lui rappelait son passé de pensionnaire, sa solitude de l'époque. À présent, elle n'était plus cette élève insignifiante, mais la promise de l'Ioden.

Cela faisait cinq heures qu'ils avaient quitté la pension Sybilène. Le Maître avait mis à leur disposition des vivres pour le voyage jusqu'en Hélderion. Il avait même proposé que l'on orne le convoi d'étendards aux couleurs de l'Astracan, jugeant l'escorte indigne de leur rang. Les guerriers de l'aurore chargés de les protéger avaient refusé, craignant d'attirer l'attention des clans.

Elle admirait le paysage. Les mêmes champs à perte de vue, éclairés par la lune blafarde. Et pourtant, tout était différent. Ce voyage n'avait rien en commun avec son retour à Manérian, un an auparavant, pour l'oraison de sa sœur. C'était depuis cet événement que son existence avait pris une tournure extraordinaire.

— Tu es belle.

Elle tourna la tête vers son compagnon, surprise de le voir éveillé.

— Merci d'avoir sauvé monsieur Bellor, répondit-elle. Nous n'avons pas eu l'occasion d'en parler à cause de cette fin de soirée un peu chaotique.

— Les méthodes du Maître sont trop extrêmes.

Il glissa une main dans son dos. La jeune femme garda le silence, voulut s'écarter, mais se retint. L'odeur du Poignard-Sanglant penché au-dessus d'elle revenait sans crier gare. Le souvenir de ses doigts puissants arrachant son corsage… La brutalité de cet homme l'avait-elle dégoûtée à jamais du contact d'un autre ?

— Il faut que je te pose une question, j'espère que tu ne vas pas le prendre mal…

— Vas-y.

Il se racla la gorge.

— Il y a des rumeurs. On t'aurait vue travailler au *Baiser d'un Soir*…

Il attendit une réaction qui ne vint pas, et insista :

— J'ai besoin de savoir la vérité…

Pour obtenir des informations sur le meurtrier de sa sœur, elle s'était sacrifiée, elle avait été obligée d'en passer par là. Si Heptiel apprenait jusqu'où elle était allée, il serait déçu. Déjà, elle sentait le désarroi poindre dans sa voix. Elle ne pouvait pas être sincère.

Et malgré son affection grandissante, c'est avec une voix parfaitement maîtrisée qu'elle répondit :

— Comment peux-tu douter de mon intégrité ? Pour quel genre de fille me prends-tu ?

Aileen reprit sa contemplation. L'Ioden se replongea dans ses réflexions.

— Pardonne-moi, dit-il au bout d'un moment. L'idée que tu aies pu coucher avec d'autres hommes, des moins que rien qui plus est… cela m'a fait mal.

— Arrête de tout prendre pour toi.

— Excuse-moi d'avoir pu être blessé !

Elle posa sa tête contre la vitre et croisa les bras. Voyant que sa promise se fermait, il poursuivit :

— Tu te souviens, dans les écuries de l'I.G.A? Les nuits passées ensemble. Ma déclaration. Nos discussions au sujet du meurtre de ta sœur. Les lettres de mon père au tien…

— Le contexte était différent, murmura-t-elle.

— Non, Aileen ! explosa-t-il. C'était il y a seulement une saison, nous étions dans la même posture… à chercher la vérité.

— Je ne cherche plus la vérité. J'ai abandonné.

Il en resta coi. Elle se détourna définitivement de lui, rompant la conversation.

— Tu as abandonné ? répéta-t-il au bout d'un moment. Toi, Aileen Manérian ?

— Oui.

— Tu ne veux pas me croire, mais je suis sûr que ton père…

— En effet, je ne veux pas te croire.

Elle porta la main à sa bouche pour contenir le sanglot qui menaçait de s'échapper. Plus il insistait, plus elle avait envie de tout lui dire, de se décharger de son lourd fardeau.

— Aileen…

Elle le tint éloigné d'une main tandis que de l'autre, elle essuyait maladroitement ses larmes.

Toute trace de colère avait déserté le visage d'Heptiel. Elle accepta enfin ses bras autour d'elle. Les lèvres de son promis s'approchèrent, puis épousèrent les siennes. Jamais elle n'avait connu un baiser aussi intime et profond que celui-ci. Lorsque leurs souffles se séparèrent, il lui sourit. On aurait dit que le soleil venait d'éclater dans la nuit.

Le lendemain matin, Lémuran apparut au détour d'un virage, entourée de hauts remparts en pierres grises. Ils virent les maisons cubiques après avoir franchi l'enceinte de la ville. Dans les ruelles que le convoi empruntait, des mendiants en haillons lançaient des insultes en thyranien. Les soldats repoussèrent rudement quatre hommes qui barraient l'une des routes, les poings levés. Cette agitation réveilla l'Ioden.

— Qu'est-ce qui se passe ?

— Les habitants savent qui nous sommes, dit sa compagne, il faudrait peut-être…

Un projectile fusa dans leur direction et un fruit mûr s'écrasa contre la vitre. Déjà, cinq soldats se précipitaient vers le responsable pour le rouer de coups.

— Que cela serve de leçon ! clama l'un d'entre eux. On n'insulte pas le futur Astracan impunément !

Des huées retentirent. Une brigade de veilleurs arriva en renfort pour les aider à maîtriser les plus téméraires, qui lançaient des œufs. Le couple observait les projectiles s'écraser contre le véhicule. Au bout d'un moment, ils ne purent plus rien voir. En revanche, ils entendaient très bien le ton monter entre les deux camps.

— Et voilà, soupira Heptiel, nous allons être en retard…

— Et alors ? Le bateau ne partira pas sans l'Ioden, n'est-ce pas ?

— Évidemment ! répliqua-t-il vivement. Nous sommes attendus à Valdir pour une importante cérémonie. Nous ne pouvons pas différer notre départ.

Au-dehors, il y eut des vociférations et la pluie d'œufs pourris redoubla.

—C'est habituel, ce genre de réaction ?

—C'est pour cela qu'il est préférable de voyager anonymement, répondit-il tranquillement.

—Les gens sont mécontents.

—Oui, oui. C'est toujours ainsi avec les résistants.

—Je te trouve bien détaché. Ces personnes nous voient comme des intrus.

Il fronça les sourcils.

—Pourtant, ils acceptent l'aide à la reconstruction de notre gouvernement. Sans Hélderion, ils n'auraient plus rien.

—Mais sans Hélderion, ils n'auraient rien besoin de reconstruire...

—Ça, c'est sûr, vu comme ça... mais la situation est ce qu'elle est.

Elle n'insista pas, ils n'avaient pas les mêmes convictions. S'il savait ce qu'elle avait promis de faire... Elle préféra changer de sujet pour ne plus y penser :

—Tu parlais d'une cérémonie ?

—Oui. Nous nous rendons à la décoration du général Umviere. Il a été l'un des dirigeants de la Corporation des guerriers de l'aurore pendant trois ans. Il est très âgé et il rend l'uniforme...

—Est-ce que notre rôle se cantonnera à ce genre de soirées mondaines ?

—Cela fait partie du protocole jusqu'au mariage.

Enfin, les cris se calmèrent et le convoi se mit en branle. Lorsqu'il s'arrêta de nouveau, les soldats firent descendre le couple avec précaution. Ils portaient tous l'épée au clair et se tenaient prêts à intervenir.

Une odeur de poisson flottait dans l'air. Des marchands aux visages sales et aux vêtements dépenaillés tenaient des stands minuscules fabriqués avec les moyens du bord. Les pêcheurs jetaient leurs filets à proximité des passants avant de négocier la marchandise à des vendeurs criant en thyranien. Elle observait le port en tentant de dissimuler son dégoût. Elle se sentait menacée par les regards mauvais qu'on lui jetait malgré la barrière protectrice que formaient les guerriers de l'aurore. Parmi les barques insalubres se trouvaient une dizaine de splendides navires aux coques profilées dont les voiles claquaient au gré du vent. Ils furent escortés jusqu'au plus luxueux d'entre eux, dont la passerelle était surveillée par douze dresseurs.

Elle reconnut immédiatement Zitiane au milieu d'eux. Elle tenait toujours son carme entre ses bras, un petit félin qui crachait dès que quelqu'un l'approchait. Déjà, les soldats avaient investi le périmètre pour encercler totalement l'accès au bateau.

La dresseuse se tourna lentement en direction d'Aileen, dont la robe dorée et les chaussures à talons juraient avec la misère alentour. La promise posa sa main contre son cœur et salua la dresseuse, qui l'imita avec grâce.

—Je suis ravie de vous revoir.

Zitiane caressa son carme entre ses deux oreilles pointues ; son étrange sourire atténuait ses mâchoires carrées et masculines.

— Moi de même, Aileen Manérian, répondit-elle d'une voix claire, les informations circulent en Thyrane ! À Lémuran, tout le monde parle de votre exploit d'avoir mis le terrible Sonax hors d'état de nuire ! Soyez les bienvenus sur *La Filante.*

— Le capitaine a-t-il fait libérer les meilleurs appartements ? demanda Heptiel.

— C'est chose faite, Votre Grandeur. Je suis chargée de vous guider à votre cabine afin que vous vous y restauriez en attendant l'arrivée de vos bagages.

Il hocha la tête d'un air satisfait et contempla le navire.

— Combien de membres d'équipage ?

— Soixante, Votre Grandeur. Le bâtiment possède vingt canons, sur la demande de l'Astracan. On craint toujours pour votre sécurité en ces temps troublés.

— Un des nouveaux navires de guerre, commenta-t-il d'un ton expert, très bon choix.

Aileen les laissa à leurs discussions maritimes et traversa la passerelle qui menait au bateau. Des soldats la suivirent. Elle se précipita sur le gaillard d'avant, passant près des trois mâts aux voiles carrées. Jamais elle n'était montée sur un navire aussi grand. Le pont était propre, et l'équipage affairé. Elle les regarda avec émerveillement manœuvrer, échanger des informations et faire les nœuds.

— Impressionnée ? demanda son compagnon.

— Oui, mais surtout affamée !

— Allons dans notre cabine, on nous apportera ce qu'il faut.

La dresseuse les conduisit dans les entrailles du bateau. Leurs appartements se situaient à l'arrière. Il s'agissait d'une pièce spacieuse à l'écart des quartiers de l'équipage, percée de hautes fenêtres. Sur la droite, un petit escalier en colimaçon donnait accès à une balustrade permettant d'embrasser l'horizon. La salle avait été décorée sur le thème du mariage futur. Un bouquet trônait sur un lit à baldaquin surchargé de voilages translucides. La table avait déjà été dressée, le repas patientant sous une cloche. Zitiane se retira, laissant le couple prendre possession des lieux. La future souveraine saisit les fleurs, dont les couleurs noires et blanches symbolisaient le deuil d'une ancienne vie et la naissance d'une existence à deux.

— C'est officiel, donc, murmura-t-elle.

— Tu en doutais encore ?

Elle reposa le bouquet et tous deux s'attablèrent. Sous la cloche finement ouvragée reposait un poisson aux écailles d'argent saupoudrées d'herbes. La délicieuse odeur lui monta aux narines, et elle s'aperçut que son estomac grondait. L'Ioden découpa de fines tranches en évitant les arêtes.

— J'ai préféré ne pas réclamer de domestique, pour ma part, expliqua-t-il en les servant. Je trouve cela inutile. Je préfère me débrouiller seul et ne pas donner l'image d'un assisté. En revanche, si tu veux une dame de compagnie, ou bien…

— Non, non. Je préfère moi aussi avoir mon indépendance. Ces soldats qui me suivent en permanence m'énervent déjà !

Ils dégustèrent leur repas alors que le navire quittait le port. Les vitres à l'arrière leur permettaient de voir les quais s'éloigner.

— Tu imagines ce que j'ai ressenti, lorsque j'ai appris que j'étais l'Ioden ? Je suis passé du statut de paria à celui de personnalité importante. Tout le monde voit mon histoire comme un de ces contes de Volplume ! Pourtant, je ne me suis jamais senti aussi entouré et aussi seul en même temps.

— C'est fini, maintenant. Je suis là.

Elle posa sa main sur celle de son promis.

— Tu sais, tout aurait pu être différent, murmura-t-il. Je me souviens de ma mère. Ma mère adoptive, je veux dire. Je dois m'estimer chanceux d'avoir été banni de Manérian, d'avoir été un jour reconnu par l'une des nourrices du Dôme. Pourtant, parfois, j'aimerais ne jamais être entré dans le temple d'Abranelle pour demander à y être engagé. J'aimerais que cette femme qui m'a reçu n'ait pas eu ce doute qui l'a poussée à m'amener à l'Astracan.

Aileen se leva, contourna la table et attira son compagnon contre sa poitrine. Elle avait le sentiment d'entrer dans son rôle d'épouse. Sa vision du couple s'élargissait, elle commençait à en percevoir le fonctionnement et les rôles que cela impliquait. Soutenir l'autre. Être soutenu.

— La vie est étrange, reprit-il. Les chemins se délient, se croisent. C'est à cause de ma relation avec Noony que j'ai été projeté dans un autre univers, et je te retrouve toi. Tu vas rire, il m'arrive d'avoir l'impression que mon astre d'attribution est un farceur…

Elle sourit à cette idée.

— Ne dis pas ça. C'est trop facile de croire que l'on est une marionnette dont les entités supérieures tirent les ficelles. Il y a un moment où il faut couper les fils qui nous tiennent, et marcher sur sa propre voie. Celle que nous emprunterons ensemble sera un choix.

Il se leva à son tour et caressa amoureusement la joue de sa promise.

— J'ai de la chance de t'épouser.

Au moment où ils allaient s'embrasser, on frappa à la porte. Il lui fit un clin d'œil et la délaissa pour ouvrir. Le capitaine, un homme âgé à la peau tannée par le soleil, souhaitait féliciter en personne les futurs mariés. La conversation glissa ensuite sur des questions matérielles concernant la traversée. Expliquant à Aileen qu'ils avaient à parler de choses importantes, Heptiel lui proposa d'aller visiter le bateau et de prendre son temps.

Lorsqu'elle émergea sur le pont, elle apprécia l'air marin, son parfum salé et piquant. L'agitation des matelots avait décru. Le navire avait pris sa vitesse de croisière et chacun était à son poste dans une atmosphère sereine. Quand elle s'approcha du bastingage, deux guerriers de l'aurore se postèrent immédiatement près d'elle. L'eau s'étendait à perte de vue. *La Filante* portait bien son nom : sa coque semblait fendre les flots dans un jaillissement d'écume. Elle sentait qu'elle se rapprochait de contrées au climat plus agréable. Son pays.

— Tiens, voilà le capitaine, dit un soldat à l'un de ses acolytes.

En effet, le capitaine traversait le pont pour se rendre auprès de ses hommes. Aileen fronça les sourcils. L'entretien avait été court.

— Que souhaite Sa Majesté pour son prochain repas ?

L'un des domestiques, en train de rapporter les plats vers les cuisines, s'était arrêté devant elle en s'inclinant. Elle voulut répondre avec une amabilité forcée, mais l'odeur des restes de poisson l'agressa brutalement. Sans savoir ni pourquoi ni d'où lui venait cette sensation d'inconfort, elle se tourna vers l'océan.

— Est-ce que tout va bien ? s'enquit l'un des soldats.

Elle tenta de prendre une lente inspiration. Les battements de son cœur résonnaient sourdement, elle ferma les yeux. Cette odeur lui était soudain insupportable. Elle plaqua sa main sur son ventre et vomit.

Les gardes se détournèrent.

— Ne bougez pas, je vous apporte une serviette…

Lorsque le domestique revint, il lui tendit un verre d'eau et un linge blanc. Elle but pour chasser le goût abject qu'elle avait dans la bouche, puis s'essuya la commissure des lèvres. Le teint livide, elle murmura :

— Merci…

— Vous avez le mal de mer. Vous devriez vous reposer dans votre cabine ; je vais vous accompagner.

— Non, non ! Ça ira, merci beaucoup, je peux y aller seule. Et pour ce soir, je ne sais pas si je mangerai…

Il allait insister, mais elle s'éloignait déjà d'un pas mal assuré. Encore nauséeuse, elle pénétra dans ses appartements sans prendre la peine de frapper. Elle découvrit son promis assis sur le lit, la main figée dans un mouvement pour porter une pipe à sa bouche.

— Qu'est-ce que c'est ?

— Quoi ?

— Qu'est-ce que tu fumes ?

Heptiel regarda tout à coup sa pipe en bois noir comme s'il venait de la découvrir.

— Oh, ça ? Eh bien…

Elle lui arracha la pipe des mains pour en inhaler la fumée. Une toux inattendue lui déchira la gorge tandis qu'elle sentait de nouveau l'envie de vomir poindre.

— Ce n'est pas pour toi, dit-il d'un ton taquin.

Il ouvrit l'une des fenêtres pour aérer la pièce. Elle se campa près de lui, les bras croisés.

— C'est de la drogue. De la Senuïne, pour être exacte.

Le sourire du jeune homme s'évanouit.

— Non, Aileen, ce n'est pas ce que tu penses. Il ne faut pas croire tout ce que l'on dit sur ces substances. Si on sait les utiliser correctement, elles peuvent être très bénéfiques.

— Ce n'est pas ce que j'ai appris, moi, répliqua-t-elle d'un ton buté. Tu fumes ça depuis combien de temps ?

Il tapota sa pipe contre le rebord de la fenêtre pour en vider le contenu.

— Un peu à moi de poser des questions, tu veux ? Comment sais-tu que c'est de la Senuïne ?

Elle le considéra d'un air de défi. Elle ne pouvait pas lui dire que cette drogue lui était familière à cause du *Baiser d'un Soir*, et de tous les vauriens qui en fumaient entre les bras des prostituées.

— J'ai toujours été bonne en botanique, dit-elle posément.

— Quelle élève appliquée…

— Tu dois savoir que sa consommation est interdite…

— Je sais, mais je ne suis pas réellement dépendant. J'en prends seulement pour m'aider à me détendre.

— Ce n'est pas la question ! Et si quelqu'un te surprend un jour ? Quelle image donnera alors l'héritier ? Tu dois être un exemple !

Heptiel, interdit, resta debout devant la fenêtre, à observer le visage sévère de sa promise. Incapable de supporter ces yeux émeraude qui l'écrasaient et le rendaient honteux, il porta son attention sur l'océan.

— Tu ne comprends pas. J'en ai besoin.

— Je croyais que tu n'étais pas dépendant !

— Je ne suis pas dépendant ! Tu es conditionnée par ce qu'on t'a dit à la pension sur les drogues. Elles n'ont pas que des côtés nocifs, tu sais. Grâce à ça, je me sens apaisé et apte à assumer mes responsabilités. Je suis conscient que cela peut détruire des personnes qui n'y sont pas préparées, mais moi, je parviens à maîtriser la Senuïne, à en faire une force positive. Je suis alors plus patient, plus serein.

Elle le laissa avec ces derniers arguments et s'allongea sur le lit. Elle n'arrivait pas à expliquer l'aversion qu'elle éprouvait à l'égard de cette plante, sans doute parce que cela signifiait que la gentillesse de son promis n'était qu'une illusion. Sans cette drogue, peut-être l'aurait-il forcée à l'aimer, peut-être n'aurait-il pas été aussi doux et conciliant.

— Depuis combien de temps tu en prends ?

— Quatre ans.

— Quatre ans…

— C'est ce qui m'a permis d'effectuer correctement mon devoir ; avant, j'étais plutôt du genre sanguin, tu sais.

— Je refuse que tu fumes ça.

— Pourquoi ? s'écria-t-il.

— Parce que cela étouffe ta vraie personnalité, voilà pourquoi ! Je me fiche que cela te rende moins accommodant ! Je veux connaître la personne que je vais épouser !

— Mais c'est moi ! clama-t-il, frappant le lit du poing. C'est moi, Aileen !

— Regarde-toi. Tu viens de fumer, ton œil est trouble, tes gestes sont vagues, sans parler de ton haleine...

— Assez de ton insolence !

Elle eut un large sourire triomphant.

— Ah oui, vraiment, ça te rend moins nerveux, moins emporté...

On frappa et une voix appela derrière le battant. Le jeune homme reprit ses esprits et alla ouvrir. C'était le capitaine, qui souhaitait lui montrer les améliorations du bateau. Le jeune homme le suivit sans saluer sa promise.

La porte claqua, laissant Aileen seule. Implacable, elle quitta le lit pour s'approcher des malles qu'on leur avait apportées. Elle ouvrit celle de son compagnon. Entre les vêtements soigneusement pliés se trouvaient plusieurs bourses remplies de petites feuilles séchées. Après son investigation, pas moins de six sachets contenant chacun une centaine de feuilles trônaient sur le lit. Si elle ne s'y connaissait pas encore en politique, elle avait assez vécu à la pension Sybilène pour savoir que, quand on avait des ennemis, mieux valait n'avoir aucune faille apparente. Même si Heptiel avait tous les droits en tant que fils unique, elle commençait peu à peu à percevoir l'image que les gens pouvaient avoir de l'Ioden. Celle d'un demi-héritier, ayant été élevé une partie de sa vie par une famille modeste. Le fait qu'on ait redécouvert miraculeusement son identité ne semblait pas lui apporter une entière légitimité.

Elle prit tous les sachets dans ses bras et avança jusqu'à la fenêtre encore ouverte. Elle en jeta un premier, qui fit une chute vertigineuse.

— Qu'est-ce que tu fais ?

Heptiel venait d'entrer, des rouleaux de parchemin à la main. Elle s'empressa de jeter le reste des sachets.

— NON !

Elle caressait tendrement les cheveux noirs de son futur époux. La nuit venue, le couple avait une vue superbe à la fois sur le ciel étoilé et sur la mer.

— Pourquoi tu as fait ça ? répéta-t-il pour la énième fois.

Cela brisait le cœur de la jeune femme de sentir la rancœur qui perçait dans la voix de celui qu'elle aimait.

— Pour ton bien. Et puis, ce n'est pas grave, puisque tu n'es pas dépendant…

— Je n'arriverai jamais à tenir mon rôle.

Elle enroula ses bras autour de ses épaules et caressa son dos. Les couvertures de soie leur faisaient un cocon chaud, à l'abri de tout.

— Tu y arriveras. Je crois en toi, tu n'as pas besoin d'une drogue quelconque pour être un futur Astracan digne de ce nom.

— Je n'aurai jamais la diplomatie nécessaire…

— Arrête de croire que c'était cette plante qui faisait tout ! Elle ne te donnait pas un état particulier, elle était un raccourci pour atteindre cet état. J'ai entendu dire que les dresseurs, avec beaucoup de concentration, pouvaient entrer dans une sorte de transe que l'on peut ressentir avec des drogues. C'est pareil pour toi. Il faut juste que tu arrives à te maîtriser sans l'aide de ça. Je t'accepte tel que tu es, Heptiel Marchevent.

Interlude

— Gide ?

Merion venait de surgir dans la demeure des Manérian. La nouvelle servante s'empressa de le débarrasser de ses affaires. Après la mort de Soliane, il avait fallu se résigner à prendre une employée pour s'occuper des tâches ménagères. La jeune fille se retira docilement ; cependant, l'oraisonnier perçut de la gêne dans son attitude.

— Gide ? appela-t-il à nouveau.

Il longea le corridor et déboucha dans la pièce principale, s'attendant au pire. Un feu brûlait dans la cheminée. Quelques bougies disséminées sur la table éclairaient deux carafes vides et une autre remplie d'un vin rouge sombre. Affalé face à une assiette, le chef de la Corporation des marchands d'étoiles tenait un verre en cristal à bout de bras. Il avala son contenu dans un bruit de déglutition sonore, puis essuya son menton dégoulinant à l'aide du revers de la manche de sa tenue d'oraison. Effaré, l'oraisonnier observa son supérieur.

— Que fais-tu ?

— Je bois ! Pour oublier. Je vais accepter les clauses de l'Astracan ! Oh, ne me regarde pas comme ça !

Merion s'avança et lui arracha le verre des mains, éclaboussant le somptueux tapis qui recouvrait le sol.

— Serais-tu devenu fou ? Où est passé Gide Manérian, celui qui contrôle tout ? Celui qui n'aurait jamais accepté qu'une domestique puisse s'introduire dans la demeure sacrée de sa famille ? Où est passée ta méfiance, ta paranoïa ?

— Je n'ai… pas le choix, articula-t-il difficilement. Noony ne… ne pourra jamais être héritière !

— Elle peut revenir ; ce qui compte, c'est le délai de réflexion.

— Une héri… héritière doit pouvoir faire… des en… des enfants ! Tu comprends ?

Merion leva un sourcil sceptique. Il expliqua avec la patience dont il faisait preuve envers ses élèves :

— Enfin voyons, Gide, elle peut avoir un enfant, elle trouvera un mari malgré les soupçons qui pèsent sur elle. Comment peux-tu croire que je ne suis plus d'accord pour l'épouser ? C'est ce que je ferai, s'il le faut.

— Tu… Tu ne comprends pas !

Gide voulut saisir l'une des carafes, mais son ami arrêta son geste d'une forte pression sur son épaule.

— Comment ça, je ne comprends pas ? Tu m'as toujours tout dit, je suis ton confident. Je peux analyser la situation dans les moments critiques, comme aujourd'hui où tu n'es manifestement pas capable de faire la part des choses. Va plutôt te coucher, il est tard, nous parlerons de ceci demain…

Mais le chef de la Corporation des marchands d'étoiles resta immobile sur sa chaise, un sourire railleur aux lèvres.

— Que… que tu es naïf ! Tu crois comprendre, mais tu ne sais rien ! Elle a… a bu une « potion de cendres » ! Je croyais qu'il y avait un antidote ! J'ai cherché… consulté des guérisseurs pendant des années… ça n'existe pas…

Les mots potion de cendres, synonymes de punition éternelle, se gravèrent dans l'esprit de Merion en traits de feu. Il leva la main pour essayer de protester, d'avoir une explication, mais la laissa retomber mollement. Gide éclata de rire, trop ivre pour s'apercevoir du choc que son annonce avait causé à son vieil ami.

— Oui, reprit-il d'un ton badin, il le fallait… tu vois ? Pour la corriger ! C'est… c'est ça, l'éducation ! Remettre les enfants dans le dr… droit chemin ! Une fille de la famille Manérian, ça… ça ne batifole pas !

L'oraisonnier garda un silence bien plus pesant qu'une question. Son supérieur voulut se resservir un verre, mais il frappa la table de son poing.

— É… écoute… j'aurais dû t'en parler…

— Tu m'as promis une femme qui n'en deviendra jamais une.

Il tourna les talons et quitta la demeure des Manérian. Plus que le mensonge de son chef, c'était l'idée que, même si Noony était vivante, il n'y aurait jamais rien entre eux qui lui déchirait le cœur.

12

Outils d'oraison

– Rouge-Terre, Tombe-lune, 913 –

Question XV: Où et comment sont fabriqués les outils de l'oraisonnier?

L'Étoile de base et le pendentif sont faits à Abranelle, dans un atelier situé dans le palais, surnommé la Chambre. Les Doigts Sacrés, au nombre de quatre, sont les seuls à être capables de fabriquer ces outils. Ils choisissent leurs apprentis avec beaucoup de soin, et commencent alors pour les jeunes recrues douze ans de formation. Une certaine chape de mystère entoure la fabrication, puisque les Doigts Sacrés font vœu de silence. Si l'un d'entre eux est surpris à parler en dehors de la Chambre, il encourt la peine de mort pour trahison, comme cela s'est produit avec Erfiel Sadrio, en l'an 854. À part eux, seul l'Astracan a accès à ce fameux atelier. La Corporation des marchands d'étoiles a toujours été très intimement liée à la Grande Corporation. Aucun oraisonnier ne sait comment sont créés ses outils. Le rapport de dépendance n'est donc pas seulement commercial ou religieux, il réside dans l'existence même du métier d'oraisonnier.

En prenant sa charge, et donc en recevant son Étoile de base, il s'engage à ne jamais chercher à briser ses outils ou à les démonter pour connaître leur contenu. Cela fait partie des Dix Accords qui ont été signés entre la Grande Corporation et la Corporation des marchands d'étoiles en l'an 167 et qui sont les garants de leurs bonnes relations.

Extrait de *Secrets d'oraison* – par Gide Manérian, dirigeant de la Corporation des marchands d'étoiles depuis l'année 882.

— Ils sont morts ! Tous morts ! Plus rien n'a d'importance !

Un homme, face à la gorge d'un canyon d'un rouge sanglant, tenait une épée rouillée qu'il faisait siffler à grand renfort de gestes.

— Ils sont tous morts, et tu ne fais rien !

L'homme éclata d'un rire froid et démentiel.

— Tu m'as tué !

Il saisit la lame sans se préoccuper de ses paumes qu'il entaillait au passage, et l'enfonça dans sa poitrine en hurlant.

ꙮ

Il ouvrit les yeux. Le cri résonnait encore dans son esprit alors que les brumes du cauchemar se dissipaient peu à peu. Il revoyait le visage déformé par la souffrance de son père. Il pouvait presque entendre encore ses supplications. Il avait fait ce qu'il fallait, se répétait-il, c'était son propre père qui lui avait demandé d'abréger son calvaire. Il faisait en sorte de ne pas y penser, mais la mort restait aux frontières de son inconscient, prête à ressurgir dès qu'il baissait la garde. Peut-être ce rêve était-il revenu le hanter parce qu'il avait appris la veille qu'il aurait dû être père à son tour. Il se frotta les paupières et chassa ces idées, qui lui donnaient l'impression qu'on lui écrasait le cœur.

Val-Maelle dormait au milieu d'une profusion de coussins, son bras gauche reposant sur la hanche de son amant. Ses boucles soyeuses tombaient sur son front tandis que sa poitrine nue se soulevait à chacune de ses respirations. Il ne regrettait pas sa nuit au Refuge, le lieu où se retrouvaient tous les Aimés de Tombe-lune. L'endroit était interdit aux lynx ; c'était l'entière intimité des humains.

Finalement, Alexian s'en tirait mieux qu'il ne le pensait. Son retour n'avait pas été aussi catastrophique qu'il l'avait craint, hormis la scène de son Aimée. Il avait su jouer de son charme afin de l'apaiser et d'obtenir son pardon. Après tout, sa mission s'arrêtait là. À présent, l'oraisonnière était entre les mains de son précepteur. Il serait convoqué le lendemain auprès du Conseil, pour faire le rapport de son voyage. Il savait d'avance qu'il n'apprendrait en réalité pas grand-chose à ses supérieurs.

— Tu devrais aller la voir. Ça fait un moment qu'elle est chez Vel-Plê.

Il fit la sourde oreille, profitant du moment d'évasion que lui offrait le Refuge pour ne pas répondre aux remontrances de Lorion. Il n'imaginait plus pouvoir la regarder en face. Avec Val-Maelle, c'était facile, il suffisait de faire semblant, de prétendre des sentiments inexistants pour ensuite assouvir des besoins charnels. Avec Noony, c'était différent, plus troublant, plus profond. Quelque chose qu'il ne voulait pas affronter.

— Merci. Si tu crois que je vais laisser Maelle m'approcher, tu te trompes. Si toi tu copules avec tout ce qui bouge, ce n'est pas mon cas, je ne devrais pas avoir à supporter les avances de cette lynx !

L'espion fit taire ses remords à l'idée d'une Noony seule et désarmée dans ce nouveau monde dans lequel il l'avait emmenée.

— *Quelle lâcheté...*

À côté de lui, Val-Maelle remua, puis l'enlaça. Il resta immobile, indifférent.

ꕤ

Accoudée au balcon, Noony regardait l'écume venir à l'assaut de la roche aux contours tranchants.

— Est-ce que vous allez bien ?

Vel-Plê venait de surgir, les mains jointes dans une attitude respectueuse. Elle se détourna de sa contemplation et lui adressa un sourire.

— Ce que vous me demandez mérite réflexion...

— Je comprends, dit-il gravement. Vous êtes très croyante, n'est-ce pas ?

— Je ne sais plus...

Il s'approcha de la balustrade.

— Je suis désolé si mon peuple a pu se montrer hostile envers vous. Ils ne sont pas tous ouverts d'esprit et tombent vite dans des conceptions manichéennes. Je sais quel sacrifice représente votre venue ici, et le Conseil le comprendra également.

Noony hocha la tête, incapable de prononcer un mot.

— Ce que je vous demande, c'est une aide afin de comprendre ce qu'est l'oraison.

— Je ne sais rien de plus que ce que je vous ai déjà dit. Il s'agit d'une cérémonie qui consiste à envoyer les morts vers leur astre d'attribution : il y a l'éloge funèbre puis le rituel...

— Décrivez-le-moi encore.

— Le mort est étendu sur une plaque de marbre. On prend alors son Étoile de base, qu'on pose sur le pendentif. Quand les deux outils entrent en contact, le médaillon s'ouvre et laisse apparaître la Vive, une sorte de longue pique. Il faut l'enfoncer dans le cadavre, et lorsque cela se produit, il y a une grande lumière aveuglante... puis plus rien.

Il tendit une main avide vers le bijou. Elle le détacha de son cou pour le lui remettre. Le vieil homme l'accueillit dans ses mains ridées comme s'il s'agissait du plus précieux des trésors.

— Pourquoi l'oraison vous intéresse-t-elle autant ?

— Parce que c'est ce qui permet d'extraire la résuadine, répondit-il en examinant le pendentif. C'est ce qui intéresse l'Astracan, n'est-ce pas ?

— C'est exact.

— Vous savez ce qu'il en fait ?

— On ne m'a rien dit du temps où j'étais oraisonnière, mais j'ai rencontré une chuchoteuse. Elle disait avoir été créée en laboratoire grâce à cette substance...

Vel-Plê posa un doigt pensif sous son menton.

—Logique.

—Pouvez-vous me le rendre, à présent ?

Elle tendait la main. Il le lui remit à contrecœur.

—Si vous me laissiez ouvrir vos outils, vous auriez vous-même certaines réponses.

—Je ne suis pas sûre que…

—Je sais que c'est un tabou pour vous ! l'interrompit-il. Néanmoins, réfléchissez. Le terme d'outil n'est pas anodin : c'est un prolongement du corps, une projection de lui et de ses fonctions ! On contrôle l'outil, il reste dans la sphère d'influence du corps. Il n'y a rien de religieux là-dedans. En l'ouvrant, nous aurons des réponses.

Noony ne pouvait pas imaginer les symboles de sa charge disséqués, analysés. Elle n'avait pas envie de savoir ce qu'ils contenaient. Pourtant, depuis qu'il s'était mis à briller, son médaillon ne lui semblait plus être un objet aussi rassurant qu'auparavant. Vel-Plê perçut son trouble et déclara :

—Si vous acceptez que je fasse des recherches sur vos outils, je vous dirai ce que je sais du passé de votre peuple…

—Je suis déjà au courant, répliqua-t-elle. Alexian… je veux dire, Vel-Lorion m'a dit, pour les origines des ruines.

Un pli soucieux barra le front du vieil homme, accentuant ses rides.

—Je vois…

—Il ne faut pas lui en vouloir, ajouta-t-elle avec amertume, croyez-moi, il a tout mis en œuvre pour me dissimuler la vérité.

—Je suppose que vous voyez la guerre sous un autre jour, à présent ?

Les lèvres de l'oraisonnière tremblèrent alors qu'elle prenait un grand bol d'air. Elle avait le sentiment d'être sur le point de définitivement trahir l'Astrascisme, de couper le dernier lien qui l'unissait à sa vie à Manérian. Elle répondit :

—J'imagine que son principal but est d'anéantir les ruines… Une telle révélation sur nos origines communes ébranlerait Hélderion. C'est tout le système qui serait remis en question, la religion elle-même. Si j'étais Soleil, je voudrais détruire une preuve aussi accablante.

Il s'approcha d'elle, compatissant.

—Mon peuple regrette beaucoup de choses. Notamment d'avoir banni les Astrascistes il y a de cela bientôt un millénaire, sans avoir étudié davantage les mœurs d'une telle religion. Nous avons fait preuve d'intolérance, même si le Conseil ne l'admettra jamais.

—Vous n'avez pas pensé à diffuser cette vérité sur Hélderion ? demanda-t-elle. L'un de vos espions pourrait placarder des affiches informatives dans les villes.

—Ce n'est pas si simple ; je crois que nos racines communes sont un fait historique qui sera très vite renié.

Noony admirait de nouveau les astres scintillants. Elle trouva rapidement son étoile d'attribution, à laquelle elle avait adressé tant de prières dans sa vie. Tant de supplications sans réponse. Si le ciel restait silencieux, elle avait peut-être d'autres moyens d'obtenir une partie de la vérité.

—Si je vous laisse les étudier, je veux que vous me fassiez une promesse.

—Ce que vous voulez !

—Ne faites rien en mon absence. Je veux voir par moi-même.

—Bien sûr !

Elle détacha le fermoir du bijou.

—Dans ce cas, je vous le confie, ainsi que mon Étoile de base.

Assis sur une montagne de coussins en peau tannée, Alexian enfila ses bottes puis les laça en grande hâte. Au milieu des voilages translucides et des draps émergea une masse de cheveux bouclés.

—Vel-Lorion ? Où vas-tu ?

—Je dois aller voir Vel-Plê.

—Mais il fait à peine jour !

—Crois-moi, il est grand temps.

—Je peux venir avec toi ?

—Hors de question.

Il jeta sur ses épaules sa cape d'oraisonnier, qu'il avait acquise à Valdir un an auparavant. Sa compagne s'extirpa de la couche avec difficulté.

—Je viens avec toi ! cria-t-elle. Je ne veux pas que tu disparaisses à nouveau !

Il fit rouler ses yeux, agacé.

—Je ne disparaîtrai pas. Tu ferais mieux d'aller rejoindre ton père, il doit s'inquiéter que tu n'aies pas passé la nuit chez toi.

—Il sait que je ne suis plus une enfant, lui ! Il me laisse faire ce que je veux !

—Tant mieux.

Sur ces mots, il quitta le Refuge sans un regard en arrière malgré les protestations de Val-Maelle. Il monta d'un pas pressé les escaliers menant au centre de Tombe-lune. Il se serait cru à l'époque de sa formation, quand il sortait du Refuge pour aller à ses cours après avoir passé la nuit avec une femme différente de celle de la veille. La cité était toujours là en dépit d'une atmosphère moins joyeuse.

Il se retrouva devant la maison de son précepteur avec appréhension. Il écarta le rideau de feuilles rouges et pénétra dans la demeure du vieil homme, qu'il trouva installé à même le sol, face à Noony. Leurs têtes se tournèrent immédiatement vers lui en entendant le bruissement des feuillages. Il leva la main en guise de salut.

—Vel-Lorion ! Enfin ! Où étais-tu ? Tu aurais pu rester davantage auprès de ton amie…

—J'avais quelques affaires à régler, répondit-il évasivement.

L'Hélderionnoise saisit une théière au long bec et versa un liquide blanc de très haut dans les gobelets. Le jet cascada dans les verres sans mettre une seule goutte à côté.

—C'est du tuno, précisa Vel-Plê, une décoction faite à base des fleurs des porte-flammèches. Vous allez voir, c'est délicieux.

L'oraisonnière but son verre d'une traite et félicita son hôte.

—Tu as vraiment bien fait de te lier d'amitié avec cette jeune femme, Vel-Lorion, elle est tout simplement fantastique ! Nous avons beaucoup discuté hier, et elle est prête à nous aider…

—C'est une bonne chose.

—Vel-Plê, peut-être devrions-nous nous rendre auprès du Conseil à présent ? Ce serait impoli de les faire patienter.

—Vous avez raison, je voulais simplement attendre Vel-Lorion, qui a un rapport à me faire.

—Je n'ai rien de plus à t'apprendre que ce que tu sais déjà, répondit celui-ci. Grise-aube a été dévasté, et il en a été de même avec Brise-flamme. Je pense que le Conseil est surtout impatient de rencontrer une Hélderionnoise.

Vel-Plê opina du chef.

—Tu as raison, nous parlerons davantage ce soir.

Noony se releva. Pour l'occasion, Vel-Plê lui avait donné une tenue typiquement tombe-lunienne : une longue toge rouge aux reflets satinés, dont la taille était marquée par une ceinture cousue de fleurs. Elle passa devant Alexian sans le voir et caressa Lorion, qui l'attendait à la sortie. L'espion jeta un coup d'œil mauvais à son uni.

—*Ce n'est pas à moi qu'elle en veut…*

Le siège du Conseil se situait dans le bâtiment le plus haut de la cité : une tourelle imposante construite avec de larges pierres d'un rouge vif, et dont la façade était parcourue de lacis en fleurs. L'édifice semblait défier l'océan.

—Qui fait partie du Conseil ? demanda l'oraisonnière alors qu'ils gravissaient les degrés.

—Ici, on les nomme familièrement les Cinq. Ils sont l'élite de Tombe-lune, ceux qui maîtrisent le mieux les Signes. Il y a un roulement tous les ans où l'un d'entre eux laisse sa place. Cela permet qu'aucun ne devienne trop ambitieux ou qu'il y ait des luttes de pouvoir.

Lorsqu'ils arrivèrent devant la tour, Noony fut impressionnée par la taille du bâtiment. Une arcade ronde donnait sur une petite cour intérieure où avait été creusé un bassin circulaire.

—Je ne comprends pas, dit-elle, comment cet endroit peut-il être si bien aménagé alors que nous sommes sur une falaise ?

— C'est grâce aux Signes, répondit son compagnon. Les porte-flammèches que tu vois sur les maisons ont été plantés d'une certaine façon, afin qu'ils poussent dans une direction que nous avons choisie. Leurs racines étant profondes, cela évite les effondrements, car au contraire, elles maintiennent au contraire les constructions.

— Vel-Lorion…, siffla son précepteur.

Celui-ci lui jeta un regard interrogatif. Le vieil homme s'était immobilisé sous l'arcade. Il lui donna un coup de canne sur la tête.

— Idiot ! Nous ne l'avons pas *choisie*, les arbres nous l'*accordent*. Je n'ai de cesse de te dire qu'il ne faut pas voir les Signes comme une contrainte pour l'homme, mais comme une alliance !

Alexian se frotta la tête d'un air mécontent.

— Je n'ai pas envie de parler de ça maintenant…

Ils avancèrent vers l'entrée de l'édifice et débouchèrent dans une immense salle au plafond voûté, éclairée par des fenêtres rondes.

— Où sont les Cinq ?

— Sans doute sur le toit, répondit Vel-Plê. Ils passent une partie de leur journée à invoquer les Signes pour créer des tempêtes dans l'océan Chimérique, près des côtes d'Hélderion. Moins de bateaux de guerre arrivent à destination, mieux c'est. C'est une situation provisoire, mais j'espère qu'avoir une oraisonnière à nos côtés pourra rééquilibrer la balance.

La concernée fronça les sourcils. L'espion non plus ne voyait pas en quoi son amie pourrait être utile pour arrêter la guerre. Des pas retentirent soudain. Les Cinq descendaient les escaliers, accompagnés de leurs unis.

— Vous voilà enfin. Asseyez-vous.

Tous s'installèrent. Les lynx se couchèrent au milieu de la salle, chacun reniflant en direction de l'étrangère. Lorsque le Conseil fut réuni autour du tapis, Noony déclara d'un ton solennel :

— Bonjour à tous, et merci de m'accueillir au sein de votre cité, c'est un honneur pour moi de…

— Soyez la bienvenue, dit sèchement une femme à la peau pâle. Vel-Lorion, nous souhaiterions que tu nous expliques pourquoi tu l'as amenée ici.

Ce dernier allait ouvrir la bouche, quand Vel-Plê se racla la gorge bruyamment. Il eut un regard tendre à l'intention de sa protégée, puis prit la parole :

— Si je puis me permettre, Val-Rin, il s'agit de Noony Manérian…

— Justement !

— Calme-toi, Val-Rin, intervint l'un des Cinq. Ce n'est pas une façon d'accueillir des personnes qui ont fait un si long voyage.

— Sa sœur est la promise de l'Ioden ; elle aurait très bien pu être envoyée en son nom pour nous espionner !

Le visage de Noony se décomposa.

—Ma sœur ? répéta-t-elle. Promise de l'Ioden ? Vous voulez dire, Heptiel Marchevent ?

—Évidemment ! s'agaça Val-Rin.

—Je n'étais pas au courant.

Alexian dévisagea son amie dont la voix tremblait dangereusement. Heptiel. Il avait déjà entendu ce nom auparavant...

—*Son premier amour*, lui remémora Lorion. *Tu te souviens, celui à cause de qui son père lui a fait boire la potion de cendres. Elle nous en avait parlé à l'auberge de Dinniel.*

Il ne pouvait imaginer ce que ressentait la jeune femme en cet instant, mais la nouvelle semblait l'avoir choquée, la laissant sans voix.

—Elle a décidé de nous aider, dit-il pour lui venir en aide.

—Elle m'a d'ailleurs permis d'ouvrir ses outils d'oraison, ajouta Vel-Plê.

La nouvelle fut accueillie par un silence impressionné.

—Vous dites que ma sœur est promise à l'Ioden ? reprit Noony.

—C'est exact, confirma l'un des Cinq. Leur mariage est prévu dans deux semaines, d'après le trois-larmes que nous avons réussi à intercepter.

—Vous pourriez peut-être entrer en contact avec elle, suggéra Vel-Plê. Vos liens de parenté seraient une aubaine pour nous afin de faire entendre notre cause...

—Elle est recherchée pour haute trahison en Hélderion, précisa Alexian. Elle ne pourrait pas arriver à Abranelle et se présenter sans être arrêtée.

Vel-Plê poussa un soupir désespéré. L'oraisonnière se leva brusquement en bredouillant des excuses avant de quitter la salle.

—Qu'est-ce qui lui prend ? demanda Val-Rin.

—Laissez-moi m'en occuper, dit l'espion, je reviens. J'espère que vous comprenez qu'elle puisse être encore affectée par sa propre trahison. Sa présence en terre ennemie fait d'elle une paria. Aucun oraisonnier n'a le droit de dévoiler ses secrets sans encourir la peine capitale. Je trouve, comme Vel-Plê, qu'elle mérite un accueil plus chaleureux et davantage de soutien de notre part. Son sacrifice à lui seul est garant de sa fidélité envers Rouge-Terre.

—Je ne suis pas d'accord, protesta Val-Rin. Qu'est-ce qui nous prouve que ce n'est pas une stratégie de sa part ? Elle est censée ne rien savoir des réelles manipulations d'Hélderion.

—Si, elle sait, répondit-il d'un air de défi. Je lui ai tout dit.

—Vel-Lorion !

—Il le fallait. C'est son libre arbitre qui parle. Il faut laisser une chance aux Hélderionnois de nous connaître et d'apprendre la vérité si vous voulez réellement que l'on s'en sorte.

Il salua respectueusement les Cinq et descendit les escaliers en les laissant méditer sur sa dernière déclaration. Il trouva son amie agenouillée au bord du bassin de la cour intérieure, la tête dissimulée entre ses bras croisés.

Lorion voulut la réconforter, mais son uni lui fit signe d'aller plutôt surveiller ce qui se disait à l'étage.

— Noony ?

— Je n'ai pas envie de parler.

— C'est à cause du mariage de ta sœur avec Heptiel ?

Elle fut étonnée qu'il se souvienne de l'importance qu'avait eue cet amour d'adolescence pour elle. Il s'agenouilla près d'elle et passa un bras affectueux autour de ses épaules.

— J'imagine que ça doit te faire un choc, mais il y a sûrement une explication…

— L'explication ? C'est que mon père a voulu que ma sœur l'épouse, voilà tout. Sa dernière fille, la seule digne des Manérian. C'est moi qui devrais être à sa place…

— Noony, nous sommes proches du but. Tu as été courageuse jusqu'ici, ne te laisse pas parasiter par tes sentiments.

— Je sais que tu es très fort pour ne pas te laisser parasiter, toi.

— Non, tu te trompes. Tu m'as appris une chose. La peine est comme un poison. Un poison qui se distille en toi et te tue petit à petit si tu ne le laisses pas sortir.

Lorsqu'elle reparut face aux Cinq, elle avait retrouvé un masque de froideur.

— Vous vous sentez mieux ? s'enquit Vel-Plê.

— Oui, ne vous inquiétez pas. Nous pouvons reprendre.

— Vous allez vraiment nous permettre d'ouvrir vos outils d'oraison ? demanda Val-Rin de but en blanc.

— En effet, je veux cependant que ce soit Vel-Plê qui s'en occupe, et que je sois présente durant l'opération.

L'un des Cinq parut très intéressé :

— Ce serait un bon moyen de découvrir le fonctionnement de ce rituel.

— Je pense que Noony devrait parler de notre cause à sa sœur, dit soudain Alexian.

La jeune femme le dévisagea, bouche bée.

— Réfléchissez. Sa sœur a été projetée dans les hautes sphères du pouvoir d'Hélderion depuis peu, elle est encore jeune et malléable. Elle doit toujours lui être attachée. Si nous lui disions ce que nous savons du gouvernement, cela pourrait la sensibiliser à notre cause.

— Ce n'est pas aussi simple, intervint l'un des membres du Conseil. Certes, son promis sera bientôt l'Astracan, mais nous devons réfléchir avec une nouvelle donnée. Un groupuscule extrémiste sévit en Hélderion ; on le nomme le Cercle. Ce sont des puristes qui pensent qu'il faut détruire les hérétiques.

— Heptiel ne se laisserait jamais entraîner dans leurs idées…

Noony avait parlé d'un ton décidé. Val-Rin eut une exclamation de mépris.

— Qu'est-ce que vous pouvez en savoir ?

— Je l'ai connu, répondit-elle sérieusement, c'est un homme simple et tolérant.

— Le pouvoir change les gens.

— Je suis certaine que ni ma sœur ni lui n'adhéreraient à ce genre d'opinion. Je suppose que l'on va tenter de les endoctriner, mais justement, c'est le moment d'agir.

Alexian sourit fièrement.

— Alors, tu es d'accord pour essayer de lui parler ?

— C'est ma sœur. Même si je suis recherchée, je suis certaine qu'elle ne me dénoncera pas.

— Attendez ! les tempéra l'un des Cinq. Infiltrer Abranelle n'est pas chose aisée ; à vous entendre, on dirait qu'il s'agit d'un jeu d'enfant !

— La capitale sera sans doute bondée pour le mariage, glissa Vel-Plê. Ce serait la période idéale pour y aller et tenter de les convaincre.

— C'est risqué, admit Noony, mais je ne peux pas passer le restant de ma vie dans la honte. Tous les Hélderionnois ont le droit d'apprendre la vérité sur les origines de l'oraison et de leur religion. Ils ont le droit de choisir leur voie en connaissant la vérité.

Interlude

Merion recouvrit le cadavre d'un drap blanc. Le rituel achevé, il rangea ses outils d'oraison avec précaution. À cette heure tardive, le temple était silencieux, et ce calme ambiant contrastait avec la colère qui bouillonnait en lui. Gide l'avait trahi. Merion avait nourri l'espoir d'être marié à Noony pendant des années, et tout cela en vain. Depuis le début, son supérieur savait que jamais cela n'arriverait. Son rêve se brisait. Il ne se voyait plus dirigeant de la corporation, installé dans la demeure des Manérian, en train de manger en famille sous son propre portrait. Le portrait d'un homme droit et moral, un modèle pour tous.

D'habitude doté d'un sang-froid à toute épreuve, il poussa soudain un cri qui résonna longtemps dans le dôme du temple. Lui aussi était allé contre ses principes, contre la volonté des astres, uniquement pour satisfaire un désir personnel. Comment avait-il pu se voiler la face si longtemps ? Quel genre de modèle était-il ? Son costume d'oraisonnier et ses leçons ne le protégeraient pas du verdict final, lorsqu'il devrait rejoindre son astre d'attribution. Toutes ses certitudes volaient en éclats. Avait-il aimé Noony ? Ou bien simplement ce que représenterait le fait de l'épouser ? Il la revoyait qui marchait dans le temple, docile. S'il l'avait réellement aimée, il lui aurait parlé de la véritable nature de son père. Merion se dégoûtait lui-même. Il regrettait sa lâcheté et sa propre soumission aux caprices de son supérieur. L'Astracan avait bien préparé son coup en se servant du caractère flamboyant de Gide afin de lui faire commettre un meurtre. À présent, la Corporation des marchands d'étoiles allait inéluctablement fusionner avec la Grande Corporation. Le seul moyen de sauver l'autonomie des oraisonniers serait de détrôner Gide.

— Comment se débarrasser de lui ? murmura-t-il à l'intention du cadavre, comme s'il pouvait l'entendre.

Il passa sa main sur le drap, cherchant une réponse auprès du corps inerte. Du mort. Tuer Gide ? Non, ce serait trop risqué. Prendre les devants sur Soleil semblait être la meilleure solution. Il suffirait de trouver la preuve du meurtre de Soliane puis de faire éclater le scandale.

Un sourire naquit sur ses lèvres de Merion. Les preuves, ce n'était pas ce qui devait manquer.

13

LE SACRIFICE

– Royaume de Thyrane, Valdir, 913 –

Je me souviens du jour de la naissance de Noony. En épousant Gide, j'avais le statut de seconde femme. Je sentais l'ombre de l'autre – même si elle était décédée – peser sur moi. J'avais l'impression d'être un blasphème vivant aux yeux de la cité. Cependant, alors que je tenais ma fille dans mes bras, ces regards envieux et hostiles disparurent. Mon seul souci était ce bébé, si petit et fascinant. La chair de ma chair. Je le berçais en observant le lac sur lequel était construit Lunhaag, j'écoutais les conseils des sages-femmes expérimentées. Être mère a changé ma vie. Quand je l'ai vue bâiller pour la première fois, agiter ses petites mains, j'ai su que j'étais faite pour cela.

Notes de Soliane Manérian.

Les journées à bord de *La Filante* s'écoulèrent rapidement pour le couple. Le matin, Heptiel discutait navigation avec le capitaine. Ils évoquaient ces temps de guerre contre les Terres Impies et la pénurie de bâtiments que cela engendrait. L'Ioden avait reçu plusieurs marins souhaitant le sensibiliser à leur statut dans le royaume et lui exposer les inconvénients d'être plusieurs semaines en mer moyennant un salaire peu élevé.

Il écoutait d'une oreille distraite, ayant toujours l'envie irrépressible d'allumer sa pipe pour aspirer la délicate fumée de la Senuïne. Le pire était le soir : il ne trouvait pas le sommeil, l'esprit harcelé de questions et de soucis. D'habitude, fumer suffisait à dissiper son angoisse et il s'endormait aussitôt. Les étreintes d'Aileen et sa sollicitude n'y pouvaient rien changer ; l'envie – pire, le besoin – était ancrée en lui. Son corps réclamait sa dose quotidienne sans qu'il puisse la lui offrir. Il en était arrivé à un tel état de manque qu'il songeait même à se renseigner auprès du personnel du navire, sachant que beaucoup consommaient de la drogue pour parvenir à supporter ce dur travail. Quand il avait soufflé cette idée à sa promise, celle-ci lui avait fait jurer de n'en rien faire. Il savait qu'elle avait raison, que son rôle ne lui permettait pas de tels écarts. Malgré tout, le manque restait, insupportable.

Valdir apparut à l'horizon au début du cinquième jour de voyage. Aileen, malgré son mal de mer, insista pour qu'ils sortent sur le pont. Ils s'accoudèrent au bastingage, contemplant leur royaume natal. Sur les berges en contrebas, des dizaines de pêcheurs ramenaient leurs prises sur les galets polis, et l'on voyait de loin les poissons frétillants dans les filets. De grands oiseaux blancs offraient un ballet aérien en tournant au-dessus des pontons, pour venir se poser ensuite sur les mâts ou les cordages.

— Nous serons logés dans la meilleure auberge de la ville, *La Poignée d'Or* ! Je suis sûr que tu n'as jamais dormi dans un endroit pareil ; c'est somptueux.

Constatant que son annonce n'inspirait à sa compagne qu'un mince sourire forcé, il changea de sujet :

— Est-ce que tu te sens mieux ? Tu n'as pas été malade cette nuit ?

— Si, et je ne suis vraiment pas d'humeur à aller à cette cérémonie de décoration du général je ne sais pas qui…

— Le général Umviere.

Il eut envie de lui reprocher sa légèreté, d'insister sur le fait que lui aussi devait supporter toutes ces mondanités sans se plaindre. C'était leur rôle. Pourtant, comprenant qu'il ne se serait jamais emporté pour si peu s'il avait pu fumer, il ravala ses paroles.

Tout l'équipage sortit sur le pont pour l'arrivée à Valdir. Le capitaine aboya des ordres tandis que ses hommes effectuaient les manœuvres nécessaires pour faire virer *La Filante*. Une vingtaine de guerriers de l'aurore attendaient sur le port que l'on jette la passerelle.

— Voici tes premiers pas en Hélderion en tant qu'héritière, chuchota Heptiel.

Le teint d'Aileen était livide, faisant ressortir le rouge de ses lèvres. Elle avait tenté de discipliner sa chevelure noire, mais le vent avait ruiné ses efforts.

— Votre Grandeur, tout est prêt pour votre arrivée, annonça le capitaine. Vos malles seront transportées par vos gardes et apportées à votre auberge.

Les deux hommes se saluèrent en s'inclinant, une main sur le cœur. Aileen saisit le bras que son promis lui tendait. Ils traversèrent le pont afin de rejoindre la passerelle qui reliait le navire à la terre ferme. Alors qu'ils s'avançaient avec précaution, trois guerriers de l'aurore se précipitèrent pour les encadrer. En effet, l'information de leur arrivée semblait s'être répandue, et les Hélderionniens se massaient à présent autour du convoi. Les félicitations et les acclamations fusaient de partout. Heptiel s'arrêta pour adresser un signe de la main à la population alors que sa compagne s'agrippait à son bras, tétanisée par cette cohue. La foule criait leurs noms avec passion, et certains tentaient de franchir le barrage des guerriers pour une poignée de main des héritiers. Les soldats s'empressèrent de les faire grimper dans un véhicule décoré d'un arc-en-ciel de draperies et de fleurs. Ils se laissèrent tomber sur la banquette d'angle de velours sombre. L'Ioden tira les rideaux, les coupant du monde extérieur. Ils se détendirent en sentant l'attelage s'ébranler.

— Je ne pensais pas que l'on passerait aussi peu inaperçus, avoua la jeune femme.

— Les dates du mariage ont dû être annoncées durant notre traversée.

— Si mon arrivée est aussi bruyante, alors mon père le saura forcément, et voudra me revoir.

— N'est-ce pas une bonne chose ?

— Après ce que tu m'as dit… Je ne sais pas. J'ai beaucoup réfléchi à tout cela. Je doute.

— Tu seras obligée de te retrouver face à lui de toute façon. L'Astracan va exiger que l'on signe un tas d'accords avant de procéder à la cérémonie. Si c'est officiel, cela veut dire que Gide a accepté ses conditions.

— Ses conditions ?

— Oui, il est évident que ce mariage vise à créer une alliance solide et durable entre la Corporation des marchands d'étoiles et la Grande Corporation.

— Qu'est-ce que tu veux dire ?

— Tu ne crois quand même pas que mon père ait eu à cœur de me faire épouser quelqu'un que je connais. Non, c'est purement commercial. Même si ma mère ne veut pas l'admettre dans ses lettres, je sais comment cela fonctionne.

Le visage d'Aileen resta impassible. Son promis avait l'impression que plus rien ne pouvait l'atteindre tant elle semblait déjà lassée de ce rôle.

— Mon père m'a vendue. Je me doutais qu'il y avait quelque chose de cet ordre, mais ça fait toujours bizarre d'être considérée comme un outil stratégique.

— Ce n'est qu'une hypothèse ; cependant, c'est la plus logique pour expliquer cette précipitation. Et ton père n'est pas en position de force depuis la fugue de ta sœur avec un impie.

Elle pinça les lèvres.

— Avec un impie ?

— C'est ce qui se dit à Abranelle. Elle aurait renoncé à son pèlerinage pour collaborer avec un hérétique qui essayait d'infiltrer notre royaume. Cela m'étonne. Elle avait l'air intègre.

— Je ne vois pas ce que l'intégrité vient faire là-dedans, répliqua-t-elle farouchement. Peut-être avait-elle de bonnes raisons.

— On parle de trahison ! Donner des informations à l'ennemi, alors que nous sommes en guerre…

Sans se l'expliquer, il sentit que cette dernière phrase venait de rompre quelque chose entre eux.

ꙮ

La Poignée d'Or se situait dans le quartier riche de Valdir, où les rues pavées et les demeures à étages rivalisaient entre elles de beauté et de propreté. À force de vivre en Thyrane, Heptiel avait presque oublié qu'une ville pouvait être aussi calme, entretenue et agréable. Le couple se tenait devant l'auberge, toujours entouré par les soldats.

Un domestique ouvrit la porte et les invita à s'installer. Ils entrèrent dans le corridor, dont le plafond peint représentait une nuit étoilée où chaque constellation était nommée. Alors qu'ils admiraient la beauté de l'œuvre, les guerriers traînaient leurs malles. Une horde de serviteurs apparut alors pour les empêcher d'entrer et prendre le relais.

— Votre travail s'arrête ici, dit l'un d'entre eux, le service de *La Poignée d'Or*, au nom de notre Astracan bien-aimé, prend en charge la protection des héritiers.

Les gardes semblèrent soulagés par cette nouvelle. Ils saluèrent avec respect et quittèrent l'auberge. On conduisit les futurs mariés jusqu'à leur chambre, à l'étage. La pièce pourvue d'une baie vitrée offrait un panorama de la ville. Les motifs d'étoiles se retrouvaient partout, jusque sur les ornements d'une grande baignoire de marbre que laissaient entrevoir des paravents repliés.

Les domestiques frappèrent dans leurs mains. L'un d'entre eux s'empressa de déposer une corbeille débordante de fruits. L'Ioden remercia ses hôtes de l'accueil selon le ton protocolaire. Trois autres employés arrivèrent, portant à bout de bras de grands seaux d'où s'échappait de la vapeur. Ils versèrent l'eau chaude dans la baignoire, ajoutèrent des pétales de fleurs et s'esquivèrent. Le couple se retrouva seul au milieu de cette débauche de luxe et de raffinement. Aileen s'approcha de la corbeille et croqua dans l'un des fruits juteux. Son compagnon, lui, avait déjà jeté ses vêtements au sol. Il enjamba le rebord de la baignoire et plongea son corps dans l'eau parfumée. Sa promise porta soudain une grande attention au paysage qu'offrait la baie vitrée.

— Tu ne viens pas ?

— Tu avais dit que tu serais patient, répondit-elle sans se retourner.

Il garda le silence, mais la sensation que toute indulgence était inutile ne cessait de le tirailler. La fumée qui émanait de l'eau chaude lui rappelait les petits nuages qui se formaient lorsqu'il aspirait une bouffée de Senuïne. Non. Il devait résister.

— J'ai besoin de temps, reprit-elle, tu comprends ?

— Oui, je comprends…

Elle parut satisfaite de cette réponse et entreprit d'explorer la suite. Des coffres bleus en bois de cymeurt lui révélèrent un amoncellement de robes bariolées. Le jeune homme la regardait extraire les vêtements un à un et les examiner, imaginant à quel point elle serait belle et désirable, ce soir à la réception.

On frappa. Aileen déplia les paravents devant la baignoire. Heptiel surprit le regard qu'elle glissa dans sa direction avant qu'elle ne disparaisse derrière la barrière de bois. Il entendit la porte s'ouvrir.

— Mademoiselle Manérian, un trois-larmes pour vous.

Elle remercia puis congédia le domestique. Heptiel entendit le bruit du papier que l'on déchire.

— Qui t'écrit ?

— Ma tante.

Rien de bien intéressant. Il prit une inspiration et plongea dans l'eau pour tenter d'oublier son manque. Il compta les secondes, les paupières closes, pour faire le vide. En vain. Aucune quiétude ne valait celle qu'il trouvait lorsqu'il consommait la Senuïne, ce calme immédiat qui envahissait son esprit et son corps, détendait ses muscles et lui offrait un recul incroyable sur lui-même.

Lorsqu'il sortit la tête de l'eau, il entendit un bruit étranglé. Il bondit de la baignoire aussitôt, écarta le paravent, et trouva sa promise agenouillée sur le sol. Il passa une serviette autour de sa taille et se précipita vers sa compagne, qui tentait de retenir ses vomissements.

Une servante grassouillette d'une quarantaine d'années nettoyait le sol d'un air las, sans paraître choquée par l'incident. Aileen était couchée. L'Ioden, assis près d'elle, lui tenait la main. La pâleur de la jeune femme ne laissait rien présager de bon. Son promis la contemplait avec inquiétude, et garda sa main dans la sienne jusqu'à ce qu'elle somnole.

— Il faut faire venir un guérisseur.

La domestique s'arrêta net dans son travail pour s'accouder au manche de son balai, l'air malicieux.

— Oh, vraiment, je ne crois pas que ce soit nécessaire…

— Que voulez-vous dire ? s'énerva-t-il. Elle est malade ! Il faut savoir ce qu'elle a pour la soigner avant la réception de ce soir !

Son interlocutrice éclata de rire tandis qu'elle jetait sa serpillière dans un seau.

— Sans vouloir vous offenser, Votre Grandeur, Son Excellence ne sera pas rétablie ce soir, ni les jours suivants.

Elle s'empara de ses ustensiles et s'arrêta sur le palier.

— Toutes mes félicitations…

Heptiel resta un instant coi, puis il comprit.

ஐ

Il se tenait face à la baie vitrée depuis le début de l'après-midi, les mains derrière le dos. Sa promise dormait toujours, épuisée de leur voyage et par ses nausées. Il n'osait pas la regarder depuis qu'il avait compris que le mal de mer de sa promise n'en était pas un. Il tentait de calmer la colère qui flamboyait en lui, menaçante. Aileen avait forcément une explication valable à lui fournir. Les rumeurs concernant *Le Baiser d'un Soir* ne cessaient de lui revenir à l'esprit. Mais il y avait aussi son enlèvement par les clans. L'idée qu'un enfant de ces barbares grandissait en ce moment même dans le ventre de celle qu'il aimait le rendait malade. Lui donnait envie de détruire tout ce qu'il pouvait trouver sur son passage.

— Heptiel ? appela une voix faible.

L'angoisse se lisait sur le visage diaphane d'Aileen.

— Tu es enceinte, annonça-t-il.

Elle le considéra sans mot dire, choquée. Était-elle étonnée ? Lui avait-elle caché la vérité ?

— Explique-moi !

Elle secoua la tête frénétiquement. Ses lèvres se mirent à trembler avec violence.

— Je… Ce n'est pas possible !

Une douleur terrible perçait dans sa voix. Son compagnon faisait les cent pas, incapable de savoir s'il était furieux, bouleversé ou anéanti.

— Va à la réception… s'il te plaît… laisse-moi… laisse-moi…

Il fit volte-face, et la vision de celle qu'il aimait tant se superposa à la réalité de son état, qui était la preuve d'un acte qu'elle lui avait dissimulé. Supporter cela, dans l'immédiat, était impossible. Il lui fallait de la Senuïne, pour y voir plus clair, pour pouvoir lui pardonner.

La porte claqua, laissant Aileen seule. Seule dans un grand lit prévu pour deux.

ஐ

Sa main ne quittait pas son ventre depuis l'annonce de la nouvelle. Un premier geste d'amour maternel, de prise de conscience. Un enfant. Elle attendait un enfant. Ce petit être était là, quelque part, bien au chaud en elle ; elle l'abritait et le protégeait sans même le savoir. Peut-être était-il d'Orius ? Ses moments d'intimité avec le veilleur lui revinrent brusquement en mémoire. Le chef-veilleur lui aurait laissé là un merveilleux cadeau, niché au creux de sa chair, comme une dernière lueur d'espoir, de vie. Elle revoyait le sourire de cet homme, et l'idée de porter son descendant la rendait terriblement fière et heureuse. Puis sa main quitta la chaleur de sa peau lorsqu'elle pensa au

Poignard-Sanglant. Le visage de son violeur s'imposait, insupportable. Cet affreux faciès déformé par un plaisir sauvage. Des larmes perlèrent à ses cils aussitôt. Non. Il fallait repousser ce souvenir.

Elle était incapable de dire à quand remontaient exactement ses dernières menstruations. Au Chaos, elle en était certaine ; cependant, les jours s'écoulaient si étrangement là-bas. Elle en avait perdu la notion du temps. Sa négligence l'énerva soudain. Pourquoi était-elle incapable de savoir de qui elle portait l'enfant ?

Cela n'avait pas d'importance. Quand on avait le rôle de promise de l'Ioden, on ne lui faisait pas un bâtard dans le dos. L'image de son ventre s'arrondissant au fil des jours s'effaça. La lettre qu'elle venait de recevoir de Cataline était claire. On avait besoin d'elle pour avancer, les clans attendaient dans le Chaos. Si Orius était encore en vie, que lui dirait-il ?

« Aide ma sœur, aide les Lames Nocturnes… ouvre-leur la porte… »

La voix avait retenti, mais elle ignorait si c'était dans sa tête ou dans la chambre. Une caresse glacée effleura sa joue, puis plus rien. Ses sanglots se calmèrent. Elle sut ce qu'elle devait faire, à qui elle devait poser ses questions. Elle s'agenouilla devant ses malles de voyage et en ouvrit une qui contenait un petit coffret où reposait le jeu des Quatre Vents.

— Que dois-je faire pour mon bonheur ? demanda-t-elle d'une voix claire.

Elle saisit alors les cartes, les mélangea, puis les étala face contre sol. Ses doigts frôlèrent chacune d'entre elles avec hésitation, puis elle en retourna une. Une flèche noire stylisée indiquant l'ouest. Une direction. La ville la plus à l'ouest d'Hélderion était Abranelle. Elle en saisit une autre, dévoilant un jeune homme habillé richement, dont le front était serti de pierres précieuses. Elle identifia immédiatement le personnage du roi. La troisième se révéla être l'énergie, marron et unie. Des formes se dessinèrent immédiatement au contact des doigts d'Aileen, comme si un pinceau invisible faisait émerger un dessin sous ses yeux. Lorsque le croissant de lune fendu en son milieu apparut, aussi net que le symbole surplombant la cheminée de la tour du Chaos, sa vision s'embua. Elle piocha néanmoins une dernière carte, avec un peu d'espoir. Rouge et unie, l'amour.

Le Jeu avait parlé. Pour une fois, il avait été limpide.

Elle rangea les cartes. Son seul désir à présent était d'avoir Heptiel à ses côtés pour la rassurer et trouver une solution à cet énorme problème.

Ce fut un baiser qui la réveilla, alors que la nuit avait déjà englouti Valdir. Ses bras enlacèrent aussitôt son promis. L'odeur de fumée sauta aux narines de la jeune femme ; pourtant, elle préféra ne pas commenter.

— La réception est terminée, murmura-t-il. Tout le monde était déçu que tu ne sois pas là. Rassure-toi, ils ont été compréhensifs…

— Que va-t-on faire ?

Heptiel s'allongea à côté d'elle.

— Je veux savoir qui t'a mise enceinte.

Elle voulut prononcer le nom d'Orius, lui décrire à quel point cet homme avait compté pour elle, à quel point il l'avait aidée… mais elle avait peur de se laisser aller à son émotion, de raconter toute l'histoire, de parler des clans. Et ses propos sur la trahison de Noony montraient qu'il avait une opinion tranchée sur ceux qui divulguaient des informations sur Hélderion. Alors, elle mentit, la main crispée sur le ventre :

— Un membre des clans…

Il parut bouleversé par cette réponse.

— Un… Un de ceux qui a… tu veux dire…

— On a abusé de moi, révéla-t-elle.

C'était là la stricte vérité. Son promis l'attira contre lui. Elle tenta de se contenir quelques minutes, puis éclata en sanglots.

— Je suis désolée, tellement désolée…

— Ne dis pas ça ! Ce n'est pas ta faute ! Nous allons trouver une solution. Tu sais, cette grossesse ne peut pas arriver à son terme…

Son ton n'était plus celui du dirigeant déterminé qu'elle entendait si souvent, mais celui d'un ami tendre. De son futur époux.

— Je sais.

— Le plus tôt sera le mieux. Le moins douloureux pour toi. Tu es douée en botanique, tu dois connaître les plantes aux vertus abortives…

Elle ne voulait pas se souvenir, et pourtant, les pages parcheminées de ses manuels de la pension défilaient. L'avortement était une pratique que les enseignants de botanique évoquaient souvent, avec un détachement feint. Ils savaient qu'il serait bien dommage que des jeunes filles formées pour être des épouses modèles tombent enceintes du premier venu, et ruinent ainsi leurs espoirs de mariage dans les hautes sphères d'Hélderion.

— Oui, répondit-elle à contrecœur. J'en connais deux, la trissane et la ferouille… La trissane est la plus indiquée ; il faut quelques fleurs, de l'eau bouillante et laisser infuser un quart d'heure. Ensuite, j'en boirai une tasse toutes les deux heures pendant une journée.

Il l'embrassa tendrement sur le front.

— Nous devons surmonter cette épreuve. Je ne peux pas imaginer ce que tu as subi et je ne peux rien faire pour l'effacer ; cependant, nous sommes ensemble maintenant et je te protégerai…

— Merci, dit-elle d'une voix étranglée.

— À moins que tu ne veuilles renoncer au mariage, et mettre au monde cet enfant.

Il avait parlé avec gravité, il voulait lui laisser le choix. Pendant quelques instants, l'image d'Orius flotta dans son imagination, puis se fissura pour laisser place au visage du Poignard-Sanglant.

— Non, Heptiel, je veux t'épouser. Ce sera terriblement dur de… faire ce que je vais faire, mais c'est la seule solution.

Elle posa sa main contre la joue de son promis.

— Ce n'est même pas encore un enfant… Et je sais que tu m'en feras plein.

Son compagnon assura, ému :

— Oh oui, je te le promets.

Sur ces mots, il quitta la chambre pour aller chercher le nécessaire dans les cuisines. Elle s'enroula dans les couvertures, avec une seule question : aurait-ce été un garçon ou une fille ?

Interlude

Merion pénétra dans la demeure des Manérian. Sa clef, spécialement commandée pour lui par Gide, était la preuve du lien de confiance mutuelle qui s'était établi entre eux, et de sa presque appartenance à la famille. Mais aujourd'hui, les confidences n'étaient plus qu'un lointain souvenir.

Pour la troisième fois de la semaine, il pénétra dans le salon. Son regard balaya les murs aux tapisseries élégantes, le plafond duquel pendaient des globes de cristal, et enfin la vaste table et la cheminée. Il s'avança jusqu'aux fenêtres donnant sur la cour intérieure. Cette maison qu'il avait si longtemps considérée comme étant bientôt la sienne lui apparaissait à présent comme un vicieux ennemi. Ces murs dissimulaient les preuves des crimes de son supérieur. Il avait fouillé les bureaux, les cuisines, à la recherche de l'un des anciens flacons d'injection de Soliane. Sans aucun résultat.

Il grimpa les escaliers sur la pointe des pieds. Son objectif de ce soir était de fouiller la chambre de Soliane. Gide ne supportait pas d'y dormir. Il avait investi l'ancienne chambre d'Aileen. Furtif comme une ombre, Merion se glissa dans la pièce. Rien n'avait changé depuis la mort de Soliane. Les fresques représentant des corps nus enlacés contrastaient avec le lit vide et les bougies consumées, que personne ne rallumerait. Il poursuivit son investigation, à la recherche d'une seringue, d'une lettre, de n'importe quoi ! Il ouvrit la grande armoire dans laquelle se trouvait le buste d'un homme à l'allure altière. Merion dévisagea l'ancêtre de Gide d'un air de défi. Puis soudain, il se demanda pourquoi une telle statue avait été conservée ici.

Pris d'une intuition, il fit glisser ses mains le long de la pierre froide, à la recherche d'une irrégularité… qu'il sentit au niveau du socle du buste. Il appuya plus fort, et un bruit sourd s'éleva à ses côtés. Une trappe venait d'apparaître.

14

L'ÉTINCELLE

– Rouge-Terre, Tombe-lune, 913 –

Treizième jour de la saison du Bouclier, an 913

« Cela fait trente ans que je travaille au laboratoire d'Abranelle. Trente ans. J'ai participé à toutes les expérimentations, les jadiels d'abord, puis les chuchoteuses, et enfin les hurleurs. Le dernier couple chuchoteuse/hurleur vient de mourir. Nous pensions que pour tuer la chuchoteuse, il suffisait d'éliminer le hurleur, vu que leur vie est liée. Pourtant d'après nos tests, les capacités de guérison de Laï-Mune et de téléportation d'Aryador les rendaient très difficiles à atteindre. Ils ne pouvaient disparaître qu'en s'entretuant. Par ailleurs, l'épouse de l'Astracan s'est opposée de manière très stricte à l'élimination directe du dernier hurleur. Un caprice ? »

Extrait du *Journal de bord* de l'expérimentateur Tephon Pikarnor, responsable de la section numéro 22.

ஒ

Noony marchait le long de la plage. Ses mains remontaient régulièrement sa jupe pour éviter les éclaboussures des vagues, et elle s'amusait à ramasser les coquillages nacrés qui croisaient sa route. Cette promenade solitaire lui donnait l'impression d'un retour aux sources. Elle se demanda comment elle avait pu passer toutes ces années enfermée dans un temple d'oraison, à engloutir des livres théoriques obscurs.

Sans son pendentif et son Étoile de base, elle se sentait apaisée. Libérée. Il lui fallait à présent digérer la nouvelle des épousailles. Heptiel.

Elle n'avait pu l'oublier. Son premier amour. Son seul amour. Aileen savait tout ça ; Noony lui avait confié son désespoir par lettres lorsqu'il avait été banni. Mais sa sœur ignorait la punition que lui avait infligée son père.

Un mariage somptueux se préparait ; n'importe quelle femme serait heureuse avec lui. Elle imagina quelques instants être à la place de sa sœur, dans la magnifique cité d'Abranelle. Elle, ne se marierait jamais. Quel homme voudrait d'une femme incapable de satisfaire ses désirs ? Quel homme renoncerait à tout espoir de vie de famille ? Elle en revenait toujours à la même évidence : sa vie serait solitaire, sacrifiée.

Elle s'arrêta. Ses yeux dorés se levèrent vers le ciel qui s'obscurcissait de minute en minute.

— Cher astre d'attribution. Je vous adresse ma dernière Complainte Nocturne. J'ai lu tellement de choses durant ma vie, sur ce que je devais faire pour être une personne digne de me réincarner en votre sein. Vers une vie meilleure. J'ai lu que je devais faire montre de générosité, d'écoute, de compassion, de soumission, aussi. Si vous avez réellement donné votre pouvoir à l'Astracan, alors je me dois de vous dire que je ne cautionne pas vos choix. J'ignore comment j'ai pu me voiler la face si longtemps. J'aimerais croire. J'aimerais beaucoup. Cependant, je me rends compte que si je crois, c'est par peur. Peur qu'il n'y ait rien après la mort, peur que les personnes que j'aime et qui sont parties ne soient plus *rien*. Peur de l'idée de mon corps revenant à la nature et désagrégé. Peur de l'idée que ce ne soit qu'un sommeil sans rêves. Mais c'est fini. Je ne laisserai plus la peur dicter mes choix. Cher astre d'attribution… ne me considérez plus comme une oraisonnière. Je ne pillerai plus les âmes, ni les souvenirs. Je n'implore pas votre pardon. Je vous dis adieu.

Elle prit une profonde inspiration, et se releva. Le cœur moins lourd. Alors qu'elle allait revenir sur ses pas, elle découvrit le sang-de-lune qui volait au-dessus des flots. Ses ailes se déployaient avec beaucoup plus d'ampleur qu'auparavant. Il fondit dans sa direction. Elle recula lorsqu'il atterrit, ses longues griffes s'enfonçant dans le sable. Ses moustaches violettes tombaient à cause de l'eau, au lieu de frétiller comme d'habitude.

— Étincelle ! Tu t'amuses bien ?

Il poussa un grognement de contentement, puis se mit à lui tourner autour avec impatience.

— Qu'est-ce que tu veux ?

Il s'inclina. Son dos à la douce fourrure rousse l'invitait.

— Tu es sûr ? demanda-t-elle.

Il piétina d'impatience. Elle grimpa alors avec précaution. Il la ramena d'abord en marchant, mais le rythme de ses pas et sa forte musculature rendaient le trajet inconfortable. Il finit par s'élancer en battant des ailes, les projetant à quelques mètres du sol. Il alterna alors régulièrement entre les airs et la terre, jusqu'à la déposer devant la maison de Vel-Plê.

ꕤ

Le pendentif et l'Étoile de base gisaient sur le sol. Assis en tailleur, Vel-Plê contemplait les clefs de sa théorie, la mine grave. Sur le balcon, son uni était occupé à sa toilette du soir.

—Ah, ma chère Plê… peut-être que le monde ne me reprendra pas avant que j'aie découvert si j'avais raison ou non.

Il approcha sa main du médaillon, qui semblait le narguer, puis la rétracta.

—Non, non et non ! Je dois honorer ma promesse !

Noony avait quitté Tombe-lune pour se promener et réfléchir seule, du moins c'est ce qu'elle avait dit. Il se sentit soudain stupide de ne pas lui avoir demandé davantage de précisions. Elle devait gagner la confiance des Cinq, et ce n'était pas en disparaissant qu'elle y arriverait.

—Alors ?

Vel-Lorion venait d'entrer dans un bruissement de feuilles, son lynx sur les talons.

—Elle n'est toujours pas rentrée. Et toi, comment s'est passé ton entretien avec les Cinq ?

Le jeune homme s'avança jusqu'au tapis où était disposé le nécessaire pour dîner. Sans attendre la permission de son précepteur, il s'installa pour prendre son repas.

—Ils ne sont pas convaincus par une nouvelle mission en Hélderion.

Le vieillard redoutait une telle réponse, bien qu'elle n'ait rien de définitif. Il s'affaira dans le coin cuisine de sa demeure, coupant du pain et sortant des tranches de viande froide d'un panier.

—Tu sais, le Conseil sous-estime l'aide de contacts en Hélderion. Opalon Tricen, s'il n'avait pas été assassiné, aurait pu nous prévenir de l'arrivée imminente de l'armée sur le continent… Quand nous avons appris le début de l'invasion, il était trop tard. Je crois que, dans l'esprit de tous, l'idée d'une agression physique restait vague. Beaucoup pensaient que le déchaînement des éléments suffirait à arrêter les armées… Ah, quelle folie ! Quand Tombe-lune a reçu les premiers messages par le biais des Signes, le jour où Grise-aube a été attaqué…

—Il ne faut pas culpabiliser, intervint Vel-Lorion. Secourir la population était impossible.

—Sans doute. Nous ne le saurons jamais.

Vel-Plê mit la nourriture sur le tapis et regarda attentivement son protégé. La marque d'un baiser rouge vermeil s'épanouissait sur l'une de ses joues.

—Toi, alors ! fit-il d'un ton mi-sévère, mi-amusé. Tu ne changeras jamais !

Lorion poussa un grognement qui ressemblait à une confirmation.

— Tu devrais te concentrer davantage sur ta future mission, plutôt que sur les filles de la cité !

— Bref. Les Cinq ne sont pas emballés, mais peu importe. J'ai un plan ! Je partirai avec Noony. Lorsque nous avons traversé Dinniel, il y avait des divertisseurs. Je suppose que le mariage, étant un moment de grande festivité, amènera son lot de troupes déguisées pour distraire le peuple dans l'allégresse générale…

— Partir sans l'approbation des Cinq me semble quelque peu…

— Vel-Plê ! l'interrompit l'espion. Nous n'avons pas d'autre solution ; les armées seront retardées par le désert, surtout si le but de Soleil est de faire disparaître les ruines. Cependant, tôt ou tard, ils attaqueront la capitale. J'ai vu leurs armes, nous ne pouvons RIEN face à eux ! Notre seule chance est d'éviter l'affrontement. Ou alors, d'évacuer la cité.

— Personne ne voudra.

Vel-Lorion eut un haussement de sourcil, signifiant que seule sa solution était bonne.

— Tu vois. Notre dernière chance est Aileen Manérian et son éventuelle coopération.

— Ma théorie, si elle est validée, rappela le vieillard, permettrait de lui donner des preuves.

— Oui.

Le silence les enveloppa durant de longues minutes, pendant lesquelles ils apprécièrent leur dîner. L'espion prit la parole d'un ton hésitant :

— Vel-Plê… j'ai une question à te poser. Au cours de l'une de nos leçons, il y a quelques années, tu m'avais parlé de la potion de cendres…

— Un châtiment interdit ! dit-il aussitôt. Imagine que cette horreur était pratiquée il y a encore cinquante ans en Hélderion… et parfois même comme vengeance ici, pour les cœurs dévorés par la jalousie…

— Existe-t-il un remède ?

Le vieillard arrêta son geste alors qu'il allait porter un morceau de pain à sa bouche.

— Pourquoi me demandes-tu ça ?

— Pour rien.

— Tes mensonges ne prennent pas avec moi, Vel-Lorion. Pourquoi ?

Ce dernier leva les mains, signe qu'il abdiquait.

— D'accord, d'accord… C'est à propos de Noony.

Le vieil homme reposa son pain et n'y toucha plus.

— Pauvre petite…, souffla-t-il.

— Tu n'as pas répondu à ma question ! Il y a un remède ?

— Non. Crois-moi que s'il y en avait un, il serait connu. La potion de cendres est faite à base de divers poisons atténués. Ils restent présents dans le corps à vie. Ce sont comme de petits explosifs à retardement, qui ne demandent qu'à être déclenchés par un rapport sexuel. Je ne connais pas la recette exacte d'une telle horreur – et personne ne le devrait – mais ses effets ne sont pas une légende. Il y a eu énormément de cas d'épouses ou d'époux infidèles, foudroyés dans les bras de leurs amants.

Vel-Lorion baissa la tête. Son précepteur fronça les sourcils. N'avait-il pas vu, pendant l'espace d'une seconde, une profonde tristesse dans les yeux du jeune homme ? Avant qu'il n'ait eu le temps de s'en assurer, Noony entra.

—Je sais comment nous allons nous rendre en Hélderion ! s'exclama-t-elle.

Elle écarta le rideau de feuilles rouges, dévoilant Étincelle, dont les ailes se repliaient contre sa fourrure rousse.

—Pas moyen ! Je ne monterai jamais sur ce... ce... ce carnivore ! Et Lorion non plus, d'ailleurs !

Sur ces mots, le lynx sortit de l'ombre du balcon pour rejoindre le sang-de-lune, qui faisait à présent le triple de sa taille. Les deux compagnons se reniflèrent.

—Tu vois ! dit joyeusement l'oraisonnière. Même ton uni est d'accord. Ainsi, nous pourrons arriver en Hélderion en toute discrétion.

Vel-Plê se releva avec difficulté pour se camper devant la jeune femme.

—Cette... bestiole n'est peut-être pas maîtrisable. Et on ne connaît pas ses ressources. Prendre le bateau au port serait sans doute plus...

—Plus quoi ? s'énerva-t-elle. J'imagine que vos navires sont d'anciens dons d'Hélderion qui datent de l'époque des échanges commerciaux. C'est très repérable, cela demande une équipe, et pour accoster où ?

—C'est vrai, admit Vel-Lorion. La voie des mers n'est pas envisageable. Enfin, de là à voyager sur...

Il désigna Étincelle d'un vague geste de la main.

—Il te fait peur, déclara-t-elle tranquillement.

—Je n'ai pas peur !

Elle éclata de rire. Un rire clair, cristallin. Elle n'avait jamais ri ainsi, avec autant d'aisance depuis son départ de Manérian. Cela la changeait, creusait des fossettes dans ce visage si souvent grave et doux. Elle saisit tout à coup son pendentif, qu'elle leva.

—Je suis prête.

ꝏ

Sur le tapis s'étalaient divers outils, longues tiges ou pinces. Le médaillon et l'Étoile de base reposaient juste à côté d'un grand panier fermé d'un couvercle.

—Enfin, murmura Vel-Plê d'une voix fébrile. Je vais pouvoir vérifier ma théorie.

—Avant toute chose, je crois que j'ai le droit de savoir ce que vous voulez découvrir.

Les deux Rouge-Terriens échangèrent un regard entendu.

—Noony, quoi qu'il advienne, tu n'es responsable de rien…

—Dites-moi.

—Tu sais ce que sont les Signes ? interrogea le vieillard.

—Je ne suis pas sûre.

—Alors laisse-moi t'expliquer. Ce sont la manifestation de ce que l'on peut appeler la nature. Le naturel. Ce qui existe sans que l'homme intervienne. Ce sont comme des tensions qui ondulent, une énergie qui régit le monde, qui permet à l'herbe de pousser, au soleil de se lever. Ce sont les flux qui régulent vie et mort. Notre planète respire en quelque sorte ; elle est harmonie, entrelacements. Nous avons appris à sentir ces lignes de tension. Ce savoir remonte à près de deux millénaires. Nous ne contrôlons pas les Signes ! Nous les laissons nous parler, ou plutôt nous les sentons. C'est comme une musique dont il faut connaître l'air pour la trouver.

À ces mots, Alexian détourna le visage.

—Il y a environ neuf cents ans, un homme nommé Vel-Ifre vivait ici, à Tombe-lune. Comme tout Rouge-Terrien, il avait été initié aux Signes, il était brillant et révolté par la méconnaissance générale des siens, et leur ignorance de ce qui fonde leur société, de ce dont ils dépendent. Il a alors fait toutes sortes d'expériences avec ce pouvoir, et plus particulièrement avec les animaux morts. Ce qui le fascinait, c'était ce que devenait l'âme. Ou ce que l'on pourrait appeler l'esprit, ou encore l'étincelle de vie d'un être. Il sentait ce retour à la terre, ce flux qui partait de l'être mort pour se jeter dans l'univers. Les Signes dissipent la conscience, comme pour redistribuer la matière partout. Vel-Ifre perçut tout le potentiel d'une telle découverte. Il décida de contrôler les Signes, de leur ouvrir un autre chemin, plutôt que de les laisser s'éparpiller dans l'univers. Il a probablement réussi à condenser la vie en pleine fuite. Je pense que c'est ce que vous nommez résuadine, et c'est ce que je veux prouver.

Noony l'écoutait, impassible.

—Une telle découverte, c'est ce j'appelle les Signes négatifs. C'est comme remonter une rivière à contre-courant, pour récupérer la matière vitale, les souvenirs. Dans les archives que nous avons, Vel-Ifre dit vouloir conserver les âmes des défunts. Cette découverte en soi, bien que révolutionnaire, n'a pas été perçue comme dangereuse d'après les rapports de l'époque. Tombe-lune était contaminée par cette ruée vers la connaissance. Vel-Ifre a alors peu à peu rassemblé une communauté. Son concept était de créer une religion, qu'il nomma Astrascisme. Dans religion, tu as le verbe relier. Son but était de relier les hommes. Sa réelle faute a été autre, car la secte était à l'époque tolérée. Il faut comprendre que notre société repose sur les lynx, le seul animal avec lequel nous pouvons nous unir grâce aux Signes. C'est pour nous un acte fondamental, qui participe à la réalisation de l'être. Ce qui a provoqué le bannissement de Vel-Ifre, c'est son non-respect de ces règles. Il dominait son uni. Au lieu de le laisser puiser dans son énergie pour augmenter l'espérance de vie de son animal, il lui a volé la sienne, provoquant sa mort sans se tuer lui-même. Peut-être avait-il peur de mourir, ou bien était-il tellement obsédé par l'idée de tout contrôler qu'il n'a pas voulu laisser son uni avoir d'emprise sur lui. Toujours est-il que son lynx est décédé anormalement jeune, sans que son uni ne meure lui aussi. Il a alors été banni et a quitté Tombe-lune avec sa secte. Ma théorie est qu'une fois exilé, Vel-Ifre a créé des outils permettant de mettre en application sa maîtrise des Signes, afin d'empêcher les âmes des morts de se désagréger.

— Donc, récapitula Noony, j'ai passé mon temps à retenir les âmes ?

— Comme dans une sorte de filet invisible, oui. Au-delà de l'oraison, du rituel même, il s'agit d'extraire la résuadine. Cette substance contient le reste de la conscience du mort.

Elle prit tout à coup son pendentif et murmura :

— Je suis une pilleuse d'âmes...

— Tu ne savais pas, la consola Alexian.

— Qu'est devenu Vel-Ifre ?

— Il s'est installé dans le désert et a fondé Abranelle. Il a appris à ses disciples à ne pas s'unir, à ne pas laisser une autre entité pénétrer leur esprit. C'est là-bas, avec la construction du temple, qu'est réellement née l'oraison. Cela montre que la religion était devenue davantage qu'un simple concept. Lorsque, douze ans plus tard, les Tombe-Luniens ont découvert l'existence de la cité dans l'oasis, ils en ont traqué les membres. Alors Vel-Ifre a quitté Rouge-Terre et a colonisé des îles, puis un continent voisin. Il a beau avoir été effrayant... quel génie ! Il a donc reconstruit Abranelle, celle que tu connais, et s'est rebaptisé Oriel.

L'espion, voyant que les traits de son amie s'affaissaient, et qu'elle avait brusquement serré les poings, intervint :

— C'est juste une théorie.

— Je ne suis pas stupide.

Elle se tourna vers Vel-Plê :

— C'est une théorie brillante, et cela expliquerait énormément de choses. Je crois que ce qu'il aurait fallu retenir du concept de Vel-Ifre, c'est juste la portée du mot religion. Relier les hommes. Je comprends le sentiment violent de vouloir retenir ceux qu'on aime, de ne pas accepter que ce qu'ils ont été n'existe plus, qu'ils meurent et disparaissent. Soyons fixés, démontez mes outils d'oraison, testez-les, faites ce que vous voulez.

Le vieillard souleva le couvercle du panier. Noony se recula en voyant une forme brillante et ondulante en sortir. Alexian emprisonna la tête triangulaire du serpent avec la fourche d'un bâton.

— Ne regarde pas...

Elle se cacha les yeux et entendit plusieurs bruits sourds. Lorsqu'elle écarta ses paumes, l'animal gisait sur le sol au milieu de taches sanglantes.

— À toi de jouer, fais-nous une belle oraison.

Alors elle fit ce qu'elle avait toujours fait. Elle s'agenouilla face au corps sans vie, prit son médaillon dans une main, son Étoile de base dans l'autre. Lorsque le bijou rencontra le fragment d'argent, un cliquetis métallique retentit et une pique acérée sortit du pendentif.

—Et maintenant ? demanda Vel-Plê, surexcité.

—Désolée, répondit-elle, je n'ai jamais fait ça devant quelqu'un ; c'est un rituel qui se pratique seul.

Elle resta immobile pendant un moment, hésitante, puis se décida.

—Je dois enfoncer la Vive dans le corps.

La pique transperça le serpent de part en part. Une lumière blanche jaillit. Elle eut de nouveau l'impression qu'elle devenait aveugle. Puis, le monde revint peu à peu, et elle distingua les visages étonnés de ses compagnons.

—Alors ? demanda-t-elle.

Les deux hommes se regardèrent, sidérés.

—Comment tu expliques ça ? fit l'espion, avec une pointe d'agacement.

—C'était puissant, n'est-ce pas ? Cependant… différent.

—De quoi parlez-vous ?

Ils se consultèrent à nouveau, avant d'annoncer à l'unisson :

—Tu as utilisé les Signes.

—C'est impossible, contesta Noony, perplexe. J'ai seulement vu une lumière blanche.

—Il n'y avait pas de lumière, assura Alexian.

—Juste toi, concentrée, et une vague d'énergie. Des flux qui ont été aspirés de l'animal vers l'objet. C'était très net.

Il pointa le médaillon du doigt.

—Ceci aspire des Signes.

Elle reposa soudain son pendentif, comme répugnée à l'idée d'un quelconque contact. Tous observèrent le bijou.

—Il reste un mystère. Imaginons que ces Signes deviennent de la résuadine. Comment sont-ils téléportés vers les bassins ? Car c'est comme ça que ça se passe, si j'ai bien compris.

—Oui, confirma-t-elle, en fait chaque pendentif porte la marque de fabrication d'un temple ; il doit donc y avoir un lien entre cet outil et les bassins du temple de Manérian, par exemple.

Vel-Plê se leva pour réfléchir tout en marchant, comme si le fait de parcourir la pièce de long en large lui permettait d'établir plus facilement un raisonnement.

—Les Signes sont aspirés tels quels, en tout cas, bien que leur énergie soit particulière. Ce sont, à ce stade, des résidus de conscience et de souvenirs. Peut-être est-ce pendant cette téléportation qu'ils deviennent de la résuadine. À quoi cela ressemble, exactement ?

—C'est noir, répondit pensivement la jeune femme. Au temple de Manérian, les fosses en sont remplies. C'est un liquide d'aspect plutôt visqueux, et il y a parfois des étincelles qui s'en envolent. Je n'ai jamais pu avoir d'informations sur sa formation, c'est un sujet tabou.

— Il y a forcément quelque chose qui fait transiter la résuadine vers les bassins ! dit Vel-Plê. Je suis sûr de ça !

— La meilleure façon de le savoir, rappela l'espion, ce serait d'ouvrir les outils.

— Quand nous les aurons ouverts, il est peu probable que nous arrivions à les reconstruire. Nous ne pourrons donc plus observer ce phénomène. Le mieux serait de faire une démonstration devant les Cinq avant toute chose.

— C'est inutile, protesta Alexian, ils n'ont pas confiance en Noony, et ne croiront jamais ta théorie. Pour eux, c'est le cuisant souvenir des erreurs passées. Concrètement, ça ne les avancera à rien : eux veulent se défendre ; moi, je veux révéler ces informations.

Il s'empara du médaillon et examina l'étoile qui y était gravée. L'objet ne présentait aucune irrégularité ou trace de montage ; c'était visiblement le travail d'un expert.

— Je ne sais pas si on peut l'ouvrir, dit son amie.

Alexian sélectionna une tige de fer pour essayer de l'insérer au niveau de la très fine rainure qui entourait le bijou, mais dut se rendre à l'évidence : celle-ci était purement ornementale. Vel-Plê essaya à son tour, avec beaucoup plus de prudence et de soin ; toutefois, il dut abdiquer lui aussi.

— Je ne vois qu'une solution.

Le jeune homme prit le médaillon et s'avança jusqu'au balcon. Ses compagnons entendirent un fracas métallique. Ils se précipitèrent à la rambarde, qui comportait maintenant la trace du coup porté par Alexian sur le bijou. Le pendentif présentait des égratignures. En répétant le mouvement plusieurs fois, il finit par se fendiller à l'endroit où surgissait la Vive, dévoilant une cavité creuse. L'espion força et le bijou s'ouvrit en deux. Il se retrouva avec une demi-sphère d'argent dans chaque main. Ils rentrèrent pour en examiner le contenu près des bougies.

Le mécanisme permettant de rétracter la Vive avait visiblement été brisé, car la grande pique gisait dans l'un des côtés du bijou, détachée d'un petit élément de métal se trouvant au niveau de la boucle où passait la chaîne. La pique était en réalité articulée, ce qui lui permettait de se rétracter ou de sortir du pendentif. Les parois étaient agrémentées de minuscules rouages qui s'enclenchaient les uns dans les autres. Vel-Plê s'empara délicatement de la Vive, découvrant une perle d'un rouge vermeil. Elle semblait les fixer comme un œil de feu.

— Qu'est-ce que c'est que ça ?

Lorsque le vieillard avança son doigt dans la direction de la perle, son uni poussa un rugissement. À la stupeur générale, le lynx s'était dressé, les poils hérissés.

— Que se passe-t-il ? demanda Noony, paniquée.

Vel-Plê abandonna la demi-sphère du pendentif sur le tapis.

— Plê dit que la perle est… contre nature. Elle ne saurait l'expliquer. Elle pense qu'elle est dangereuse.

— Alors ce doit être elle qui contrôle tout, affirma l'oraisonnière. Le centre du mécanisme. Mais pourquoi ? Pourquoi l'Astracan veut-il la résuadine ? Pourquoi en achète-t-il à la Corporation des marchands d'étoiles ?

— Ça, dit Alexian, c'est à nous de le découvrir.

— C'est étrange qu'il ne fasse effectuer l'oraison que sur des humains, renchérit l'Hélderionnois. Il pourrait… je ne sais… tuer de nombreux animaux comme nous venons de le faire.

— Cela génère probablement moins de résuadine, suggéra Vel-Plê.

— Quoi qu'il en soit, on doit agir ! Tombe-lune est menacée, les ruines également, et peut-être les âmes de milliers de gens. Nous ne savons toujours pas ce que devient la résuadine, ce qu'il en fait…

— Des expériences, d'après Laï-Mune, rappela Noony. Ce serait logique, elle disait avoir été modifiée avec de la résuadine, et elle captait les Signes mieux que personne. Nous devons pénétrer Abranelle.

Le ton de l'oraisonnière était sûr, décidé.

— Du calme… Cette idée est très séduisante, mais y aller ainsi est un risque considérable.

— Je fais confiance à ma sœur et ce mariage est l'occasion rêvée. Je n'ai rien à perdre : je veux la vérité.

Elle ramassa les débris de son médaillon pour les ranger dans son sac.

— Moi, j'y vais. Tu me suis ?

— C'est que…

Le regard d'Alexian allait et venait entre la jeune femme et son précepteur. Lorion, lui, se trouvait déjà près de Noony. Elle planta ses poings sur ses hanches.

— Alors ? Que décides-tu ? Serais-tu plus peureux qu'une Hélderionnoise ?

— Je viens avec toi.

— Très bien ! Vel-Plê, trouvez-nous de quoi nous teindre les cheveux et nous maquiller.

Le vieil homme voulut protester, puis finit par bredouiller son accord.

Interlude

Merion était assis dans le fauteuil de son bureau, savourant son triomphe. Il avait observé la trappe s'ouvrir dans l'armoire de la chambre de Soliane, ahuri. Il l'avait soulevée avec fébrilité, révélant une cavité rectangulaire et sombre. Une lampe à la main, il avait descendu l'échelle qui s'enfonçait dans les ténèbres du passage secret. Voilà comment Noony s'était enfuie aussi facilement de Manérian.

L'endroit n'était qu'un long tunnel humide, et pourtant, une ombre s'était découpée près de l'échelle de corde. Un coffre de bois, qu'il avait auparavant vu dans la demeure des Manérian. Une fois la lampe posée sur le sol, ses mains s'étaient ruées vers cet espoir soudain, miraculeux. L'épouse de Gide n'avait pas été dupe, non…

Le coffre s'était ouvert dans un long grincement. La lueur argentée avait extirpé de leur longue solitude des pages et des pages noircies d'écriture, des petits cahiers remplis à craquer, des notes en vrac.

Merion s'était emparé des feuillets, les mains tremblantes. Soliane avait consigné des années et des années de réflexions philosophiques ou de vie quotidienne. Toute son existence était là.

Même à travers le voile de la mort, la voix de Soliane lui parlait à présent grâce à ses mémoires. Elle lui racontait la douleur de son agonie, les joies de la maternité, et de tragiques souvenirs aussi. Il se pencha à nouveau sur l'un des feuillets.

> «… et chaque fois que je passe devant le puits, je ne peux m'empêcher de penser à elle. Sa première femme. Qu'il a éliminée pour que je puisse être à ses côtés pour toujours. Où est le Gide qui a été capable de tuer pour pouvoir m'aimer chaque matin ? Il est parti. Il n'a jamais été là. Peut-être qu'il a toujours été fou, et que je n'ai pas voulu l'admettre. »

Il releva la tête, son visage exprimant à la fois l'horreur et la victoire.

15

Dernière volonté

– Hélderion, Volplume, 913 –

Hommage à la Dame de Volplume

C'est un tourbillon de désespoir dans les cieux,
Et toute une constellation apparaît à mes yeux,
Elle est morte, elle s'en va à pas lents,
Cyrielle me dit au revoir et s'éclipse doucement.
Elle est dans les astres, j'entends ses murmures,
À travers les couloirs de la cité, portés par le vent,
Tu nous manques, toi qui levais la censure,
Tu nous manques, dernier rempart au sang.
Laisse ta fille, descendante de la lignée maternelle,
Protéger Volplume, la tirer vers le ciel,
Je m'engage à chasser de la cité le noir,
À prendre ma plume, pour venger tes espoirs.

Extrait de *Maux d'amour* – Recueil de poèmes de Shala Volplume, auteure active de la Corporation Volplume depuis l'an 909.

Une absence. L'absence de ce qui aurait pu être. Sous sa couverture de soie, elle porta une main à son ventre, qu'elle imagina un instant rond et gonflé. Non, cela n'arriverait pas…

Elle était allongée sur la banquette du véhicule, sa tête reposant sur les genoux de son futur époux. Alors c'était ça, la vie de promise ? Passer son temps à voyager, assister à des soirées mondaines, ou comme ici, à des élections ? Elle referma ses bras sur son corps endolori. Cela faisait quatre jours qu'ils voyageaient en direction de Volplume, quatre jours qui se succédaient comme autant d'heures douloureuses. Depuis la mort de Mylianne, son existence lui semblait être une série d'épreuves, de déceptions, de coups du sort. De mort.

Sa seule lumière, le seul fil ténu qui la raccrochait au bonheur, restait son promis. Il adoucissait sa solitude. Depuis son avortement, pas une seule fois elle n'avait senti une odeur de fumée sur ses vêtements.

— Aileen, dit-il, nous arriverons en fin d'après-midi. Tu te sens un peu mieux ?

Elle se releva avec difficulté.

— J'ai encore mal au ventre...

Ces plantes avalées semblaient vouloir lui faire payer son acte.

— Je te redonnerai un médicament dans une heure.

— Ne t'inquiète pas, assura-t-elle d'une voix faible, douleur ou non, je ferai bonne figure.

Le cortège avançait sur les routes bordées de fleurs. Les fanions noir et blanc ondulaient dans le vent, message d'accueil à l'intention du couple. Volplume émergea à l'horizon, ville verticale aux mille bleus. Les ponts et les passerelles enlaçaient des centaines de tourelles, semblant vouloir atteindre les astres.

Elle contempla un moment la magnifique cité, puis tira les rideaux pour enfiler une longue robe camaïeu, composée d'un bustier de velours et d'une traîne aux reflets d'argent. Le convoi s'immobilisa. Elle se composa un masque serein et poli en descendant du véhicule. Ils furent conduits à pied jusqu'à la résidence du matriarcat, les petits ponts ne permettant pas l'accès des attelages. Ils pénétrèrent dans une immense tour, puis passèrent devant des rayons de bibliothèque. Les échelles de chêne étaient déplacées de rayonnage en rayonnage pour pouvoir accéder aux ouvrages les plus hauts. Au milieu de cette nuée intellectuelle, des dizaines de secrétaires accueillaient les visiteurs. Ceux-ci, la plupart du temps venus pour demander asile, se retournaient sur le passage de la procession. Il n'y avait cependant aucune effusion de joie, contrairement à Valdir.

Une fois dans la salle du trône, les guerriers de l'aurore montèrent la garde. Le couple fit face aux membres du Conseil de Volplume, composé exclusivement de femmes. Un homme d'une trentaine d'années, aux manières aimables et distinguées, jurait parmi elles. Il s'inclina face aux promis et fut imité aussitôt par ses consœurs.

— Chers héritiers, récita-t-il avec emphase, merci infiniment de nous honorer de votre présence, même si notre ville bien-aimée traverse une grande période de crise...

Une vieille femme prit la parole :

— Je suis Igera Ternia, l'aînée du Conseil ici présent. Et voici Endric et Clémandrie Volplume.

Endric lança un regard venimeux à l'Aînée.

— Merci de votre accueil, déclara Heptiel. Nous nous faisons un plaisir d'être les témoins de ces élections, qui sont un événement inédit pour votre matriarcat.

— En effet, répondit l'aînée du Conseil. Depuis la mort de Cyrielle et la disparition de son unique fille Shala, le Conseil a dû prendre des mesures que nous avons voulues en adéquation avec les désirs du peuple.

— Shala ? Disparue ?

La question avait jailli de la bouche d'Aileen, rompant le rituel officiel des présentations. La vieille femme eut une moue condescendante, qui pardonnait à demi le manque de retenue :

— Oui, la mort de sa mère l'a profondément atteinte. Pour lui laisser le temps de se remettre, nous avons proposé un système de régence… C'est alors qu'elle a disparu.

Endric ajouta d'un ton tragique :

— Cela a été une terrible perte pour nous tous.

— Et c'est donc vous qui vous présentez ? s'étonna l'Ioden. Pourtant, votre cité est une société matriarcale depuis toujours…

— Depuis six cent trois ans, déclara Igera. Depuis que l'un des gouverneurs qui réduisaient les femmes de la cité en esclavage a subi la révolte de notre sexe. N'y voyez rien de discriminant, Excellence, notre système est le résultat d'une histoire, une vieille rancune qui a cicatrisé depuis longtemps. Néanmoins, le rôle politique de la femme est une tradition primordiale pour Volplume. La candidate est donc Clémandrie.

Cette dernière sourit, dévoilant des dents blanches comme une rangée de perles. Le fard de ses joues estompait un peu l'aspect anguleux de son visage ; pourtant, on lui donnait aisément dix ans de plus que son mari.

— Je compte faire de mon mieux pour notre chère cité, dans le respect de la tradition.

Sa voix claire et timide contrastait avec son physique de femme mûre. Sur sa toge bleu ciel était piquée une broche représentant un cercle parfait auquel deux autres disques se mêlaient. Aileen ne put s'empêcher de la dévisager avec insistance. Cette femme voulait prendre la place de Shala ? La jalousie qu'elle avait pu ressentir envers l'amour d'Orius s'évanouit brutalement face à cette menace pour l'héritière de Volplume. Les dernières volontés du chef-veilleur remontèrent aux frontières de sa conscience : *« Si un jour tu en as l'occasion, dis à Shala que je l'aimais. Et reste à mes côtés. Jusqu'à la fin. »*

Elle n'avait pas pu respecter l'une de ses requêtes. Elle essaierait de transmettre l'ultime message d'Orius.

— Depuis quand Shala Volplume a-t-elle disparu ?

À la nouvelle évocation de sa sœur, Endric afficha une expression endeuillée. Ce fut la vieillarde qui répondit :

— Depuis deux saisons, peu après qu'elle ait appris le verdict du Conseil qui l'a jugée inapte à prendre le pouvoir.

— Nous avons fait fouiller la ville et ses environs, précisa Clémandrie. En vain. Au bout d'une demi-saison, la décision des élections a été prise.

Aileen ne pouvait insister davantage sans paraître insultante. Heptiel demanda alors qu'on lui parle des autres candidates, afin qu'il ait une vue d'ensemble de l'événement. Elles étaient au nombre de six, représentant en général un milieu artistique précis, comme la peinture ou la musique. Seule l'épouse d'Endric semblait proposer des idées synthétisant l'intérêt des différents arts. Bénéficiant par ailleurs de l'appui du fils de l'ancienne Première Citoyenne, le résultat de l'élection ne présentait que peu d'incertitudes. Après ces quelques échanges d'ordre politique, on fit sonner les cloches pour annoncer l'arrivée des promis. La salle du trône fut soudain envahie de citoyens venus offrir leurs présents pour le mariage. Des tableaux, des livres et des instruments de musique arrivèrent par dizaines. Chaque artiste espérait ainsi se faire remarquer par le futur Astracan.

Après cette cérémonie, on les conduisit dans une auberge louée pour l'occasion afin de déguster un repas en leur honneur. Les tables de cymeurt mises bout à bout étaient couvertes de mets délicieux. Les viandes saupoudrées d'épices s'étalaient sur d'immenses feuilles mauves. Des gâteaux aux fruits formaient un cercle coloré en bout de table. Les salades jetaient du vert autour des cuisses de nùmiel braisées. De petits pots de sauces, offrant une variété infinie de combinaison avec les plats, pouvaient être apportés à la demande de chaque convive. Les pichets d'alcool laissaient présager des discussions animées. Les promis furent placés en milieu de table, en face d'Endric et de son épouse. Le Conseil et deux autres candidates s'installèrent autour d'eux. L'orientation du repas était claire : tout était fait pour mettre en valeur Clémandrie.

— Les élections ont lieu demain, déclara celle-ci. C'est la dernière ligne droite. Il était important que l'Ioden et sa compagne soient là pour soutenir notre candidature. C'est le Cercle qui, demain, par ma voix, gagnera ces élections.

Elle tapota du doigt sa broche, avec un sourire figé.

— Veuillez pardonner mon manque d'information, répondit Heptiel, je reviens de Thyrane et mes connaissances sur le Cercle sont assez limitées…

— Il s'agit du groupe de soutien aux décisions de notre cher Astracan, dit Endric d'un ton solennel. Vous savez, Volplume a été ébranlée par la polémique à la suite de la déclaration de guerre contre les Terres Impies. Beaucoup d'intellectuels ont voulu défendre la cause de ces sauvages. Il était important que nous formions notre propre parti, avec des idées qui suivent les grandes décisions de Soleil. Notre ville a depuis trop longtemps la réputation d'attendre le moindre prétexte pour critiquer tous les faits et gestes de Sa Grandeur…

Quelques visages s'éclairèrent et approuvèrent ses dires, d'autres se rembrunirent. Chacun guettait la réaction de l'Ioden.

— C'est une initiative intéressante, commenta-t-il.

— Nous sommes très actifs, et nous avons beaucoup de jeunes dans nos rangs, même en Thyrane, figurez-vous ! Je vous montrerai nos listes d'inscriptions, afin que vous ayez une idée de l'importance que nous prenons. Beaucoup en ont assez de la critique pour la critique ; cette guerre est nécessaire. Ceux qui s'y opposent ne valent pas mieux que ces hérétiques.

Le futur Astracan hocha la tête poliment, sans rien laisser paraître de sa véritable opinion. Aileen se souvenait du jour de la déclaration de guerre, alors qu'elle était à Manérian, et de sa sœur qui s'était opposée à leur père en accusant cette entreprise de n'être que mercantile. Comment pouvait-on répéter la même erreur après la catastrophe de Thyrane ?

— Si le Cercle arrive à la tête de Volplume, ajouta Clémandrie avec fierté, alors toutes les corporations seront enfin unies…

— Pas exactement, nuança son époux. Celle des dresseurs émet encore quelques réserves à rejoindre les armées. Ces gens sont trop tournés vers leurs animaux pour se préoccuper des problèmes humains. Cependant, quand elle sera la dernière, à l'usure…

— Les dresseurs sont des personnes absolument adorables, déclara soudain Aileen.

Endric, qui avait porté son verre de cristal à ses lèvres, arrêta net son geste.

— Oh pour ça, nous sommes d'accord. Ce n'était pas exactement mon propos.

— Pardonnez-moi, je ne vois pas en quoi leur attention envers leurs animaux diminue leurs capacités de jugement.

Cette dernière phrase jeta un froid. Sous la table, Heptiel crispa sa main sur la cuisse de sa promise pour lui indiquer qu'elle allait trop loin. Ce fut à ce moment que les domestiques revinrent pour remplir chaque assiette. L'agitation coupa court à la discussion. Le reste du repas se déroula dans la bonne humeur. La jeune femme avait du mal à se glisser dans le moule de l'épouse parfaite. Elle se contentait de répondre par de courtes phrases, qui frisaient parfois l'impolitesse. Elle observait souvent Clémandrie et comprenait peu à peu que ce n'était pas elle, la véritable candidate.

Après le dîner, on les accompagna à leur suite. Les appartements, pourtant immenses, étaient encombrés de présents. Ce luxueux capharnaüm ne laissait la place que pour le grand lit sur lequel avaient été laissés divers dossiers. Aileen se dirigea vers la salle d'eau. Heptiel la retint pour l'enlacer.

— Est-ce que tu as encore mal ? Dis-moi…

— Oui, un peu.

Elle se dégagea de son étreinte pour attraper les documents qu'Endric avait fait déposer. C'était la liste des pensionnaires qui participaient aux réunions de sensibilisation au Cercle. Tout était classé par ville. Elle tomba sur Mizin, et le nom « pension Sybilène » souligné en rouge attira son attention.

— C'est terrible, murmura-t-elle en voyant les noms défiler. Il y a tant de pensionnaires de là-bas qui…

Sa main se porta instinctivement à sa bouche.

— Qu'est-ce qu'il y a ?

— Yamilia Ilouary.

Elle brandit la feuille.

— Eh bien ? C'était une amie à toi ?

— Pas exactement.

Elle reposa la liste sur le lit avec dégoût.

— Tu penses quoi de tout ça ? Sincèrement ?

— Du Cercle ? C'est un groupuscule extrémiste, je ne vois rien d'autre à dire. Ils sont particulièrement racistes et pensent, comme la grande majorité de la population d'Hélderion, que leur religion est l'ultime valeur en ce monde et qu'il faut l'imposer.

— Comment peut-on être aussi fermé d'esprit !

Il se plaça derrière elle et lui massa les épaules, ce qui la calma quelques instants.

— Tu as connu l'extérieur de Thyrane. Si tu étais toujours restée dans ta prison dorée à Sybilène, n'aurais-tu pas pensé comme eux ?

— Je n'en sais rien, soupira-t-elle. Je n'étais pas du genre à gober tout ce que l'on me disait.

— On apprend à réviser son jugement quand on voyage, quand on rencontre des gens différents. Certaines personnes n'ont connu que la pension.

Il arborait une expression sereine, celle d'un homme réfléchi, qui pesait la situation. Il les menait à travers les différentes villes avec assurance, tenait parfaitement le rôle que l'on attendait de lui, alors que ses pensées étaient ailleurs.

— Heptiel ?

— Oui ?

— Tu seras le meilleur Astracan qu'Hélderion ait jamais connu.

Il lui passa une main affectueuse dans les cheveux. Ceux que le Poignard-Sanglant avait empoignés avec violence. Pendant un instant, le dégoût l'écrasa.

— Tu te sens bien ? s'assura-t-il.

Il l'enlaça avec douceur. Un contact qui chassa les images brutales qui lui revenaient en mémoire. Il fit glisser les bretelles de sa robe. Elle ressentit alors un élan incontrôlable d'amour envers son promis.

Celui qui veillait sur elle sans rien demander en retour, et à qui elle était enfin prête à se donner.

Le lendemain matin, ils furent réveillés par quelqu'un qui frappait à leur porte.

— Attendez ! cria Aileen.

Elle enfila rapidement une robe et alla ouvrir. La domestique parut surprise qu'une personne de son rang ait ce genre d'attention. Elle entra dans le vestibule, un grand plateau dans les mains.

— J'espère ne pas vous déranger, Votre Excellence.

— Absolument pas. Vous pouvez tout poser sur cette table.

La servante parut hésiter. Elle s'assura qu'elles étaient seules, puis tira une lettre de la poche de son tablier.

— Qu'est-ce qui se passe ? demanda Heptiel de la pièce d'à côté.

— Le petit déjeuner.

La jeune femme se retourna vers l'enveloppe qu'on lui tendait d'un air pressant.

— C'est de la part de qui ? murmura-t-elle.

— Je ne peux pas vous le dire, vous jugerez par vous-même. S'il vous plaît, n'en parlez à personne.

Voyant qu'elle ne partirait pas sans sa promesse, la future souveraine répondit :

— C'est entendu, ne vous inquiétez pas.

— Merci, Votre Excellence. Et bon appétit.

Elle s'éclipsa. Aileen amena le plateau à son compagnon, puis s'isola dans la salle d'eau, où elle déplia la lettre avec impatience :

« À Aileen Manérian,
Le trentième jour de la saison du Bouclier, an 913, à Volplume.

Bonjour,
Je me nomme Shala Volplume, et je vous envoie cette lettre au nom de la résistance. On vous a sans doute dit que j'étais devenue folle à cause de la mort de ma mère. C'est faux. Je n'ai fait que dévoiler la vérité, c'est-à-dire que mon frère Endric avait commandité le meurtre de la Première Citoyenne.
Je m'adresse à vous, car j'ai connu votre sœur, Noony. Lorsque celle-ci a fait escale dans notre cité, ma mère lui a donné l'asile politique. Elle avait un sac de poudre-à-temps. C'est en jetant de cette poudre sur les lieux du crime que nous avons su la vérité. Sans son intervention, j'aurais tout ignoré de ce complot. Je ne sais pas ce qu'elle est devenue, mais j'ose espérer que vous êtes aussi ouverte d'esprit qu'elle. Lorsque j'ai appris que vous étiez

la promise de l'Ioden, vous n'imaginez pas à quel point cela m'a redonné espoir!

L'une des membres du Conseil est notre complice. Lorsqu'elle vous a entendue défendre les dresseurs à table, elle nous en a immédiatement avertis.

Mes amis et moi nous nous cachons. Si vous souhaitez entrer en contact avec nous pour discuter de la situation, frappez dix coups dans la baignoire de vos appartements. Un écrivain du nom de Fiq prendra alors contact avec vous. Ne mêlez pas votre promis à votre requête, à moins que vous ne soyez absolument certaine qu'il soit de notre côté.

Que les astres vous protègent,
Shala. »

Elle prit une profonde inspiration. Shala. Shala avait connu sa sœur, lui avait parlé pendant sa fugue. Comme c'était étrange, tout semblait se recouper. Shala, l'amour d'Orius, avait besoin d'elle.

Elle ne pouvait pas gérer cela seule. Pas un secret de plus. Elle sortit de la salle d'eau et donna la lettre à son promis.

— C'est hors de question, dit-il après l'avoir lue. C'est une prise de risque énorme.

— Je veux lui parler.

— Allons!

— Fais-moi confiance. Nous devons l'écouter.

Il se frotta nerveusement le front, prisonnier d'un dilemme.

— Heptiel, nous ne sommes pas comme nos parents! Nous ne sommes pas des membres du Cercle! Nous devons nous servir de nos avantages pour aider la véritable héritière de Volplume! Pour aider ceux qui résistent!

— D'où te vient une telle idée?

Aileen se mordit la lèvre inférieure, essayant de se tempérer. Ses propres paroles faisaient un curieux écho aux Lames Nocturnes... Ces gens se battaient pour leur liberté.

— Cette idée me vient de moi-même. Ni des autres, ni des livres, ni de toutes ces propagandes! Tu ne vois pas que cette cité, si elle tombe entre les mains du Cercle, va péricliter? La critique, la réflexion, ce sont les preuves d'un pays sain. Je suis d'accord pour jouer la comédie, l'épouse bien rangée. Tu peux même nous inscrire au Cercle, si tu veux. Mais ce jeu n'a qu'un seul but pour moi: observer pour mieux aider.

Il la dévisagea curieusement, comme s'il la découvrait. Elle soutint son regard avec détermination.

— Nous sommes des pions. Tu ne l'as pas compris?

— Non, ça, c'est ce que nous devons leur laisser croire.

— Tu as trop d'ambition, souffla-t-il.

Sans doute avait-il raison.

— Peut-être que je vois les choses en grand, en effet. Pourtant, si cette femme dit la vérité, c'est notre devoir d'entrer en contact avec elle. Tu es avec moi, ou non ?

Il hésitait, tiraillé entre ses responsabilités et son cœur. Au fil des secondes, il voyait le visage de sa compagne se transformer, devenir plus dur – déçu, même. Cependant, quel risque énorme, pour leur réputation, pour leur mariage…

— Tu as gagné, allons les voir. Mais hors de question d'agir.

— C'est d'accord.

Heptiel sonna la cloche de service et demanda à n'être dérangé sous aucun prétexte. Aileen s'installa tout habillée dans la baignoire, prit l'une des brosses et frappa dix coups. Son promis la regarda faire avec amusement.

Peu après, à leur grande surprise, l'un des miroirs en pied de la pièce pivota. Un homme vêtu d'un costume raffiné apparut.

— Bonjour.

Il tiqua en les voyant.

— Le message stipulait que je pouvais prévenir l'Ioden si je lui faisais absolument confiance. C'est le cas.

— Très bien…

Il s'effaça pour laisser apparaître un escalier qui descendait dans les ténèbres. Ils s'engouffrèrent dans le passage, et le miroir se referma derrière eux.

L'opposition avait élu domicile dans les murs de la tour matriarcale et pouvait circuler grâce à un réseau de passages secrets connu uniquement par les femmes de la famille Volplume. Shala y avait trouvé refuge dès qu'elle avait appris la décision du Conseil de lui ôter son pouvoir. Peu à peu, elle avait parlé de cette cachette à ses sympathisants, et désormais ils étaient quelques dizaines à emprunter ces tunnels.

Ils furent conduits à une petite salle sombre éclairée par quelques bougies, meublée d'une table et de cinq couchettes. Une femme attendait sur une chaise, les bras croisés. Son teint pâle témoignait de la longueur de son séjour loin de la lumière. Lorsqu'elle vit Aileen émerger de l'escalier, elle se leva, et ses yeux sombres s'illuminèrent.

— Merci de les avoir conduits ici, Fiq.

L'homme resta à proximité, sa main caressant le poignard à sa ceinture. Shala s'approcha de ses invités, méfiante.

— Vous devez être Heptiel Marchevent.

— Tout à fait. Enchanté, Shala Volplume.

Ils s'assirent. L'héritière déchue se plaça en bout de table.

— Merci d'être venus. Comme vous pouvez le voir, ma situation est critique. J'en suis réduite à me cacher et à vivre tel un rat pour assurer ma sécurité. Je sais que, si je réapparaissais, mon frère ferait en sorte de m'éliminer. Lors de notre dernière rencontre, un différend au sujet de Rouge-Terre lui a permis de préciser ses intentions à mon égard si je ne me soumettais pas à son autorité.

—Nous l'avons rencontré. Il semble très investi dans le Cercle.

—J'ignore ce que l'on vous a raconté sur ce groupuscule, répondit Shala avec dégoût, cependant croyez-moi, leurs méthodes de recrutement sont... scandaleuses. Ils ont décidé que leur cible première serait les enfants et les adolescents, particulièrement influençables. Ils leur présentent les Terres Impies comme une menace, de même que tous ceux s'opposant à l'Astracan en général.

—Nous avons vu des listes de pensionnaires, confirma Aileen.

—Ensuite, ils feront sans doute venir ces enfants ici, en les orientant vers cette corporation pour leur avenir. Les jouets du Cercle deviendront alors très présents dans notre cité. Cela prendra du temps, pourtant cela arrivera. Volplume perdra son indépendance. Nous avons décidé d'agir avant.

—Nous sommes incapables d'empêcher les élections, déclara Heptiel de but en blanc. La seule chose que nous pouvons faire pour vous, c'est vous assurer notre soutien lorsque nous serons au pouvoir, c'est-à-dire vous faire protéger par les autorités et vous rétablir sur le trône. Pour le moment, nous ne sommes que des figures mondaines.

—Je te l'avais dit, Shala, précisa le dénommé Fiq. Ils sont impuissants. Ils sont comme Clémandrie, des pantins !

—Il a raison. Néanmoins, quand nous serons au pouvoir, nous ne laisserons pas le Cercle gouverner Volplume. Notre mariage indique bien que la cérémonie de l'Ioden ne saurait tarder ; il faut simplement que vous soyez patiente d'ici là. Surtout, restez bien à l'abri.

Shala se leva d'un bond, rejetant tout apitoiement :

—Je ne peux pas rester à attendre ! Nous avons décidé d'envoyer certains de nos alliés courtiser Clémandrie, afin d'essayer de l'influencer.

—N'est-ce pas trop risqué ? Vous pourriez vous faire prendre...

—Clémandrie supporte mal de n'être qu'un faire-valoir. Elle sent confusément qu'on l'utilise. Nous tenterons de la monter contre son mari. Pour le reste... vous êtes notre seul espoir.

—Nous ferons notre possible. Ce que vous nous avez confié sur le Cercle confirme nos craintes.

—Je suis bien heureuse de l'entendre.

Aileen murmura à son compagnon :

—Remonte à la surface, pour que personne n'ait de soupçon. Je vais parler encore un peu avec elle pour en apprendre davantage, et je reviens.

—Entendu.

Fiq raccompagna l'Ioden, laissant la future souveraine seule avec Shala.

—Soyez forte. Ne prenez pas de risques inconsidérés.

— Je vais essayer.

— Ce n'est peut-être pas le moment de vous dire cela, mais j'ai une promesse à honorer, qui doit vous donner du courage : Orius vous a aimée, il vous a aimée jusqu'à son dernier souffle.

Shala releva la tête et tressaillit. Ses yeux sombres s'agrandirent.

— Orius…

— Je suis navrée, il est décédé il y a peu. Sur son lit de mort, il m'a demandé de vous dire qu'il vous a aimée, et qu'il vous aimera toujours.

Aileen se releva. Ses mots si doux étaient enfin parvenus à leur destinataire.

— Comment est-ce possible ? questionna l'héritière, suffoquée. Comment l'avez-vous connu ?

— Peu importe. Sachez simplement que je ne vous oublierai pas, et que ces élections ne sont qu'une victoire provisoire du Cercle. J'y veillerai personnellement.

— Merci. Merci pour tout.

ꟹ

Quand elle remonta à la surface, elle entendit des voix derrière la porte de la salle d'eau, et s'empressa de se mouiller les cheveux avant de sortir. Elle découvrit Endric discutant avec son promis.

— Oh, bonjour ! s'exclama-t-elle.

— Bonjour. Je disais justement à l'Ioden que les élections débutaient. Vous pouvez aller assister au déroulement des votes. Le résultat aura lieu demain soir ; quelle effervescence !

— Nous n'y manquerons pas, dit Heptiel.

— Sachez également que l'Astracan nous a demandé de ne pas trop vous solliciter, afin que vous rentriez le plus tôt possible pour les préparatifs du mariage.

— Très bien, nous allons donc planifier notre départ.

Le lendemain, le dépouillement eut lieu dans la salle du trône. Les résultats furent sans surprise.

Interlude

— Installez la pompe ici… Oui, comme ça !

Quatre soldats s'affairaient à dérouler le long tuyau qui allait être jeté dans le puits. La demeure des Manérian baignait dans la brume matinale qui s'amoncelait souvent sur la colline dominant la cité.

Il était allé cueillir les guerriers de l'aurore au milieu de la nuit en leur présentant le journal de Soliane. Après leur avoir montré les passages qui révélaient le funeste sort de la première épouse de Gide, il avait été décidé d'assécher le puits pour vérifier le fondement de telles accusations.

Il déglutit péniblement, des gouttes de sueur perlant sur son front. S'il se trompait… c'était à lui qu'on intenterait un procès… Les minutes s'écoulaient avec une cruelle lenteur. Au moment où le soleil couronna l'horizon d'or, un cri retentit :

— C'est bon, le puits est à sec !

Dans un mouvement général, tous se précipitèrent vers les pierres descellées. Les premiers rayons du jour éclairaient une épaisse couche de vase, où saillaient des os donnant l'impression que le squelette s'ouvrait sur une abondante chair verdâtre. Il y eut des cris d'horreur. On déroulait déjà les cordes pour que l'un des soldats examine cela de plus près.

— Vous aviez raison, oraisonnier Merion, lui dit l'un d'entre eux. Je vais de ce pas envoyer un trois-larmes à la Grande Corporation. Quelle histoire, quelle horrible histoire…

Alors que l'homme quittait le jardin, la porte de la demeure s'ouvrit sur Gide. Le chef de la Corporation des marchands d'étoiles, encore en robe de chambre, offrait un visage ensommeillé et défait.

— Que faites-vous ici ? gronda-t-il.

Son regard se posa sur le puits, avant de croiser les expressions accusatrices des soldats. Il se tourna alors vers Merion, suppliant :

— Mon… mon ami…

— Gide, ce que tu as fait est monstrueux ! En as-tu conscience ?

Les guerriers de l'aurore s'emparèrent de lui. Alors le volcan s'éveilla, et Gide se débattit, écarlate de colère :

— C'est lui le traître ! hurla-t-il. Je n'y suis pour rien !

— Que les astres te pardonnent, murmura Merion.

16

Trop vive

– Rouge-Terre, Tombe-lune, 913 –

Îles Demi-Lune: Archipel composé de cinq îles, au sud-est d'Hélderion. Inhabitées, elles sont devenues un lieu de pèlerinage. Il est interdit d'y vivre, car elles sont considérées comme un endroit sacré, un refuge naturel à ne pas souiller. Le mythe des origines veut qu'elles soient le berceau de notre peuple. L'Astracan Oriel partit de ces terres pour aller accoster en Hélderion. Sur trois des îles, nommées La Perle, La Gousse et le Coquillage, on a découvert les traces les plus anciennes de civilisation.

Extrait de l'*Encyclopédie de l'Histoire d'Ollien* – par Aceson Madias, membre de la Corporation Volplume de 613 à 647.

Vel-Plê franchit le rideau de feuilles rouges, un panier contre la hanche. Ses hôtes, agenouillés sur le tapis, coloraient leurs cheveux.

—Une amie m'a donné plein de vêtements, ainsi que ce qui peut s'apparenter à du maquillage.

—Parfait, déclara l'oraisonnière.

Alexian trempa un peigne dans le pot contenant la teinture noire, et le passa à nouveau dans la chevelure de son amie, fonçant peu à peu son châtain clair. Avec sa peau hâlée par le désert, elle serait méconnaissable.

Son précepteur les assista pour l'opération : il s'occupa de teindre les cheveux de son élève, puis demanda le genre de maquillage qu'ils souhaitaient. Le mieux serait de se débrouiller pour que l'on distingue le moins possible leurs traits. Ils ne purent s'empêcher de rire en voyant le résultat final : du bleu nacrait leurs paupières, leurs lèvres semblaient saigner tant elles étaient rouges, et le vieillard avait dessiné des spirales sur leurs joues. Ils choisirent ensuite des vêtements. Les hommes se retournèrent pour laisser Noony se changer.

—Voilà !

Sa robe crème offrait un décolleté plongeant. Elle tourna sur elle-même, faisant apparaître une petite queue attachée dans le bas du dos, qui scintillait lorsqu'elle marchait.

—Nous serons des acteurs ! décida-t-elle.

Ses compagnons ne pouvaient détacher leurs yeux de la jeune femme, que le costume rendait si différente, plus féminine. L'espion déglutit péniblement alors que le désir montait en lui.

—C'est très bien, fit Vel-Plê, personne ne te reconnaîtra comme ça.

—Le souci reste Lorion. C'est un signe qui peut nous trahir.

—Le mieux serait qu'il se tienne à distance. Avec le sang-de-lune, par exemple.

Alexian consulta son uni, puis accepta :

—C'est d'accord, c'est plus sûr.

—Quant à tes yeux vairons… il n'y aurait pas un moyen de cacher ça ?

—On pourrait faire croire qu'il s'est fait crever un œil ! Ça lui donnerait un genre.

—Attendez ! intervint le concerné. Je ne veux pas ressembler à Trixa !

—Tu as une meilleure idée ?

Il réfléchit, puis eut un haussement d'épaules résigné. En deux temps, trois mouvements, il se retrouva affublé d'un bandeau de soie foncé qui dissimulait son œil rouge. Il enfila ensuite un pantalon vert bouffant.

—Qui à Tombe-lune peut porter ça ? s'étonna-t-il.

—Ce sont des vêtements échangés avec Hélderion ; Val-Isha a toujours aimé collectionner ce genre d'excentricités.

—Ah, ton Aimée…

—Ce n'est pas mon Aimée !

—En haut, proposa Noony, il y a cette espèce de chemise, elle est commune, mais on pourrait y ajouter quelque chose. Il y a deux grelots au fond du panier, et des foulards. Vous avez du matériel de couture ?

—Oui, je m'occupe de ça.

Le précepteur passa sur le balcon et s'exécuta sur-le-champ, laissant les jeunes gens seuls. L'oraisonnière regroupait déjà leurs affaires dans un sac, y ajoutant quelques vêtements de rechange.

—Tu es certaine qu'Étincelle nous amènera à bon port ?

—Oui, il se fortifie de jour en jour. Nous devrions faire halte à Lunhaag, la ville la plus proche de la côte Est après Shavent. Et mieux vaut ne pas retourner à Shavent, n'est-ce pas…

—Lunhaag, c'est une ville sur un lac, non ? Celle où les femmes d'Hélderion doivent accoucher ?

— C'est ça. Ma mère m'a dit qu'il y avait beaucoup de divertisseurs là-bas. Ils aident les guérisseurs lors des contractions, en distrayant les futures mères pour essayer de leur faire oublier la douleur. À mon avis, c'est un meilleur pari que Shavent.

— Je suis d'accord. Et ensuite, de Lunhaag, on rejoindra Abranelle.

Elle s'approcha de Lorion et se mit à le caresser pensivement. Celui-ci ronronna, tout en dévisageant son uni avec provocation.

— Encore par la voie des airs ?

— Non, refusa-t-il. Une fois en Hélderion, l'idéal serait de se fondre dans la masse ; Lorion et Étincelle trouveront le moyen de nous suivre. Il faudrait y aller en tant que divertisseurs itinérants, ou mieux, essayer d'intégrer une troupe.

— Et tu connais vraiment le métier d'acteur, toi ?

— S'il s'agit de mentir, c'est quand même ma spécialité.

Elle eut une petite exclamation à ses mots, à la fois amusée et triste. Soudain, des bruits de pas retentirent au-dehors. Val-Maelle entra, la respiration sifflante.

— Vel-Lorion ? couina-t-elle. C'est bien toi ? Qu'est-ce que tu as fait à tes cheveux ? Qu'est-ce que c'est que ces tenues ?

Elle vit les sacs dans un coin de la pièce, et poussa un petit cri.

— Ah, je le savais ! Tu vas encore partir ! Et avec cette étrangère en plus ?

— Ce n'est pas ce que tu crois…

Il recula néanmoins de quelques pas. L'Hélderionnoise s'approcha de Val-Maelle, qui la fusilla du regard.

— Moi je vais vous dire la vérité : oui, il va partir, et pour des raisons qui vous dépassent. Vous êtes stupide de vous attacher comme ça à Al… à Vel-Lorion. C'est un homme incapable de lire dans le cœur des autres, et qui ne pense qu'à satisfaire de bas désirs. Vous méritez mieux que ça.

Il voulut se défendre, mais elle le lui interdit d'un simple doigt levé.

— Croyez-moi, vous êtes belle, pleine d'avenir, mettez votre énergie à protéger votre cité et à convaincre votre peuple que les tempêtes de sable ne protégeront ni les ruines, ni Tombe-lune bien longtemps…

— Je vous interdis de me dire ce que je dois faire !

Elle se jeta sur son Aimé pour le frapper tout en crachant des dizaines d'insultes. Il se débattait tant bien que mal, surpris que le désespoir féminin prenne une telle proportion.

— Bien, soupira l'oraisonnière, vous ne me laissez pas le choix…

Elle s'empara de l'une des casseroles de Vel-Plê et assena à Val-Maelle un terrible coup. La jeune fille s'effondra en portant la main à son crâne. Noony reposa tranquillement la casserole, l'air de rien, et reprit l'inventaire de leurs affaires. Alexian restait immobile, bouche bée.

— Mais… mais… Tu…

— Elle allait réveiller tout le monde avec ses cris, ce n'est pas le moment. Maintenant, il va falloir partir vite.

Vel-Plê entra.

— Qu'est-ce qui se passe ?

— Il faut quitter la ville, Val-Maelle est venue faire un scandale…

— Par les Signes ! Mais vous l'avez assommée !

— L'œuvre de Noony…

Le vieillard la considéra, ahuri, mais ne fit aucun commentaire et retourna à son ouvrage. Alexian tria les vivres : cinq miches de pain, des sachets d'infusion, trois lamelles de poisson séché… Parfois, il ne pouvait s'empêcher de regarder son amie, d'observer ses gestes doux et précis, son expression concentrée.

— Tu as changé, dit-il soudain.

— Peut-être.

— Si, vraiment, tu es très courageuse. Je me suis souvent dit que tu l'étais, depuis que ce colosse nous a attaqués à l'auberge de Dinniel, tu te souviens ?

— Je me souviens.

Face à si peu de répondant pour faire la conversation, il se tut et s'affaira lui aussi. Pourtant, tant de mots lui brûlaient les lèvres, tant de choses qu'il aurait aimé lui dire ! En face d'eux, Lorion l'observait en inclinant la tête sur le côté. Il fallait qu'il s'exprime, qu'il lui dise à quel point il lui était reconnaissant, à quel point il l'avait mal jugée…

— Noony…

Il lui attrapa brutalement la main, parce qu'il n'y avait que comme ça qu'il savait parler aux femmes. Un sourire contrit se dessina sur le visage de l'oraisonnière.

— Je suis content de voyager avec toi.

Un gémissement s'éleva à leurs côtés. Val-Maelle revenait peu à peu à elle ; il fallait partir.

— Vel-Plê !

— J'arrive, j'ai terminé.

Ils sortirent de la demeure et se dirigèrent vers le rebord de la falaise.

La jeune femme fit de grands gestes. Au loin, un point dansait dans le ciel. Le sang-de-lune se rapprocha à une vitesse vertigineuse, et le battement de ses ailes envoya des rafales de vent dans la direction des trois acolytes. Lorion bondit dans tous les sens, heureux de revoir son compagnon de route. Tous reculèrent, laissant le félin ailé atterrir avec grâce et maîtrise. Il replia ses ailes et leva fièrement son museau.

— Étincelle !

Elle dut lever haut le bras pour caresser la tête triangulaire de la créature. Alexian l'observait avec scepticisme, en se disant que jamais ils ne tiendraient tous dessus.

— Lorion, tu crois que tu arriveras à monter ?

Le lynx s'avança face au sang-de-lune, qui se pencha pour le laisser grimper. En un bond majestueux, il fut sur le dos de fourrure rousse.

—Vous allez faire une drôle d'équipe, marmonna Vel-Plê.

—Dépêchons-nous.

Noony se trouvait déjà à califourchon sur la créature. Le précepteur donna une tape amicale sur l'épaule de son élève.

—Allez, il est temps d'y aller. Pense à ce que je t'ai dit : tu ne contrôles pas les Signes, tu dois juste les laisser t'investir. Peut-être qu'un jour, qui sait, tu arriveras à me contacter...

—Tu n'as pas peur pour moi ?

Le vieillard baissa la tête et gratta ses sourcils broussailleux, gêné.

—Bien sûr que si, mon petit, mais je sais que je ne t'empêcherai jamais de faire ce que tu veux. Vous êtes le dernier espoir, certes fou, de Tombe-lune. Nous tiendrons sans souci un siège, pendant plusieurs mois peut-être... Pourtant, ce n'est pas ce qui fera évoluer les choses. Ma théorie est la bonne, Vel-Lorion, ce n'est pas une histoire de guerre, pour moi. Vous allez pouvoir révéler à Aileen Manérian les mensonges de l'Astrascisme. Vel-Ifre était sans doute dévoré d'ambition, mais il avait une qualité : la soif de vérité, cette capacité à ne pas se laisser endormir par les autres et à vouloir tout vérifier lui-même.

Il désigna Noony d'un geste du menton.

—Ton Aimée, là... C'est peut-être elle plus que quiconque à Tombe-lune qui a besoin de savoir.

—Ce n'est pas...

—Je sais. Il n'y a pas d'antidote. Je crois pourtant qu'il y a entre vous bien plus que ce poison, mon garçon. Il y a un pont entre Hélderion et Rouge-Terre, il y a la tolérance, la compréhension. De grands mots tout simples, souvent entendus, ces conceptions pleines d'humanité ! Cette empathie, je crois que ça devrait être la religion de chacun. C'est le lien entre les Hommes.

Le cri strident de Val-Maelle fut le signal du départ. Alexian blêmit en montant sur le sang-de-lune, et essaya de trouver une prise.

—Accroche-toi à moi, lui dit son amie.

Elle enroula ses bras autour du cou du sang-de-lune, enserrant en même temps Lorion qui se tenait assis, les oreilles couchées par l'inquiétude. Elle serra ses talons contre le flanc d'Étincelle, puis plaqua bien ses bras contre le lynx.

—Il n'y a pas intérêt à ce qu'il tombe, fit son compagnon.

—Ne t'inquiète pas.

Il glissa ses mains sur les hanches de la jeune femme. Vel-Plê s'écria :

—Allez, vite, décollez !

—Alexian, demande à Lorion s'il a bien donné les indications à Étincelle.

—C'est bon ! répondit-il. Il lui a indiqué Hélderion, et un lac...

Ils décollèrent. Tout ne fut un instant que vent, vertige, vitesse. Ils avaient l'impression que leur cœur remontait étrangement dans leur poitrine, que quelque chose leur chatouillait le ventre. Chacun ne pensait qu'à s'agripper du mieux qu'il pouvait, les paupières closes. La jeune femme ouvrit les yeux, et vit le monde à des dizaines de mètres d'altitude : la mer, encore la mer... Tombe-lune était déjà loin derrière eux. Elle regardait l'étendue bleue et miroitante filer à toute allure, et ne put s'empêcher de crier, cri qui se perdit dans le vent qui lui fouettait les oreilles. Les ailes d'Étincelle battaient frénétiquement. Ils montèrent, montèrent... Pendant un instant, ils furent enveloppés d'une brume blanche glacée, et elle comprit qu'ils venaient de traverser un nuage. Puis la mer réapparut, toujours aussi infinie.

Ils perdirent la notion du temps. Ce fut seulement lorsque la luminosité décrut qu'ils s'aperçurent que cela faisait près d'une journée qu'ils volaient. À force de s'agripper à Étincelle, à rester vigilants et crispés, de terribles crampes leur comprimaient les muscles. Ils sentirent que le sang-de-lune se laissait à présent planer, et purent ouvrir les yeux sans que cela les fasse pleurer. Noony poussa une exclamation de surprise. Ils tournoyaient au-dessus d'un archipel aux îles verdoyantes qui saillaient au milieu de l'immensité bleue.

— Les îles Demi-Lune, cria Alexian. Là où Rouge-Terre a soi-disant rompu la paix avec Hélderion en saccageant ces terres neutres avec leurs signes impies...

Étincelle amorça un virage. Lorion semblait s'être assoupi, du moins avait-il fini par relâcher son attention.

Soudain, le sang-de-lune entama un piqué vers l'île la plus allongée. Ils plongèrent la tête en avant. La jeune femme sentit les mains de son compagnon agripper ses hanches avec une force qui lui fit pousser un cri de douleur. Un choc, puis plus rien.

Le Rouge-Terrien osa le premier lâcher prise et regarder autour de lui. Une petite plage de sable gris s'étendait le long d'une forêt, prisonnière de falaises abruptes qui disparaissaient sous les plantes envahissantes. Étincelle attendait patiemment qu'ils descendent de son dos.

— On... On a atterri.

L'oraisonnière lâcha enfin Lorion, qui bondit sur le sable en s'étirant. Elle descendit et caressa le sang-de-lune pour le remercier de cette escale inespérée. Étincelle poussa un feulement et s'envola à nouveau, sans doute pour chasser des proies sur l'île. Alexian se laissa tomber à genoux sur le sable et fit craquer son cou et ses articulations endoloris.

— Ça a le mérite d'être rapide, mais pas vraiment celui d'être confortable...

Lorion se lova dans les bras de son uni. Il semblait assommé par un tel voyage.

— Ton maquillage a coulé, remarqua Noony, il faudra le refaire en arrivant en Hélderion. Bon, la nuit va bientôt tomber, pas le temps de se reposer, le campement doit être monté !

Elle tira de l'un des sacs leur tente conçue pour la traversée du désert, ainsi que tous les accessoires pour la monter. Son compagnon se tourna vers l'orée de la forêt, dont les feuillages contrastaient étrangement avec les troncs.

—Je vais chercher du bois ; viens, Lorion.

Il prit un couteau et une gourde. Les unis s'enfoncèrent dans l'épaisse végétation. Le lynx se déplaçait avec aisance, sautant par-dessus les troncs morts, se faufilant sous les branchages qu'Alexian devait par la suite trancher. Le jeune homme ramassait du petit-bois en observant le félin s'éloigner pour trouver un quelconque rongeur à se mettre sous la dent. Le murmure caractéristique de l'eau l'attira plus profondément encore dans la forêt. Il trouva une petite cascade où l'onde claire bondissait de rocher en rocher, jusqu'à former une source qui s'écoulait ensuite en un fin ruisseau. Il en profita pour remplir sa gourde, et faire sa toilette, supportant difficilement son odeur de transpiration. Son lynx le rejoignit, une souris molle entre ses mâchoires.

—Ne la laissons pas seule trop longtemps, rentrons…

À leur grande surprise, quand ils revinrent sur la plage, la tente était déjà dressée. L'oraisonnière avait étalé un torchon sur le sable gris et coupait des tranches de pain pour le dîner. Il s'empressa de faire un petit tas de bois, qu'il contempla alors intensément. S'ouvrir. Il lui fallait s'ouvrir, se laisser submerger…

—Qu'est-ce que tu fais ?

Un long silence lui revint en retour. Au bout d'un moment, il jura, et entreprit d'allumer le feu à l'ancienne, en frottant deux morceaux de bois. Après de longues minutes, une flammèche surgit et il se hâta de faire en sorte qu'elle se propage.

—Tu essayais d'utiliser les Signes ?

—Oui.

Elle se plaça près de lui pour lui tendre une tranche de pain et un bout de poisson. Ils mâchèrent en contemplant le feu et ses longues flammes en mouvement. Tout à coup, un bruit les tira de leur rêverie. Une sorte de cliquetis. Lorion dressa les oreilles et renifla l'un des sacs.

—Qu'est-ce que c'est ? demanda Noony d'une voix tendue.

Alexian rejoignit son uni qui s'était éloigné du sac en poussant des grognements sourds. La toile bougeait. Quelque chose semblait vouloir s'en extirper.

—Donne-moi un bâton.

Elle en prit un dans la mince réserve de bois et le lui apporta. Ils attendaient, lui sur la défensive, elle qui se rapprochait pour voir…

C'est alors que la chose creva le sac et bondit. Alexian n'eut que le temps d'apercevoir un éclat d'or filer, puis il y eut un bruit sourd. Avec horreur, il découvrit la Vive plantée dans la cuisse de sa compagne. Celle-ci hurla. La pique d'or articulée, soudain dotée d'une vie propre, s'agitait comme pour lui fouiller la chair. Lorion réagit en premier en bondissant près d'elle. Il tenta d'attraper la Vive qui bougeait sans répit. Le lynx réussit enfin à coincer l'objet entre ses crocs et tira.

La Vive tomba sur le sable, avant de se dresser à nouveau grâce à ses articulations. L'espion la frappa alors de toutes ses forces, une centaine de fois au moins, la ratant parfois. Il ne s'arrêta que lorsqu'elle fut en morceaux. Il se tourna vers son amie, qui sanglotait sans oser regarder sa cuisse. Lorion léchait déjà sa plaie sanguinolente pour la désinfecter. Si le jeune homme et le lynx étaient revenus un peu plus tard…

—Noony…

Alexian s'assit près d'elle, sans quitter pour autant les débris de la Vive du regard, de peur qu'elle ne se recompose par on ne sait quelle magie. La blessure de la jeune femme n'était pas belle à voir, sa cuisse étant profondément ouverte. Le sang coulait à flot et maculait son vêtement.

—Il faut te faire un garrot.

Il remonta le plus possible la robe, prit l'un des torchons qui enveloppaient le pain et l'enroula plusieurs fois autour de la cuisse de la jeune femme. Le rouge s'épanouissait déjà sur le tissu.

—On n'a pas le choix, il faut que nous arrivions à Lunhaag le plus vite possible.

—Qu'est-ce que… qu'est-ce que cela…

—Allons, du calme. Ne t'inquiète pas. Je m'occupe de tout.

Il fit de grands gestes vers le ciel, puis regroupa leurs affaires. Il jeta le médaillon démonté à côté des restes de la Vive, par précaution, avant de ranger la tente. Lorion restait près de la blessée.

Le sang-de-lune atterrit dans une tornade de sable. Dès qu'il perçut les pleurs de sa maîtresse, il accourut près d'elle pour la renifler.

—Elle est blessée, il faut que nous partions immédiatement. Tu comprends ?

Le Rouge-Terrien souleva Noony et grimpa sur Étincelle. Quand il eut calé le lynx et la jeune femme, il ordonna le départ. Il considéra quelques instants les débris du pendentif avec haine. Au moins, ils ne traverseraient pas l'océan.

Interlude

Merion poussa la porte de la demeure des Manérian. Enfin, plus exactement, de sa nouvelle demeure. Il regardait ce salon, cette cheminée, cette table, d'un œil neuf. Gide était en ce moment même interrogé dans la base des guerriers de l'aurore. Il serait bientôt jugé par la Grande Corporation, à Abranelle. Ça, l'Astracan ne s'y attendait sans doute pas !

Il se laissa choir dans l'un des fauteuils avec un long soupir de satisfaction. La domestique tout juste embauchée sortit à ce moment des cuisines, une valise à la main.

— Où allez-vous, comme ça ?

— C'est que… avec ce qui s'est produit… nous ne sommes pas prêts de revoir monsieur Manérian.

— Non, c'est certain, mais je suis son remplaçant, et donc votre nouvel employeur. Préparez le dîner, et apportez-moi un karan bien fort !

La servante rougit et bredouilla des excuses avant de retourner aux cuisines. L'oraisonnier eut un petit rire, un rire de victoire, un peu nerveux aussi. Finalement, son rêve le plus fou se réalisait. Il devenait dirigeant de la Corporation des marchands d'étoiles… Enfin, jusqu'aux trente ans d'Aileen Manérian. Ce qui lui laissait une décennie pour renégocier les contrats de vente de résuadine. Pour reprendre cette affaire en main une bonne fois pour toutes.

La domestique apporta le verre d'alcool puis s'éclipsa à nouveau. Merion ne put s'empêcher de regarder sa silhouette d'un air appréciateur. Ah, les femmes ! Elles couraient après lui, à présent. À cette idée, le souvenir de Noony lui revint brusquement en mémoire, cette petite qui n'avait eu d'autre ami que lui, à Manérian. Que devenait-elle ? Était-elle encore en vie ? Seuls les astres pouvaient le savoir.

Il se leva et brandit son verre.

— À la tienne, Gide ! Trempe enfin tes lèvres dans la trahison, toi qui l'as infligée à tout le monde ! Quel goût ça a ?

Partie III

Jadielle

ꕥ

Les escaliers s'enroulaient autour d'une colonne de pierre rosée, s'enfonçant dans les entrailles de la terre, sous le palais d'Abranelle. L'Astracan avait ordonné que l'on stocke les réserves de résuadine dans les anciens bassins, qui dataient d'une époque où l'on possédait davantage de cette substance. Lui seul y avait accès, pour plus de sécurité. Nwinver avait insisté pour l'accompagner, mais il avait refusé, supportant mal ses mimiques et ses gestes faussement affectueux.

Il descendait les marches, seul. Ses os craquaient à chacun de ses pas. Quelle douleur atroce que de sentir le frottement de ses articulations qui s'émiettaient ! Son corps rabougri, sa peau tombante, ses dents déchaussées… Il tombait en ruine. Il avait horreur du temps qui passe. Une sensation qu'il ne connaissait que trop bien.

Une immense salle apparut. Les bassins s'étendaient à perte de vue. Soleil s'agenouilla au bord de l'un des réservoirs pour plonger ses mains dans le liquide noir et visqueux.

Le son caractéristique de talons hauts claquant contre la pierre le tira de sa rêverie. Son épouse surgit, à bout de souffle, ses longs cheveux décoiffés par sa course.

— Mon… mon… mon amour ! Le Double !

— Quoi ?

— Noony Manérian, finit-elle par articuler. Son Double a explosé !

Soleil crispa les mâchoires.

— Alors son médaillon a été brisé.

— Ou ouvert, suggéra-t-elle. Enfin ne t'inquiète pas, elle doit déjà être morte à l'heure qu'il est : j'ai donné l'ordre à la Vive de s'en occuper.

L'Astracan eut un mince sourire.

— C'est bien, c'est très bien…

— Autre chose, ajouta-t-elle, les conseillers sont en panique, je les ai entendus parler de Gide.

— Bon, je vais voir de quoi il retourne. Toi…

Il la considéra un instant, le doigt levé, puis déclara d'un ton plus doux :

— Tu as fait du bon travail avec Noony Manérian.

Il s'en alla sur ces mots, laissant Nwinver seule face aux immenses réserves de résuadine.

17

La guitare

– Royaume d'Hélderion, Abranelle, 913 –

Constellation : Une constellation est un dessin formé par les étoiles. Il est important pour chaque Hélderionnois d'apprendre à voir ces figures afin de localiser son astre d'attribution, et ainsi faire régulièrement sa Complainte Nocturne.

Extrait du *Livre des Astres* – Indispensable dans tous les temples.

Mélgane ajusta les bretelles de sa robe et entra dans la taverne de son établissement. Passer des chambres intimes et silencieuses à cette pièce bruyante, où mangeaient les clients et où s'affairaient les filles, la fit redevenir la patronne de la maison close. Elle eut une dernière pensée pour le bel homme qu'elle venait de quitter, puis durcit son expression. Le bon temps était révolu.

Elle se faufila derrière le comptoir où s'alignaient les bouteilles et se servit un verre de bière pour reprendre ses esprits. Les lampions accrochés aux murs drapés donnaient une ambiance tamisée, adoucissant les traits des visages abîmés des clients.

— Comment s'annonce la soirée ? demanda-t-elle à l'une de ses employées.

— Pas vraiment bonne !

La prostituée chargée de servir au comptoir désigna d'un petit signe de tête un groupe d'hommes attablés. Mélgane fronça les sourcils puis se dirigea vers eux. Elle se planta devant la petite assemblée et croisa les bras sur ses formes généreuses, attirant l'attention des clients crasseux.

— Zéphyr ! Je t'avais dit de ne pas revenir ici ! Depuis la disparition du chef-veilleur, les autorités sont méfiantes envers mon établissement.

— Du calme, ma belle !

Le Balafré essuya ses lèvres dégoulinantes de vin d'un revers de manche. L'un des Lames Nocturnes lui donna un coup de coude et désigna la poitrine de Mélgane. Tous éclatèrent de rire.

— Je ne plaisante pas, fit-elle d'un ton menaçant. Par les temps qui courent, je ne veux pas de vous ici !

— Alors beauté, on ne me salue même pas ?

Le Poignard-Sanglant ouvrit les bras en grand et avança sa bouche vers elle. Elle le fit se rasseoir d'une pression sur l'épaule.

— Toi, tout juste évadé de prison, tu ferais mieux d'être discret.

— Allons, allons ! dit Zéphyr. C'est la dernière fois que tu nous vois ici, on quitte Thyrane demain.

De son index, il l'invita à se rapprocher. Mélgane prit une chaise et s'installa près de lui, alors que les Lames Nocturnes la sifflaient, appréciateurs.

— Ma Mélgane...

Il lui tapota la main.

— C'est l'heure de la libération : ce sera la mort ou rien ! On a bien droit à une dernière soirée pour arroser ça, non ?

Elle le dévisagea, soudain grave, et chuchota :

— Vous allez tenter quelque chose ?

— Oui ma p'tite dame ! s'exclama Keff.

— C'est du suicide !

— Cette fois, assura Zéphyr, on a un élément de plus qu'avant : une clef, tu vois...

Mélgane remarqua qu'à ses mots, le sourire railleur du Poignard-Sanglant s'était évanoui, et qu'il contemplait le fond de sa chope avec intérêt.

— De toute façon, je ne veux pas savoir, ce ne sont pas des choses à crier dans mon établissement. Pas de filles pour vous ce soir.

Elle quitta la table sur ces mots, huée par les résistants. Keff surprit à ce moment un homme en train de suivre Mélgane du regard avec un sourire pervers. Et surtout, des yeux rouges. Le curieux personnage jouait des accords sur sa guitare.

— Tu devrais plutôt te méfier de cet albinos ! cria-t-il. À ta place, je confierais mes filles à des gens de confiance !

Zéphyr adressa un geste d'excuse au guitariste, tandis que Keff se servait de nouveau une rasade de karan.

— Ce n'est pas grave, monsieur.

L'albinos avait un fort accent hélderionnois. Cela suffit à rendre Keff incontrôlable. Il se leva en vacillant, s'empara de la guitare pour la fracasser contre une table dans un déluge d'échardes. Tout le monde se retourna. Le visage de Mélgane vira au cramoisi ; elle hurla :

— DEHORS !

Keff lâcha le manche démembré. La tenancière désigna du doigt successivement les Lames Nocturnes et l'albinos.

— Vous tous ! DEHORS ! Ou j'appelle les veilleurs !

La menace eut un effet instantané. Ils se ruèrent vers la sortie, en renversant au passage quelques verres.

Une fois à l'extérieur, les exclus contemplèrent avec regret les ombres féminines se découper derrière les fenêtres. L'homme aux cheveux blancs, lui, contemplait ses mains vides, ahuri.

— Pourquoi ? Ma guitare !

Le Poignard-Sanglant fit volte-face et voulut se jeter sur lui ; l'un de ses acolytes l'arrêta dans son élan. Zéphyr s'approcha du vieillard et déclara :

— Excuse mon ami, il a trop bu ! Ce qu'il a fait n'était pas correct. Tu as un accent d'Hélderion, mais vu tes haillons, ça se voit que tu es dans la même situation que nous. Moi aussi, je viens de là-bas. Tu t'appelles comment ?

— Jyn. Jyn Sanpou.

— Et elle était si importante que ça, cette guitare ?

Il haussa les épaules.

— C'était mon amie, elle me tenait compagnie dans la rue.

— Ce n'est pas un problème, déclara Zéphyr, on va t'en retrouver une.

— Vous n'en trouverez jamais une comme ça ici !

Les mains de Jyn tremblaient. Son regard rouge s'embua de larmes.

— C'était un Maître de pension qui me l'avait offerte !

— Un Maître ?

La voix du fils adoptif de Cataline devint tendue :

— Toi, un clochard, comment tu peux avoir des contacts avec un Maître ?

— On se débrouille comme on peut pour survivre, vous devez savoir ça !

Zéphyr fut traversé d'un doute. Il se revit, un an auparavant, tomber sur les pavés de Mizin ; échouer.

— Tu travailles pour eux, c'est ça ?

L'albinos parut gêné.

— Non. Enfin oui. Je... je rends des petits services. Mais cette guitare, elle est introuvable en Thyrane, maintenant !

— D'accord, d'accord. Et qui te l'a offerte ? On peut s'arranger...

— Non, c'est impossible.

Zéphyr inspira profondément. Il fallait tenter le tout pour le tout.

— Le Maître de la pension Sybilène me doit quelques services. Si je lui explique la situation...

À l'entente de ce nom, le soulagement se lut sur les traits de l'albinos. Il n'en fallut pas plus à Zéphyr, qui tira son poignard et l'enfonça d'un coup entre les côtes de l'homme. Les yeux rouges de celui-ci s'écarquillèrent. Il s'écroula dans un gargouillis sanglant.

— Chef ! Pourquoi vous avez fait ça ?

Zéphyr retira son arme d'un coup sec. Une flaque rouge s'étendit autour du corps de Jyn.

— C'est ce type qui a tué la gosse Manérian, annonça-t-il.

Keff s'avança jusqu'à son ami, et passa son bras autour de ses épaules.

— Tu as bien fait ! Une vie pour une vie !

Aileen plaqua ses mains contre la vitre du véhicule. Ces nuits passées à dormir sur ces banquettes lui faisaient regretter leur halte à Volplume, malgré la déception des élections. Si Endric était en effet à l'origine de l'assassinat de Cyrielle, alors celui-ci devait savourer sa victoire après tant d'efforts...

Le paysage changeait à mesure qu'ils filaient vers l'Est, les arbres perdaient leur manteau d'été, tapissant les routes de feuilles rousses, et la pluie venait régulièrement crépiter sur le toit du convoi. Plus ils approchaient de la capitale, plus Heptiel devenait nerveux. Il se murait parfois dans un silence pensif qui durait des heures. Elle devinait qu'il appréhendait de revoir ses parents. Son père, surtout. Ou bien était-ce le mariage et ses futurs devoirs d'Astracan qui le taraudaient ? Sans doute aurait-il aimé pouvoir fumer quelques Tiges de Senuïne pour se donner du courage. Elle, se sentait davantage sereine qu'elle ne l'aurait imaginé, déterminée à pénétrer le palais et à découvrir le genre de vie que l'on y menait.

Les murailles rosées se découpèrent bientôt, imposantes par leur taille et leur épaisseur. La route de terre battue devint nantie de pavés éclatants. Des fanions accrochés aux branches des arbres faisaient office de message de bienvenue. Elle abaissa sa vitre pour sentir l'air frais sur sa peau et pouvoir mieux observer la capitale.

La procession était saluée par des marchands ambulants, des divertisseurs, des pèlerins. Par-delà les murs, la ville s'étendait en couronne autour de trois bâtiments. Aileen reconnut un temple d'oraison à la multitude de dômes de tuiles qui fleurissaient comme des bulbes incarnats. Une grande tour de pierres s'élevait droit vers les nues. La coupole cuivrée laissant jaillir un immense télescope lui fit déduire qu'il s'agissait de l'observatoire. Et enfin, elle embrassa du regard le dernier édifice, encore plus majestueux que les deux autres. Coiffées d'une coupole gris perle gravée d'étoiles à cinq branches, les colonnes en spirales étaient surplombées d'un soleil d'or dont chaque rayon était tenu entre les mains de statues.

— C'est le palais. Notre nouvelle demeure.

Le convoi s'immobilisa sur la place qui se trouvait au cœur de ces trois bâtisses. Des guerriers de l'aurore se déployaient déjà pour permettre au couple de sortir en toute sécurité. L'Ioden crispa ses mains jusqu'à froisser son pantalon de soie argentée.

—Allons ! C'est moi qui devrais être stressée, je vais rencontrer mes beaux-parents, après tout...

Il se força à sourire de l'effort de sa compagne pour relativiser. L'un des soldats leur ouvrit la porte. Aileen descendit la première, de la façon que Dame Irane lui avait enseignée : laisser apparaître une jambe d'abord, puis l'autre, et enfin se relever d'un mouvement souple et élégant. Les guerriers de l'aurore s'empressèrent de se ranger pour former une allée d'accueil jusqu'aux marches du palais. Heptiel surgit à son tour, ses cheveux noirs ramenés en arrière. Les bras des héritiers se lièrent et ils marchèrent sous les lames des soldats, qui brandissaient leurs épées pour créer une véritable haie d'honneur.

Une femme apparut devant la porte du palais. Sa peau de jais indiquait immédiatement sa nature : une jadielle. Sans doute Nwinver. Elle les attendait dans une posture féminine, une main sur la hanche et l'autre agitant un éventail de plumes. Puis, écartant théâtralement ses bras, elle dévoila son bustier nacré à la finition impeccable. Tout en elle était distinction et beauté.

—Mon fils !

—Mère, c'est un plaisir de vous revoir.

La jadielle eut un sourire éclatant.

—J'aime t'entendre dire ça. Ton absence a été difficile, mais je me consolais en me disant que tu profitais des paysages thyraniens.

Elle se tourna vers la compagne de son fils, qui se sentit jaugée.

—Il ne tient pas en place ! s'exclama-t-elle d'un ton badin. Il préfère être actif, plutôt que dans la paperasse ; pourtant, ce jour viendra ! Je compte sur vous pour le rendre un peu plus apprivoisé.

—Je n'y manquerai pas, Votre Excellence.

Elle ponctua sa phrase d'une petite révérence.

—Qu'elle est charmante ! Notre Astracan ne s'est pas trompé. À ce propos, vous m'en voyez désolée, il ne pourra pas vous recevoir avant demain. Une affaire urgente monopolise toute son attention, et en tant qu'épouse, je dois l'épauler. Que diriez-vous d'aller à l'observatoire en attendant ?

Les promis se consultèrent un instant, étonnés qu'on les évince sans plus de cérémonie. Nwinver agitait de plus en plus vite son éventail.

—Mère, intervint Heptiel, je ne comprends pas, dans les lettres que vous m'avez envoyées, nous devions inaugurer la semaine du mariage par les festivités traditionnelles !

—Oui, c'est exact, je vois avec plaisir que tu connais le programme par cœur !

—Il y a un problème, n'est-ce pas ? s'enquit-il.

—Ce n'est ni le lieu ni le moment...

—Mère ! Ce n'est pas en rapport avec le mariage, au moins ?

Aileen se sentit traversée d'un atroce pressentiment. Elle ne quitta pas la jadielle des yeux, qui finit par rabattre son éventail.

— De toute façon, vous l'apprendrez tôt ou tard. Vous ne pouvez pas rentrer dans le palais pour le moment, car le mariage est remis en question en raison de certains événements…

Le visage d'Heptiel se décomposa.

— C'est à propos de Gide Manérian.

— Mon père ? Qu'a-t-il fait ?

— Il est… C'est vraiment quelque chose de difficile à dire !

— Qu'a-t-il fait ? répétèrent-ils à l'unisson.

— Il est… accusé de meurtre.

La jeune femme arrêta de respirer inconsciemment. L'image de son père valsa quelques instants dans son esprit. Elle s'attendait à ce que le nom de Mylianne jaillisse de la bouche de Nwinver, mais quand celle-ci reprit la parole, ce fut pour prononcer ces mots terribles :

— Il est accusé d'un double meurtre, celui de sa première épouse et celui de Soliane Manérian.

Elle avait utilisé ce nom pour atténuer le lien de parenté entre son interlocutrice et la défunte, et pourtant, rien ne put gommer la douleur qui empoigna Aileen à cet instant. Une seule phrase s'imposa à elle : *mon père est fou.*

— Ce n'est qu'une accusation, reprit la jadielle d'un ton moins tragique. En attendant que tout ceci soit tiré au clair et que le procès ait lieu, le Conseil et l'Astracan étudient la situation.

— Le mariage ne peut pas être suspendu ! s'insurgea Heptiel. Si son père est un criminel, elle n'en est nullement responsable !

— Ce sont des arguments qui seront mis sur la table, assura-t-elle. En attendant, mieux vaut que vous vous fassiez discrets ; je vais appeler une escorte pour vous conduire jusqu'à l'observatoire.

Ils furent accueillis par un homme vêtu d'une toge identique à celles de Volplume mais d'un blanc coruscant, couleur des astronomes.

— Bienvenue, Vos Excellences, Sa Majesté Nwinver m'a prévenue de votre visite.

Leur hôte était un quadragénaire au visage épais qui ponctuait chacune de ses phrases d'une mimique de la main.

— Merci de nous accueillir, Mechor, répondit calmement l'Ioden, cela faisait longtemps que je n'avais pas eu le loisir de me rendre ici…

— Vos cours d'astronomie ont dû vous manquer ! Nous sommes ici au plus près des astres, Votre Excellence ! Veuillez me suivre, s'il vous plaît.

Ils gravirent les marches et aperçurent quelques pièces. Toutes donnaient l'impression d'un harmonieux capharnaüm, où se mêlaient de mystérieux objets, des compas, des lunettes astronomiques, des livres ouverts et cornés.

Sur la colonne principale autour de laquelle ils grimpaient avaient été gravés les portraits des Astracans par ordre chronologique.

— Un jour, dit Mechor, vous serez aussi représenté ici, Votre Grandeur !

Ce dernier se contenta de sourire poliment à cette remarque. Ils débouchèrent enfin sur le plus haut palier, sous le dôme dont une partie avait été découpée pour laisser jaillir l'énorme télescope qui se déployait vers le ciel. Quelques astronomes se déplaçaient de bibliothèque en bibliothèque, ouvraient un livre, le refermaient, allaient effectuer des mesures sur une carte. À l'arrivée des promis, ils cessèrent de travailler, pour les saluer solennellement.

— Vous pouvez disposer, leur dit Mechor.

Les astronomes s'éclipsèrent.

— Nous allons attendre que le soleil se couche pour observer les étoiles ; c'est un ordre de la Grande Jadielle.

— Pourrions-nous être seuls en attendant, Mechor ?

— Bien sûr.

Il se retira. Le couple s'assit sur un divan.

— Je suis troublé qu'on nous ait directement expédiés ici, déclara Heptiel, sans banquet de bienvenue après notre long voyage à travers Hélderion !

— On veut m'écarter des débats, suggéra Aileen.

— C'est une situation très délicate que le procès d'un dirigeant d'une corporation, d'autant plus quand il est le père de la future souveraine…

— Ce n'est pas mon père ! explosa-t-elle. J'avais sept ans quand j'ai été envoyée en pension, il ne s'est jamais préoccupé de moi ; tout ce qui l'intéressait était que la réputation de la famille soit sauve ! Et qu'en est-il maintenant, de cette réputation ?

Son compagnon posa une main réconfortante sur son épaule.

— Tu avais raison depuis le début à son propos, murmura-t-elle.

Il hocha la tête, comprenant ce à quoi elle faisait allusion.

— Qu'il soit coupable ou non, décida-t-il, je ne laisserai personne annuler notre mariage. Je vais aller voir ce qu'il se passe ; je ne peux pas rester sans rien faire alors que notre destin se joue.

— Je viens avec toi !

— Non, ma chérie. Mieux vaut ne pas compliquer les choses ; j'irai seul, en tant qu'Ioden. Tu es en état de choc, ce ne serait pas une bonne image à montrer de toi.

La future épouse de l'Astracan en larmes, essayant de maintenir son mariage, en effet, ce serait déplacé.

— Tu as raison, encore une fois, admit-elle.

Il dévala les escaliers et croisa Mechor.

— Votre Excellence, vous devez rester ici !

Heptiel se tourna vers l'astronome, faisant tourbillonner sa cape.

— Je vous confie ma promise.

L'homme le laissa partir, les bras ballants, déchiré entre ces instructions contradictoires. Il enfouit son visage entre ses mains et laissa échapper une plainte :

— J'étais chargé de le distraire ! Que va dire l'Astracan ?

Aileen le rejoignit. Il sursauta et chassa toute trace de peine sur son visage.

— Vous ne pouviez pas l'en empêcher, ne vous inquiétez pas.

— Merci de votre réconfort, Votre Excellence, mais vous n'avez pas à faire cela. Vous devriez vous reposer en haut en attendant son retour.

Elle remonta s'allonger sur le divan. Les paupières closes, elle essayait d'échapper à la réalité. Cette première épouse n'était qu'une ombre, mais sa mère ! Lors de l'oraison de Mylianne, presque un an auparavant, à quoi pensait donc son père ? À la manière dont il allait tuer sa femme ? Soliane était si faible. Et cette bouche, cette bouche mutilée, qui ne lui autorisait plus un sourire…

Elle se cala confortablement. Alors que son esprit s'évadait, jouant avec la frontière du sommeil, l'image de Soliane tenant Mylianne dans ses bras s'imposa. Une larme roula le long de sa joue.

Elle fut réveillée par Heptiel, qui lui caressait affectueusement les cheveux.

— Le mariage est confirmé malgré tout !

Elle se redressa avec lenteur, encore ensommeillée.

— Tu n'as pas eu trop d'ennuis ?

— On m'a exclu de la salle des débats, expliqua-t-il. J'ai dû patienter plusieurs heures dans mes appartements, puis ma mère est venue m'annoncer la nouvelle !

— Exclu de la salle ?

Il haussa les épaules, puis poursuivit avec amertume :

— L'Astracan a décrété que ce n'était pas un problème d'ordre personnel, mais d'intérêt pour le peuple et la lignée, et que mon témoignage n'apporterait rien. Cependant, il faut croire que l'idée de contrôler la Corporation des marchands d'étoiles a été plus forte que la peur d'un scandale.

Ils s'enlacèrent avec tendresse.

— Ton père sera transféré ce soir à Abranelle et son procès se déroulera avant le mariage, pour que justice soit faite le plus rapidement possible.

— Je vais revoir mon père. Un meurtrier.

— Il ne pourra pas t'approcher, à moins que tu ne le souhaites.

Elle avait envie de lui parler. Face à face. Et puis de le frapper, de lui rendre toute la douleur qu'il avait introduite dans la famille. Cette bouffée de chaleur, le voile rouge de la vengeance… Une idée terrible lui traversa l'esprit : et si elle tenait de son père ? Il fallait être un peu folle pour tenter de tuer

Yamilia, même si elle avait poussé Arelun à bout. Puis pour avoir eu envie de tuer Zéphyr, pour éteindre le feu dévastateur du sentiment d'injustice. Cette étincelle de lucidité sur sa propre violence s'estompa. Elle se blottit dans les bras aimants d'Heptiel. Mechor entra à cet instant. Il se racla la gorge et demanda :

— Voulez-vous voir les étoiles avant de retourner au palais ?

Ils le suivirent à travers le dôme, et s'arrêtèrent face au télescope. Le chercheur s'approcha d'une minuscule manette noire sur un panneau de contrôle, et la tira vers lui. Un grondement étrange retentit tandis que les rouages surplombant l'engin se mettaient en route.

— Ceci fonctionne comme une sorte d'entonnoir optique, voyez-vous. Cela fait converger les rayons lumineux vers un foyer, en l'occurrence l'œil. Plus le diamètre du collecteur est important, plus il reçoit d'informations ! Au départ, nous avions installé une grande lunette astronomique ; cependant, l'entretien des lentilles sur un diamètre aussi important est très handicapant. Les télescopes renvoient la lumière grâce à des miroirs, et sont donc beaucoup plus simples à polir.

Il se plaça au niveau de l'objectif, appuya sur quelques minuscules boutons puis céda sa place.

— Admirez.

Aileen grimpa sur un tabouret et plaça son œil au niveau de la longue-vue. Il y eut un temps de réglage où elle disait ce qu'elle voyait à Mechor, puis l'image apparut, nette. Un nouveau monde se révéla, bien plus précis que ce qu'elle avait pu effleurer lors de ses contemplations. Une kyrielle de points lumineux se découpa sur le fond noir du ciel, un amas d'étoiles scintillantes et colorées, comme enveloppées d'un nuage.

Magnifique.

— Et nos âmes s'envolent là-haut, souffla-t-elle. Nous nous réincarnons là-bas.

Mechor laissa échapper un petit rire.

— C'est incroyable, n'est-ce pas ?

Interlude

Nwinver referma la porte de ses appartements, laissant derrière elle les houleux débats du Conseil. Sa chambre aurait pu se résumer en un mot : miroirs. Accrochées aux murs ou posées à même le sol, les glaces la cernaient, lui renvoyant l'image de sa beauté particulière. C'était son exigence, prise par les domestiques pour un caprice narcissique. Elle aimait garder les objets tabous qu'elle créait, afin de vérifier leur pouvoir sans cesse.

Ses chaussures rouges rejoignirent des centaines d'autres sur une étagère. Elle passa sa main aux ongles vernis sur le dessus-de-lit.

— Aryador, tu crois qu'il y a une place pour des gens comme nous dans les étoiles ?

Elle aurait aimé se retourner et le voir apparaître, ici à Abranelle, encore en vie. Son allure, ses baisers qui allumaient en elle un feu que son cœur n'avait jamais connu. Son cœur de jade, comme elle aimait se le dire elle-même. Elle fouilla dans l'une de ses commodes, et en tira une bourse fermée par un ruban rose. Elle aurait pu revoir les fantômes des nombreux amants qui avaient défilé ici, mais un seul comptait. Elle ouvrit la bourse, posa des grains colorés sur sa paume, puis souffla dessus. Ceux-ci se suspendirent dans les airs pour prendre l'apparence d'Aryador. Elle regarda l'hologramme lui faire l'amour, luttant contre la nostalgie qui l'étreignait.

Elle regrettait chaque jour davantage d'avoir épousé l'Astracan.

18

Sur l'eau

– Hélderion, environs de Lunhaag, 913 –

Chapitre III :

Et ainsi naquit Oriel, au milieu des fleurs d'Yrias aux pétales veloutés. Dans son cocon moiré, il parla. Il appela. Le peuple des îles Demi-Lune le trouva, et s'étonna qu'un nourrisson puisse s'exprimer. Il dit : « Vous ne le savez pas, car votre mémoire est un tissu qui se déroule et s'évapore dans l'univers lorsque vous naissez. Vos esprits viennent des étoiles, ils se souviennent de la douceur de la voûte d'ombre et de lumière. Je viens des cieux, je suis né sur mon astre d'attribution. On m'a envoyé ici vous rappeler l'origine de vos âmes. Quand vous mourrez, celles-ci s'en iront sur l'étoile qui détermine votre nom, et vous renaîtrez dans un monde meilleur. » L'une des femmes s'avança et examina le bébé avec curiosité : « Envoyé des cieux, dis-nous pourquoi nos âmes doivent voyager de planète en planète ? » Le nourrisson rit. « Pourquoi ? Mais pour goûter aux deux mondes, au matériel et à l'Autre Vie… » Une autre s'avança : « Comment est la vie sur notre astre d'attribution ? » Le bébé sourit cette fois, avec indulgence. « La vie est différente là-bas, je ne peux pas vous en dire plus. Parlez à votre astre souvent, et vous serez sûrs qu'il vous accueillera en son sein. »

Extrait de *Mythologies* – Traduction à partir de la Langue des Astres par Liriène Volplume, dirigeante de la Corporation Volplume de 425 à 443.

Le vent fouettait le visage d'Alexian, qui serrait contre lui Noony, recroquevillée, et Lorion roulé en boule. Dans la nuit, l'océan et le ciel se mélangeaient, sans qu'il soit possible de déterminer où commençait l'un ou l'autre. L'espion mettait toutes ses forces à agripper le cou du sang-de-lune, qui volait plus vite que jamais.

— Tu tiens bon ?

La jeune femme enfouit son visage au creux de l'épaule de son ami.

— J'ai mal…

Leurs voix se perdaient dans l'immensité du firmament. Étincelle poussa un feulement qui fit ouvrir les yeux à Alexian. Des lumières trouaient l'obscurité, au loin, formant un cercle de points blancs sous eux.

— *Je lui ai indiqué un lac, avec une île au milieu, et des lumières…*

L'espion se sentit envahi d'une bouffée de soulagement.

— Lorion, bravo !

Le sang-de-lune ralentit et amorça un virage pour tourner au-dessus de Lunhaag. Le lac Sanguille étant cerné de forêts de cymeurt, il mit une longue heure avant d'identifier une vaste clairière permettant d'atterrir. Ils touchèrent le sol avec douceur, dans le ballet aérien de feuilles soulevées par le vent. Alexian relâcha la tension de ses muscles et entoura l'oraisonnière de ses bras protecteurs.

— Tout ira pour le mieux, on va aller à Lunhaag, ils vont te soigner !

— Tu… Tu ne peux pas m'accompagner.

— Pourquoi ? s'étonna-t-il.

— À cause de l'eau, tu sais bien ! Tu as dû étudier ça !

Les cours avec Vel-Plê remontèrent des tréfonds de ses souvenirs. Les Hélderionnois disaient pouvoir marcher sur le lac, étant tous nés à Lunhaag, la cité qui centralisait les accouchements du royaume.

— Tu es sûre que ce que l'on dit sur Lunhaag est vrai ?

— Évidemment. Ça n'aurait pas été un problème si j'y étais allée seule, mais là…

Elle eut un gémissement de douleur quand il la souleva pour les faire descendre.

— En tout cas, lorsque j'étais petite, ma mère me racontait souvent la sensation qu'elle avait eue à marcher sur l'eau.

Il hocha pensivement la tête. Le mieux était de vérifier.

— Lorion, Étincelle, tenez-vous éloignés de la cité, d'accord ?

Le lynx s'approcha de Noony et lui lécha les doigts avant de disparaître dans la forêt. Le sang-de-lune replia ses longues ailes et s'allongea sur le lit de feuilles mortes pour récupérer. Le Rouge-Terrien serra plus fort son amie, qui avait enroulé ses bras autour de son cou. Il marcha vers les points scintillants qui apparaissaient entre les troncs. Quand ils furent au bord du lac, il admira la ville. Construites sur l'eau, les maisons se blottissaient sur un ponton de bois éclairé par des lampes de cristal pendant aux toits. Il posa délicatement sa compagne contre un arbre, puis s'avança face à la berge où venaient mourir quelques vaguelettes. Il trempa sa chaussure et son pantalon bouffant.

— Ce n'est pas possible, s'énerva-t-il, comment le lac pourrait-il faire la différence entre les gens nés ici et les autres ?

L'Hélderionnoise laissa échapper un rire nerveux malgré la douleur.

— On va essayer avec toi, décida-t-il.

Il la prit dans ses bras et marcha jusqu'à avoir de l'eau à hauteur des genoux. L'oraisonnière laissa pendre sa jambe intacte, qui s'arrêta à la surface, provoquant simplement des ronds sur l'eau.

— *Tu ne sens pas ? Des Signes, partout ici... pareil qu'au bois des Larmes !*

Ils retournèrent sur le bord. Il n'y avait plus qu'une solution. Il plaça ses mains en porte-voix et hurla :

— Au secours ! À l'aide ! Pitié !

Très rapidement, des lumières vacillèrent dans la cité, et le bruit diffus d'une conversation arriva jusqu'à eux.

C'était vrai. Une dizaine d'habitants en chemise de nuit marchaient sur la surface du lac, à peine ridée sous leurs pas. Les lampes de cristal qu'ils portaient à bout de bras projetaient une lueur fantomatique sur leurs visages.

— Que se passe-t-il ? Qui est là ?

— Par ici ! cria Alexian. C'est mon épouse ! Elle est blessée !

Les sauveurs nocturnes étaient en réalité des sauveuses, sans doute des sages-femmes. Elles arrivèrent sur la berge et se précipitèrent vers eux. L'espion continuait à crier d'une voix bouleversée, si perçante que son amie se demanda comment il pouvait arriver à jouer une telle comédie avec autant de conviction.

— Calmez-vous monsieur, calmez-vous !

Une femme s'accroupit et palpa la jambe de la victime.

— Comment cela s'est-il produit ?

— Je... Je ne sais pas, sanglota-t-il, tout est allé si vite ! Nous traversions la forêt, vous comprenez, nous venons de Dinniel, nous... nous voulions faire une halte dans une ville avant Abranelle... et... et une bête...

— Sûrement un coresh, fit l'une des sages-femmes d'un ton expert. C'est la saison des amours, ils peuvent être agressifs. Et il a planté sa défense dans la cuisse de votre épouse ?

Noony faisait mine d'être au bord de l'évanouissement pour ne pas avoir à répondre. Alexian, après quelques hoquets qui lui laissèrent le temps d'inventer un mensonge, raconta :

— J'ai juste vu une masse foncer vers elle ! Et il y a eu un cri ! La bête l'a attaquée puis est partie !

— Il faut la soigner et éviter de la malmener ; elle perd beaucoup de sang. Allez chercher la barque.

Deux des sauveuses s'exécutèrent et repartirent vers Lunhaag. Celle qui examinait la plaie de la blessée se présenta :

— Je suis Eulalie, je vais m'occuper de vous. Comment vous appelez-vous ?

Il y eut un instant de flottement. Le Rouge-Terrien demanda :

— Vous voulez dire, pour de vrai ou nos noms d'artistes ? Parce que voyez-vous, ce n'est pas la même chose...

— Je connais les divertisseurs, déclara Eulalie, et je sais qu'ils préfèrent souvent qu'on les appelle par leurs pseudonymes, ça ne me dérange pas.

— Je suis Laï, répondit faiblement Noony, et lui c'est Mune.

Elle rejeta sa tête en arrière pour croiser le regard de son ami, à la fois entendu et un peu inquiet. Pendant qu'Eulalie la réconfortait sur son état en lui disant qu'il y avait bon espoir que la cicatrisation soit rapide, la barque apparut sur l'étendue sombre des flots. Elle accosta sur la berge dans le crissement du sable. Quand les sages-femmes voulurent se saisirent de l'oraisonnière, son compagnon s'y opposa en resserrant son étreinte autour d'elle.

— Non ! Je ne veux pas la quitter ! Je veux monter avec elle !

— Ce serait plus simple pour vous à pied, s'étonna Eulalie, et qui ne rêve pas de cette sensation de marcher sur l'eau au moins une fois dans sa vie ?

— Ne nous séparez pas...

— S'il vous plaît, insista la blessée, je le veux près de moi...

Elles cédèrent. Il s'installa à ses côtés, puis s'empara des rames. La jeune femme l'observait avec un vague sourire aux lèvres, gorgé d'une douleur contenue. Les rames plongeaient et replongeaient au rythme des efforts de l'espion. Quand ils eurent atteint la cité lacustre, il attacha solidement la barque. Leurs sauveuses se hâtèrent de transporter Noony jusqu'à l'une des petites maisons. Une ambiance calme et sereine enveloppait les lieux, bercés par la rumeur discrète de l'eau venant cogner contre les pilotis.

— Nous nous occupons d'elle pour cette nuit, fit Eulalie d'un ton rassurant. Vous devriez vous reposer, Mune...

Tout à coup, un cri déchira le silence. Elle se tourna vers l'une des demeures avec un petit signe d'excuse.

— Un accouchement. Le devoir m'appelle ! Laissez les guérisseurs travailler, et allez vous coucher ici.

Elle ouvrit la porte de l'une des maisons.

— N'ayez crainte, votre épouse se remettra !

Et elle fila à travers Lunhaag, ses pas retentissant sur les pontons de bois. Il hésita quelques instants à aller voir sa compagne, mais ils ne devaient pas trop se faire remarquer. Leur entrée avait déjà été assez fracassante.

— Lorion ? Tu es là ?

— Fidèle au poste !

Il entra dans la maisonnette et referma la porte, découvrant une pièce faisant office de dortoir, avec des couchettes superposées.

— Bien ! Rien à signaler, de ton côté ?

— Un délicieux nùmiel, craquant à souhait ! Ils sont plus gras qu'en Rouge-Terre.

— Étincelle va bien ?

—*Il dort. Comment va-t-elle ? Est-ce que cela va retarder notre voyage ?*

Alexian déposa leurs sacs dans un coin, puis se laissa tomber sur l'une des couchettes. Au-dehors, un autre cri retentit. Il rassembla ses esprits et se concentra pour formuler la pensée suivante :

—*Je n'en sais rien, je ne pense pas qu'elle pourra marcher avant quelques jours au moins ; nous en saurons plus demain.*

—*Alors, dors ! Je monte la garde.*

Le jeune homme souffla les bougies et s'allongea sans prendre la peine de se déshabiller. Épuisé de leur périple volant, il s'endormit.

Lorsqu'il s'éveilla, sa première action fut d'enlever la bande de soie qui lui couvrait un œil. Il fit sa toilette à l'aide du bassin prévu à cet effet, puis tenta de défroisser son costume avant de remettre le bout de tissu qui garantissait la protection de son identité rouge-terrienne. Quand il sortit, le soleil était déjà à son zénith. Les sages-femmes s'affairaient d'un bout à l'autre de la cité, des paniers chargés de linge contre leurs hanches, parfois un nourrisson pleurant dans leurs bras.

—Vous avez faim ?

Il se tourna vers la personne qui l'avait interpellé. Eulalie.

—Oui, un peu, merci. J'ai beaucoup dormi, je m'en veux, je devais être fatigué par notre voyage. Comment va mon épouse ?

—Mieux, elle dort pour le moment. Vous voulez qu'on la réveille ?

—Non, ce ne sera pas nécessaire. Autant qu'elle se repose, nous avons un long voyage qui nous attend jusqu'à Abranelle. Quand pensez-vous qu'elle sera remise ?

—Je dirais deux jours ; la blessure est assez profonde, mais vous avez agi vite, et nos médicaments sont efficaces. Néanmoins, mieux vaudrait que vous restiez une semaine ici, par précaution…

Il gratta l'arrière de ses cheveux noirs, soucieux.

—C'est que nous devons présenter notre spectacle pour le mariage de l'Ioden, c'est une grande occasion pour nous de nous faire connaître !

—Oh, cela ne posera aucun problème, vous n'êtes pas au courant ?

—Au courant de quoi ? s'étonna-t-il.

—Le mariage a été repoussé à une date indéterminée, à cause du procès de Gide Manérian.

Elle prit soudain une expression sévère et ajouta avec hargne :

—Vous vous rendez compte ! Tuer sa propre femme ! Cet homme était un dirigeant de corporation, comment a-t-on pu laisser un pareil dérangé tenir les rênes du pouvoir aussi longtemps ?

—Gide Manérian est accusé de meurtre ? répéta-t-il d'une voix blanche.

—Oui. Sur ses deux épouses. La folie humaine est sans bornes…

Alexian approuva, pensif. Il avait toujours su qu'il y avait quelque chose de démesuré chez cet individu. Comment en arrive-t-on à lancer une chasse à l'homme envers sa propre fille, sans se soucier de la ramener morte ou vive? Et à lui faire boire de la Potion de cendres sans scrupule? De là pourtant à ce qu'il élimine Soliane, c'était terrifiant. Et Alexian ne pourrait pas cacher une pareille nouvelle à Noony. Ce procès serait sans doute au centre de toutes les discussions pendant les prochains jours.

—Vous viendrez au baptême, tout à l'heure? demanda Eulalie.

—Le baptême?

—Vous savez bien, le baptême des enfants, afin qu'ils s'imprègnent de la magie de Lunhaag. Ils pourront à leur tour être bénis des astres, et marcher sur l'eau du lac.

—Je viendrai, assura-t-il. Avant, il faut que je parle à mon épouse; le changement de date du mariage va modifier nos plans, vous comprenez.

—C'est évident. Il y a d'autres divertisseurs en ville, je vais leur parler de votre situation.

Elle lui indiqua où était logée la blessée, et Alexian s'y rendit. La jeune femme dormait dans un lit garni d'oreillers. La chambre, petite et coquette, était décorée de tentures usées. Il s'installa à son chevet.

—Ah… c'est toi.

—Est-ce que tu vas mieux?

Elle repoussa sa couverture, dévoilant sa cuisse recouverte d'un bandage blanc.

—Ils m'ont fait boire des tisanes qui font diminuer la douleur, et ont appliqué des onguents pour que cela cicatrise plus facilement. Alors j'imagine que oui. Quant au fait que la Vive de mon médaillon m'ait attaquée, je dois avouer que je l'ai encore en travers de la gorge.

Elle ébaucha un sourire plein d'ironie.

—Ton pendentif est en miettes sur les îles Demi-Lune, il ne t'attaquera plus, ne t'inquiète pas. De mon côté, j'ai une bonne et une mauvaise nouvelle.

—La bonne?

—Le mariage de ta sœur a été repoussé. Nous avons donc davantage de temps pour rejoindre Abranelle.

—Et la mauvaise? demanda-t-elle, craintive.

Il se leva et arrangea les rideaux pour laisser filtrer plus de lumière dans la pièce. Noony insista:

—Et la mauvaise?

—C'est à propos de ta mère…

—Dis-moi, je suis prête à tout entendre.

Il n'en était pas si sûr. Il lâcha les rideaux et revint auprès de son amie pour annoncer d'un ton tragique:

—Elle est morte.

Elle releva la tête et fixa du regard les murs sans les voir. Le masque impassible de son visage se décomposa peu à peu, révélant sa détresse. Alexian la contempla sans rien dire. Il se sentait impuissant face à l'émotion qui la terrassait.

—Il y a autre chose, ajouta-t-il doucement.

—Dis-moi.

—Ton père va être jugé pour meurtre, c'est son procès qui va retarder le mariage.

—Pour meurtre ? Mais le meurtre de qui ?

Il essaya de le dire, sans succès.

—Le meurtre de qui, Alexian ?

Il baissa la tête. Elle murmura :

—Dis-moi que ces deux annonces n'ont aucun lien…

—Je suis désolé…

Soudain, la porte s'ouvrit sur un homme vêtu d'un accoutrement bariolé, qui interrompit l'instant critique. Âgé d'une cinquantaine d'années, il portait une courte veste carmin par-dessus une chemise blanche, et un pantalon de cuir noir moulait ses jambes musclées. Il écarta les bras dans un geste théâtral.

—Mes amis ! On nous a appris qu'il y avait d'autres divertisseurs dans cette charmante ville !

—C'est exact. Nous avons fait escale ici, car ma femme a été blessée.

L'homme leva la main dans sa direction en guise de salut.

—Je m'appelle Liguel, je suis le chef des Lances du Crépuscule !

Il bomba le torse avec fierté, s'attendant à une réaction de la part de ses interlocuteurs. Alexian s'exclama avec enthousiasme, en espérant viser juste :

—Les célèbres Lances du Crépuscule !

—C'est exact, mon petit ! Nous aussi, nous allons à Abranelle, et nous nous sommes arrêtés ici, car la roue d'un de nos chariots a cassé. Tout est rentré dans l'ordre, maintenant. On m'a dit qu'il y avait des divertisseurs ici qui avaient des problèmes, je suis donc venu vous proposer notre aide.

Le Rouge-Terrien contourna le lit et se présenta :

—Je m'appelle Mune, et voici Laï. Nous serions ravis si vous pouviez nous prendre avec vous.

—Avec plaisir ! répondit le divertisseur en entortillant sa barbiche argentée autour de son index. Nous sommes du même monde. Vous montez quel genre de spectacle ?

—Une pièce de théâtre.

—Ah, des acteurs ! C'est formidable ! Nous partons ce soir, lorsque nous aurons fait le plein de vivres ; rejoignez-nous à la lisière de la forêt.

—Merci infiniment, Liguel.

Il leur fit un clin d'œil et s'éclipsa. L'espion se laissa tomber sur le lit.

—Enfin, la chance nous sourit ! On va pouvoir atteindre Abranelle rapidement !

— Cela tombe bien, déclara Noony d'un ton sans réplique, je veux assister au procès.

ꙮ

Une dizaine de femmes se rassemblaient au bord de l'eau, des nourrissons pleurant dans leurs bras. L'une d'entre elles descendit du ponton, ses pieds nus entrèrent en contact avec la surface de l'eau. Elle jeta des pétales colorés et ceux-ci ondoyèrent au gré de la légère houle. Alexian trouva Eulalie en train de discuter avec une jeune mère qui lui confiait son bébé.

— Ne vous inquiétez pas madame, tout se passera bien.

— Mais s'il se noie ?

— Faites confiance aux astres.

Elle abandonna sa progéniture à contrecœur. Deux musiciens prirent place au bord du lac ; leurs doigts glissèrent le long de leurs harpes de bois et laissèrent échapper une douce mélodie.

— C'est la première fois que vous assistez à une cérémonie, Mune ? demanda Eulalie.

— Oui, j'étais trop petit pour me souvenir de la mienne…

— C'est normal. Ce rituel est le premier accompli dans la vie d'un enfant, avant même l'attribution de son nom. C'est son premier contact avec l'élément aquatique, et la signature de son appartenance aux terres d'Hélderion. La création d'un lien entre ciel et terre. C'est poétique, non ?

Déjà, l'une des sages-femmes donnait le signal. Les doigts des musiciens volèrent sur les cordes, lançant des notes encore plus cristallines. Eulalie s'excusa et rejoignit ses acolytes. Les mères et certains pères observaient la scène un peu à l'écart, avec un mélange de peur et de fascination.

Les sages-femmes quittèrent le bois du ponton pour marcher sur le lac, sur lequel le soleil de l'après-midi jetait des reflets mordorés. Elles formèrent un cercle autour des pétales flottants, et se mirent à fredonner un air calqué sur celui des harpes. Les bébés cessèrent de pleurer. Elles les bercèrent d'un unique mouvement de balancement. Les parents se mirent à battre des mains au même rythme que la chanson, et Alexian les imita.

— *Les Signes se rassemblent.*

L'espion scruta la berge, au-delà du rituel, et surprit un mouvement dans un fourré.

— *Tu vas bien ? Et Étincelle ?*

— *Il dort encore.*

— *Changement de plan, nous allons à Abranelle en chariot avec des divertisseurs. Il faudra nous suivre discrètement.*

Il rompit le contact, car le fredonnement s'amplifiait. Les sages-femmes plongèrent les bébés dans l'eau à trois reprises et ils se mirent tous à pleurer. Les pétales tournoyèrent soudain, comme attirés par un tourbillon invisible.

Elles posèrent les nourrissons au centre de ce remous coloré et ils restèrent en suspension sur l'eau, sans couler. Les parents éclatèrent en effusions de joie et applaudirent. Le Rouge-Terrien sentait vaguement un picotement au niveau de son front, mais pas davantage. Lorion devait percevoir la déferlante de Signes plus nettement que lui. Le secret du lac Sanguille, semblable à celui du bois des Larmes, lui restait impénétrable.

— C'était magnifique.

Il se retourna et vit Noony, qui tenait debout grâce à des béquilles. Une jupe rose pâle à grelots dissimulait sa blessure. Ses cheveux au carré avaient gardé leur noir intact, et elle avait pris la peine de se maquiller pour assurer leur anonymat.

— Mon amour, dit-il d'un ton inquiet, tu devrais rester couchée !

Elle sembla tourner plusieurs fois sa langue dans sa bouche avant de répondre, et finit par jouer la comédie :

— Je ne voulais pas rater l'événement, et puis nous allons bientôt partir.

Il enroula son bras autour de sa taille, tout en souriant aux époux qui les considéraient avec tendresse. Elle ne pipa mot, mais se raidit.

— Toutes nos affaires sont prêtes et réglées ? questionna-t-elle.

— Tout est prêt, il n'y a qu'à charger les sacs dans le chariot. Je vais demander à Eulalie si on peut réutiliser la barque.

Une femme récupéra son bébé, l'embrassa, puis s'approcha de l'oraisonnière.

— Oh, vous formez un si joli couple ! Vous êtes déjà parents ?

— Non, mais c'est pour bientôt ! assura Alexian avec enthousiasme. Pour le moment, notre priorité est de gagner de l'argent pour avoir de quoi l'élever.

Il plaça sa main tout contre le ventre de sa compagne. Elle manqua de tomber à ce geste inattendu, et raffermit sa prise sur ses béquilles.

Il alla faire ses adieux à Eulalie et demanda l'autorisation d'utiliser la barque pour leur transport jusqu'à la berge. Il y installa Noony et leurs sacs remplis de vivres et de vêtements, puis rama. Elle regardait pensivement les arbres bleu pastel qui formaient un écrin végétal autour du lac Sanguille.

— Je n'aurai sans doute jamais l'occasion de revenir ici, murmura-t-elle.

Il ralentit le mouvement des rames, qui formèrent des arcs d'eau moins prononcés, et voulut dire quelque chose, mais ne trouva rien d'assez réconfortant.

Il n'y avait aucun remède à la potion de cendres.

Les Lances du Crépuscule étaient une troupe formée d'une trentaine de divertisseurs. Ils avaient installé un campement dans une clairière près du lac, où chacun répétait. Deux hommes jonglaient avec des torches sous les « oh » d'admiration des enfants. Un groupe de danseuses reproduisait leur chorégraphie près d'une carriole, dans un arc-en-ciel de tissus. Liguel aidait à charger des malles alors que trois hommes portant des masques de porcelaine polissaient la roue qui venait juste d'être changée.

— Ah, voilà nos acteurs !

Liguel s'avança vers eux et tapa chaleureusement Alexian dans le dos.

— Mes amis, je vous présente Mune et son épouse Laï.

L'une des danseuses s'arrêta net dans une arabesque, et fit une révérence suivie d'un léger bond, que ses amies imitèrent avec un temps de retard.

— Ce sont les sœurs Aramis, annonça-t-il, et voici nos mimes Guero, Acher et Tonui.

Les hommes qui s'occupaient de la roue ôtèrent leurs masques, dévoilant des mines avenantes.

— Là-bas, ce sont nos rois du feu ; on les appelle les Jumeaux. Il y a aussi notre troupe d'acteurs, ils sont six. Ils sont actuellement en train de manger dans leur chariot. Vous aurez de la place dans le mien, qui est tout juste réparé !

Alexian et Noony remercièrent Liguel de son hospitalité. Il leur demanda simplement de répéter avec ses propres comédiens, afin d'échanger quelques astuces. Ils acceptèrent en souriant, puis se consultèrent avec inquiétude.

Interlude

Nwinver caressa longuement la petite boîte d'argent posée sur sa coiffeuse. Ce n'était pas vraiment le bon moment pour disparaître, et pourtant, l'envie de sortir du palais la démangeait. Cela faisait si longtemps qu'elle ne s'était pas autorisé une escapade…

Elle ouvrit la boîte dans un cliquetis métallique et contempla quelques instants le liquide noir qu'elle contenait. Ses doigts, aussi sombres que la résuadine, entrèrent en contact avec la substance. Elle retrouva un sentiment familier, celui d'être parcourue de fourmillements tout le long du corps, de sentir son cœur s'accélérer et sembler s'envoler alors que le décor bascule. Le liquide grimpa le long de ses bras, vint à l'assaut de sa poitrine. Ses paupières se fermèrent pour se rouvrir dans le bureau du Maître de la pension Sybilène. Elle eut un bref instant de vertige, mais n'en laissa rien paraître. La résuadine abandonna son corps pour retourner dans une coupe.

Joscard repoussa le parchemin qu'il s'appliquait à remplir, étonné de l'apparition de la jadielle. Celle-ci croisa sans complexe ses longues jambes satinées sur le bureau.

— Cela faisait longtemps, Joscard.

Il alla s'assurer que la pièce était fermée à clef. Nwinver le détailla des pieds à la tête. Il portait un élégant costume beige, et ses cheveux gris étaient ramenés en arrière, ce qui accentuait les angles aiguisés de son visage.

— Tu es séduisant, aujourd'hui ! Une occasion spéciale ?

— Épargne-moi tes sarcasmes ! Si tu es venue me parler de toute la polémique qui concerne Gide Manérian, je t'avais prévenue : Aileen n'apporte que des ennuis.

— Voyons, voyons, comment peux-tu penser que je viens te faire des reproches ? Marier mon fils à l'héritière de la Corporation des marchands d'étoiles est une idée de notre grand Astracan. Il souhaite en prendre définitivement les rênes. Remettrais-tu en cause sa stratégie ?

Le Maître croisa les bras et demanda avec humeur :

— Qu'est-ce que tu veux ?

— Simplement discuter, parler du bon vieux temps. Je me disais qu'on devrait peut-être aller sur la tombe de Sonax, un jour, pour lui rendre hommage. En tant que grand criminel, il n'a pas eu le droit à une oraison…

— Je pense que tu as plus urgent à faire en ce moment, avec les préparatifs du mariage, et ce procès. Les choses dégénèrent, à Abranelle.

— Mon mari sait ce qu'il fait, assura-t-elle.

— Si tu le dis…

L'expression de la jadielle se durcit.

— Je te dis que l'Astracan maîtrise la situation, comme d'habitude. Certes, personne ne s'attendait à ce que les crimes de Gide soient dénoncés…

— J'ai de quoi être angoissé, non ? éclata Joscard. Et si cela remontait jusqu'à la pension ? Jusqu'à moi ? Et toi, tu ne me donnes pas de nouvelles pendant des jours, puis tu reviens pour me parler du bon vieux temps ! Dans de pareilles circonstances !

— Joscard, Joscard… tu n'as aucune raison de t'inquiéter. Crois-moi, mon époux contrôle absolument tous les événements, même les plus inattendus.

Elle esquissa un sourire énigmatique, descendit du bureau et se plaça de nouveau devant la coupe de résuadine.

— Je reviendrai te parler lorsque tu seras en état de discuter.

Et elle disparut dans un éclat sombre.

19

Accueil

– Royaume d'Hélderion, Abranelle, 913 –

Chapitre IV :

L'enfant Oriel grandit. Il dit un jour : « Votre archipel n'est pas le monde, il est minuscule. Une grande destinée vous attend. » Et il dessina une carte sur le sable, un long continent au large des cinq îles. Les femmes s'étonnèrent. « Cet endroit, c'est Hélderion, et c'est là où je dois bâtir un royaume. Un royaume qui fera en sorte que notre monde s'élève vers les cieux, grimpe et grimpe encore, plus haut vers les astres, pour chercher un point de contact. Vous devez construire des temples, et parler la langue des astres, afin qu'ils vous comprennent. Je vous apprendrai. » Ainsi fut levée l'expédition.

Extrait de *Mythologies* – Traduction à partir de la langue des astres par Liriène Volplume, dirigeante de la Corporation Volplume de 425 à 443.

Il lui fallut quelques secondes pour se rappeler qu'elle se trouvait dans le palais d'Abranelle, dans les appartements réservés à l'Ioden. Puis l'avalanche des souvenirs de la veille la submergea. Le mariage maintenu de justesse, son père accusé. Elle se tourna du côté de son promis, mais ne trouva que des draps froissés. Sans doute était-il déjà dans ses bains privés. Elle jeta une écharpe de soie sur ses épaules et s'avança jusqu'à l'une des fenêtres, qu'elle ouvrit pour profiter de sa vue privilégiée. Le vent du matin la ragaillardit. Leurs appartements se trouvaient au nord du palais, et donnaient sur une grande cour intérieure où les arbres centenaires abritaient des fontaines à l'ombre de leurs feuillages. Entre des plants de fleurs rouges, de petits bancs de bois sculptés d'étoiles accueillaient les membres du palais pour profiter du soleil qui perçait entre les nuages. Comme un brusque retour à la réalité, on frappa.

Elle allait ouvrir, quand une enveloppe fut glissée sous la porte. Elle la ramassa et déplia la lettre qui s'y trouvait.

« Chère Aileen,

Les récoltes sont bonnes au village, et je pense que nos ventes seront excellentes cette année. Je me doute que tu es très prise en ce moment ; l'annonce de ton mariage laisse présager que tu le seras également dans les mois à venir. Néanmoins, n'oublie pas de me donner de tes nouvelles, cela me ferait plaisir.

Je t'aime.

Que les astres te protègent.
Ta tante Shylade. »

Son visage s'assombrit. Ces mots si anodins étaient porteurs de sens pour elle. Les Lames Nocturnes avaient enfin quitté le Chaos, et l'opération Chute des étoiles était sur le point de commencer. Le « je t'aime » de Cataline n'avait rien d'affectueux ; bien au contraire, il signifiait : *« Envoie-nous des comptes-rendus régulièrement, ou le pire arrivera. »*

Elle se laissa tomber sur le lit. Qu'avait-elle fait ? Était-elle devenue la marionnette des Lames Nocturnes ? L'image du Poignard-Sanglant l'assaillit. Il n'avait rien dû dire à Cataline. Elle, Aileen Manérian, était leur seule chance de pénétrer ces lieux pour assassiner l'Astracan. Elle s'était engagée dans ce camp à une époque qui lui semblait lointaine et révolue. Pour rester aux côtés d'Orius, venger Mylianne, aider ce peuple. Tout lui semblait alors évident, juste. Comment aurait-elle pu savoir qu'elle serait projetée dans un rôle si important ? Et à présent, elle réalisait qu'elle mettait en péril sa nouvelle vie. Cette vie qui commençait à lui plaire. À quoi bon tous ces sacrifices ?

Avec Orius, ils avaient promis de basculer pour toujours du côté des résistants. Elle-même avait été sûre de ses positions pendant des mois. Elle devait continuer à l'être, arrêter de douter.

Elle tira la cordelette qui pendait près de leur lit, et un son de cloche retentit dans les couloirs. Une domestique se présenta immédiatement, et elle lui demanda d'apporter un trois-larmes dont la volière d'origine se trouvait à Mizin. En attendant son retour, elle fouilla dans l'un des bureaux d'acajou et en tira une feuille vierge. Lorsque la servante revint, elle déposa une cage contenant un oiseau flamboyant. La future souveraine la congédia. Elle ouvrit la petite porte pour laisser le trois-larmes s'envoler et se poser docilement près de la feuille vierge. D'un geste doux, elle lui arracha une plume, qui réapparut instantanément. L'animal la contempla quelques instants, puis des larmes naquirent dans ses yeux. Des gouttes vermillon coulèrent le long de son plumage et s'écrasèrent sur la table. Aileen trempa la pointe de la plume dans les perles d'eau, puis se mit à rédiger sa réponse en suivant les codes qu'elle avait appris.

« Ma chère tante,

Je suis ravie d'avoir de tes nouvelles. En effet, je suis très occupée en ce moment, mais je pense à toi souvent ainsi qu'à tous tes amis du village. Je suis ravie d'apprendre que les récoltes sont bonnes. À Abranelle, il fait bon vivre. Viendras-tu pour mon mariage ? Tiens-moi au courant de ta venue, il me tarde de revoir ma tante préférée !

Que les astres te protègent,
Aileen Manérian. »

Cela signifiait que tout se déroulait comme prévu. Elle glissait aussi à Cataline l'éventualité qu'en tant qu'héritière, elle pourrait tenter de convaincre Heptiel de collaborer avec les résistants. Cela pourrait ainsi éviter des effusions de sang. Mais elle doutait que la chef des Lames Nocturnes s'en remette uniquement à ses capacités de persuasion.

Elle attacha l'enveloppe autour de la patte de l'oiseau, puis le porta jusqu'à la fenêtre, d'où il s'envola. L'Ioden entra au même instant, encore dégoulinant d'eau, une simple serviette enroulée autour de sa taille. Il ébouriffa ses cheveux, puis se dirigea vers l'imposante armoire en bois.

— Tu as écrit à quelqu'un ? demanda-t-il en voyant la cage vide.

— Oui, à ma tante, elle s'inquiétait que je donne si peu de nouvelles…

— C'est une bonne chose que tu te rapproches de ta famille dans un moment pareil. Tu devrais prendre un bain, avec les tensions d'hier, ça ne peut que te faire du bien. Surtout avant la cérémonie d'accueil de ce soir. Il faut que tu sois parfaite pour rencontrer l'Astracan !

— C'est une bonne idée.

Elle s'éclipsa rapidement dans la salle de bains qui jouxtait leur chambre à coucher. Après s'être habillé, le jeune homme mit de l'ordre sur le bureau, et son attention se porta sur la cage. Chaque cage de trois-larmes comportait sous son socle la destination des volières auxquelles elle correspondait. Après une hésitation, il la souleva, et vit le nom de *Mizin*.

— Aileen…

Il reposa la cage en serrant les dents. Non, il ne devait pas douter maintenant. Peut-être n'était-ce qu'une erreur, elle avait pu se tromper d'oiseau. Il poussa un long soupir. Le soupir d'un homme chez qui le doute s'instille.

Un grand bassin de marbre laissait échapper des volutes de fumée. Ses vêtements tombèrent à ses pieds. Elle immergea son corps dans l'onde délicieusement chaude. La tête appuyée sur le rebord, elle contempla le dôme finement ouvragé qui la dominait. Si Murmure avait été là, elle aurait eu quelqu'un à qui parler, à qui se confier. Le fantôme lui manquait. Elle prit une profonde inspiration et plongea sous l'eau pour apprécier le silence du monde aquatique. Quand elle remonta, de sombres pensées l'assaillirent. Même si cela mettait son couple en péril, faire entrer les Lames Nocturnes dans le palais restait sa seule et unique possibilité. Inutile de se voiler la face, jamais Cataline n'accepterait de renoncer à son plan et de faire confiance à l'Ioden. Il fallait donc espérer que les résistants soient contrôlables. Et après tout, qui pourrait la soupçonner ? Il lui suffirait d'être la plus discrète possible, et d'organiser avec rigueur le déroulement du fameux soir. En attendant, elle n'avait d'autre choix que de faire un travail de repérage pour connaître le palais et son système de surveillance. Un sourire amer étira ses lèvres à cette pensée : le Maître avait voulu faire d'elle une espionne. Il ne serait pas déçu de son degré d'apprentissage.

—Tout va bien ?

Heptiel se tenait sur le pas de la porte, vêtu d'un uniforme cintré, qui mettait sa carrure en valeur.

—Oui, oui, assura-t-elle, je repensais à mon père.

—Ne te fais pas du mal inutilement…

—Je vais essayer.

Et surtout, pensa-t-elle avec culpabilité, *de ne pas t'en faire à toi.*

La cérémonie d'accueil de la promise de l'Ioden avait lieu dans la salle du trône. Les domestiques s'affairaient, installant des tables interminables, décorant les murs de pierre rosée de longues tentures, déroulant des tapis pour former des allées. Karnas Meldroque, jeune homme au visage dur et agressif, fit son apparition au milieu de cette agitation fiévreuse. En voyant son uniforme or et blanc, les domestiques stoppèrent leurs activités pour saluer le membre de la Corporation des guerriers de l'aurore. Il eut un geste désinvolte pour leur indiquer de poursuivre leur travail. Peu après, Heptiel fit irruption. Tous deux échangèrent une virile poignée de main.

—Ah, Karnas, j'ai appris ton arrivée ce matin seulement !

—Mon père m'avait envoyé assister à ton mariage en tant que représentant officiel de la Corporation des guerriers de l'aurore. Il faut croire qu'il commence à se faire à l'idée de laisser plus de marge de manœuvre à son successeur. J'ai appris la nouvelle du procès de Gide Manérian et du décalage de la cérémonie alors que j'étais sur la route. Il aurait été dommage de faire demi-tour !

— Et tu as eu raison ! On ne s'est pas vus depuis…

— Le Gala des rencontres ! s'exclama-t-il. Ça commençait à faire longtemps ! On ne se voit plus aussi souvent qu'avant. Elle paraît loin, l'époque où tu étais un jeune héritier miraculeusement retrouvé, qui apprenait les bases de l'exercice du pouvoir dans le palais…

— Et tu m'as beaucoup aidé à apprendre et appliquer le protocole, se souvint l'Ioden en souriant.

— Donc, ce soir, c'est une fête en l'honneur de ta promise ?

— C'est exact, elle va rencontrer mon père pour la première fois.

Son interlocuteur se gratta pensivement le menton, comme il le faisait lorsque son ami était autrefois sur le point de commettre une erreur dans les récitations. Heptiel fronça les sourcils.

— Qu'est-ce qu'il y a, Karnas ?

— Viens, éloignons-nous.

Il l'attira à l'écart, loin de la table que les domestiques recouvraient d'une élégante nappe.

— Est-ce que tu es sûr de ce que tu fais ? demanda-t-il gravement.

— Comment ça ? Est-ce que je suis sûr de me marier ?

— Avec Aileen Manérian. Je sais que c'est un ordre et que tu n'as pas véritablement le choix, mais est-ce que toi, tu le veux ?

Le futur Astracan éclata de rire, un rire qu'il trouva lui-même nerveux. Son ami, le seul qu'il ait jamais eu entre les murs du palais, posait le doigt sur une blessure tout juste ouverte, qu'il tentait d'ignorer.

— Pourquoi cette question ? Je ne comprends pas.

— Il y a de drôles de bruits. J'ai entendu mes hommes discuter pendant le chemin jusqu'à Abranelle. Ils venaient de rentrer de Thyrane après la vague de démobilisation que Soleil a ordonnée. Elle aurait été vue dans des maisons closes, et aurait même été la maîtresse d'un veilleur…

— Je connais ces rumeurs calomnieuses, l'interrompit Heptiel, et ce ne sont que des ragots pour faire parler dans les ménages. Son ascension est certes inattendue ; pourtant, de là à inventer de telles horreurs !

— Avec ce qu'elle a traversé dernièrement, le meurtre de sa sœur, son enlèvement, et maintenant le procès de son père, ce serait compréhensible qu'elle ait eu des instants de faiblesse. N'importe qui serait tombé dans la folie…

— Qu'est-ce que tu essaies de me dire ?

— Je te parle en tant qu'ami ! le tempéra Karnas. Je pense juste que tu devrais tirer ces histoires au clair.

— L'Astracan a rendu sa décision officielle de préserver le mariage, contestes-tu sa volonté ?

Karnas leva les bras en signe de paix.

— Non. Je ne dis rien de tout cela. Excuse-moi.

Heptiel ne préféra pas s'attarder sur le sujet. Il retrouva son expression avenante pour lui demander son avis sur les décorations.

Sous ce masque, une question le tenaillait : Aileen avait-elle menti à propos de la lettre ?

Ils quittèrent la salle du trône pour se promener dans l'une des cours intérieures où Karnas incitait autrefois son compagnon à séduire les jardinières. Seul le décor paisible était resté intact ; ils n'avaient tous deux plus cette insouciance d'autrefois, car ils étaient à présent écrasés par les responsabilités. Ils prirent place sur un banc.

— Tu penses vraiment que me marier est une si mauvaise idée ?

— Non, répliqua Karnas d'un ton détaché, et comme tu l'as dit, je n'ai pas à contester une décision prise par l'Astracan. Je voulais simplement connaître ton ressenti.

Un silence tomba entre eux. Heptiel étudia plus attentivement l'uniforme de son ami, puis son air sombre. Il y avait autre chose.

— Pourquoi es-tu venu ici ?

— Je te demande pardon ?

— Karnas, pas avec moi. Tu n'as pas refusé de retourner à Valdir uniquement pour me voir, n'est-ce pas ?

Tous deux contemplèrent la fontaine centrale sans rien dire. Des gerbes d'eau s'échappaient du sceptre d'une statue de Soleil pour retomber dans le bassin en un fracas d'éclaboussures. Karnas tira de sa veste une pipe, qu'il proposa à son ami.

— Non merci, répondit celui-ci.

— Toi ? s'étonna-t-il, ne pas accepter de la Senuïne ? Allons, c'est ce qui nous a toujours liés, de pouvoir fumer ensemble…

— N'esquive pas ma question.

— Tu as raison. De toute façon, tu l'aurais su tôt ou tard. Je pars pour le front.

L'Ioden eut l'impression que son cœur venait de manquer un battement. Le guerrier de l'aurore poursuivit, avec un sang-froid dont lui seul avait le secret :

— Je sais que tu reviens de Thyrane, et donc que tu as longtemps été tenu à l'écart des nouvelles des Terres Impies. Nos troupes ont incendié plusieurs de leurs villages sans aucun problème, tout était trop facile jusqu'à maintenant. Tombe-lune, leur capitale, se situe dans l'ouest, sur une falaise escarpée, dans un immense désert. L'Astracan a ordonné que l'on traverse ce désert, la plupart de nos hommes se sont perdus ou sont morts de soif, faute d'expérience. Pour le moment, ils ont monté des campements en forêt et attendent des renforts mieux équipés pour affronter un tel climat.

Karnas croisa les bras et sembla réfléchir pendant quelques instants, puis reprit :

— Cette stratégie n'a aucun sens. Pourquoi, par les astres, vouloir nous faire traverser ce désert à tout prix ? Nous pourrions attaquer par la voie maritime, même si Tombe-lune est en hauteur. Nous avons plusieurs flottes à notre disposition, dotées de canons à résuadine !

—Cela me semblerait aussi plus intelligent, concéda Heptiel.

—Mon père a soumis cette idée à l'Astracan par lettre. Mais il a refusé. Il tient à ce qu'on les attaque par le désert, soi-disant pour avoir un effet de surprise. Je ne comprends pas cet acharnement à vouloir traverser cet enfer. Nos hommes ne sont pas prêts pour ça, sans compter que les impies nous verront arriver à des kilomètres à la ronde s'ils sont sur cette fameuse falaise…

En effet, songea le futur dirigeant, cela ressemblait à une opération suicide. Personne en Hélderion n'était habitué à des températures extrêmes, et aucune carte de la zone n'avait été faite, puisque les principaux échanges avec Tombe-lune avaient eu lieu par bateaux.

—Tu n'es pas obligé d'y aller !

—Si. Mon père exige qu'un membre important de notre corporation se joigne aux troupes. Le moral est en baisse, les soldats commencent à se poser des questions, et ça, c'est toujours mauvais. Ils ont besoin d'un guide concret, d'un symbole. Que le chef des guerriers de l'aurore envoie son propre fils donnera l'impression qu'il y a peu de risques. Et puis… apparemment, les hommes ont vu des choses étranges sur le champ de bataille. Des plantes les auraient attaqués. Ils commencent à croire que l'ennemi a une sorte de pouvoir surnaturel. Les superstitions vont bon train.

—Il faut que nous allions voir mon père. Il commence à vieillir, tu sais, peut-être qu'il ne voit pas les failles de sa stratégie…

—Oh, je crois qu'il les voit très bien ! s'énerva Karnas. J'ai eu un entretien avec lui ce matin, à l'aube, dès que je suis arrivé. Il a écouté mes arguments, puis m'a dit qu'il voulait absolument que nous traversions le désert, et que nous détruisions tout sur notre passage. Selon lui, il est possible qu'il reste dans les dunes quelques villages nomades. Pourtant, je ne vois pas l'intérêt d'en faire une priorité, c'est la capitale qui compte, la seule ville qui puisse véritablement répliquer !

Il baissa d'un ton en se rendant compte qu'il avait haussé la voix, et ajouta :

—Quelque chose m'échappe…

—Cette affaire n'est pas claire, admit son compagnon, mais il ne faut pas s'opposer aux décisions de l'Astracan. On peut rapidement crier à l'hérésie en période de guerre, surtout avec l'expansion du Cercle. Fais attention à toi, mon ami. Mieux vaut contester discrètement, par les temps qui courent.

—Je sais.

Il caressa le fourreau qui pendait à sa ceinture.

—Pourtant, il n'y a pas plus impliqué que moi ! Je n'ai qu'une idée en tête : qu'on en finisse avec les sectes ! Qu'on donne à ces âmes impies une oraison qui les purifie !

Peu après qu'Aileen eut quitté les bains privés, des dames de compagnie frappèrent à la porte de ses appartements. Elles venaient sur ordre de la grande jadielle afin de préparer l'héritière pour la soirée d'accueil. On la fit asseoir sur un tabouret, face à un large miroir. Pendant que les pinceaux fardaient ses joues, que ses cheveux noirs se relevaient pour dégager sa nuque, ses pensées se tournèrent vers les Lames Nocturnes. Pour être à la hauteur de la mission qui l'attendait, sans se faire soupçonner, elle devait trouver un prétexte pour quitter régulièrement ses appartements, seule. Dans cette période de festivités, où elle était au centre de toutes les attentions, le moindre faux pas serait fatal.

Soudain, la porte s'ouvrit. Tout le monde se tourna vers Nwinver, qui entrait dans la chambre d'un pas nonchalant. Elle portait un bustier vert d'eau et un foisonnement de tulle froissé traînait jusque loin derrière elle, sur les dalles de marbre.

— Comment se déroulent les préparations ?

Les domestiques se réunirent pour faire une révérence solennelle.

— À merveille, Votre Grandeur.

Le regard océan de la jadielle balaya la salle et s'arrêta sur l'une des malles de voyage du couple, comme si elle avait senti quelque chose. Puis son attention se reporta sur Aileen. Elle posa son index sous le menton de la jeune femme, afin de lui faire relever la tête.

— Tu peux être très belle, ce soir, si tu portes une tenue adéquate. J'ai réfléchi, et je pense qu'il te faudrait une robe inédite. Qu'en dites-vous, mes chères couturières ?

Elles se consultèrent, puis approuvèrent.

— Qu'est-ce que Son Excellence désire comme type de robe ?

— Du blanc, répondit-elle en faisant tinter ses bracelets d'or.

— Nous allons faire de notre mieux.

— Je n'en attendais pas moins de vous !

La complice des résistants hésita quelques instants, réfléchissant à toute allure. Cela pourrait être le prétexte qu'elle cherchait.

— À ce propos, Votre Grandeur, accepteriez-vous de me donner des cours en matière de beauté ?

Nwinver la dévisagea, interrogative.

— À la pension Sybilène, ajouta précipitamment Aileen, les cours de bonne tenue étaient très protocolaires, et nous portions des uniformes. Je me sens perdue, pour tout vous avouer.

— Je comprends, fit la jadielle, je suis agréablement surprise d'une telle initiative ! Être belle donne un avantage certain, surtout dans ce palais. Voilà une preuve d'intelligence que de l'avoir compris ! Viens me voir dans mes appartements quand je te convoquerai, dans l'aile est.

Aileen se contenta de sourire poliment. Cela pourrait lui servir d'excuse pour disparaître, mais Heptiel risquerait de découvrir rapidement la supercherie si elle mentait en disant que sa mère l'avait fait appeler. Néanmoins, cela suffirait sans doute pour duper des personnalités n'étant pas des intimes de Nwinver.

Les couturières proposèrent à l'épouse de l'Astracan différentes bases de robes blanches. La jadielle pointa son doigt vers l'une d'entre elles, bouffante et qui s'ouvrait pour laisser voir les jambes.

—Celle-ci ! Rien n'est aussi élégant qu'un corset !

La promise se changea derrière un paravent, et quand elle revint, les domestiques tournèrent autour d'elle comme un essaim d'insectes. Elles resserraient le corset immaculé en remodelant les baleines, vérifiaient soigneusement la traîne au tissu scintillant, ajoutaient quelques rubans. Nwinver les observait d'un œil critique, assise sur le lit, les bras croisés.

—Faites quelque chose pour ses cheveux, sa coiffure manque d'originalité. Ajoutez quelques barrettes… Oui, voilà, c'est mieux…

Aileen se laissait faire, tout en observant la jadielle à la dérobée. Cette femme ne ressemblait à personne, tant elle était ambiguë, à la fois raffinée, mystérieuse et théâtrale. Un certain sentiment de danger naissait en elle quand elle croisait les yeux si profonds, deux puits de savoir trop âgés pour un visage aussi lisse, trop lumineux pour sa peau noire.

—Voilà qui commence à être intéressant ! Regarde-toi dans la glace !

Quand elle affronta son reflet, elle soutint la vision avec fierté.

—Et ça, dit Nwinver en lui tendant une paire d'escarpins, c'est la touche finale, pour rendre tes jambes sublimes ! Il faut que toutes jalousent la future épouse de mon fils adoré !

La jeune femme attrapa timidement les chaussures. Ce qu'elle portait devait coûter une fortune.

—C'est parfait. Je vais devoir m'éclipser pour me préparer à mon tour. Je dois faire une prédiction ce soir, en l'honneur des futurs mariés.

Une fois la jadielle partie, les couturières attendirent les ordres de leur nouvelle maîtresse. Celle-ci pensa d'abord à les congédier, puis réfléchit à la position qu'elles occupaient au palais. Aileen n'avait jamais eu, comme Mylianne, cette facilité à se lier à n'importe qui, sans se soucier de l'identité sociale ; pourtant, elle avait besoin à présent de se rapprocher de ses domestiques pour obtenir des informations. Certes, c'était assez mal vu. Pourtant, qui pourrait reprocher à une pensionnaire tout juste projetée dans les hautes sphères du pouvoir de se raccrocher à des personnes qu'elle serait amenée à fréquenter régulièrement ?

—Vous pensez que cette robe sera assez jolie pour la cérémonie ? demanda-t-elle de but en blanc.

Les quatre femmes sursautèrent à cette question.

—Je vous demande votre opinion, continua-t-elle d'une petite voix. Vous savez, avant d'arriver ici, je n'avais jamais porté de telles tenues…

—Je pense que c'est parfait, répondit l'une d'entre elles.

— Vraiment ? Ça me rassure. Vous savez, je n'ai aucun ami ici, je ne pourrais pas demander ça franchement à la Grande Jadielle...

Elle retourna devant le miroir pour vérifier l'allure générale de sa robe, leur laissant ainsi l'occasion de relancer la conversation si elles le désiraient. Aucune ne prit la parole. Elles restaient contre le mur, stoïques.

— La cérémonie est à quelle heure ?

— À la tombée de la nuit, répondirent-elles en chœur.

— Je vois...

À présent, elle devait mesurer chacune de ses paroles, chacun de ses gestes, pour préparer l'invasion des Lames Nocturnes.

Une foule compacte encerclait le palais et était maintenue à distance par un mur de soldats. Les habitants d'Abranelle jetaient des fleurs par brassées pour souhaiter du bonheur aux futurs époux.

De sa chambre, Aileen entendait de loin le brouhaha de l'assistance, les cris, les sifflements. Heptiel se plaça à ses côtés pour fermer la fenêtre.

— Tu es prête ?

Elle tentait de calmer le tambour infernal de son cœur.

— Ne t'inquiète pas. Suis les instructions que je t'ai données, et tout se passera bien.

Il approcha sa bouche de son oreille :

— Tu es superbe.

Ils sortirent de leurs appartements. Le corridor principal avait été délimité par des chaînes, derrière lesquelles des centaines de privilégiés pouvaient saluer le couple. L'Ioden prit le bras de sa promise et tous deux marchèrent d'un pas solennel. Les visages défilaient, souriants, euphoriques. Elle se sentit rassurée par un tel accueil. Le peuple ne semblait pas lui tenir rigueur des actes reprochés à Gide.

Ils s'immobilisèrent devant la salle du trône, seulement éclairée par les lampions qui balisaient l'allée. Les futurs mariés passèrent devant des rangées de tables plongées dans la pénombre, où ils percevaient les mouvements impatients des invités. À mesure qu'ils progressaient, on mit le feu dans des cratères d'or près du trône, éclairant progressivement le vieillard qui s'y tenait. Heptiel s'arrêta en premier pour s'incliner. Sa promise se plaça au milieu du cercle de flammes. Et elle attendit, les genoux sur le sol glacé, entourée de la mousseline blanche de sa robe. Au bout d'un moment, une voix éraillée ordonna :

— Regarde-moi, Aileen Manérian.

Avec une lenteur dramatique, elle leva la tête et découvrit Soleil. Elle ne se l'était jamais figuré autrement que comme le profil estampillé sur les pièces de dix filantes, et ne fut donc ni déçue ni surprise. C'était un être humain.

Un vieil homme qu'elle aurait pu croiser dans la rue, au maintien voûté, qui la dévisageait du haut de son trône, enveloppé d'une cape d'argent. Des cernes sombres faisaient ressortir ses yeux clairs, son visage rond sillonné de rides était encadré de cheveux d'un gris cendre.

— J'accepte que ton sang se mêle à la lignée des Astracans.

À peine avait-il terminé sa phrase qu'une musique éclata, des trompettes, puis des coups de cymbale. La salle du trône fut brusquement éclairée, et un « oh ! » d'admiration jaillit de toutes les bouches.

Aileen vit des milliers de lampes de cristal suspendues au dôme. Au milieu de ces lanternes qui semblaient voler, Nwinver se tenait assise sur une balançoire parcourue de lacis en fleurs. Sa robe de tulle dégringolait comme une cascade dans les airs. Un tonnerre d'applaudissements retentit, les invités se levèrent. Les futurs époux gagnèrent leurs places. L'Astracan restait immobile sur le trône, sans prendre la peine de profiter du spectacle aérien qu'offrait sa femme. Celle-ci se mit à se balancer, en poussant une note aiguë qui s'accordait avec la chanson de l'orchestre.

— Aujourd'hui ! s'exclama-t-elle. Aujourd'hui aura lieu ma prédiction !

Sa voix résonna, faisant taire l'assemblée et mourir les applaudissements. Les musiciens posèrent leurs instruments. L'épouse de Soleil effectua quelques gestes, puis déclara :

— Moi, Grande Jadielle, à qui les étoiles ont donné le pouvoir de voir par-delà les temps, voici ma prédiction concernant les promis.

Tous étaient suspendus aux lèvres de Nwinver, qui laissait l'attente s'éterniser. Elle se mit debout sur la balançoire pour observer son public, puis clama :

— Suivez les cartes ! Suivez les quatre vents !

Les lampes de cristal s'éteignirent aussitôt. La prédiction déclencha un raz-de-marée de discussions. Seule Aileen restait muette dans l'obscurité, comme un rocher au milieu du courant intarissable des paroles. Comment Nwinver pouvait-elle être au courant pour le jeu des Quatre Vents ? Avait-elle de réels pouvoirs ? Que savait-elle exactement ? La panique l'envahit. Elle avait la sensation qu'un poids venait de tomber sur sa poitrine.

Quand les lampes se rallumèrent, la jadielle se trouvait au centre de l'allée, les bras écartés dans un salut final. Le dîner pouvait commencer.

Soleil leva légèrement sa main osseuse pour prendre la parole, obtenant ainsi une attention immédiate et craintive.

— Aileen Manérian épousera officiellement l'Ioden d'Hélderion.

Heptiel eut un sourire de triomphe. Sa compagne, elle, était paralysée. Trop de choses la dépassaient. La jadielle, si puissante, pouvait peut-être lire en elle. Voir ses intentions d'aider les Lames Nocturnes. Elle se sentait minuscule, mais n'avait plus le choix.

Elle avait choisi son camp, celui de la résistance. De la liberté.

Interlude

À minuit, Nwinver retourna à ses appartements, loin de l'agitation de la fête. Sa prédiction avait fait mouche, vu l'expression d'Aileen. Comment pourrait-elle se douter que la jadielle était également la créatrice des objets tabous, y compris du jeu des Quatre Vents ? Elle sentait la présence de chacune de ses créations. Cette petite était décidément plus fourbe qu'elle ne l'avait pensé ; comment avait-elle pu récupérer le jeu ? Ce serait amusant de la voir suivre les instructions de cet artefact capricieux, qui tantôt disait la vérité et tantôt fournissait des informations aléatoires. Il s'agissait d'une œuvre inachevée, d'où le fait qu'elle l'ait offerte à Sonax. Si elle avait vraiment créé un objet capable de prédire l'avenir, elle aurait eu un réel pouvoir de prescience. Cela lui aurait évité d'inventer des propos abscons et de faire des mises en scène exagérées pour chacune de ses prédictions.

Elle contint difficilement son rire alors qu'elle arrivait à destination. À sa grande surprise, les trois soldats chargés de surveiller sa porte lui parlèrent.

— Sa Grandeur vous convoque dans sa chambre.

Elle rebroussa chemin. Que voulait-il ? Les seules fois où il l'avait convoquée dans ses appartements remontaient à une vingtaine d'années, lorsqu'il devait effectuer son devoir conjugal pour avoir un héritier. Ils avaient mis bien des saisons avant de réussir, et avaient même pendant un moment pensé qu'elle était stérile. Sans doute était-ce lié à la manipulation qu'elle avait subie lorsqu'elle n'était encore qu'un simple embryon. Les injections de résuadine prolongeaient la durée de vie, mais baissaient le taux de fécondité. Jamais Soleil n'avait désespéré ; il avait voulu cet enfant absolument.

Elle passa devant les guerriers armés et arriva devant la chambre de son époux. Cela faisait longtemps qu'elle n'avait pas vu la porte blanche dotée d'un judas. Elle tourna la poignée et entra dans le premier salon.

— Mon amour, que me vaut l'honneur d'une telle convocation ?

L'Astracan se planta devant la cheminée.

— Juste après le mariage, annonça-t-il, la cérémonie de l'Ioden aura lieu. Je sens qu'il est temps. Je voulais juste te prévenir.

Elle fut parcourue d'un tressaillement inconscient. Le jour tant redouté approchait.

— Très bien, dit-elle d'une voix où ne perçait aucune émotion.

20

Une myriade d'étoiles dans les yeux

– Hélderion, grande route, 913 –

Le Marin lointain : Œuvre de la dramaturge Gabriale, écrite entre 582 et 584. Il s'agit de la première pièce de théâtre évoquant le royaume de Thyrane, et surtout l'amour qui naissait souvent entre les marins d'Hélderion et les femmes de ce pays. À l'époque, les contrées entretenaient des relations amicales, toutefois, le sujet du mariage entre les deux peuples était tabou. Les premières représentations de cette pièce donnèrent lieu à une vive polémique. Les divertisseurs en ont fait l'une de leurs œuvres de référence, appréciant le côté novateur de l'intrigue et les thèmes très humains abordés, comme l'amour, la tromperie, mais aussi la condition des épouses de marins. Quand, en 822, l'Astracan Soleil II a édicté la déclaration de guerre contre Thyrane, la pièce a été censurée. Volplume en a conservé de nombreux exemplaires qui ont été très rapidement copiés puis diffusés en masse, faisant de cette œuvre un classique baignant dans une aura de scandale.

Extrait de *Comprendre un nouveau royaume* – par Adrastée Sandiane, historienne de la Corporation Volplume depuis l'année 901.

La voiture cahotait moins depuis qu'ils avaient rallié la Grande Route, principal axe menant à Abranelle. Le chariot de Liguel illustrait parfaitement la vie itinérante des divertisseurs. Les deux banquettes de bois couvertes de tentures faisaient offices de lit, le reste n'étant qu'un amas de malles et de vivres. Les costumes étaient pendus à des fils tendus partout où ils pouvaient l'être, ce qui obligeait à écarter différentes couches de tissus pour pouvoir circuler.

Noony dormait en face d'Alexian, un tas de linge en guise d'oreiller. Il ne pouvait s'empêcher de l'observer, ne trouvant pas le sommeil. Elle s'était endurcie, et avait plutôt bien réagi à l'annonce de la mort de sa mère et du procès de son père. S'y rendre était un risque supplémentaire. Il ne faudrait pas que Gide la reconnaisse. Dans une telle foule, et avec leurs déguisements, il y avait peu de chance que cela arrive. Ensuite, il faudrait trouver le moyen d'entrer en contact avec Aileen.

—Je fais une halte dans la forêt. J'ai trop couru. Je vous rejoindrai quand vous monterez le campement.

—Entendu.

Il fouilla dans son sac pour trouver leur matériel. Il préférait refaire la teinture noire de ses cheveux et se maquiller un maximum de façon que personne ne puisse véritablement retenir ses traits. Le bandeau qui lui couvrait l'œil le gênait souvent, mais ses yeux vairons étaient l'élément le plus susceptible de les trahir.

L'oraisonnière se redressa pour examiner le bandage de sa cuisse.

—Je crois que ça commence à cicatriser, dit-elle en rabattant sa jupe, j'ai beaucoup moins mal.

L'espion, qui était en train de souligner son regard à l'aide d'un crayon rouge, suspendit son geste.

—C'est une bonne nouvelle. Tu crois que tu pourras marcher sans béquilles bientôt ? Liguel dit que vu l'allure des chawins, nous devrions arriver à Abranelle ce soir. Le plus délicat sera les embouteillages devant les murailles, si j'ai bien compris.

—Ça devrait aller pour de très courtes distances. Si Laï-Mune avait été là, je suis sûre qu'elle m'aurait soignée en un rien de temps !

La jeune femme sourit tristement au souvenir de la chuchoteuse.

—À ce propos, je ne sais pas si le choix de nos noms d'artistes était très avisé. Cela pourrait attirer l'attention de l'Astracan…

—C'est le seul nom qui m'a traversé l'esprit à ce moment, avoua-t-elle. Si tu veux, on pourra changer nos pseudonymes d'artistes.

—On verra, ça dépend de ce que l'on présentera, et devant qui.

La conversation mourut, remplacée par le bruit des roues sur la terre battue et les claquements de sabots des montures. Noony ramena ses genoux sous son menton, à la manière d'une fillette égarée.

—Dis, tu crois que mon père a vraiment tué ma mère ?

Son compagnon pesa ses mots. Mieux valait la ménager ; ce n'était pas le moment qu'elle baisse sa garde.

—J'imagine mal Gide faire une chose pareille, pour le peu que je l'ai connu.

—Moi, je me dis que c'est possible. Elle était si faible la dernière fois que je l'ai vue ! Et souviens-toi de ce que Laï-Mune nous a dit : qu'il avait tué sa précédente épouse. Pourquoi n'aurait-il pas recommencé ? Il avait bien dénoncé ma mère pour trahison.

Elle entoura sa tête de ses bras et il soupçonna qu'elle était au bord des larmes.

— Il serait peut-être préférable de ne pas assister au procès, dit-il d'un ton doux. On ignore ce que l'on va y apprendre…

— Hors de question. Je veux entendre ce qu'il aura à dire pour sa défense. En Hélderion, le meurtre est puni par la peine de mort ! S'il est reconnu coupable… je veux… je veux être là…

— Même s'il a tué Soliane ?

— C'est mon père. Je sais que cela peut sembler absurde, mais pendant les dix-huit premières années de ma vie, il a été mon unique modèle. J'ai toujours su qu'il avait un caractère extrême, mais ça ne m'empêchait pas de l'admirer. Si le mythe de Gide Manérian s'effondre, je veux être là pour le voir.

Tout à coup, le chariot s'immobilisa. La petite porte située à l'avant du véhicule s'ouvrit, déversant la lumière chatoyante de l'aube, puis Liguel apparut.

— Nous sommes à trois heures de route d'Abranelle, mes amis ! On va faire une halte pour les répétitions générales !

— Les répétitions générales ? questionna Alexian.

— Bien sûr ! Vous vous souvenez du petit service que je vous ai demandé ? Mes acteurs ont beaucoup de mal pour la scène du monologue de Lariane, dans la pièce *Le Marin lointain*. Un classique, vous devez la connaître par cœur !

Le chef des Lances du Crépuscule éclata d'un rire guttural.

— En réalité, mentit le Rouge-Terrien, nous ne l'avons pas jouée depuis des années, une petite relecture ne nous ferait pas de mal…

Liguel fouilla dans sa besace et brandit quelques feuillets en piteux état, que l'espion saisit avec gratitude.

— On va répéter rapidement tous les deux, avant de venir…

— Comme vous voudrez. Le repas sera prêt dans une demi-heure. Soyez là si vous voulez manger.

Alexian referma doucement la porte, puis lança à sa compagne un regard affolé. Celle-ci semblait étrangement sereine. Elle se leva difficilement, en prenant appui contre la banquette.

— Ne t'inquiète pas, c'est une œuvre phare du théâtre hélderionnois, une histoire d'amour entre un pêcheur qui écume les mers, et son épouse qui attend son retour. Ils finissent par se voir en cachette, car la famille de l'héroïne désapprouve l'absence du mari au foyer. Elle apprend qu'il a une autre épouse en Thyrane. Le monologue a lieu à ce moment-là. Juste avant qu'elle retombe dans ses bras.

Il parcourut rapidement le texte : lui n'avait aucun mot à prononcer, mais était présent sur scène, tandis qu'elle monologuait sur son cœur brisé.

— Il faut que tu apprennes ce texte !

— Je le connais déjà, le rassura Noony. Tu oublies que j'ai passé ma vie dans les livres. Quand je pouvais m'évader des cours de langue des astres ou des dictionnaires théoriques sur l'oraison, je lisais toutes les pièces de théâtre que Merion me prêtait. C'est drôle que cela finisse par servir…

— Merci d'avoir été si studieuse. Et donc, mon personnage, qu'est-ce qu'il fait concrètement ?

— Ça, ça dépend. C'est une œuvre qui date des années 580 ; à l'époque, il y avait très peu de didascalies, alors chaque acteur doit apporter sa propre interprétation de l'attitude du marin Gois. À la scène suivante, on sait juste qu'ils se sont réconciliés. Ce sera à toi d'improviser.

Il eut un regard évocateur. Elle fronça les sourcils.

— N'y pense même pas ! Il s'agit de lyrisme ! Rien de ce à quoi tu penses ! On a intérêt à être crédibles.

La scène avait été délimitée par des tentures posées à même l'herbe du pré dans lequel ils avaient monté leur campement. Tous les membres des Lances du Crépuscule avaient arrêté leurs activités pour voir l'interprétation des invités. Les danseuses au premier rang étaient vêtues du strict minimum pour leur spectacle, et Noony se demandait comment elles pouvaient supporter le froid. Les trois mimes s'amusaient à imiter l'attitude minaudante de leurs collègues, tandis que les Jumeaux soufflaient leurs torches enflammées. La troupe d'acteurs, composée d'une dizaine de personnes, se tenait davantage en retrait. Ils attendaient la représentation d'un air sceptique, sans doute vexés que Liguel propose à des étrangers de leur voler la vedette. Le décor était très sommaire : une table, une chaise, et un cadre de bois posé à même le sol pour symboliser la fenêtre avec vue sur la mer.

— C'est l'heure ! s'exclama gaiement le chef. Voyons ce dont Mune et Laï sont capables ! C'est un exercice difficile pour un couple de longue date de jouer une telle scène ; ça va être intéressant !

Les deux complices se consultèrent une dernière fois. L'oraisonnière sentait ses mains trembler légèrement, éprouvant le même type de trac qu'avant un discours d'oraison. Là aussi, elle faisait face à une foule aux âges, aux caractères et aux vécus différents, qu'elle devrait réussir à émouvoir, à persuader. Elle investit l'espace scénique avec beaucoup plus d'aisance qu'elle ne l'aurait imaginé. Pour correspondre à son personnage, elle avait enfilé une simple robe de toile d'un bleu pâle, serrée sous la poitrine, à la mode de l'époque. Alexian, lui, avait troqué son pantalon bouffant pour un accoutrement de marin.

Elle s'avança et plaqua sa paume contre sa poitrine. La voix sortit, claire :

— « Triste jour que celui-ci,
Nuit d'ardeurs, jour sans vie.
Cette chambre bleue m'insupporte,
Et les fantômes de caresses, déjà mortes,

Harcèlent mon esprit embrumé par le chagrin.
Je me souviens de ton visage se fondant dans le matin,
De ce sourire paisible flottant sur tes lèvres pâles,
Un sourire gorgé d'envie, de détresse et d'émotions palpables. »

Son compagnon lui proposa un bras qu'elle repoussa.

— « La nuit a encore une fois été longue, presque sempiternelle,
Mais nos caresses brûlantes me semblent à présent irréelles.
L'obscurité nous prodigue de doux rêves,
Et ces tendres enlacements ne sont que les chimères d'une courte trêve. »

Il s'avança encore, collant son corps contre le sien. Leurs regards s'aimantèrent. La voix de Noony flanchait d'émotion, mais portait toujours :

— « Le ciel, grande étoffe de velours sombre,
Est parsemé de diamants et d'ombres.
Toi, manteau de ténèbres protecteur,
Âme statufiée prisonnière d'innommables peurs,
De ta noirceur se détachent des perles, des vœux,
J'ai une myriade d'étoiles dans les yeux. »

Elle fixa du regard la ligne d'horizon. Alexian enroula ses bras autour de sa taille et posa sa tête contre son épaule. Elle déglutit avec difficulté. Jouait-il réellement ? Le public s'était envolé, rien d'autre n'existait que lui à cet instant. Elle poursuivit avec hargne :

— « Je sais que c'était la dernière des nuits,
Je vois cet éclat sombre briller dans ton regard endormi,
Et la lune déverse sa lumière argentée,
À travers cette fenêtre que tu as tant traversée.
Je sais que cette fois-ci c'est un adieu.
Les larmes ruissellent sur mes joues, perles de feu. »

Il la saisit alors si brutalement par les épaules qu'elle laissa échapper un hoquet de surprise. Sa seule arme pour répliquer à ses gestes était ces mots, ces mots qui n'étaient pas les siens, mais qu'elle connaissait par cœur, et qui trouvaient soudain un sens.

— « Nos univers ont depuis longtemps englouti mon cœur,
Berçant de silencieuses clameurs,
Un flot de promesses que je ne puis empêcher.
Adieu. Encore une fois, c'est toi qui as décidé.
Et je sais que, sur ton échiquier, je ne suis plus la reine,
Seulement un simple pion blanc désarmé par sa peine.
Après tout, tu es peut-être juste venu pour sentir des baisers enflammés,
Je sais depuis longtemps que l'image de l'enfant est brisée.
Seulement, sous cette peau que tu te plais à caresser,
J'ai un cœur et une âme qui pleure le départ de son cavalier. »

Il cherchait encore à attirer son attention, à la happer. Elle se sentait prisonnière de ses bras. Ses bras dans lesquels elle rêvait de tomber.

— « Si tu ne me protèges plus, fixe-moi de ton regard sombre,
Puits de souvenirs, de détresse et sans doute de mensonges.
Regarde et tu verras, dans ce bleu, un aveu.
J'ai une myriade d'étoiles dans les yeux. »

À peine le dernier mot avait-il franchi le seuil de sa bouche qu'elle vit le visage de son compagnon se rapprocher avec lenteur. Les lèvres de Noony, pareilles à de fragiles pétales, tremblèrent alors qu'il scellait enfin leur amour d'un baiser. D'abord timide, hésitant, puis brûlant. L'univers sembla retenir sa respiration tandis qu'ils échangeaient leurs souffles.

Puis les applaudissements les ramenèrent à la réalité.

— C'était merveilleux ! Magnifique ! On aurait dit un premier baiser… ou un dernier. Quelle charge émotive !

Liguel était monté sur scène pour les couvrir d'éloges. Alexian semblait en état de choc. Jamais l'oraisonnière n'avait lu une expression à la fois aussi grave et émerveillée sur son visage. Les danseuses dissimulaient leur émotion derrière leurs mains.

— Vous êtes vraiment de très bons acteurs ! Que diriez-vous de jouer avec notre troupe à Abranelle ?

L'Hélderionnoise pensa que son acolyte allait répondre, mais il ne dit rien. Elle prit alors la parole :

— Nous allons étudier votre proposition…

— Vous savez, insista Liguel, les Lances du Crépuscule ont été sélectionnées pour passer le concours devant les promis en personne ! Le but est de les convaincre en l'espace de quelques extraits de spectacles, pour qu'ils nous engagent pour les festivités.

Les propos de Liguel semblèrent enfin faire retrouver à l'espion ses esprits :

— C'est sûr que ce serait avantageux pour nous ! Comment partagez-vous les gains ?

L'une des sœurs Aramis écrasa sous son pied la Tige qu'elle venait de fumer. Sous sa toge translucide, on voyait se dessiner son ventre parfaitement plat et le volume de ses seins. Alexian passa devant elle alors qu'il aidait à ranger le coin cuisine du campement.

— Vous êtes Mune, c'est ça ?

Normalement, il aurait pris le temps d'examiner attentivement son interlocutrice, mais rien ne lui semblait plus compter que Noony. Il portait régulièrement sa main à sa bouche, comme pour retenir le souvenir de ses lèvres contre les siennes.

— C'est ça.

— Votre performance était très convaincante.

Elle se baissa pour l'aider à ranger les casseroles, puis lui offrit un large sourire.

—Vous vous êtes fait ça comment ?

—De quoi ? demanda-t-il distraitement.

—Votre œil.

—Ah... Un accident, avec un animal.

Cette anecdote mystérieuse sembla attiser sa curiosité. Elle frôla volontairement son bras pendant qu'elle soulevait une assiette.

—C'était votre épouse qui jouait avec vous ?

—C'est exact, répondit-il froidement.

Elle ferma la malle qui contenait la vaisselle et s'assit dessus pour étendre ses jambes, faisant remonter haut sur ses cuisses sa minuscule jupette à paillettes.

—C'est drôle, fit-elle d'une voix mielleuse, vous n'avez pas une tête à être marié.

—C'est pourtant le cas. Vous m'excuserez, je dois satisfaire un besoin naturel.

Il quitta la lisière du pré aux hautes herbes pour s'enfoncer dans une zone forestière. Alors qu'il se soulageait, il entendit des pas légers faire craquer des brindilles. Lorion apparut dans son champ de vision, ses pattes devenues marron à cause de la boue. Il léchait tranquillement ses babines encore mouchetées de sang.

—Je vous ai rattrapés sans souci. Étincelle vole je ne sais où ; je lui ai dit qu'on l'appellerait quand on aurait besoin de lui, qu'il en profite pour chasser...

Le Rouge-Terrien referma son pantalon et accueillit le lynx dans ses bras.

—J'ai senti quelque chose de bizarre, tout à l'heure...

Le jeune homme restait immobile, les doigts crispés dans la fourrure blanche de son uni.

— Vel-Lorion ?

Il ne répondit pas. Une larme perla à l'œil rouge du félin, avant de rouler le long de son pelage. Ils restèrent un moment ainsi enlacés, dans une union parfaite de leurs sentiments, puis l'espion se ressaisit.

—Nous... Nous allons nous rendre à Abranelle. Tu ne pourras pas pénétrer les murailles. Il faudra que tu restes hors de la ville.

— Très bien, mais je ne pourrai rien faire pour vous...

—Reste dans les bois, ne t'inquiète pas.

L'animal s'éloigna et se roula en boule dans des feuilles mortes.

—N'essaie pas de m'attendrir ! Je n'y peux rien ! Avoir un lynx dans la capitale, ce serait signer notre arrêt de mort.

—Je sais. C'est juste que tu vas me manquer. Vous allez me manquer.

Alexian le gratifia d'une dernière caresse sur la tête, puis rejoignit le campement de Liguel sans se retourner. Le chef s'occupait de curer les sabots des chawins. Il le salua avant de remonter dans le chariot.

Noony, assise sur l'une des banquettes, refaisait son maquillage. Il vint près d'elle, tournant nerveusement ses pouces, puis poussa un soupir sonore.

— Ne dis rien, dit-elle d'un ton calme. Il n'y a rien de plus à dire. Concentrons-nous sur nos objectifs.

Il voulut se laisser aller contre elle, lui avouer ce qu'il ressentait, faire tomber le masque qu'il portait depuis si longtemps. Pour la première fois, il retrouvait avec un être humain la confiance qu'il partageait avec son uni. Comprenait-elle à quel point c'était énorme, perturbant ? Cependant, elle continuait à peinturlurer son visage tout en s'observant dans le miroir, sans faire attention à lui. Il comprit que leur amour ne pouvait s'exprimer que dans la création, l'illusion, le théâtre. Là où l'on pouvait prétendre, faire semblant, laisser planer une ambiguïté. Si celle-ci s'envolait, alors leur histoire ne serait plus rien. Ils seraient contraints de délier leurs destins, sachant l'un comme l'autre qu'un amour platonique était impossible.

Ce soir, ils arriveraient à Abranelle. Une fois la muraille franchie, une mission difficile et improvisée les attendait. L'espion ferait comme toujours ; il écouterait sa froide raison, sa vicieuse stratégie. Une seule chose comptait : Tombe-lune.

— Je ne pensais jamais avoir à redire ça si vite, mais… ne pleure pas, Vel-Lorion.

ꟹ

Le chariot s'immobilisa. Il sortit pour voir ce qu'il se passait. Le véhicule était derrière une centaine d'autres carrioles. Toutes sortes de musiques retentissaient aux alentours, des jongleurs défilaient, des marchands ambulants proposaient de la nourriture ou des portraits souvenirs des promis. Dans l'euphorie générale, les sœurs Aramis étaient descendues pour discuter avec une bande de musiciens. Alexian découvrit la capitale vers laquelle toutes les routes convergeaient. C'était plus imposant que ce qu'il avait imaginé, bien plus grand que Volplume, et la foule qui engorgeait les portes accentuait le sentiment d'immensité.

— Voilà, fit Liguel, maintenant, il va falloir être patient !

— Vous comptez assister au procès de Gide Manérian ? cria Alexian pour couvrir le brouhaha des divertisseurs.

— Oh, non, je préfère répéter ! Pourquoi, vous voulez y aller ?

— J'aimerais bien, oui, ça peut être intéressant.

Il eut un geste dédaigneux.

— Faites comme bon vous semble !

Interlude

Le voile de tulle noir ondulait au gré du vent, dissimulant le visage de la femme qui se tenait debout dans une attitude de recueillement. La pierre tombale se trouvait au milieu d'un champ à la périphérie de Zenan, où d'autres sépultures abandonnées sortaient de terre au milieu des herbes folles. La femme serrait contre sa poitrine un bouquet de fleurs. L'homme à ses côtés tirait régulièrement sa montre à gousset de son costume, pour la consulter d'un air impatient.

— Qu'y a-t-il, Joscard ? demanda Nwinver.

— Me faire déplacer à Zenan pour ça ! Me faire quitter la pension !

— Nous devons rendre hommage à un ancien ami, même s'il était un délinquant aux yeux d'Hélderion.

Elle plaça sa main gantée contre sa joue, et s'exclama d'un ton faussement surpris :

— Oh, c'est drôle, vous avez tant en commun !

Joscard se mordit la lèvre inférieure, mais ne répondit rien. La jadielle éclata d'un petit rire moqueur.

— C'est vrai que c'est un peu de route ; cependant, je voulais que tu m'invoques près de sa tombe. Toi, Sonax et moi avons fait un bout de chemin ensemble, je pense qu'il aurait été heureux que nous lui rendions hommage.

— Je pense surtout que plus les années passent, et plus tu prends des risques inconsidérés. Je n'arrive pas à croire que j'aie accepté ce voyage pour satisfaire tes caprices.

— C'est dommage, soupira Nwinver. Tu ne lui as jamais pardonné le tour qu'il t'a joué.

Le Maître ne répondit même pas à la provocation. Elle haussa les épaules, déçue, et se résigna à déposer le bouquet contre la sépulture.

— Voilà, c'est fait. Je vais rentrer, maintenant. Le procès de Gide commence cet après-midi, il faut que je sois prête.

Joscard sortit de sa veste une petite boîte contenant de la résuadine, la posa par terre et s'éloigna de la tombe à grandes enjambées.

— Où vas-tu ?

— J'en ai assez de tes jeux ! cria-t-il en se retournant.

— Reviens, ordonna-t-elle, ou je te promets que tous les sacrifices que tu as faits jusqu'ici n'auront servi à rien, et qu'un certain jeune homme va mourir dans un tragique accident.

Le Maître s'immobilisa, hésita, puis fit demi-tour.

— Très bien, fit-elle, satisfaite. Fais-moi plaisir, dis un petit mot d'adieu à Sonax avant que je m'en aille.

21

Le procès

– Royaume d'Hélderion, Abranelle, 913 –

Châtiments : Il en existe deux types. L'un entraîne un handicap à vie, l'autre la mort. Les premières traces de l'application de la peine capitale remontent aux mémoires d'Ernos II, qui prônait l'exécution des meurtriers. Au fil du temps, une hiérarchie dans les procédés d'exécution a été mise en place en fonction du statut social du condamné. Pour le citoyen commun, il s'agit d'un coup de poignard, dans le ventre, dans le cou, puis dans le cœur. Pour un membre d'une famille de corporation, il s'agit d'un seul coup d'épée dans le cœur. Pour un dirigeant de corporation, la mort est provoquée par le poison, jugé indolore.

Extrait de l'*Encyclopédie de l'Histoire d'Ollien* – par Aceson Madias, membre de la Corporation Volplume de 613 à 647.

Il avait été décidé que le procès de Gide Manérian se déroulerait dans la salle du Congrès, utilisée d'habitude par Soleil pour tenir ses réunions délicates. Aileen et Heptiel étaient déjà sur les lieux alors que l'aube chassait à peine les ténèbres. Ils avaient été placés à l'avant des gradins installés pour l'occasion. Une cage rectangulaire aux épais barreaux de fer occupait le centre de la pièce, prête à accueillir l'accusé.

—Tu es sûre de toi ?

—Oui, je veux le voir.

D'importants membres de la Corporation de la justice s'asseyaient dans les fauteuils placés sur l'estrade montée pour eux, près de la cage où serait placé

Gide. D'autres personnes entrèrent tout à coup. Aileen se leva pour mieux voir de qui il s'agissait. Une voix familière atteignit ses oreilles :

—JE SUIS INNOCENT ! Lâchez-moi ! C'est une erreur !

Elle retomba lentement sur sa chaise. Son père se débattait, escorté par une dizaine de guerriers de l'aurore. Difficile de le reconnaître vêtu de cette simple bure noire, avec ses pieds nus et ses cheveux blancs tombant sur ses épaules comme une crinière ébouriffée. Elle avait néanmoins aussitôt identifié son ton autoritaire et impétueux.

—LÂCHEZ-MOI !

Les soldats ouvrirent la cage et le forcèrent à y entrer.

—C'est une erreur judiciaire ! persifla-t-il en serrant les barreaux. Croyez-moi, quand je serai innocenté aujourd'hui, vous le paierez !

Sa fille se redressa et parla d'une voix forte :

—Bonjour !

Gide Manérian se retourna d'un mouvement vif. Il lui sourit faiblement.

—Ma chérie ! C'est toi !

Les membres de la Corporation de la justice échangèrent des messes basses. L'héritière descendit des gradins par les escaliers latéraux, soulevant gracieusement sa robe de dentelle. Elle s'arrêta devant la cage.

—Oh tu es là ! poursuivit-il. Je savais que tu ne croirais pas tous ces mensonges ! C'est un coup de Merion !

Ses traits étaient tirés et sa bouche agitée d'un tremblement continuel. Seul son regard restait identique, d'un bleu flamboyant et inquisiteur.

—As-tu tué maman ? demanda-t-elle.

Gide recula d'un pas, ses bras tombant brusquement le long de son corps. Il agita la tête de gauche à droite, ne pouvant y croire.

—Tu me soupçonnes, toi aussi ?

—L'as-tu tuée ?

—NON !

Elle voûta les épaules par réflexe en entendant cette voix gronder, puis se ressaisit. Les rôles étaient inversés, à présent. Jouait-il la comédie ?

—Je suis innocent ! Tu dois me croire, me défendre !

Elle revit tout à coup Mylianne près d'elle, dans leur chambre de la pension Sybilène. Mylianne et son sourire éclatant, son innocence. Mylianne sauvagement assassinée dans les rues de Mizin. Elle chassa l'image insupportable du corps de sa sœur durant son oraison. Cataline n'aurait pas menti sur ce sujet ; son père n'avait pas hésité à élaborer ce plan monstrueux pour la faire tuer.

—Fais-moi confiance…

Il fallait qu'elle choisisse. Croire les Lames Nocturnes et accepter les sombres desseins de son royaume, ou bien son père.

—Aileen !

—Tais-toi, ordonna-t-elle sèchement.

Elle plaça ses mains autour des barreaux de fer et s'approcha un maximum de lui. Tout le monde l'observait, mais peu importait.

— Pourquoi as-tu fait tuer Mylianne ?

La phrase parvint à Gide, aussi légère qu'un souffle. Il se raidit.

— Que… Qu'est-ce que tu racontes ?

Il éclata soudain d'un rire forcé, presque mécanique. Sa fille resta figée, grave.

— C'est stupide, fit-il tout bas.

— C'était sur ordre de l'Astracan ? demanda-t-elle sans se démonter.

Il resta interdit, puis un sourire ressemblant davantage à un rictus de folie étira ses lèvres.

— Toutes mes décisions sont prises selon le bon vouloir de Soleil.

Elle tourna les talons et regagna sa place. Gide lui hurla de revenir ; pourtant, elle se rassit tranquillement près de son promis.

Elle avait du mal à soutenir la vue de ce père défait, qui vociférait toujours le même refrain. La justice rendrait son verdict aujourd'hui, même si Aileen se doutait que la situation était contrôlée par l'Astracan. S'il avait lui-même demandé à Gide de faire assassiner son entourage, qu'avait-il bien pu en tirer ? Et pourquoi le faire accuser par la suite ? Gide avait évoqué Merion, son fidèle assistant. Serait-ce lui qui aurait découvert cette macabre vérité ?

— Si ton père est condamné aujourd'hui, demanda Heptiel, et donc exécuté, que va-t-il se passer ? Qui reprendra la Corporation des marchands d'étoiles ?

— Je ne sais pas. Noony est l'aînée, elle est oraisonnière…

— Mais maintenant qu'elle s'est enfuie ?

— Sans doute moi. Je n'en sais rien, je n'ai pas eu l'occasion d'aborder le sujet.

— Réfléchis. Tu es maintenant membre de la famille des Astracans.

— Les deux corporations ne feront qu'une.

Elle ne savait pas dire si c'était une bonne ou une mauvaise chose. Soleil obtiendrait ainsi le monopole total de la résuadine. Cette substance semblait si importante…

— Si l'on suit ton raisonnement, poursuivit-elle, alors l'Astracan aurait plutôt intérêt à ce que Gide soit condamné.

— Mon père est lié au meurtre de ta sœur. Imagine que tu sois à sa place, et que tu veuilles t'assurer que les corporations ne grignotent pas trop de pouvoir. Même s'il a une toute-puissance religieuse et symbolique, et qu'il peut faire pression sur les Corporations, ces dernières veulent toujours gagner de la marge de manœuvre. Pour contrôler ça, il profite du fait que le dirigeant de l'une d'entre elles ait un tempérament assez…

— Violent, compléta-t-elle. Et soit un homme pour qui une seule chose compte : l'honneur de la famille, le respect des astres.

— Mylianne a dû entendre une discussion un jour et en parler à Gide. Celui-ci, très consciencieux, entretient une correspondance soutenue avec le dirigeant suprême, espérant entrer dans ses grâces, et lui confie tout. Il reçoit alors l'ordre de faire disparaître les preuves compromettantes. L'Astracan n'a plus qu'à se débrouiller pour qu'il soit accusé, et Gide est piégé en ayant seulement exécuté les ordres.

Elle ressentit un vague sentiment de pitié envers son père. Ce dernier continuait de crier à la calomnie.

— Particulièrement vicieux, murmura-t-elle. Tu sais, Mylianne m'avait dit qu'elle avait un jour surpris une dispute très violente entre mes parents, et c'est peu après que ma mère a eu les lèvres cousues.

— Elle a dû apprendre les raisons du châtiment de ta mère.

Elle-même les connaissait déjà, mais ne pouvait pas les avouer à Heptiel. Il lui demanderait la source de telles informations. Au moment où elle allait relancer le sujet, une escorte de soldats entra, encadrant les témoins. Le juge, placé en hauteur, annonça que la cour du bâtiment avait été ouverte au public.

Le procès pouvait commencer.

Les guerriers se placèrent autour des gradins et la foule envahit le grand bâtiment pour se masser derrière les barrières de bois surveillées. Les têtes curieuses se tendaient pour voir Gide Manérian, qui avait cessé de crier et s'était laissé tomber à genoux dans sa cage. Le juge n'était autre que le chef de la Corporation de la justice. Les autres magistrats, vêtus de noir, discutaient avec agitation sur l'estrade.

Aileen tressaillit légèrement face à ce millier de spectateurs. La chute du dirigeant de la Corporation des marchands d'étoiles déchaînait les passions. L'objet de l'accusation attisait la curiosité morbide. Elle réfléchit alors en tant qu'héritière en contemplant ces centaines d'inconnus, et se demanda ce que le peuple pensait d'elle. Son peuple. Certains devaient la mépriser, l'envier, souhaiter qu'elle tombe dans la même déchéance que son père.

— C'est étrange d'être de ce côté de la barrière, dit-elle.

— Tu comprends pourquoi je préférais être en Thyrane. On n'étale pas autant ses privilèges, là-bas.

— L'Astracan n'est pas ici ?

— Non, il n'assiste pas au procès. Depuis les raids des clans et mon enlèvement, il y a seize ans, il évite les apparitions publiques. Question de sécurité.

Le juge écarta les bras, repoussant sa cape, exhibant les bagues qui ornaient ses doigts potelés.

— SILENCE !

Le brouhaha décrut jusqu'à n'être plus qu'un fond sonore de chuchotements.

— Bien. Accusé, déclinez votre identité !

Le dirigeant de la Corporation des marchands d'étoiles se redressa d'un bond.

— Je ne participerai pas à ce complot !

Le juge claqua des doigts en direction des soldats qui gardaient les barrières. Ceux-ci tirèrent tous leurs rapières.

— Gide Manérian, déclara-t-il gravement, j'ai pour mission de faire appliquer la justice dans notre beau royaume. Si vous refusez de placer votre destin entre les mains des astres, vous reniez votre religion. Si vous ne coopérez pas selon le rituel juridique, votre corps sera transpercé à travers la cage par toutes les lames présentes.

Le concerné resta de marbre.

— C'est votre choix, poursuivit le juge.

— J'ai une confiance absolue dans les astres ! tonna-t-il.

— Déclinez votre identité et vos responsabilités.

L'accusé marqua un temps d'arrêt avant de déclamer sur le ton d'une récitation parfaitement apprise :

— Je suis le serviteur de Sa Majesté l'Astracan, j'applique sa volonté. Je suis responsable de la Corporation des marchands d'étoiles, je veille au bon déroulement de l'oraison dans le monde, afin que chaque âme rejoigne son astre d'attribution.

Aileen se sentit envahie d'une nostalgie soudaine. Elle revit son père à l'époque où il récitait fièrement son serment à ses filles pour leur faire comprendre l'importance de la mission familiale.

— Bien, reprit le juge. Vous avez rappelé aux astres vos devoirs. Vous êtes aujourd'hui accusé de deux meurtres, ceux d'Amielle et de Soliane Manérian, qui ont été vos épouses. Qu'avez-vous à dire ?

— Je ne les ai pas tuées !

— Très bien. Je laisse la parole à votre défenseur.

Un magistrat s'avança aux côtés de Gide, puis déclara :

— D'abord, nous allons chercher à comprendre quel genre d'homme il est, quel type de vie il mène. En tant que chef de corporation, il doit être un exemple. Ce qu'il a toujours été. Les témoins ici présents ont juré en touchant la relique d'Oriel III de dire la vérité.

Il se tourna vers le groupe de témoins encadré par une escorte. Merion se trouvait parmi eux, l'air sûr de lui. L'avocat appela plusieurs habitants de Manérian, qui témoignèrent de l'intégrité de leur dirigeant, de sa générosité. Une vieille femme fit le portrait d'un homme juste et serviable.

— Bien, conclut le juge. À l'accusation.

Un autre magistrat s'avança.

— Chers amis, ce que nous venons d'entendre est sans aucun doute vrai. Ce n'est pourtant que la face visible de l'accusé ! J'appelle Lioza Terime, sa domestique. Nous écoutons votre voix. Puisse-t-elle apporter la vérité.

Merion donna une tape affectueuse dans le dos d'une jeune fille. Celle-ci descendit l'estrade et fut conduite devant les jurés. Ses mains jointes et sa chevelure tressée lui donnaient une allure candide. Gide, lui, fulminait.

— Depuis quand a-t-il des domestiques ? demanda Aileen tout bas.

— Après le décès de ta mère, il a peut-être eu besoin d'assistance.

L'accusation consulta quelques feuillets apportés par ses collègues, puis reprit la parole :

— Mademoiselle, quel genre d'homme est Gide Manérian, vous qui le côtoyez dans le quotidien ?

Elle eut un petit raclement de gorge aigu, avant de répondre, la tête basse :

— C'est quelqu'un de très exigeant, qui aime le travail bien fait.

— Le considérez-vous comme un homme sain ?

— Je ne saurais dire, Votre Honneur. Il a un emploi du temps très chargé, et aime boire pour oublier ses obligations.

De nouveau, les chuchotements montèrent du côté des spectateurs.

— L'avez-vous déjà vu ivre ?

— Oui, plusieurs fois, répondit le témoin. Il me demande régulièrement trois pichets de vin le soir depuis qu'il m'a embauchée.

Difficile d'imaginer le spectaculaire dirigeant seul face à sa table à aligner les verres d'alcool. Une telle déclaration allait en ajouter à l'atmosphère de scandale.

— Je vois, reprit l'accusation. Vous en conviendrez, Monsieur le juge, ce n'est pas le genre de débauche que l'on attend d'un représentant direct de l'Astrascisme. Dois-je vous rappeler, Gide Manérian, que lorsque vous avez pris la succession de votre père, vous avez juré assurer votre fonction tant que vous seriez clairvoyant ? Je doute que vous soyez lucide quand vous êtes ivre...

Contre toute attente, l'accusé éclata d'un rire glacial qui fit tressauter ses larges épaules.

— Elle ment ! Voyons, c'est ridicule ! Je ne bois jamais en dehors des repas officiels.

De virulents débats éclatèrent dans la foule, les cris se mêlant aux insultes. Aileen observa plus attentivement les gens qui se pressaient contre les barrières : des marchands, des divertisseurs, des citoyens d'Abranelle de toutes classes sociales confondues. Son regard croisa alors celui d'une jeune femme brune qui lui ressemblait un peu. L'or rencontra l'émeraude. Elle eut l'impression de recevoir une brusque décharge. Noony.

Elle se tourna par réflexe vers l'Ioden. Il écoutait attentivement la suite du témoignage de la domestique. Personne d'autre qu'elle ne pouvait reconnaître sa sœur, avec ses cheveux noirs et courts, qui déconstruisaient totalement l'image de l'oraisonnière. Mais c'était elle, sans aucun doute. Que faisait-elle ici ? Était-elle venue exprès pour le procès ? Que signifiait ce regard ? Elle osa de nouveau tourner la tête vers Noony, qui était accompagnée.

Un jeune homme, vêtu d'un costume de couleur vive, un bandeau lui couvrant l'œil, lui parlait à l'oreille. Était-ce l'espion dont parlaient les avis de recherche ? Que devait faire Aileen ? La rencontrer ? Non, c'était encore un énorme risque, elle ne pouvait pas être affiliée à sa sœur recherchée pour haute trahison. Si l'on découvrait qu'elle ne l'avait pas dénoncée…

La dénoncer ? Cela pourrait lui donner une réelle crédibilité et lui permettre d'entrer dans les grâces de Soleil. Révéler la présence parmi eux de sa propre sœur pour punir ceux qui se dégagent de la voie de l'Astrascisme lui laisserait la marge de manœuvre dont elle avait besoin. Elle véhiculerait l'image d'une future épouse prête à tous les sacrifices pour défendre les idéaux de son royaume. Qui pourrait ensuite la soupçonner ?

Non. Mylianne. Elle en était arrivée là pour venger la mémoire de Mylianne. Serait-ce pour condamner son autre sœur afin de provoquer le chaos dans cette société assassine ? Elle repoussa l'éventualité de la dénoncer en voyant de nouveau son père emprisonné. Elle ne voulait pas être comme lui. Trahir les siens au nom de principes ou d'intérêts. Son esprit calculateur la répugna tout à coup. Son aînée avait besoin d'aide. Jamais elle ne se serait autant rapprochée des autorités sans un objectif précis. Où s'était-elle cachée durant tout ce temps ? Les rumeurs de son implication avec les Terres Impies étaient-elles fondées ? Noony la fixait toujours du regard, déterminée, suppliante. Peut-être avait-elle lu l'hésitation planer sur son visage. Le fantôme de Mylianne flottait entre elles, pont jeté entre les gradins et la barrière.

— J'appelle Merion Herfor, oraisonnier de Manérian. Nous écoutons votre voix. Puisse-t-elle nous apporter la vérité.

— Alors ? demanda Alexian.

Elle se hissa une fois encore sur la pointe des pieds, les mains accrochées à la palissade.

— Je ne sais pas trop, je pense qu'elle m'a reconnue. Pendant un moment, j'ai eu peur, j'ai cru qu'elle allait parler à Heptiel.

— Si elle t'a vue, c'est l'essentiel.

Merion s'avança. Noony laissa son compagnon se rapprocher de la barrière afin de la dissimuler et que l'homme ne la reconnaisse pas.

Gide et lui se jaugèrent mutuellement, puis le chef de la Corporation des marchands d'étoiles cracha sur le sol. Le juge s'exclama :

— Un peu de tenue !

— Merion Herfor est l'homme ayant découvert les preuves de la culpabilité de l'accusé, poursuivit le magistrat.

— En effet, répondit l'oraisonnier avec emphase, j'ai trouvé par hasard le journal de Soliane Manérian lorsque j'étais chez Gide…

— MENTEUR ! Tu as inventé ça !

— Silence !

Le terme de journal s'imprima dans l'esprit de Noony. Sa mère avait donc écrit, malgré les interdictions inhérentes à son châtiment ?

— Reprenez.

— Merci, Votre Honneur.

L'oraisonnier prit un air abattu.

— Gide, mon ami, je n'ai jamais voulu ta perte. Je suis tombé sur ce journal un soir où tu étais soûl, et où je suis allé te coucher. J'ai vu quelque chose dépasser de sous ton lit. J'ai été horrifié en lisant ces pages. J'avais besoin de savoir si les accusations de Soliane étaient fondées. J'ai donc donné les documents aux guerriers de l'aurore, qui ont asséché le puits et découvert le cadavre de ta première épouse.

Gide allait de nouveau répliquer ; ses mains serraient si fort les barreaux que ses phalanges en étaient blanchies, mais le juge leva la main en guise d'interdiction.

— Le journal de Soliane Manérian a été amené en tant que preuve, précisa l'accusation.

L'un des membres de la Corporation de la justice s'avança, portant un coffret de bois sombre. Il l'ouvrit et en tira de vieux manuscrits aux pages cornées.

— Lisez, ordonna le juge.

— « Douzième jour de la saison de l'Amant, an 911. Aujourd'hui, Gide m'a fait mon injection quotidienne. Depuis des années déjà, je m'affaiblis, mon corps est devenu une forteresse prise d'assaut par des ennemis invisibles. Il me tue à petit feu. Mes lèvres cousues font de moi une parjure, une tache sur l'impeccable arbre généalogique des Manérian. Mon époux veut construire une famille parfaite, au service des astres, respectant les principes sans le moindre écart. La justice m'a déjà punie en m'ôtant à jamais la capacité de parler. Je croyais naïvement que mon mari m'aimait. Non. Gide n'aime que les personnes qui participent à l'honneur de la famille. Une famille qu'il veut en harmonie absolue avec les préceptes. Il voit en moi une erreur, une bavure. Il n'aura aucun scrupule à m'éliminer pour purifier la lignée. Comme il a éliminé son ancienne femme, trop peu investie à son goût. »

La lecture de l'extrait jeta un froid dans la salle. Noony entendait la voix de sa mère à travers ce texte, une femme utilisée puis jetée au premier faux pas. Tout comme elle. Il fallait que la tyrannie de Gide Manérian cesse. Il n'était pas un modèle, mais un homme faible, incapable d'exprimer sa volonté sans se débarrasser définitivement des personnes risquant d'entacher sa réputation. Incapable d'interpréter les préceptes des livres théologiques et les appliquant à la lettre, aveuglément.

— Un squelette a été retrouvé dans le puits de la cour de votre demeure, reprit l'accusation. Avez-vous une explication ?

— C'est un coup monté ! hurla Gide. Je n'ai tué personne ! Ma femme a perdu la raison après son châtiment ! On lui a arraché la langue, les dents, et cousu les lèvres à vif ! D'ailleurs, parlons des raisons de cette condamnation !

— Ce n'est pas le sujet ! l'interrompit aussitôt le juge.

— Gide Manérian, reprit l'accusation, les preuves rassemblées sont irréfutables, et vous osez encore nier. Vous devez avouer vos crimes et espérer que votre astre d'attribution accueille votre âme enténébrée en son sein, pour vous offrir une seconde chance.

Gide se tourna vers les gradins des privilégiés.

— Aileen ! Ma chérie ! Agis ! Défends-moi ! Tu es l'héritière ! Tu peux sauver ton père !

Noony se décala légèrement pour voir sa sœur. Celle-ci s'était levée, majestueuse dans sa robe de dentelle noire.

— Tu as tué ton épouse. Tu as tué ma mère. Un acte aussi abominable ne peut qu'être le résultat d'un mal inconnu qui te ronge, une folie meurtrière. Je fais confiance aux astres pour prendre la décision la plus juste.

L'oraisonnière fut sidérée par l'assurance de sa cadette, par son ton sans réplique, souverain. À côté d'elle, Heptiel était beau et calme, mais sa puissance semblait faible en comparaison. Les chemins qu'elles avaient empruntés respectivement les avaient beaucoup changées. Aileen accepterait-elle de les aider ? Invoquait-elle dans son intervention l'argument religieux par conviction ou bien parce que c'était ce que l'on attendait d'elle ?

— Gide Manérian, déclara le juge, les membres du jury vont se retirer pour délibérer. Le verdict sera rendu public dès que possible. Vous serez relâché, enfermé ou exécuté, selon la décision qui aura été prise. La séance est levée.

L'accusé fut ramené dans sa cellule. Les héritiers se retirèrent, ainsi que de nombreux spectateurs. Noony et Alexian, eux, ne bougèrent pas, bien décidés à garder leur place au premier rang. Les heures s'écoulèrent. Puis les magistrats regagnèrent leur place. Les soldats escortèrent Gide jusqu'à la cage.

— Accusé ! annonça le juge. La Corporation de la justice a rendu sa décision. Vous êtes jugé coupable des meurtres d'Amielle et de Soliane Manérian. Comme vous êtes dirigeant de Corporation, la mort vous sera donnée par le poison. Âmes sensibles, vous êtes priées de ne pas assister à cela.

Le visage de Gide Manérian se transforma, ses traits se plissèrent, ses yeux jetèrent des éclairs à la foule alentour.

— Vous faites une erreur ! Je suis innocent !

L'un des membres de la Corporation de la justice s'approcha avec un coffret de bois identique à celui qui contenait le journal de Soliane. Le juge l'ouvrit, dévoilant une fiole contenant un liquide vert sombre. Personne ne broncha dans la salle, chacun frémissant d'angoisse, de dégoût ou d'excitation dans l'attente de l'exécution. Noony serra le bras de son ami.

— Il va mourir. Je n'arrive pas à y croire.

— C'est trop simple, répondit Alexian. L'Astracan doit avoir un intérêt à sa mort.

— Et dire que c'est Merion qui l'a dénoncé…

— Cache ton émotion, s'il te plaît.

Les soldats encerclèrent la cage ; l'un d'entre eux tenait la clef qui servait à en déverrouiller le cadenas.

— Gide Manérian, vous pouvez mourir en dirigeant de corporation ; cependant, si vous opposez une quelconque résistance, les guerriers de l'aurore se chargeront de vous donner la mort.

Quand les soldats ouvrirent la porte, le condamné s'élança pour s'enfuir, et tous les spectateurs eurent un mouvement de recul. Il fut immédiatement immobilisé et forcé à s'agenouiller. Ses cheveux blancs tombaient en mèches folles sur son visage cramoisi. Le juge confia la fiole à l'un de ses collègues, qui portait un masque noir. Le bourreau s'en empara d'un geste assuré.

— Ne vous approchez pas ! s'égosilla Gide.

Le cri déchira le cœur de Noony. Elle dissimula son visage dans les bras de son compagnon. Un soldat pressa sa lame contre la gorge du condamné, le faisant taire, tandis que sa poitrine se soulevait et se rabaissait à un rythme effréné. Le bourreau déboucha le flacon. La main brutale d'un guerrier força Gide à garder la bouche ouverte. Le liquide fut versé d'un trait entre ses lèvres. Il tenta de se débattre quelques secondes, mais on le força à avaler. Il fut aussitôt pris de spasmes et s'écroula sur le sol de marbre, ses yeux révulsés vers le ciel. L'oraisonnière laissa ses larmes tant refoulées couler.

— À la mort de Gide Manérian, déclara le juge d'un ton solennel, en l'absence de régent et malgré son âge, le titre de chef de la Corporation des marchands d'étoiles revient à Aileen Manérian, unique successeur.

— Attendez ! intervint Merion.

Il brandissait des feuillets, provoquant une rumeur qui enfla dans la foule.

— Que se passe-t-il ? demanda le juge avec étonnement.

— Je suis ici en possession du testament officiel de Gide Manérian. Il me donne la fonction de chef de la Corporation des marchands d'étoiles en attendant les trente ans de l'héritière officielle, afin qu'elle ait le temps d'être formée à l'art d'oraison.

Noony dévisagea son ancien mentor en se forçant à dissimuler sa stupeur.

— C'était donc ça, murmura Alexian. La succession. Ce Merion a très bien joué son coup.

— Ainsi, mon père m'a déshéritée. Ma sœur devenant l'héritière de la Corporation des marchands d'étoiles, cela explique pourquoi Soleil a sollicité le mariage. Cela implique la fusion des deux corporations.

— Mais Merion avait un autre plan.

— C'est le meilleur commercial de la corporation, dit tristement la jeune femme. Je l'imagine mal accepter cette fusion. Si mon père est devenu aussi incontrôlable et qu'il a accepté le mariage…

Un sourire amer étira ses lèvres. Déjà, le juge et ses collègues examinaient le testament, l'air soucieux. Ils ne pouvaient plus reculer, il y avait des centaines de témoins. Noony regarda de nouveau sa cadette. Heptiel avait posé une main tendre sur son épaule. Elle tenta de refouler le sentiment de jalousie qui montait en elle.

Interlude

L'Astracan jeta les pages jaunies dans le feu qui crépitait dans la cheminée. Elles se recroquevillèrent dans le brasier.

— Qu'est-ce que tu brûles, mon amour ? questionna Nwinver.

— Le journal de Soliane Manérian. J'espère que l'acolyte de Gide ne l'a que parcouru, elle doit évoquer certains détails… compromettants. Si tel est le cas, il aura assez d'intelligence pour comprendre qu'il vaut mieux pour lui se faire discret. En tout cas, la vérité n'est plus, à présent. Le procès s'est déroulé comme prévu. J'avais peur que Gide n'évoque les expériences et notre collaboration, mais il est resté fidèle aux astres. Un serviteur hors pair.

— Tu n'es pas trop fâché, pour le testament ?

La jadielle était alanguie sur l'un des divans de velours du salon réservé aux proches de l'Astracan. Soleil ricana.

— Il est clair que ce Merion est plus malin que je ne l'avais pensé, enfin, ça ne change rien. Ce n'est qu'une question de temps. Que sont une dizaine d'années comparées aux siècles de frustration que j'ai traversés ?

Nwinver contempla pensivement le portrait de son fils, accroché au-dessus d'une vitrine décorative.

— Et le mariage ?

— Dans trois jours, décida l'Astracan. Hors de question d'attendre davantage. J'ai programmé l'Ioden la semaine prochaine, pendant les banquets de célébration. L'annonce officielle sera faite demain.

Il congédia son épouse d'un petit mouvement de la main. Celle-ci rejoignit ses appartements. Chaque heure qui passait rapprochait Heptiel de la cérémonie, et attisait ses craintes. Elle avait toujours accepté le sort réservé à son fils, peut-être parce qu'elle n'avait jamais eu l'occasion de réellement construire de relation avec lui, obsédée par le destin qu'elle lui connaissait depuis le jour de sa naissance. Pourtant, depuis la mort d'Aryador, c'était comme si la carapace glacée qui enveloppait son cœur se détachait par morceaux. Peut-être qu'une jadielle était capable d'aimer, finalement.

22

Divertisseurs

– Royaume d'Hélderion, Abranelle, 913 –

Vingt-cinquième jour de la saison de l'Amant, an 911

« Nwinver a toujours beaucoup fréquenté le Laboratoire. Sans doute était-elle fascinée par le processus d'injection de la résuadine, par les mères porteuses, par l'ambiance dans laquelle elle a grandi. Je suis trop jeune pour avoir connu sa conception, mais elle est le projet que l'Astracan qualifie de plus réussi. D'après un collègue, Soleil avait demandé de trouver une mère porteuse parmi les domestiques du palais ; il voulait que celle-ci soit la plus belle de toutes. Il souhaitait créer sa future épouse sur mesure. C'était très intelligent de sa part de s'unir à une créature considérée comme en relation directe avec les astres. La pauvre mère porteuse est morte durant la césarienne, et pas par accident, paraît-il. Elle s'était portée volontaire contre une somme colossale de filantes, et, bien trop naïve, n'avait pas songé qu'elle serait éliminée par précaution. Une seule personne a vraiment cherché à en savoir plus sur sa disparition : sa nièce. Apparemment, devenant dérangeante, elle a été transférée dans la Chambre et formée à l'art de fabriquer les outils d'oraison. C'était plus discret que de tuer encore un membre de cette famille. Même s'il émane de Nwinver une force qui m'intimide, qu'elle est fière de sa position, j'ai toujours eu l'impression étrange qu'elle errait dans le palais avec mélancolie. Dans la solitude. »

Extrait du *Journal de bord* de l'expérimentateur Tephon Pikarnor, responsable de la section numéro 22.

Alexian poussa la porte de l'auberge des *Douze Étoiles*, où ils avaient élu domicile depuis leur arrivée à Abranelle, la nuit dernière. Dans une ambiance animée propice à la discussion, les verres tintaient et les rires retentissaient. La douce chaleur de la salle commune l'envahit et il ôta sa cape. Noony referma derrière eux.

—Ah ! Vous voilà !

Liguel leva une chope dans leur direction. À cette période-ci, l'auberge était bondée. Chacune des tables rectangulaires de bois accueillait une dizaine de clients surexcités par la polémique qui ébranlait la capitale.

—Ouais mon gars ! Il a été jugé coupable ! Et couic ! Poison !

Ils se faufilèrent entre les clients, qui échangeaient leurs commentaires sur le procès. Liguel demanda des tabourets supplémentaires. Le Rouge-Terrien s'installa à la table de leur troupe, tandis que l'oraisonnière restait debout.

—Alors, demanda Liguel, comment c'était ?

—Assez intéressant, répondit l'espion, mais un spectacle un peu trop dur pour mon épouse...

—D'ailleurs, si vous ne m'en voulez pas, dit cette dernière, je vais aller me coucher.

—Déjà ? s'étonna le chef de la troupe. L'après-midi touche à peine à sa fin !

—Et je viens de te commander du nùmiel.

Elle observa à tour de rôle ses interlocuteurs avec un petit sourire contrit.

—Je suis désolée, je suis épuisée.

—Tu as raison, reprit Liguel, mieux vaut se ménager. Et puis je vous rappelle que demain, nous nous présentons au palais devant les promis eux-mêmes !

—Tu crois que ce sera maintenu ? demanda l'un des Jumeaux. C'est quand même le père d'Aileen Manérian qui vient de mourir, elle voudra peut-être assister à son oraison...

Liguel eut un haussement d'épaules indifférent.

—Notre entretien est programmé en début d'après-midi, si c'était annulé, on aurait déjà reçu une missive.

Noony les quitta en leur adressant un petit signe d'au revoir. Quelques minutes après, une serveuse apporta deux assiettes de viandes fumantes garnies de petits légumes. Alexian s'attaqua au plat chaud en remerciant les astres qu'il existe des mets aussi raffinés en Hélderion.

—Elle n'a pas l'air en forme, remarqua l'une des sœurs Aramis.

—Si elle n'est pas consentante ce soir, ajouta une autre, nous, on t'accueillera volontiers...

Elles se mirent à pouffer. Liguel leva les yeux au ciel tandis que l'intéressé profitait de son repas pour formuler un message télépathique.

—*Tout va bien ?*

Après un instant de silence, la voix de Lorion retentit dans son esprit.

— *Oui. Je reste à couvert dans un petit bois, dans les hauteurs. Je vois les murailles, et des tas de gens qui viennent par les routes. Rien de suspect.*

— *Tu me manques.*

— *Toi aussi. Occupe-toi de Noony, moi je vais chasser avec Étincelle.*

Il rompit le contact avec douceur. Quand Alexian eut terminé ses deux assiettes, il faussa compagnie aux Lances du Crépuscule pour aller voir comment se portait sa compagne. La clef de leur chambre en sa possession, il grimpa les petits escaliers en colimaçon et entra dans une minuscule pièce aux rideaux tirés. Elle était allongée en travers du lit deux places. La nuit dernière, il avait dormi à même le sol, sur un vieux tapis usé, pour la laisser tranquille.

— Ça va ?

— Je vais bien, répondit-elle mollement. Enfin, mieux que je l'aurais pensé. C'est horrible de dire ça, pourtant je crois que je suis soulagée.

Il remarqua que la teinture de son amie commençait à disparaître. Il s'installa au bord du lit, plongea ses doigts dans la substance noire du pot de colorant, et commença à enduire l'une des mèches de cheveux de Noony. Celle-ci parut surprise, mais ne broncha pas.

— Aileen a beaucoup changé depuis l'oraison de Mylianne, commenta l'espion.

— Oui, c'est une vraie femme de la haute société, répliqua-t-elle, amère.

— Demain, nous la rencontrerons, face à face. Si elle t'a vue, alors tout sera joué pour nous : elle va soit coopérer, soit nous ignorer, soit…

— Elle ne nous dénoncera pas.

— C'était Heptiel, le garçon à ses côtés ?

— Oui.

— Plutôt charmant.

Elle lui lança un regard d'avertissement.

— D'accord, je n'ai rien dit. En tout cas, il faudrait que l'on se renseigne sur le genre de rapports qu'ils entretiennent. Ce serait gênant d'embarquer l'Ioden dans nos histoires, en supposant que ta sœur veuille bien nous écouter, puis nous aider.

— Je pense qu'on ne pourra apprendre ce genre de choses que lorsque nous parlerons avec elle.

Le jeune homme ferma le pot et le rangea dans leur sac. Noony rejeta ses cheveux courts et ondulés en arrière, à nouveau d'un noir d'encre.

— Tu te rends compte ? Ma mère écrivait un journal intime. C'était peut-être une sorte d'héritage qu'elle voulait nous laisser.

— Si tu veux mon avis, il n'existe plus à l'heure qu'il est. Si elle s'y confiait aussi intimement, elle a forcément parlé de son avortement, des expériences en laboratoire, de la véritable origine des jadiels…

— Tu as sans doute raison. C'est dommage, j'aurais aimé savoir ce qu'elle pensait.

ꟈ

Après le dîner, les promis regagnèrent leurs appartements en silence. Une fois la porte fermée, ils trouvèrent enfin l'intimité à laquelle ils aspiraient depuis le procès. À la suite de l'exécution de Gide, après un temps de recueillement, ils avaient été reconduits discrètement au palais où Nwinver les avait avertis que le mariage aurait lieu dans trois jours. Le lendemain, ils devraient se rendre aux cuisines pour donner leurs indications quant aux menus qu'ils souhaiteraient pour les dix jours de banquets suivant la cérémonie. Dans l'après-midi, ils auditionneraient une trentaine de troupes pour sélectionner les divertisseurs qui animeraient les fêtes du palais. Le soir, enfin, était programmée l'oraison de Gide Manérian, au temple.

— On a une journée chargée en perspective, se plaignit l'Ioden en ôtant ses boutons de manchette. Ma mère nous délègue toutes les tâches d'organisation ; je sais que ce sera formateur, mais...

— Heptiel, je dois te dire quelque chose.

Aileen se tenait droite devant l'une des fenêtres en forme de demi-lune, dans une posture solennelle.

— Je vois, déclara-t-il. Tu as enfin décidé de m'avouer pourquoi tu as envoyé un trois-larmes à Mizin.

Elle resta sans voix. Il scruta intensément sa réaction.

— Alors ?

Les battements de son cœur s'affolaient. Se calmer. Respirer. Inventer un mensonge, vite.

— De quoi parles-tu ? Tu m'espionnes ?

— Ne retourne pas la situation !

Ses mains tremblèrent très légèrement le long de sa robe bouffante.

— Je n'envoie pas de lettres à ma tante, admit-elle.

— Tu m'as donc menti !

— Je me suis fait une amie à Mizin, quand je cherchais Mylianne. C'est une Thyranienne, je me doutais que cela pourrait être mal vu, alors j'ai pris des précautions.

Elle baissa docilement la tête, espérant ainsi l'attendrir. Mais il croisa les bras, et plus que de la colère, ce fut du dégoût qui perça dans son ton :

— Tu corresponds avec une Thyranienne ! Tu es stupide ? Une héritière n'a pas à faire ça, et encore moins lorsqu'elle se trouve dans l'enceinte du palais ! On pourrait croire... je ne sais pas moi ! Que tu donnes des informations aux clans !

— Je sais. C'était idiot. Pardonne-moi.

— Tu es vraiment mal placée pour me faire la morale avec la Senuïne...

Aileen n'ajouta rien. Il fallait juste attendre que l'orage passe. Son compagnon se plongea dans la lecture d'une liste de plats illustrés que lui avait confiée sa mère. Elle profita de ce répit pour se ressaisir, puis décida d'entrer dans le vif du sujet :

— Noony était au procès.

— Qu'est-ce qui te fait dire ça ? demanda-t-il avec froideur.

— Je l'ai vue. Elle était déguisée en divertisseur, aux premières loges pour assister à l'exécution.

— Tu as dû te tromper.

Elle lui arracha la liste des mains.

— Je l'ai vue. Je reconnaîtrai son visage entre mille. C'est ma sœur.

— C'est insensé. Elle ne prendrait pas le risque de venir ici alors qu'elle est recherchée pour haute trahison.

— Tu sous-estimes l'importance que notre père avait pour elle. Je pense qu'elle cherchait à me contacter ; elle m'a regardée avec insistance.

— Si c'est bien vrai, il faudra l'ignorer…

Elle voulut de nouveau protester, mais elle ravala ses paroles. Peut-être qu'elle n'était pas objective en effet, et qu'elle n'écoutait que son envie de revoir Noony.

— On dirait que cette nouvelle te perturbe, dit-elle.

— Ça veut dire qu'elle sait pour nous deux.

— Qui ne le sait pas ?

— Elle ne nous pardonnera jamais. On a été tellement égoïstes.

Aileen se rendit compte qu'elle n'avait pas vu les choses sous cet angle. Peut-être sa sœur voulait-elle simplement régler ses comptes avec celle qui lui avait volé son amour de jeunesse.

— Elle était accompagnée d'un jeune homme, dit-elle pensivement.

— Ah ? Tu crois qu'il s'agit de l'espion dont parlent les avis de recherche ?

— Maintenant que j'y pense, il avait un œil caché par un bandeau…

— Et les impies ont les yeux vairons.

Ils se considérèrent, l'air lugubre. Puis Heptiel reprit avec énergie :

— C'est une traîtresse ! Il faut que l'on reste en dehors de ça !

— Si elle a des choses à me dire, je dois l'écouter. Ce serait cruel de me détourner d'elle et de l'ignorer si elle tente de nous contacter.

— Nous sommes à trois jours du mariage. On n'a pas besoin d'un scandale de plus, tu ne crois pas ?

Elle fronça les sourcils et croisa les bras, butée. Voulant clore le débat, il ajouta tranquillement :

— Bon, il faut que l'on arrête de se disputer. On a tous les deux fait des erreurs ces derniers temps, moi avec la Senuïne, toi avec ta correspondance. Focalisons-nous sur la cérémonie, et faisons-nous confiance.

— C'est ma sœur, Heptiel. Je ne peux pas lui refuser ça, je ne peux pas faire celle qui n'a pas compris. Ce n'est pas parce que l'on est entre les murs du palais, protégés par des armées de gardes, que je dois aussi facilement mettre une barrière entre nous.

— Je comprends ce que tu ressens, pourtant…

— Elle peut vouloir me voir pour tellement de choses ! Peut-être qu'elle veut savoir ce que contenait le journal de notre mère ? Si elle pense que je suis capable de le récupérer, elle se trompe, vu ce que le juge nous a dit.

— Qu'il veut le conserver comme preuve ? Oui, c'est suspect.

— On doit en avoir le cœur net ! Il faut la laisser nous parler ! Je sais que c'est dangereux…

— En effet, dit-il sévèrement. Cela pourrait être une tentative d'enlèvement des Terres Impies, dont elle serait la complice.

Aileen s'accouda à la fenêtre. Une fine pluie striait le paysage. Elle déclara, décidée :

— Je prends le risque. Aide-moi, s'il te plaît.

— De toute façon, j'imagine que tu feras ça avec ou sans moi. Autant éviter les dégâts. Elle était déguisée en divertisseur, tu disais ?

— Oui.

— J'ai peut-être une idée…

— On s'en sort plutôt bien, dit l'un des acteurs.

Liguel enroula sa barbichette argentée autour de son index, comme il le faisait chaque fois qu'il réfléchissait. Dès la première heure, les Lances du Crépuscule avaient investi une petite place d'Abranelle, pour peaufiner le spectacle final. Les cernes de certains divertisseurs témoignaient de leur soirée agitée à l'auberge, mais le chef n'avait eu aucune pitié. Ils devaient présenter d'ici quelques heures de courts extraits de leur spectacle – la danse pour les sœurs Aramis, le jonglage enflammé pour les Jumeaux, et enfin une scène de théâtre pour le groupe d'acteurs. Ils avaient choisi la scène d'exposition du *Marin lointain*. Noony et Alexian s'étaient vu attribuer des rôles importants, ce qui leur valait l'envie de leurs collègues.

— Bon, fit Liguel, ça ira. Kiyash, pense à mieux ouvrir tes bras pour la petite pyramide, et toi, Mune, essaie d'être plus en colère envers la mère de ton épouse, elle veut t'empêcher de la revoir !

L'homme tamponna son front dégarni à l'aide d'un mouchoir.

— On a répété toute la matinée, il va être temps d'y aller.

Il distribua les petits cartons d'invitation qui donnaient l'autorisation d'entrer dans l'enceinte du palais. L'espion saisit le sien tout en contenant un sourire de triomphe : enfin, ils y étaient. Ils avaient un passe pour le palais de Soleil, le cœur même de l'Astrascisme, qui recélait tous les secrets.

— En route !

La troupe rassembla ses affaires et rejoignit l'une des avenues principales de la capitale. À cette heure-ci, un marché s'étendait à perte de vue, encombrant les rues d'une multitude d'étals abrités par des chapiteaux de tissus multicolores. Les Lances du Crépuscule se frayaient un chemin dans la foule. Bientôt, ils arrivèrent devant le palais, qui les écrasait de toute sa hauteur. Une vingtaine de gardes en uniforme or et blanc étaient postés le long des marches de marbre, immobiles. D'autres faisaient passer les divertisseurs un à un après contrôle. La troupe se plaça à la fin de la file, qui était devenue le théâtre de tous les artistes impatients. Des chants se mêlaient à des répétitions en vers. On voyait des balles et des bâtons voltiger dans les airs, au-dessus de chapeaux excentriques. Noony en profitait pour noircir ses yeux et étaler de la poudre sur son visage, dans la peur que l'un des gardes la reconnaisse.

— Ce n'est pas bon du tout, ça, grommela Liguel. Il y a les Faucilles Flambantes.

— Avec le numéro où elles utilisent des rubans enflammés, on ne fera pas le poids ! s'exclama l'une des sœurs Aramis.

Le Rouge-Terrien réajusta son bandeau et enfonça un bonnet à grelots sur ses cheveux noirs. Après une longue attente, ce fut enfin leur tour. Leur chef passa devant sa troupe et se présenta :

— Liguel Epass, chef des Lances du Crépuscule, danse, théâtre et jonglage.

— Très bien, mettez-vous sur le côté, on va procéder à une fouille.

Les danseuses gloussèrent alors que les soldats les palpaient. Quand l'un des gardes s'approcha d'Alexian et Noony, il les dévisagea intensément et appela son collègue.

— Un problème ? demanda Liguel.

— Ces deux-là doivent me suivre, dit-il.

— Pourquoi ? s'indigna l'oraisonnière.

Son complice la retint d'une pression à l'épaule pour lui indiquer de se calmer. Les deux soldats tirèrent leurs épées et firent signe à d'autres de prendre le relais des fouilles pendant leur absence.

— Que se passe-t-il ? s'énerva Liguel. J'ai besoin d'eux pour la présentation aux promis !

— Inutile de protester ! Ils nous suivent, c'est tout.

— Mais nous n'avons rien fait de mal !

— Ne t'inquiète pas, mon amour, dit Alexian d'un ton apaisant. Faisons ce qu'ils nous disent, je suis sûr que la situation va s'éclaircir. De nos jours, la prudence est de mise. Il ne faut pas les blâmer, ils ne font que leur travail.

Tandis que ces mots franchissaient sa bouche, son cœur cognait à grands coups. On les avait reconnus. Il ne voyait aucune autre explication plausible. On allait les conduire en prison sans violence, pour éviter un éclat. Les deux guerriers les encerclèrent et ils furent contraints de les suivre, avec un dernier signe pour Liguel, dépité.

Si on les emprisonnait, Aileen rendrait visite à sa sœur, et alors il pourrait lui faire part de la cause de son peuple. Leur sacrifice n'aurait peut-être pas été vain. Ils s'engouffrèrent dans un couloir semblant accueillir des appartements. Ils ne descendaient pas, c'était déjà bon signe.

— *Vel-Lorion ? Que se passe-t-il ?*

Il voulut fermer son esprit, mais son uni s'y était déjà engouffré, sentant sans doute son angoisse.

— *J'arrive !*

— *Non. Reste où tu es. Cela ne servira à rien. On s'est fait prendre par des gardes, ils nous amènent quelque part. De toute façon, tu ne pourras pas entrer dans le palais. Il faut attendre et observer.*

Leur escorte s'immobilisa devant une double porte d'argent massif munie de poignées en forme d'étoile. L'un d'eux frappa, et après un petit instant, la future souveraine apparut.

Elle portait une longue robe rose tendre et sans manches, un châle translucide couvrant ses épaules nues. Ses cheveux de jais, tirés en arrière par une résille de pierres précieuses, lui donnaient un air sérieux et noble. Elle dévisagea négligemment ses invités, sans rien laisser paraître, puis déclara :

— Merci d'avoir fait cette commission pour nous.

— Est-ce les bonnes personnes, Votre Excellence ? Il n'y avait que ce jeune homme avec un ruban sur l'œil.

— Oui, c'est parfait. Vous pouvez disposer.

— Si je puis me permettre, les divertisseurs attendent dans la salle prévue à cet effet.

— Merci. Nous nous y rendrons bientôt.

Elle s'effaça et laissa ses invités entrer. Tous deux étaient surpris, mais s'exécutèrent, et elle referma doucement derrière eux. Aileen vint se poster à côté d'une silhouette masculine à qui elle murmura quelque chose. Heptiel se retourna d'un lent mouvement.

Noony s'avança en relevant le menton. Il avait bien changé, depuis Manérian. Le jeune garçon était devenu un homme, la mâchoire marquée, les épaules plus larges, l'expression assurée. Pourtant, il avait toujours ces mêmes yeux d'un bleu profond, vifs et rieurs. L'oraisonnière, sans mot dire, s'empara d'un morceau de tissu dans son sac pour estomper le maquillage qui dissimulait son visage. Le couple parut se statufier.

— De bien froides retrouvailles de famille, railla Alexian.

Aileen fronça les sourcils à cette remarque.

— Ne vous offusquez pas, mademoiselle Manérian. Il faut bien quelqu'un pour briser la glace.

Il ôta son bandeau noir et le laissa tomber par terre, dévoilant son double regard rouge et marron.

— Voici Alexian, dit simplement Noony. Tu te souviens peut-être de lui, à l'oraison de Mylianne…

— En effet.

— Il vient des Terres Impies ? demanda aussitôt l'Ioden.

— De Rouge-Terre, rectifia le concerné. Nous avons fait un long voyage pour venir vous demander de l'aide.

Heptiel eut l'air surpris d'un ton aussi direct.

— J'apprécie votre franchise, vous avez au moins le mérite d'être clair.

— Et si Hélderion est si civilisé que cela, reprit-il, après toute cette route, nous ne serions pas contre un petit rafraîchissement.

— Alexian ! protesta sa compagne.

Ce dernier haussa les épaules, ayant retrouvé son aisance habituelle. Aileen se plaça devant une petite table, et servit un jus de fruits dans de grands verres.

— Il a raison. Nous en oublions la bienséance. Asseyez-vous, je vous en prie.

Tous prirent place sur de confortables fauteuils rembourrés, devant leurs verres remplis.

— Vous êtes sûrs que personne ici ne peut nous écouter ?

— Il n'y a aucun danger. C'est notre chambre, et nous possédons les deux pièces d'à côté, qui sont nos bains privés.

— Bien, dit l'espion. Je prends un risque énorme à être ici, pourtant je représente la seule chance de mon peuple. Vous êtes jeunes, vous êtes le futur pouvoir d'Hélderion, vous pouvez changer la situation actuelle.

— Annuler la déclaration de guerre ? fit l'Ioden, sceptique.

— Exactement. Et je vais vous en donner les raisons. Mon véritable nom est Vel-Lorion. Selon la tradition de mon peuple, lorsque j'étais enfant, j'ai été uni à un lynx, avec qui je partage mon existence. Notre religion est animiste, nous croyons aux forces de la nature, en leur respect. Je sais que, dans ce domaine, nos peuples sont diamétralement opposés. Néanmoins, il y a quelque chose d'important que vous devez savoir au sujet de mon pays : il n'a pas été découvert en l'an 900, contrairement à ce que prétendent vos explorateurs. Il a été redécouvert.

— Que voulez-vous dire exactement ?

— Quand je suis arrivée à Rouge-Terre, reprit Noony gravement, j'étais comme vous. Aveuglée. Il m'a fallu voir des centaines de corps ensanglantés pour comprendre la réelle dimension de la guerre, de ce que cela impliquait. C'est toujours tellement facile lorsqu'on est à l'abri. Nous avons traversé le pays pour nous rendre à la capitale, Tombe-lune. Dans le désert, nous avons fait halte dans une oasis. Son nom est Abranelle, et l'on peut y voir les ruines du premier temple d'oraison de l'humanité. Le berceau de l'Astrascisme.

Alexian raconta alors l'histoire de Vel-Ifre et de ses expériences avec les Signes, son bannissement, la théorie de son précepteur sur la résuadine, ainsi que leurs propres expérimentations, notamment sur les outils d'oraison. Sa compagne intervint pour relater de quelle façon la Vive l'avait attaquée sur l'île. Puis il revint au début de leur histoire, lorsqu'il s'était fait embaucher à Manérian, à leurs découvertes sur les chuchoteuses, les hurleurs et les jadiels. Ils parlèrent de Soliane, et de son implication dans le projet du laboratoire.

L'Ioden écoutait à présent avec une attention sans bornes.

Interlude

La résuadine tournait, suivant le mouvement d'un doigt à l'ongle rouge. L'index se posa sur le miroir. Ce dernier prit une teinte sombre, puis, après quelques secondes, retrouva son apparence normale. Nwinver ajouta l'objet tabou sur son étagère, et fit face à son reflet.

— Suis-je capable de faire ça à mon fils ?

La réponse lui revint aussitôt comme une terrible onde de choc, et le mot « NON » s'inscrivit dans son esprit. Elle se détourna du Miroir de Vérité pour aller fouiller dans le tiroir de sa table de chevet. Elle ouvrit une boîte en fer-blanc et admira quelques instants un disque d'argent qui reposait dans son écrin. Quand son esprit bourdonnait de pensées contradictoires, un seul endroit l'apaisait. Elle prit le disque, quitta sa chambre et se dirigea vers l'aile ouest du palais. La section interdite, surnommée la Chambre, où les Doigts Sacrés fabriquaient les médaillons des oraisonniers. Un long couloir éclairé de lampes de cristal menait à une simple porte dorée frappée de différentes constellations. À côté de celle-ci se trouvait une cavité ronde dans laquelle Nwinver plaça le disque. Après une série de déclics, elle entra dans un premier sas. La jadielle se retrouva face à une nouvelle cloison où deux yeux bleus se rivèrent sur elle à travers un judas.

— C'est moi, fit Nwinver d'une voix forte. Je viens voir la Lueur.

La porte s'ouvrit sur une femme d'une soixantaine d'années, à la peau blafarde et flétrie par le temps. Elle essuya ses mains noires de suie sur son tablier, et retourna dans l'une des pièces d'à côté, où retentissait la musique claire d'une gamme de bruits métalliques. La jadielle poursuivit son chemin le long du couloir sombre, ignorant les personnes en train de travailler, puis s'arrêta devant une arche en cymeurt sculptée de motifs géométriques. Elle passa de la pénombre rougeoyante des ateliers à une vive lueur blanche. Là, des milliers de piliers de bois surmontés de cloches de verre formaient des dizaines d'allées convergeant au centre de l'immense salle. Nwinver remonta l'une d'elles, voyant défiler les coupoles transparentes sur lesquelles étaient étiquetés des numéros.

Elle s'arrêta devant la cloche numéro 3078. Sur un petit coussin reposait le médaillon brisé avec lequel elle avait pu contrôler celui de Noony Manérian.

Jamais un outil d'oraison n'avait été détruit par l'intermédiaire de sa copie jusqu'alors. À présent, elle savait à quel point les liens entre les deux objets étaient forts.

—Nwinver! appela la vieille femme. Tu ne devrais pas rester trop longtemps, tu sais bien que ton mari n'aime pas ça…

—Mais voyons, cousine, j'admire ton magnifique travail!

23

Identité

– Royaume d'Hélderion, Abranelle, 913 –

Chapitre VIII :

L'enfant Oriel les amena en Hélderion, à bord de bateaux que les habitants des îles Demi-Lune avaient construits. Il avait bien grandi, et des boucles blondes balayaient son front pur. Ils débarquèrent dans une crique, où la végétation s'ouvrait comme des bras accueillants. Il dit : « Voilà. Vous êtes le peuple d'Hélderion. Vos enfants et vos petits-enfants seront hélderionnois, et porteront la parole sacrée de l'Astrascisme. Ce sera un lien impossible à briser, de génération en génération. » Alors le peuple d'Hélderion, découvrant une terre vierge et fertile qui n'avait attendu qu'eux, décida d'ériger une ville au nord. L'enfant Oriel connaissait le nom de chaque chose, et annonça que la ville s'appellerait Abranelle. Il dit aussi : « Faites-moi confiance, et je serai votre guide. Je suis le représentant des étoiles, et toujours, mes enfants et mes petits-enfants vous guideront comme je l'ai fait. Jamais vous ne serez perdus, jamais la mort ne vous fera peur, vous suivrez la voie de la vie, sous la lumière des astres. »

Extrait de *Mythologies* – Traduction à partir de la langue des astres par Lirième Volplume, dirigeante de la Corporation Volplume de 425 à 443.

Quand Alexian et Noony eurent terminé leur récit, Heptiel referma enfin la bouche. Aileen, elle, dévisageait ses interlocuteurs intensément. L'histoire de la chuchoteuse l'avait ébranlée, correspondant en tout point à la version que Cataline lui avait contée dans le Chaos. Elle connaissait donc bien la vérité sur sa mère : elle avait préféré avorter plutôt que de mettre au monde l'un des enfants expérimentaux de l'Astracan. Les jadiels n'étaient que cela, Nwinver n'était que cela : des êtres modifiés à l'aide de résuadine. Elle eut un haut-le-cœur en imaginant leur père inciter sa maîtresse de l'époque à intégrer le laboratoire pour pouvoir en savoir plus sur l'usage que faisait l'Astrascisme de la substance qu'il vendait. Il n'avait rien dit durant le procès, alors qu'il savait tout. Il avait protégé les secrets de Soleil jusqu'au bout.

— Selon vous, dit l'Ioden, la résuadine est…

— Un concentré de souvenirs. Les résidus des âmes des morts, qui sont aspirés par les outils d'oraison. L'Astracan s'en sert pour ses expériences.

— Donc, ma mère serait le résultat de ces manipulations… et je suis l'enfant d'une jadielle !

— Je ne sais pas exactement ce que cela implique, avoua le Rouge-Terrien. Pour les jadiels, cela explique pourquoi leur peau est aussi noire que la nuit. C'est une sorte de pigmentation liée à la concentration de résuadine dans leur corps. Après, de là à savoir si la résuadine se transmet…

Le futur Astracan baissa la tête. Sa promise faillit avoir un geste d'affection envers lui, mais se retint. Ils avaient senti tous deux l'aura de mystère qui entourait l'Astracan, avaient compris certains enjeux politiques, et à présent ses véritables motivations apparaissaient enfin. Tout semblait converger vers la résuadine.

— Donc, fit Heptiel d'un ton sceptique, selon vous, Soleil a déclaré cette guerre surtout pour détruire les ruines de ce que vous appelez la Première Abranelle.

— C'est la dernière preuve du passé commun entre nos deux pays, approuva Noony.

— Mais nous ne pouvons pas avoir un ancêtre commun avec les impies !

Alexian se redressa d'un coup et plaqua ses mains sur la table.

— J'ai une question pour vous, Ioden ! Vous croyez vraiment à ces histoires de mythe originel comme naissance d'une nation ? Vous croyez vraiment que votre identité repose uniquement sur une sorte d'ethnie que formerait Hélderion, un groupe qui aurait une âme particulière, supérieure aux autres royaumes ? Vous croyez vraiment qu'il y a une différence notable entre vous et moi ?

L'intéressé voulut répondre, mais l'espion le devança :

— Je parle votre langue, et sans accent, après des années d'apprentissage auprès de mon précepteur pour gommer les écarts linguistiques qui se sont creusés durant les siècles où nos deux pays n'ont pas eu de contacts. Certes, j'ai les yeux vairons, car les traditions de Rouge-Terre sont différentes des vôtres, et les cheveux rouges, car notre base alimentaire a fini par s'inscrire sur notre physique. Pourtant je suis un être humain, comme vous. Il n'y a pas un peuple ayant eu une identité stable dans l'Histoire, car c'est bien de cela qu'il s'agit, d'identité ! Vous n'acceptez pas l'idée que nos deux peuples ne font qu'un, car vous croyez qu'Hélderion a une sorte d'identité propre, une essence qui traverserait l'Histoire et qui ferait de vous des êtres éclairés, supérieurs ! Cependant, je ne vois rien d'aussi archaïque et irrationnel que cette conception sentimentale, fusionnelle avec son pays ! De croire que parce que l'on naît hélderionnois, on fait partie d'un groupe à part.

Noony se leva à son tour. Son compagnon trouvait enfin les mots justes, brusques, à mettre sur ce qu'elle ne parvenait pas à définir. Ce sentiment qui l'habitait depuis toujours.

— Il a raison, déclara-t-elle doucement. Durant toute ma vie, je me suis définie comme hélderionnoise. Je ne pouvais me situer dans le monde que de cette façon. Parce que c'est ce qu'on nous a appris. Pourtant, il faut savoir accepter de s'être trompé durant des années et des années. Il y a une réalité incontestable : Hélderion a été peuplé et civilisé à la suite de l'exil d'une petite secte de Rouge-Terre. Nos réactions montrent bien le chaos qu'engendrerait une telle révélation. C'est pour cela qu'il est primordial pour l'Astracan de détruire ces preuves, avant que des personnes plus soupçonneuses, comme les historiens de Volplume, se penchent sur le passé de Rouge-Terre.

— Comme monsieur Bellor, murmura Aileen.

— Réfléchissez ! Rouge-Terre est découverte en l'an 900, par hasard, par des navigateurs. Auparavant, les échanges maritimes se limitaient à la zone ouest, car on interdisait de dépasser les îles Demi-Lune sous prétexte qu'elles étaient sacrées. Je me souviens avoir lu un roman qui relatait l'existence de terribles créatures par-delà ces îles. Moi, je crois que Soleil connaissait l'existence de Rouge-Terre depuis toujours, une sorte de secret qui se livre de génération en génération. Il suffisait de garder le contrôle sur l'océan, de ne donner aucun budget aux expéditions, de consacrer toutes les flottes à la guerre contre Thyrane. Mais là, bémol ! Redécouverte accidentelle de ce peuple que l'Astracan veut absolument cacher.

Le couple suivait le raisonnement de Noony dans un silence respectueux.

— Là, continua-t-elle, Soleil se trouve face à un problème de taille : si les Rouge-Terriens ont conservé des archives de leurs liens communs, ou bien s'il existe encore des traces de l'Astrascisme là-bas, c'est une remise en question totale du mythe fondateur. Alors, c'est plus simple de les faire passer pour des sauvages à la religion primitive, le temps de régler le problème.

— Vous savez, reprit Alexian, les érudits de Tombe-lune connaissaient évidemment l'origine des Hélderionnois ; pourtant, au fil des siècles, c'était devenu une légende. La visite de votre peuple a fait resurgir le passé. À l'époque, seules quelques personnes croyaient à cette histoire fondée sur l'existence des ruines jalousement gardées par quelques familles qui avaient renoncé à leur lien avec les lynx pour devenir des gardiens. Mon précepteur croyait à ce passé commun, et aussi au danger idéologique que cela impliquait. Il a donc très rapidement mis en place un projet de formation d'espions, dont j'ai fait partie. En fouillant les archives, il a élaboré sa théorie sur les Signes et la résuadine, que nous vous avons racontée. Les Cinq n'étaient pas vraiment favorables à ce projet, d'autant plus que je suis le seul candidat qui ait réussi à tenir les dix ans de formation, et que j'ai quelques problèmes avec l'utilisation des Signes. Cependant, cela ne coûtait rien de m'envoyer en observateur, et officieusement, pour récolter des informations sur l'oraison, qui intriguait particulièrement mon précepteur. Malheureusement pour l'Astracan, il était impossible d'éviter tout contact entre Rouge-Terre et Hélderion. Il y a donc eu plusieurs délégations, dont faisait d'ailleurs partie Opalon Tricen, l'homme dont nous vous avons parlé, qui vivait près de Dinniel. Lui-même nous a bien dit que le gouvernement voyait d'un très mauvais œil son acclimatation en Rouge-Terre, et l'avait donc rapatrié. Alors, il a fallu trouver une solution pour détruire les dernières traces de notre passé commun.

Il tendit son bras vers les promis, les incitant à donner la réponse. Aileen déclara gravement :

— Une déclaration de guerre, par exemple. Sous prétexte que des impies avaient souillé les Îles Demi-Lune.

— Un peu faible, non ?

Heptiel plaça sa main sous son menton, pensif.

— Cela expliquerait l'absurdité de sa stratégie de vouloir passer par le désert plutôt que par la voie des mers. Il veut absolument que les armées tombent sur l'oasis et la détruisent.

— Mon peuple fait son possible pour la protéger grâce aux Signes.

— Tu crois aux Signes, Noony ? demanda sa sœur.

Cette dernière parut soudain gênée ; elle contempla un moment le fond de son verre, puis répondit :

— Oui. Il est certain que cette force existe, j'ai vu trop de ses manifestations de mes propres yeux pour en douter. Et cela expliquerait ce qu'est la résuadine, comment les Astracans ont pu la maîtriser.

— Mais si c'est le cas, reprit Aileen, cela signifie que cette magie n'est pas celle des Astres ! Que l'oraison est…

— Une supercherie. Oui, je sais. Imagine qu'il m'a fallu des arguments incontestables pour renoncer à ce qui guidait ma vie.

On frappa tout à coup à la porte. Tous se turent. L'oraisonnière se leva d'un bond, anxieuse, tandis que son compagnon renouait son bandeau.

— Je crois qu'il va falloir écourter notre entretien, il ne faudrait pas nous faire repérer dès maintenant.

Le couple échangea quelques messes basses, puis Heptiel prit la parole :

— Nous avons besoin de réfléchir à ce que vous nous avez dit. Avouez que c'est difficile à admettre, cela remet en question tellement de choses…

L'espion s'approcha de l'Ioden, son pantalon bouffant lui donnant une démarche exagérée.

— Ne soyez pas une marionnette de plus.

— Si vous avez besoin de preuves, ajouta Noony en se repoudrant le visage, collaborez avec nous. Trouvons le laboratoire ainsi que l'artefact qui centralise l'oraison et les pendentifs. Si vous voulez vraiment jouer un rôle dans l'avenir d'Hélderion, vous avez besoin de nos informations, et nous de votre position.

Elle referma sa boîte de maquillage d'un geste sec, tout en scrutant la réaction de sa sœur. Celle-ci, l'expression durcie, s'était placée près de la fenêtre. On frappa une nouvelle fois.

— Nous nous reverrons, conclut l'Ioden.

Il s'empara d'une feuille de papier sur laquelle il apposa un cachet de cire blanc en forme d'étoile, y griffonna quelques mots et le tendit à Alexian.

— Voici une convocation écrite de ma main, qui vous embauche pour le mariage. En montrant ceci aux gardes, vous pourrez vous présenter à nos appartements pour nous jouer vos numéros, pour que nous les jugions satisfaisants ou non. En étant divertisseurs officiels, vous pourrez loger dans les appartements du palais, près de ceux des domestiques. Le mariage ayant lieu après-demain, nous serons surtout disponibles le soir. Là, nous pourrons discuter plus longuement.

— Et monter un plan d'action ? interrogea l'espion.

— Nous verrons cela.

Le futur Astracan raccompagna ses invités, en les remerciant chaleureusement de la magnifique scène qu'ils leur avaient jouée. Ils s'en allèrent sans plus de cérémonie, sous la surveillance de gardes à l'air agacé.

— Votre Grandeur, une centaine de candidats attendent !

— Nous arrivons, laissez-nous encore quelques minutes.

Heptiel referma la porte. Sa promise contemplait la cour fleurie et les dômes sur lesquels le soleil jetait des reflets cuivrés. Parcourue d'un frisson, elle resserra son châle sur ses épaules.

— Qu'est-ce que tu en penses ? demanda-t-il.

— Je crois qu'ils ont mis le doigt sur un élément crucial.

— Mais nous en mêler…

— Je sais, c'est dangereux. Tu n'en as pas assez d'obéir aveuglément ? Nous ne maîtrisons rien. Cet endroit n'est pas différent des pensions. Si ce qu'ils disent est vrai, nous n'avons aucune légitimité à envahir Rouge-Terre, ni même Thyrane… Nous allons devenir les représentants d'Hélderion. Ne devrions-nous pas nous poser la question du genre de politique que nous voulons mener ? Pourquoi ne se pose-t-on pas la question du changement ?

— Tu te rends compte que leur théorie remet en cause les fondements de l'Astrascisme ?

Aileen ébaucha un sourire moqueur.

— Tu es l'Ioden, le futur Astracan, l'incarnation des astres sur terre… et pourtant, je te vois rarement prier.

ℌ

L'excitation s'était emparée d'Alexian, qui avait du mal à contenir sa joie. Ils avaient réussi ! Il fallait absolument qu'il envoie un message aux Cinq, pour leur dire de tenir bon.

— *Lorion, avec moi ! Mets-y toutes tes forces !*

Après un moment d'attente :

— *Tu t'en sens capable ?*

— *Seule l'information compte. Allez, envoyons !*

Alors que les marches défilaient, il concentra toute sa volonté dans son message : *Entrés en contact avec le couple. Entrés en contact avec le couple. Entrés en contact avec le couple.* Il sentit un picotement au niveau de son front, mais la chaleur s'évanouit aussitôt. Il jura entre ses dents.

— *Cela fait trop longtemps... Tu t'es tellement persuadé que tu étais incapable de le faire que ton pouvoir s'est endormi.*

— *Mais j'arrive à communiquer avec toi !*

— *Tu as besoin de plus de puissance. Avec moi, tes pensées savent où aller, elles connaissent le chemin par cœur. Quand tu veux les envoyer au loin, elles se perdent et se dispersent. Tu as besoin d'aide.*

Il fronça les sourcils.

— Mune ! appela Noony.

Absorbé par ses échanges avec son uni, il continuait à marcher tandis que la jeune femme s'était arrêtée pour demander à une servante où se trouvaient les appartements des divertisseurs sélectionnés. La femme leur indiqua un autre couloir. Dans cette partie du palais, les murs étaient dénudés, d'un blanc crème simplement relevé d'une frise d'étoiles rouges. Au-dessus d'eux, les plafonds s'étendaient, ornés de fresques de constellations.

— *Noony. Si elle a pu utiliser les Signes avec son médaillon pour l'oraison, pourquoi ne le pourrait-elle pas sans outil ?*

Alexian fut frappé par l'idée de Lorion. Après tout, Hélderionnois, Rouge-Terriens ou Thyraniens, tous avaient cette perception, consciente ou non, des Signes. Son amie avait toujours considéré l'oraison comme un rituel supérieur à elle. Même si le pendentif aspirait les Signes, c'était juste un guide pour elle.

Ils arrivèrent au bout du couloir, devant une dizaine de musiciens en train de se disputer.

— Ça doit être là.

Ils pénétrèrent dans une chambre au hasard, plongée dans l'obscurité. Il déposa leurs affaires et tira les rideaux. La pièce était meublée de deux lits simples et d'un bureau sur lequel se trouvait un nécessaire de toilette. Comparé à leur traversée du désert, tout leur semblait à présent luxueux. L'oraisonnière se laissa tomber sur le lit et ôta ses chaussures à talons. Elle souleva sa jupe pour examiner son bandage.

— Je n'ai presque plus mal, la cicatrice me tire un peu, mais le pire est derrière moi.

— Tu dois m'aider à envoyer un message à Tombe-lune.

— Un message ? Tu sais bien qu'il n'y a pas de volière de trois-larmes à Tombe-lune. Ils ont dû en faire installer sur le champ de bataille, mais pas…

— Non ! Par les Signes.

— Je ne suis pas rouge-terrienne.

— Tu as utilisé les Signes toute ta vie sans le savoir !

Elle eut un haussement de sourcils, perplexe.

— C'était le mécanisme du médaillon, pas moi…

— Le médaillon aspirait à travers toi, insista-t-il. Souviens-toi de ce qu'a dit Vel-Plê : un outil n'est que le prolongement du corps de celui qui s'en sert. Si tu arrives à retrouver l'état d'esprit d'une oraison, tu pourras peut-être m'aider. Je t'en prie !

Il s'assit au bord du lit, près d'elle, suppliant. Après un silence, elle accepta.

Ils s'agenouillèrent sur le sol de marbre glacé. Alexian tendit ses deux mains à plat vers Noony, qui y plaça les siennes en réprimant un léger tressaillement.

— Essaie de contrôler tes sentiments, conseilla-t-il doucement.

Les paupières closes, elle prit une profonde inspiration. Elle devait retrouver l'ambiance du rituel. Elle imagina être au-dessus d'un corps sans vie, son médaillon entre ses mains. Toujours les mêmes gestes, répétitifs, connus par cœur. L'Étoile de base, le cliquetis que faisait la Vive en surgissant, puis le mouvement sec et assuré pour la planter dans le cadavre. Et enfin, la lumière blanche, le vertige.

Le front d'Alexian brûlait. Sa pensée retentit comme un cri qui se répercuta en mille échos : *Entrés en contact avec le couple.* Il battit des cils, et s'aperçut qu'il tendait ses mains dans le vide. Noony était tombée sur le sol et se frottait douloureusement le crâne.

— Waouh, fit-il.

La présence de Lorion le frôla, comme pour le tâter, le reconnaître.

— C'est toi ?

— Tu avais raison. Elle en est capable.

— Tout Rouge-Terre l'a entendue.

Il éclata de rire.

— Quelle ironie du sort ! s'exclama-t-il. Une oraisonnière qui utilise mieux les Signes que moi…

— Ça a marché ? demanda-t-elle.

— Oh, oui.

Elle se releva, tranquille, et se dirigea vers son sac de toile, dont elle sortit son Étoile de base.

— Tant mieux, dit-elle en contemplant le bijou.

Ce message serait un vent d'espoir pour Rouge-Terre, les Cinq prendraient peut-être enfin au sérieux les projets de son précepteur. Dans l'euphorie totale du moment, Alexian bondit sur sa compagne pour l'enlacer. Celle-ci resta immobile, l'Étoile de base contre son cœur.

— Qu'est-ce que tu as ? demanda-t-il en s'éloignant d'elle.

— Je ne peux pas croire que l'Astracan ait besoin d'autant de résuadine simplement pour ses expériences. Il y a un élément qui m'échappe.

— Pour ça, il faudrait savoir à quoi ressemblent les laboratoires. Peut-être qu'il y a des centaines de jadiels, ou beaucoup de ratés !

— Mais pourquoi créer de telles créatures ? Il doit chercher quelque chose à travers elles, tester le pouvoir de la résuadine.

Il médita sur cette réflexion, les bras croisés. Son amie secoua la tête.

— On ne peut qu'émettre des hypothèses tant qu'on ne sait pas ce qu'il fait exactement de la résuadine.

— Autre chose me chiffonne, ajouta-t-il. L'Astracan est vieux, en mariant Heptiel, il prépare sa succession, et ce, de manière assez rapide et pressée. Pourquoi alors l'Ioden en sait-il si peu ? Tu crois qu'il joue la comédie ? Si c'est le cas… nous sommes déjà morts.

— Je ne crois pas qu'il fasse semblant. Il paraissait choqué. Peut-être que Soleil compte lui donner accès à tous ses secrets après la cérémonie de l'Ioden, quand il deviendra officiellement Astracan.

— Quoi qu'il en soit, ce soir, il faut que l'on retourne les voir.

Aileen s'arrêta devant deux soldats munis de lances. La jadielle l'avait fait convoquer pendant qu'elle s'occupait de choisir les couleurs des nappes pour les buffets, afin de débuter les cours de beauté que l'héritière avait réclamés. Elle frappa à la porte, puis attendit. Au bout de quelques minutes, Nwinver ouvrit, éblouissante dans une robe de soie rouge sang.

— Ah ! Entre !

Elle découvrit alors une vaste salle remplie de miroirs, accrochés aux murs, posés sur le sol ou en pied, sans cadre, avec cadre, entourés de mosaïques, de toutes les tailles. Les glaces renvoyaient l'image de la chambre des centaines de fois. Un imposant lit d'acajou en occupait le centre, croulant sous des voiles et des rideaux. Des tenues pendaient à des étagères de livres poussiéreux, des chaussures reposaient au creux de profonds fauteuils de cuir, des bijoux brillaient partout, négligemment abandonnés.

— Première leçon : une femme est souvent belle. Mais une femme qui se sait belle est dangereuse. Au palais, tu devras apprendre à t'imposer.

Elle proposa à son invitée de s'asseoir. Celle-ci dut retirer des sous-vêtements de dentelle posés sur un fauteuil pour s'y installer.

— Tu dois soigner ton image, essayer de devenir plus… charismatique. Le peuple attend de ses gouvernants une personnalité extraordinaire, hors du commun, presque inhumaine. Un modèle de perfection. Le peuple suit ce qu'il croit être un modèle.

Elle saisit un pot et appliqua sur ses lèvres une substance irisée, qui accentua encore l'obscurité de son teint.

— Quand on vieillit, objecta Aileen, la beauté s'en va…

Nwinver sourit à cette réflexion.

— Tu es adorable. J'aurais aimé avoir une fille, mais le destin veut qu'un Astracan ait toujours un fils. Enfin ! Le temps, oui, passe et efface la beauté. Il faut lutter pour conserver son pouvoir.

Sur une table était posé un petit miroir en forme de losange, qu'Aileen saisit pour se donner une contenance. Son cadre, en feuilles d'or, était gravé de motifs floraux et surmonté de deux lettres rouges : « N.L. »

Son sang ne fit qu'un tour. Les cartes du jeu des Quatre Vents s'imposèrent immédiatement dans son esprit, avec leurs initiales au dos. Nwinver. La créatrice des objets tabous. Tout devint clair. Une partie de sa peur superstitieuse à l'égard de la jadielle s'envola, très vite remplacée par une horreur froide. La femme de l'Astracan fabriquait les objets les plus illégaux d'Hélderion. Elle perçut alors ce qu'essayait de lui dire sa sœur, cette hypocrisie qui envahissait le palais, ces jeux de dissimulation, de manipulation qui les rendaient démunis, eux, les héritiers, plus que tout autre.

— Fais tout pour sembler être qui tu veux, les gens ne verront que ton assurance. Tout va bien ?

— Oui, oui. Je suis juste soucieuse des préparatifs.

— C'est normal, dit-elle d'un ton apaisant, je me souviens que j'étais débordée pendant la période de mon mariage. Ta vie va changer complètement.

Elle percevait une bienveillance chez la jadielle, bien qu'ambiguë. Celle-ci lui adressa un grand sourire.

— Les hommes sont faibles, crois-moi. Ils ne pensent pas toujours avec leur tête. En fait, rarement. Tout est une question d'orgueil : vouloir posséder l'autre, une autre qu'ils veulent la plus digne d'eux possible, le meilleur faire-valoir qui soit. Voilà pour la première leçon.

— C'est tout ? s'étonna la promise.

— Médite déjà là-dessus. Tu devrais aller te reposer. Demain, ta journée sera consacrée aux essayages de ta robe de mariée et à la répétition de la cérémonie.

Aileen se leva sans se faire prier et salua d'une révérence. Nwinver s'était déjà détournée d'elle pour se contempler dans le miroir. L'héritière hésita, puis, la main sur la poignée, lança :

— Que signifiait votre prédiction ? Je n'ai pas compris.

La jadielle resta immobile, et répondit :

— Je n'en sais rien moi-même. Je répète ce que les astres me murmurent.

— Pardonnez-moi cette dernière question, mais, Heptiel étant le fils d'une créature aussi sacrée que vous, ne devrait-il pas lui aussi avoir des dons ?

— Il est le futur Astracan. C'est tout ce qu'il faut savoir.

ꟸ

Alexian et Noony s'étaient présentés aux appartements du couple en prétextant vouloir leur montrer une nouvelle version de leur pièce. L'Ioden, qui attendait avec impatience leur visite, leur ouvrit avec plaisir. Ils reprirent tous trois leurs places autour de la table ; cette fois-ci, des plats de rioguls et des petits gâteaux fourrés à la crème avaient été préparés. Les deux jeunes gens se servirent aussitôt, ravis de changer leurs habitudes alimentaires de ces derniers jours.

— Aileen est chez ma mère, qui veut lui prodiguer quelques conseils. Elle ne devrait pas tarder à nous rejoindre.

Il s'empara d'un tas de papiers posé sur une commode, et le brandit dans la direction du Rouge-Terrien.

— J'ai bien réfléchi à ce que vous m'avez dit. Après mes visites aux cuisines, je suis allé dans l'une des bibliothèques du palais. J'ai trouvé des choses intéressantes dans les archives.

Il déplia un parchemin, qu'il étala sur la table. Ses invités s'approchèrent de ce qui se révéla être un plan du palais. Les salles, les couloirs, les jardins, étaient figurés par des traits à l'encre bleue. La structure générale de l'édifice apparaissait comme une grande étoile, dont le centre était le dôme, sous lequel se trouvait la salle du trône. Les quatre embranchements principaux, et les plus larges, formaient une croix, divisant les sections du palais en différentes ailes. Heptiel posa son index sur un rectangle.

— Nous sommes ici, dans l'aile est, réservée aux proches de l'Astracan. L'aile sud est le domaine privé de Soleil, elle se situe derrière la salle du trône, comme vous pouvez le voir. L'aile ouest est réservée aux cuisines, aux domestiques, bref à la vie du palais. Enfin, l'aile nord est simplement le couloir d'entrée. L'aile sud est le seul lieu strictement réservé à l'Astracan et aux visites de quelques rares privilégiés. Cela me semble être l'endroit idéal pour dissimuler un laboratoire.

— Qui te dit que le laboratoire est dans le palais ? objecta Noony.

— Nous savons qu'il se trouve à Abranelle, puisque Soliane y a travaillé comme assistante.

Il brandit une autre feuille.

— Ceci est une page de la liste des membres du personnel du palais, classés par ordre alphabétique. C'est daté de 892. Soliane y figure en tant que nourrice.

Alexian examina attentivement le document. Le prénom de Soliane était cerclé de rouge.

—Excellent travail, admit-il. Mais j'imagine assez mal les laboratoires dans l'une des salles du palais, même si peu de gens ont accès à l'aile sud. D'après le plan, il y a une centaine de pièces, avec des fenêtres. Le laboratoire doit être une installation imposante, si on pense au nombre de créatures déjà créées et au fait que c'était une structure assez importante pour embaucher du personnel. Et puis, l'Astracan doit bien stocker la résuadine quelque part, aussi…

—Tu penses à une installation souterraine?

—C'est ce qui me semble le plus logique.

Il désigna de nouveau le plan du palais.

—Vous voyez cette grande salle, au bout de l'aile ouest? C'est ce que l'on appelle la Chambre; c'est un atelier strictement interdit. On y fabrique les outils d'oraison. Les gens qui y travaillent sacrifient leur existence à leur ouvrage, ils n'ont pas le droit d'avoir de contact avec le monde extérieur, les secrets de leur art sont jalousement gardés. Des domestiques de confiance déposent de la nourriture et les objets nécessaires à leur quotidien dans une sorte de sas.

Alexian prit le plan afin de l'étudier.

—S'il y a un objet qui centralise la résuadine et l'oraison, déclara Noony, il doit être ici. Sous le couvert du secret de fabrication, personne ne se pose de questions. Et il semble naturel que cet artefact joue un rôle dans la constitution des outils, ce qui oblige quand même à une certaine proximité physique.

Aileen les rejoignit à ce moment-là, la figure pâle. Elle s'empara d'un riogul qu'elle avala tout rond.

—Tu vas bien? s'inquiéta son promis.

—Ta mère est la créatrice des objets tabous.

—Des objets tabous? demanda Noony. Tu veux dire, comme les poudres-à-temps? À ce propos, tu as reçu celle que je t'avais envoyée?

—Non, répondit sa sœur, étonnée.

—Je te l'avais adressée à la pension Sybilène, avant de quitter Hélderion. Je pensais qu'avec ça, tu pourrais connaître la vérité…

Elles se regardèrent tristement. L'évocation de Mylianne ravivait une blessure qui les unissait.

—Je ne l'ai jamais reçue. Mais comme le Maître ouvrait mon courrier quand j'étais à l'Institut des guerriers de l'aurore… enfin, c'était une excellente idée. J'ai longtemps voulu savoir qui avait tué Mylianne…

Les mots moururent au bord de ses lèvres. Après un moment, elle reprit, d'un ton ferme:

—Peu importe qui a enfoncé le poignard. C'était un ordre de notre père, qui suivait les instructions de Soleil.

Un lourd silence s'installa à l'entente de ce morbide constat, chacun se plongeant dans ses propres réflexions. Noony ranima la conversation la première.

— Notre père a payé pour ses crimes. Pensons à Mylianne, à maman aussi. Elles ont été manipulées, et ça a été trop longtemps notre cas, à nous aussi. Nous avons besoin de lumière maintenant, de faire tomber les tabous. Les oraisonniers devraient savoir ce qu'implique leur art, les Hélderionnois devraient pouvoir connaître la vérité sur l'origine de leur religion afin de choisir d'y croire ou non.

Elle posa sa main sur celle de sa sœur, qui fut surprise de ce geste.

— Aileen, si tu dois régner sur Hélderion, il faut que tu penses à tout cela. J'ai beau être une traîtresse, je suis toujours ta sœur, et notre famille a particulièrement souffert de ce despotisme.

Elle s'adressa aussi à Heptiel :

— Vous deux, ensemble, vous êtes la seule chance que nous ayons de stopper cette guerre absurde, et de montrer la vérité, enfin, sur les motivations du gouvernement. Si nous levons le voile là-dessus, vous ne serez plus les jouets du pouvoir. C'est vous qui l'aurez réellement.

— Que veux-tu que nous répondions à ça ? sourit l'Ioden.

— Faisons-nous simplement confiance, faisons notre possible pour prouver le passé commun entre Hélderion et Rouge-Terre, montrons à quoi sert réellement l'âme des défunts. Les gens réfléchiront, et appelleront peut-être un jour les Terres Impies Rouge-Terre.

L'espion, qui réfléchissait avachi dans son fauteuil, demanda soudain :

— Dis-moi, qui t'avait donné la poudre-à-temps ?

— Ma mère, avant que je ne quitte Manérian.

— Cela concorde. Nwinver doit être à l'origine du trafic, s'il y a des objets tabous dans le palais, cela expliquerait comment ta mère l'a obtenue.

Ils informèrent Aileen de leurs conclusions sur l'emplacement du laboratoire et de l'objet qui contrôlait l'oraison. Au milieu de ces enjeux, Thyrane restait en suspens dans l'esprit de la jeune femme. Elle repensait aux Lames Nocturnes, et à l'importance qu'auraient de telles informations pour eux. Le fait que son futur époux accepte l'illégalité de Noony, et tout le discours de sa sœur sur l'illégitimité de la guerre, la renforçait dans sa conviction d'aider les résistants. Elle ouvrirait juste les portes…

— Cet emplacement est plausible, approuva-t-elle. La difficulté sera de s'y infiltrer pour vérifier.

— Le mariage serait le moment idéal, suggéra Alexian.

— Pas la cérémonie même, contredit Heptiel. Les gardes auront des ordres stricts. Non, je pense que la baisse de vigilance sera plus susceptible de se produire pendant les jours de banquet suivant l'événement. Par ailleurs, après la cérémonie de mariage, selon la tradition, les époux doivent déjeuner dans les appartements de l'Astracan, afin que l'Ioden découvre son futur lieu de vie. Ce sera une bonne occasion pour nous de repérer l'endroit, de compter les soldats, de mémoriser leurs positions… et de jauger la difficulté d'une telle entreprise.

Pendant une partie de la nuit, ils discutèrent tous quatre de la situation, et de leurs hypothèses. Après quelques verres de vin, la tension se relâcha. Aileen finit même par raconter des anecdotes sur la pension Sybilène, qui firent beaucoup rire sa sœur. Ils se séparèrent avec pour directive de ne se recontacter qu'après le mariage, pour ne pas éveiller les soupçons.

Interlude

À cette heure-ci, le salon était désert et silencieux. L'Astracan, assis sur un divan, tira de sa toge la fine boîte métallique qu'il avait toujours sur lui, l'ouvrit, et vit scintiller sa seringue. Il s'en empara et la planta dans un flacon contenant de la résuadine, regardant avec fascination le tube se remplir. Il suspendit son geste en entendant des talons claquer contre le sol de marbre.

— C'est étonnant de te voir ici à cette heure, lança-t-il d'un ton peu affable.

— Je m'ennuyais, dans ma chambre…

Nwinver s'assit près de lui. Il se décala par réflexe.

— Cela fait combien de doses, aujourd'hui ? demanda-t-elle.

— Cela ne te concerne pas.

— Un peu, tout de même…

Il termina de remplir la seringue, retroussa sa manche argentée et, d'un geste expert, piqua l'aiguille dans une veine noire qui palpitait sur son avant-bras. Soleil poussa un long soupir de satisfaction.

— En boire fonctionne aussi…

— À ce stade, dit-il en rangeant le matériel, il faut que ce soit un maximum concentré. Pour que cela se fixe.

Elle considéra le vieillard avec un mélange d'inquiétude et de pitié, mais celui-ci ne se préoccupait même pas de sa présence. Il alla se planter devant la cheminée pour réchauffer ses mains ridées.

— J'ai une question, mon amour. Comment cela va-t-il se passer pour Aileen ? Je veux dire, elle semble très proche d'Heptiel, elle se rendra forcément compte…

Son mari mit un moment à répondre, scrutant les flammes comme s'il pouvait lire quelque chose dans leur danse cramoisie.

— J'y ai pensé, bien sûr. Sept jours après l'Ioden, elle sera convoquée à Volplume pour régler une affaire et aura un terrible accident. En se mariant, elle aura mélangé définitivement sa famille à celle de l'Astracan, ainsi que son héritage.

Nwinver tordit sa bouche pulpeuse à cette déclaration. L'Astracan ne se préoccupa pas de sa réaction et quitta la pièce pour rejoindre ses appartements. La jadielle, seule sur le divan, se sentit pour la première fois réellement concernée par les plans de son époux. Elle avait presque de la peine en songeant au destin funeste de la compagne de son fils.

24

Le mariage

– Royaume d'Hélderion, Abranelle, 913 –

Mariage : La plus ancienne définition remonte aux premiers cahiers de droits d'Abranelle, et décrit le mariage comme l'union officielle entre un homme et une femme, afin d'annoncer leur amour à leurs astres d'attribution. La tradition veut que si l'amour des amants est assez puissant, l'un se réincarnera sur l'étoile de l'autre afin qu'ils ne soient pas séparés par la mort. Le mariage revêt aussi une dimension stratégique, intimement liée aux alliances entre corporations.
La cérémonie se déroule en trois étapes : la prière de cinq heures, l'échange de sang et le défilé. La seconde étape est la plus importante ; elle est symbolique à deux niveaux. Le sang cristallise à la fois toutes les valeurs associées au feu, à la chaleur et à la vie. Il s'apparente en ce sens au soleil : l'astre suprême de l'Astrascisme. Mais le sang est également un symbole d'union de deux lignées dont les familles se rejoignent, mêlant leurs flux vitaux pour donner la vie.

Extrait de l'*Encyclopédie de l'Histoire d'Ollien* – par Aceson Madias, membre de la Corporation Volplume de 613 à 647.

Le carillon d'une cloche résonna dans la chambre du couple, réveillant Aileen en sursaut. Son ventre se tordit douloureusement quand elle réalisa que c'était le jour. Le jour où elle allait se marier. Ils s'enlacèrent avec tendresse, puis se rendirent dans les bains privés.

Elle se lova à nouveau dans ses bras, au milieu des volutes de fumée. Elle se souvenait de Mylianne qui écrivait des noms de garçons sur des papiers qu'elle rangeait sous son matelas, dans l'espoir que son vœu d'épouser l'un d'entre eux se réalise. Elle n'aurait jamais imaginé être unie à Heptiel, et encore moins qu'elle serait projetée au rang le plus convoité par une femme d'Hélderion.

Et puis, il y avait l'invasion des Lames Nocturnes et la collaboration avec sa sœur. Ces préoccupations l'empêchaient de percevoir le mariage comme une prison de laquelle elle ne pourrait pas sortir. Au contraire, sa vie ne lui avait jamais paru aussi libre et pleine de possibilités qu'aujourd'hui. Il ne fallait pas réfléchir. Elle s'était engagée sur une voie difficile, celle de la trahison ; il était impossible de reculer sans se sacrifier. Son promis lui massa les épaules avec douceur. Elle sentait la culpabilité de ses mensonges la grignoter peu à peu. Comment pourrait-elle le regarder franchement devant l'autel ? Elle le trahissait. Devait-elle lui parler des Lames Nocturnes ? Après tout, il avait fait preuve d'une ouverture d'esprit inattendue ces derniers jours. Non. Il s'agissait dans ce cas de manœuvres diplomatiques, bien que celles-ci impliquent d'enquêter sur les secrets du palais. Laisser les portes ouvertes, laisser des résistants pénétrer le cœur même de l'Astrascisme, tout détruire… c'était autre chose. De beaucoup moins pardonnable.

— Allez, dit-il, il faut partir. Nous allons être en retard pour l'habillage.

Ils passèrent des vêtements sobres et sortirent de leurs appartements. Nwinver les attendait dans la salle mise à leur disposition pour l'occasion. Pas moins d'une vingtaine de couturières travaillaient aux retouches du costume et de la robe. Les femmes couraient d'un bout à l'autre de la pièce, les bras chargés de tissus, d'accessoires, de matériel.

— Vous voilà !

La jadielle désigna les mannequins de bois sur lesquels travaillaient les domestiques. Les étoffes se déployaient uniquement en noir et blanc, cousues, piquées, relevées, lissées. Les futurs époux, après un moment d'admiration face à ce véritable atelier, passèrent chacun derrière un paravent. Nwinver s'approcha pour examiner les tenues de cérémonie.

La robe d'Aileen se composait d'un bustier rigide cousu de motifs d'étoiles légèrement brillants, et dont les perles qui allaient du creux du décolleté jusqu'à une ceinture de soie délimitaient deux côtés : l'un noir, l'autre blanc. Le jupon bouffant reprenait les teintes du bustier. Une paire de gants montants aux couleurs dépareillées était assortie à la robe.

Les couturières terminèrent les ultimes finitions, puis apportèrent la tenue à la mariée. Le costume d'Heptiel, une ample toge pâle, sur laquelle scintillait une étoile dorée à cinq branches, allait avec une veste sombre à mettre par-dessus. Une fois vêtus, ils se firent face en souriant. Les servantes se hâtèrent de sortir d'une armoire une traîne de tulles noir et blanc superposés. Celle-ci fut accrochée à la ceinture d'Aileen, ajoutant encore de l'envergure à la robe. Un diadème composé d'étoiles brillantes fut fixé dans la chevelure de jais de la jeune femme, et des chevalières en forme de soleil furent passées aux doigts d'Heptiel.

—C'est splendide! s'exclama Nwinver. Le défilé sera mémorable! Maintenant, il va falloir aller prier dans la salle du trône, pour purifier vos âmes avant la cérémonie. La prière va durer cinq heures. Ensuite, vous serez maquillés selon la tradition, dans cette pièce encore, le temps que la salle du trône soit aménagée et que les invités entrent.

Noony plongea une serviette dans une bassine d'eau, puis l'appliqua sur son visage. Cette fraîcheur la tira de l'ambiance du cauchemar qui la poursuivait depuis son réveil. Elle dénoua le drap qu'elle avait entouré autour de sa poitrine pour enfiler son costume, une petite robe d'un rose nacré. Elle attacha ses cheveux puis enfonça sur sa tête un chapeau rond surmonté de plumes. Une fois sa figure poudrée de blanc, elle se mit à peindre ses lèvres en marron. Alexian arriva à ce moment précis, un panier garni de petits pains dans les mains.

—Tu es déjà prête? s'étonna-t-il en posant le panier sur la table.

—Oui. Il faut que l'on se mêle aux festivités pour ne pas être suspects.

Elle piocha un pain encore chaud et croqua dedans.

—C'est délicieux!

—Les domestiques en distribuent à tous les artistes. J'en ai profité.

Elle savoura la mie tiède et tendre en se demandant quand elle pourrait remanger de la sorte. Si leur plan échouait, elle serait encore obligée de fuir, de vivre en paria, pendant que sa sœur, elle, s'affirmait dans le grand monde, celui auquel elle-même avait été si longtemps destinée.

—Courage, dit son compagnon, comme s'il avait deviné ses pensées. Nous sommes proches du but. Profitons du mariage pour observer et nous renseigner sur l'emplacement hypothétique du laboratoire.

Il sourit. Ses paupières charbonnées ainsi que son ensemble rouge à volants de dentelle, que lui avaient prêté les Lances du Crépuscule lors des répétitions, le rendaient méconnaissable.

—Et ensuite? fit-elle.

—Ensuite, Heptiel deviendra Astracan, et nous l'aurons à nos côtés. Mon peuple sera sauf, et tu seras réhabilitée.

—En tant que quoi? Je ne suis plus oraisonnière. Et si nous arrivons à prouver ce qu'est réellement l'oraison, c'est sans doute la cérémonie elle-même qui sera dissoute. Les gens seront aussi répugnés que moi par ce rituel. Je ne serai que la sœur de l'épouse de l'Astracan.

—Je ne sais pas… tu pourrais venir avec moi. En Rouge-Terre. Vel-Plê serait ravi, et Étincelle aussi, il adore le désert!

La jeune femme se plaça au-dessus de la bassine et vit son reflet sur l'eau lisse, ses cheveux bruns, son maquillage. Une autre personne, qui n'avait rien à voir avec celle qui se mirait dans le puits du jardin de sa maison…

— Tu as peut-être raison, murmura-t-elle.

— De toute façon, nous n'en sommes pas là. On a encore une vérité à faire éclater au grand jour.

Les cris, les ordres, les chants, leur parvenaient de plus en plus fort à travers la porte de la chambre. Les festivités commençaient tôt.

— Qu'allons-nous faire ?

— Notre travail de divertisseurs.

Ils quittèrent leur chambre et furent bousculés par la foule. Les soldats tentaient de canaliser l'affluence tant bien que mal. Les balles, les rubans, les bâtons volaient au-dessus des têtes dans des chorégraphies de jonglage involontaires. De petites scènes de bois avaient été montées, sur lesquelles les acteurs jouaient, attirant autour d'eux des cercles de spectateurs enjoués. Alors qu'elle applaudissait une réplique particulièrement cinglante, Noony sentit soudain une main empoigner son épaule, et elle fit volte-face. Liguel la contemplait de toute sa hauteur.

— On vous retrouve enfin ! Où étiez-vous ?

D'autres membres des Lances du Crépuscule se rapprochèrent, mécontents.

— Nous étions ici, répondit Alexian d'un ton détendu. Justement, nous vous cherchions.

— Tu parles, cracha l'un des acteurs. On vous a vus sur la liste des divertisseurs personnels des promis ! Vous n'avez même pas dit que vous faisiez partie de notre troupe ! C'était pourtant le marché ! Vous nous avez utilisés pour entrer dans le palais, et ensuite, plus personne !

L'oraisonnière se recula un peu, effrayée par la verve mordante du comédien. Son compagnon garda son expression amène, et poursuivit :

— Je suis désolé, nous avons été convoqués, notre réputation nous a précédés. Nous avons soumis votre candidature, mais…

— Mais quoi ? s'emporta Liguel, dont la voix réussit à couvrir la rumeur ambiante.

— Vous vous êtes foutus de nous ! renchérit l'un des acteurs. Voilà tout ! Alors que nous vous avons rendu service en vous emmenant à Abranelle ! Être les divertisseurs personnels des promis, c'est le tremplin dont nous rêvions !

L'espion ouvrit la bouche pour se justifier encore une fois. Le poing de l'artiste partit droit sur sa joue gauche. Chancelant, Alexian plaqua ses doigts contre son visage, ahuri. Liguel se jeta entre les deux pour les séparer, mais le Rouge-Terrien reçut un nouveau coup dans le nez. Une giclée de sang constella le sol de marbre. Liguel ceintura son collègue.

Les spectacles alentour s'étaient interrompus. Des gens s'approchèrent en demandant ce qu'il se passait.

— Arrête ! ordonna Liguel. Ça suffit !

L'acteur se débattait de toutes ses forces. Les autres membres des Lances du Crépuscule durent aider leur chef pour le maîtriser. Alexian essuya son nez ensanglanté à l'aide de sa manche. La veine qui palpitait sur son front témoignait de sa colère. Une femme entre deux âges, qui portait plusieurs paniers de tartelettes, s'immobilisa en voyant la scène. Elle s'approcha du blessé et lui tendit un mouchoir, qu'il appliqua sur son nez avec un petit signe de remerciement.

— Venez, j'ai de quoi vous soigner, dit-elle simplement.

Noony et Alexian la suivirent sans poser plus de questions. Ils s'engouffrèrent dans une succession de couloirs, où la foule se clairsemait déjà. L'inconnue poussa une porte de bois à double battant. Ils pénétrèrent dans les cuisines. Des rangées de tables s'étalaient à perte de vue, faisant face à d'immenses cheminées de pierre. Un incroyable mélange d'odeurs de viandes grillées, de légumes bouillis, de fruits frais, vint chatouiller leurs narines. Les cuisiniers passaient d'une cheminée à une autre, allaient couper un aliment sur une table, vérifiaient la cuisson. Ils s'évitaient tous avec une grâce qui donnait aux lieux un air de ballet. Le tintement des couverts, le bouillonnement de l'eau, le crépitement du feu, servaient de rythme à ces artistes culinaires.

La femme déposa son chargement, essuya ses mains à l'aide d'un torchon puis disparut dans la réserve. L'espion se laissa choir sur un tabouret. La femme revint avec des glaçons enroulés dans un linge. Elle appliqua le linge froid sur le nez blessé. Cela lui arracha un petit cri de douleur, mais Alexian se laissa faire.

— Ce n'est pas cassé, annonça-t-elle d'un ton expert.

— C'est une bonne nouvelle.

— Vous êtes acteurs ?

— Oui.

— Ah, et on dit que les comédiens sont des personnes civilisées ! Une histoire de rivalité, c'est ça ?

— Oui, on peut dire ça, concéda l'oraisonnière.

Alexian tenta d'approuver, pourtant, il ne sortit de sa gorge qu'un son incompréhensible compte tenu du linge, à présent imbibé de sang, maintenu sur son visage.

— Merci beaucoup, en tout cas.

— De rien, de rien. Vous avez faim ?

Noony n'eut pas le temps de répondre que la femme était déjà partie demander de la nourriture aux cuisiniers.

— Ça commence bien, on se fait remarquer.

Elle revint avec deux assiettes de gâteaux aux fruits rouges saupoudrés de sucre.

— Mangez ça, ça vous redonnera des forces. Je dois repartir faire ma distribution, mais restez ici autant que vous voulez. Et si vous avez besoin de quoi que ce soit, n'hésitez pas à revenir, dites que vous avez l'autorisation de Miabelle.

Elle reprit ses paniers et s'éclipsa. Ils s'installèrent plus confortablement autour de la table. Ils se sentaient bien, à la chaleur des cheminées, en train de savourer de délicieuses pâtisseries. Les cuisiniers faisaient leur travail, indifférents à leur présence. Tout à coup, un petit garçon entra dans les cuisines, une feuille de papier roulée en cornet devant sa bouche pour crier :

— Annonce ! La cérémonie de l'Ioden aura lieu dans six jours !

Ils échangèrent un regard intrigué. Cette information était cruciale pour leur plan.

ꟈ

— Les cinq heures sont écoulées.

Ils se relevèrent, sentant leurs articulations craquer d'être restés si longtemps agenouillés. Aileen s'était sentie somnoler tandis qu'elle devait prier et s'adresser à son astre d'attribution. Son promis lui avait souvent donné des coups de coude lorsqu'il voyait son menton s'affaisser. Soulagés d'en avoir terminé avec l'étape intime et spirituelle de la cérémonie, ils retournèrent à la salle d'habillage escortés par des soldats. La traîne de la mariée s'étendant sur plusieurs mètres, les guerriers de l'aurore devaient la porter afin d'éviter qu'elle ne se salisse. Heptiel adressait souvent un sourire rayonnant de bonheur à sa future épouse, qui le lui rendait avec sincérité.

Ils arrivèrent dans une salle où les attendaient des domestiques. Les cheveux de l'Ioden furent peignés en arrière et soigneusement noués en catogan, ceux de la future souveraine attachés en chignon. Après le travail de maquillage des servantes, les yeux de la jeune femme ressortaient comme deux émeraudes bordées d'un écrin noir, et sa peau de lune paraissait lumineuse et veloutée. Ces derniers préparatifs achevés, Heptiel passa son bras sous celui de sa promise, ainsi que le voulait la tradition, et tous deux avancèrent d'une démarche élégante jusqu'à la salle du trône, sous les cris de joie et les sifflements d'admiration. Une dizaine d'enfants de blanc vêtus jouaient de la flûte pour saluer leur passage.

Les invités, tous d'importants membres des corporations, se retournèrent d'un même mouvement à l'entrée du couple. Cinq lustres garnis de bougies avaient été suspendus à l'immense coupole, éclairant la salle de reflets dansants. Deux orchestres d'instruments à vent et à cordes se situaient de part et d'autre de l'autel. L'Astracan les surplombait, drapé d'or et d'argent, semblant faire un effort considérable pour se maintenir debout. Nwinver se tenait à ses côtés, dans une robe de soie blanche. Les promis s'avancèrent au même rythme que le son pur et léger des harpes. L'Ioden reconnut des visages familiers parmi les invités. Karnas lui fit un geste de loin, le visage néanmoins fermé. Lorsqu'ils s'immobilisèrent devant l'autel, la musique devint plus discrète. Aileen se sentit envahie d'une bouffée de bonheur. Ils seraient unis à jamais.

Soleil se racla bruyamment la gorge. Ses mains ridées se crispèrent sur le pupitre incrusté de pierres précieuses. Il déclama :

— Heptiel Marchevent, Ioden d'Hélderion, et Aileen Manérian, héritière de la Corporation des marchands d'étoiles, l'amour a croisé votre route. Et, en tant que représentant des astres, je me dois de réunir les âmes qui se comprennent.

Une chorale entama une longue litanie dans la langue des astres. Le futur marié tendit les mains et sa compagne y posa tendrement les siennes. Elle remarqua que Nwinver les considérait d'un air sombre, qui contrastait avec les mines réjouies des invités.

— Heptiel Marchevent, Aileen Manérian, vos familles seront mêlées par le sang sous la bénédiction des étoiles. Il vous faut aujourd'hui jurer fidélité à votre lignée. Vous devrez servir et honorer vos astres d'attribution. Vous devrez toujours prendre soin l'un de l'autre. Vous devrez protéger Hélderion par tous les moyens. Vous devrez en faire respecter les dogmes. Vous sentez-vous capables d'assumer tous ces devoirs ?

— Je m'en sens capable, répondit fermement Heptiel, et je tiendrai mes engagements.

L'Astracan tourna son visage vers Aileen, qui ne put s'empêcher de ciller en sentant ces yeux bleus scrutateurs sur elle. Elle eut un court instant d'hésitation, avant de répéter :

— Je m'en sens capable, et je tiendrai mes engagements.

Soleil annonça d'une voix forte :

— Nous allons procéder à l'échange de sang.

On remit au jeune homme une dague. La lame apparut éblouissante et tranchante sous la lumière des lustres. Suivant le rituel, sa compagne ôta son gant et tendit son bras. Il approcha la dague avec une expression d'excuse, puis traça une fine entaille vermeille au poignet de la jeune femme. Il fit de même pour lui, d'un geste précis et maîtrisé, puis saisit le poignet d'Aileen pour le coller au sien. Ils attendirent ainsi une minute entière, le sang traçant des lignées sombres sur leurs avant-bras. Nwinver s'approcha avec deux rubans, l'un noir, l'autre blanc, et les noua en petits bandages aux bras des jeunes mariés. Une fois l'acte accompli, l'Astracan annonça :

— Je vous déclare unis par le sang.

Les invités applaudirent et s'apprêtèrent à partir pour rejoindre la salle de réception. L'Astracan interrompit leur mouvement en levant simplement un doigt.

— Votre attention. Je profite de l'occasion pour vous annoncer que l'Ioden aura lieu dans six jours. Il est temps pour moi de laisser la place à mon fils.

Heptiel parut surpris, et chercha à attirer l'attention de son père ; cependant, Soleil l'évita en descendant de sa haute chaise. Déjà, sa garde rapprochée se précipitait pour l'aider à marcher. Le cœur d'Aileen battait à tout rompre, sans qu'elle sache vraiment pourquoi. Cela lui semblait beaucoup trop simple.

Une centaine de trois-larmes furent lâchés des fenêtres du palais. Les soldats attendaient le signal depuis longtemps sur la place principale. Ils se mirent au garde-à-vous pour former une haie protectrice. Les Abranneliens, qui attendaient depuis l'aube, poussèrent des cris de joie lorsque les mariés apparurent sur les grandes marches de marbre. Noony et Alexian, qui s'étaient installés sur la place pour tenter de recueillir des informations, se rapprochèrent eux aussi. Des claquements de sabots retentirent contre les pavés, et un char ouvert, tiré par huit chawins, surgit d'une rue pour venir s'immobiliser devant le palais. Le véhicule peint en vert tendre arborait des fanions que le vent faisait onduler. Aileen et Heptiel saluèrent le peuple pendant que leur escorte se formait. Ils montèrent dans le char et s'installèrent sur une banquette surmontée d'une couronne de fleurs. Le cocher fit claquer les rênes et ils démarrèrent. L'oraisonnière observa le couple parader, avec un mélange de fierté et de tristesse.

—Ce soir, on ne pourra pas aller les voir. Ils seront trop sollicités. Il faudra attendre demain.

—Alors, profitons-en pour nous amuser.

Elle désigna l'enseigne d'une taverne.

—Tu crois que c'est le moment ? demanda-t-il.

—Les gens ne sont jamais aussi bavards que quand ils ont bu.

Alexian éclata de rire.

—On dirait que tu commences à maîtriser l'art de récolter des informations…

Interlude

Les salles de réception étaient pleines à craquer, chaque place occupée, chaque plat des buffets entouré de gourmands. Dans cette atmosphère d'opulence, l'alcool coulait à flots, les fous rires se déplaçaient de table en table comme une maladie contagieuse. Au milieu de ces festivités, Nwinver picorait dans une assiette, davantage pour éviter de parler que pour calmer sa faim. La jadielle se devait d'honorer ces soirées mondaines de sa présence, pour remplacer les promis qui avaient le droit à l'intimité pour leur première nuit après le mariage. En voyant les couples s'embrasser, les sourires orner chaque visage, elle se sentait plus que jamais écrasée par sa solitude. Elle revit distinctement Aryador dans ses souvenirs, ce hurleur qu'elle avait vu grandir, jusqu'à ce qu'elle devienne sa maîtresse. Elle s'était attachée facilement à lui, car elle savait que son cœur était ailleurs, auprès de sa moitié, la chuchoteuse. Elle avait joué avec lui, comme avec tout le monde. Pourtant, le masque qu'elle portait s'était effrité au fil des nuits qu'ils avaient passées ensemble. C'était grâce à lui, elle n'en doutait pas, que le projet de la chuchoteuse avait échoué, et que rien n'avait entravé la volonté de l'Astracan. Tous sacrifiaient leur vie pour son époux. Cet homme qu'elle avait connu lorsqu'elle était petite fille dans le laboratoire, et qui venait lui rendre visite. À l'époque déjà, son odeur musquée la dégoûtait, ainsi que ses airs importants. Un jour, les scientifiques lui avaient appris qu'elle l'épouserait. Quand elle avait demandé pourquoi, ils lui avaient expliqué qu'elle était une créature unique et précieuse, considérée comme sacrée, et qui vivait plus longtemps que les gens normaux. Elle avait alors tout appris sur la supercherie de la religion de laquelle elle était devenue un symbole.

Elle avala une rasade de vin pour effacer le goût amer du mensonge. Son existence se déroulait avec une lenteur cruelle – les fausses prédictions, les robes, les rares entretiens avec Soleil. Le seul cadeau qui lui avait été fait était ce fils, qu'on lui avait arraché, et qu'elle avait retrouvé par miracle. Mais l'Astracan avait toujours voulu mettre une barrière entre eux, d'où son envoi dans une pension de Thyrane. Pour ne pas qu'elle s'attache.

Partie IV

L'Ioden

L'Astracan tira une seringue du tiroir d'une commode stylisée et se fit son injection du soir. Puis il ouvrit un placard où s'alignaient des centaines de flacons remplis de résuadine. Il avala le contenu de l'un d'entre eux d'une traite.

Dans l'armoire, il y avait également un grand bocal de résuadine, dans lequel baignait une couronne d'or. Soleil ébaucha un sourire satisfait, puis referma le battant. Il fit sonner une cloche et attendit face à la cheminée où brûlait un feu. On frappa à la porte. Il alla vérifier à travers le judas.

La dizaine de verrous cliqueta et il laissa entrer un homme d'une quarantaine d'années, vêtu d'un uniforme épousant ses muscles. L'intrus s'inclina profondément, jusqu'à ce que Soleil l'autorise à se relever.

— Que puis-je faire pour vous servir, Votre Majesté ?

— Je souhaite que la chambre de mon épouse soit surveillée à partir du jour de l'Ioden. Elle aura interdiction de sortir. Est-ce clair ?

— Bien, Votre Excellence. Ce sera fait.

— Je compte sur vous pour garder cette mission secrète. Vous pouvez disposer.

Le chef des guerriers de l'aurore du palais s'inclina une dernière fois avant de se retirer. L'Astracan regarda ses mains à la peau fine et fripée sous laquelle transparaissaient ses veines noires. Il touchait au but. L'expérience suprême.

25

Passé

– Royaume d'Hélderion, Abranelle, 913 –

Palais d'Abranelle : Il fut achevé en 746, quatre ans après le renversement de Nepes Ier. Durant les émeutes de 742, de violents incendies ravagèrent la capitale ; seuls la salle du Congrès et le temple furent épargnés. Il fallut reconstruire la plupart des habitations. Pour fournir rapidement de la pierre, les carrières près d'Albrime furent exploitées au maximum. Le palais de l'époque, totalement détruit, fut reconstruit dans un style plus riche. Tout juste proclamé Astracan, Soleil Ier exigea une structure en coupole, pour imiter le temple d'oraison. Selon les historiens, cette ressemblance entre l'architecture des deux corporations montre le début de rivalité entre le lieu du culte et le lieu de vie du représentant du pouvoir. Soleil Ier demanda également une salle du trône où convergeraient quatre ailes. Les cours intérieures permirent la mise en place des jardins pour les loisirs des personnalités importantes qui viendraient y séjourner. Contrairement au temple, organisé en fonction des besoins du culte, la répartition des pièces du palais témoigne d'une volonté de rassembler une communauté autour de l'Astracan. Dans le premier palais, les représentations se cantonnaient à des mosaïques. À présent, le symbolisme domine dans la nouvelle architecture appelée « solaire », avec l'omniprésence de motifs d'étoiles. Le but est de toujours rappeler que le rapport entre le croyant et les astres transite par l'Astracan lui-même.

Extrait d'*Histoire de l'architecture d'Hélderion* – par Iria Napal, membre de la Corporation Volplume de 750 à 777.

La pension Sybilène était plongée dans un silence de mort. Seule une fenêtre allumée perçait les ténèbres du froid bâtiment. Dans son bureau, le Maître rejeta ses documents et se massa les tempes. Bellor, provisoirement emprisonné dans la pension, venait de s'enfuir. Joscard soupçonnait un autre enseignant de l'avoir libéré ; cependant, l'accusation était trop grave pour qu'il la porte au hasard. C'était une circonstance où il aurait eu besoin de Yamilia, mais celle-ci avait également disparu. Enfin, disparu, c'était la version officielle. Il savait très bien que le Cercle l'avait recrutée. Ainsi, le Maître se retrouvait-il seul, avec un nouveau problème à gérer.

Pour se donner du courage, il contourna son bureau et se versa un fond d'eau-de-vie. Il fit tournoyer le liquide un moment, le regard dans le vague. Maître de pension. Si on lui avait dit auparavant qu'il finirait par diriger un établissement en Thyrane, il ne l'aurait jamais cru. Autrefois, il habitait à Lynneroy, où il avait suivi une formation en économie. Il avait quinze ans lorsque sa sœur avait été emportée par une maladie, le laissant tuteur de son fils, le petit Jenish. Ayant du mal à financer sa formation avec son neveu à charge, il avait présenté une demande d'aide à Abranelle, qui avait été acceptée. Une fois son apprentissage terminé, on avait exigé de lui qu'il paie sa dette. Il avait dû trouver un travail lucratif et était devenu vendeur au marché noir.

À ce souvenir, il termina son verre. Lorsque son neveu avait souhaité lui aussi suivre des études, Joscard s'était rapproché de Sonax, un marginal aux cheveux violets. Sans doute la pire erreur de sa vie. Le trafiquant lui avait raconté qu'au contact d'une de ses connaissances, les objets changeaient et devenaient précieux. Un soir, il avait été invité chez le marchand, pour assister à une démonstration. Pour la première fois, Joscard avait vu à quoi ressemblait la résuadine. Le souvenir de ce moment fatidique n'allait plus jamais le quitter. Sonax s'était penché au-dessus du liquide pour appeler une femme. Nwinver était alors apparue. Joscard avait su que son cœur lui appartiendrait à jamais.

Un après-midi de l'année 888, des dresseurs et des guerriers de l'aurore avaient débarqué et contrôlé leur stand. Le Maître avait immédiatement été pris. Sonax, qui était pourtant avec lui quelques minutes auparavant, avait disparu. Néanmoins, il y avait un soldat de plus pour l'escorter. Joscard avait compris que son compagnon s'était transformé. Il avait dévisagé son ami en criant, mais ce dernier avait ignoré ses appels désespérés. Nwinver lui avait donné ce pouvoir de métamorphose. Elle en avait fait le trafiquant le plus insaisissable.

Joscard avait été jugé et condamné à trente ans de prison dans les cellules d'Albrime, la ville des dresseurs. Contre toute attente, Nwinver avait pris sa défense auprès de son époux en expliquant qu'il pourrait leur être utile. Ils avaient alors passé un pacte : on jetterait quelqu'un d'autre en prison et Joscard travaillerait pour le compte de l'Astracan. C'est ainsi qu'il en était venu à jurer une fidélité irréprochable en demandant à Son Excellence de s'occuper de son neveu. Joscard avait trente et un ans lorsqu'il avait été envoyé à Thyrane pour prendre le contrôle d'une pension. Au début, cette solution lui était apparue comme la meilleure ; pourtant, au fil des années, les exigences de Soleil s'étaient faites plus pressantes. Le Maître avait très peu de nouvelles de Jenish, et quand il avait commencé à refuser certaines pratiques du dirigeant suprême, Nwinver était venue le menacer. On tuerait son neveu s'il ne collaborait pas. Alors, il avait continué à suivre les ordres. Pour Jenish, il était un repris de justice emprisonné, et l'Astracan un doux protecteur qui, touché par sa situation, lui envoyait de l'argent.

Parfois, le Maître se demandait jusqu'où sa servitude le conduirait. Mélancolique, il tira de sa veste un portrait de son neveu, pour admirer la mine réjouie de l'enfant qu'il n'était plus depuis longtemps. Cette ancienne vie lui semblait être celle de quelqu'un d'autre.

La robe de mariée noire et blanche gisait sur le sol de marbre, la traîne négligemment jetée sur un dossier de chaise. Accoudés à la fenêtre, ils regardaient le disque d'or du soleil jaillir des dômes de la capitale. Tendrement enlacés, ils échangèrent un baiser. Rien n'était pour eux plus doux que ce réveil partagé, que les rubans noués à leurs poignets, prouvant leur union. Ils avaient droit à une matinée de repos loin des curieux avant le déjeuner officiel dans les appartements de l'Astracan. À leur surprise, on frappa. Aileen se dégagea des bras de son époux pour aller ouvrir. Une domestique tenait un plateau sur lequel étaient étalées une cinquantaine de lettres. La jeune femme s'en empara, les posa sur la table et scruta les expéditeurs avec inquiétude. Dans ce tas se trouvait sûrement une lettre de sa prétendue tante. Mieux valait que son mari ne tombe pas dessus.

—Avec tous ces vœux de bonheur, dit-il, nous ne pouvons qu'avoir un mariage heureux.

—Ah, le protocole ! s'exclama-t-elle. Ne t'embête pas avec ça, je m'en occupe.

Heptiel repéra celle de sa mère et la prit pour la lire au calme sur le lit. Aileen en profita pour trier les enveloppes restantes. Elle voyait défiler les noms avec soulagement : de nombreux membres des corporations, l'Astracan lui-même. Il ne semblait rien y avoir de compromettant. Soudain, elle ralentit son geste. Une lettre de sa tante. Dos à son époux, elle l'ouvrit discrètement :

« Chère Aileen,

Je suis ravie de savoir que tu seras mariée le jour où tu liras ma lettre. Tant d'émotions ! La petite fille que tu étais a tellement grandi ! Cela me replonge dans le passé, et me donne envie de te revoir. Je viendrai te rendre une petite visite le quarante-sixième jour du Bouclier, je sais que tu es très occupée, j'espère néanmoins que tu auras une pensée pour ta vieille tante.

Que les astres te protègent.

Ta tante Shylade. »

Elle plia délicatement la lettre et la glissa entre le tissu de son soutien-gorge et sa peau.

— On est quel jour ? demanda-t-elle.

— Le quarantième, répondit distraitement Heptiel.

Elle tentait de calmer les battements frénétiques de son cœur. Les Lames Nocturnes arriveraient le soir de l'Ioden, au milieu des banquets, lorsque Soleil serait en pleine cérémonie rituelle. Une bonne stratégie. Elle devrait laisser les portes ouvertes à ce moment-là. Comment allait-elle faire ? Qui s'occupait d'ouvrir et de fermer les portes du palais chaque soir ?

— Dis-moi, mon amour, où est rangé le plan ? J'aimerais réfléchir à la stratégie d'intrusion dans les laboratoires…

— Même ce matin ? Tu ne veux pas que l'on profite de cette journée de repos ?

— Nous sommes prisonniers des mondanités, les moments où l'on peut être tranquilles sont rares, et la situation est urgente.

— Mon père nous révélera peut-être l'existence des laboratoires ce midi…

Elle lui jeta un regard peu convaincu.

— Dans le tiroir, juste en face de toi, lui indiqua-t-il.

Elle déroula le plan pour l'examiner avec attention. Elle avait pu observer que, le soir, le corridor principal était souvent désert, au contraire de l'aile est et des salles de réception. Évidemment, il devait y avoir des rondes. Il fallait qu'elle se renseigne. Elle rangea le document, puis rejoignit son mari pour lire chacune des lettres de félicitations. Après ce moment de détente, ils s'habillèrent selon les codes des lendemains de mariage. Ils devaient porter du rouge, couleur symbolisant le mélange de leurs lignées. Comme prévu, Aileen se coiffa d'une voilette translucide, privilège qui était réservé aux épouses d'Astracan.

Le couple quitta ses appartements à midi. Les couloirs du palais étaient peu fréquentés en ce lendemain de festivités. Seuls quelques guerriers de l'aurore montaient la garde. Les mariés parvinrent devant une grande arche d'or. Ils arrivaient dans l'espace privé de Soleil. Les murs de plâtre étaient recouverts de fresques représentant des portraits d'Astracans. Au fond d'un corridor, dix guerriers formaient une colonne de chaque côté d'une porte blanche et unie, dotée d'un judas. Ils s'immobilisèrent devant les gardes, qui s'inclinèrent d'un même mouvement.

— Sa Majesté vous attend.

Les yeux clairs de Soleil apparurent un instant de l'autre côté du judas, puis il leur ouvrit et alla s'installer au centre d'une longue table en cymeurt. Ils s'assirent chacun à une extrémité, face à d'imposants candélabres. Des plats fumants y étaient déjà servis, ainsi qu'un grandiose gâteau à étages pour le dessert. L'Astracan plaça ses mains autour de son assiette, signal que la discussion s'ouvrait. L'Ioden récita, presque mécaniquement :

— Bonjour, Père. Je vous remercie de l'honneur que vous nous faites en nous invitant à votre table.

Le vieillard piqua un morceau de viande rouge pour le déposer dans son assiette, puis le recouvrit d'une sauce crémeuse. Les époux l'imitèrent.

— Mon fils, je te présente mes vœux d'épanouissement pour ton mariage, et pour ton règne futur. Dans cinq jours aura lieu la cérémonie de passation des pouvoirs ; tu seras le nouveau guide d'Hélderion.

Aileen réprima un frisson ; la voix éraillée de l'Astracan avait quelque chose de sévère et d'inquiétant. Malgré son dos voûté et ses mains tremblantes qui semblaient trahir une grande faiblesse, sa longue barbe, et surtout ses yeux clairs et perçants, lui conféraient une incroyable prestance.

— Merci de m'accorder votre confiance, Père.

Soleil fut pris d'une violente quinte de toux qui témoignait d'un corps malade. Sa belle-fille sentit en elle une vague de dégoût. Être en présence de cet homme mythifié dans un moment si trivial la perturbait. Celui qui était à l'origine de tous ces morts, sur le front comme dans sa propre famille, était bel et bien un être humain.

— Mon fils, reprit-il, je me dois de te prévenir. Certains voient cette succession d'un mauvais œil, notamment le Cercle, ce groupuscule qui monte en puissance à Volplume. Tu vas devoir asseoir ton pouvoir.

Heptiel acquiesça. Soleil ajouta, bienveillant :

— Tu ne dois pas avoir peur du peuple, tu es leur guide en ce monde, le vecteur qui leur permet de rallier les étoiles. Même quand je rejoindrai mon astre d'attribution, je serai toujours là.

L'Ioden fut touché par les paroles du vieil homme : son père arrivait à cerner ses peurs. Malgré leur absence de relation, il semblait connaître ses doutes.

— Merci. Je ferai tout pour être digne de vous.

— Je n'en doute pas.

Pour la première fois, Aileen vit l'Astracan retrousser ses lèvres pâles et dévoiler ses dents pour sourire. Ils continuèrent à manger tout en discutant. Elle se sentait exclue de la conversation, qui ressemblait davantage à une mise à l'épreuve des connaissances de son époux. Elle en profita pour faire un repérage de la chambre : les tables, les armoires, un lit, une profonde cheminée encadrée par deux portes. L'une d'elles menait peut-être aux laboratoires. L'endroit était assez poussiéreux, les domestiques ne devaient pas être autorisés à y entrer.

Un tel comportement montrait que le dirigeant ne faisait pas confiance à grand monde.

Au moment du dessert, Heptiel demanda :

— Père, en quoi consiste exactement la cérémonie de l'Ioden ?

— Il s'agit d'une transmission des savoirs, qui dure une nuit entière. Je te léguerai les connaissances nécessaires, et tu auras la bénédiction des astres. Après ce rituel, tu ne douteras plus de leur existence.

Le jeune homme voulut réagir, mais son père le lui interdit d'un index levé.

— Non, mon fils. Je te connais. Tu es un sceptique. C'est normal. Un bon Astracan est d'abord un sceptique qui devient un fervent croyant quand il est touché par la foi. Après ce rituel, la vérité t'apparaîtra clairement.

Son ton énigmatique réussit à piquer la curiosité d'Aileen : l'espace d'un instant, sa conviction vacilla. Cependant, de telles considérations spirituelles ne pouvaient rivaliser avec ce qu'elle avait vu en Thyrane, avec les mots de Noony. Son mari, lui, semblait plus partagé. Une fois que l'Astracan eut terminé sa part de gâteau, il se laissa aller dans son siège. L'entrevue était close.

ꙮ

Il ouvrit les yeux avec difficulté. Lorsqu'il essaya de se redresser, les murs autour de lui se mirent à bouger. Sa tête retomba sur l'oreiller. Une douleur aiguë se réveilla dans son nez. Un gémissement plaintif lui échappa. La voix de Noony s'éleva, reprenant mot pour mot ce qu'il lui avait dit la veille :

— Ne t'inquiète pas, je connais mes limites en matière d'alcool...

— Où sommes-nous ? demanda-t-il, la bouche pâteuse.

Elle apparut dans son champ de vision, déjà déguisée et maquillée.

— Dans notre chambre, il est midi. Je t'ai ramené ici comme j'ai pu, avec l'aide de deux gardes très serviables.

— Je me souviens de... pas grand-chose.

— Même pas d'avoir dansé sur les tables de la taverne ? demanda-t-elle, taquine.

Alexian se leva, la démarche vacillante, et plongea sa tête dans le bac d'eau mis à leur disposition pour leur toilette. Il se rendit compte qu'il avait gardé son bandeau sur son œil pour dormir.

— Et voilà, pesta sa compagne, tu as ruiné ta teinture.

En effet, un jus noir gouttait sur la petite table.

— Désolé, je ne sais pas ce qui m'a pris...

— Heureusement, moi, j'ai travaillé. J'ai parlé avec des soldats ; selon eux, les banquets sont une catastrophe en matière de surveillance, rares sont ceux qui restent à leur poste. Les femmes viennent les tenter, ils rejoignent les réceptions ou les auberges. Apparemment, le commandant leur a passé un savon à tous et a mis des affiches de recrutement.

—C'est une information précieuse...

—Je suis contente que tu le reconnaisses.

—Je n'ai pas fait trop de... euh... bêtises ?

Elle croisa ses bras nus, un sourire moqueur aux lèvres.

—Tu veux dire avec des filles ?

Il haussa les épaules.

—Non, l'informa-t-elle, aussi surprenant que ce soit.

Elle fouilla dans un sac et lui jeta un costume propre.

—Je vais aux cuisines, je pense que ce sera un bon moyen de glaner d'autres informations sur l'emplacement du laboratoire. S'il y a des gens qui y travaillent, il faut forcément les nourrir.

—Tu m'impressionnes.

—Et toi, tu ferais bien de te dépêcher. Si l'on peut voir ma sœur et Heptiel ce soir, mieux vaut que l'on ait des éléments nouveaux pour faire avancer les choses.

Elle s'en alla sur ces mots. L'espion se retrouva seul, le costume entre les mains. Il tenta de repousser les brumes de l'alcool pour contacter son uni. Après un instant de tâtonnement dans le vague, la présence du lynx lui apparut.

—Tout va bien ?

—Je m'ennuie... J'aimerais vous aider.

—Nous approchons du but. C'est trop dangereux, reste à couvert.

Le lynx coupa court à la discussion, visiblement vexé d'être ainsi écarté de l'action. Alexian s'habilla avec maladresse. Il teignit à nouveau ses cheveux, se maquilla, puis quitta la chambre. Tout était beaucoup plus calme que la veille. Les habitants du palais restaient dans leurs chambres jusque tard dans l'après-midi pour se remettre des festivités nocturnes. En se rendant aux cuisines, il ne croisa quasiment que des domestiques en train de nettoyer le sol et de jeter les déchets de la veille. Lorsqu'il poussa les battants des cuisines, il trouva Noony en train de boire une tisane en compagnie de Miabelle. Cette dernière riait à gorge déployée. Il s'assit lui aussi, et remarqua aussitôt les regards amusés à son égard.

—Quoi ?

—Je décrivais l'état dans lequel tu étais.

—Le blessé a rapidement guéri, on dirait.

La cuisinière poussa une tasse chaude vers lui.

—Eh oui, avoua-t-il, les divertisseurs sont des dépravés. Nous devons d'ailleurs vous poser des problèmes, parfois...

—C'est vrai, concéda Miabelle. Les artistes se croient tout permis.

—Si nous pouvons vous aider, j'en serai ravi ! Vous avez peut-être besoin de main-d'œuvre pour livrer la nourriture un peu partout.

La femme fit « non » de la tête et, après avoir bu une gorgée, expliqua :

—Seuls les membres des cuisines sélectionnés peuvent faire ça. Certains endroits ne sont pas accessibles à tout le monde.

— Forcément, fit Noony. Tu es bête, Mune. Tu crois qu'ils laisseraient n'importe qui pénétrer dans l'aile privée de Sa Grandeur l'Astracan ?

Son complice prit volontairement un air étonné. Miabelle eut un grand sourire. Il y avait chez cette femme quelque chose de solaire et maternel. Elle semblait grandement apprécier leur présence, pour passer sa pause avec eux.

— C'est vrai, concéda-t-il. Je n'y avais pas pensé.

— Cette section est en effet interdite d'accès, confirma Miabelle. Je fais partie des gens de confiance, mais depuis peu, après vingt et un ans de service.

— Vingt et un ans ! répéta l'oraisonnière, admirative.

— Vous livrez la nourriture de l'Astracan, alors ? l'interrogea Alexian.

L'espion la dévisagea avec espoir, imaginant les perspectives que créerait cette possibilité.

— Non, je m'occupe en priorité des livraisons d'une salle spéciale dans l'aile sud, répondit la cuisinière, soudain gênée.

— Ça a l'air d'être important, commenta Alexian.

— Très.

— Il y a donc beaucoup de gens qui vivent dans cette partie du palais ? intervint Noony.

Miabelle les considéra soudain d'un air méfiant.

— Pourquoi toutes ces questions ?

— J'ai toujours été intriguée par le fonctionnement du palais, confessa Noony. Le grand monde et ses coulisses, c'est passionnant !

— Ce n'est pas bon de rêver comme ça. Chacun doit rester à sa place.

Elle mit un terme à leur discussion, plaça les tasses dans un évier et remplit ses paniers de tartelettes. Le Rouge-Terrien maudit intérieurement sa compagne ; elle était allée trop loin dans son interrogatoire. Il fallait toujours veiller à ne pas franchir la limite de son interlocuteur, c'était l'une des premières règles qu'il avait apprises dans sa formation.

— Nous vous dérangeons ? demanda cette dernière innocemment.

— Je n'aime pas beaucoup les curieux…

— Mais…

— Voyons Laï, intervint son compagnon, tu as importuné la dame. Laissons-la faire son travail.

L'oraisonnière quitta la table, la tête basse, affectée par son échec. Ils décidèrent de se promener dans l'une des cours intérieures du palais pour profiter du soleil. À part les jardiniers en train d'arroser les plants de fleurs, l'extérieur était aussi désert que les couloirs. Ils s'assirent sur le rebord d'une petite fontaine. Bercés par le bruit de l'eau, ils restèrent un moment silencieux, à écouter le murmure du vent qui agitait les frondaisons des arbres.

— Tu crois qu'elle se doute de quelque chose ? osa finalement Noony.

— Je ne pense pas, elle croit juste que tu rêves à une autre vie. Au moins, maintenant, nous savons que l'entrée du laboratoire se trouve au niveau de l'aile sud. Pourquoi tant de secrets, sinon ?

Après un copieux dîner, de longues discussions et plusieurs heures de valses, les bougies des lustres commençaient à s'éteindre une à une dans les salles de réception. Les liqueurs faisaient leur office. Dès qu'ils le purent, les nouveaux mariés s'éclipsèrent pour regagner leurs appartements. Aileen avait mal au dos tant son corset l'avait serrée durant les danses, et elle était ravie qu'ils puissent couper court à la fête. Arrivés devant leur chambre, ils ne virent qu'un garde au lieu de deux, et le regard torve de celui-ci en disait long sur sa lucidité.

— Où est votre collègue ? questionna l'Ioden.

— Il est parti se soulager.

Le futur Astracan leva les yeux au ciel et pénétra dans ses appartements. Le soldat se manifesta :

— Ex… excusez-moi, j'ai un message pour vous. Des divertisseurs sont venus, ils voulaient vous montrer leur nouveau numéro.

— Qu'ont-ils dit ?

— Qu'ils repasseraient dans une heure… il y a de ça…

Il commença à compter sur ses doigts. Heptiel eut un haussement de sourcil méprisant.

— Faites-les entrer quand ils reviendront.

Il referma la porte avec soulagement, puis plaça sur la table tous les éléments qui allaient servir à la réunion : le plan du palais et les archives qu'il avait trouvées dans la salle du Conseil. Aileen, elle, était déjà étendue sur le lit pour retirer ses chaussures, qui lui meurtrissaient les talons.

— Ces gardes, c'est incroyable, ils ne savent pas se maîtriser !

— Ils voient tout le monde faire la fête, fit-elle, compatissante, c'est normal qu'ils veuillent en faire autant. Et puis, l'effet de groupe : il suffit que quelques-uns désobéissent…

— Ça témoigne surtout d'un manque d'effectif, dû à la mobilisation massive pour les Terres Impies.

— Rouge-Terre, le corrigea-t-elle.

— Oui, Rouge-Terre. Enfin, si la surveillance est difficile à maîtriser, je suppose que c'est un bon point pour nous.

La jeune femme desserra les lacets de son corset, pour pouvoir respirer plus librement.

— Comment ça, tu supposes ? C'est réellement une excellente chose.

— Je veux dire… cette opération est-elle une bonne idée ? Peut-être que mon père dit la vérité, et qu'il va m'éclairer sur ce qu'il y a à savoir en temps voulu. Ce serait alors inutile de monter cette intervention pour vérifier l'existence de quelque chose que je vais apprendre.

— Et ce serait une raison pour cautionner son utilisation de la résuadine ? fit-elle, offusquée.

Son époux se détourna, irrité. Aileen bondit du lit pour se placer face à lui, les poings sur les hanches.

— S'il te le disait, ce serait parce qu'il a une confiance absolue en toi. Penses-tu cela possible de la part d'un homme qui ne laisse même pas des domestiques entrer dans ses appartements ? Que tu sois l'Astracan ne veut pas forcément dire que tu prendras les décisions ; regarde Volplume : la femme d'Endric a été élue, mais qui tire les ficelles derrière elle ? Je ne peux pas croire que tu te sois laissé berner par le discours abscons de ton père ! Tu imagines que, parce qu'il t'accorde enfin de l'importance en disant vouloir t'impliquer, cela efface ce qu'il a fait ? Bon sang, on parle d'un dirigeant qui a commandité des meurtres pour conserver son pouvoir, d'un homme qui condamne ses anciens alliés politiques pour garder sa légitimité ! Quel genre de personne agit de la sorte ?

— Peut-être a-t-il des motivations que l'on ne comprend pas…

— Qu'est-ce qui peut justifier d'avoir commandité le meurtre de ma sœur, à part vouloir piéger mon père et protéger le secret de ses expériences ? Tu trouves ça noble, peut-être ?

Heptiel resta coi. On frappa. Aileen détacha son attention de lui pour accueillir leurs complices.

— Nous sommes déjà passés, déclara Alexian, mais vous étiez absents…

— Désolée, s'excusa-t-elle, nous avons été retenus.

Ils s'installèrent. L'Ioden avait recomposé son expression ; cependant, il semblait encore contrarié. Son épouse, pour rompre la gêne, débuta :

— Nous sommes allés au déjeuner officiel, comme prévu. Nous avons compté deux soldats à l'entrée de l'aile sud, dix devant les appartements de l'Astracan, et une douzaine qui montent la garde devant d'autres portes. Autant dire que c'est impossible de passer inaperçu.

— Et que vous a dit Soleil ? s'enquit l'espion.

— Pas grand-chose. Beaucoup de banalités, en somme.

Noony parla à son tour :

— De notre côté, nous avons appris plusieurs choses intéressantes. Les cuisines font livrer beaucoup de nourriture dans l'aile sud. Cela confirmerait l'hypothèse de l'emplacement du laboratoire.

— Voilà une grande nouvelle !

— À présent, dit l'oraisonnière, il faudrait savoir exactement où cette cuisinière doit livrer les repas… Y aurait-il un moyen de l'apprendre ?

— Vous connaissez son nom ? demanda Heptiel.

— Miabelle.

— Je dois pouvoir vérifier cela. J'ai une liste du personnel.

— Parfait.

L'Ioden fouilla dans son bureau, puis s'empara d'une énorme liasse de papiers, qu'il feuilleta avec frénésie. Il apporta les pages consacrées aux cuisiniers. Son index suivit les noms avec attention, puis s'arrêta sur celui de Miabelle. La colonne de droite indiquait qu'elle était en charge des desserts et des livraisons dans la salle 303.

— Nous avons notre réponse, déclara Noony. L'entrée du laboratoire serait donc ici.

— En tout cas, dit l'Ioden, il n'y a aucune autre livraison de nourriture prévue dans l'aile sud…

— Et qu'en est-il de la cérémonie de l'Ioden ? demanda Alexian. C'est dans cinq jours, maintenant. Vous ne croyez pas que ce serait le moment idéal si nous voulons tenter quelque chose dans le laboratoire ?

— Stratégiquement, si, intervint Heptiel. La cérémonie est censée durer la nuit entière. Cela signifie que l'Astracan ne quittera pas ses appartements durant ce laps de temps.

Et que tu ne te mouilleras pas, songea Aileen. Elle se plongea dans l'examen du plan du palais pour dissimuler son trouble. Le soir de l'Ioden, les Lames Nocturnes débarqueraient, elle ne pourrait pas s'occuper des deux missions en même temps. Elle devait les dissuader.

— Je ne sais pas, la sécurité sera forcément renforcée.

— Ce n'est pas sûr, la contredit son époux. Les guerriers de l'aurore ont du mal à se discipliner, et plus les jours de fêtes passent, plus la situation semble s'aggraver à ce niveau. Hier encore, nous avions des gens sobres pour garder nos appartements.

— Il y a des annonces de recrutement qui circulent, dit Noony. Ils vont sans doute prendre un peu n'importe qui dans leurs rangs…

L'espion regarda son amie, un sourire aux lèvres.

— C'est ça ! C'est une brillante idée !

— Laquelle ?

— Il faut que nous nous fassions recruter ! Comme ça, nous aurons accès à l'ensemble du palais !

La complice des Lames Nocturnes eut un hoquet méprisant, signifiant que c'était impossible. Il fallait absolument les dissuader de passer à l'action ce fameux soir, et donc qu'ils mettent plus de temps à mûrir leurs agissements. En voyant l'exaltation générale, la panique la submergea. Pour achever de l'affoler, son mari approuva avec enthousiasme :

— Excellente idée, surtout que, vu la situation, vous avez vos chances d'être acceptés.

— Enfin, réfléchissez ! s'interposa Aileen. Un Rouge-Terrien ne peut pas postuler, ses yeux le trahiraient immédiatement, et si on tolère les déguisements pour un divertisseur, pour un soldat, c'est différent.

— C'est vrai, concéda Alexian.

Il se tourna aussitôt vers Noony. Celle-ci écarquilla les yeux.

— Quoi ? Moi ?

— C'est irréalisable, se moqua sa sœur. Une femme…

— Il y en a dans les guerriers de l'aurore, lui rappela Heptiel, avec un sourire complice.

Elle tenta de trouver un contre-argument convaincant, mais c'était difficile alors qu'il avait connu sa détermination à intégrer l'I.G.A. Alexian plissait les yeux, le doigt sous son menton, comme plongé dans une intense réflexion.

— Tu te présenteras au commandant, en expliquant que tu as toujours rêvé de protéger l'Astracan que tu vénères, et le tour sera joué.

Aileen fut rassurée de voir que sa sœur était aussi désarmée qu'elle, les bras écartés en signe de protestation.

— Je ne sais pas manier une arme !

— Peu importe, déclara l'Ioden, ils recrutent surtout sur le profil de gens motivés et disciplinés ; tu pourras tout à fait jouer ce rôle.

Aileen voyait avec désespoir le plan se construire sans qu'elle puisse faire quoi que ce soit pour stopper leurs projets. Comment pourrait-elle gérer à la fois l'ouverture des portes et cette mission ?

— Donc, récapitula-t-elle en tentant de ne pas laisser paraître son agitation, Noony va essayer de devenir soldat… et après ?

— Après, reprit le Rouge-Terrien, elle aura accès à l'aile sud et sera en contact direct avec les autres gardes de cette section. Pendant la cérémonie de l'Ioden, elle n'aura plus qu'à les empoisonner, et le champ sera libre ! On sera sûr que Soleil ne sortira pas de ses appartements et ne verra pas que l'aile n'est plus sous surveillance, et les banquets occuperont les courtisans. Ainsi, dès qu'Heptiel aura le pouvoir, ainsi que les preuves irréfutables de l'existence du laboratoire et de la véritable fonction de la résuadine, il pourra faire une déclaration, et tout révéler ! Si son père comptait le manipuler, il sera pris au piège…

— Empoisonner les gardes n'est pas une bonne idée, objecta ce dernier.

— C'est vrai ! appuya son épouse. Devenir des meurtriers… Décidément, ce plan est trop risqué.

— Il faudrait plutôt les endormir, poursuivit l'Ioden.

Aileen poussa un long soupir. Si même son mari était pour le déroulement des opérations le soir de la cérémonie, que pourrait-elle faire ? Elle essaya de se rassurer en se disant qu'elle n'avait rien de spécial à faire pour cette mission-là, et qu'elle pourrait s'occuper de son côté de laisser les portes ouvertes. Cependant, c'était mettre en danger son secret que de disparaître sans donner d'explications un soir aussi important.

— Je pense que j'ai une idée, reprit Heptiel. On s'y connaît un peu en botanique, on devrait pouvoir concocter un somnifère.

— Et moi, devenue leur amie, je n'aurai qu'à leur proposer d'en boire ?

— Exactement. Tu diras que c'est de l'alcool, tu les charmeras, tu trouveras forcément un moyen. On fera en sorte que le somnifère mette au moins une demi-heure à agir, afin que tout le monde en ait bu.

Ils se séparèrent, tous ravis de cette stratégie. Tous, sauf Aileen.

Interlude

La proue du navire, représentant un buste de femme tenant deux dagues, filait droit vers l'horizon. Zéphyr tenait fermement la barre ; le vent marin faisait tournoyer sa crinière blonde et caressait la longue estafilade qui traversait son visage. Plus loin, Cataline admirait la mer, agrippée au bastingage. Ils avaient quitté Lémuran six jours auparavant. Elle avait envoyé sa dernière lettre à Aileen le jour de son départ, une heure avant de rejoindre le reste des Lames Nocturnes au point de rendez-vous – une plage non loin de Lémuran, où était amarré leur navire. Un ancien bateau de transport mis en vente, qu'elle avait racheté avec les économies de son clan un mois plus tôt. Jusqu'ici, l'opération Chute des étoiles se déroulait comme prévu.

Quand elle avait appris le retour de leur complice en Hélderion, elle avait accéléré le processus, sentant le mariage imminent. Les membres des clans s'étaient rassemblés dans la tour des Lames Nocturnes, ce qui avait donné lieu à quelques joutes, résultats de vieilles rancœurs. Cependant, elle avait réussi à les unir en les faisant se focaliser sur le déroulement des opérations. La première étape avait été de rassembler le plus d'hommes et de matériel possible, puis de les charger dans les convois pour les amener dans le nord. Cataline avait déjà pris soin, quelques années auparavant, d'acheter un hangar à Lémuran pour y stocker des épées, des armures et des vivres, en cas de coup dur.

Après qu'ils se furent rassemblés là-bas, elle avait contacté son réseau de Mizin. Ses alliés restés en Thyrane avaient pour directive d'attaquer les pensions de cette ville le soir de l'Ioden. Si, de leur côté, ils avaient réussi à pénétrer le palais d'Abranelle, à assassiner les membres de la famille astracane et à détruire l'artefact commandant l'oraison, alors la réussite serait totale. Sinon, ce serait un nouvel échec, une mission suicide. Elle savait que c'était le moment. Les guerriers de l'aurore avaient été rapatriés en masse pour partir sur le front, la liesse du mariage et les festivités de la capitale avaient endormi le peuple. Avec Aileen au cœur du palais, jamais autant de conditions n'avaient été réunies pour la résistance. C'était peut-être encore trop peu, pourtant, il fallait prendre le risque. Plus aucun d'entre eux ne supportait cette vie de soumission et de misère.

Cataline avait avec elle deux cent trois hommes exactement, prêts à mourir pour que leur pays regagne leur liberté. Elle espérait seulement avoir encore assez d'énergie pour assister à cela.

26

Recrutements

– Royaume d'Hélderion, Abranelle, 913 –

Le Cercle est un mouvement créé par Endric Volplume, citoyen dévoué à l'Astracan Soleil III. La montée en puissance de cette organisation est inquiétante dans notre cité. Nombre d'intellectuels ont rallié cette cause. Endric veut que ce groupuscule devienne un prolongement de la pensée de l'Astracan, soit son bras armé. Il soutient en particulier la guerre contre Rouge-Terre, dont il considère le peuple comme impur. Ses propos sont violents et extrêmes, et son épouse n'est qu'une marionnette entre ses mains. Le véritable Premier Citoyen de Volplume, c'est lui. Le Conseil se plie peu à peu à ses désirs. Jamais je n'aurais imaginé Volplume, cité de liberté, prendre un jour un tel tournant. Sans Cyrielle, et son héritière disparue, une nouvelle ère s'annonce : celle d'une dévotion totale à Soleil, étouffant la liberté d'expression. J'ai donc pris l'initiative de faire une copie de tous les ouvrages subversifs traitant du dirigeant suprême, et des différentes théories à son propos. J'espère que l'avenir me donnera tort. Je commence à croire qu'Endric a fait assassiner sa mère. Si c'est le cas, le Conseil a commis une immense erreur en déclarant Shala Volplume inapte à gouverner.

Notes manuscrites d'Igera Ternia, Aînée du Conseil de Volplume depuis l'an 908.

Fiq secoua doucement Shala pour la réveiller. L'héritière déchue quitta sa couche de bois, les membres endoloris. L'épuisement l'assaillait autant physiquement que moralement. Son visage s'était amaigri au fil des jours, la vieillissant de quelques années.

— Shala, on a repéré une réunion au treizième étage.

—Cela concerne-t-il le membre du Cercle que nous avons tenté d'influencer la semaine dernière ?

—Je crois.

Elle jeta une couverture de laine sur ses épaules et enfila ses chaussures.

—Allons-y.

Fiq prit la lanterne posée sur la table pour repousser les ombres.

—L'Ioden aura bientôt lieu. Vous croyez que cet Heptiel tiendra ses promesses ?

—Pour le moment, il ne nous a pas dénoncés, en tout cas. Nous ne pouvons pas nous permettre de nous décourager, Fiq.

Pourtant, quand Shala avait entendu parler du procès de Gide, et de l'hypothèse de la suspension du mariage, ses espoirs avaient été soufflés durant quelques heures. Elle avait vite retrouvé le courage de poursuivre leurs manipulations au sein de Volplume, sachant que Clémandrie commençait à douter d'Endric. Heureusement, Aileen et Heptiel avaient été unis comme prévu. Alors, tous se raccrochaient à nouveau à leurs promesses.

Ils s'enfoncèrent dans les ténèbres pour descendre jusqu'au treizième étage. Arrivés sur le palier, ils trouvèrent un de leurs amis accroupi face à un petit trou laissant filtrer la lumière. Derrière l'épaisseur du mur, des voix étouffées leur parvenaient. Fiq souffla la lanterne et ils s'agenouillèrent près de leur acolyte. Ce dernier se décala pour laisser le point d'observation à l'héritière, qui plaça son œil face au trou et plaqua son oreille contre la cloison. Elle ne vit d'abord qu'un long tapis bleu, puis Clémandrie entra dans son champ de vision. La nouvelle Première Citoyenne de Volplume faisait les cent pas.

—… une situation embarrassante.

—Écoute-moi, Clémandrie ! Nous parlons là d'une question essentielle, du futur représentant des astres sur terre. Il est indigne de cette tâche, tu as vu son comportement lors des élections ! Aucune conversation ! Il a été élevé par des pauvres, puis a vécu en Thyrane, et enfin il s'est engagé dans les guerriers de l'aurore. Un Astracan n'est pas un homme d'action, ce doit être un penseur.

Shala identifia immédiatement la voix de son frère. Son épouse se recula timidement.

—Je te trouve bien trop dur, Endric. Il m'a semblé tout à fait digne de son rang…

—Tu n'as vraiment rien observé.

—Bien sûr que j'ai observé ! Je suis la Première Citoyenne, je te rappelle. C'est mon métier de jauger les gens.

Il lui adressa un sourire plein d'indulgence.

—Oui, oui, bien sûr…

—Et si je ne m'abuse, poursuivit-elle, le Cercle a uniquement pour vocation d'étendre la volonté de notre dirigeant. Heptiel est le descendant de Son Excellence, il est de la lignée de notre prophète Oriel !

Il éclata de rire.

— Voyons, ma chérie ! Si nous partons dans ces considérations, alors Soleil n'est pas légitime. Il a renversé Nepes Ier lors de la Révolution, et n'avait aucun lien de sang avec ce dernier. La descendance de Soleil Ier a toujours défendu un grand point de vue : être Astracan est un état spirituel, n'importe qui peut être touché par la grâce des astres.

— Pourquoi ne déshérite-t-il pas son fils, s'il n'est pas digne de lui succéder ?

— Eh bien, il y a un texte que Soleil Ier a dû signer au début de son règne, lorsque les choses étaient encore agitées en Hélderion. Ce texte ordonne la conservation du règne héréditaire. À l'époque, Soleil Ier ne pouvait totalement changer la constitution vu l'instabilité politique ; il a cependant rajouté une nouvelle clause, stipulant qu'en cas de disparition de la descendance, le prochain dirigeant serait sélectionné durant une épreuve. Une épreuve permettant de trouver une personne réellement compétente ! Nous sommes là pour défendre des valeurs, et si Heptiel est trop faible pour cela, le Cercle s'en chargera.

— Et prendra sa place…

Il dévisagea gravement sa femme.

— Oui. Je me méfie d'un homme qui a lié des amitiés en Thyrane. Ce genre de proximité humaine nous fait oublier les situations politiques ; or, c'est un dirigeant sur le plan spirituel comme sur le plan politique. Il n'a pas été correctement formé pour ce devoir.

— C'est l'Astracan qui l'a envoyé là-bas, tu ne crois pas qu'il savait ce qu'il faisait ? Ou peut-être remets-tu aussi en cause sa légitimité ?

— Pour moi, c'est le signe qu'il a depuis toujours voulu l'éloigner de la succession. Il a dû sentir, en le retrouvant après toutes ces années, qu'il n'était pas digne de régner.

— Pourquoi ne lui demandes-tu pas toi-même ? questionna-t-elle, insolente.

— Clémandrie ! Ce sont des hypothèses ; notre rôle est d'obéir. Néanmoins, cela ne nous empêche pas de penser, nous sommes à Volplume, après tout.

Elle s'apprêtait à répliquer, mais le grincement d'une porte l'en empêcha. Un domestique pénétra dans la salle pour annoncer la venue d'un nouveau candidat, et Endric lui ordonna de le faire entrer. Shala retira un instant son œil du trou pour échanger un regard alarmé avec Fiq.

Elle vit une silhouette encapuchonnée marcher le long du tapis, puis s'incliner profondément.

— Relevez-vous !

Le nouveau venu s'exécuta.

— Je vous écoute.

— Votre Excellence, j'ai entendu dire beaucoup de bien du Cercle durant les réunions de sensibilisation auxquelles j'ai assisté à la pension Sybilène. Je veux faire partie de votre confrérie.

La voix était celle d'une jeune fille. Endric eut un petit rire amusé.

— Voyons, vous êtes encore une enfant. J'apprécie votre investissement, mais si vous voulez marquer votre soutien pour notre groupe, une cotisation suffira amplement.

— Ma candidature est soutenue par Farien Dorlen, fils de Ker Dorlen.

La jeune fille ôta sa capuche d'un geste sec. Shala se retint de pousser une exclamation de dégoût. Le profil se découpait à la lueur argentée des lampes de cristal : des cheveux bruns et courts, et surtout, une peau sillonnée de cicatrices violacées. L'héritière ne put voir la réaction physique de son frère, cependant, ce dernier reprit avec moins d'assurance :

— Que vous est-il arrivé ?

— J'étais pensionnaire à la pension Sybilène, avec Aileen Manérian. C'est elle qui m'a fait cela.

— Voyons, on n'accuse pas ainsi impunément l'épouse de l'Ioden…

— Pourtant, je sais que vous êtes réticent à la succession d'Heptiel Marchevent. Tout le monde ne parle que de ça ici. Le Cercle est un soutien sûr à la politique actuelle de Soleil : pas d'hypocrisie ni de pseudo-tolérance envers des peuples primitifs, mais une dévotion totale aux préceptes de l'Astrascisme.

— En effet, répondit-il prudemment, nous voulons que la pensée de notre dirigeant survive à la fin de son règne.

— Et je veux y participer.

La jeune fille se tenait droite, la tête haute, un maintien qui témoignait d'une éducation rigoureuse. Shala n'arrivait pas à en croire ses oreilles : Aileen Manérian, transformer quelqu'un en monstre ?

— Que voulez-vous faire ? demanda calmement Endric.

— N'importe quoi, du moment que je suis acceptée parmi vous. Je veux défendre des valeurs justes aux côtés de Farien.

— Votre… apparence pourrait effrayer certaines personnes, glissa Clémandrie.

— Alors laissez-moi dans l'ombre !

— Quel genre de tâches seriez-vous prête à accomplir ? insista Endric, intéressé.

— Vous voulez savoir si je suis prête à tuer ? La réponse est oui.

ꙮ

La cérémonie de l'Ioden aurait lieu le lendemain, et les époux avaient l'impression qu'on les harcelait volontairement en leur proposant des sorties, des boissons, des soirées, des repas grandioses. Ils devaient lutter pour ne pas être assommés par tant de mondanités. Enfin, ce matin-là, ils avaient trouvé un moment de répit pour se consacrer à leur stratégie. Heptiel avait quitté les appartements pour se rendre dans les jardins. Il avait dressé une liste des plantes aux vertus narcotiques et partait récolter discrètement celles qu'il pourrait trouver.

Aileen se retrouvait seule pour réfléchir. Chaque heure la rapprochait davantage de sa mission : ouvrir les portes. Il fallait impérativement qu'elle comprenne le fonctionnement de la sécurité du palais. Quand elle pensait à ses engagements envers les Lames Nocturnes, une boule se nouait dans son ventre. Demain, elle devrait être prête ; si Cataline croyait qu'elle l'avait dupée, les conséquences pourraient être terribles. Elle dissipa la bouffée d'angoisse qui l'envahissait en faisant sonner la cloche de la chambre. Après quelques instants, une domestique se présenta. Il s'agissait d'une des couturières qui l'avaient aidée à s'habiller pour la cérémonie d'accueil de l'Astracan. C'était une bonne occasion d'en savoir plus.

— Vous m'avez fait demander, Votre Grandeur ? Que puis-je pour vous ?

— Je sais que cela peut paraître étrange, mais je souhaite un peu de compagnie, de discussion.

La domestique sembla se ratatiner sur elle-même.

— Votre… Votre Majesté, ceci est déplacé…

Aileen se leva et s'approcha de son interlocutrice.

— Je n'ai personne à qui parler, ici. Vous n'avez rien à craindre de moi.

La servante se mordit la lèvre inférieure, mal à l'aise.

— Comment vous appelez-vous ?

— Fiona.

— Enchantée, Fiona.

Elle lui adressa un sourire d'encouragement. La couturière accepta enfin de la regarder.

— Je vous demande juste un petit moment de discussion. Parlez-moi de vous.

— Mais…

— Allons ! Êtes-vous mariée ?

Les joues de Fiona s'enflammèrent lorsqu'elle répondit :

— Non. Mais j'ai un petit ami, dit-elle avec timidité.

— Vous voyez, ce n'est pas difficile. Cela me change des discussions mondaines. Et que fait-il ?

— Il est soldat.

La complice des Lames Nocturnes se félicita intérieurement.

— Vraiment ? Il travaille ici ?

— Oui, dans le palais.

— Ça ne doit pas être facile… il y a tellement d'enjeux. Il faut veiller à ce que personne n'entre dans l'enceinte du palais…

— Oui. Enfin, ce n'est pas son rôle. Lui travaille dans l'aile sud.

L'heure tournait, Heptiel ne devrait pas tarder à rentrer. Les informations devaient tomber dès à présent, ou jamais.

— J'ai du mal à comprendre comment fonctionne la sécurité du palais ; parfois, je vous avoue que cela me fait peur…

— Il n'y a aucun risque ! assura fièrement Fiona. Les soldats font des rondes régulièrement, et puis, le gardien est un homme très fiable.

— Le gardien ?

— Oui, le gardien des clefs. C'est lui qui verrouille les portes tous les soirs ; on raconte qu'il a une centaine de clefs dans son trousseau !

Aileen contint avec difficulté son sourire de triomphe. Elle proposa un rafraîchissement à son invitée, qui semblait de moins en moins gênée.

— C'est très intéressant. C'est un responsable, en somme ?

— Oui, je crois. Les soldats, eux, veillent surtout à ce qu'il n'y ait pas d'intrus le soir. En ce moment, c'est difficile…

— J'imagine, fit-elle, faussement détachée. Et il habite lui-même dans le palais ? C'est fou que je ne l'aie jamais rencontré !

— Il paraît qu'il est très solitaire, et… paranoïaque.

L'épouse de l'Ioden prit une expression profondément affligée.

— Tout de même ! Cet homme nous protège, je me dois de lui rendre visite. Où vit-il ?

— Dans un appartement de l'aile nord, juste à côté des portes principales. Ça doit être l'une des seules chambres habitées du hall d'entrée, les autres servent plus généralement de réserves.

Aileen resservit un verre à la domestique, et poursuivit la conversation sur un autre sujet, pour continuer à sympathiser avec elle sans paraître trop suspecte. En réalité, sous son air paisible et bienveillant, le sang lui battait aux tempes. Elle devait voir cet homme et lui dérober les clefs. Pourtant, s'il était véritablement paranoïaque, ce serait une tâche difficile. À moins que le soir de l'Ioden, elle se débarrasse de lui. Ainsi, tout le monde s'attendrait à ce que les portes soient fermées, comme d'habitude. Sauf qu'elles resteraient ouvertes.

Voyant que le temps passait, elle congédia Fiona. Quand son mari revint, elle était sagement plongée dans un livre. Heptiel avait glissé dans sa veste des plantes, qu'il étala sur la table. Des fleurs d'un blanc cassé, aux corolles ourlées de rose.

— Ce sont des diarens, les plus fortes plantes narcotiques que j'ai pu trouver dans les jardins. Mais à trop grandes doses, elles sont toxiques.

— Comment les prépare-t-on ?

— Il faut les faire infuser, ça ne prendra pas longtemps. Il faudra les mélanger à autre chose pour que ça ait l'air d'alcool…

Il fouilla dans leurs placards et trouva un récipient pour préparer le somnifère.

— Il va falloir faire vite, ça fait longtemps que nous sommes seuls. Si nous voulons trouver un autre prétexte afin de rentrer tôt ce soir pour la dernière réunion, nous devons retourner aux banquets, dit Aileen.

Heptiel approuva et mit en place les instruments nécessaires. Heureusement, tout était prévu pour leur confort, jusqu'à l'hypothèse qu'ils aient envie de cuisiner. En le voyant faire bouillir de l'eau, Aileen retrouvait les doux effluves de la pension, et des cours de botanique. Des odeurs familières qui l'apaisèrent.

—Tu peux le faire! s'exclama-t-il.

Noony se contempla dans le fragment de miroir. Ils avaient tout fait pour dissimuler ses traits de manière que cela semble naturel, en fonçant ses yeux, ses lèvres et sa peau. Vêtue d'un pantalon de toile et d'une chemise blanche, elle serait méconnaissable si elle était recrutée et croisait Miabelle dans l'aile sud durant les livraisons.

—J'espère que ce sera crédible, soupira-t-elle, je ne sais même pas manier l'épée...

—C'est le jour du recrutement! On n'a pas le choix! C'est maintenant ou jamais!

Cet entretien restait leur seule chance de pouvoir approcher la salle 303. N'ayant pas pu revoir leurs complices depuis deux jours, elle espérait que tout se déroulait comme prévu de leur côté.

—Tu es très bien, répéta Alexian d'un ton convaincu. Je suis certain que ce capitaine te choisira. À mon avis, il ne fera pas la fine bouche...

—Tu insinues qu'il me prendra en dernier recours? répliqua-t-elle.

—Oui. À moins que tu le séduises...

—Je ne m'abaisserai pas à de tels stratagèmes!

Il haussa les épaules.

—Tu sais, la fin justifie les moyens...

Elle le considéra avec sévérité, puis noua ses cheveux en une queue-de-cheval haute, afin de paraître moins féminine.

—Allez, vas-y, maintenant. J'ai confiance.

L'espion se tenait appuyé contre le mur de la chambre, les bras croisés, la tête penchée, un demi-sourire aux lèvres. Sa compagne lui adressa un signe d'au revoir, puis quitta la chambre pour retrouver les couloirs animés du palais.

Les entretiens avaient lieu dans l'aile est, dans l'une des pièces qui faisait office de réserve d'armes. L'oraisonnière frappa à la porte. Un homme blond, au torse brillant de médailles, l'invita à entrer non sans la couver d'un regard critique. D'autres candidats attendaient, assis sur un banc, et autant qu'elle pouvait en juger, ils ne semblaient pas très fréquentables. Elle s'assit auprès d'eux et des relents d'alcool lui agressèrent les narines. Le commandant jeta des papiers sur un bureau encombré de dossiers. Il fit signe à l'un des candidats de venir s'asseoir face à lui, et lui posa quelques questions avant de le congédier. Noony voyait les hommes repartir en claquant la porte, dégoûtés, et se demandait si elle avait une chance. Quand ce fut son tour, elle s'installa droite sur sa chaise, le menton haut. Le commandant repeigna sa crinière d'or et lui jeta un regard las.

— Nous ne nous occupons pas des plaintes ici, mademoiselle, il faut s'adresser au bureau 112.

— Je ne viens pas pour cela, dit-elle fermement, mais pour postuler comme guerrière de l'aurore.

L'homme reposa son peigne et dissimula tant bien que mal un sourire railleur derrière le dos de sa main. Il eut un petit raclement de gorge avant de s'exprimer :

— Désolé, nous ne recrutons pas de femmes...

— J'ai entendu dire que vous aviez des problèmes d'effectif durant les banquets, et je suis venue proposer ma candidature. Je ne pense pas valoir moins que les soûlards que vous avez accueillis avant moi.

Le commandant roula des yeux amusés.

— Allons, ce n'est pas sérieux ! Soldat est un métier physique, et sans vouloir vous offenser...

— Monsieur, je ne vois pas en quoi mon sexe pose problème. Le poste consiste à monter la garde devant les appartements du palais afin d'assurer la protection des importants membres des corporations, ou de l'Astracan lui-même. Il ne s'agit pas seulement de combattre, mais aussi de réfléchir. Obéir à Sa Grandeur et pouvoir réagir à tous les cas de figure.

Le commandant la dévisagea avec intérêt, et finit par lui tendre la main.

— Je m'appelle Barthemis. Enchanté.

Elle considéra un instant la main qu'il lui tendait, puis finit par la serrer le plus fort qu'elle put, ce qui sembla porter l'amusement du dénommé Barthemis à son comble.

— Quelle poigne !

— Prenez-moi dans vos rangs. Je sais que je ferai une guerrière de l'aurore exemplaire ; je rêve de veiller sur l'Astracan depuis que je suis enfant, et savoir que je pourrais lui être utile...

— Dites-moi, nous ne nous sommes pas déjà vus auparavant ? Votre visage m'est familier.

Elle contempla les murs de la pièce, recouverts de peintures d'armes et d'avis de recherche. Son sang ne fit qu'un tour lorsqu'elle remarqua un portrait la représentant, juste derrière le commandant.

— Je ne crois pas, dit-elle lentement.

Il l'observa plus attentivement.

— Je vous en prie ! s'exclama-t-elle. Je ne vous demande pas de me faire un numéro de séduction.

— En tout cas, vous avez du caractère, c'est une qualité que j'apprécie. Je veux bien vous prendre à l'essai.

— À l'essai ?

— Oui, dans l'aile ouest, pour surveiller les voleurs de nourriture. Cette première tâche sera peut-être dans vos cordes.

— Je serais inefficace, répondit-elle aussitôt. Je suis faite pour un travail statique.

— Et vous avez en plus des exigences ?

— Évidemment que non, mon commandant. Je veux juste être à un poste où je serai réellement utile.

Barthemis se gratta pensivement le menton. Noony resta immobile, ses mains serrant son pantalon de toile, tout en formulant une prière pour les astres.

— Très bien, finit-il par dire. Vous savez ce que vous voulez. Et, pour être sincère, je ne suis pas vraiment en position de refuser des candidats, sauf dans les cas extrêmes que vous avez pu voir. En revanche, je ne peux pas poster une femme n'importe où dans le palais…

— Qu'est-ce que cela sous-entend ?

— Je ne voudrais pas avoir de procès sur les bras pour cause de… débordements.

— Je sais me défendre.

— C'est vous qui le dites.

Elle soutint son regard, qui s'était fait plus dur. Il passa lascivement sa langue sur ses lèvres.

— Je suis de garde dans l'aile sud, ce sera votre première affectation. Ainsi, j'aurai le loisir de surveiller vos premiers pas.

Barthemis alla fouiller dans un placard, et lui jeta un uniforme propre, qu'elle attrapa au vol.

— Vous avez des réflexes, c'est un bon point. Votre nom ?

— Kiriane Terla.

Il écrivit son nom en fines lettres détachées sur un insigne rouge, puis le lui confia. Elle le remercia en s'inclinant, la main sur le cœur.

— Parfait. Vous commencez dans deux heures. J'espère que vous avez bien dormi, car vous intégrez l'équipe de nuit.

Elle le remercia et quitta le bureau pour courir annoncer à son complice qu'elle était prise, et surtout, qu'elle ne pourrait pas assister à la réunion du soir. L'espion eut l'air contrarié, elle n'avait pas encore le somnifère et il leur fallait trouver un moyen fiable de communiquer pour qu'elle le prévienne lorsque la voie serait libre.

— La seule solution, dit-elle gravement, c'est que je trouve le moyen de m'absenter ce soir, mais vu la manière dont le commandant va me surveiller, ce ne sera pas facile. Si je n'y arrive pas, le dernier recours sera que je prenne le somnifère dans la chambre, demain.

— Et pour communiquer ?

Elle s'avança jusqu'à la fenêtre en caressant l'uniforme.

— Nous n'avons pas le choix, nous ne pourrons agir que lorsque Heptiel sera dans les appartements de l'Astracan, et il n'y a aucune heure de fixée.

— Les Signes. Tu dois les utiliser.

— Mais comment ?

— Comme tu as fait la dernière fois, sauf que tu dois bien penser au message que tu veux envoyer, et à moi. Ne te sous-estime pas, tu as bien plus de puissance que les gens que j'ai rencontrés. L'oraison a développé tes capacités sans que tu le soupçonnes. Il suffit que tu découvres cette puissance, que tu la domptes.

Il posa sa main sur la sienne, et elle frissonna à ce contact chaud. Sous l'illusion du maquillage, elle voyait l'Alexian qu'elle connaissait, avec sa chevelure de feu, ses yeux vairons effrontés.

— Là, dit-il, concentre-toi. C'est plus facile au début en se touchant.

Elle tenta de visualiser une nouvelle fois la cérémonie d'oraison. Elle avait l'impression de se souvenir d'une mélodie dont les notes seraient enfouies dans les tréfonds de la mémoire. En voyant les étapes défiler dans son esprit, le monde autour d'elle disparut, englouti par des images mentales. Coupée de la réalité, il fallait qu'elle réussisse à formuler une pensée claire, concise, aussi affûtée qu'une flèche. *Comme ça ?* Elle tendit l'arc de son esprit dans la direction de son ami, qui lui apparaissait telle une ombre rouge, réconfortante.

Ses paupières papillonnèrent. Alexian souriait de toutes ses dents.

— Oui, comme ça.

Interlude

L'ancre jetée, le navire ondulait au gré de la légère houle qui le berçait. Cataline se tenait immobile sur le pont, tandis que les résistants s'activaient autour d'elle. Plusieurs bruits d'éclaboussures indiquèrent que les barques avaient été jetées à l'eau. La vieille femme scrutait la crique, qui se découpait comme une mâchoire de pierre envahie par la végétation, des bras de roches abritant une plage de galets. Il y avait de cela une dizaine d'années, elle s'était retrouvée dans la même posture, face à cette même crique, à espérer que l'opération se déroulerait comme prévu. Ils avaient semé la panique à Abranelle, enlevé l'Ioden. Mais cet idiot de Morio s'était fait tuer. Ils l'avaient perdu. Un cuisant échec, dont elle gardait un souvenir douloureux. Tant de sang versé en vain.

Aujourd'hui, la réussite était possible. Avec Aileen de leur côté, ils auraient un grand avantage. Elle l'avait sondée dans le Chaos. Cependant, la chef commençait à craindre que l'expérience de la jeune femme dans le grand monde l'ait changée, qu'elle ait abandonné leur cause. Les richesses d'Hélderion avaient-elles effacé dans son esprit la misère de Thyrane ? Il n'y avait plus qu'à espérer que ses menaces l'avaient atteinte.

— Nous sommes prêts à débarquer. Nous avons un peu de retard, il faudra faire vite pour atteindre Abranelle.

Zéphyr, une épée rouillée à la main, semblait déjà prêt à combattre. Sa mère adoptive lui caressa tendrement le visage.

— Tout ira bien, assura-t-il.

— Nous allons préparer une embuscade sur la route, pour voler des chariots… Il faudra veiller à tuer tous les occupants, sans exception, et rapidement.

— Je m'en occupe !

Le Poignard-Sanglant venait de surgir des entrailles du bateau, une lance acérée dans chaque main.

— Avec ça, les Hélderionnois ne feront pas long feu !

Glenn apparut lui aussi, une épée sagement rangée dans le fourreau qui pendait à sa ceinture de cuir. Une barbe blonde et épaisse rongeait ses joues, accentuant sa virilité.

—Inutile de tuer gratuitement, dit-il. Nous sommes ici pour deux choses : assassiner l'Astracan et son fils, et détruire l'artefact. N'est-ce pas, chef?

—Il a raison, approuva Cataline. Essayez de contenir votre haine.

—Moi, je pense que l'heure de la vengeance a sonné !

—Comment va réagir Aileen ? demanda soudain Glenn. Elle ignore toujours que son époux sera tué ?

—Oui, sinon elle n'aurait jamais collaboré, répondit Cataline.

—Faudra-t-il la tuer ? interrogea Keff.

—Non. À moins qu'elle ne nous ait trahis.

27

Message reçu

– Royaume d'Hélderion, Abranelle, 913 –

Diaren : La période de floraison de la diaren s'étale de la saison du Bouclier à la saison de l'Amant. La fleur est en forme de tube entouré d'une corolle, terminée en entonnoir. Elle peut être blanche, rose ou mauve. Ses fruits sont recouverts d'un duvet hérissé d'aiguillons effilés, qui renferment de nombreuses graines sombres. Si cette plante est très prisée pour la décoration, elle est surtout utilisée par les guérisseurs comme somnifère ou tranquillisant, selon la dose. Elle reste néanmoins très toxique : de petites quantités suffisent à déclencher de graves intoxications et à donner des hallucinations puissantes.

Extrait du *Manuel des lois des produits spéciaux* – par Yldiane Merconny, membre de la Corporation des guérisseurs de 412 à 447.

De sa maison, Vel-Plê contemplait la bande de sable qui séparait l'azur de l'océan du rouge du désert. Au crépuscule, il aurait une nouvelle réunion avec les Cinq, la sixième depuis que le message de Vel-Lorion avait retenti dans tous les esprits de Tombe-lune. Le précepteur éclata de rire à la pensée de son espion ayant enfin réussi à utiliser les Signes avec une telle puissance. Les Cinq ne pourraient plus lui faire le reproche de l'avoir envoyé en mission contre leur volonté. À présent, ils attendaient avec impatience un nouveau message pour savoir ce que donnait la prise de contact avec les héritiers d'Abranelle. En attendant, la cité baignait dans le calme. La défense était prête. Personne n'envisageait de fuir. Les ruines étaient protégées par la tempête de sable. Les soldats étaient sûrement perdus dans le désert, car jamais ils n'avaient eu l'occasion de voir ne serait-ce que l'ombre d'un étranger se profiler sur les longues étendues sablonneuses.

Il engloutit son repas. Comme d'habitude, il jeta ses restes de poisson à son unie, qui était allongée sur le côté, son flanc se relevant et se rabaissant à toute allure. Il n'y avait plus grand-chose à puiser dans sa propre espérance de vie pour prolonger celle du lynx.

Après dîner, il monta d'un pas pressé les escaliers qui menaient au centre de Tombe-lune, puis grimpa jusqu'à la tourelle. Les Cinq n'étaient en réalité que deux, installés sur un long tapis. Le plus âgé, Vel-Orfan, consultait des cartes du désert.

—Les autres sont partis invoquer les Signes, déclara Val-Rin. Ils espèrent renforcer la tempête de sable autour de l'oasis. Y a-t-il des nouvelles de Vel-Lorion ?

Vel-Plê fit « non » de la tête.

—Je ne comprends pas. Si tout allait bien, il nous aurait renvoyé un message.

—Peut être que cet effort lui a demandé une grande partie de son énergie. Ou bien a-t-il du mal à retrouver cet état d'esprit si particulier. Ça ne m'étonnerait pas de lui. Peu importe. Ils ont réussi à prendre contact avec le couple, c'était inespéré.

—Surtout sans notre permission, rappela Vel-Orfan. Cependant, nous devons admettre que c'était une bonne initiative.

—Je vous ai toujours dit de croire en lui. C'est un garçon plein de ressources.

Val-Rin eut une grimace de mépris à cette déclaration. Elle avait souvent émis des réserves concernant les compétences de Vel-Lorion, ces derniers mois.

—À part cela, avez-vous des nouvelles de la situation en Hélderion ? demanda le vieillard.

—Nous avons pu intercepter un trois-larmes en direction du front. La cérémonie de l'Ioden se déroulera aujourd'hui.

—Cela signifie qu'Heptiel Marchevent va enfin prendre le pouvoir…

—En revanche, poursuivit Val-Rin, le Cercle semble monter en puissance. Visiblement, le groupuscule a organisé une grande semaine de recrutement. Si cet organisme grandit, il risque de vouloir influencer le nouvel Astracan. Cela ne présage rien de bon.

—En effet, admit Vel-Plê, il ne faudrait pas qu'ils deviennent une réelle puissance politique.

—Il faut absolument que nos espions parviennent à faire cesser cette guerre. Nous sommes obligés de rester en haut de cette falaise depuis trop longtemps ; il y a peut-être des survivants des villages qui errent encore…

—N'oublions pas le canyon Double-Vue, rappela Val-Rin. De nombreux enfants attendent leur union. Les Tombe-Luniens commencent à se rendre compte que la situation est critique. Tout cela leur semblait si abstrait auparavant, tant qu'ils étaient épargnés. À présent, tous vont ressentir les conséquences de l'invasion.

Ils se considérèrent avec gravité. Chacun savait qu'ils ne pouvaient concrètement rien faire, sinon se préparer au pire. Et attendre.

ꙮ

Heptiel marchait d'un pas pressé. Il tourna à l'angle d'un couloir, puis se retrouva devant une porte d'argent, sur laquelle était gravée la carte d'Hélderion. Les réunions ne se dérouleraient plus dans la Salle des Congrès, son père lui ayant proposé de choisir un nouvel endroit. Cette décision rendait sa prise de pouvoir imminente d'autant plus concrète. Il prit une profonde inspiration et poussa les battants d'un geste majestueux.

La salle du Conseil, dépourvue de fenêtre, était plongée dans la pénombre. Seules quelques lampes de cristal attachées à des colonnes de marbre jetaient une lueur sur l'imposante table ovale. L'Astracan siégeait au centre, entouré d'hommes raides sur leurs fauteuils. Quand le jeune homme apparut, tous se levèrent et s'inclinèrent, à l'exception de Soleil.

— C'est un plaisir de vous recevoir, Ioden.

Il les regarda tour à tour droit dans les yeux, décidé à faire sentir son assurance. Les membres du Conseil, tous âgés de plus de cinquante ans, étaient des érudits dont les familles étaient au service de l'Astracan depuis plusieurs générations, à la fidélité sans faille. Ils déchargeaient le dirigeant suprême des tâches administratives, mais avaient besoin de sa présence à leurs réunions afin de faire valider leurs propositions.

— Merci de m'accueillir. Vous souhaitiez me voir ?

— La cérémonie ayant lieu ce soir, déclara Soleil, les membres du Conseil ont certaines choses à te dire.

— Nous voulions être sûrs que vous connaissiez bien le fonctionnement des réunions, dit l'un des vieillards. Dès demain, c'est vous qui devrez vous rendre ici chaque semaine pour débattre des préoccupations de notre royaume.

— Je le sais.

— Bien que futur Astracan, vous avez souvent été écarté des tâches disons stratégiques, ou politiques, qui conviennent à votre rang. C'était un choix, mais votre avenir nous importe énormément.

— Je comprends.

— Néanmoins, n'ayez crainte : nous serons votre soutien dans votre nouveau rôle, vous pouvez compter sur notre expérience.

— Je ferai de mon mieux, assura-t-il.

— C'est ce que nous voulions entendre. Nous allons donc procéder à une réunion normale, où nous débattrons des sujets d'actualité. Vous n'aurez qu'à écouter nos explications pour vous familiariser avec notre méthode.

Les membres du Conseil ouvrirent leurs dossiers et en tirèrent des feuilles.

—Alors, commençons par le problème du jour: la pénurie d'eau au village d'Offîne...

L'eau de la casserole commençait à frémir. Aileen prit l'une des fleurs, la broya sur la table, puis récupéra les graines, qu'elle fit infuser. À cette dose, il ne s'agirait plus d'un somnifère, mais d'un puissant poison.

La veille, ils avaient eu leur dernière réunion avec Alexian. Tout était en place, son époux avait confié à l'espion deux bouteilles de somnifère. À présent, c'était à sa sœur de jouer. Aileen n'avait qu'à se tenir à disposition pour qu'ils se réfugient dans ses appartements si cela tournait mal. Elle avait tout fait pour avoir le moins de responsabilités possible.

Ce soir, les portes devraient impérativement être ouvertes pour les Lames Nocturnes. Elle évitait de réfléchir pour mener sa tâche à bien, mais le tiraillement entre son statut d'épouse du futur Astracan et d'alliée de la résistance thyranienne était insupportable. Pas une heure ne s'écoulait sans qu'elle ne ressente une puissante crampe au ventre tant elle était stressée. Depuis la veille, elle devait se concentrer sur ce fameux gardien des clefs, qui vivait dans l'aile nord. Heptiel ayant été convoqué par le Conseil, cela lui laissait quelques heures pour passer à l'action et se débrouiller pour l'empoisonner.

L'idée que le Poignard-Sanglant était en Hélderion, dans les environs, la fit frémir. Sa main se mit à trembler de façon incontrôlable.

Ce visage. Ce visage au-dessus du sien. Cette expression de plaisir.

Le poids de ce corps dont elle ne voulait pas, si lourd...

Ce sentiment d'impuissance.

Elle s'assit pour se calmer. Les images revenaient par fragments; elle devait les chasser. Les éloigner. Son dos se courba. Elle resta ainsi quelques minutes à lutter, puis se ressaisit. Ce n'était pas le moment. Il fallait être forte. Se concentrer. Elle plongea sa main dans la poche de sa robe pour consulter la grosse montre d'argent que son mari lui avait prêtée. Dans peu de temps, le poison serait prêt. Elle n'aurait plus qu'à se débarrasser du gardien et, ainsi, les portes resteraient ouvertes. Quand la fine aiguille de la trotteuse eut fait le tour du cadran, l'héritière tira la casserole du feu pour verser son contenu dans une élégante fiole qui normalement décorait leur table de chevet. Le poison était prêt. Il suffirait de le faire boire au gardien, d'une façon ou d'une autre. Elle le mit dans sa poche et s'arrêta devant un miroir pour se recoiffer. Elle y vit une femme déterminée, prête à tout pour arriver à ses fins, et fut prise d'un léger doute quant à la légitimité de son acte. Tuer. Valait-elle mieux que l'assassin de sa sœur? Sa victime lui avait été décrite comme un vieil asocial. Il n'avait sûrement aucune famille, il ne manquerait à personne, et son sacrifice permettrait au royaume de Thyrane de retrouver la liberté. Elle disposait de si peu de temps ; elle n'avait pas le choix.

Elle jeta une cape sur ses épaules et quitta les appartements pour se diriger vers l'aile nord. Elle se faufila, tête basse, jusqu'aux portes d'entrée. Sur sa gauche, elle identifia immédiatement la loge du gardien grâce à la pancarte qui indiquait sa fonction. La fiole pesait dans sa poche. Le sort qui attendait cet homme était sans doute l'un des pires au vu de ce qu'elle avait pu lire au sujet de la diaren. Cependant, c'était la seule plante des jardins assez puissante, et elle avait préféré utiliser les restes de la préparation du somnifère pour ne pas éveiller les soupçons d'Heptiel.

Elle s'approcha de la porte et frappa. D'étranges sons lui parvinrent, puis une voix éraillée cria à travers la cloison :

— Qui est là ? Que voulez-vous ?

— Bonjour monsieur, dit-elle en articulant soigneusement, je suis l'épouse de l'Ioden, je suis venue vous rendre une visite de courtoisie.

Après un silence, la voix demanda, sur la défensive :

— Et pourquoi ?

— Il est injuste que vous protégiez ainsi l'entourage de Sa Majesté Suprême dans l'anonymat. Je m'intéresse à votre travail.

Il y eut des bruits métalliques de verrous que l'on actionne, et le gardien entrebâilla la porte, encore bloquée par une dizaine de chaînes. Un œil gris et inquisiteur apparut. Aileen, qui avait ôté sa capuche, lui offrit un grand sourire.

— Excusez-moi, Votre Excellence, entrez, je vous en prie.

Il retira les chaînes et la laissa entrer, puis referma aussitôt derrière eux. Il vivait dans une petite pièce qui comportait une salle à manger et un coin cuisine. Sa couchette se situait juste en face de l'entrée. Une collection d'épées accrochées aux murs faisait office de décoration, et au plafond pendait une grosse cloche.

Elle ne put réprimer un frisson face à cet homme vêtu d'une armure de métal en plein milieu de la journée, avec des bottes de cuir qui remontaient jusqu'à ses cuisses. Ses cheveux blancs en bataille et son impressionnante barbe témoignaient du peu de soin qu'il s'accordait. Ses yeux rougis laissaient imaginer qu'il dormait peu.

— Désolé d'être aussi méfiant, dit-il avec un sourire édenté. De nos jours, vous savez, on ne peut faire confiance à personne.

— Je comprends parfaitement.

Il lui proposa de s'asseoir sur une chaise de paille, sur laquelle il plaça un coussin.

— Vous souhaitez boire quelque chose ?

— Avec plaisir, j'adore discuter autour d'une tisane.

Il piocha des plantes dans l'un des bocaux translucides qui trônaient sur une étagère, et prépara une infusion. Elle observa la dose qu'il mettait avec crainte, espérant qu'il s'en servirait lui aussi.

— C'est rare que l'on vienne me voir, raconta-t-il d'un ton fébrile.

— C'est naturel, vous veillez à la protection de mon mari et, en tant qu'épouse du futur Astracan, je me dois de rencontrer les gens comme vous, de comprendre leurs activités.

Pendant que la tisane chauffait, le gardien s'attabla en face d'elle, satisfait de ses propos.

— Je suis au service de l'Astracan depuis cinquante-sept ans, oui madame ! Personne ne vient me voir, et c'est très bien comme ça. Mon travail exige de la discrétion.

Elle émit une exclamation admirative. À mesure qu'elle voyait cet homme rabougri, habité par son rôle de protecteur de l'ombre, la culpabilité l'agrippait.

— Expliquez-moi donc en quoi consiste votre mission.

— Je me dois d'ouvrir et de fermer les portes du palais ! Le matin, dès l'aube, et le soir, au crépuscule. Si je vois quelque chose de suspect, je dois sonner la cloche que vous voyez au-dessus de votre tête. Ainsi, je suis responsable de la sécurité de la communauté qui vit ici. Vous savez, on parle souvent du raid des clans comme d'un échec de la sécurité du palais. C'est faux ! Ce jour-là, j'avais fait mon travail, comme d'habitude. Ce sont les gardes qui ont ouvert pour porter secours à la population. À cause d'eux, certains rebelles ont réussi à s'infiltrer et à kidnapper l'Ioden.

Elle eut un sourire contrit. À l'entente du sifflement de la bouilloire de fer, son hôte se leva d'un bond et s'empressa d'amener le nécessaire sur la table. Il la servit.

— Merci beaucoup.

Elle considéra la tasse fumante qu'il tenait entre les mains. Il fallait absolument qu'elle détourne son attention pour y verser le poison. L'effet serait foudroyant, mais encore fallait-il qu'elle trouve le bon moment.

— C'est d'ailleurs pourquoi j'ai décidé de redoubler de vigilance aujourd'hui, acheva-t-il.

— Que voulez-vous dire ?

— J'ai déjà fermé les portes cet après-midi, révéla-t-il. L'accès du palais est interdit pendant la journée de la cérémonie de l'Ioden ! Avec un pareil événement, je me méfie. On me dit que je suis paranoïaque, mais croyez-moi, on ne sait pas de quoi certains sont capables !

Une bouffée de stress envahit Aileen. Elle sentit des gouttes de sueur perler dans son dos. Les portes étaient déjà fermées. Elle devrait aller elle-même les ouvrir, sans se faire prendre.

— Vous vous occupez donc de verrouiller tout le palais ?

— Bien sûr ! Attendez, je vais vous montrer, que vous ayez une idée.

Il se leva pour aller fouiller dans une petite malle. Aileen sortit la fiole et ôta le bouchon de verre. Au moment où elle allait tendre la main pour prendre la tasse du vieil homme, celui-ci se retourna, triomphant, un trousseau à la main.

—Voilà ! Le symbole de ma responsabilité !

Comme l'avait dit la domestique, il y avait une centaine de clefs aux couleurs diverses, de toutes les formes et de toutes les tailles.

—C'est impressionnant, commenta-t-elle.

—Et je peux même vous montrer avec quelle arme j'ai chassé les Thyraniens lorsqu'ils ont envahi le palais…

Dès qu'il se fut retourné, la complice des Lames Nocturnes n'hésita plus. Elle se redressa, versa le contenu de la fiole dans la tisane, et la remua. Son cœur cognait à grands coups désordonnés dans sa poitrine, et elle sentait malgré elle le feu lui monter aux joues. Quand le gardien lui fit face à nouveau, il brandissait une rapière effilée.

—Voilà !

Aileen ne put s'empêcher d'éprouver une certaine pitié. Cet homme ne le savait pas, mais sa prochaine gorgée lui serait fatale. Ses mains ridées s'enroulèrent autour de la tasse avant de la porter à ses lèvres. La déglutition de sa victime lui parut interminable. Ce n'était plus qu'une question de temps. La diaren devait d'abord passer dans le sang pour galoper dans ses veines et ainsi provoquer sa mort.

—Vous allez bien ? s'assura-t-il soudain. Si vous vous faites du souci pour votre sécurité, ne vous inquiétez pas, comme je vous dis, j'ai l'habitude.

—Non, je vous fais parfaitement confiance. Vous connaissez votre métier.

Il but une nouvelle gorgée. Les réactions pouvaient être variées ; s'il criait, elle devrait trouver le moyen de le bâillonner pour ne pas attirer l'attention. Se dire que chaque minute rapprochait inexorablement cet homme de son trépas la terrifiait à mesure qu'elle entendait le tic-tac de sa montre dans sa poche.

—Dites-moi, voulut-elle s'assurer, vous avez de la famille ?

—Bien sûr ! J'ai une fille. Je la vois assez peu, elle habite à Albrime maintenant, elle est devenue dresseuse. Je lui envoie un peu d'argent de temps en temps, comme elle débute…

—Par les astres, murmura-t-elle.

—Qu'y a-t-il ?

—Je… Je suis désolée…

—Désolée de quoi, Votre Excellence ?

Elle n'ajouta rien. Alors que le gardien allait de nouveau prendre la parole, sa tasse tomba, et il bascula de sa chaise. Il rampa sur le sol, secoué par les convulsions les plus violentes qu'elle ait jamais vues. Elle avait prévu de le bâillonner pour l'empêcher de crier, cependant la peur la paralysa. Le vieillard se contractait comme s'il prenait des décharges invisibles, son visage blafard faisait ressortir ses yeux aux pupilles dilatées.

—L'arbre ! L'arbre !

Aileen plaqua ses mains contre sa bouche, paniquée. Il ne semblait même plus la voir, et désignait un point invisible de son doigt. Elle avait lu certains témoignages sur les délires qu'engendrait la plante, et n'osait pas l'approcher pour faire quoi que ce soit. Sa froideur assassine l'avait quittée devant cet ignoble spectacle. Le gardien finit par balbutier des paroles incompréhensibles tout en vomissant un liquide jaunâtre. Elle s'agenouilla près de lui. Elle aurait voulu le toucher, l'accompagner dans son supplice, mais il fut pris d'ultimes convulsions violentes. Ses muscles se relâchèrent. Son regard aux pupilles énormes devint fixe.

— Qu'est-ce que j'ai fait ?

La paume contre sa bouche, elle retint avec difficulté une nausée. Ses mains tremblaient et ses jambes étaient prêtes à se dérober. Pourtant, la menace de Cataline fut comme un crochet qui la ramena à la réalité. Elle contourna prudemment le corps pour s'emparer du trousseau de clefs dans la malle. Après quelques minutes où elle resta immobile, incapable de faire quoi que ce soit, elle rabattit sa capuche et sortit de la loge.

Dans le hall d'entrée, des soldats passèrent en riant et disparurent dans un couloir. Elle avança tout en tentant de calmer les battements frénétiques de son cœur. À quelques mètres d'elle se trouvait la lourde porte d'entrée gravée de runes. Trois serrures la narguaient sous les massives poignées d'or. Elle sortit le lourd trousseau de sa poche et repéra les trois plus grosses clés, décorées d'élégantes enluminures turquoise. Après un instant d'attente, de nouveaux gardes traversèrent le vaste corridor pour rejoindre une autre aile. Quand tout fut à nouveau calme, elle se hissa sur la pointe des pieds pour atteindre les serrures et y enfonça successivement les clefs. En entendant des bruits de pas qui approchaient, elle glissa le trousseau dans sa poche et se colla à nouveau contre un mur.

Là, en attendant que les gardes passent, elle contempla la porte avec soulagement.

Noony se tenait raide à son poste, en compagnie de deux autres soldats. La veille, sa première nuit de garde s'était bien déroulée. L'ambiance était beaucoup plus détendue que ce à quoi elle s'était attendue. Son supérieur, Barthemis, avait expliqué aux autres qu'elle était débutante, et on l'avait accueillie très chaleureusement. En voyant quelques flasques d'alcool circuler, elle s'était sentie rassurée quant à l'idée de leur proposer une boisson le soir même. Ce jour-là, vu les circonstances spéciales, elle devait monter la garde de la fin de l'après-midi jusqu'au milieu de la nuit.

— Ah, Kiriane ! Alors, comment ça se passe ?

Barthemis revenait d'une réunion avec les principaux représentants des guerriers de l'aurore du palais.

— Très bien.

— Tu as fait du bon travail ! Si tu veux prendre une heure de pause…

— Avec plaisir !

— Mais quand je dis une heure, c'est une heure.

Elle le salua et rejoignit la salle qui faisait office de vestiaire pour les soldats de l'aile sud. Elle ôta son uniforme, et garda son badge. Après s'être rafraîchie, elle se hâta de retrouver Alexian. Il l'attendait dans leur chambre, allongé sur le lit, pensif. Sur la table trônaient deux bouteilles de vin contenant un liquide ambré.

L'espion se redressa, en alerte.

— L'heure approche, mieux vaut que tu repartes avec les doses de somnifère.

Elle empoigna les deux bouteilles, qu'elle leva vers la fenêtre pour vérifier que l'on ne pouvait voir aucune trace du narcotique.

— Ne t'inquiète pas, ta sœur m'a expliqué qu'il ne se voyait pas ; par contre, cela altère un peu le goût.

— Ils penseront juste que c'est d'une qualité douteuse.

— Aileen a proposé de faire un poison, au cas où certains ne voudraient pas en boire, mais son mari s'y est opposé. Personnellement, je n'étais pas contre…

— Voyons, même si notre cause est louable, nous devons avoir des principes. Les endormir suffira largement.

— Bref. Le somnifère mettra environ une demi-heure à agir. N'oublie pas : dès qu'Heptiel sera convoqué pour la cérémonie de l'Ioden et que tu le verras passer, tu les feras boire. Quand ils seront endormis…

— Je t'enverrai un message par les Signes.

Elle prit les bouteilles. Son acolyte semblait inquiet.

— C'est le grand soir, dit-il gravement.

— Je serai prudente, notre plan a toutes ses chances. Toi, tu devras te tenir prêt et attendre mon signal. Sois patient.

— Je te fais confiance. Ce que nous verrons ce soir peut changer beaucoup de choses.

— Je serai à la hauteur.

Et, avec un sourire, elle se pencha pour déposer un léger baiser sur sa joue, puis s'en alla.

Interlude

La nuit s'apprêtait à reprendre ses droits. Les marchands repliaient leurs échoppes à chaque coin de rue, les enfants rentraient pour dîner, et certains habitants gagnaient les tavernes les plus proches. La période des banquets touchait à sa fin, l'euphorie qui dominait la ville s'éteignait au fil des jours.

Des gardes affectés à l'une des portes d'entrée d'Abranelle faisaient de grands gestes circulaires pour tenter de contrôler la circulation. Les embouteillages étaient de plus en plus rares ; cependant, le soir, de nombreux vendeurs itinérants venaient s'abriter derrière les murailles de la capitale. Une lampe de cristal à la main, un guerrier de l'aurore éclaira quatre chawins qui se dirigeaient vers l'entrée, leurs sabots claquant contre le sol de terre.

— Halte ! Veuillez décliner votre identité.

Une vieille femme tenait des rênes entre ses mains noueuses, le visage entouré d'une écharpe colorée.

— Nous sommes marchands, nous venons passer la nuit à Abranelle avant de partir au lever du jour demain.

Le soldat dirigea la lampe vers le convoi. Les bandes orange et vertes qui l'ornaient indiquaient le statut de commerçant de Dinniel.

— Montrez-moi votre autorisation de séjour à Abranelle.

La vieille femme se retourna et ordonna :

— Passez-moi les papiers.

Une main lui tendit une liasse de feuillets, qu'elle remit au soldat. Ce dernier les examina tranquillement, puis les lui rendit.

— Bonne soirée, madame Veoôn.

— Je vous remercie, à vous aussi.

Cataline fit claquer les rênes et le véhicule se mit en branle. Elle chassa de son esprit l'image des commerçants égorgés quelques heures plus tôt. Ils passèrent sous l'arche de pierre de l'entrée et elle revit enfin les bulbes de la cité d'Abranelle, avec ses habitations d'un rose pâle. Plus loin, l'imposant palais semblait l'attendre.

28

Le poison de la trahison

– Royaume d'Hélderion, Abranelle, 913 –

Ioden : À l'origine, l'ioden était un mot de la langue des astres désignant l'Amant. Il a été repris par Oriel Ier, afin de nommer la cérémonie consistant à transmettre son titre à son héritier. C'est également lui qui a établi le principe de succession du pouvoir religieux par le sang. Aujourd'hui, quand on parle d'Ioden, c'est plus souvent pour désigner le successeur de l'Astracan que la cérémonie elle-même.

Extrait de l'*Encyclopédie de l'Histoire d'Ollien* – par Aceson Madias, membre de la Corporation Volplume de 613 à 647.

Confortablement installé derrière son bureau, le nouveau chef-veilleur examinait les dossiers les plus urgents. À cette heure tardive, il était le seul à être resté au quartier des veilleurs. Ses collègues avaient été pour la plupart rapatriés en Hélderion, ce qui diminuait les effectifs.

Lendon s'ennuyait. Chaque soir, c'était la même chose. Depuis qu'il avait été promu, il passait ses journées et ses nuits entre quatre murs, à rédiger des annonces de décès ou à donner des ordres auxquels il ne croyait pas. Il n'avait pas la foi. Cette ville grouillait de misère. Le sang salissait les murs et les rues, le peuple ne voyait en lui qu'un ennemi, un occupant. Les plus malins pactisaient avec les soldats pour donner des informations en échange d'une poignée de filantes, pourtant, Lendon savait pertinemment que, quelques minutes après, ces mêmes personnes allaient prévenir les clans. Le seul moyen de survivre pour les Thyraniens était de jouer sur les deux tableaux. Et il ne les en blâmait pas ; un sentiment de pitié naissait en lui chaque fois que des mendiants lui quémandaient une pièce. Dans ce paysage d'apocalypse, les pensions contrastaient par leur élégance froide – une véritable provocation.

Alors qu'il se faisait cette réflexion pour la énième fois, et commençait à refaire le monde à sa façon, on frappa. Il sursauta et s'empara immédiatement du poignard qui reposait sur son bureau.

— Qui est là ? demanda-t-il d'une voix blanche.

Le visiteur nocturne recommença à frapper. Le chef-veilleur essuya d'un revers de manche les gouttes de sueur qui perlaient à son front, puis s'avança avec précaution.

— Je répète : qui est là ?

— Ouvrez-moi, s'il vous plaît ! Je suis blessé !

Lendon plaqua ses mains contre l'une des fenêtres pour vérifier ces propos. Sur le palier se tenait une imposante silhouette. Quand il vit le sol trempé de sang, il se décida enfin à ouvrir, l'arme au poing. Il vit plus clairement le blessé, un homme d'une cinquantaine d'années, doté de lunettes rondes et aux cheveux touffus.

— Comment vous vous êtes fait cela ?

— Je… Je vous expliquerai plus tard, dit l'homme en jetant un coup d'œil inquiet derrière son épaule. S'il vous plaît…

Lendon lui fit signe d'entrer. Le blessé se laissa choir sur une chaise, face à un bureau. Il pressait son avant-bras zébré de lignes sanglantes.

— Quel clan vous a attaqué ? demanda Lendon en cherchant dans un placard le nécessaire de soins.

— Aucun clan, répondit-il.

— J'ai besoin de connaître votre identité. Je dois ouvrir un dossier pour chaque personne à qui nous venons en aide.

L'homme parut contrarié par cette déclaration. Lendon le força à dévoiler sa blessure, un linge humide de désinfectant dans la main.

— Quel genre d'arme fait un truc pareil ? maugréa-t-il.

Il appliqua le linge contre la plaie, et la victime étouffa un cri de douleur.

— Allons, allons, il faut soigner ça. Vous faites partie d'une pension, n'est-ce pas ?

L'homme se crispa.

— Il y a un enseignant qui s'est enfui de la pension Sybilène. Mis en examen pour hérésie et haute trahison.

Il jeta le linge gorgé de sang dans une cuvette pour en appliquer un propre. Monsieur Bellor resta stoïque.

— Autrement dit, poursuivit Lendon, je vous accueille ici en toute illégalité. Vous comprendrez que je doive contacter Sybilène au plus vite…

— Je ne vois pas de quoi vous parlez.

— Avouez que c'est une drôle de coïncidence…

— Vous faites erreur.

Il laissa Lendon terminer de le soigner, puis se leva.

— Je vous remercie. Je dois partir, maintenant.

— Désolé, c'est impossible.

Le chef-veilleur tira son poignard.

— Ça m'embêterait de devoir l'utiliser.

L'enseignant regarda le soldat droit dans les yeux, les lèvres tremblantes.

— Je vous en prie ! Vous n'avez qu'à faire semblant de ne jamais m'avoir vu !

— Non, déso... ah !

En un bond, monsieur Bellor s'était emparé de l'arme de son adversaire, et le menaçait.

— Vous êtes tous pareils, à obéir aux ordres sans jamais vous poser de questions ! Je pensais que les veilleurs, à voir au quotidien l'horreur de ce pays, pourraient m'aider !

Lendon regardait la pointe du poignard avec frayeur, les mains levées. Après un moment de flottement, monsieur Bellor poussa une exclamation de mépris et resserra le bandage à son bras. Il recula vers la porte, pas à pas. Enfin, il disparut dans les ténèbres de la capitale thyranienne.

ℬ

Elle marchait le long des couloirs de l'aile est, les mains encore tremblantes du meurtre accompli. Elle avait glissé le trousseau de clefs dans l'armature de son bustier de plumes. Ainsi, une fois dans ses appartements, elle n'aurait plus qu'à prétexter vouloir prendre un bain et elle s'en débarrasserait en le cachant derrière l'une des grilles d'évacuation de l'immense bassin, comme elle l'avait fait pour les lettres de Cataline.

Elle trouva son époux dans leur chambre, et il se leva aussitôt de sa chaise en la voyant.

— Où étais-tu ? Je te cherchais partout !

— Je me promenais, dit-elle en suspendant sa cape dans l'armoire. Je pensais que ton entretien avec le Conseil serait plus long.

— Ça a duré quelques heures.

Elle vit immédiatement qu'il était abattu. S'éclipser dans la salle d'eau en le laissant dans cet état ne serait pas correct.

— Ça s'est mal passé ?

— J'ai l'impression qu'ils considèrent que je ne suis pas à la hauteur de la tâche qui m'attend.

Aileen enroula ses bras autour des épaules de son mari.

— Ce soir, tu seras le nouvel Astracan d'Hélderion, et c'est un rôle qui peut sembler démesuré pour quelqu'un d'aussi jeune aux yeux de ces vieillards. Moi, je sais que tu seras le meilleur dirigeant de tous les temps.

Il se leva et la pressa contre lui.

— C'est gentil. Je suis heureux de t'avoir à mes côtés, tu n'imagines même pas à quel point. Je me sens plus fort.

Il respira à pleins poumons l'odeur de son épouse, les paupières closes, puis s'écarta d'elle pour la dévisager. Aileen, tétanisée, sentait l'acier du trousseau dans son décolleté. Heptiel posa un baiser sur ses lèvres. Elle frémit au contact de ses doigts sur sa peau. Ils avaient été tellement pris par les festivités, ces derniers jours, qu'ils n'avaient pas eu une minute pour eux. D'ailleurs, elle le lui avait reproché, et sentait qu'il essayait d'y remédier. Elle l'éloigna avec douceur.

— Allons, ce n'est pas le moment…

Il éclata de rire, pensant qu'elle minaudait. Déjà, ses mains s'aventuraient dans son dos pour défaire les lacets de son bustier.

— Non, protesta-t-elle, nerveuse. Vraiment…

— Arrête d'être si angoissée.

Quand elle sentit que son vêtement allait tomber, elle le repoussa violemment, le feu lui montant aux joues.

— J'ai dit non !

— Pourquoi es-tu si agressive ?

— Je ne suis pas agressive, je n'ai simplement pas envie !

Sa voix se brisa sur ces derniers mots. Elle tenta de renouer les lacets du bustier, cependant, ce dernier glissa sur sa poitrine puis tomba. Aileen mit aussitôt ses mains en croix contre son corsage, mais le trousseau, trop lourd, chuta sur le sol dans un tintement métallique. En le voyant à ses pieds, la jeune femme leva les yeux sur son époux. Il considérait l'objet intensément, l'air surpris. Puis son expression devint sévère.

— Qu'est-ce que tu fais avec ça ? demanda-t-il d'un ton glacial.

Il suspendit le trousseau à la hauteur de son visage. Sa compagne resta muette, voyant qu'il en avait identifié la provenance. Il lui adressa un regard brûlant et accusateur.

— Ce sont les clefs du gardien, déclara-t-il.

Un sourire sarcastique étira ses lèvres pleines et roses, celles qu'elle aimait tant embrasser. Elle ne trouvait aucun mensonge, cette fois, et chaque seconde qui passait creusait l'abîme qui les séparait. Il fit tourner le trousseau autour de son index, puis finit par rire. Un rire froid et implacable.

— Que j'ai été stupide…

— Heptiel, murmura-t-elle.

— C'est tout ce que tu sais dire ? éclata-t-il.

Elle sursauta à ce cri, elle qui ne l'avait jamais entendu hausser le ton depuis son avortement.

— J'ai été si stupide ! dit-il. Je n'ai rien vu, pourtant, tes lettres à destination de Mizin auraient dû me faire douter ! À la place, je t'ai crue, j'ai eu foi en toi !

Il lui saisit brutalement le poignet. Elle se laissa tomber à genoux sur le sol.

— Comment tu as pu me faire ça ? cria-t-il. Qu'est-ce que tu prépares ?

Il secoua son bras pour la forcer à parler et elle éclata en sanglots, sa poitrine se soulevant et se rabaissant comme un océan déchaîné.

— Rien... rien... je te jure...

— Qu'est-ce que tu prépares ? Comment les as-tu obtenues, ces clefs ? Où est le gardien ?

Il la fit lever en la tirant par le bras et bloqua son visage entre ses doigts crispés. Le noir de son maquillage sillonnait sa peau de lune.

— Lâche-moi... Lâche-moi...

— Réponds ! ordonna-t-il.

— Tu n'aurais pas compris, dit-elle d'une voix vacillante, je t'assure...

— Je n'aurais pas compris quoi ? Tu m'as menti ! Je veux connaître la vérité !

Elle resta obstinément muette. Il lâcha sa prise, la laissant s'effondrer sur les dalles. Là, il l'observa de toute sa hauteur avec une expression de dégoût.

— Depuis le début, j'ai tout fait pour que tu sois heureuse, j'ai pardonné tes écarts...

— Je n'ai pas été capturée par les clans !

La phrase était sortie sans prévenir, comme si elle attendait depuis toujours une occasion pour jaillir de ses lèvres. Quand elle l'eut prononcée, Aileen voulut partir, mais son mari posa un pied sur sa robe, empêchant toute fuite.

— Comment ça, tu n'as pas été capturée par les clans ?

Il s'agenouilla pour être à sa hauteur et lui prit brutalement l'épaule pour la secouer de nouveau.

— Dis-moi ! DIS-MOI !

Elle se débattit, n'hésitant pas à le griffer ; cependant, il avait beaucoup plus de force qu'elle. Ses mensonges et ses plans disparaissaient telle brume au soleil ; elle sentait sa solide carapace s'effriter sous les assauts de son époux.

— J'ai... J'ai collaboré avec les Lames Nocturnes ! finit-elle par articuler d'une voix entrecoupée de sanglots.

— Tu as fait quoi ?

— Je leur ai promis de les aider à regagner leur liberté !

Il la dévisagea, abasourdi, comme s'il avait face à lui une parfaite étrangère.

— Les aider à regagner leur liberté ? souffla-t-il. Tu es de leur côté ?

— Non ! s'exclama-t-elle aussitôt, paniquée. Je suis du côté de ce qui me semble juste.

— Tu m'as utilisé.

Elle essaya de s'éloigner, mais il empoigna le tissu de sa robe pour la tirer vers lui.

— J'étais quoi, pour toi ? susurra-t-il. Un outil pour atteindre le palais ?

— Absolument pas, je ne savais pas que tu étais mon promis ; j'ai quitté le Chaos, car je voulais te revoir. Crois-moi ! Tu es la seule personne au monde qui compte pour moi !

Il ferma les yeux. Aileen resta pétrifiée en imaginant les horribles pensées qui devaient traverser son esprit. Il tremblait de colère ; peut-être était-il aussi en manque, peut-être allait-il finir par la frapper. Écrasée par la peur, elle osa :

— Je n'ai pas voulu te mentir…

— SILENCE !

Des larmes roulèrent le long de ses joues après ce cri. Heptiel se releva, et alla se servir un verre d'alcool.

— La rencontre avec ta sœur, demanda-t-il d'une voix rauque, ça aussi c'était orchestré ? Tu comptais te servir de moi pour faire cesser toutes les guerres ?

— Non ! Je te jure que non ! Je n'avais pas eu de contact avec Noony depuis l'oraison de Mylianne !

Il se tourna vers elle, l'air grave, et ordonna :

— Ne jure de rien. Tu ne fais que mentir.

Elle se redressa avec lenteur, et, voyant qu'il ne réagissait pas, finit par se relever totalement.

— Si j'ai collaboré avec les Lames Nocturnes, c'est parce que j'ai vu la souffrance de ces gens. Je hais le système d'Hélderion, je hais l'Astracan, je le vomis ! C'est à cause d'Hélderion que Mylianne est morte !

L'Ioden se contenta de vider le contenu de son verre d'un trait.

— Tu trahis ton pays, dit-il calmement. Un pays que j'incarnerai dans quelques heures. Tu me trahis.

— Tu n'es pas ton père ! s'écria-t-elle. Jamais tu n'aurais commandité autant de meurtres pour protéger tes secrets ! Attends les résultats de l'infiltration de Noony et Alexian, et tu verras à quel point ce palais est pourri de l'intérieur, à quel point l'Astrascisme n'est qu'un tissu de mensonges.

Alors qu'il allait répliquer, on frappa. Aileen ravala ses larmes et remit son bustier.

— Tu me répugnes, murmura-t-il.

Elle baissa les yeux.

— Je suis désolée Heptiel, je suis tellement désolée. Ne crois pas que, parce que je t'ai menti, notre relation n'est construite que sur de faux…

— À d'autres ! Si tu permets, je garde ceci.

Il fit tinter le trousseau de clefs.

— Honorable Ioden, dit une voix forte à travers la porte, la convocation pour la cérémonie de passation des pouvoirs vient de tomber.

Elle s'approcha de lui, mais il l'esquiva.

— Je t'en prie, supplia-t-elle, ne dis rien à propos de ça, attends que l'on puisse en parler…

Il sortit sans se retourner.

ꙮ

— Igli, pour l'amour des astres, on ne fume pas dans l'aile sud ! Si Barthemis nous surprend…

Sept soldats se tenaient droits, la lance à la main, devant les rangées de portes parées d'or. L'un d'entre eux écrasa sa Tige sur la semelle de sa botte. Fador poussa un juron, tandis que Noony riait doucement.

À sa grande surprise, elle commençait à apprécier cette ambiance. Tous passaient leur temps devant des portes par lesquelles personne ne passait, et chacun aimait tuer l'ennui à sa façon. Comme elle était la seule femme de l'équipe, ses collègues étaient particulièrement serviables avec elle. Elle avait rapidement gagné leur confiance et leur respect.

— Taisez-vous, fit l'un des hommes. Quelqu'un arrive !

Ils se raidirent, bombèrent leurs poitrines et raffermirent leurs prises sur leurs lances. Une dizaine de guerriers de l'aurore apparurent. Elle reconnut immédiatement Heptiel, qu'ils escortaient. Il avait la mine sombre, ce qu'elle mit sur le compte de l'aspect crucial de la cérémonie à laquelle il se rendait. Alors qu'il passait devant elle, elle pensa qu'il allait lui faire un signe qu'eux seuls pourraient comprendre. Il n'en fut rien. L'Ioden poursuivit sa marche vers les appartements de Soleil, à une centaine de mètres de là. Les bruits de pas s'évanouirent dans le corridor, et les soldats se décontractèrent.

— Vous n'avez pas soif ? demanda Noony.

— On a toujours soif ! ricana le garde en face d'elle.

Fador balaya ses hommes du regard avec un air d'avertissement. Barthemis lui avait laissé la responsabilité des soldats en son absence, et il tentait de s'imposer autant qu'il le pouvait.

— Quoi ? fit-elle, mutine. Nous travaillons pour protéger l'Astracan, pourquoi ne pourrions-nous pas fêter l'Ioden, comme tout le monde ?

— Parce que nous sommes responsables de la vie des membres du palais, répliqua sèchement Fador.

Les soldats échangèrent des messes basses, puis crièrent :

— Allez, laissez-nous boire !

— Hors de question !

Elle voyait les rouages parfaitement huilés de son plan commencer à se bloquer à mesure que le ton de Fador devenait catégorique.

— C'est dommage, j'avais justement apporté de la liqueur de Brume, pour fêter mon intégration… Enfin…

Les gardes s'enflammaient déjà rien qu'à l'évocation d'un moment de festivité dont ils pourraient être privés. Seul Fador restait indifférent à la proposition. Après un moment de profond silence, un soldat manifesta son mécontentement :

— Allez, Fador… fais un effort, quoi ! On est les seuls à ne pas en profiter !

—Parce que c'est notre devoir.

—Pour une fois que Barthemis n'est pas là…

—Justement! s'énerva-t-il. Si nous avons des ennuis, cela va me retomber dessus.

—C'est même pas toi le véritable chef, il peut rien t'arriver. Et puis quelques gorgées, c'est pas un crime!

—Et en même temps, ajouta l'oraisonnière, sans vouloir minimiser notre rôle, c'est le soir de la cérémonie de l'Ioden. Les deux personnalités que nous devons protéger sont derrière une porte gardée par des dizaines de nos confrères. Que veux-tu qu'il leur arrive?

Fador considéra ses collègues, hésitant.

—C'est vrai ça, elle a raison!

—On est toujours ceux qui travaillent quand les autres s'amusent!

La jeune femme observait le résultat de sa proposition tout en essayant de calmer son angoisse. Elle devait sembler naturelle, leur donner les bouteilles, puis attendre que le somnifère fasse effet.

—Allez, Fador!

—Bon, très bien.

Elle confia sa lance à un soldat près d'elle et s'éloigna avec un sourire.

—Je vais chercher les boissons dans les vestiaires!

Sa déclaration fut acclamée par des applaudissements et des sifflements. Après avoir fouillé dans le casier de bois qui lui avait été attribué, elle rapporta les deux bouteilles. L'un des gardes les déboucha avec un rire joyeux. L'alcool commença à circuler. Elle les observait un à un afin d'être certaine que tous avalaient le somnifère. Quand ce fut son tour, elle posa le goulot sur ses lèvres qu'elle ferma et fit ainsi semblant de boire, puis tendit la bouteille à Fador d'un air avenant. À son grand soulagement, il but également.

Elle faisait déjà le décompte dans sa tête. D'ici une demi-heure, la voie serait libre. Les minutes s'écoulaient avec une cruelle lenteur, au fil desquelles elle serrait de plus en plus fort la hampe de sa lance. Soudain, des bruits de pas retentirent. Les rires cessèrent. Elle tourna la tête et découvrit avec horreur Barthemis qui s'avançait vers eux.

—Je venais vérifier que tout allait…

Il s'empara de la bouteille que tenait encore l'un de ses hommes.

—Fador, vous me décevez beaucoup!

Tous allaient bientôt s'écrouler. Tous, sauf un.

Une sueur glacée coulait le long du dos de Noony tandis que Barthemis poursuivait son sermon. Au bout d'un moment, un homme vacilla, plaqua sa main contre son torse, puis s'écroula dans un fracas d'acier. Sa lance gisait près de son corps endormi, que tous contemplaient avec ahurissement. Après quelques secondes d'incertitude, un autre garde se laissa tomber le long du mur, la tête posée sur son épaule.

—Qu'est-ce que…?

Il n'y avait plus qu'une seule solution : elle devait assommer son chef. Elle empoigna fermement sa lance de fer, et, d'un geste maladroit, l'abattit sur Barthemis. Il s'effondra comme tous les soldats du secteur. Elle releva la tête, ses cheveux bruns collant à son front moite. Elle vit soudain avec horreur que l'un des gardes de l'arche d'entrée de l'aile sud n'était pas endormi et fondait dans sa direction.

— Kiriane ! Qu'est-ce qui te prend !

Il allait abattre son épée sur elle, elle para instinctivement. L'homme recula pour repasser à l'offensive, mais il tourna soudain de l'œil et tomba lourdement sur le sol. Elle donna un petit coup de pied dans le soldat, qui resta inerte. Avec un soupir de soulagement, elle se dirigea vers son supérieur. Un filet vermeil coulait le long de sa tempe. Par réflexe, elle le secoua par l'épaule. Aucune réaction. Elle se pencha pour écouter sa respiration. Aucun souffle.

— Je l'ai… tué ?

Elle se releva avec lenteur, horrifiée par la vision de ce corps. Après un moment d'attente, habitée par l'espoir fou de le voir se relever, elle se ressaisit et ferma les yeux. Elle rejeta toute son épouvante alors qu'elle revoyait une à une les étapes de la cérémonie d'oraison.

— *La voie est libre.*

Elle reformula la phrase plusieurs fois, de peur qu'Alexian ne la reçoive pas. Puis elle s'approcha de la salle 303 en enjambant les soldats. Ses doigts entourèrent la poignée en forme d'étoile et, à sa grande surprise, la porte s'ouvrit. Elle découvrit une vaste pièce où étaient entreposés des cageots et des paniers garnis de fruits, de légumes et de viande séchée. De délicieuses odeurs lui chatouillèrent les narines tandis qu'elle se déplaçait avec précaution entre les montagnes de nourriture. La seule autre porte était petite et de couleur cuivre. Elle en examina la serrure, qui avait la forme d'un croissant de lune. Cette fois-ci, évidemment, elle était fermée. En attendant son complice, elle se força à calmer ses émotions. Ils touchaient au but.

— Noony ?

L'espion se faufila dans la salle.

— Tout s'est déroulé comme prévu ?

— Oui, enfin… je crois. J'ai tué le commandant. Il est arrivé quand les gardes s'endormaient, tu comprends…

— Tu as très bien fait.

— Cet homme innocent… Je voulais juste…

— C'est verrouillé, l'interrompit-il en tentant d'ouvrir la porte. Il va falloir utiliser les Signes. Je peux sûrement le faire à travers toi. Donne-moi ta main.

Elle obtempéra. Elle se sentit contaminée par son excitation, qui repoussa provisoirement l'image macabre de Barthemis. Elle ferma de nouveau les yeux. Dans son esprit, la cérémonie d'oraison se déroulait de plus en plus vite, un monde de silence la happait, la coupant de la réalité. Ce fut le bruit d'une petite détonation qui la tira de sa transe.

— C'est bon, souffla-t-il. J'ai pu focaliser ton énergie sur un point précis !

En effet, là où aurait dû se trouver la serrure ne restait plus qu'une brèche. Le jeune homme y passa le bras et ouvrit la porte. Un escalier en colimaçon apparut. Des lampes de cristal fixées au mur éclairaient le passage.

— Nous y sommes.

Interlude

Le convoi s'immobilisa dans une ruelle sombre. Cataline mit pied à terre et regarda les points lumineux du firmament avec un air de défi. Les résistants descendirent des véhicules avec souplesse et, une fois près de leur chef, vérifièrent leurs équipements.

— Poignard, ordonna-t-elle.

Ils dégainèrent les lames d'un même geste et, lorsqu'elle fit un signe de la tête, ils se dispersèrent. Tout se déroulait comme prévu. Zéphyr resta à ses côtés, et ils rejoignirent la place principale par la plus grande artère de la ville. À cette heure-ci, les seules animations provenaient des auberges, dont les fenêtres projetaient des carrés dorés sur les pavés. Le reste de la capitale semblait plongé dans un profond sommeil, alors que les ombres mouvantes des clans se déployaient autour du palais. Une dizaine de soldats montaient la garde le long des marches menant à l'entrée de l'édifice. Les résistants se rapprochèrent lentement des guerriers de l'aurore. La vieillarde donna le signal d'un sifflement. Les soldats tournèrent la tête dans tous les sens, cherchant la provenance du son, puis soudain, leurs gorges furent tranchées. Les résistants rangèrent leurs armes en s'assurant que personne n'avait remarqué l'opération. Cataline arriva face aux deux portes gravées de runes. Elle sentit son cœur s'emballer tandis que ses mains s'approchaient du but.

Il fallait qu'elles soient ouvertes. Il le fallait.

Pendant ce court laps de temps, elle revit défiler ces années de souffrance dans le Chaos, elle sentit encore une fois la brûlure des espoirs déçus.

Elle poussa les portes et, à la surprise générale, celles-ci s'ouvrirent, éclairant les cadavres des gardes.

29

Un peu d'histoire

– Royaume d'Hélderion, Abranelle, 913 –

Malgré ce que l'on peut penser, je garde de mon travail au laboratoire de très bons souvenirs. Le contact avec ces enfants hors normes, dépourvus de présence maternelle, est une expérience précieuse. Je revois la petite Laï-Mune. Son regard arc-en-ciel, sa chevelure blonde et son sourire. Face à ces créatures innocentes, on ne peut que se sentir touché. Je ne regrette rien de mon passage là-bas. En revanche, j'ai vu leur souffrance, leur crise identitaire, leurs questionnements. Après mon insémination, j'ai immédiatement regretté. Regretté de mettre au monde un être qui resterait toute sa vie enfermé entre quatre murs, à répondre aux exercices et aux attentes des scientifiques. Voilà pourquoi je me suis fait avorter. Gide m'a dénoncée, et j'ai reçu le châtiment de mutisme. Enfermée dans mon silence, je repense très souvent à eux. Ces enfants de la résuadine.

Notes de Soliane Manérian.

Aileen étouffa un sanglot. Sans le soutien d'Heptiel, sa vie lui semblait soudain vide. Un frisson la parcourait quand elle imaginait son époux la dénoncer à Soleil. Que deviendrait-elle ? Serait-elle exécutée, comme son père ? La vision des yeux révulsés et vides de Gide la paralysa. Sa raison lui criait de s'enfuir. Non. Son mari, même sous le coup de la colère, garderait le silence. Il la protégerait. Elle ressentit le besoin urgent de quitter ces appartements, de trouver quelqu'un à qui parler. Le visage de Nwinver lui apparut, avec son sourire à la bienveillance ambiguë.

Après avoir séché ses larmes, elle quitta la chambre et se rendit chez la jadielle d'un pas pressé. Deux soldats lui barrèrent le passage en croisant leurs lances alors qu'elle s'apprêtait à frapper.

— Qu'est-ce qui vous prend ? demanda-t-elle d'un ton acerbe.

— Veuillez nous excuser, mais les visites à Son Excellence sont interdites.

— Comment ça, interdites ? Dois-je vous rappeler à qui vous parlez ?

— Ce n'est pas exactement ça, précisa l'autre. C'est que Sa Majesté ne doit pas sortir. Il n'y a pas eu de directives quant aux visites.

— C'est vrai, concéda le collègue.

— Je me fiche de vos ordres, cracha la jeune femme. Demain, mon époux sera l'Astracan et si vous me contrariez, croyez-moi : je n'hésiterai pas à citer vos noms à votre supérieur.

Les deux soldats se consultèrent, hésitants. Elle poussa l'une des lances et frappa à la porte. Après un instant, une voix retentit :

— Oui ? Qui est-ce ?

— Aileen.

— Entre.

La chambre de Nwinver était plongée dans l'obscurité. L'endroit avait été étrangement rangé, pas un bas de dentelle ne traînait, pas un flacon n'ornait la table. Un lieu impeccable. Vide. Elle marcha sur quelque chose qui craqua, et s'aperçut qu'il s'agissait des débris d'un miroir. La jadielle se tenait dans un fauteuil, la tête tournée vers la fenêtre en forme de demi-lune.

— Vous allez bien ?

— Que veux-tu ?

— Je voulais vous confier quelque chose, dit-elle, je ne sais même pas pourquoi... Je suis stupide. Désolée de vous avoir dérangée.

Elle allait faire demi-tour quand Nwinver se leva majestueusement, dévoilant son visage noir dépourvu de maquillage, aux yeux d'océan humides. Aileen en resta bouche bée. On aurait dit une autre personne tant l'absence de ses cils interminables et de ses bijoux la rendait plus humaine.

— Tu ne me déranges pas. Et de toute façon, tu ne peux pas sortir.

— Comment ça ?

La jadielle s'avança en caressant les meubles sur son passage, son sourire défait lui donnant l'air désespéré. Un terrible pressentiment envahit la jeune femme, déstabilisée.

— Je pense que tu as le droit de savoir. Alors, je vais te raconter.

Elle s'agenouilla sur un tapis et lissa sa robe. Son invitée, après une courte incertitude, l'imita. Cette soudaine proximité lui donnait une drôle d'impression. Quel drame pouvait faire naître des larmes dans ce regard si glacial ?

— Ma chère, toi qui es une Manérian, sais-tu ce qu'est la résuadine ?

— Pourquoi me demandez-vous cela ?

— C'est important, assura la jadielle, crois-moi.

— Je... Je n'en sais rien.

— La résuadine est en fait un résidu d'âme. Vois-tu, quand nous mourons, tout ce qui restait de nous s'échappe. Grâce à l'oraison, nous pouvons l'aspirer. C'est essentiel de le comprendre.

Aileen eut l'impression que ses plans venaient d'être percés à jour. Nwinver poursuivit, avec une sérénité effrayante :

— Quand un oraisonnier effectue une oraison, son médaillon envoie cette énergie à un artefact que l'on nomme la Lueur. C'est ce qui matérialise cette énergie. La résuadine est ensuite redistribuée dans les temples.

— Pourquoi me dites-vous cela ?

— As-tu étudié l'histoire des Astracans ?

— Comme toute pensionnaire qui se respecte.

— Je vais te raconter quelque chose.

Elle leva les yeux vers le ciel, adressant une prière muette, sa bouche pulpeuse et pâle frémissante de regrets.

— En l'an 735, un oraisonnier talentueux nommé Daer, ce qui est, tu dois le savoir, le nom d'une étoile de prestance très moyenne, se mit à pratiquer son art dans la capitale. À l'époque, c'était un jeune contestataire qui critiquait la tradition de l'Ioden, c'est-à-dire la transmission par le droit du sang. Pour lui, le don des astres était attribué de manière aléatoire, sans préoccupation d'origines. C'est alors qu'il pénétra les mécanismes de l'art d'oraison. Ambitieux, il comprit peu à peu la nature de la résuadine et commença à pratiquer des expériences. Il se rendit compte que boire cette substance décuplait ses capacités et réduisait son vieillissement. Il perça donc le secret des Astracans, un secret farouchement gardé depuis des siècles.

Une expression d'effarement se peignit peu à peu sur les traits de la jeune femme. La jadielle se jouait-elle d'elle dans cette mise en scène lugubre ? Ou bien partageait-elle vraiment sa version de l'histoire astracane ? Nwinver poursuivit :

— Parallèlement, il créa son propre mouvement, révolutionnaire, et comme tu le sais sans doute, fit un coup d'État en 742. Il prit le pouvoir dans le sang alors que Nepes Ier n'avait aucun héritier. Il se fit appeler Soleil – l'astre suprême. Dévoré d'ambition, il étudia un maximum la résuadine et ses capacités, et comprit que cette substance gardait l'âme en mémoire. Afin de pouvoir exploiter le potentiel de la résuadine et d'en comprendre les pouvoirs, il créa un centre d'expérimentations. Celui où je suis née. Il faut savoir que chaque Astracan s'est servi de la résuadine à des fins personnelles pour rallonger sa durée de vie, mais Soleil a été le premier à franchir la limite vers l'immortalité.

Aileen fronça les sourcils.

— Que voulez-vous dire, par immortalité ?

Elle perçut enfin la pitié qui assombrissait le visage de son interlocutrice.

— Ce que je vais te dire est difficile à entendre. Soleil Ier se servit de la cérémonie de l'Ioden pour transvaser son âme dans le corps de son fils, Soleil II, qui fit de même avec Soleil III.

— Mais c'est impossible !

— Depuis trois générations, poursuivit-elle en haussant le ton, il fait passer son âme dans un nouveau corps. Il faut se figurer la résuadine comme un flux antivital, contre nature. Ce sont des résidus de vie, de souvenirs, qui sont capturés de force par la Vive au lieu de regagner le cycle naturel de la vie. La résuadine qu'a ingérée mon époux tout au long de son existence imprime en quelque sorte ses connaissances, ses pensées. Elle permet de former une identité qui reste dans le liquide. Officiellement, l'Ioden consiste à transmettre les pouvoirs. En réalité, Soleil troisième du nom et ses ancêtres sont une seule et unique personne. Et en ce moment même, il déverse sa résuadine en Heptiel, pour occuper son corps jeune et vigoureux.

Le premier mouvement d'Aileen, avant même qu'elle ait pu prendre conscience de l'horreur qu'impliquait cette révélation, fut de se lever d'un bond ; cependant, la main de Nwinver l'arrêta.

— C'est mon fils. Je comprends ta douleur. Mais c'est trop tard, on ne peut rien faire. Soleil savait que je serais faible, c'est pourquoi il m'a fait enfermer ce soir. Je m'en doutais. Si je te raconte ça, c'est parce qu'il va te faire éliminer pour ne pas que tu voies le changement de personnalité de ton époux. Maintenant que le mariage est scellé, il a eu ce qu'il voulait. Il est encore temps pour toi de t'enfuir.

Aileen rejeta violemment la main de la femme qui lui enserrait le poignet.

— Ne me touchez pas ! cria-t-elle. Comment pouvez-vous seulement penser que je vais fuir ? Je ne partirai pas !

Elle se rua vers la porte. La jadielle, bien plus grande, la retint en l'enveloppant de ses bras minces.

— Il est trop tard. Il est sans doute déjà mort.

— Lâchez-moi !

Au moment où elle s'apprêtait à mordre la main de son adversaire, des bruits tonitruants retentirent. Toutes deux se figèrent pour écouter. Un cri résonna, ainsi qu'un gargouillement, puis des éclats de voix leur parvinrent. Nwinver repoussa son interlocutrice et s'éloigna dans le fond de sa chambre. Soudain, la porte s'ouvrit sur une dizaine d'hommes armés, aux figures sales et aux cheveux poisseux.

— La résistance, souffla Aileen.

Un vieillard à la jambe de bois s'avança et pointa son épée ensanglantée dans la direction de la jeune femme. Un sourire édenté fendit son faciès bardé de cicatrices.

— C'est elle ! C'est Aileen Manérian, l'épouse de l'Ioden !

Les autres se déployèrent autour d'elle. Elle leva doucement les mains en signe d'apaisement. Aucune peur ne l'agrippait, seule l'urgence comptait.

— Ça va, ça va ! clama-t-elle. Je suis avec vous, laissez-moi passer !

— Avec eux ? répéta Nwinver.

Ils éclatèrent tous d'un rire démentiel, enivrés de sang. La complice des Lames Nocturnes jeta un coup d'œil vers la sortie, et découvrit les cadavres des soldats sauvagement égorgés.

— Prenez-la ! Et la jadielle aussi !

Trois hommes foncèrent vers Nwinver. Cette dernière saisit une petite boîte d'argent sur sa table de chevet. Elle l'ouvrit et, en l'espace d'un éclair, sa silhouette devint d'un noir d'encre. L'épée rouillée d'un des résistants traversa du vide. La petite boîte retomba sur le sol sans bruit.

— Où elle est ? Où elle est ?

Aileen voulut en profiter pour s'éclipser, mais l'homme à la jambe de bois plaça la pointe de sa lame contre sa gorge. Elle déglutit avec difficulté, le regard rivé sur le fer, sa respiration s'emballant. Heptiel. Elle devait essayer.

— Krehan, elle est avec nous, la Manérian ! rappela l'un des membres des clans.

Le vieillard à la jambe de bois cracha sur la jeune femme en pleine face. Celle-ci n'osa même pas s'essuyer, de peur qu'un geste de plus lui coûte la vie.

— Tu parles ! Une collaboratrice, oui, mais une membre de la famille astracane, surtout ! Une Hélderionnoise ! Ils méritent tous de crever pour ce qu'ils nous ont fait !

La pointe de la lame quitta sa gorge pour se poser sur son front lisse, où elle traça un sillon rouge. Elle pria. Pour que son mari vive. En une seconde, son passé défila. L'image la plus marquante était celle du jeune homme près d'elle lorsqu'elle avalait la potion pour se faire avorter. Il avait été là, malgré ses erreurs, et l'avait soutenue sans faiblir.

— Qu'est-ce que tu comptes faire, Krehan ?

Le Poignard-Sanglant franchit le seuil de la porte, essuyant négligemment les éclaboussures de sang qui constellaient ses bras. L'interpellé se tourna vers Keff, les mâchoires crispées.

— Je la tue, voilà ce que je fais !

Les sensations oubliées revinrent, plus réalistes que jamais. Elle tenta de les refouler, mais elles la submergèrent.

Ce souffle rauque sur sa nuque.

Ces mains brutales sur sa peau…

Les regards d'Aileen et de Keff s'aimantèrent. Il s'humecta les lèvres, comme pour goûter la haine qu'il percevait chez elle, comme pour la savourer, s'en nourrir.

— Laisse-la.

Krehan poussa une exclamation d'étonnement.

Elle s'élança aussi rapidement que ses jambes le lui permettaient, jetant au passage ses chaussures à talons. Une seule chose comptait : arriver à temps.

Alexian s'engouffra le premier dans les escaliers de pierre rose, son amie sur les talons. Ils descendirent les degrés en prenant garde d'étouffer le son de leurs pas.

— Je crois que nous touchons au but, susurra l'espion.

L'oraisonnière entendit sa voix de façon lointaine, incapable d'oublier le corps inerte de Barthemis. Son partenaire s'enfonçait dans les entrailles du palais avec assurance tandis qu'elle suivait sans énergie, obsédée par ce meurtre involontaire. Au bout d'un moment, il s'arrêta pour se plaquer contre le mur. Il la força à faire de même, puis lui fit signe de rester en retrait et descendit les dernières marches. Après un instant, il l'appela. Elle émergea dans une immense salle dont les voûtes donnaient le vertige. Là, des bassins remplis d'un liquide noir semblaient s'étendre à l'infini. Cette réserve géante, calme et secrète, s'illuminait parfois lorsqu'une étincelle s'élevait de la substance.

— Les réserves, souffla-t-elle.

— Elles doivent s'étendre sous tout le palais.

Au milieu des bassins se trouvait un bâtiment. Ils marchèrent le long des lacs noirs et brillants jusqu'à se placer de part et d'autre des colonnes de l'entrée de l'édifice. Le Rouge-Terrien jeta un coup d'œil à l'intérieur, puis entra en tirant sa dague. La pièce tranchait avec le souterrain par son dallage blanc et ses murs immaculés. Des bibliothèques d'un bois beige grimpaient jusqu'au plafond. Plusieurs tables étaient disséminées, sur lesquelles s'accumulaient des dossiers, des feuilles, divers instruments métalliques ainsi que des carnets. L'endroit semblait désert. Il allait faire signe à sa compagne d'entrer à son tour, quand des bruits de pas retentirent. Il se précipita derrière une colonne et vit une silhouette. Il sortit de sa cachette, s'empara d'une boîte en fer et l'abattit sur la tête de l'homme. Ce dernier s'effondra. Noony se précipita sur la victime et vérifia son pouls. Rassurée, elle examina le badge accroché à sa veste noire, sur lequel était marqué « Tephon Pikarnor, directeur de recherches ». Alexian le tira par les pieds jusqu'à un endroit loin des regards.

— Je vais vérifier s'il y a quelqu'un dans la pièce suivante, murmura-t-il.

Il s'avança prudemment vers la porte située au fond de la salle.

Noony le laissa faire et se mit à fouiller dans le bureau. Dans un tiroir, elle trouva une pile de dossiers, sur lesquels étaient inscrits des noms. Parmi eux figurait celui de Laï-Mune ; elle ouvrit la pochette rigide. Elle reconnut immédiatement le croquis représentant la chuchoteuse. Ses doigts caressèrent l'image, puis elle tourna la page. Il y avait des notes sur son évolution, de sa conception à sa naissance. Des chiffres s'alignaient, sans doute les doses de résuadine qu'on lui avait injectées. Elle commença son investigation dans la bibliothèque. Les ouvrages théoriques sur l'enfance et la procréation cohabitaient avec des livres sur les astres. Sur une étagère au-dessus du bureau, un livre fermé par un imposant cadenas attira son attention. Dans l'un des tiroirs se trouvait un trousseau de clefs, dont l'une correspondait à la serrure. La couverture de cuir craqua lors de son ouverture, puis révéla des centaines de pages datées. Un journal intime. Elle le parcourut rapidement et s'en empara, ainsi que du dossier de Laï-Mune.

De son côté, Alexian visitait la salle suivante. Il s'y étalait une rangée de tubes géants en verre, pour la plupart vides, d'autres remplis d'une eau sombre dans laquelle on discernait une forme. La pièce semblait déserte, mais il ne doutait pas qu'il y ait d'autres activités derrière les quelques portes fermées. Sur des chariots se trouvaient de nombreux bocaux remplis de résuadine. L'espion s'approcha de l'une des prisons de verre. Il posa sa main sur la paroi lisse et glacée, et reconnut les contours d'une fillette, dont les cheveux bruns ondulaient autour de son visage. Un tuyau était enfoncé dans sa bouche. Un sentiment de pitié l'envahit à la vue de la jadielle. Son amie le rejoignit, les preuves plaquées contre sa poitrine. L'ambiance de ce lieu avait quelque chose de malsain et d'oppressant. Les fantômes des expériences malheureuses semblaient hanter chaque tube géant.

— On dirait qu'il n'y a personne ; il doit y avoir d'autres bureaux…

— Peut-être que l'Astracan a réduit les effectifs, après l'épisode avec ma mère, pour limiter les risques d'ébruitement.

Ils continuèrent d'avancer le long des rangées de verre et s'arrêtèrent devant l'une des portes.

— On tente ? proposa-t-il.

— On pourrait faire demi-tour, nous avons les preuves nécessaires.

— Tu ne veux pas savoir ce qu'il y a d'autre ?

Elle prit une profonde inspiration et ouvrit la porte d'un mouvement craintif. Ils découvrirent un long couloir, assez exigu. Il vérifia à droite, puis à gauche. Personne. Ils s'aventurèrent dans le corridor en silence. Des pièces vitrées défilèrent, vides. L'oraisonnière s'immobilisa devant l'une d'entre elles, où une femme était endormie, la forme profilée de son ventre se dessinant sous sa toge. Ils poursuivirent leur chemin et découvrirent une cellule abritant un petit garçon à la peau noire comme la nuit, qui ne devait pas avoir plus de cinq ans. Il s'amusait avec des jouets en bois sur le carrelage de sa prison. Ils s'avancèrent pour mieux le voir, et le garçonnet les scruta intensément, avant de retourner à son activité avec une profonde indifférence à leur égard.

— S'il y a des cobayes, fit l'espion à voix basse, il doit y avoir d'autres scientifiques dans le coin.

— Prenons les preuves et partons d'ici, il ne faut pas que nous soyons pris maintenant.

Ils retournèrent dans la salle où se trouvait la fillette. En passant devant elle, Noony s'arrêta, les poings serrés.

— Quoi ? demanda Alexian.

— On ne peut pas les laisser ainsi. Tu as vu comment ils vivent ? Et pourquoi cette enfant est-elle là-dedans ?

— Sans doute sa transformation en jadielle est-elle encore en cours, ou font-ils d'autres tests.

Elle secoua farouchement la tête.

— C'est inhumain.

Elle désigna un autre tube, dans lequel se dessinait une forme sombre et recroquevillée, qui ressemblait vaguement à un nouveau-né. Sur le chariot à côté, de fins couteaux et de longues aiguilles étaient posés. Cet attirail les fit frémir.

— Nous ne pouvons pas rester sans rien faire !

— Je comprends que ça te bouleverse, la tempéra son compagnon. Cependant, s'il leur manque l'une de leurs créatures, ils se douteront immédiatement que quelqu'un est venu ici…

Elle ouvrit la bouche pour répliquer, mais un bruit fracassant l'interrompit. Des voix éclatèrent en provenance du bureau :

— Vas-y, retourne tout !

Alexian entraîna la jeune femme derrière l'un des tubes remplis d'eau noire. Ils s'accroupirent, dissimulés par le chariot qu'ils avaient contemplé. De violents claquements retentirent, ainsi que le son du bois que l'on éclate.

— ALLEZ ! BRÛLEZ TOUT !

Plusieurs paires de bottes entrèrent dans leur champ de vision. Ils se ramassèrent autant que possible sur eux-mêmes.

— Tu en penses quoi, toi, de cet endroit ?

— Malsain. Pourriture d'Astracan. Pourriture d'Hélderionnois. La chef a raison.

Les bottes disparurent et les deux jeunes gens échangèrent un regard affolé. Après un moment de silence, des rires leur parvinrent, puis des crépitements. Les hommes applaudissaient. Noony voulut se lever, mais son ami la retint et lui glissa à l'oreille :

— Ils sont sans doute armés. Si on tente quelque chose devant eux, c'est fini.

Au bout de quelques minutes, un filet de fumée noire s'échappa de la porte du bureau. Une odeur de brûlé leur montait déjà au nez. Quand le bruit des pas des intrus se fut évanoui, ils se précipitèrent dans la pièce pour découvrir des flammes qui dévoraient les meubles, leur barrant définitivement toute sortie.

Interlude

Un cri rauque, inhumain. Zéphyr fit volte-face pour accueillir les soldats que les cris avaient attirés. Cataline venait de vérifier la loge du gardien, qui était déjà mort. L'homme les avait fait échouer, la dernière fois. La cloche d'alerte se trouvait dans la pièce à vivre de ce vieillard, et elle refusait que qui que ce soit réveille tout le palais. Pas encore. Les cris des soldats que Zéphyr terrassait attireraient suffisamment l'attention, mais le temps que l'information fasse le tour, son équipe envoyée dans les sous-sols aurait allumé le feu. Elle le pressentait, l'opération Chute des étoiles allait réussir.

Zéphyr enfonça sa lame entre les côtes d'un malheureux soldat qui s'écroula, le sang dégoulinant de sa bouche, une main levée vers le ciel en guise de dernière prière. Les corps inertes devenaient de plus en plus nombreux aux pieds de l'héritier des Lames Nocturnes. Ces gardes avaient quelque chose en moins que la machine à tuer de Cataline : la rage.

Un membre des clans arriva dans la salle, à bout de souffle, la tirant de son instant de satisfaction.

— C'est l'équipe qui doit détruire leur foutu artefact ! clama-t-il. Ils ont besoin d'aide.

Cataline jeta un regard alarmé à Zéphyr. Celui-ci fit un pas vers le couloir en question, puis un autre vers sa mère, hésitant. Deux nouveaux gardes surgirent, armés de longues lances acérées.

— Empêche-les d'atteindre la cloche, cria-t-elle, je vais voir ce qui se passe… Erko, avec moi.

Ce dernier s'élança, suivi par la vieillarde qui courait aussi vite que ses jambes le lui permettaient. Revenir dans cet endroit, revoir le marbre luisant, les plafonds aux voûtes dorées, la terrassait d'émotion. Son pays serait libre. Les fresques défilaient autour d'elle, mais dans sa tête, c'étaient mille images qui tournoyaient. La Mizin d'autrefois, éclatante, avec ses vitraux somptueux, ses immeubles qui montaient toujours plus haut vers le ciel.

Elle repéra très rapidement Glenn et l'équipe qu'il commandait, en train de se battre avec une dizaine de soldats, l'acier cliquetant au même rythme que les hurlements de souffrance. Derrière eux se trouvait une porte en or gravée de motifs d'étoiles.

— Chef, attention ! cria soudain Glenn.

Elle se retourna. Un jet de sang l'aspergea tandis qu'un râle retentissait. Erko venait de trancher le bras du soldat qui allait attenter à la vie de sa chef. Six autres Hélderionnois arrivèrent. Les résistants se jetèrent sur eux. Deux gaillards désarmèrent Erko, puis le décapitèrent.

— Non ! cria-t-elle.

Un choc. Cataline eut juste le temps de lever les yeux vers Glenn, aux traits tirés par l'horreur. Elle remarqua la pointe d'acier qui dépassait de son ventre. Derrière elle, de nouvelles voix s'élevaient. Des pensées la traversèrent avec autant de violence que la lame qui fouillait ses entrailles : jamais elle ne verrait Thyrane libérée. Jamais elle n'assisterait à la prise d'indépendance de son peuple. Jamais elle ne reverrait la Mizin d'avant, aux vitraux colorés.

La vieillarde tomba à la renverse. Alors que le monde disparaissait, englouti par un voile noir, elle sentit une main glacée dans la sienne.

— Lomère ?

Le nom mourut sur ses lèvres. Elle s'éteignit.

30

Transferts

– Royaume d'Hélderion, Abranelle, 913 –

Fantômes : Il s'agirait de l'âme des morts dont la cérémonie d'oraison n'aurait pas été faite, ou se serait mal déroulée. Ces consciences immatérielles viendraient alors hanter les vivants. On donne peu de crédit à de telles légendes, mais la découverte de la culture de la ville de Lémuran, construite autour de ce folklore – où l'on appelle ces âmes des Lémures – révèle un point commun étrange avec certains contes hélderionnois. De nombreux témoins se sont présentés à l'Astracan pour raconter leur rencontre avec des apparitions vaporeuses. Ces dernières demanderaient à trouver le repos dans l'accomplissement de ce qui n'a pas été fait de leur vivant. Ces témoignages ont toujours été considérés comme une manifestation de la négation du deuil, l'existence de telles créatures n'étant en aucun cas mentionnée dans les dogmes. Certains spécialistes de Volplume se sont néanmoins penchés sur la question. En rassemblant de nombreuses déclarations, ils en sont venus à la conclusion qu'il s'agirait de résidus d'âme dont l'identité est encore formée, et qu'ils seraient donc l'équivalent d'un concentré d'énergie très puissant.

Extrait de l'*Encyclopédie de l'Histoire d'Ollien* – par Aceson Madias, membre de la Corporation Volplume de 613 à 647.

La coupe se renversa sur le bureau du Maître, répandant de la résuadine sur le papier qu'il était en train de signer. Ce dernier s'éloigna, les bras écartés, furieux. Le liquide noir se souleva soudain pour prendre la forme d'une silhouette féminine. Nwinver apparut. Du moins, Joscard la reconnut-il à sa peau noire, mais cela ne semblait pas être la même femme avec son visage sans fard, naturel.

— Donne l'alerte !

À peine s'était-elle totalement recomposée qu'elle venait de crier. Le Maître la considéra d'un air ahuri.

— Calme-toi ! Qu'est-ce que tu fais ici, à une heure pareille ?

— Joscard, tu dois faire évacuer les pensions de Mizin !

Elle plaqua sa main sur le bureau pour appuyer son ordre, il remarqua immédiatement que ses longs doigts tremblaient. Il l'invita à s'asseoir.

— Tu ne comprends pas ? Abranelle est envahie par les clans, ils sont rentrés dans ma chambre et j'ai juste eu le temps de me téléporter ! Ils nous envahissent ! Les pensions sont les cibles les plus vulnérables !

Elle poussa un cri d'effroi.

— Par les astres, et j'ai laissé Aileen, je l'ai laissée toute seule, avec ces êtres immondes…

— Nwinver, tu me sembles en état de choc, tenta doucement le Maître.

— Il faut évacuer tout le monde à Lémuran ! Le plus vite possible ! Avant que le port ne nous échappe.

Jamais il ne l'avait vue dans un tel état d'hystérie.

— Joscard ! s'égosilla-t-elle.

— Je vais donner l'alerte immédiatement et faire mobiliser tous les véhicules de la capitale. Je reviens dès que possible.

Elle tenta de calmer ses tremblements. Pour la première fois de sa vie, elle avait ressenti la peur, celle qui vous glace le sang. Et elle avait agi comme une lâche, en abandonnant une jeune femme sans défense. Comme elle avait abandonné son fils. La jadielle écarta un pan de rideau. Pas un mouvement au-dehors, au-delà des grilles. Ses craintes s'atténuèrent quelque peu. À ce moment précis, elle voulut prier. Pour son fils. Pour qu'il lui pardonne d'avoir été si soumise, d'avoir laissé Soleil les séparer. Pourtant, elle savait qu'il n'y aurait aucune réponse. Le firmament était vide ce soir, les étoiles venaient de tomber. Quelle serait la surprise du nouvel Heptiel de voir le palais à feu et à sang à son réveil, et Abranelle occupée !

Des sons de cloche la tirèrent de ses pensées. Après quelques minutes, Joscard surgit dans son bureau, le front trempé de sueur.

— J'ai donné l'alerte maximale, annonça-t-il, et j'ai envoyé un trois-larmes au quartier des veilleurs. Tous les convois vont être mobilisés. D'ici une heure, il y en aura devant chaque pension.

— Parfait.

— Je ne sais pas comment les guerriers de l'aurore vont gérer les Hélderionnois…

— Il faut faire partir tout le monde. Les enfants d'abord.

— Est-ce que tu vas bien ? Tu es blessée ?

— Ça va aller. Mais je ne veux pas rentrer au palais.

—Évidemment, fit-il, c'est trop dangereux.

—Non, tu n'as pas compris, je ne veux plus jamais y retourner.

Il fronça les sourcils tout en épongeant son front à l'aide d'un mouchoir.

—Nwinver, c'est la frayeur qui te fait dire ça ; la situation reviendra très vite à la normale.

—Non, objecta-t-elle. La moitié de nos armées sont quelque part dans les Terres Impies, un quart d'entre elles se trouvent ici, à tenter de canaliser les résistants, et on voit le résultat ! Crois-moi, demain matin sera un jour très difficile pour Hélderion.

On frappa soudain à la porte restée grande ouverte. Meldrave se présenta timidement, suivie par une nuée d'élèves en chemise de nuit.

—Excusez-moi, que devons-nous faire ?

—Il faut évacuer la pension. Abranelle est attaquée par les clans.

Des exclamations d'horreur suivirent cette déclaration de Joscard. Une jeune fille à la chevelure flamboyante s'avança.

—Nous ne pouvons pas partir comme ça !

—Lylonna, la situation est critique. Que tout le monde rassemble ses affaires le plus rapidement possible, et monte dans les convois. Meldrave, je vous confie le contrôle de la situation, prévenez les enseignants.

La secrétaire, dont le gros ventre se devinait sous sa chemise de nuit, frappa dans ses mains grassouillettes pour rétablir l'ordre dans le rang des élèves. Elle leur donna des directives. Joscard se tourna vers la jadielle, et dit d'un ton très doux :

—Je vais partir avec eux pour tout organiser. Viens avec moi.

—Non, je veux quitter la pension moi aussi, mais pas pour Lémuran. Je ne veux pas retourner en Hélderion, tu comprends ?

—Je ne peux pas te laisser ici !

Elle passa sa main dans les cheveux grisonnants de son ancien amant.

—Reste avec moi.

Le Maître éclata d'un rire sans joie.

—C'est impossible.

—Au contraire, c'est le moment parfait. On peut disparaître dans la cohue.

Il repoussa sa main, main qu'il rêvait de pouvoir à nouveau toucher depuis des années. Il se tourna vers les étagères de son bureau pour commencer à rassembler ses affaires les plus importantes.

—C'est ridicule, Nwinver. Je te savais capable de tous les caprices, mais alors là…

—Reste avec moi, Joscard. S'il te plaît.

Il fit volte-face, sidéré par une demande qui ne sonnait pas comme un ordre.

—Il y a mon neveu. Je ne peux pas faire ça.

—Je t'assure qu'il ne lui arrivera rien.

— Comment ça ?

Elle tordit ses lèvres pulpeuses, honteuse.

— Disons qu'il commence à avoir une petite situation. Il est devenu peintre, à Volplume. Et crois-moi, vu les circonstances, l'Astracan aura autre chose à faire que s'occuper de lui.

Elle s'agenouilla pour l'aider à mettre ses livres dans une petite malle qu'il avait tirée d'un placard. Joscard la regardait faire, abasourdi. Ses chaînes venaient de tomber.

— Très bien, accepta-t-il. Nous prendrons la dernière voiture, et nous irons où tu veux.

༄

Hors d'haleine, Aileen s'engagea dans un couloir, ses pieds nus rougis du sang des soldats égorgés qui gisaient çà et là. Elle remontait sa robe aussi haut que possible, serrant le tissu entre ses doigts. Courir. Elle se sentait prisonnière de cette chair endolorie par l'effort, elle aurait tout donné pour déjà être aux appartements de l'Astracan. Heptiel. Elle martelait ce nom dans son esprit ; elle repoussait l'idée de l'échec. Il était vivant. Oui, s'il était mort, elle l'aurait senti.

Les battements de son cœur résonnaient dans tout son corps ; pourtant, elle continuait à courir, aussi vite que ses jambes cisaillées par la douleur le lui permettaient. Enfin, elle arriva devant l'arche qui donnait accès à l'aile sud. Elle se jeta dans le long corridor. Une dizaine de gardes y étaient étendus, mais ce n'était pas le fruit des envahisseurs : sa sœur avait réussi. Très vite, une porte blanche, au judas fermé, apparut. Ses mains se posèrent contre la surface lisse du bois. Elle se mit à tambouriner à l'aide de ses poings.

— Ouvrez ! Je sais ce que vous êtes en train de faire !

Elle se tut. Aucune réponse ne lui vint en retour. Des larmes lui piquaient les yeux à mesure que le silence s'allongeait. L'image de son mari mort s'imposait, vision insupportable qu'elle rejeta. Elle recommença à frapper de toutes ses forces cette fois.

— Heptiel ! Je suis là ! Tiens bon ! OUVREZ !

Ses poings cognèrent, encore et encore, avec l'espoir fou que la porte finirait par céder. Mais celle-ci se dressait, immaculée, inébranlable. Le désespoir grandissait au même rythme que la douleur dans ses mains. Le visage de son époux devenait flou, comme aspiré par une lueur noire. La même qui happait souvent Mylianne dans ses pires cauchemars.

— OUVREZ ! LIBÉREZ-LE !

Ses appels ne faisaient pas fléchir la barrière de bois. Elle se rua à nouveau dans le couloir, à la recherche d'une arme, de quelque chose. Elle ramassa la lance de l'un des gardes inconscients et tenta de l'enfoncer dans la porte. Elle parvint seulement à écailler la peinture. Le temps filait, creusant le ravin entre vie et mort, entre elle et lui. Elle jetait tout ce qu'elle trouvait sur le panneau de bois, des épées, des vases, des sculptures. Impuissante, elle se laissa tomber sur le sol au milieu des débris d'argile et de porcelaine.

Plus jamais elle ne le reverrait. La ligne de vie du jeune homme glissait entre ses doigts. Elle le voyait tomber dans le vide, sans rien pouvoir y faire. Un violent sanglot lui déchira la poitrine.

—Je vous en prie... Je vous en supplie...

Aucun bruit derrière cette maudite porte. Son époux devait déjà être parti, son esprit du moins. Le corps qu'elle aimait, si doux et parfait, était à présent occupé par ce père macabre et putride. Tout en elle semblait prêt à exploser, la rage se mêlait au désespoir, au refus de la perte. Le tuer, c'était comme tuer une partie d'elle-même, si ce n'était elle tout entière. La légère cicatrice au creux de son poignet, sous laquelle palpitaient ses veines, fut un cruel écho à la réalité de leurs sangs mêlés. Une vague de fureur se souleva en elle :

—OUVREZ ! OUVREZ !

Le visage ravagé par la souffrance, elle se releva pour recommencer à tambouriner, sans se rendre compte que les coups portés entamaient sa chair.

—Au secours ! cria-t-elle. Que quelqu'un m'aide !

Un tourbillon de volutes bleutées se forma soudain dans les airs. Aileen recula instinctivement, ses yeux d'émeraude pailletés d'or s'agrandissant à la vue de l'apparition. Murmure venait de se matérialiser dans un ballet de fumée. L'enfant écarta ses bras translucides comme pour accueillir le chagrin de son amie.

—Tu es encore ici ? s'exclama-t-elle, ébahie.

—*J'ai senti ta peine. J'ai senti ton appel. Je suis toujours là, tu sais. Apaisé, veillant sur toi.*

La vue du fantôme la rassura soudain, lui redonnant l'impression de puissance qu'elle avait si souvent ressentie à ses côtés.

—Fais quelque chose ! Heptiel est derrière cette porte, son père va le tuer !

Il inclina légèrement la tête, comme étonné.

—Pitié, Murmure, aide-moi ! Il va mourir ! Je l'aime, si tu savais comme je l'aime...

—*Je ne peux rien faire.*

Elle se laissa à nouveau tomber à genoux, les mains posées sur le marbre glacé. Les larmes roulaient le long de ses joues pour s'écraser sur la pierre polie. Le fantôme se tourna vers la porte. Il la traversa et revint après quelques secondes.

—*Je crois qu'il est encore vivant.*

Elle releva immédiatement la tête.

—Heptiel ! s'égosilla-t-elle. Accroche-toi ! Murmure, tu dois tuer le vieillard, tu dois tuer l'Astracan !

—*Tuer?*

Il fit brusquement « non » de la tête.

—*J'ai déjà tué. Je ne veux plus.*

—Je t'en prie! supplia Aileen. Il faut le sauver!

—*Je ne veux pas tuer!*

Un grondement sourd émana de l'ectoplasme alors qu'il prononçait ces mots. Elle tenta de se calmer, afin de le convaincre. Il la devança:

—*Je peux... peut-être essayer quelque chose.*

D'un bond, la jeune femme se redressa, retrouvant sa combativité.

—*Ce n'est pas facile. Je n'ai jamais fait ça. Mais je pense que ça peut marcher.*

Il la fixa de son regard à la fois innocent et grave.

—*J'ai peur de ce qui va t'arriver si je le fais.*

—Peu importe! cria-t-elle. Je me fiche du prix à payer, sauve-le!

—*D'accord. Pour ça, il va falloir que tu acceptes de mourir.*

La jeune femme reçut cette déclaration comme un coup de poignard. Mourir. Rejoindre Mylianne. Pour sauver son amour. Elle savait qu'elle devait paraître absolument sûre d'elle pour que Murmure accepte; il n'y avait plus une seule seconde à perdre. Elle assura d'un ton sans réplique:

—Je suis prête.

—*Ce sera une petite mort; cependant, je ne suis pas sûr de parvenir à te rematérialiser après, ni que tu retrouves ton identité. Il faudra que tu penses très fort à qui tu es.*

—Ne perdons pas de temps.

Le fantôme tourna autour d'elle, l'enveloppant de spirales translucides.

—*Mets-toi bien face à la porte, pose tes mains dessus.*

Elle s'exécuta et ferma les yeux. Elle devait penser à qui elle était, à son identité. Qui était-elle? La fille de Gide Manérian? La sœur de Noony et Mylianne? L'épouse d'Heptiel? Une Hélderionnoise?

Elle sentit la main de Murmure sur son épaule, qui dégageait de puissantes ondes glacées. Lui faire confiance. Elle était Aileen Marchevent, une épouse mais aussi une sœur, une future dirigeante et peut-être une future mère. Elle était toutes ces identités à la fois. La sensation de froid se répandit peu à peu dans son corps. Le fantôme la traversa, prit entièrement possession d'elle. D'un coup, tout ne fut plus qu'un nuage glacé qui la coupa du monde extérieur; son enveloppe charnelle n'était plus. Plus rien. Aucune sensation. Juste un grand vertige, comme si son esprit s'enfuyait par tous les pores de sa peau et était tiraillé de toutes parts. La présence du fantôme l'englobait, tentait de retenir sa conscience. C'était comme être soudain plongée dans un sommeil sans rêve, tout en sachant qu'il y avait autre chose, qu'elle pouvait se réveiller. Il lui fallait rester dans cette chape engourdissante, ne pas s'en éloigner. Tenter de retenir les bribes de son âme qui semblaient vouloir sans cesse s'éparpiller, s'atomiser.

Et brusquement, la lumière. La froideur du marbre contre sa peau, un étrange picotement qui montait le long de son dos. Elle ouvrit les yeux, ou du moins, eut enfin conscience de les avoir grands ouverts. Murmure planait au-dessus d'elle, mais le Lémure avait perdu sa teinte bleu vif, les volutes de fumée pâlissaient. Son visage juvénile exprimait un immense épuisement.

—*Je t'ai fait traverser.*

Elle se redressa légèrement et vit une porte blanche. Elle ne savait pas ce qu'elle faisait là. Elle contempla l'endroit dans lequel elle se trouvait et vit deux sièges sur lesquels reposaient un jeune homme et un vieillard. Le premier semblait endormi, l'autre la dévisageait, ses mains se crispant sur l'accoudoir.

—Qu'est-ce que tu fais ici ? gronda-t-il. Comment es-tu arrivée à entrer ?

—*Aileen, tu es venue sauver Heptiel,* lui rappela Murmure.

L'Astracan se leva de sa chaise avec difficulté, les jambes flageolantes. Le jeune homme près de lui avait le crâne enserré par ce qui ressemblait à une couronne de fils d'or. Un liquide noir entrait dans ses narines, ses oreilles, ses yeux et à la commissure de ses lèvres. À leurs pieds étaient posés des centaines de bocaux remplis de la même substance. Soleil saisit un poignard posé sur la grande table à manger. Elle tenta de réagir, mais elle ne sentait aucun de ses membres. Tout fourmillait.

Le vieillard s'approcha, l'arme serrée dans sa main.

—*Il va te tuer !* cria Murmure, dont la voix semblait lointaine.

Elle ne parvint pas à se relever. Ses jambes refusaient de lui obéir. Murmure se plaça entre l'Astracan et sa protégée. Les volutes blanches s'évaporaient de plus en plus vite, ses contours devenaient flous. Aileen regardait toujours autour d'elle sans comprendre. Le vieillard brandit son poignard, les traits déformés par la fureur.

—*Non !*

Le fantôme fonça sur Soleil et plongea sa main translucide dans la poitrine du vieillard. Celui-ci s'arrêta net dans son élan pour crisper sa main droite contre son cœur. L'arme tomba sur le marbre dans un tintement métallique. Tandis qu'il se tortillait comme pour échapper à l'emprise d'une poigne invisible, un filet de liquide noir se déversa de ses lèvres pour atterrir sur le sol. La substance se divisa alors en petits tas qui rampèrent comme des êtres vivants, des étincelles dorées s'en échappant de temps à autre.

—Qu'est-ce qui… ?

—*Aide-moi ! Il résiste !*

La résuadine remontait le long du corps de l'Astracan, semblant lui redonner de la vigueur.

—*Le poignard !*

Cette voix. Oui, elle la connaissait. Elle rampa jusqu'à l'arme et s'en empara. La sensation était revenue dans sa jambe droite et elle réussit à se hisser en s'appuyant à une commode.

—*Plante-le ! Aileen, je t'en prie !*

La lame s'approcha du cou ridé, où palpitaient des veines noires. L'Astracan ne pouvait pas bouger, prisonnier de la glaciale étreinte de Murmure. Malgré cela, ses yeux clairs la dévisageaient avec une haine sans bornes.

Elle lui trancha la gorge d'un geste maladroit. Le sang jaillit de l'artère coupée et elle poussa un cri. L'Astracan s'écroula en exhalant un râle. De la résuadine coulait sur ses joues comme des larmes de nuit. Elle recula de quelques pas, horrifiée. Le vieillard baignait dans une mare carmin.

— Qu'est-ce que j'ai fait ?

— *Tu survis. Il faut que tu te souviennes de qui tu es, vite. Tu es l'épouse de l'Ioden.*

Murmure contempla le cadavre avec tristesse, les spirales blanches s'évaporant définitivement.

— *Nous avons tué. Il le fallait. Adieu.*

— Non ! Reste !

— *C'est impossible ! J'ai utilisé mes dernières ressources pour t'aider. Je me sens partir. Pense à moi de temps en temps.*

Il disparut définitivement comme s'il se confondait avec l'atmosphère. Ce fantôme. Elle le connaissait. Il partait par sa faute.

— Murmure ! hurla-t-elle.

— *Prends soin de toi, s'il te plaît.*

Elle battit plusieurs fois des cils. Le jeune homme inconscient sur une chaise lui était familier. Ses poignets et son torse étaient sanglés, et il semblait souffrir dans son sommeil.

— Heptiel.

Le nom avait franchi ses lèvres sans qu'elle ne s'en rende compte. Elle ne savait plus rien, seule son intuition la guidait vers le prisonnier. Elle se déplaça jusqu'à la chaise avec difficulté, évitant soigneusement le corps inerte de sa victime.

— Tu m'entends ?

Arrivée à son niveau, elle caressa la figure endormie engluée du liquide noir. Elle examina la substance du bout des doigts avec un air de profond dégoût. Résuadine. Le nom des choses s'imposait à son esprit sans le moindre doute ; pourtant, elle avait la drôle d'impression d'être perdue, parasitée par un milliard de picotements. Tout était confus, embrouillé.

— Réveille-toi.

Elle ôta les sangles, puis la couronne qui lui ceignait le front, pour enfin lui secouer l'épaule. Aucune réponse.

— S'il te plaît. Je suis désolée. Désolée pour tout.

Elle n'arrivait pas à se rappeler ce qu'était exactement ce « tout », mais il fallait qu'elle s'excuse, elle le sentait.

— Ne t'en va pas toi aussi, je t'en prie…

Orius. Elle le revoyait étendu sur un lit, et se souvenait de la vague de désespoir qui l'avait submergée lors de son enterrement. Mylianne, Orius, et Heptiel à présent ? Une seule certitude s'imposait : tous les gens qu'elle aimait mouraient. La quittaient.

— Aileen ?

Elle releva la tête et découvrit le jeune homme qui jetait des coups d'œil autour de lui, éperdu.

— Où suis-je ? demanda-t-il d'une voix faible. La cérémonie de l'Ioden est terminée ?

— Oui, on peut dire ça.

Il se redressa avec des gestes pleins de précautions et porta sa main à ses lèvres pour essuyer quelque chose de gluant.

— C'est de la résuadine, dit simplement sa compagne.

Il vit soudain le cadavre de son père, dont la crinière d'argent baignait dans la résuadine et le sang.

— Par les astres !

— Calme-toi...

— Que s'est-il passé ? Pourquoi mon père est... ?

— Il a tenté de te tuer, de te prendre ton corps !

Les souvenirs lui revenaient peu à peu comme autant de décharges lui faisant réaliser l'horreur de la situation. Elle regarda soudain son époux avec méfiance.

— Est-ce toi ? Est-ce vraiment toi ?

— Qu'est-ce que... ?

— Dis-moi ! Dis-moi la première fois que tu m'as parlé de tes sentiments !

— Aileen...

— C'est important !

Seul le véritable Heptiel pouvait savoir cela. Pas son père.

— C'était à l'I.G.A. Dans la grange.

Elle le serra contre elle avec soulagement. C'était bien lui. Elle en avait l'intime conviction.

— Ton père utilisait la résuadine pour prolonger sa durée de vie et pour transférer son corps dans un autre. C'est ce qu'il a fait depuis deux générations. Tu devais être le troisième hôte.

Il la repoussa et se leva.

— C'est ta mère qui m'a tout révélé, murmura-t-elle en baissant la tête. Et je suis arrivée à temps.

— Tu as tué mon père ?

— Je...

Un violent choc retentit. Tous deux sursautèrent. Après un moment de silence, un nouveau coup ébranla la porte, faisant jouer ses gonds d'acier.

— Qu'est-ce que c'est que ça ?

Aileen revint près de lui. Au dernier coup, ils se protégèrent à l'aide de leurs bras. La porte vola dans une tempête de bois, dévoilant une poutre qui faisait office de bélier. Une dizaine d'hommes pénétrèrent dans la salle, armés de lances, d'épées et de couteaux.

—On y est!

—Qui êtes-vous? demanda l'Ioden d'un ton impérieux.

—Le peuple thyranien, répondirent-ils en chœur.

La jeune femme s'avança au-devant des truands.

—Vous avez ce que vous voulez. L'Astracan Soleil III est mort.

Après un moment de silence où tous contemplèrent la véracité de ses dires, l'un d'entre eux objecta:

—Mais pas son héritier!

Ils pointèrent leurs armes en direction du couple. Heptiel voulut passer devant son épouse, mais elle le lui interdit en tendant son bras.

—Ce n'est pas ce qui était convenu. J'ai collaboré avec votre chef. Il s'agissait d'éliminer Soleil, pas son fils!

L'un des Lames Nocturnes s'avança, un homme blond au visage couturé d'une cicatrice. Il rangea sa rapière dans son fourreau.

—Je suis désolé, déclara Zéphyr. Cataline ne t'a pas tout dit. Il nous faut éradiquer complètement la lignée astracane. C'est le seul moyen.

—Qu'est-ce que vous racontez? hurla-t-elle. Êtes-vous devenu fous? Je vous ai aidés! Amenez-moi à Cataline.

—Elle est... morte.

Il avait prononcé ces mots d'une voix défaillante. Cataline partie, il était donc officiellement le nouveau chef des Lames Nocturnes. Non, des clans tout entiers.

—S'il n'y a plus d'héritier, poursuivit Zéphyr, alors Hélderion se doit d'organiser une épreuve afin de sélectionner le nouveau dirigeant. Je vais participer. C'est la seule chance pour mon peuple de regagner sa liberté, en prenant le pouvoir selon les règles.

—Parce que tu es hélderionnois, comprit Aileen. Un ancien veilleur, quelqu'un ayant une noble réputation... Mais c'est faux! Si ton fils te voyait, il aurait honte d'avoir un père capable uniquement de le trahir!

Les résistants les observaient, leurs lames tirées, prêts à éliminer l'Ioden dès que leur nouveau dirigeant leur en donnerait le signal.

—Ce n'est pas la seule solution! Imagine, Zéphyr! Imagine que tu ne sois pas retenu à l'épreuve, que tu échoues!

—J'ai les qualités nécessaires, répliqua-t-il.

—Et ensuite? Tu deviendras dirigeant d'Hélderion? Laisse plutôt l'actuel Astracan écouter votre cause. Vous aider.

Elle se tourna vers son mari.

—Les règnes des Astracans ont fait assez de mal dans l'Histoire, et tu seras le prochain si les clans t'épargnent. Le pouvoir est entre tes mains, toi qui as vécu en Thyrane. Tu peux rendre ce royaume à leurs habitants, et rappeler l'armée hélderionnoise.

Heptiel s'approcha de son père. Zéphyr interdit à ses compatriotes de l'attaquer d'un simple mouvement du bras. Le nouvel Astracan s'agenouilla près de l'ancien et le retourna de manière à faire apparaître son visage aux yeux clairs et vides.

— Écoute-moi, murmura Aileen. Cela ne peut plus durer, tu allais être sacrifié pour que cet homme puisse vivre et tyranniser des peuples pendant encore un siècle ! Si tu ne veux plus que je sois ton épouse, si tu veux me condamner, je le comprendrai. Mais le peuple compte sur toi, pour la vérité.

L'héritier passa sa main sur le visage blême de Soleil pour abaisser ses paupières.

— J'accepte, annonça-t-il.

Chaque mot semblait lui coûter :

— Nous organiserons des négociations. Par contre, j'exige que les clans cessent immédiatement leurs attaques.

— Je ne crois pas, non !

Un vieillard à la jambe de bois voulut s'avancer ; Zéphyr l'en empêcha.

— Ça suffit ! Tu n'as pas entendu ? Le nouvel Astracan accepte de nous écouter.

— Et le plan de notre chef vénérée ?

— Cataline n'est plus. C'est moi seul qui prends les décisions, à présent. Ouvrons les négociations, et rappelons les équipes. C'est déjà un massacre dans les deux camps.

Heptiel lança un regard gorgé de reconnaissance à Zéphyr. Puis il s'avança jusqu'à Aileen, qui semblait à la fois soulagée et craintive.

— Merci de m'avoir sauvé, murmura-t-il.

༄

Alexian referma la porte sur les flammes. Déjà, une cuisante chaleur émanait du bureau. Noony ôta sa veste pour placer le tissu contre le bas de son visage, afin d'essayer de filtrer l'air.

— Il faut trouver une issue, suffoqua-t-elle.

— Mais il y a peut-être des gens dans les bureaux !

— On n'a pas le choix !

Tous deux partirent en courant. À présent, l'atmosphère semblait saturée, la chaleur montait et devenait de plus en plus forte. Ils s'engouffrèrent dans le couloir où s'alignaient les petites cellules vitrées.

— Toi à gauche, ordonna l'espion, moi à droite.

Chacun courut à une extrémité au bout de laquelle se trouvaient des portes métalliques. L'oraisonnière ouvrit la sienne et découvrit un bureau rempli d'étagères et de chariots, sans la moindre fenêtre. Elle examina le sol à la recherche d'une trappe, de n'importe quel autre moyen de s'échapper, mais ne trouva rien d'autre que des montagnes de papiers et de rapports. De son côté, le Rouge-Terrien arriva dans ce qui ressemblait à une couveuse. Des tables de bois et des berceaux s'alignaient, vides. Ici non plus, aucune fenêtre, juste de minuscules trous grillagés au niveau du plafond en guise d'aération. Il grimpa sur l'une des tables pour tenter de les atteindre. Même s'il réussissait à briser les mailles de fer, la cavité serait trop petite pour leur permettre de s'échapper. Il regagna le couloir en courant. Son amie vint vers lui d'un pas rapide, en levant les bras pour indiquer son échec. Tout à coup, ils surprirent un mouvement dans l'une des cellules vitrées. La femme enceinte venait de rejeter les draps blancs de son lit et considérait les intrus avec étonnement.

— Il faut les faire sortir d'ici. Peut-être que cette femme connaît une issue.

Alexian courut dans la pièce qu'il venait de visiter pour s'emparer d'une chaise. Une fois arrivé au niveau de la vitre, il la brandit avec force, faisant s'éloigner la prisonnière. Le premier coup fissura la paroi sur toute sa longueur. Au deuxième, la chaise traversa la vitre dans une bruyante chute d'éclats de verre. La femme enceinte se tenait en retrait derrière la table, effrayée. Quand il enjamba la marche pour aller à sa rencontre, elle se recroquevilla par terre en murmurant des mots incompréhensibles. Il fallait faire au plus vite. La fumée noire commençait à s'amonceler ici aussi.

— N'ayez pas peur, fit-il en s'approchant lentement. Nous ne vous voulons aucun mal, il faut évacuer…

— Occupe-toi de briser la vitre du petit garçon et de vérifier qu'il n'y a personne d'autre ici. Je vais essayer de lui parler.

Il s'exécuta. Noony tendit une main en direction de la prisonnière, mais elle recula aussitôt jusqu'à se cogner contre la table.

— Du calme, nous ne vous voulons aucun mal. Un incendie s'est déclaré ici, il faut que nous sortions.

— Ne me touchez pas !

Elle semblait âgée d'une trentaine d'années. Ses cheveux bruns se collaient à son visage aux yeux cernés et ses mains se cramponnaient fermement à son ventre arrondi.

— Qui travaille ici ? Qui s'occupe de vous ?

Son interlocutrice remarqua la fumée qui s'infiltrait et poussa un cri aigu.

— Vous comprenez, maintenant ? Il nous faut sortir d'ici, l'incendie a démarré dans un bureau.

Près d'elles, un fracas de verre retentit. La femme cria à nouveau.

— S'il vous plaît, dit l'oraisonnière, dites-moi s'il y a quelqu'un d'autre que vous et le petit garçon ici.

— Depuis un mois il n'y a plus qu'un scientifique, répondit-elle. Les autres sont partis. Je ne sais pas si on peut sortir autrement que par le bureau. Je sais qu'il y a d'autres pièces : le réfectoire, la salle d'eau, la salle d'opération et la salle des naissances.

— La salle des naissances ?

Elle indiqua la porte en face d'elles d'un index tremblant. Alexian arriva au même moment en tenant le petit jadiel par la main.

— Il n'y a que le scientifique et eux ici. Et pas d'autres sorties.

Le savant devait déjà être mort, brûlé vif. Noony fut submergée par une vague de panique en songeant à son propre corps dévoré par le feu. Brusquement, une violente déflagration résonna et une brusque rafale de chaleur leur brûla le visage. Elle fut prise d'une violente quinte de toux, l'air devenant de plus en plus pesant. Son acolyte s'avança dans la salle aux tubes et vit la porte du bureau tombée au sol, à moitié calcinée. D'immenses flammes envahirent le mur et se propagèrent à une vitesse folle.

— Aplatissez-vous ! cria-t-il.

Ils se mirent à quatre pattes. Déjà, l'incendie attaquait les chariots.

— Il faut fermer la porte ! cria Noony.

L'espion jeta un coup d'œil aux grands tubes remplis d'eau noire.

— Je vais avoir besoin de toi ! dit-il.

Les yeux de la jeune femme se fermèrent brusquement. Il bondit sur elle et la secoua, lui faisant reprendre conscience. Pour elle, tout n'était plus qu'un écran flou d'un rouge intense, balayé de nuances orangées.

— Tu dois m'aider ! clama-t-il. Il faut que tu me prêtes ta force.

— Je ne me sens pas bien.

— Tu dois utiliser les Signes ! On va faire exploser les tubes !

Elle le considéra d'un air interrogateur, comme si elle n'avait pas compris ce qu'il disait. La femme enceinte éclata en sanglots. Les flammes se rapprochaient comme des serpents ardents. Un pan de mur s'écroula en partie dans un fracas de bois et de pierre.

— Tu dois utiliser les Signes !

Un mince sourire étira ses lèvres pâles.

— Alexian, je suis... je suis contente de t'avoir connu.

Le nùmiel pendait, inerte, dans la gueule de Lorion. Le lynx trottait au milieu des arbres pour rejoindre la clairière où il aimait savourer son repas. Des hurlements en provenance d'Abranelle retentissaient depuis une heure, aussi s'était-il rapproché de la lisière des bois malgré les ordres de son uni. Il avança jusqu'aux derniers arbres de la colline. De ce point d'observation, le félin avait une vue imprenable sur la cité.

— Lorion...

Les oreilles du lynx se couchèrent. Son regard vairon, d'une noble intensité au-dessus de son gros museau et de ses babines noires, s'accrocha à un nuage de fumée noire qui montait vers les étoiles. Chaleur. Il pouvait la sentir d'ici. Alexian tentait de fermer son esprit, mais il ne pouvait dissimuler totalement la panique qui l'agrippait. Le lynx laissa tomber sa proie et partit en courant vers la cité.

ꟸ

— Noony ! Réveille-toi ! Je t'en supplie !

Il lui serra la main aussi fort que possible. Elle ouvrit à nouveau les yeux, mais semblait complètement perdue.

— Pense à une cérémonie d'oraison. Vas-y, penses-y fort !

L'espion tourna son visage rougi par la chaleur vers les hauts tubes circulaires. Instantanément, un violent picotement gagna son front pour se répandre dans son bras, jusqu'à la main qui enserrait celle de la jeune femme. *Exploser. Exploser. Exploser.* Il répétait inlassablement ce mot. L'énergie lui parvenait de partout à la fois sans qu'il puisse en identifier la source – son amie, ou bien lui.

— *J'arrive !*

L'intervention de Lorion lui donna de la force. Il imaginait son uni à ses côtés, pouvait presque palper sa présence dans l'air saturé de fumée. Il ne lâchait pas de vue les tubes. *Exploser. Exploser. Exploser.*

Noony poussa un faible gémissement avant de tomber dans ses bras, inconsciente. Au même moment, le verre du premier tube éclata dans un fracas terrible, inondant les flammes d'un raz-de-marée d'eau. Le corps de la jadielle qui s'y trouvait se déversa. Une autre prison de verre éclata à son tour. Comme une scène au ralenti, il vit les tubes se fendiller un à un, l'eau couler par les fissures, puis jaillir, noyant le feu qui allait partir à l'assaut d'un nouveau pan de mur. Quelques corps sombres gisaient au sol, expulsés de leur prison par cette réaction en chaîne. Les flammes les plus dangereuses étant éteintes, il saisit leurs précieuses preuves et souleva sa compagne dans ses bras. Le plus grand risque à présent était l'asphyxie.

— Suivez-moi !

Ils traversèrent la salle, l'eau noire leur arrivant jusqu'aux genoux.

— Attendez ! clama le petit garçon. Il faut les faire sortir, eux aussi.

De nombreuses créatures flottaient encore dans l'eau ou étaient restées accrochées aux socles des anciens tubes.

— D'accord. Mais il faut faire vite…

La femme enceinte examina le corps de la fillette jadielle et la prit dans ses bras, les yeux baignés de larmes.

— Elle est morte !

Alexian ne l'attendit pas, une seule chose comptait : sortir de là. Se sauver, mais surtout sauver Noony. Il enjamba les débris de bois encore crépitants de l'ancien mur du bureau, puis longea avec précaution les meubles carbonisés. Les flammes s'attaquaient encore à l'autre bout de la pièce, dégageant une chaleur suffocante. À son grand soulagement, il sortit et arriva dans l'immense salle aux bassins de résuadine. Le feu n'avait pas gagné la pierre. Il se hâta jusqu'aux escaliers en colimaçon. Derrière lui, la femme enceinte émergea à son tour du laboratoire, en compagnie du garçonnet jadiel et du corps sans vie de la fillette. Le Rouge-Terrien déposa son amie sur le sol avec douceur. Ses joues étaient noircies et la chaleur avait fait fondre une partie de sa teinture ; sa chevelure était devenue une alternance de mèches châtaines et brunes. Il essuya la suie à l'aide de sa veste. Elle était encore en vie, sa poitrine se soulevait au rythme de sa respiration. Lorsqu'il plaça son oreille contre sa bouche, il sentit à peine son souffle lui caresser la peau.

— Réveille-toi. On doit partir d'ici.

Voyant qu'elle n'avait aucune réaction, il passa une main tendre sur son visage.

— On a réussi à sortir, avec les preuves en plus. Grâce à toi, la vérité va éclater au grand jour, j'en suis certain.

La femme enceinte les rejoignit et déposa le corps sans vie de la jadielle.

— Il lui faut une oraison, murmura la femme enceinte.

À ces mots, Alexian tourna vivement la tête, les sourcils froncés.

— Une oraison ! s'exclama-t-il. Vous voulez que l'âme de cette pauvre enfant soit retenue ? Laissez-la reposer en paix ! Arrêtez de vouloir forcer les gens que vous avez aimés à rester près de vous par je ne sais quel rituel ! Regardez cette résuadine, partout, là, autour de nous ! Toutes ces âmes mélangées, retenues, qui ne devraient pas être là ! Je ne sais pas ce qu'il y a après la mort, mais ça ne peut pas être pire que ce qu'il y a après l'oraison !

Il se tut brusquement, les mâchoires crispées par la colère. Le petit garçon le dévisagea, intrigué, la tête penchée sur le côté.

— Il n'y a pas que le rituel, dans l'oraison.

Il sursauta au son de la voix de Noony. Celle-ci s'était légèrement redressée, l'air faible.

— Ah oui ? fit-il, plus calme d'un coup. Et il y a quoi d'autre ?

— Il y a le discours. Le besoin de se souvenir.

— Peu importe, déclara-t-il. Sortons d'ici et allons voir ce qu'il se passe là-haut.

Interlude

— Voilà, c'est ici, indiqua Glenn.

Le Poignard-Sanglant poussa un soupir.

Le cadavre de Cataline reposait sur le sol, sa main encore crispée pour retenir ses entrailles déversées. Autour d'elle, des résistants essuyaient leurs larmes d'un revers de manche.

— Vous l'avez vengée en tuant les soldats, déclara Keff. J'ai prévenu Zéphyr avant qu'il ne parte à l'assaut des appartements de l'Astracan. J'espère que tout se passe selon le plan de notre chef vénérée.

Ils se tenaient dans l'aile ouest, devant une porte frappée de différentes constellations. À côté de celle-ci se trouvait une cavité ronde que Keff examina, la main sous le menton. Il fouilla dans la poche de son pantalon troué et en sortit un disque.

— J'ai trouvé ça dans la chambre de la jadielle, parmi d'autres babioles… On dirait une clef, non ?

Le disque correspondait parfaitement à la cavité, dans laquelle il l'enfonça. Après une série de déclics sonores, la porte s'ouvrit sur un sas.

— Bien joué ! s'exclama Glenn.

— Où sont les autres ? Tout est étrangement calme.

— Ils sont partis trouver un bélier pour défoncer cette porte. Tu crois que la Lueur est ici ?

— Nous allons vite le savoir.

Le Poignard-Sanglant s'avança dans le sas. Une autre cloison apparut, et deux yeux se rivèrent sur lui au travers d'un judas, avant que l'on referme la languette de bois d'un geste sec.

— Apportez ce satané bélier, ordonna Keff. On va faire péter tout ça !

Quelques minutes s'écoulèrent puis six résistants arrivèrent, portant à bout de bras une lourde poutre. Ils se placèrent devant la porte et commencèrent à donner de puissants coups. Le Poignard-Sanglant s'éloigna de quelques pas, tous les sens en alerte, prêt à éliminer le moindre garde qui se présenterait dans le couloir. Peu après, les gonds de la porte lâchèrent dans un craquement sonore et le panneau de bois se brisa en deux sous l'assaut de la poutre.

— Beau travail !

Les résistants passèrent entre les deux morceaux de bois éclatés. L'endroit dispensait une surprenante chaleur. Des chocs métalliques retentissaient de partout à la fois. Keff tira aussitôt son épée rouillée et se dirigea vers l'une des salles, les autres sur ses talons. Une immense cheminée de pierre accueillait des métaux ovales incandescents, que trois personnes frappaient à l'aide de grands marteaux. Ils s'interrompirent en voyant les intrus. Le Poignard-Sanglant les coinça entre le foyer aux flammes ardentes et lui. Les hommes s'agenouillèrent pour lui demander grâce ; il décapita le premier sans hésitation.

— Keff! hurla un membre des clans. Laisse-nous les autres ! Pour venger notre chef vénérée !

Il abandonna les deux hommes à leur triste sort et sortit de la pièce. Sur sa gauche, une arche d'un bleu pâle sculptée de motifs géométriques attira son attention. En la franchissant, il quitta la pénombre des ateliers pour arriver dans une immense salle éclairée.

— On y est ! ricana-t-il.

Des rangées de piliers couronnés de cloches de verre s'étendaient en cercle autour d'un pylône d'or d'où émanait la lumière. Il allait faire un pas pour s'engager dans le dédale quand il eut la sensation fugitive d'être observé. En faisant volte-face, il découvrit une femme d'un certain âge, flanquée d'un tablier plein de suie. Elle brandissait un énorme marteau dans sa direction. En l'espace d'un éclair, il avait porté un coup d'épée par réflexe, déchirant le ventre de la malheureuse. Elle tituba, puis tomba dans un son mat.

— Je n'aime pas les surprises.

Il ramassa le marteau et se dirigea droit vers le pilier d'or, qui faisait environ sa taille. En haut de cette énorme boîte décorée d'enluminures d'argent se trouvait une sphère d'un blanc éclatant qui irradiait de lumière, et à l'intérieur de laquelle dansait ce qui ressemblait à une fumée bleue. Il plissa les yeux tant la luminosité était forte. C'était donc cela, l'artefact contrôlant l'oraison. S'il le brisait, la résuadine ne serait plus. Cette fausse magie ne fonctionnerait plus, et il briserait le cœur de l'Astrascisme, semant le chaos. Zéphyr pourrait défendre leur cause en tant qu'hélderionnois. Il n'aurait plus aucun handicap concernant l'épreuve d'oraison.

Le Poignard-Sanglant souleva le marteau pour le rabattre sur la boule. Celle-ci se brisa aussi simplement que l'on casse un œuf, écrasée par le poids de l'acier. Aussitôt, la lumière décrut, plongeant la salle dans la pénombre. La fumée bleue qui s'y trouvait s'éleva dans les airs en élégantes volutes. Sur la défensive, Keff s'éloigna, puis se tourna vers la femme agonisante.

— C'était bien ça, la Lueur ?

Elle le dévisageait. Agacé, il s'avança jusqu'à elle et la souleva par le col de sa robe.

— Réponds-moi, catin, gronda-t-il. Sinon, ton calvaire n'est pas terminé ! Quand j'étais en prison à Mizin, ces tarés d'Hélderionnois adoraient m'arracher les ongles ou me plonger la tête dans un bac d'eau glacé, j'ai appris comment faire !

À sa grande déception, sa victime tourna de l'œil et sa tête s'affala sur le sol.

— Je vois. Tant pis. Au cas où, je vais détruire tout ça.

31

L'après

– Royaume d'Hélderion, Abranelle, 913 –

Introduction

[…] Il y a pour moi des anomalies visibles dans la longévité des différents Astracans. Si l'espérance de vie des Hélderionnois est de soixante-six ans, eux sont morts à des âges frôlant les quatre-vingt-dix. Bien sûr, vous me répondrez, lecteur, qu'il s'agit de l'homme le plus puissant de ce royaume, et que donc toute la société est mise au service de ses soins, de son équilibre et de sa santé. Néanmoins, ses écarts me paraissent beaucoup trop criants. J'ai la conviction qu'ils ont accès à un savoir qui échappe au peuple et qui leur permet de rallonger leur durée de vie. Si tel est le cas, il est inadmissible qu'une telle avancée en matière de médecine soit réservée à un dirigeant.

Extrait de *L'Âge de Soleil III* publié en l'an 884 par Cyrielle Volplume, dirigeante de la Corporation Volplume entre 887 et 912.

ꟸ

Lorion dévala la colline jusqu'à la capitale. Il arriva avec prudence devant l'une des portes d'entrée de la ville. Aucun garde ne s'y trouvait. Il s'élança dans le labyrinthe de la cité. Une épaisse fumée noire montait d'un imposant bâtiment surmonté d'une coupole.

— *Vel-Lorion !*

Rien ne pouvait arrêter le lynx. Il surgit d'une rue où se massaient des habitants pour arriver face au palais. Partout autour de lui, des cadavres, du sang, qui affolaient son odorat. Pourtant, une seule chose comptait : son uni.

L'animal pénétra dans le hall de l'édifice, qui offrait un morbide spectacle. Des flaques sombres s'étendaient sur le marbre, près de corps gravement mutilés. Lorion renifla l'air.

— *Je suis… là…*

Le message télépathique fut si puissant que les oreilles du lynx se dressèrent. Il courut aussi vite que possible, suivant simplement le fil invisible qui le liait à Alexian. Après une suite de couloirs qui lui parut infinie, il le trouva. Son uni avait le visage noirci et soutenait Noony.

— Je t'avais dit de ne pas venir, dit-il sans sévérité.

Le lynx vint se frotter contre les jambes du Rouge-Terrien, sous les regards tétanisés de la femme enceinte et du petit jadiel.

— N'ayez crainte, il est adorable.

L'espion lâcha sa compagne, qui s'agenouilla pour accueillir Lorion dans ses bras. Ce dernier se mit à ronronner bruyamment.

— Que se passe-t-il dehors ? demanda-t-il.

— *Les gens ont peur. Mais c'est ici qu'il y a des morts.*

— Que dit-il ?

— Que le palais est attaqué. Pas le reste de la cité, apparemment.

Des éclats de voix retentirent à l'autre bout du couloir. Tous se figèrent pour mieux écouter.

— Ça vient des appartements de l'Astracan.

— Ma sœur doit être en danger ! Allons-y !

Noony allait s'élancer, mais elle se tourna avant vers la femme enceinte et le petit jadiel :

— Quittez le palais, vous serez plus en sécurité qu'ici.

Sur ces mots, les deux complices se dirigèrent vers les cris. Ils virent bientôt un encadrement de porte explosé, un bélier abandonné à l'entrée. Ils ralentirent et longèrent le mur pour ne pas être vus.

— Cataline n'est plus. C'est moi qui prends les décisions, à présent. Ouvrons les négociations, et rappelons les équipes. C'est déjà un massacre dans les deux camps.

Un long silence s'étira. Puis une voix s'éleva.

— Merci de prendre cette décision.

En entendant Heptiel, l'oraisonnière se précipita dans la salle. Alexian eut juste le temps de tendre le bras pour essayer de la retenir, mais elle s'était déjà engouffrée dans les appartements de l'Astracan. Le corps inerte de Soleil était étendu sur le sol, au milieu de flaques rouges et noires. Les armes des truands présents se tournèrent immédiatement dans sa direction. Un bras s'enroula autour de sa gorge. Lorion surgit au même instant, les poils hérissés, en poussant un grondement sourd.

— Ne la touchez pas ! clama Aileen. C'est ma sœur !

Noony dévisagea cette dernière avec stupéfaction. Ses cheveux de jais en désordre, son bustier aux plumes manquantes et sa robe constellée de rouge laissaient imaginer le pire.

— Krehan, lâche-la ! ordonna un homme au visage barré d'une cicatrice.

— Hors de question ! Ce n'était pas le plan !

Elle avait de plus en plus de mal à respirer, le bras musclé se serrant contre sa gorge. L'homme braqua sa lame en direction de Lorion.

Alexian prit une profonde inspiration. Il se faufila avec toute la discrétion que Vel-Plê lui avait enseignée. Vit le dos offert de l'agresseur. Tira sa dague.

— Mensonges ! Jamais vous ne…

L'homme s'écroula, le manche d'une arme planté entre les omoplates. Le Rouge-Terrien apparut derrière lui. Les résistants allaient passer à l'offensive, mais Zéphyr s'égosilla :

— Assez, maintenant ! Acceptons le dialogue. C'est ce que notre chef vénérée a toujours voulu, mais qu'on ne lui a jamais offert. Si le nouvel Astracan le veut, d'ici quelques jours, les troupes d'Hélderion pourront être retirées de Thyrane, les pensions vidées ! C'est fini ! Nous avons ce que nous voulions !

Alexian jaugea les résistants avec méfiance, puis s'avança vers Heptiel et lui tendit les preuves qu'ils avaient récoltées.

— Voici ce qu'a donné notre excursion dans le laboratoire.

— Je te remercie. Nous étudierons cela un peu plus tard.

L'Ioden se tourna vers les membres des clans :

— Si vous le voulez bien, répondit-il, je propose d'organiser une réunion de première urgence dans la salle du Congrès. Tous les résistants y seront conviés.

L'aube jetait ses premiers rayons sur Abranelle, révélant le sang qui entachait le parvis du palais, les corps glacés au-dessus desquels commençaient à voler des oiseaux charognards. Quelques rares têtes blafardes sortaient des fenêtres pour jeter un coup d'œil curieux au spectacle. Des hurlements retentissaient régulièrement à cause d'une découverte morbide dans une salle, des pleurs parfois, en identifiant le cadavre d'un être cher. Le soleil levait le rideau sur le drame nocturne. Les habitants les plus courageux relevaient leurs manches. Des soldats tout juste arrivés des villes les plus proches se déversaient dans les couloirs de la résidence astracane, sanglés d'armures de cuivre et armés. Il fallait prévenir la population, rassembler les corps et les couvrir pudiquement d'un drap, éteindre le feu qui sévissait dans certaines pièces.

Heptiel s'avançait en personne, escorté de douze soldats, vers l'une des auberges en face du palais. Le nouveau dirigeant allait à la rencontre des citadins. Il annonçait ainsi la nouvelle qui se répandait à une vitesse folle : Soleil était mort lors de la cérémonie. Cet effort avait consumé les dernières forces qu'il lui restait. On pressait les mains du nouvel Astracan, on s'agenouillait à ses pieds, bouleversé par cette visite simple, cette proximité.

Aileen, quant à elle, s'affairait dans les appartements de Soleil. Comme le lui avait ordonné son mari, elle s'occupait du corps du vieillard. Trois soldats soulevèrent le cadavre. Des filets de résuadine s'écoulèrent aussitôt, inondant à nouveau le sol. Elle ordonna qu'on le pose sur son immense lit aux coussins de soie. Elle ouvrit une armoire pour chercher un drap propre et y découvrit des étagères de bocaux contenant de la résuadine. Malgré une grimace de dégoût, elle fouilla et trouva un fin drap d'un blanc strié d'or, qu'elle étendit sur Soleil.

— Voilà, dit-elle. Veillez à ce que personne n'entre ici. Je dois maintenant me rendre au Conseil.

Elle salua poliment les gardes et quitta la pièce. Elle n'avait même pas eu le temps de changer de tenue depuis la nuit dernière ; elle avançait néanmoins avec un port majestueux. Arrivée dans le corridor principal, un frisson lui parcourut l'échine. On ramassait encore les cadavres. Elle passa près de ces morts en baissant la tête, sans pouvoir oublier ce que son époux lui avait dit quand ils s'étaient retrouvés seuls. Qu'elle en était l'unique responsable.

Elle rejoignit la salle du Congrès. Elle retrouva la vaste pièce du procès, aux vitraux lumineux et aux colonnes de plâtre en forme de spirale. Une longue table y avait été placée, autour de laquelle étaient installés une cinquantaine de membres des clans. Eux aussi avaient subi des pertes importantes malgré l'effet de surprise. Le nouvel Astracan se tenait debout en bout de table. Elle le rejoignit.

— Heptiel, murmura-t-elle, tu n'as pas pris de garde rapprochée ?

— Non. Ce n'est pas le moment d'attiser le désir de vengeance des Hélderionnois, je veux tenir la présence des résistants secrète, pour le moment.

Elle sentit un regard peser sur elle. Le Poignard-Sanglant. Pour une fois, il n'arborait pas son air arrogant. Comme tous les membres des clans, il devait être dévasté par la mort de Cataline.

Le jeune dirigeant réclama l'attention, mais les membres des clans continuèrent leurs discussions animées. Il plaça alors ses doigts dans sa bouche et émit un long sifflement. Les têtes se tournèrent, attentives.

Noony releva la tête, ses cheveux mouillés se collant à son visage. Elle avait investi la salle d'eau d'un appartement inoccupé pour laver les traces de suie et retirer sa teinture. Lorion, couché sur le dallage, se remettait de ses émotions.

— Tu as bientôt fini ? demanda Alexian de l'autre côté de la porte. Je crois que j'ai trouvé.

— Oui. J'arrive.

Elle essora ses cheveux et les attacha à l'aide d'une pince qu'elle trouva sur l'une des coiffeuses.

—Viens, Lorion. Nous avons quelque chose à vérifier.

Le lynx ouvrit ses yeux vairons, puis s'étira de toute sa longueur. Il bâilla, puis la suivit.

—Viens avec moi, déclara Alexian.

Elle lui emboîta le pas. Après une série de couloirs, ils se trouvèrent devant une porte dorée, gravée de runes, grande ouverte. Quelques personnes s'approchaient curieusement, sans oser entrer dans ce lieu interdit. Les deux complices franchirent le seuil sans hésitation, à la stupeur générale. Lorion poussa un grognement. Il les devança pour renifler une tête baignant dans une flaque écarlate. L'atelier se composait d'une dizaine de tables de fer, sur lesquelles reposaient des morceaux de pendentif, des Vives désarticulées, des chaînes. Des outils s'étalaient sur diverses étagères, convergeant vers une cheminée où flamboyaient les restes d'un feu.

—C'est ici qu'ont été fabriqués mes outils d'oraison..., constata Noony.

Ils se dirigèrent vers l'arche au bout du couloir. Une fois entrée, elle sursauta en découvrant le cadavre d'une femme au tablier imbibé de sang. Puis elle vit les débris de verre. Elle se pencha et ramassa un médaillon. Un morceau de papier avait été attaché à sa chaîne, indiquant un numéro ainsi qu'un nom et un prénom. Elle fronça les sourcils et s'avança dans la salle plongée dans la pénombre, serrant le pendentif dans sa paume. Elle remarqua très vite une colonne plus haute que les autres. Lorion resta en retrait, n'osant pas s'engager à cause des débris qui pourraient le blesser.

—Tous ces médaillons... ce sont des doubles.

Elle commençait à comprendre les rouages du mécanisme. Sans doute le sien avait-il brillé parce qu'on avait activé quelque chose sur son jumeau de fabrication. Ainsi, l'Astracan pouvait contrôler les oraisonniers à sa guise, leur envoyer de faux avertissements célestes. Ses doigts parcoururent le pilier d'or et ses reliefs, puis elle voulut en avoir le cœur net. Malgré son dégoût, elle retourna dans l'atelier pour chercher une Étoile de base et un pendentif, puis s'agenouilla devant la femme morte. Quand elle passa le fragment d'argent sur le bijou, il s'ouvrit dans un déclic sonore, révélant la Vive. Après une profonde inspiration, elle se plaça au-dessus du cadavre, et enfonça la pique.

Elle se concentra.

La lumière blanche éclata sous ses paupières.

—L'oraison existe encore, annonça-t-elle. Pourtant, le mécanisme est censé être brisé... Je ne comprends pas.

Elle se tourna vers la colonne. Était-ce ce qui avait permis de faire fonctionner l'oraison ? Grâce à quelle énergie ? Des Signes concentrés ? Si le plus important des secrets des Astracans avait été détruit, pourquoi le rituel pouvait-il encore avoir lieu ?

—Il n'y a qu'un seul moyen de le savoir, murmura Noony. Il faut se rendre au temple d'Abranelle. De nombreuses oraisons ont eu lieu aujourd'hui, avec tous ces morts. Si le rituel fonctionne encore, alors le taux de résuadine aura augmenté. Et s'ils ont fait un relevé…

— *Tu as raison. C'est sûrement comme pour les Signes, tu te concentres mais ce n'est pas pour autant que cela fonctionne.*

Elle s'immobilisa en entendant ces mots qui résonnèrent longtemps dans son esprit. Ce n'était ni vraiment sonore, ni visuel, juste des informations qui s'étaient imposées à elle d'emblée, marquées néanmoins d'une empreinte. D'une odeur confuse.

— Lorion ? murmura-t-elle.

Le lynx se léchait tranquillement les pattes pour y retirer le sang.

— *Oui.*

Elle manqua de tomber à la renverse. Le félin la considéra de ses grands yeux ovales – le même regard que son uni.

— Com… comment tu as fait ça ?

— *Ça fait longtemps que je peux le faire, mais je n'osais pas. Maintenant, je me dis, pourquoi pas ?*

Prise au dépourvu, elle éclata d'un rire nerveux.

— *Il y a une légende chez nous. On dit que quand deux humains sont en parfaite osmose, ils peuvent communiquer avec l'uni de leur partenaire.*

— Je déclare la réunion ouverte.

Les membres du Conseil semblaient vulnérables autour de cette table qu'ils occupaient depuis des années. Les vieillards jetaient des coups d'œil alarmés en direction des truands sanguinaires qui siégeaient au même endroit qu'eux. Mais cette rencontre était la décision du dirigeant d'Hélderion.

Zéphyr s'avança à la hauteur d'Heptiel et lui glissa quelques mots à l'oreille. Le nouvel Astracan lui laissa la parole.

— Mes frères, débuta-t-il, pour ceux qui ne le savent pas encore, je me dois de répondre à vos interrogations pressantes sur l'absence de notre chef vénérée. C'est là une bouleversante nouvelle. Elle a été tuée durant l'opération Chute des étoiles.

Des cris de douleur et des poings dressés par la révolte suivirent cette déclaration. Le fils adoptif de Cataline leva sur l'assemblée ses yeux bleus remplis de larmes.

Zéphyr se recula de quelques pas et joignit les mains. Il fut bientôt imité par tous les membres des clans. Un silence de mort s'installa. Un peu gêné, le couple régnant fit néanmoins de même. Une fois ce moment de recueillement passé, Heptiel fit signe que les négociations pouvaient commencer. Pour cette réunion, il avait juste eu le temps de renouer correctement ses cheveux de jais en catogan, mais il portait toujours le même uniforme que pour la cérémonie de l'Ioden.

— Merci tout d'abord d'avoir cessé les hostilités, déclara-t-il d'une voix forte. Les habitants d'Abranelle et les membres du palais ont payé un lourd tribut cette nuit. Même si vous estimez qu'il s'agissait d'une initiative justifiée par votre désir d'indépendance, j'aimerais que vous vous en souveniez. Il sera difficile d'éteindre leur haine dans un premier temps, comme il a été difficile d'éteindre la vôtre.

Zéphyr approuva ces dires d'un lent hochement de tête, tandis que les autres résistants se consultaient avec méfiance. La tension était palpable.

— Je vous accueille ici en tant qu'invités, et je vous protège des vengeances possibles des habitants. Nous pouvons commencer à discuter des conditions de la reprise d'indépendance de Thyrane. Je désire d'abord savoir exactement à qui je dois m'adresser, de gouvernant à gouvernant.

Zéphyr s'avança :

— En tant qu'héritier des Lames Nocturnes, et donc des clans, puisque nous avons fusionné nos forces pour notre invasion, je suis le représentant de la population thyranienne le plus légitime. Que ceux qui sont d'accord avec cette affirmation lèvent la main.

Tous les résistants s'exécutèrent.

— Très bien, dit Heptiel, impressionné par une telle unanimité.

Il jeta un coup d'œil angoissé à ses documents contenant les nombreuses idées qu'il avait notées pour la réunion. Il se racla la gorge et prit la parole en espérant se montrer convaincant :

— Les blessures ont trop déchiré nos deux peuples. Il est de mon devoir de penser au bonheur futur des Hélderionnois, qu'ils puissent vivre dans une atmosphère de paix, et non la peur au ventre. Il en va de même pour les Thyraniens. Si nous agissons de concert, nous pouvons épargner aux générations futures cette haine et cette violence. Pourtant, une telle décision n'est pas sans conséquences ; au contraire, elle soulève des centaines de questions ! Tout d'abord, cela implique de savoir quel sort sera réservé aux pensions construites en Thyrane. C'est tout notre système scolaire créé pour les enfants des membres importants des corporations qui est remis en question.

— Les enfants sont tous en route pour Hélderion, intervint un membre du Conseil. Il va nous falloir un certain temps avant de mobiliser assez de bâtiments pour les accueillir.

— De notre côté, déclara Zéphyr, nous voudrions redonner aux constructions où vous aviez installé les écoles leur fonction première. À savoir des établissements politiques.

— Et quel sera le régime que vous allez instaurer ? demanda un autre conseiller.

— Dès que la situation sera stabilisée, nous rentrerons en Thyrane pour organiser des élections. C'est ce que notre pays a toujours fait. Par contre, pour le reconstruire, nous aurons besoin d'aide. C'est Hélderion qui a détruit notre patrimoine, réduit à néant notre économie…

Des approbations montèrent des clans.

— Du calme ! cria Heptiel. En effet, un dédommagement de notre part serait envisageable. Cependant, une estimation numérique totale des torts causés envers Thyrane nous emmènerait… sur un terrain trop glissant. Je laisse le soin au Conseil d'estimer exactement combien notre pays peut donner au vôtre, sans nous mettre en difficulté alors que nous ressortons exsangues de la guerre contre Rouge-Terre…

— Mais ça, c'est votre faute ! s'égosilla Keff. Si votre pays doit souffrir pour le nôtre, ce ne sera que justice !

Zéphyr allait intervenir, mais l'Astracan se leva d'un mouvement brusque. Son cœur battait à tout rompre ; pourtant, sa voix ne trembla pas :

— Nous sommes ici pour négocier. Je suis responsable des erreurs passées d'Hélderion, mais aussi de mon peuple. Pouvez-vous comprendre cela ?

— Nous comprenons, répondit Zéphyr. N'est-ce pas ?

Le Poignard-Sanglant approuva à contrecœur. L'un des membres du Conseil prit la parole :

— Nous disposons d'un budget de neuf cent mille filantes qui devait servir au recrutement de nouveaux soldats pour le front et à la construction d'un nouveau navire de transport.

— Cette proposition vous paraît-elle acceptable ? interrogea Heptiel.

— Cela nous permettrait seulement de faire construire des logements décents à Mizin. Il nous faudrait plus.

Le nouvel Astracan se tourna vers le Conseil. L'un des vieillards fouilla dans ses documents, puis prit la parole :

— Cela semble difficile…

— Il y a forcément un budget réservé à la rétribution de la corporation des marchands d'étoiles en échange de la résuadine, l'interrompit Heptiel.

— Oui, bien sûr.

— À combien s'élève-t-il ?

— À l'heure actuelle, environ cinq cent mille filantes.

— Nous pouvons le céder aux Thyraniens.

Les vieillards protestèrent tous d'une même voix :

— Voyons, Votre Excellence, la Corporation des marchands d'étoiles va se révolter !

Il réunit son courage. Il devait s'imposer.

— Je prends les décisions, vous êtes là pour m'épauler.

Il s'adressa à présent à Zéphyr :

— Je pense que nous ne pouvons pas faire plus, du moins dans un premier temps. Cette somme vous paraît-elle acceptable ?

— Absolument, Votre Excellence.

— En échange de ce dédommagement, Thyrane doit s'engager à abandonner ses desseins offensifs envers Hélderion, mais aussi à inclure dans sa constitution une clause qui stipulera que tout acte criminel commis sur un

Hélderionnois sera puni. Pour avoir vécu en Thyrane, je suis sûr que certains exilés ne voudront pas rentrer au pays… Il est de notre devoir de les protéger.

— Cela me paraît très sage.

— Si vous l'acceptez, le Conseil peut préparer dès aujourd'hui un traité de paix.

Un immense sourire s'épanouit sur le visage d'Aileen, elle dévisagea son mari d'un air satisfait. Quelques membres des clans échangèrent des messes basses. Ce fut Zéphyr qui couvrit la rumeur :

— Il y a longtemps, j'étais veilleur à Mizin, je devais lutter contre les clans, contre les barbares. Bien que les résistants n'aient pas toujours utilisé des méthodes très morales, j'ai compris à quel point cette occupation était illégitime et source de souffrance, aussi ai-je décidé de les rejoindre. Cataline a fait de moi son héritier, car elle a toujours su qu'un jour, Thyrane aurait besoin d'une personne capable de faire le pont avec Hélderion. Elle voulait que son pays redevienne libre, et c'est une paix que nous méritons, dont nous avons besoin. J'accepte de signer ce traité.

Zéphyr contourna la longue table pour se planter devant Heptiel, puis s'inclina en posant sa main sur son cœur, selon la coutume hélderionnoise. Le nouvel Astracan sourit face à ce geste plein de respect et de tolérance, et fit de même.

— Oui, notre chef vénérée nous a quittés, pourtant rien ne pouvait être plus beau pour son départ que d'avoir participé à la libération de Thyrane. Si Son Excellence Heptiel Ier l'autorise, une fois que nous aurons réglé ces affaires politiques, nous aimerions ramener son corps sur sa terre natale…

— Bien sûr, répondit celui-ci. Laissez quelques heures aux conseillers pour rédiger le traité. Pour le moment, le mieux est de vous faire discrets. Vous pouvez rester ici, je vais faire apporter des collations.

Il se retira d'un pas pressé. Quand la lourde porte se fut refermée sur sa silhouette, Zéphyr posa une main affectueuse sur l'épaule d'Aileen.

— Merci, Aileen Manérian. Ma mère a cru en vous, et elle avait raison. Vous avez défendu notre cause devant votre époux, et il vous a écoutée.

En entendant cela, un conseiller jeta un regard en biais à la jeune femme. Se sentant observée, elle se contenta de poser sa main sur celle du résistant, et de déclarer d'un ton protocolaire :

— J'espère que, là où elle est, Cataline voit tout cela et en est fière.

Soudain, de violents éclats de voix retentirent. Aileen se hâta de traverser la salle pour voir ce qu'il se passait. Elle découvrit Noony, dont les cheveux redevenus châtains ondulaient jusqu'à son menton. Les poings plantés sur les hanches, elle essayait de convaincre les gardes de la laisser passer en désignant du doigt son propre uniforme. Un peu en retrait, Alexian et son lynx observaient la situation.

— Que se passe-t-il ? demanda-t-elle d'un ton impérieux.

Les soldats se tournèrent vers elle, furieux.

— Cette femme veut absolument entrer ! Si elle ne veut pas comprendre que la salle du Congrès est interdite au public, nous allons devoir la faire partir par la force.

— Inutile. Il s'agit de Noony Manérian, ma sœur. Je vous ordonne de la laisser passer, elle et son ami.

Les soldats se mirent au garde-à-vous et brandirent leurs lances. Les espions pénétrèrent dans la salle du Congrès, Lorion sur les talons.

— Je dois m'entretenir avec toi d'un problème important, Aileen. Mais ce n'est peut-être pas avisé devant tous ces gens…

Keff haussa les sourcils, amusé.

— Allons ! Hélderion n'a plus à avoir de secret pour Thyrane, maintenant.

— C'est à quel propos ?

— L'oraison… elle ne fonctionne plus. Je suis allée au temple, ils m'ont confirmé qu'aucune résuadine n'était plus téléportée depuis cette nuit.

— C'est normal, intervint le Poignard-Sanglant. Cela faisait partie de notre plan. J'ai cassé la sphère qui était au centre de tous les médaillons. C'était la volonté de notre chef vénérée, que cesse l'oraison pour que les Astracans ne courent plus après la résuadine. Pour prouver que ce rituel est totalement artificiel.

— Par ailleurs, ajouta Zéphyr, cela permettait de supprimer l'épreuve d'oraison en cas d'une nouvelle sélection du dirigeant d'Hélderion. Si nous avions su que Son Excellence serait ouvert aux négociations…

L'épouse de l'Astracan resta quelques instants interdite. Cela rejoignait ce que lui avait révélé Nwinver.

— C'est une information qu'il faut immédiatement transmettre à mon mari. Pour le moment, les oraisonniers ne peuvent pas s'en rendre compte : ils effectuent le rituel normalement, et ignorent si la résuadine est acheminée ou non. En revanche, dans les temples, lorsque les mesures des bassins seront faites, cela va susciter des interrogations.

Sur ces mots, elle s'absenta pour aller quérir son époux. Quand il arriva, il fut décidé qu'il accompagnerait Noony et Alexian au temple.

L'oraisonnier responsable de la gestion des bassins lui confirma la situation, affolé.

— Votre Excellence c'est… c'est une catastrophe…

— Ne vous inquiétez pas, nous allons tirer tout cela au clair très rapidement. Je vous demanderais de faire preuve de la plus grande discrétion pour le moment.

L'Ioden s'éloigna et murmura à ses compagnons :

— C'est un cas de force majeure.

—Vous voyez, dit Alexian. Mon peuple était dans le vrai depuis le début…

—Je sais. Je ne le sais que trop bien.

—Il faut rappeler vos troupes, insista l'espion. Vous avez beaucoup à faire et les clans sont votre priorité, mais vous ne pouvez pas laisser Rouge-Terre ainsi, ni vos hommes errer dans le désert.

L'Astracan contempla les bassins remplis du liquide noir avec mélancolie. Toutes ces luttes pour la résuadine, tous ces secrets restés enfouis… et il se retrouvait à présent seul avec une tâche démesurée à accomplir. Faire ce qui n'avait jamais été fait auparavant. Rétablir la vérité.

—Il faut tout dire aux Hélderionnois, poursuivit Alexian. Qu'ils comprennent que les raisons de cette guerre étaient un leurre, qu'ils acceptent la paix…

—Je ne peux pas tout dévoiler immédiatement. Il y a encore trop de choses à régler. Le Cercle profiterait du chaos pour gagner des partisans. Non, il faut d'abord que j'assoie mon pouvoir avant de rendre nos découvertes publiques.

—Comment comptes-tu t'y prendre pour cacher la fin de l'oraison ? demanda Noony. Si les oraisonniers en pèlerinage ne s'en rendront pas compte, les responsables du temple, eux, au bout de quelques semaines…

—Justement, ce sera ta mission. Tu es la mieux placée pour cela, après ce que tu as traversé. Il faut convoquer les oraisonniers haut placés pour leur expliquer la situation et leur interdire de révéler quoi que ce soit jusqu'à ce que je le décide. Cela demandera une grande organisation, mais je ne vois que cette solution pour éviter que la nouvelle ne se répande.

Elle resta quelques instants muette, mesurant l'envergure d'une telle entreprise.

—Je ferai tout mon possible, dit-elle solennellement.

—Je n'en doute pas. Concernant Rouge-Terre…

Il s'agenouilla pour être à la hauteur de Lorion, et avança craintivement sa main. Le lynx se laissa toucher.

—Concernant Rouge-Terre, reprit-il, ne croyez pas que je n'en fais pas ma priorité. Dès que le traité sera signé avec Thyrane, que la situation se sera calmée, je viendrai rencontrer votre peuple et vos dirigeants afin que nous trouvions une solution.

Alexian le dévisagea, bouche bée. Un Astracan foulant le sol de Rouge-Terre. Il avait l'impression de rêver.

—Ce serait très symbolique, dit-il avec émotion. Si vous faisiez ce déplacement, cela signifierait énormément…

—Ceci est une promesse.

Quelques heures plus tard, Heptiel revint dans la salle du Congrès, accompagné des conseillers qui portaient avec eux une masse impressionnante de feuilles. Ils firent circuler le traité de paix pour que chacun puisse en prendre connaissance. Après quelques débats, le document officiel fut validé.

— Eh bien, c'est le moment, fit Zéphyr avec émotion.

— Oui.

Le nouveau dirigeant apposa le cachet de cire des Astracans sur le traité, puis le tendit à Zéphyr. Le chef des clans signa d'un geste délié.

— Moi, Heptiel Ier, descendant des astres, déclare officiellement la paix signée entre Hélderion et Thyrane

Les résistants applaudirent à tout rompre. Zéphyr ferma les yeux, soulagé. L'espace de quelques instants, il aurait juré sentir la présence de sa mère adoptive près de lui.

Les clans furent conduits dans des chambres du palais pour la nuit à venir. Heptiel avait prévu un discours pour le lendemain soir, pendant l'incinération de Soleil. Officiellement, Noony était censée avoir déjà effectué son oraison.

Le nouvel Astracan commença une autre réunion en effectif réduit, qui comportait les conseillers, Alexian, Aileen et Noony.

— Il faut que vous soyez mes yeux et mes oreilles pour le moment. Dès demain, je veux un rapport complet de la situation à Abranelle : combien y a-t-il eu de morts environ, que ressent le peuple à l'heure actuelle, que savent les autres cités de ce qui s'est déroulé cette nuit. Toujours aucun signe de ma mère ?

— Non, Votre Excellence. Elle reste introuvable. Nous pensons qu'elle s'est enfuie et qu'elle n'ose pas revenir, sachant qu'il n'y a encore eu aucune annonce officielle.

— Puissiez-vous avoir raison. Je sais que vous avez déjà énormément travaillé aujourd'hui, mais j'ai besoin que vous rédigiez une missive officielle d'ordre de retrait des troupes en Thyrane, et une autre pour le retrait en Rouge-Terre, sur deux feuilles séparées.

Alexian observait avec fierté les fines lignes noires que l'on traçait sur le papier jauni.

— Contrairement à Zéphyr pour Thyrane, déclara Heptiel, tu n'as aucune légitimité au sein de ton peuple, n'est-ce pas ?

— En effet.

— Ce sera donc une décision provisoire jusqu'à ce que j'aille en Rouge-Terre. Lorsque nous aurons décidé d'une date, il faudra faire préparer le nécessaire pour le voyage. Tu devras bien sûr m'accompagner. Pour le moment, il me semble plus simple de commencer par annoncer la paix signée avec Thyrane, pour que les gens ne soient pas trop bouleversés.

L'un des conseillers approuva d'un hochement de tête frénétique.

—Oui, cela semble être raisonnable. Vos déclarations sont révolutionnaires, Votre Excellence. Jamais, ô grand jamais, feu Son Altesse Soleil n'aurait…

—Je sais. N'oubliez pas que mon père n'est plus.

Le Rouge-Terrien cligna des yeux plusieurs fois pour chasser l'émotion qui le gagnait en pensant au retrait des soldats et à l'euphorie qui régnerait bientôt à Tombe-lune.

Il avait réussi. Ils avaient réussi. Et pourtant, cette victoire n'arrivait pas à combler la sensation de vide qui s'emparait de lui quand il pensait à son retour chez lui. Sans Noony.

Une foule compacte se massait autour du temple d'oraison d'Abranelle, observant les artisans qui montaient une grande estrade. Un bûcher funéraire prenait forme également, agrémenté du bois de la forêt la plus proche.

Heptiel supervisait l'avancée des travaux. Pour l'occasion, il avait revêtu une simple toge dorée par-dessus son uniforme. Son épouse, elle, était lumineuse dans une robe de soie pourpre, pour porter le deuil des habitants. Ses cheveux étaient relevés dans une parure de rubis, mais une fine cicatrice vive courait toujours sur son front pâle.

—Tu es prêt ? demanda-t-elle.

—Oui.

Il serrait des feuilles sans se soucier de les froisser. Durant la fin de l'après-midi, il s'était enfermé dans ses appartements pour rédiger son premier discours, tant attendu par les citoyens dans cette situation de crise.

—Je voulais te remercier de m'avoir acceptée à tes côtés, murmura-t-elle. Je ne sais pas si tu me pardonneras un jour, mais…

Il lui prit délicatement la main, toujours concentré sur les divers préparatifs.

Quand l'estrade fut achevée, l'un des artisans y grimpa. Il déplia une grande bande de tissu pourpre, frappée de trois cercles d'argent qui se confondaient. L'étoffe se déroula en plis harmonieux, allant toucher le sol. Heptiel passa son bras sous celui de son épouse et tous deux gravirent les marches de bois. L'artisan se retira pour laisser place à la garde rapprochée. Le nouvel Astracan s'avança et posa ses mains sur la rambarde. À son apparition, des cris de joie et des applaudissements retentirent.

Les portes du palais s'ouvrirent sur une vingtaine d'hommes portant une longue civière en bois de cymeurt sur laquelle reposait le corps de l'Astracan drapé de velours noir. Des centaines de bouquets lui faisaient un lit funéraire parfumé. Les soldats fendirent la foule. Des mains innombrables se tendaient pour toucher la dépouille de Soleil. Quand on déposa délicatement le cadavre sur le bûcher, des pleurs et des hurlements de désespoir retentirent. À ce moment, Heptiel se tourna vers Aileen.

— C'est à toi de le faire. Pour que je te pardonne.

L'air grave, elle opina du chef. Dans l'escalier, un soldat l'attendait en brandissant un flambeau. Elle s'en empara. Elle contourna l'estrade tandis que les guerriers de l'aurore repoussaient la foule pour lui ouvrir un passage jusqu'au bûcher. Une fois à la hauteur du cadavre, elle s'immobilisa. Un filet noir coulait encore des lèvres de l'ancien Astracan. Son organisme devait être imbibé de résuadine. Elle posa la flamme dansante contre l'amas de bois, qui s'embrasa aussitôt. Elle s'éloigna en voyant les flammes courir sur les brindilles à toute allure, dévorant bientôt le corps de l'homme qui avait tant fait souffrir sa famille. Pour respecter la tradition, elle adopta une attitude de recueillement ; toutefois, au fond d'elle, la joie dominait.

Les flammes devinrent de plus en plus hautes à mesure que le ciel se fardait de rouge et de mauve. L'immense brasier consumait l'Astracan, une âme vieille de trois siècles, dont il ne resterait bientôt que des cendres.

Heptiel relisait rapidement son discours. Galvanisé par le silence respectueux qui régnait, il se décida à le commencer, d'une voix claire et haute qui portait sur toute la place :

— Notre ancien Astracan, Soleil, troisième du nom, est décédé hier soir lors de la cérémonie de l'Ioden. Sa vie aura été longue ; il l'aura sacrifiée à Hélderion. Mon rôle est de lui succéder dignement. Mes amis, d'abord, je voudrais rassurer certains parents qui, je le sais, sont torturés par l'incertitude. Les élèves des pensions de Thyrane ont été évacués cette nuit. Quand les pensions ont été prises d'assaut, elles étaient déjà vides. Il n'y a eu aucun blessé grâce à l'alerte extrêmement rapide d'un maître de pension. Vos enfants sont actuellement à Lémuran, où ils attendent un bateau de transport.

Des soupirs de soulagement se firent entendre. Il laissa l'allégresse des habitants s'exprimer avant de reprendre :

— Il y a cependant de nombreux morts à déplorer chez les guerriers de l'aurore qui ont tenté de contenir le flot de résistants à Mizin. Des centaines d'oiseaux messagers ont été envoyés le plus tôt possible de la part des clans pour faire cesser ce carnage. À présent, des représentants de la résistance ont pris la mer pour leur royaume afin de ramener l'ordre. Oui, vous m'avez bien entendu. Tout cela va s'arrêter, une bonne fois pour toutes. Vous cesserez de vivre dans la peur. Un terrain d'entente a été trouvé avec Thyrane. Un traité a été signé.

La nouvelle fut accueillie par un silence religieux. Il s'humecta les lèvres, puis poursuivit :

— D'ici quelques semaines, je vais également me rendre dans les Terres Impies afin de faire un bilan de la situation. Il est essentiel que vous compreniez l'importance de cette démarche. Nous avons tous beaucoup souffert des récents affrontements. Il est temps d'ouvrir les négociations. Il est temps qu'Hélderion reprenne son souffle.

Heptiel scruta la foule avec angoisse. Au bout de ce qui lui sembla une éternité, les premiers applaudissements se firent entendre.

Interlude

Keff écrasa sa Tige. Ses cheveux autrefois gras avaient retrouvé leur blondeur d'antan. Vêtu de son costume noir, il était méconnaissable. Seules les cicatrices qui arpentaient ses joues et ses mains témoignaient de son passé. Il lui tardait de retourner en Thyrane, de rejoindre Glenn et Zéphyr, qui étaient depuis quatre semaines déjà à Mizin afin de tenter de faire retrouver à la capitale un minimum de cohésion. Les nouvelles étaient assez mauvaises. Bien qu'Hélderion soutienne financièrement la reconstruction, les travaux avaient du mal à débuter ; il fallait trouver du personnel qualifié, réussir à redonner l'espoir au peuple. L'allégresse générale après l'annonce du retrait des troupes d'Hélderion avait été de courte durée. Avec le départ des envahisseurs, l'évacuation des pensions, et la décision de nombreux propriétaires hélderionnois de retourner au pays plutôt que de rester dans cette atmosphère de tension, l'économie thyranienne, qui reposait essentiellement sur la présence de l'occupant, était en train de s'effondrer malgré les décisions prises. Paradoxalement, ce combat gagné pour la liberté semblait avoir porté un coup fatal aux habitants. Il faudrait attendre. Être patient. Keff savait que son peuple finirait par se reconstruire. Il avait du mal à ressentir une réelle gratitude envers les Hélderionnois, qui leur rendaient simplement ce qui leur était dû. Il devait cependant admettre que seule une relation solidaire entre les deux pays permettrait aux siens de relever bravement la tête.

Il vit soudain Aileen qui déambulait paisiblement aux côtés d'une horde de décorateurs. Sa voix cristalline parvenait à ses oreilles. Elle leur donnait les instructions précises concernant les banderoles à accrocher sur la place, les festivités pour le départ d'Heptiel pour Rouge-Terre commençant le lendemain. Il l'observa. Malgré le masque du maquillage, la mondanité de sa tenue, il ne pouvait s'empêcher de revoir la jeune femme à l'air buté qu'il avait rencontrée dans le Chaos. Il sentait que les Hélderionnois l'aimeraient. C'était une personne dont certaines blessures étaient connues, bien qu'il doute que quelqu'un puisse soupçonner ce qu'elle avait vraiment traversé. Ses iris émeraude se posèrent soudain sur lui avec une profonde indifférence. Elle avait assez grandi pour dissimuler ses émotions et lui renvoyer le pire des mépris. Keff, mal à l'aise, décida de s'en aller pour répondre à la lettre que Zéphyr lui avait envoyée, afin de fixer une date pour son retour.

32

Défilé

– Royaume d'Hélderion, Abranelle, 913 –

Avec Merion, nous avons décidé de monter la plupart de nos établissements dans les îles Demi-Lune, car c'est un bon moyen de faire découvrir l'Histoire de l'Astrascisme tout en désacralisant la légende. Lui apporter un côté anecdotique, concret. Je trouve qu'il se débrouille très bien, surtout pour un ancien oraisonnier.

J'ai toujours cru que ma vie serait une suite de prières et de cérémonies d'oraison. Mais rien n'est statique. Tout change. Pourtant, je veux continuer à faire vivre l'oraison à ma façon : sans rituel. Juste des mots, pour consoler les âmes meurtries par la perte d'un être aimé.

Maintenant que j'ai voyagé, je ne peux plus m'en passer. C'est la connaissance qui ouvre l'esprit, la confrontation avec d'autres cultures. Alors je vais de village en village pour raconter mes histoires, discuter de mes découvertes. Et parfois, lorsqu'on me le demande, je fais un discours d'oraison. Je crois plus que jamais à la force des mots, quand ils sont alliés à des images, à des sentiments authentiques.

Ce serait pourtant mentir que dire que je me suis remise. Je repense tellement à ce jour-là, et j'ai encore l'impression que c'était hier. Il y a des souvenirs qui ne vous abandonnent jamais, qui vous poursuivent malgré vous. Quand j'étais jeune, j'avais des larmes sans chagrin. À présent, j'ai un chagrin sans larmes.

Extrait du *Journal intime* de Noony Manérian, 923.

Le véhicule roulait sur la route sinueuse aux pavés irréguliers. Le cocher pressait les chawins de sa cravache, ayant hâte d'arriver à destination.

Un paysage de champs tout juste ensemencés, où saillaient des sillons de terre brune, s'étendait jusqu'aux forêts verdoyantes. Joscard, appuyé contre la fenêtre, regardait défiler ce panorama avec émotion. Bientôt, la ville de Zenan, dont les immeubles étaient à présent hérissés d'échafaudages, se dessina à l'horizon. La fréquentation des rues n'avait, elle, pas changé malgré les travaux. Toujours autant de mendiants au pied des logements, de la volaille errant dans les rues dans un déluge de plumes, des visages crasseux. Sur cette terre autrefois stérile poussaient de nouvelles habitations. Les ruines se redressaient lentement, comme si les pierres étaient soudain dotées d'une vie propre.

L'attelage longea la façade de l'ancien quartier général des guerriers de l'aurore, devenu la résidence de celui que l'on nommait le Libérateur, celui qui avait signé le traité de paix. Le bâtiment avait été immédiatement rénové, les carreaux réparés, si bien qu'il semblait rayonner au milieu de la grisaille alentour.

Le véhicule sortit du centre de la ville et s'engagea en périphérie, où les immeubles de pierre laissaient la place à des maisons aux toits de chaume d'où s'échappaient de longs serpents de fumée. Après quelques minutes, le cocher fit ralentir ses chawins. Joscard descendit, ses yeux d'acier découvrant la maisonnette qu'il venait d'acheter. Blottie contre les restes d'une écurie dont il ne subsistait que quelques box aux murs écroulés, la bâtisse à un étage était prise d'assaut par du lierre. La porte d'entrée, à la peinture délavée, donnait sur un petit potager envahi de végétation folle.

— C'est parfait ! s'exclama-t-il.

Alors qu'il prononçait ces mots, une femme descendit à son tour, soulevant sa robe de ses doigts gantés. Joscard lui baisa délicatement la main avant d'écarter les bras, fier :

— Qu'en penses-tu ?

Elle se planta devant la maison.

— Très rustique, répondit-elle de sa voix suave. Dans un endroit perdu, loin des axes principaux. Exactement ce que nous voulions.

Il sourit et tira sa bourse pour remettre au cocher une poignée de filantes. Le Thyranien les salua avant de remonter sur son véhicule. Joscard vérifia qu'il faisait bien demi-tour vers Zenan, puis rejoignit Nwinver sur le pas de la porte.

— Tu es vraiment sûre ?

— Évidemment. Un coin paisible, à moi. Où je n'aurai de compte à rendre à personne. Cela fait presque une demi-saison que la grande jadielle est morte, ce fameux soir. Mon fils se portera mieux en le croyant.

L'ancien Maître poussa la porte grinçante pour découvrir leur nouveau lieu de vie. Leur liberté.

Le bruit des marteaux contre les planches, les discussions dans les rues, les ordres lancés sur la place du Nouveau Musée, retentissaient de partout, signe de l'effervescence qui régnait à Abranelle en ce jour spécial. Tandis que la foule allait vers le centre afin de voir les préparatifs, Noony se dirigeait au contraire vers les portes de la ville. Elle avait enfin réussi à échapper à l'équipe de couturières de sa sœur et pouvait se rendre où bon lui semblait. Néanmoins, son bustier grenat sans bretelles et son jupon bouffant blanc, qui détonaient avec les vieilles bottes qu'elle avait rapidement enfilées, attiraient l'attention sur elle. Elle pressa le pas tout en essayant de maintenir les fleurs éparses piquées dans son chignon. Des cris l'avertirent et elle se plaça sur le côté alors qu'arrivait un somptueux char aux roues dorées. Assise sur une banquette de velours, aux côtés de nombreuses personnalités, une jeune femme blonde saluait la foule de la main. Noony reconnut Shala Volplume. En prévision de l'absence prochaine d'Heptiel, qui allait se rendre en Rouge-Terre, le pouvoir avait été confié aux dirigeants des corporations. La jeune femme avait été réhabilitée à la tête de sa cité depuis une semaine seulement, à la suite de la conclusion du procès d'Endric Volplume, accusé du meurtre de sa mère. La pression astracane s'étant envolée, soudain, de nombreux témoins avaient retrouvé la mémoire du jour où une oraisonnière avait fait revivre la scène du crime à l'aide de la poudre-à-temps. Le dirigeant du Cercle avait été condamné à la peine de mort. La sanction avait ébranlé les convictions hélderionnoises.

Deux camps se détachaient peu à peu depuis la nomination du nouvel Astracan. Il était de notoriété publique que le jeune homme allait devoir éteindre les foyers qui naissaient contre lui. Des groupuscules se formaient dans toutes les villes, instaurant une atmosphère de méfiance, que les festivités de ce jour en l'honneur de son départ balayaient temporairement.

Noony passa sous la haute arcade pour sortir de la capitale. La route était encombrée de chariots entre lesquels les soldats procédaient à des fouilles. La sécurité devait être à son maximum durant cette journée. Elle montra simplement son badge attestant de son statut de proche des Marchevent, puis s'éloigna de la route, coupant à travers la colline. Quand elle eut gravi la pente et fut arrivée à la lisière de la forêt, elle mit ses mains en porte-voix pour hurler :

— Étincelle !

Très vite, un point lumineux apparut dans le ciel d'un bleu limpide et sans nuages. La silhouette du sang-de-lune devint de plus en plus proche : son pelage flamboyant, ses puissantes pattes, ses vastes ailes de plumes et de pierres précieuses. L'animal atterrit à quelques mètres d'elle, dans une bourrasque qui coucha l'herbe et fit tourbillonner son jupon. Elle se jeta contre son poitrail, puis caressa tendrement sa tête triangulaire aux moustaches mauves frémissantes.

— Tu m'as manqué, murmura-t-elle.

Le sang-de-lune se mit à ronronner bruyamment. Heptiel avait refusé de le laisser entrer dans la ville, pensant le moment mal choisi. Selon lui, il fallait attendre encore quelques semaines, le sujet seul de son voyage en Rouge-Terre devant être sur toutes les lèvres. Les mutations en cours en Hélderion, dans les mœurs, les mentalités, allaient être extrêmement nombreuses et brutales. Il demandait donc à Alexian et elle d'être discrets, afin de laisser le temps au temps. Pour le moment, la paix entre Hélderion et Rouge-Terre n'avait même pas encore été évoquée officiellement. La jeune femme connaissait mieux que personne la crise existentielle qui sous-tendait les réformes à venir, et acceptait de bon cœur de rester effacée.

— Cette créature va finir par devenir ton uni !

Elle fit volte-face. Alexian marchait dans sa direction, un brin d'herbe dans la bouche, la brise agitant légèrement sa chevelure de feu. Lorion le suivait à distance.

— Je ne pense pas, répondit-elle sérieusement. Que fais-tu ici ? Je croyais que tu devais te préparer pour le départ...

— Tu sais quoi ? Les gens sont obnubilés par la fête. Je t'ai vue quitter le palais. Je me demandais où tu allais. Il n'y a pas de raison qu'il n'y ait que toi qui profites d'un moment de tranquillité !

— Tu me suis, donc.

— Appelle ça comme tu veux. Je me suis même demandé si tu ne voulais pas esquiver le défilé.

— Tu te trompes. Cependant, je ne vois pas l'intérêt d'être sur le char à tes côtés, c'est toi seul qui as été nommé représentant officiel de ton pays à l'étranger, et toi seul qui vas accompagner l'Astracan pour les négociations.

Elle s'agenouilla dans l'herbe aux côtés d'Étincelle. Son ami se coucha, les mains derrière la nuque, pour contempler le ciel. Un silence paisible les enveloppa, égayé par les chants lointains qui montaient de la capitale, signe que les premiers spectacles commençaient.

— À Grise-aube, déclara-t-il tout à coup, tu as dit que l'on n'avait pas besoin de se parler pour se comprendre. La langue du silence, je crois que c'est ce que tu avais dit. J'aimais bien ce truc d'oraisonnier.

— Où veux-tu en venir ?

Il tourna son visage vers elle et jeta le brin d'herbe qu'il avait entre les lèvres.

— Je veux dire que je pars pour Rouge-Terre à la fin du défilé, et que tu m'évites. Tu as réfléchi à ma proposition ?

— Celle de partir avec toi ?

— Tu en vois une autre ? fit-il en haussant les sourcils.

Elle ne put s'empêcher de sourire.

— Je ne suis pas sûre que ce soit une bonne idée. Il y a beaucoup de choses à construire ici. L'Astrascisme a encore son importance, c'est une part fondamentale de notre culture. Je veux aider les autres oraisonniers au moment où la vérité sera rendue publique. Raconter ce que j'ai vu.

— Tu vas manquer à Lorion, tu sais.

Le lynx chassait joyeusement les papillons.

— Je sais… il y a Étincelle, aussi. Je ne pourrais pas l'abandonner.

— Qui parle de l'abandonner ?

Tous deux contemplèrent un instant la capitale aux dômes colorés qui dépassaient des murailles.

— Vel-Plê ne me pardonnerait pas de laisser notre héroïne ici ! reprit-il.

— Allez, Noony ! Viens avec nous !

Elle regarda Lorion en souriant.

— Je n'ai pas ma place parmi vous !

— Bien sûr que si.

— Qu'est-ce que je deviendrais, là-bas ? demanda-t-elle.

— Tu assisteras à un événement historique. Le premier Astracan d'Hélderion venant en Rouge-Terre. Le résultat de tous les risques que nous avons pris.

Le lynx s'approcha d'elle et frotta son museau humide contre sa joue. Elle sentit ses défenses tomber à ce contact si franc, direct.

— Après tout…

— Et ce serait provisoire, poursuivit le Rouge-Terrien. Juste quelque temps.

— Oui, provisoirement.

— À moins que tu ne t'y plaises.

— Alors, c'est oui ?

Lorion posa sa patte sur sa jambe, suppliant.

— C'est oui.

— Tout est prêt ?

Penché sur le toit d'une maison, l'homme vérifia le matériel.

— Oui, répondit-il.

Le char s'immobilisa devant le palais sous le son des trompettes. Shala se leva, majestueuse dans sa robe aux manches translucides, qui montraient néanmoins la maigreur de ses bras. Un état qui laissait imaginer les mois de privation qu'elle avait endurés. Les personnes l'encadrant représentaient chacune l'une des castes de Volplume. La Première Citoyenne put saluer les milliers de gens qui se massaient contre les barrières en bois.

Heptiel et Aileen firent leur apparition. Ils l'accueillirent chaleureusement.

— Nous espérons que votre séjour au palais se déroulera bien durant mon absence, déclara l'Astracan.

— Nous avons prévu un repas avant le départ, ajouta son épouse.

Ils ouvrirent la procession en gravissant les marches, suivis par Shala et les autres dirigeants des corporations. Une grande table cernée par de profonds fauteuils de cuir avait été montée dans la salle du trône. Noony et Alexian arrivèrent quelques minutes après eux. Aileen fit les gros yeux à sa sœur en voyant ses bottes, et celle-ci se retira rapidement pour aller enfiler d'élégantes chaussures à talons.

—Shala Volplume, dit Heptiel, je vous présente Vel-Lorion. Il est l'acteur du rapprochement entre Rouge-Terre et Hélderion et m'accompagnera sur sa terre natale.

Ce dernier s'inclina face à la jeune femme.

—Je crois que nous avons déjà eu l'occasion de nous rencontrer.

Elle eut un sourire qui accentua ses traits tirés. Les serviteurs passèrent dans la salle pour remplir des coupes de vin. Le Rouge-Terrien fut vite assailli de questions par le représentant des écrivains, qui voulait en savoir le plus possible sur les mœurs de son pays et sur sa vision d'Hélderion. Shala retourna alors auprès de l'Astracan.

—Merci de ce que vous avez fait pour rétablir la vérité à Volplume, Votre Majesté.

Elle fit une révérence pour appuyer sa reconnaissance.

—Comment se déroulent les choses, là-bas ?

—Pour être honnête, j'ai quelques craintes : vous savez, la déclaration d'exécution d'Endric a rendu furieux beaucoup de ses disciples.

—Je comprends vos inquiétudes. Nous allons tout faire pour que la transition se déroule bien. Avec le temps, en ouvrant le dialogue avec Rouge-Terre, en favorisant la connaissance mutuelle des cultures, ces groupuscules deviendront de moins en moins présents.

—Puissiez-vous dire vrai.

Tous passèrent à table. Chacun sachant que, derrière les sourires de façades de graves problèmes politiques pesaient sur eux comme une épée de Damoclès. Les plats circulaient, les couverts cliquetaient. Rouge-Terre devint le centre de toutes les attentions, et Lorion, couché plus loin face à une écuelle garnie de viande, faisait l'objet de beaucoup de questions. En quoi consistait la cérémonie d'union ? L'échange des regards avait-il été douloureux ? À quel genre de phénomène cela pouvait-il être lié ? Alors qu'Alexian répondait, Noony contemplait son assiette sans la voir, perdue dans ses pensées. Ce repas lui semblait à la fois étrange et familier. Elle connaissait Heptiel et Aileen depuis si longtemps, mais ils avaient tant changé, arborant à présent leurs masques diplomatiques. Ils étaient avant tout des gouvernants.

Un sentiment de tristesse l'assaillit, une nostalgie confuse. Pourtant, elle était à nouveau acceptée en Hélderion, choyée, protégée.

Presque comme avant. Après son voyage en Rouge-Terre, elle pourrait retourner à Manérian. Sa sœur avait décidé de modifier le contrat d'héritage compte tenu de sa réhabilitation, afin de lui rendre la responsabilité de la

Corporation des marchands d'étoiles. Elle retrouverait la demeure où elle avait grandi, et sur laquelle planeraient sans doute toujours les fantômes de ses parents. Quand l'annonce de la disparition de l'oraison retentirait, il faudrait décider de la nouvelle orientation de la ville. Que deviendraient les temples ? De simples lieux de prières ? Ne risquait-il pas d'y avoir des réactions hostiles envers ces emblèmes de l'Astrascisme d'autrefois ? Tant de questions qu'elle devrait régler à son retour. Merion pourrait sans doute l'aider à reprendre en main la corporation, lui qui avait si étroitement travaillé avec Gide. La voix de Shala la tira de ses réflexions.

— Cette initiative d'aller en Rouge-Terre est tout à fait intéressante. Cela conduira-t-il vraiment à un traité de paix ?

— C'est ce à quoi aspire mon peuple, affirma Alexian, à ouvrir une relation d'échange avec Hélderion, et pourquoi pas aussi avec Thyrane.

— Avec le temps, dit Heptiel, les Hélderionnois sauront apprécier les Rouge-Terriens comme il se doit. J'ai déjà fait ordonner de remplacer le terme de Terres Impies sur les cartes, pour restituer votre nom légitime. La lutte sera longue vers la compréhension, mais j'en fais ma priorité. J'ai beaucoup appris à votre contact.

— Moi de même, Votre Majesté.

Un homme sortit l'arc d'une grande caisse de bois. Du haut du toit, il avait une vue imprenable sur les rues grouillantes de monde.

— Ici, ça semble idéal, dit-il.

Il le tendit à une jeune femme.

Le char attendait devant les marches du palais. D'un rouge criard, un grand pilier placé en son centre maintenait une série de fanions que le vent faisait onduler. Une longue banquette circulaire avait été prévue pour ses occupants, protégée par un écrin de bois. La proue du char en cymeurt, taillée pour représenter la tête d'un lynx, possédait une plate-forme pour se mettre à l'avant. Dans une petite niche sous la sculpture, deux cochers tenaient les rênes des chawins.

Lorion s'avança en compagnie de son uni. Les applaudissements firent place à des exclamations d'étonnement, de joie, de crainte aussi. Le félin était au centre de l'attention. Noony, aux côtés de ses amis, se sentait fière de les voir ainsi acclamés. Tous trois montèrent dans le char, qui ne démarrerait qu'à la fin du discours. Heptiel apparut à son tour et monta également, pour se placer sur la plate-forme. Surplombant la foule, il fit un geste des mains pour obtenir le silence, et le brouhaha décrut peu à peu.

— Mes amis, mon cœur se remplit de joie à l'idée que nos hommes vont revenir du front, retrouver leurs familles. Nous avons beaucoup de choses à apprendre des Rouge-Terriens, de leurs mœurs, de leur culture, notamment à propos de leur lien avec les lynx. C'est dans cette optique que j'ai décidé de me rendre à Rouge-Terre. Vel-Lorion, ici présent, est venu à moi en tant que représentant. Il sera mon guide là-bas. Faites-lui un accueil chaleureux !

Des applaudissements éclatèrent de toutes parts. Alexian fit de grands gestes à la foule qui l'acclamait.

L'Astracan descendit du char. Le véhicule se mit en branle, avançant avec lenteur pour suivre le parcours délimité par les barrières. Lorion se plaça fièrement sur la plate-forme, au-dessus de la tête de lynx sculptée, pour pousser un glorieux rugissement. Les commentaires fusaient en tous sens sur sa prestance, sa fourrure blanche tachetée de gris, à l'aspect soyeux, et ses grandes oreilles terminées par des plumets noirs. Les parents soulevaient leur progéniture pour leur faire voir ce superbe animal. L'ancien ennemi suscitait à la fois peur et admiration. Alexian et Noony s'installèrent sur la banquette circulaire, un peu en retrait.

— Je crois qu'il adore à nouveau Hélderion, glissa le Rouge-Terrien à sa compagne.

Celle-ci sentit la main de son ami se poser sur la sienne, alors qu'il observait la foule. Elle resta immobile, à profiter de la chaleur de ce contact.

— Rouge-Terre ! Rouge-Terre !

La foule scandait le nom du royaume, balayant l'appellation de Terres Impies.

La jeune femme, enveloppée d'une cape marron, se dressa de toute sa hauteur avec précaution, cherchant le meilleur appui sur les tuiles.

— Il y a un peu de vent, lui dit son assistant. Vous êtes sûre que ça ira ?

— Peu importe, il faut tenter. Pour Endric, pour le Cercle. On ne peut pas les laisser faire ! Tout ceci est une injure aux astres !

Elle empoigna son arc, puis encocha une flèche. Une légère brise agita sa capuche, laissant entrevoir son visage ravagé de cicatrices.

— Rouge-Terre ! Rouge-Terre !

Alexian et Noony se levèrent pour agiter la main. Lorion, lui, se plaisait sur la plate-forme sur laquelle il se tenait debout. Tout à coup, un claquement sec retentit au loin, faisant sursauter les occupants du char. Une longue flèche venait de se planter dans la statue de lynx, encore vibrante. La voiture s'immobilisa brusquement, ce qui généra une secousse qui déstabilisa un instant les deux humains. Lorion regarda en l'air, poussa un grognement sourd. Ses oreilles se couchèrent et il recula de quelques pas.

Un nouveau sifflement retentit, provenant des toits de la rue.

Puis un son mat.

Noony fut traversée par une onde de choc. La souffrance disparut aussitôt. Elle tourna la tête vers le lynx, et tout lui sembla se dérouler au ralenti. Elle vit l'animal de dos, poussant un son qu'elle n'avait jamais entendu, où perçait une douleur déchirante. La flèche était fichée dans son flanc, ouvrant une rivière rouge sur son pelage immaculé.

— Non !

Le cri avait franchi ses lèvres sans même qu'elle en ait conscience. Tout son être refusait cette vision d'horreur. Lorion tituba, ivre de douleur. Ses pattes cédèrent sous le poids de son corps. Cet animal si féroce s'effondra dans une mare de sang. Son regard vairon fixa la jeune femme, brillant de détresse.

Elle se tourna aussitôt vers l'ancien espion. Il était également à terre, un filet vermeil coulant au coin de ses lèvres.

Noony eut l'impression que le temps reprenait soudain sa course effrénée. Les hurlements de la foule lui vrillèrent les tympans. Elle se laissa tomber à genoux près de son ami, les mains tremblantes.

— Alexian ?

Il essaya d'ouvrir la bouche, mais il en sortit une cascade de sang. Elle tenta de calmer le tremblement de ses mains pour les poser autour du visage du blessé, avec une tendresse infinie.

— Je… Je crois…

Lorsqu'il tenta de prononcer ces mots, une nouvelle vague écarlate jaillit d'entre ses lèvres.

— Tais-toi, ordonna-t-elle, accroche-toi, les guérisseurs vont arriver.

Elle inspecta le jeune homme et vit qu'une tache sombre s'épanouissait sur son flanc. D'un revers de bras rageur, elle essuya ses larmes.

— Ça va aller, assura-t-elle.

Il eut un sourire grimaçant et posa sa main contre la joue de son amie.

— Tu ne vas pas mourir, répéta-t-elle, tu ne peux pas.

Une lueur vacilla dans son œil rouge, avant de s'éteindre, laissant une unique larme rouler le long de sa joue hâlée. Noony resta immobile, agenouillée, sentant l'humidité du sang traverser son jupon. Elle serra la main d'Alexian, que la chaleur désertait déjà.

— Ne pars pas… je t'en supplie, nous devons gagner Rouge-Terre, j'y resterai pour toujours, je te le promets…

Mais le regard de son compagnon resta obstinément fixe. Avait-il seulement entendu ? Avait-il seulement compris ? Elle passa ses doigts dans la chevelure du jeune homme avec affection. Enfin, les guérisseurs grimpèrent sur le char. Des centaines de soldats se ruaient déjà dans les rues. Mais elle était seule. Seule sur un rocher, dans un torrent d'uniformes or et blanc.

— Où est l'arme qui l'a blessé ? demanda un homme en examinant la plaie béante de la victime.

Elle tourna la tête vers Lorion, dont la flèche plantée dans son flanc se dressait, insolente. Ses épaules s'affaissèrent, elle laissa le sanglot qui menaçait d'exploser lui déchirer la poitrine.

— *Ne pleure pas.*

La pensée la frôla délicatement, murmure à peine audible, comme une caresse, avant de s'envoler. Pour toujours.

Les bougies jetaient des lueurs dorées, alors que l'encens qui brûlait dans des pots diffusait une agréable odeur. Le corps reposait sur une plaque de marbre, au centre du temple d'oraison d'Abranelle. Lorion avait été posé à ses pieds, roulé en boule. Un simple drap recouvrait la partie la plus sanglante de sa blessure. Ils avaient reçu tant de fleurs que Noony n'avait pas pu toutes les placer autour des unis. Dans une simple robe pourpre pour marquer son deuil, elle se tenait debout face au lit multicolore qui accueillait son compagnon. Elle avait défait sa coiffure avec rage, se moquant de ses yeux rougis, du noir qui sillonnait ses joues. Quelques heures seulement s'étaient écoulées. Pourtant, le teint d'Alexian avait déjà blêmi. Une vision insupportable. Elle se répétait sans cesse qu'il allait se relever. Forcément. C'était une question de minutes. Lorion redresserait son fier museau, irait chasser un nùmiel dans la forêt, lui adresserait mentalement une remarque qui la ferait sourire. Et son uni se moquerait d'elle parce qu'elle avait pleuré.

« Ne pleure pas. »

La pensée ne la quittait pas, comme un écho sans fin, de plus en plus faible. Le seul fil ténu qui la reliait encore à eux. Elle s'agenouilla et plaça ses mains sur la plaque de marbre. Des myriades d'images dansaient dans sa tête, toutes plus douloureuses les unes que les autres. Pendant un instant, elle sentit à nouveau la douceur des lèvres d'Alexian contre les siennes.

Un grincement retentit. Des talons claquèrent sur les dalles ; toutefois, elle s'en fichait, ne quittant pas des yeux le jeune homme. « Si l'un meurt, l'autre aussi. »

Elle aurait voulu mourir avec eux.

— Noony…

Une main se posa avec douceur sur son épaule. Sa sœur la considérait avec tristesse.

Elle essaya d'ignorer le goût salé des larmes qui envahissaient sa bouche et cette douleur qui prenait racine dans son cœur. Elle essayait de se fermer, de se replier sur elle-même, d'empêcher les émotions de l'assaillir.

— Vous aviez l'air très proches, je n'imagine pas ce que tu peux ressentir.

L'ancienne oraisonnière se détourna des corps.

— Si tu veux rentrer à Manérian, ajouta doucement Aileen, je peux faire préparer un convoi. Le voyage en Rouge-Terre est repoussé pour le moment.

Elle secoua la tête.

— Il faut y aller ! Absolument ! L'ignorance ! Voilà ce qui a poussé ces personnes à agir de la sorte ! La peur ! Elles les ont vus comme des monstres, contraires à leurs dogmes ! Si ces gens étaient allés là-bas, si on leur avait raconté comment c'est…

— Nous irons, Noony. Dès que l'hommage à Alexian aura été rendu. Un tel acte de barbarie jette le discrédit sur le Cercle, et attire la compassion des gens sur ton ami. Sa mort sera le socle des futures relations avec Rouge-Terre.

Les deux sœurs se dévisagèrent avec émotion. Leurs mains se lièrent.

Elles iraient là-bas, ensemble.

— Il n'a pas eu d'oraison. L'oraison n'existe plus.

Cette déclaration fut suivie de nombreuses exclamations, surprises ou outragées. Les lances des soldats se dressèrent, les épées se tirèrent.

Heptiel avait préparé ce discours depuis des mois. Aujourd'hui, alors qu'il revenait de Rouge-Terre, l'heure de lui donner vie avait sonné.

— Les oraisonniers derrière moi peuvent tous en témoigner. La question a été étudiée avec beaucoup de soin avant d'être rendue publique. Comme vous le savez, la saison dernière a été tragique pour tous. Les clans se sont introduits dans le palais pour arracher leur liberté, pour détruire l'artefact qui centralisait l'oraison et permettait l'extraction de la résuadine. Voilà pourquoi l'oraison ne fonctionne plus : elle n'était pas le résultat d'une intervention des étoiles, mais bel et bien liée à une machine. Maintenant, il est temps que la vérité éclate. Les lames des clans ont ouvert une blessure dans nos cœurs, mais aussi une brèche dans les secrets du pouvoir. Le sang a mis en évidence des secrets que les Astracans cachaient depuis des générations.

Il marqua une pause, le temps que l'agitation se calme et que le silence se fasse pour poursuivre son discours. De plus en plus de personnes surgissaient des rues pour venir s'agglutiner autour de l'estrade.

— Il y a des bassins entiers de résuadine sous le palais, où la substance était stockée, achetée à la Corporation des marchands d'étoiles. Je vous le demande : à quoi cela servait-il ? Ne mentez pas, vous vous êtes tous un jour posé la question, mais on vous a répondu que l'on ne parlait pas de ça. Moi, j'en parle. En buvant de la résuadine, les Astracans pouvaient augmenter leur espérance de vie. Ils se sont nourris des âmes des nôtres !

Des milliers de paires d'yeux s'agrandirent à cette déclaration. Il ne s'arrêta pas là, le ton de plus en plus emporté :

— Ce n'est pas tout ! La résuadine servait aussi à mener des expériences sur des êtres humains, pour mettre en évidence ses effets, les tester sur autrui avant d'en ingérer. Les jadiels ne sont pas des envoyés des astres, mais des êtres modifiés. Je sais que cette vérité incroyable est dure à entendre. Elle remet en question la légitimité même de l'oraison, qui a été un moyen de nous exploiter à notre insu. Les morts du royaume ont nourri une poignée d'hommes pendant des siècles. C'est intolérable. Si je vous parle de cela aujourd'hui, c'est parce que j'ai fait le choix de ne pas entrer dans ce cercle secret. Je vous dois la vérité. Pour moi, une telle découverte a jeté l'opprobre sur le règne des Astracans. Je veux la clarté. J'ai donc décidé de faire du palais un musée, pour que chacun puisse voir les bassins à résuadine, ce qui reste du laboratoire après l'incendie, les appartements de l'Astracan, la Chambre. Pour que chacun se forge sa propre opinion.

Il essaya de jauger les réactions de la foule. Ses mains tremblaient; toutefois, sa voix, elle, restait inflexible. Les habitants d'Abranelle semblaient partagés: certains sidérés, d'autres révoltés, d'autres encore complètement abattus.

—Ce jour est un tournant dans l'Histoire d'Hélderion, ajouta-t-il. Nous avons subi les conséquences de l'invasion de Thyrane. Ces guerres contre les clans n'auraient jamais eu de fin. Le sang de nos familles ne doit plus couler à cause d'une décision qui n'a même pas été prise pour le bien des croyances, mais qui a simplement constitué un moyen d'accroître le champ d'action de l'Astrascisme. D'accroître les réserves de résuadine. C'est pourquoi j'ai fait signer un traité de paix avec Thyrane, et que l'occupation hélderionnoise s'est retirée. Il en va de même pour Rouge-Terre, que vous connaissez mieux sous le nom de Terres Impies. Vos fils et vos maris n'auront plus à mourir pour augmenter les réserves des oraisonniers ou celles des Astracans. Aujourd'hui, j'en appelle à l'ouverture d'esprit et à la remise en question. Il ne s'agit pas de remettre en cause notre religion ni ses fondements, mais de laisser les préoccupations religieuses là où elles doivent être: dans l'au-delà. Nous devons accepter l'existence de ceux qui ont d'autres convictions, d'autres coutumes. C'est tout ce que je vous demande. Un moment de réflexion. Une réflexion qui aurait pu sauver la vie de Vel-Lorion, qui était venu en ces terres pour nous apprendre tant de choses. Moi-même, j'ai décidé de remettre en perspective de nombreux éléments. Je suis le nouvel Astracan d'Hélderion. Néanmoins, je ne cautionne ni le pouvoir absolu ni les mensonges. Je crois que le peuple doit aussi être un acteur de son destin. C'est pourquoi, après ces déclarations, je renonce au titre d'Astracan.

Aileen, qui n'avait entendu que la première partie du discours, faillit quitter son trône pour secouer son mari, pour lui demander ce qui lui prenait. Un brouhaha monta immédiatement dans l'assistance, que le jeune homme apaisa d'un simple geste de sa main. Il avait gagné en autorité.

—Je ne veux pas du titre d'Astracan. Je crois qu'il est temps pour nous de séparer le ciel de la terre. J'aimerais que nous prenions exemple sur une cité que j'admire beaucoup, et que soit repris le statut de Premier Citoyen d'Hélderion. Ma mission ne sera plus spirituelle, mais politique.

Il s'inclina alors, la main contre son cœur. Son épouse le regarda, débordante de fierté, honteuse de l'avoir sous-estimé. Elle revit le jeune homme du bal, celui qui la mettait en garde contre son père, puis le guerrier de l'aurore de Zenan. Et enfin, son mari. Elle leva haut les bras et se mit à taper aussi fort que possible dans ses mains. Après un moment de flottement, de timides applaudissements naquirent, puis ce fut l'ovation. Heptiel se tourna vers elle, qui continuait d'applaudir. Il lui adressa un sourire gorgé de reconnaissance.

À cette hauteur vertigineuse, Noony ne voyait que les toits des maisonnettes, ainsi que le moulin de pierre, qui brassait tranquillement l'air.

—Descends, Étincelle!

Elle adorait sentir la brise matinale sur son visage, et toujours cette incroyable sensation de liberté, les mains enfouies dans la fourrure du sang-de-lune. La créature amorça un virage et commença à descendre. Le sol se rapprocha à grande vitesse. Au choc quand ses puissantes pattes rencontraient le sol, elle s'y était habituée, et avait appris à s'y préparer. Elle sauta à terre et contempla le village à côté duquel serpentait la Cerille.

Dix ans avaient passé. Dix ans depuis ce fameux trentième jour de la saison de l'Amante. Onze ans qu'elle n'avait pas remis les pieds à Offîne, qui lui évoquait des souvenirs trop forts. C'était dans ce petit village de cultivateurs qu'elle avait tutoyé Alexian pour la première fois.

Elle gratifia Étincelle d'une caresse. Depuis quelques années déjà, plus précisément au moment de son retour de Rouge-Terre, elle se déplaçait exclusivement sur le dos de la créature. Cela lui permettait de parcourir de grandes distances plus rapidement qu'en convoi ou en bateau. Elle pouvait ainsi se rendre à tout moment dans les îles Demi-Lune, où elle avait fait construire des centres d'études sur l'Histoire de l'Astrascisme, en collaboration étroite avec Tombe-lune. La fortune accumulée par la Corporation des marchands d'étoiles avait été bien utile. Merion, lui, gérait Manérian, dont le temple avait été reconverti en pension. Malgré ses projets, Noony avait toujours voulu garder sa liberté. Voyager, aller de village en village, pour informer les gens sur ce qu'il se passait de l'autre côté de l'océan. Même si de fortes tensions régnaient encore entre le Cercle et le Premier Citoyen d'Hélderion, les foyers de rebelles s'étaient disséminés. Elle était convaincue que c'était en partie grâce à cette campagne d'information sur les mœurs de Rouge-Terre. On lui avait d'ailleurs remis une récompense pour ses agissements. Elle se rendait de temps en temps à Abranelle, pour prendre des nouvelles d'Aileen, mais préférait néanmoins garder une certaine distance. Le bonheur de sa sœur lui rappelait toujours celui auquel elle n'aurait pas droit. Elle apprenait peu à peu à moins en souffrir. Durant sept ans, sa sœur et Heptiel avaient essayé de concevoir un enfant, mais jusqu'ici, Aileen avait eu certaines complications, à cause de l'inhalation de plantes toxiques, disait-on. Néanmoins, depuis deux mois, la nouvelle de sa grossesse déchaînait les foules. Quand elle dînait avec eux, l'ancienne oraisonnière voyait que, malgré le temps qui passait, un amour fort unissait toujours le couple.

Ce jour-là, elle se rendait à Offîne pour poursuivre sa campagne d'information, et ce, en dépit des souvenirs qu'elle rattachait à cette bourgade de campagne. Elle laissa le sang-de-lune au bord du fleuve où il alla s'abreuver. Son sac rempli de livres et d'objets de Rouge-Terre en bandoulière, le vent agitant le bas de sa robe, elle avait l'impression de marcher sur des empreintes connues, et qu'Alexian se tenait juste à côté d'elle. Cette sensation étrange la traversait souvent, comme une présence rassurante.

Dix ans s'étaient écoulés. Elle avait beau voyager, raconter des histoires, entendre celles des autres, au moment où le sommeil la happait, elle se recroquevillait en imaginant son parfum, ses bras.

Elle salua les paysans qui bêchaient dans les champs. Quand elle dépassa le moulin, un jeune homme se précipita pour l'accueillir. Grand et bien bâti, son visage rond se fendit d'un large sourire quand il s'inclina devant elle.

— L'oraisonnière qui a fait l'oraison de papa !

Elle s'inclina à son tour, une main sur le cœur, un peu gênée.

— Je suis Tilor. Le frère de Kiriane.

Le visage de Noony s'illumina.

— Oh oui, bien sûr ! Je ne t'avais pas reconnu…

— C'est sûr que ça fait longtemps ! Je savais que vous alliez finir par passer ici, tout le monde parle de vos visites dans les villages ! Je suis tellement content ! Venez, je vais vous conduire à l'auberge.

Ils poursuivirent la route côte à côte.

— Comment va Kiriane ? interrogea-t-elle.

Il prit une expression profondément abattue.

— Elle est morte en couches, il y a longtemps de ça.

— Je suis sincèrement peinée de l'apprendre. C'était elle qui m'avait offert l'œuf du sang-de-lune…

La place du village n'avait pas changé ; cependant, les maisons qui l'encadraient s'étaient multipliées, et un puits d'eau avait été installé en son centre. L'auberge était restée identique.

— Je vous invite à prendre un verre, dit Tilor en souriant.

Ils pénétrèrent dans l'établissement, presque désert à cette heure, où le gérant s'acharnait à astiquer son comptoir pourtant déjà étincelant. Ils s'installèrent à une table ovale en bois.

— Bienvenue ici !

—Est-il possible d'avoir une chambre pour cette nuit ?

—Bien entendu !

Il laissa son torchon et se planta devant eux.

—Qu'est-ce que je vous sers ?

—Une bière de Pagelan, répondit Tilor.

—Deux.

—C'est parti !

L'homme disparut derrière son comptoir et agita quelques bouteilles. Elle regardait d'un air songeur par la fenêtre quand la porte s'ouvrit à nouveau. Distraite, elle se tourna néanmoins vers le nouvel arrivant.

—Deux bières, voilà !

Le gérant déposa les chopes moussantes sur la table. Noony ne pouvait détacher son regard du jeune garçon qui venait d'entrer.

—Ah, te voilà, Gamin !

—Vous avez du boulot pour moi ?

—J'ai toujours du boulot pour toi !

Tilor, après avoir trempé ses lèvres dans la chope, s'étonna :

—Ça ne va pas, mademoiselle ?

Elle se leva, sa chaise raclant le sol. Ce bruit attira l'attention de l'enfant, qui la dévisagea. Ses cheveux d'un rouge vif en bataille et ses haillons lui donnaient l'air d'un mendiant. Il avait les yeux de Kiriane, mais l'expression, cette pointe de ruse, c'était Alexian.

—Qui est-ce ? demanda-t-elle d'une voix blanche.

Tilor poussa un soupir exaspéré.

—C'est le fils de ma sœur. On me l'a confié lorsqu'on a su qu'elle ne rentrerait jamais de Lunhaag ; toutefois, quand ses cheveux ont commencé à pousser, on a vu qu'il était différent. Alors bon, il essaie de se faire accepter comme il peut. Il n'a pas de nom, on l'appelle juste Gamin.

Le gérant donna quelques filantes au garçon en échange de plusieurs bouteilles à aller vendre. Noony, comme frappée par la foudre, resta un instant sans bouger. En voyant qu'il allait quitter l'auberge, elle s'exclama :

—Attends !

Il fit volte-face, les sourcils froncés.

—Attends, répéta-t-elle plus doucement.

—Qu'est-ce que vous me voulez ?

Elle éclata de rire. C'était convulsif. Le garçon pinça les lèvres, piqué au vif. À ce moment précis, il avait exactement le même air qu'Alexian lorsqu'il était vexé.

—Bonjour. Je m'appelle Noony. Noony Manérian.

Elle tendit la main. Il la dévisagea, méfiant. Puis la serra.

Remerciements

Ainsi s'achève *Oraisons* et ces années passées aux côtés de la famille Manérian. Un voyage à la fois dans le papier et dans la chair. Un voyage que je n'ai pas effectué seule, bien loin de là.
Je tiens donc à remercier les personnes ayant participé à cette aventure. Les éditions Mille Saisons, pour ces trois années passées sur les routes afin de faire connaître le diptyque. Les éditions Bragelonne, pour avoir donné une seconde vie à ce roman. Stéphane Marsan, pour sa confiance et son énergie. Hélène, pour ses précieuses corrections.
Je tiens à témoigner ma reconnaissance à tous les lecteurs d'*Oraisons* pour leur intérêt et leur investissement. Puissiez-vous comme moi tourner la dernière page avec émotion.

Achevé d'imprimer par N.I.I.A.G.
en janvier 2016
pour le compte de France Loisirs, Paris

Numéro d'éditeur : 83906
Dépôt légal : décembre 2015
Imprimé en Italie